筑梦长城

—— 中国长城资产二十年发展纪实

《筑梦长城》编委会　编著

中国金融出版社

责任编辑：刘　钊
责任校对：李俊英
责任印制：张也男

图书在版编目（CIP）数据

筑梦长城——中国长城资产二十年发展纪实/《筑梦长城》编委会编著．—北京：中国金融出版社，2019.6
ISBN 978－7－5220－0108－1

Ⅰ．①筑… Ⅱ．①筑… Ⅲ．①纪实文学—中国—当代 Ⅳ．①I25

中国版本图书馆 CIP 数据核字（2019）第 086629 号

筑梦长城——中国长城资产二十年发展纪实

Zhumeng Changcheng：Zhongguo Changcheng Zichan Ershinian Fazhan Jishi

出版
发行　**中国金融出版社**

社址　北京市丰台区益泽路 2 号
市场开发部　（010）63266347，63805472，63439533（传真）
网 上 书 店　http：//www.chinafph.com
　　　　　　（010）63286832，63365686（传真）
读者服务部　（010）66070833，62568380
邮编　100071
经销　新华书店
印刷　北京侨友印刷有限公司
尺寸　185 毫米×260 毫米
印张　25.75
字数　556 千
版次　2019 年 6 月第 1 版
印次　2019 年 6 月第 1 次印刷
定价　88.00 元
ISBN 978－7－5220－0108－1
如出现印装错误本社负责调换　联系电话(010)63263947

编写委员会

沈晓明　　张晓松　　周礼耀　　胡永康

孟晓东　　胡小钢　　邹立文　　杜　胜

杨国兵　　王　彤　　薛文晗　　龚文宣

鲁小平　　黄　钰

行业一流　基业长青

中国金融资产管理公司是亚洲金融危机特定背景下的产物，是中国金融改革和发展史上的一个伟大传奇和创举，为国家经济社会稳定和中国金融事业作出了巨大的贡献。

作为中国四大金融资产管理公司之一，自1999年成立到2019年，中国长城资产经过二十年的实践，圆满地完成了国家赋予的"化解金融风险，支持国有银行和国企改革，最大限度保全资产、减少损失"的历史使命，走过了政策性经营的创业之旅，经历了商业化转型的探索之路，谱写了跨越式改革发展的壮丽诗篇，走上了"化解金融风险、提升资产价值、服务经济发展"新的征程。随着股份制改革顺利完成，中国长城资产向全面商业化经营、建立法人治理结构、构建现代企业制度迈出了坚实的步伐。中国长城资产以此为里程碑，正式启动"股改、引战、上市"的进程，吹响了新的前进号角，揭开了新的历史篇章。

二十年来，中国长城资产一路走来，风雨兼程，从设立组建、收购处置政策性不良资产、艰难探索商业化转型、商业化跨越式发展、成功改制并引进战略投资者，到回归主业，打造成了一个充满生机和活力的现代金融企业。

二十年来，中国长城资产脱胎换骨，硕果累累。通过不断发掘和创造空间，自求发展，突破了十年的存续期桎梏，取得金融"全牌照"，"大资管、大协同、大投行"一度呈现大手笔。也因为此，中国长城资产赢得了丰厚的回报，收获和积累了可喜的物质基础、人文基础。

二十年来，长城文化内生于心，外化于行。一支敢打硬拼的专业团队脱颖而出，特有的、积淀厚重的长城文化逐步形成。在人们的印象和记忆中，长城人讲规矩、守秩序，执行制度严格有序，工作作风扎实稳健。长城人质朴和厚道、坚韧与执着。中国长城资产脱胎于中国农业银行，成立之初，其员工大多来自中国农业银行，常年与"三农"打交道。也许，基因与血统先天地决定了长城人这种超常的品质——这正是中国数千年农耕文化的精髓，正是中华民族百折不挠、砥砺前行的传统美德。由此，成就了一种永不言败、不懈追求的长城精神，铸就了中国长城资产二十年非凡的发展历程。

二十年来，长城人不忘初心，牢记使命。长城人忠于金融事业，胸怀社会责任，历经艰难困苦，不断探索追求，用辛勤汗水和聪明才智，铺就了一条成功之路。长城人在不良资产处置经营中点石成金，化腐朽为神奇，彰显了无穷的智慧和不屈不挠的精神。长城人直面商业化转型，快速进入状态，以新思维、新举措、新业绩，迎接和应对新常态，构建全方位立体式发展战略，呈现出勃勃生机。

筑梦长城，可歌可泣。历史一定会记住这一代代长城人。

《筑梦长城》是一部令人荡气回肠的史诗，是一代代长城人在二十年改革发展中抱负与梦想的真实写照，是长城人的创业史、奋斗史、成长史。一桩桩成功而经典的案例，一个个催人奋进的典范，一段段震撼人心的故事，成为深情描述与永远铭记的主题。

《筑梦长城》是一部引人入胜的经典教材。让长城人自己"认识长城、认同长城、奋斗长城"，通过精心解读中国长城资产若干发展阶段的史实，为中国长城资产可持续发展提供对照、启示与借鉴；也向社会各界再现了长城人的心路历程，昭示了不朽的长城精神。

《筑梦长城》是一部辉煌灿烂的文献，刻录现代文明的轨迹，传承和弘扬优秀文化。

"桐花万里丹山路，雏凤清于老凤声。"历史的魅力在于：不仅关乎过去，还是现实和未来的寓言。

中国改革开放走过四十年之后，当今时代，市场日趋成熟，竞争日趋加剧，政策日臻完善。中国金融发展的历史也正发生重大变革，国家对金融业正进行着一场疾风暴雨式的监督管理，必须"守住不发生系统性金融风险的底线"。这既对金融机构经营发展造成巨大的影响，同时也对中国金融业良性发展起到极大的推动作用。

金融资产管理公司成立于金融救助，成长于金融救助，转型于金融救助，也正是在化解金融风险、维护经济和社会稳定的过程中彰显其存在价值。

面对新的发展形势，长城人将一如既往踏准国家改革发展的节拍，一路前行，始终牢记国家赋予的使命责任，坚决回归和强化发展不良资产经营主业。迈入新时代，长城人将始终以习近平新时代中国特色社会主义思想为统领，秉承"稳健而不保守、进取而不冒进"的经营理念，坚持不良资产主业，勇于承担新时代金融风险处置的"主力军"任务，展现防范化解系统性金融风险的"国家队"担当，成为国家深化供给侧结构性改革与金融业改革的压舱石和稳定器。

2019年1月，中国长城资产企业文化升级改版工作完成，新版文化理念体系构建完毕。公司愿景开宗明义：中国长城资产将致力于以不良资产经营为主业，集多种综合金融服务手段，以优良的品牌影响力和竞争力，实现行业一流，基业长青。

筑梦长城，梦，刚刚开始。

任何困难波折都只是我们成长过程中的插曲，也必将成为激励我们奋勇向前的动力。每一名长城人的责任担当，每一名长城人的价值创造，每一名长城人的拼搏奉献，都是中国长城资产走向新的辉煌的砝码，都是"行业一流、基业长青"的坚强基石。

纵观中国长城资产二十年发展历程，莫不如是。现在、将来，亦概莫能外。

中国长城资产管理股份有限公司

党委书记、董事长　沈晓明

2019年6月于北京

目录 CONTENTS

第一篇　神圣使命 ……………………………………………… 1

第一章　与时回薄　应运而生 ……………………… 3

第二章　国家意志　高屋建瓴 ……………………… 13

第三章　排兵布阵　挥师全国 ……………………… 25

第二篇　不负重托 ……………………………………………… 37

第四章　奏响翠微序曲 ……………………………… 39

第五章　坏银行变奏曲 ……………………………… 50

第六章　化腐朽为神奇 ……………………………… 63

第三篇　独树一帜 ……………………………………………… 75

第七章　东风第一枝 ………………………………… 77

第八章　思想的翅膀 ………………………………… 96

第九章　非零和游戏 ………………………………… 108

第四篇　探索前行 ……………………………………………… 121

第十章　山重水复疑无路 …………………………… 123

第十一章　树根雪尽催花发 ………………………… 133

第十二章　梅花香自苦寒来 ………………………… 142

第五篇　艰辛之路 ……………………………………………… 153

第十三章　道是无晴却有晴 ………………………… 155

第十四章　将勤补拙总输勤 ………………………… 163

第十五章　长风破浪会有时 ………………………… 177

第十六章　为伊消得人憔悴 ………………………… 187

第十七章　小包里的大文章 ………………………… 198

第六篇　春归大地 ……………………………………………… 207

第十八章　忽如一夜春风来 ………………………… 209

第十九章　会当水击三千里 ·············· 221

第七篇　大展宏图 ·············· 235
第二十章　直待凌云始道高 ·············· 237
第二十一章　吹尽狂沙始到金 ·············· 252
第二十二章　轻舟已过万重山 ·············· 270
第二十三章　大风起兮云飞扬 ·············· 281
第二十四章　明齐日月耀长城 ·············· 297

尾　声 ·············· 315

副　册　扬帆远航 ·············· 317
第一章　长城人的白玉兰 ·············· 319
第二章　长城人的长子 ·············· 329
第三章　长城人的混血骄子 ·············· 338
第四章　长城人的金孔雀 ·············· 347
第五章　长城人的华西旗帜 ·············· 357
第六章　奔向深蓝 ·············· 366

附录一　将帅铭记 ·············· 390
附录二　银星闪烁 ·············· 395

后　记　圆梦长城 ·············· 401

中国金融资产管理公司诞生于亚洲金融危机之中，受命于中国经济发展关键之时，承担了防范和化解金融风险、支持国有商业银行和国有企业改革发展、最大限度地保全与回收国有资产与减少损失的历史重任。

中国长城资产管理股份有限公司（以下简称中国长城资产）肩负着党和国家的神圣使命，忠诚于社会主义金融事业，关顾国企改革发展大局，胸怀社会责任，历经艰难困苦，始终探索追求。作为中国四大金融资产管理公司之一，从国有独资身份的"中国长城资产管理公司"，到完成股改，看似简单的名称变更，却凝聚了这一代长城人的奋斗艰辛。

长城人怀揣梦想，义无反顾，勇往直前。长城人用辛勤汗水，用聪明才智，铺就了一条通往成功的苦难辉煌之路。

第一篇

神圣使命

第 一 章 CHAPTER 1

与时回薄　应运而生

美国学者弗兰西斯·福山曾这样评价中国的决策机制："中国之所以能成功地应对金融危机，是基于中国独特的政治治理能力，能够迅速作出重大的、复杂的决策，并有效地实施决策，至少在经济政策领域是如此。"

在世界发生重大危机时，在中国历史进程发生重大转折时，中国人的智慧总是发挥得更充分，令世界为之瞩目。

中南海的灯光

1999 年，注定是世界金融史上一个不平静的年份。

新年伊始，就在亚洲金融风暴余波尚未平息之时，1999 年 1 月 1 日，欧洲经济与货币联盟启动单一化货币，在欧盟区的十一个成员国家范围内正式施行统一的欧元。

其实，欧盟总部一直想统一货币、抱团取暖，但成员国之间却迟迟难以达成共识。在亚洲金融危机还没有过去、东南亚各国还在水火之中的紧要关头，欧盟突然搞了货币一体化，这对世界经济格局，特别是对当时还是比较脆弱的中国经济和中国金融来说，其影响必然是个未知数。

紧接着，巴西金融形势恶化，政府已经支撑不住了，于 1999 年 1 月 13 日不得不宣布本国货币雷亚尔贬值。虽说巴西是无奈之举，但其极有可能引发全球金融市场的动荡。

金融，是现代经济的核心，是国家的命脉。

正如《国际经济的最后决斗：金融战争》一书的作者在书中所说："21 世纪最激烈的战争是什么？也许有人认为是硝烟弥漫的军事战争，也许有人认为是高速发展的信息战争。然而，越来越多的人开始认同，经济战争将主宰天下。说得更具体一点，就是金融战争。事实证明，金融战争已经成为各国主要战争模式。"

中国怎么办？

中南海，党中央、国务院办公所在地，运筹帷幄国家大政方略的地方。平日里宁静、安谧的气氛，这时也显得格外的紧张与忙碌。时至深夜，那一座座庭院仍然放射出明亮的灯光，与长安街的灯光交相辉映，照亮北京的夜空。

历史紧要关头，中国政府从不含糊。

1999 年 1 月下旬，国务院提前召开了全国银行行长工作会议。其间，朱镕基总理向世界庄严承诺：支持亚洲金融稳定、经济复苏，坚持人民币不贬值。同时，朱镕基总理代表中国政府对外宣告：成立金融资产管理公司，专门处置国有商业银行的不良资产，以化解金融风险、稳定和推动世界经济稳定与繁荣。

无疑，这是中国政府继在亚洲金融危机中力挺香港、坚持人民币不贬值、极大地遏制了金融风暴的蔓延之后又一次重大的决策，也为亚洲经济乃至世界经济的复苏奠定了基础。

中国政府的这些重大举措，赢得了各国政府以及世界银行、亚洲开发银行等国际金融组织普遍和高度的赞誉。

中国政府的声音，给世界经济尤其是东南亚经济打了一针强心剂。中国的坚守与支撑，给亚洲带来了希望，并吹响了大刀阔斧改革金融体制的进军号角。

成立金融资产管理公司的重大决策是突发奇想吗？还是为了迎合世界各国的需要？

当然不是！

这是深思熟虑的结果。没错，中国人的智慧，总是能在关键时刻发挥得更加充分，令世人瞩目。

蝴蝶效应

美国气象学家洛伦兹 1963 年在他的"混沌学说"中提出：南美洲亚马逊河流域热带雨林中的一只蝴蝶，偶尔扇动几下翅膀，导致其身边空气系统发生变化，进而引起四周其他系统的相应变化，最终可能在两周后引起美国得克萨斯的一场龙卷风。这就是所谓的"蝴蝶效应"——不起眼的一个小动作却能引起一连串的巨大反应。

1997 年夏，亚洲爆发了罕见的金融危机。在素有"金融大鳄"之称的美国金融投机商索罗斯等一帮国际炒家的持续猛攻之下，自泰国始，菲律宾、马来西亚、印度尼西亚等东南亚国家的外汇市场和股票市场一路狂泻，一蹶不振。在东南亚得手后，索罗斯决定移师中国香港。

香港庆祝回归祖国的喜庆气氛尚未消散，亚洲金融风暴便已黑云压城。在中央政府强力支持下，特区政府果断决策，入市干预。几个回合下来，香港政府取得最终胜利，保住了几十年的发展成果。

而为了帮助亚洲国家摆脱金融危机，中国履行了自己的诺言——不对人民币实行贬值，并通过国际机构和双边援助来支持东南亚国家的经济，充分展现了负责任大国的风范。

亚洲金融风暴

风起于青萍之末，浪成于微澜之间。

20 世纪末，世界各国都没有预测到的一场规模浩大的金融危机，如飓风一般席卷东南亚各国。

在 20 世纪 90 年代的繁荣时期，亚洲被世界公认为新千年一个巨大的新兴市场。当时的泰国和许多亚洲国家一样，从海外银行和金融机构借入大量的中短期外资贷款，外债曾高达 790 亿美元。

表面上可谓一派繁荣。

到了 1997 年，泰国经济疲弱，出口下降，汇率偏高并维持与美元的联系汇率，给国际投机资金提供了一个很好的捕猎机会。由索罗斯主导的量子基金乘势进攻泰国，开始大量卖空泰铢，以迫使泰国放弃维持已久的与美元挂钩的固定汇率制。

泰国政府不甘示弱，不惜血本以强硬手段进行抵抗，在短短几天内耗资 100 多亿美元吸纳泰铢，却徒劳无益。泰国政府的干预手段反而被金融大鳄们利用，他们不断散布谣言，说泰国政府束手无策，一时间泰国金融市场被搅成一潭浑水，阴云翻滚。

1997 年 7 月 2 日，世界金融史上值得铭记的一天。

这一天，泰国政府终于被迫宣布取消联系汇率制，实行浮动汇率制，泰铢兑美元汇率当天即下跌 20%，外汇及其他金融市场一片混乱。这给那些依赖外国资金进行生产并用泰铢偿还外债的泰国企业来说，无疑是一个晴天霹雳。泰国的老百姓也惊恐万状，挤兑风潮蔓延，挤垮了 56 家银行，泰铢贬值 60%，股票市场狂泻 70%，泰国人民的资产大为缩水。

蝴蝶效应产生了巨大的连锁反应。

泰国金融危机像瘟疫一样传染到东南亚各国，引发了一场毫无征兆、遍及亚洲的金融风暴。

在泰铢波动的影响下，菲律宾比索、印度尼西亚卢比、马来西亚林吉特相继成为国际炒家的攻击对象。1997 年 8 月，马来西亚放弃保卫林吉特的努力。一向坚挺的新加坡元也受到冲击。印度尼西亚虽然是受"传染"最晚的国家，但受到的冲击最为严重。10 月下旬，国际炒家移师国际金融中心香港，矛头直指香港联系汇率制。香港特区政府为保护联系汇率制而提高港元利率。接着，香港和内地深、沪股市大跌，并引起全球股市一阵跟跌风潮。

此时，中国台湾当局突然弃守新台币汇率，新台币一天贬值 3.46%，加大了对港元和香港股市的压力。10 月 23 日，香港恒生指数跌破 9000 点大关。11 月中旬到 12 月上旬，东亚的韩国也爆发金融危机，韩元兑美元的汇率跌至创纪录的 1008 : 1，最终跌到了 1737 : 1。韩元危机冲击了在韩国有大量投资的日本金融业。1997 年下半年，日本的一系列银行和证券公司相继破产。

东南亚金融风暴演变为亚洲金融危机。

危机蔓延

这场亚洲金融危机并没有停止。

在亚洲金融风暴影响下，1997 年 10 月 28 日至 11 月 10 日，俄罗斯股票市场大跌 30%，殃及债券和外汇市场。大量外资撤离俄罗斯市场，俄罗斯中央银行全力救市也无济于事。1998 年 5 月至 6 月，俄罗斯内债和外债余额高达 2000 亿美元，政府预算中债务还本付息额已占到财政支出的 58%。俄罗斯政府试图稳定金融市场，采取了干预措施：将卢布兑美元汇率的浮动上限由 1∶6.295 扩大到 1∶9.5，到期外债延期 90 天偿还，短期国债展期为 3 年期。投资者信心因此彻底丧失，股市、债市、汇市统统暴跌，引发银行挤兑和居民抢购风潮。

俄罗斯的债务危机波及其最大的债权国德国，致使德国商业银行产生大量坏账。同为独联体国家的乌克兰、白俄罗斯等国家，也无一幸免。

之后，金融危机的飓风跨越大洋，又袭击了阿根廷、南非，带动了美欧国家股市和汇市的全面剧烈波动。

这场范围大、面积广的金融危机，致使大量银行和企业破产倒闭。其中，泰国在 1997 年 2 月至 9 月间，有 51 家财务证券公司被迫关闭，占全部财务证券公司的 56%。韩国 30 家最大企业集团中，1997 年有三分之二经营不善，其中宣布倒闭或陷入经营危机的就有韩宝、真露、三美、大农、起亚、海天等知名大企业集团。日本 1997 年 11 月这一个月，就有四家负债总额超过 1000 亿日元的大型金融企业先后倒闭。整个 1997 年金融机构倒闭的资产价值之大、倒闭的频率之高，创下第二次世界大战后日本企业破产史上的最高纪录。与此同时，许多东南亚国家在几十年里积累的财富大幅缩水，在短短 18 个月里，除日本以外的亚洲股市的市值平均骤降 40%，其中印度尼西亚雅加达股市的市值暴跌 90%。这些国家和地区的货币也急剧贬值，从 1997 年 7 月至 1998 年 1 月的半年多时间里，菲律宾、马来西亚、韩国、泰国和印度尼西亚的货币分别贬值 40%、48%、51%、54% 和 73%。

1998 年，俄罗斯 GDP 下降了 2.5%，工业生产下降 3%，卢布贬值 70%；乌克兰和白俄罗斯的货币分别贬值 35% 和 70%。

如果说在此之前亚洲金融风暴还是区域性的，那么，俄罗斯金融风暴及之后的一系列波动效应，则说明亚洲金融风暴已经超出了区域性范围，波及全球。

直到今天，每每回想起那段日子，人们依然心有余悸。

大国风范

在亚洲金融危机的狂飙之中，中国堪称中流砥柱，彰显了大国担当之典范。

香港金融保卫战

1997年10月，以量子基金为主力的国际炒家首次冲击香港市场，造成香港银行同业拆息率一度狂升至2000%，恒生指数和期货指数下泻1000多点。国际炒家大获而归。10月风暴过后，又是多次小规模狙击港元，利用汇率、股市和期市之间的互动规律大肆投机，狂妄地要将香港变成他们所戏称的"超级提款机"。

1998年8月初，国际炒家以其雄厚的财力，对香港发动新一轮进攻，三度冲击在香港奉行的联系汇率制。他们采取"双管齐下"的方式，一方面大肆散布人民币要贬值的谣言，动摇投资者对港元的信心；另一方面在外汇市场大手抛出投机性的港元沽盘，同时在股市抛售股票来压低恒生指数，以及在恒指期货市场累积大量淡仓，指望在汇市、股市和期市相关联的市场上大获其利。

在猛烈的冲击下，香港恒生指数于8月中旬跌至6600点，同时，港元兑美元汇率迅速下跌，各大银行门前出现了一条条排队挤兑的长龙。一年之间，港人财富蒸发了2.2万亿港元，平均每个业主损失267万港元，负资产人数达到17万人。香港经济一下子退回到10年前的水平，投资和消费急剧萎缩，通货紧缩严重，不少公司或大量裁员，或濒临倒闭，或直接破产，令香港失业率上升到20年来的最高水平。

黑云压城城欲摧，香港经济笼罩在一片愁云之下。

虽然香港在金融危机中遭受重创，但国际炒家们在香港却遭受到顽强的阻击。在与国际炒家搏杀的关键时刻，中国中央政府全力支持特区政府放手去搏：一方面，坚持人民币不贬值，避免货币危机进一步扩大，坚持和保护香港的联系汇率制度，派出了两名中央银行副行长到香港坐镇指挥，要求香港的全部中资机构全力以赴支持香港政府的护盘行动；另一方面，中央政府将净值1971亿港元的土地基金移交给特区政府，此举大大增强了香港的外汇和财政储备，极大地增强了香港抗击金融危机的信心，特区政府能动用上千亿港元干预股市及期指市场，这批"弹药"发挥了重要作用。

在中央政府力挺之下，特区政府连续动用千亿港元，同时介入股市、期市、汇市，构成一个立体的防卫网络，目的是托升恒生指数，不仅要让炒家在抛空8月期指的作业中无利可图，更要使他们蚀本。

炒家们对香港发动的这一轮新的大规模攻击，遭受了前所未有的抵抗。8月5日，炒家们一天内抛售了200多亿港元。香港金管局运用政府财政储备如数吸纳，将汇市稳定在7.75港元兑1美元的水平上，令炒家们大失所望。6日，炒家又抛售200多亿港元，金管局再出重招，不仅如数吸纳，还将以美元购进的港元存放回银行体系内，使银行银根宽松，维持稳定同业拆息率。7日，港元保卫战进入第3天，国际炒家继续抛售，金管局照例买进，港股恒生指数维持在7000点以上大关。

8月14日一开市，香港政府出手，金管局首次动用40亿港元外汇基金进入股市、期市，大量收进蓝筹股票和期票，同时提高银行隔夜拆息率，夹攻国际炒家。

香港特区行政长官董建华当天表示："我们绝对有能力和决心维持联系汇率，我们一定做得到。"

8月27日，特区政府摆出决战姿态。

国际炒家量子基金则宣称：香港必败。索罗斯这种以某个公司或部分人的名义公开向一个政府下战书、扬言要击败某个政府的事件闻所未闻、史无前例。

当天，全球金融坏消息接踵而至，美国道琼斯股指下挫217点，欧洲、拉美股市下跌3%～8%。香港政府当天则注入约200亿港元，将恒生指数稳住并托升88点，为最后决战打下了基础。

8月28日是期货结算期限，炒家们手里有大批期货单子到期必须出手。若当天股市、汇市能稳定在高位或继续突破，炒家们将损失数亿甚至十多亿美元的老本；反之，香港政府前些日子投入的数百亿港元就如同扔进了大海。当天双方交战场面之激烈，远比此前任何一天都要惊心动魄，全天成交额达到创历史纪录的790亿港元。香港政府全力顶住了国际投机者空前的抛售压力，最后闭市时恒生指数为7829点，比金管局入市前的8月13日上扬了1169点，增幅达17.55%。

经过两周惊心动魄的股票买卖大战，索罗斯及其财团拼命卖，香港政府拼命买，最终香港政府吸纳的股票市值达1200亿港元，相当于当时整个市场7%的市值，这些股票后来全部交由香港特区政府的"盈富基金"管理。至此，国际炒家不得不收手认输。

香港金融保卫战取得最终胜利。

危机中的中流砥柱

1997年亚洲金融危机爆发后，中国政府在国际货币基金组织安排的框架内通过双边渠道，向泰国等国提供了总额超过40亿美元的资金支持，向印度尼西亚等国家提供了出口信贷和紧急无偿药品等方面的援助。

在当时的情况下，世界各国政府与金融界几乎一致认为：人民币应当贬值，否则中国经济将面临灭顶之灾。然而，中国政府经过多方面权衡，在出口增长率下降、国内需求不振、失业增多和遭遇特大洪涝灾害的情况下，本着高度负责的态度，从维护区域稳定和发展的大局出发，作出人民币不贬值的决定，承受了巨大压力，付出了很大代价。

人民币不贬值，其意义有二：第一，避免金融危机进一步扩大，特别是保护香港的联系汇率制。第二，减轻了已实行货币贬值国家的经济压力，维护了东南亚的经济秩序；如果人民币也贬值，周边国家货币贬值可能带来的出口增长将会受到影响。

中国再次树立了负责任大国的形象。

1998年3月19日，朱镕基当选总理，在第一次新闻发布会上，首先就承诺人民币不贬值。为了表明诚意，中国政府还收窄了人民币对美元的浮动区间。此举缓解了亚洲经济紧张形势，带动了亚洲经济，提振了亚洲各国政府的信心，对亚洲乃至世界经济金融的复苏、稳定和发展起到了十分重要的作用。在坚持人民币不贬值的同时，中国政府采取努力扩大内需、刺激经济增长的政策，保持了国内经济的健康和稳定增长。

"东亚国家之所以能如此迅速地从金融危机重创中反弹，主要归功于一些主要国家，如中国和韩国采取的一系列改革措施。"世界银行东亚和太平洋地区中国和蒙古局局长杜大伟曾经如是说。

仿佛一夜之间骤起的风暴，击垮了东南亚各国几十年建立起来的比较完备的金融市场，令全世界惊愕不已。也如骤然敲响巨大的警钟，给了中国政府前所未有的警示，那就是必须加快防范和化解金融风险、应对金融危机的步伐。

严峻的危局

其实中国政府早已注意到国有企业和国有商业银行面临的问题。我们不妨将历史的长镜头拉向当年，从记录少数国有企业和商业银行经营状况的影像中看看曾经发生了什么。

国有企业积重难返

20 世纪 90 年代中后期，中国的大中型企业负债经营问题已经非常严重，经营难以为继。这不是个别现象，而是当时国有大中型企业普遍存在的严重问题。事实上一大批国企资不抵债，已实质性破产，问题已经到了非解决不可的地步。以下举两个例子说明。

案例一

伤心的渝钛白

渝钛白，最早的全称是"重庆渝港钛白粉有限公司"，成立于 1990 年 4 月 9 日，是原重庆化工厂与香港中渝实业有限公司共同创办的内地与香港合资企业。1992 年 5 月 9 日，公司改制为股份公司，重庆化工厂的全部资产并入股份公司，成立由重庆市国资局、中渝实业有限公司和社会公众筹资三方组成的渝钛白公司，于 1993 年 7 月 12 日在深交所挂牌上市交易，属于重庆市第一批上市的公司。因为上市较早，渝钛白曾经名噪一时，几乎家喻户晓。其年产量 1.5 万吨的钛白粉原料生产线也是当时国内钛白粉行业最先进的明星项目。因此，该项目获得了包括农业银行在内的多家金融机构的大额资金支持。

但由于种种原因，渝钛白 1996 年即出现大面积亏损，到 1999 年已是连续四年亏损，累计亏损额高达 6.18 亿元，每股净资产为 – 3.54 元，严重资不抵债。同时，公司内部管理严重失控，原材料采购盲目，积压腐蚀量大，建设资金管理混乱。偌大的厂区杂草丛生，污水横流，臭气熏天，毫无一点生气。股民对渝钛白失去了信心，股价也一度下跌至每股 2 元左右，股民们把渝钛白称为"伤心的渝钛白"。1999 年 7 月 9 日，渝钛白被戴上"PT"帽子。

此时的渝钛白，真是到了山穷水尽的地步，7 亿多元银行贷款面临颗粒无收。

湖南人造板厂是湖南省一家支柱型企业，它是"七五"期间利用科威特政府贷款 1000 万科威特第纳尔（折合 3500 万美元）和国家拨改贷资金 6700 万元人民币兴建的国有大型木材加工企业。

该厂始建于 1985 年，投产于 1988 年 3 月，从国外引进当时最先进的成套设备。设计能力为年产胶合板 5 万立方米、刨花板 5 万立方米、双贴面板 180 万平方米、树脂胶 2.2 万吨。

1988 年 3 月投产后，由于原料（大径级原木）缺乏、流动资金短缺、外债偿还压力大、财务费用高等原因，工厂生产经营十分困难。1994 年，胶合板生产线全线停产。尽管 1995 年改扩建了一条年产 3 万立方米的薄型中（高）密度纤维板生产线，但仍不能遏制生产经营进一步恶化的趋势。

截至 1998 年 3 月底，累计亏损达到 2.1 亿元，工厂陷入半停产状态。1998 年 4 月，企业调整了领导班子，生产经营有所好转。但由于沉重的财务包袱，生产经营仍十分困难。截至 1999 年末，账面资产总额 4.8 亿元，账面总负债 5.03 亿元。资产负债率 105.2%。企业处于停产状态，1000 多名职工被打发回家，有的做起小生意，有的被迫外出打工。

这两家企业仅是当时中国实体经济状况的缩影，相当多的国有大中型企业都在困境中苦苦支撑。

银行坏账持续增加

在当年我国的金融体系中，国有银行是核心组成部分，也是筹措、融通和配置社会资金的主渠道，长期以来为经济发展提供了有力支持。

然而，在 1995 年《中华人民共和国商业银行法》出台之前，国有银行是以专业银行模式运作的，信贷业务具有浓厚的政策性色彩，加之受到 20 世纪 90 年代初期经济过热的影响，以及处于经济转轨过程中，在控制贷款质量方面缺乏有效的内部机制和良好的外部环境，从而产生了一定规模的不良贷款。此外，在 1993 年之前，上溯到 20 世纪 70 年代中期，银行从未提取过坏账准备金，没有核销过呆坏账损失。这样，不良贷款不断累积，金融风险逐渐孕育，成为经济运行中一个重大隐患。如果久拖不决，有可能危及金融秩序和社会安定，影响我国下一步发展和改革进程。

由于融资渠道单一，企业对银行的依赖大，二者相依相存。企业好比是小溪，银行是河流，当小溪资金流面临干涸之时，银行这一条河流也必然面临干涸的风险。

当然，问题并非一日形成。

国有银行的不良资产，经历了从无到有再到迅速扩大的过程。1984 年至 1990 年，即在经济体制改革初期，国家实施了"拨改贷"的改革措施。企业所需资金，改由银行贷款，财政不再拨付，企业贷款因此迅速增加，不良资产也相伴出现。1991 年至 1996 年，银行不良资产快速增加主要有以下两个原因：一是 1993 年前后经济总体过热，大量信贷资金用于房地产炒作和股市投机，泡沫破灭，部分信贷资金被套牢，成为银行的不良资产；二是在向市场经济转轨过程中，相当一部分的国有企业不能适应新体制的要求，经营效益不好，偿还不了银行贷款，导致银行不良贷款"滚雪球"似的越滚越大，恶性循环。

而农业银行不良贷款更有其特殊性，几乎是伴随着农业、农村、农民的政策调整和国家经济的发展同时累积产生的。

当时，银行有一个名词，叫作专项贷款。专项贷款是指从信贷资金中划出一块来，专门为某一项政策或某一个项目提供的信用贷款，利息比较低。如粮食专项贷款、棉花专项贷款、水利专项贷款、林业专项贷款、生猪专项贷款、耕牛专项贷款、茶叶专项贷款等。甚至一些国家部委，到某一地区检查工作后，都能出现一个或几个专项贷款。

1977年，全国加快了农业机械化步伐，提出200多个县实现机械化；1979年，全国铺开乡镇企业；1982年，在"强力开发、有水快流"思想影响下，全国办起了无数个小煤矿、小钢铁、小水泥、小炼油、小玻璃、小火电、小造纸等乡镇企业。然而，农村实行土地承包制之后，仿佛一夜之间，这些专项贷款却没人承领了，变成了坏账、呆账。

改革开放一如春天，给中国农业、农村和农民带来了前所未有的活力。风调雨顺，连续大丰收，老百姓得到了实惠，解决了温饱，走向了富裕。但由此也带来了新的问题，即生产力增加了，产品增多了，带来了卖粮难、卖棉难，出现了"打白条"现象。打白条，是指粮食、棉花收购部门没有现金兑付而打给卖方欠款凭证。当时为了解决农民卖粮难、卖棉难的问题，国家要求地方政府、银行提供有效资金供给，以保证兑付。因此，生产力发展过程中的不均衡性又增加了一部分银行的不良贷款。

一片繁荣景象的背后，蕴藏着银行坏账持续增加的危机。

20世纪90年代前后形成的不良贷款，大多是由于银行向企业输血、政府行政干预、国家产业政策调整、利息倒挂等因素形成的。当然，还有银行自身经营不善等内在原因，以致"一逾两呆"不良贷款呈持续上升趋势。

银行资产不良率持续增加，表明企业无力偿还银行贷款。银行为了支撑下去，不得不采取"收旧贷新"或者"借新还旧"的办法，以收入利息，做起"小鸡接龙"的账面游戏。东北三省的一些基层银行的"一逾两呆"已经超过了90%，正常贷款不足10%。在四川、河南等省份，由于呆滞贷款过多，企业不能及时归还贷款，造成少数基层营业所不能及时兑付存款而无法正常营业。

资料显示，1997年末，我国国有商业银行不良贷款约占贷款总额的25%（按五级分类标准）左右，其中呆滞呆账贷款率高达8%，整个商业银行系统的不良贷款相当于所有者权益的4倍。到了1998年，国有商业银行不良贷款率高达33%。一些国际投行机构估测的不良贷款率比这个数字还要高。

这样的不良贷款率，早已高出人民银行规定的警戒线。世界银行也多次建议中国政府及早解决银行坏账过多的问题。

面对严峻的危局，中国政府该怎么办？

置之死地而后生。危机往往不全是坏事，其在某种程度上孕育着前所未有的新生与突破。

决策者的思考

金融风暴过后，中国经济过热、国有企业陷入困境、银行体系坏账等问题成为中央政府、中国金融监管当局、金融机构和社会公众广泛关注和高度重视的焦点。

分析金融危机的根源和研究应对之策，成为当务之急。

亚洲金融危机爆发后，经济学界对金融危机进行了多角度研究。研究发现，爆发金融危机的国家在危机爆发前都有一些共同点：银行不良资产金额巨大。发生危机的国家宏观和微观经济层面均比较脆弱。这些基本面的脆弱性，使得危机国家经济从两方面承受压力。首先是外部压力，巨额短期外债，尤其是用于弥补经常项目赤字时，将使得经济靠持续的短期资本流入难以维系，不管由于何种原因使得资本流入减缓或逆转，经济和本币都会异常脆弱。其次是内部压力，银行监管的薄弱，导致了银行尤其是资本不充足的银行过度发放风险贷款。当风险损失发生时，银行缺乏资本以发放新贷款，有时甚至破产，不良贷款必然引发银行危机。

当时，中国经过改革开放以来近20年的建设，在经济金融领域取得了无可争辩的成就，而成就中的隐患也十分突出。一方面，大规模的呆坏账已不是银行本身所能核销解决的，特别是在我国经济的市场化和加入世界贸易组织的背景下，不能任由坏账累积，必须要动"大手术"。另一方面，包括银行、股票、期货等在内的金融机构、市场和工具，在当时经济生活中已经普遍，而加入世界贸易组织后，经济全球化将使这些金融工具的运用与世界的联系更为紧密。但由于发展时间较短、经验不足以及体制机制等原因，金融市场尚存在很多问题，甚至潜伏着诸多危机。金融风暴中的亚洲各国，就是我们的一面镜子，我们必须采取断然措施。

如果风暴卷土重来，后果将不堪设想。

毋庸置疑，亚洲金融危机以及国内严峻的形势，给中国政府和金融业敲响了警钟，催生了中国金融资产管理公司。

设立金融资产管理公司、实施债转股，成了中国政府的两招"撒手锏"。

当年，对中央政府设立金融资产管理公司，学术界和业界并不都是大唱赞歌，而是颇有微词、争议甚多。比如担心增加中央财政负担，不良资产亏损的部分由谁来补贴，窟窿由谁来填，或者怀疑不良资产处置不能达到预期效果。也有人认为，这一做法不是在化解金融风险，而是使银行坏账责任逃离，破坏国家、银行与民间的诚信意识。还有一种观点觉得不应独立设置金融资产管理公司，应由各家银行承担坏账责任，内部设置管理机构，自行消化。更有甚者，盲目乐观，认为中国经济已经驶上了高速发展的快车道，银行的坏账、国有企业的困难全都能够在发展中解决，只要汇率不与美元接轨，就能抵御世界金融危机。

今天，我们站在历史的高处回望，中央政府当年成立四家金融资产管理公司，壮士断腕，一次性剥离出1.4万亿元不良贷款，不仅仅超额实现了预期目标，推动了中国经济和金融双双强势崛起，更重要的是在世界格局中提升了中国的大国地位。

这实乃英明决策、远见之举。

第 二 章 CHAPTER 2

国家意志　高屋建瓴

　　在半个世纪社会主义建设中，特别是党的十一届三中全会以来，我们党领导全国各族人民经过不懈奋斗，取得了举世瞩目的巨大成就。在这一进程中，我国的银行业特别是四家国有商业银行作出了重要的贡献。

　　那时这四家银行还叫"国有专业银行"。当时有个说法："财政爹、银行娘"，或者"财政做会计、银行当出纳"，银行是政府的钱袋子。社会主义制度下的中国银行业的信誉为国家信誉，由中国政府支撑着。这也是中国银行业有别于其他国家的特殊之处。

总理的声音

　　1999 年，刚好是中华人民共和国诞生第五十个年头。

　　中国改革开放后的发展速度就像奔驰在高速铁路上的列车，日行千里。而国民经济深层次矛盾，特别是金融体制问题，比如政策性金融与商业性金融混合经营，还有银行业自身经营和管理上的问题，都逐渐显现出来。国有银行的不良贷款数额和比例，一直呈上升之势，严重威胁着我国金融体系的健康运行，已经成为国民经济和社会发展的重大隐患。如果不采取特别措施，将承受更大的损失。

　　早在 1993 年，中国政府就着手解决金融体制问题，国务院颁发了《关于金融体制改革的决定》，提出了"将国有专业银行办成真正的国有商业银行"，真正实现"自主经营、自担风险、自负盈亏、自我约束"的经营原则。自 1994 年起，我国先后组建国家开发银行、中国农业发展银行、中国进出口银行，分别从建设银行、农业银行和中国银行，分离出政策性业务，完成了中央银行调控体系建设，实现了政策性金融与商业性金融的分离，建立了以国有商业银行为主体、多种银行机构并存的金融组织体系。1995 年和 1996 年，中国政府相继颁布金融改革措施，整顿金融秩序，完善金融体系，包括全国农村信用社与农业银行脱钩等一系列重大举措。

　　然而，中国政府还没有腾出手来处置银行不良资产，一场势如破竹的金融风暴，就席卷了整个亚洲。

金融安全是中国走向富强的重大战略支撑。

1997 年 11 月 17 日至 19 日，党中央、国务院在北京京西宾馆召开全国金融工作会议。江泽民总书记和朱镕基副总理到会作了重要讲话。参加会议的不仅包括了各省（自治区、直辖市）省长（主席、市长）、分管金融的副省长（副主席、副市长），人民银行、国有商业银行省级分行以上的行长，证券公司、保险公司和大型金融机构的负责人，而且，党和国家其他领导人及有关部门的负责人都出席了会议。

这是继 1997 年 9 月 12 日举行的党的十五大之后，紧接着召开的又一次全国性会议，也是中华人民共和国成立以来第一次全国金融工作会议。会议的重点是围绕金融这个经济核心、国家命脉，面对亚洲金融危机，为确保国家金融安全商讨应对之策。

就像居家过日子的当家人，银行有多少钱可用，多少钱是坏账，国家领导人心里当然一清二楚。而此时，中国即将加入世界贸易组织，银行、证券、保险的大门即将打开，外国金融机构和资金必将潮水般地涌入，背负着巨额不良资产的中国银行业和中国的金融市场，能否承受得起外国强大的金融资本的冲击？

据当年参加会议的领导回忆，就在全国银行行长会议上，朱镕基沉稳且坚定地说，看样子外国办"坏账银行"的经验值得借鉴了，大量的不良贷款，必须解决，必须彻底解决！他重复两次"必须彻底解决"。他接着说，"那我们应该怎么办，应该按照过去办法核销，还是组建个坏账银行，把不良资产全都管起来呢？"他用特有的手势，比划着说，"将来我们要组建坏账银行，在座的你们哪个行长形成的坏账多，我叫你给我收坏账去！"

朱镕基的幽默，引得一片笑声。

这是中央政府第一次提出组建专门的"坏账银行"，彻底解决银行不良资产问题。由此可见，处理银行坏账，已然提到国家金融安全的战略层面上来了。

1998 年 1 月，国务院发行了 2700 亿元特别国债，注资工商银行、农业银行、中国银行、建设银行四大国有商业银行，除了使资本充足率达到 8% 以上，还预留了近 1200 亿元核销贷款呆账的资金，以增强中国银行业的实力。

1998 年 2 月，国务院部署了国有商业银行资产实行五级分类制度和银行业自办实体全面清理脱钩工作。此前实行的贷款四级分类制度，是将贷款划分为正常、逾期、呆滞、呆账四类。

试点工作从 1998 年 5 月 5 日开始到 8 月中旬结束，历时 3 个多月，参与工作的人员近两万人。当时在人民银行总行任职的赵东平，直接参与了 1998 年人民银行在广东省开展的"清理信贷资产、改进贷款分类"试点工作。赵东平回忆：1997 年亚洲金融危机的爆发，让我们进一步看到了防范金融风险的严峻性和紧迫性。我国通过清分试点，首次引进了国际上通行的贷款质量"五级分类"方法，基本摸清了贷款的实际风险状况，揭示了银行业在体制、机制和信贷管理中存在的主要问题和矛盾，为接下来国有商业银行改革的加速和深入推进，打下了基础。

时任中国农业银行资产保全部总经理、兼任"清分办""脱钩办"主任的罗熹回忆：启动贷款五级分类和自办实体清理脱钩工作，直接目的是为了搞清底数，摸清家底，搞清楚银行究竟有多少不良资产，有多大的规模，都是哪些行业、哪些企业、什么原因形成的。清理的结果确实让人感到震惊，当时银行不良资产十分严重，可以用居高不下来形容。

国务院通过银行贷款五级分类和清理银行自办实体脱钩，进一步掌握了四家商业银行不良资产的形态与分布状况，为下一步专门研究处置做足了铺垫。

1998年3月19日，也是亚洲金融风暴正劲之时，新当选的国务院总理朱镕基在新闻发布会上，提出了非常时期的"非常施政纲领"，概括为"一个确保、三个到位、五项改革"。"一个确保"：东南亚当前的金融危机使中国面临严峻的挑战，必须确保当年中国的经济发展速度达到8%，通货膨胀率小于3%，人民币不能贬值！这不但关系着中国的发展，也关系着亚洲的繁荣和稳定。"三个到位"：第一个到位就是用三年左右的时间，使大多数国有大中型亏损企业摆脱困境，进而建立现代企业制度；第二个到位就是用三年的时间，彻底改革金融体系，实现商业银行自主经营，这个目标要在20世纪末实现……

"不管前面是地雷阵还是万丈深渊，我将勇往直前，义无反顾，鞠躬尽瘁，死而后已！"朱镕基这句脍炙人口的宣誓，曾经引发会场持续数分钟如雷般的掌声。

总理的声音，表明了中国政府雷厉风行的决策和抗击金融风险、稳定亚洲经济的决心，也是中国政府向世界的庄严承诺。

运筹帷幄

中国政府提出的"三年彻底改革金融系统、三年国有大中型企业脱困"的方略，是一项宏大复杂的系统工程，涉及政治、经济、金融多个领域。这个方略如何落地，考验政策制定者的智慧和胆识。

国有企业沉重债务和国有商业银行巨额不良资产如何消化，什么时候消化，选择用什么方式更符合中国国情？这些都必须要有一个科学的题解，这个题解不是坐在办公室里拍脑袋拍出来的。

方案的选择

面对上述问题，国内学者和专家纷纷发表意见，献计献策，百家争鸣，提出了不少具有建设性的意见和方案。

此时，国务院明确由国家经济贸易委员会——国民经济运行的宏观调控部门牵头负责，开展调研工作，集中众人的智慧，吸收更多有益的意见，拿出一个可行的计策，最终，提出了贷款核销、封闭运行和组建坏账银行三个方案，也就是三个主要选项。

其一，核销方案。这一方案是指通过核销银行的不良贷款，来减轻国有企业负担，同时，解决银行因历史因素和政策性等原因形成的坏账。

这种方案比较有经验可循，早在20世纪60年代我国曾经实行过。人民公社化的"一大二公"和大跃进时期的"一平二调"，就是在全国搞平均主义和无偿调拨，在人民公社范围内把贫富拉平，搞平均分配。故而可以说，这是在特殊社会背景下出现的一种特殊分配方式。大炼钢铁、大办铁路、大办万头猪场、大办食堂等，都是银行拿钱，但谁来还贷款呢？没说。当时，国务院成立了一个贷款核销办公室，由人民银行牵头，经财政部同意后，逐年核销坏账，直到20世纪70年代中期才结束。虽然，这一方案有经验可循，操作起来也简单，但会造成"坐等贷款核销、社会信誉下降"等一系列负面影响。

其二，封闭处置方案。这一方案是指不良资产由工商银行、农业银行、中国银行、建设银行各自成立专门的内部机构自己处置，或者内部将不良资产分切出来，实行两块牌子一套人马运作。

当然，这一工作要在人民银行、财政部指导监督下，划定时间、确定不良资产分类、额度、核销程序和考核方式等。总之，打成一个大包，与银行常规的不良贷款核销分开，封闭式处置。损失的部分最后由财政部兜底。这一方案的理由很简单，即各家银行的坏账得自己承担，因为各自都熟悉自身坏账形成的背景，轻车熟路，难度相对较小，只要给配套政策便可执行。不过，这个方案很可能在实施中出现"封而不闭"的状况，达不到"彻底解决坏账"的目的，会留下许多遗患。

其三，成立坏账银行方案。在这方面，国际上已有先例。

进入20世纪90年代，全球银行业不良资产呈现加速增长趋势。继美国之后，北欧四国瑞典、挪威、芬兰和丹麦，先后设立金融资产管理公司，对其银行不良资产进行大规模的处置重组。随后中欧、东欧经济转轨国家和拉美国家，以及法国等，相继采取银行不良资产重组的策略，以稳定其金融体系。亚洲金融危机爆发后，东亚以及东南亚诸国，也开始组建金融资产管理公司。例如，日本的"桥"银行、韩国的资产管理公社、泰国的金融机构重组管理局、印度尼西亚的银行坏账处置公司和马来西亚的资产管理公司，对银行业的不良资产进行重组。因此，金融资产管理公司的实质，是指由国家出面专门设立的以处理银行不良资产为使命的金融机构，具有特定使命的特征，以及业务较为宽泛的功能。

在当时的背景下，国际上普遍认为，当银行业的不良资产超过总资产的15%时，就必须借助于专门机构，实施专业化运作。而最早运用专门机构处置银行业不良资产的，是经济金融最为发达的美国，且达到了预期的目的。

20世纪80年代，美国的储贷机构爆发大萧条以来最为严重的金融危机，约有1600多家银行（分支机构）和1300家储蓄、贷款机构陷入了困境。几番尝试失败后，美国政府终于在1989年8月5日建立重组信托公司，接管倒闭储贷机构，对倒闭储贷机构的资产，采取拍卖与密封投标、贷款出售、证券化、分包、股权合伙等方式进行处置。到1995年底，重组信托公司累计处置747家储贷机构，涉及资产4026亿美元，处理成本为875亿美元。重组信托公司的成功运作，为20世纪90年代美国经济繁荣打下了良好基础，也为其他国家处置不良资产提供了范例。

当然，中国的国情与美国及西方国家的情况，存在很大差异。

中国对不良资产是应该集中核销处置，或各家银行封闭处置，还是成立坏账银行——

资产管理公司进行处置？是成立一家公司来处置四家银行不良资产，还是从四家银行独立分设四家资产管理公司？

多种方案提出来了，只等拍板决策。

英明的决策

1998 年 12 月前后，朱镕基、温家宝、吴邦国等国家领导人，连续召开了由国家经贸委、中国人民银行、财政部、中国证监会及相关部门主要负责人参加的会议，听取了汇报，分析了中国及东南亚、东亚和世界经济金融状况，在第三种方案的基础上，综合借鉴了外国政府处置银行不良资产的模式与经验，结合中国实情，经过"通盘考虑、权衡利弊、反复酝酿、慎重研究"，最终形成了一致的意见。

国家决定成立四大国有独资资产管理公司，各家银行的坏账各家管，"各家的孩子各家抱"。

第一，由中国工商银行、中国农业银行、中国银行、中国建设银行分别组建中国华融资产管理公司、中国长城资产管理公司、中国东方资产管理公司、中国信达资产管理公司。

这四家公司的名称，分别取自四家商业银行全建制划转的四家信托投资公司，即工商银行的中国华融信托投资公司、农业银行的中国长城信托投资公司、中国银行的中国东方信托投资公司及建设银行的中国信达信托投资公司。

其后，中国长城信托与中国华融信托、中国东方信托、中国信达信托、中国人保信托五家信托投资公司，一并全建制整体划转，组建成立了中国银河证券公司。

第二，四家资产管理公司的主要任务，就是分别收购四家国有银行的不良贷款，并实施管理和处置，以最大限度保全资产、减少损失为主要经营目标。在管理和处置资产时，可以从事追偿债务、资产租赁或者以其他形式转让、重组等活动。资产管理公司应当按照公开、竞争、择优的原则管理和处置资产，在转让资产时，主要采取招标、拍卖、竞价等方式。

第三，四家公司组建事宜，由中国人民银行、财政部、中国证监会负责。人民银行负责监管，财政部作为出资人，负责财务监管，四家公司注册资本各为 100 亿元人民币，由财政部全额一次核拨到位。

第四，四家公司存续期暂定为十年。坏账处置完毕后，清算、并账，本着"从哪儿来回哪儿去"的原则，重回母体银行。

第五，四家公司为国务院直属机构，根据不良资产分布和管理需要，设置必要的派出办事机构。其管理级别，比照四家国有商业银行；领导成员由国务院任命；四家公司的党委书记，由四家银行的党委书记兼任，便于分别统一领导四家公司的组建、不良资产剥离、收购与处置管理等工作。

第六，中国建设银行为试点单位，率先筹备组建中国信达资产管理公司。

……

在党中央、国务院领导的直接关怀下，中国建设银行快速推进了中国信达资产管理公司筹备组建工作。1999年4月20日，中国信达资产管理公司在北京宣布成立。此举，也加快了工商银行、农业银行、中国银行组建资产管理公司的步伐。

5月初至中旬，中国人民银行银行监管一司分别征求了工商银行、农业银行、中国银行关于组建资产管理公司的意见，涉及内容包括不良资产剥离的标准，哪些应该剥离，哪些不应该剥离，哪些企业要剥离，哪些企业不需要剥离，剥离的时点、数额，谁来付这个钱，以及人员隶属关系等。

5月下旬，时任中国人民银行行长戴相龙主持召开了三家资产管理公司筹备工作会议。其中，中国农业银行行长何林祥、分管副行长王川、资产保全部总经理罗熹参加了此次会议。据罗熹回忆：当时还处于保密状态，会议内容很简单，戴行长要求各家银行尽快成立筹备班子。

随后，中国农业银行成立了中国长城资产管理公司筹备领导小组，组长由党委书记、行长何林祥担任，副组长为全体党委班子成员，分别是副行长李殿君、王川、汪兴益、杨明生、郑晖、韩仲琦，行长助理尉士武、唐建邦。

筹备领导小组办公室设在资产保全部，主任由尉士武兼任，成员有总经理罗熹，副总经理周清玉、徐雨云，以及从有关部室抽调的人员。

1999年7月21日，国务院办公厅向各省、自治区、直辖市人民政府，国务院各部委、各直属机构转发了人民银行、财政部、证监会《关于组建中国华融资产管理公司、中国长城资产管理公司、中国东方资产管理公司意见的通知》。

通知主要内容如下：

为了防范和化解金融风险，依法处置国有商业银行的不良资产，加强对国有商业银行经营情况的考核，根据党中央、国务院关于深化金融改革、整顿金融秩序、防范金融风险的统一部署，组建中国华融资产管理公司（以下简称华融公司）、中国长城资产管理公司（以下简称长城公司）和中国东方资产管理公司（以下简称东方公司）。

公司的性质是具有独立法人资格的国有独资金融企业。主要任务是：收购、管理、处置从对口银行剥离的不良资产，以最大限度保全资产、减少损失为主要经营目标。

业务范围包括收购并经营相应银行的不良资产，债务追偿，资产置换、转让与销售，债务重组，企业重组，债权转股权及阶段性持股，发行债券，商业借款，向金融机构借款，向中央银行申请再贷款，投资咨询与顾问，资产及项目评估，财务及法律咨询与顾问，企业审计与破产清算，资产管理范围以内的推荐企业上市和股票、债券的承销，直接投资，资产证券化等。

三家公司实收资本金为人民币100亿元，均由财政部全额拨入。

三家公司总部设在北京，根据业务需要设置职能部门和分支机构。

由人民银行负责监管，涉及人民银行监管范围以外的金融业务，由相关业务主管部门监管，财政部负责财务监管。党的关系归口中央金融工委管理。

三家公司承接不良资产后，要统筹所属机构，综合运用出售、置换、资产重组、债转股、证券化等方法对贷款及其抵押品进行处置；对债务人提供管理咨询、收购兼并、分立重组、包装上市等方面的服务；对确属资不抵债、需要关闭破产的企业申请破产清算。按照国家有关规定，通过向境内外投资者出售债权、股权，最大限度回收资产、减少损失。

国务院办公厅转发的这份文件，既是党中央、国务院组建资产管理公司的纲领性文件，也是国家关于不良资产剥离处置最基础的文件。

至此，国家组建资产管理公司的目的已然十分明确，至少达到以下三个目标。

第一个目标是，在短期内，改善四家国有商业银行的资产负债状况，提高其国内外资质与信誉，提高抵御金融风险的能力。同时，深化国有商业银行改革，对不良贷款剥离后的银行实行严格的考核，不允许不良贷款率继续增加，从而把国有独资商业银行办成真正意义上的现代商业银行，并为股改上市创造必要的条件。

第二个目标是，运用资产管理公司的特殊法律地位和专业化优势，通过建立资产回收责任制和专业化经营，实现不良贷款价值回收最大化。

第三个目标是，通过资产管理公司，对符合条件的企业实施债权转股权、重组、整合，支持国有大中型亏损企业摆脱困境，短期内，形成生机勃发的国有大中型企业体系，激发国家经济快速发展的巨大效能。

长痛不如短痛，这正是中国政府的英明与智慧之处。

中国政府务实地解决当下问题，用特殊时期的特殊方式，处理了眼前最棘手的事情；果断地剥离出 1.4 万亿元银行不良资产，建立新型的资产管理公司，极具战略远见、胆识和气魄。

中国华融资产、中国长城资产、中国东方资产、中国信达资产这四家国有公司，如同金融领域拔地而起的四根坚实有力的支柱，与国有银行一起，顶起中国的金融大厦。

飒爽登场

加速筹建

北京的秋天，正是四季中最宜人的季节。送走了夏日骄阳，迎来了天高云淡，昆明湖的碧波，香山的红叶，古都秋天的景色，令人心旷神怡。

可是，对于中国农业银行"组建中国长城资产管理公司筹建领导小组"的主要成员及领导小组办公室人员来讲，他们既无时间欣赏秋色，也未感觉到时节的凉爽，倒是增添了几分繁忙的汗湿。

上级领导机关很快明确了汪兴益、尉士武为中国长城资产主要班子成员，紧锣密鼓地筹备组建工作，由此进行了实质性的运作。

比如，落实起草公司章程，讨论组建方案、主要骨干人员选调、机构框架、资产划拨、财务划分和省市区分支机构的设置，特别是涉及组建工作的汇报、请示、报告等，筹备小组及其各位成员，就像拧足劲儿的发条，奔波于各个部委办局之间。

这是农业银行自 1979 年恢复以来第三次全国性分家。之前两次，俗称"一分一脱"：1994 年 11 月，分设组建了中国农业发展银行，从总行、省级分行、地市行，到县市行，成立专门负责与农业政策性业务相关的分支机构；1996 年初，全国农村信用合作社与农业银行脱钩，由中国人民银行代管，并开始按合作性原则，分期分批地完成农村信用社管理体制改革。分设农业发展银行与农村信用社脱钩，时间上比较充裕，都有两到三年系统组建时间，而且按照业务分类成块的划拨，人随业务走，熟门熟路，条线清楚，回旋余地都比较大，准备工作做得也充分。而筹备组建中国长城资产，不同于往常的是，要边组建、边剥离收购、边进入债转股等项目管理处置工作。

中国信达资产组建工作十分顺利，率先成立，迫于当时的国内外形势，国务院要求工商银行、农业银行、中国银行于 1999 年 10 月底前，成立华融、长城、东方三家资产管理公司。如何不折不扣地完成这一项紧迫的任务，乃是筹备领导小组和农业银行党委的当务之急、头等大事。

厉兵秣马

1999 年 9 月 24 日，国务院印发文件："任命汪兴益为中国长城资产管理公司总裁，尉士武、傅春生为副总裁。"同时，任命李占臣担任总裁助理（2000 年 7 月 2 日，国务院任命李占臣为中国长城资产副总裁）。

1999 年 9 月 24 日，中央金融工委印发文件："决定成立中共中国长城资产管理公司委员会，同时决定，何林祥任党委书记，汪兴益任副书记，尉士武、傅春生、李占臣任党委委员。"

此后，中央金融工委进一步明确了"国有资产管理公司总裁、副总裁（含相当职务）、总裁助理，分别执行与国有商业银行行长、副行长（含相当职务）、行长助理相对应的行员等级工资标准和住房制度改革相同待遇。"

据后任中国长城资产副总裁薛建回忆，四家资产管理公司领导成员行政职务由国务院任命，党内职务应由中央组织部任命。但当时考虑到资产管理公司存续期为 10 年，属于阶段性建制，中央组织部委托中央金融工委代行党务管理之职。

俗话说，鸟无头不飞。

国务院任命了中国长城资产四位领导成员，紧接着，中国农业银行开始在总行机关选调强将精兵，组建"大本营"。这是做好一切工作的基础，也是前提。

报名十分踊跃。只是传达了国务院办公厅的相关文件，还没待动员，报名加入中国长城资产团队的人员就达 380 多人。其时，农业银行总行连同培训中心等后勤服务部门，全加起来还不到一千人。

资产管理公司不仅使命神圣，任务紧迫，手段特殊，而且整个建制按照投资银行模式设置，前景广阔。对于胸怀抱负、年轻有为，并已在各个业务岗位上挑大梁的人来说，皆有前来施展一番身手的强烈愿望。

报名人数越多，选择的余地就越大。

汪兴益、尉士武满怀激情开始了队伍组建工作。他们与选调者谈话，逐一征求个人的意见，并初步确定了选调人员的任职部门和主要业务岗位。来自农业银行总行的人员中，95%以上为自愿请调、领导小组选调；少数重要岗位由总行党委安排，比如，时任总行资金计划部副总经理匡绪忠、办公室秘书处处长夏小蟾等。

按照"工作需要、个人自愿、行司协商、组织批准"原则和"年富力强、熟悉银行业务、政治素质好"的标准，多次磋商之后，公司总部从农业银行总行各部室总经理、副总经理、处长、副处长及主要业务骨干中，选调了66人。平均年龄不到34岁，本科以上学历人数比例达88%。

1999年10月11日下午，农业银行总行第二十层会议室，何林祥主持召开了第十六次行务（扩大）会议。出席会议的有李殿君、汪兴益、杨明生、郑晖、韩仲琦、尉士武、唐建邦、傅春生、李占臣及农业银行各部室主要负责人。

会议上，李殿君宣布了中国农业银行总行调入中国长城资产总部66人名单——

项目评估部：总经理马能泽，副总经理彭毛宇、刘钟声，项目评估处处长梁哲，资信评估处处长安仰东、主任科员孙刚、科员陈玮，市场信息处副处级干部熊顺祥、主任科员李效田，综合处主任科员钱绪红、周正勇、办事员郗彬；

综合计划部：副总经理匡绪忠，资金处主任科员王海、副主任科员吕振荣，计划处主任科员栗华田，资产负债处副主任科员戚积柏；

资产风险监管部：副总经理徐雨云，资产质量监管处处长朱丽华，银行资产处置处副处级干部勒晓阳、主任科员邹立英；

信贷一部：外汇信贷处副处长李仁华；

信贷二部：房地产处主任科员刘洪新；

信贷三部：金志峰（借调人员）；

零售业务部：副总经理余和研，业务开发处副处长张和玉；

稽核部：综合处处长石召奎、副处长王彤，稽核处处长张亚山、副主任科员刘芳；

市场部：综合处副处长李康；

财会部：会计一处处长胡建忠，监管处副处长张乔正，财务处主任科员陈为；

国际部：境外机构处主任科员李海燕；

科技部：办公室处长徐启民，软件开发中心主任科员沈毅；

办公室：秘书处处长夏小蟾、主任科员丁化美，政研处副处长曹付，政研处吴慧君（借调人员）；

党委秘书处：主任科员刘志伟；

宣传部：政工处副处级干部文显堂；

机关党委：综合处副处长龚文宣（主持工作），机关团委主任科员胡韬；

人事部：劳资处处长李俊海、主任科员王夏敏，系统处副处长景克，教材处主任科员刘欣；

总务部：总经理杨士忠，财务处科员刘勇，交通处办事员徐兆刚、赵文化；

长城信托公司：副总裁夏永平、李杰伟，人事部处长王玉春，办公室主任科员丁有奇，计财部副主任科员陶建春、科员张昕，资保部副处级干部包志涛、主任科员夏冰，信托部处长李洪昌、主任科员余长京，外汇部副处级干部刘新建，监审部系统部经理杨启荣、办公室副主任方广胜。

这是一支高素质的队伍，是中国长城资产总部最初也是最核心的人员班底。他们是公司总部的基石，为中国长城资产的宏伟事业奉献了智慧、汗水和热血，特予记录。

央行授令

1999 年 10 月 13 日，中国人民银行印发了《关于设立中国长城资产管理公司的批复》，批准成立中国长城资产管理公司，核准公司章程，核准总裁、副总裁任职资格。

批复全文如下——

中国农业银行：

你行《关于设立中国长城资产管理公司的请示》收悉，根据国务院办公厅转发人民银行、财政部、证监会《关于组建中国华融资产管理公司、中国长城资产管理公司、中国东方资产管理公司意见的通知》，现批复如下：

一、批准成立中国长城资产管理公司，核准《中国长城资产管理公司章程》。

二、批准该公司经营下列业务：

（一）收购并经营中国农业银行剥离的不良资产；（二）债务追偿，资产转换、转让与销售；（三）债务重组及企业重组；（四）债权转股权及阶段性持股，资产证券化；（五）资产管理范围内的上市推荐及债券、股票承销；（六）直接投资；（七）发行债券，商业贷款；（八）向金融机构贷款和向中国人民银行申请再贷款；（九）投资、财务及法律咨询与顾问；（十）资产及项目评估；（十一）企业审计及破产清算；（十二）经金融监管部门批准的其他业务。

三、根据《金融机构高级管理人员任职资格管理暂行规定》，核准汪兴益任中国长城资产管理公司总裁（法定代表人）的任职资格，核定尉士武、傅春生任中国长城资产管理公司副总裁的任职资格。

四、中国长城资产管理公司接受中国人民银行的监管、财政部的财务监管，其证券业务接受中国证券监督管理委员会监管；并按有关规定定期向中国人民银行、财政部等有关部门报送资产负债表和损益表等经营和财务资料。

五、凭此文到中国人民银行领取《金融机构法人许可证》，并到工商管理部门办理注册登记手续。

附件：中国长城资产管理公司章程（略）

在《中国长城资产管理公司章程》中，第二十七条规定，"总公司在组织机构的设置上具有投资银行功能"；第三十三条规定，"公司生存期暂定为 10 年。根据需要，经财政部同意，中国人民银行批准，公司生存期可提前结束或延长"。

这两条，对于中国长城资产后来商业化转型发展，产生了重要的影响。

至此，组建中国长城资产工作基本完成，条件基本成熟，到了挂牌成立的时候。

中国长城资产成立

1999 年 10 月 18 日，重阳节后第一天，也是星期一。

这是个喜庆吉祥的日子，天高气爽，风和日丽。

这一天，中国长城资产在北京正式成立。北京展览馆路的银龙苑宾馆——中国农业银行总行原培训中心，中国长城资产成立大会和揭牌仪式在这里举行，场面隆重且简朴。

何林祥、汪兴益、尉士武、傅春生、李占臣 5 位领导，和已经确定加入中国长城资产团队的 66 名男女员工，统一着藏青色西服，神采奕奕，面露兴奋的喜色，集体亮相。这在当时农业银行总行还没有统一制服的时候，成了一道十分亮丽的风景。

何林祥主持成立大会。

中央金融工委副书记、中国人民银行副行长阎海旺代表中央金融工委、中国人民银行，到会祝贺并致辞。财政部副部长楼继伟与何林祥揭牌。

汪兴益发表讲话。

作为首任总裁，汪兴益回忆起那些日子，仍掩饰不住内心的激动与骄傲。

前来祝贺的单位有中央金融工委、中国人民银行、财政部及各金融机构的负责人。在京各大新闻单位派出记者，报道中国长城资产成立的盛况。

这一里程碑式的盛典，象征着党中央、国务院深化金融体制改革、推进中国经济向纵深发展，取得了阶段性成果；象征着具有独立法人资格的国有独资金融企业正式运作，也预示了中国金融事业一片光明的前景。

中国长城资产的诞生，意味着中国过去固有的金融格局将发生革命性的变化，一个尚处于混沌状态的金融市场，也将因此而展露出新的生机与活力。

名号"长城"，意义非凡。

就中国长城资产的名称而言，尽管源自中国长城信托，相应延续了"长城"的命名，但是，作为中央金融企业的"长城"，它还有两层含义：一是揭示了当时中国金融市场如同建造万里长城，含有逐步走向规范与统一之意；二是亦如万里长城，抗击风险，保障中国金融甚至国家经济运行与发展的安全。

中国长城资产司徽的设计，是在其挂牌成立之后、第一次全国总经理会议之前开始酝酿，于 2000 年 3 月设计。它有多层含义：以中国古钱币为中心标志，突出了中国长城资产与中国金融的关系，整个图案体现了一种打破、重组、兼并的综合含义；用简洁明快的长城图案上承古钱币下启圆带，喻意长城与资产管理的最佳组合；司徽中圆带表示中国长城资产经营目标，即最大规模地保全资产、最大限度地减少损失等；以蓝色为底色，喻示沉静、严肃而勇往直前；看上去像一只展翅的金色大鹏，遨游于长城之上、蓝天之下，凝视前方，又似牛头，喻示股市的牛气冲天。整体上，司徽具有极强的现代感，充满力量，简洁明快，让人过目不忘。

　　中国长城资产诚如早已植根于中国人的心目之中、作为国家统一和安全屏障的万里长城。长城这一人类文明史上最伟大的建筑工程，凝聚了中国古代劳动人民的智慧和勇敢，任天地翻覆、世代更迭，两千多年来巍然屹立，雄视天下，护佑中华民族生生不灭、繁衍生息。

排兵布阵　挥师全国

中国长城资产挂牌成立之后，就像一支接受军令即将开赴前线的集团军，紧急谋划军事总部，选调强将精兵，组建各方战斗兵团，进行战前动员，在全国部署自己的战略宏图。

构筑大本营

"一张白纸，没有负担，好写最新最美的文字，好画最新最美的画图。"

这是毛泽东在 1958 年 4 月 15 日一篇文章的论点。虽然时代不一样了，但是道理是相通的，用到长城人身上也是合适的。

汪兴益谈起组建初期，感慨颇深。他说："说我们是白手起家，那不是假话，真正没有从农业银行带过来什么东西。长城资产成立的时候，总公司没有一分钱开办费，没有一辆车，没有一间房，什么东西通通白手起家。"他接着说，"但是，一张白纸，我们自力更生，全靠自己的奋斗！"

李占臣回忆时也深有同感："确实，创建初期，长城跟其他三家公司不一样，总公司面临许多困难，真正是房无一间，地无一垄，车无一辆，钱无一文。原来说好给长城公司的办公楼，农业银行领导带着大家也去看了选好的，后来又变了。"不过他强调，"长城人靠的是志气，靠的是一股子不屈不挠精神，一步步走到了今天"。

傅春生倒是没有过多的陈述，但从他的眼神里，也看到了同样的答案。

是啊，长城人在起步时就遭遇了困难，这也为漫长征途铸就了一身坚强的筋骨和奋斗的勇气，提前做了预示，埋下了伏笔，注定要在一张白纸上，画出精彩的图画，写出精美的文字。

中国长城资产总部临时所在地，设在北京西长安街复兴路的翠微大厦。

公司总部仅做了简易的装修、网络布线，配置了电脑、桌椅等简单的办公用品。1999年 12 月 1 日后，长城人陆续搬出农业银行总行大楼，入驻翠微大厦——公司总部简易但充满朝气的办公地点。

自打挂牌成立后，从汪兴益和其他领导到普通工作人员，人人心情愉悦，个个笑逐颜开，以一种豪迈的姿态、忘我的激情，投入崭新的工作岗位。但同时也深感时间紧迫，责任重大，未敢片刻懈怠。当时大部分处室只有一人，处长或主持工作的副处长光杆一个，顶着一摊子工作，从早到晚，加班加点，甚至夜以继日。常常是到了凌晨，总部各个楼层、各个办公室，还是灯火通明。热情、快速、高效，最能体现当时的办公情景。

前后用了不到一个月时间，公司总部基本完成了内部搭建工作，正常运转起来。

齐心、高效、快捷，初显了长城精神。

构筑大本营，是排兵布阵、挥师全国的重要一环。而内部机构的设置和人员的安排，则是公司总部首脑机关的核心动作。

在第一次公司总部内部机构的安排中，设置了 11 个部室，分别是办公室、债权追偿部、资产经营部（投资银行部）、资金财务部、人力资源部、法律事务部、审计部、科技信息部、党群工作部、国际业务部、评估咨询部（金桥金融咨询公司）。

1999 年 12 月 17 日，汪兴益签署了第一批部室负责人任命文件。

文件任命：

秦惠众任办公室主任，夏小蟾任副主任；

马能泽任债权追偿部总经理，石召奎、安仰东任副总经理；

徐雨云任资产经营部（投资银行部）总经理，张向东任副总经理；

匡绪忠任资金财务部总经理，胡建忠任副总经理；

曲行轶任人力资源部总经理，李俊海任副总经理；

杨国柱任法律事务部总经理，朱丽华任副总经理；

孟春任审计部总经理，张亚山任副总经理，杨启荣任副总经理级稽核员；

王代潮任科技信息部总经理，徐启民任副总经理；

杨士忠任党群工作部总经理，夏永平任副总经理；

余和研任国际业务部总经理；

刘钟声任评估咨询部（金桥金融咨询公司）总经理，彭毛宇、梁哲任副总经理。

同一天，公司总部任命了 33 个处室 37 名正副处长，任命文件由汪兴益同时签署。

文件任命：

办公室：丁化美任秘书处副处长，栗华田、雷鸿章任副处级秘书；龚文宣任政研处副处长；文显堂任宣传处副处长，王玉春任文档处处长；

债权追偿部：安仰东（兼）任投资业务处处长，张和玉任资产收购处处长，勒晓阳任资产管理处处长、包志涛任副处长，周正勇任评估管理处副处长，方广胜任投资业务处副处长；

资产经营部（投资银行部）：王彤、刘洪新任一处副处长，李仁华、金志峰任二处副处长，李康任三处处长、吴慧君任副处长，曹付任资产处置处副处长；

资金财务部：陈为任经营计划处副处长，王海任资金营运处副处长，张乔正任固定资产管理处处长，邹立英任会计处副处长，李效田任统计处副处长；

　　人力资源部：景克任干部处处长，王夏敏任劳资处副处长，刘欣任组织处副处长；

　　审计部：李洪昌任直属稽核处处长；

　　科技信息部：曾德超任应用开发处副处长，沈毅任设备营运处副处长；

　　党群工作部：胡韬任群工处副处长，刘志伟任机关党委办公室副主任（副处级）；

　　国际业务部：刘新建任外汇业务处副处长，李海燕任外事处副处长；

　　评估咨询部（金桥金融咨询公司）：熊顺祥任综合管理部处长，钱绪红任资产评估处副处长，孙刚任信息咨询处副处长。

　　2000年2月21日，公司总部增设了法律事务部两个处和资产经营部、资金财务部、党群工作部各一个处，并任命各处负责人，同时，对中国长城信托投资公司各部门及负责人进行了确认。

　　文件任命：

　　佟铁成任法律事务部法律事务处处长、邹燕任规章制度处处长；何仕彬任资产经营部股权管理处副处长；夏冰任债权追偿部资产收购处副处长；陶建春任资金财务部财务管理处副处长；丁有奇任党群工作部行政管理处副处长。

　　文件确认：

　　陈希为证券部总经理（正处级），王浏、刘光耀为证券部副总经理（副处级）；石捷为基金部副总经理（副处级）；余长京为信托部副总经理（副处级）；王长慧为资金清算部副总经理（副处级）；杨彦明为北京证券交易营业部总经理（正处级），周敏为总会计师、王冬为副总经理（副处级）。

　　一晃，二十年过去了。

　　时至今日，上列绝大多数人已经历练成为中国长城资产队伍中的中坚力量，很多人依旧在各个重要岗位上奋斗不息；也有一些人已经退休，颐养天年；更有人业已作古，驾鹤西去，但他们留下的奋斗足音，仍然在耳畔回响。

　　这些中坚力量为中国长城资产的发展奉献了智慧、奉献了汗水、奉献了一生中最美好的时光！

　　历史将永远记住他们！

筹建办事处

　　不少老长城人的记忆里，一直藏着许多不为人知的秘密。

　　这儿说说筹建办事处时的两件小事。

　　一件是"四海英才齐汇聚"。同公司总部一样，筹建办事处，首先是从农业银行各省市分支行选调人员。许多人心向未来的事业，为了进得长城的门，不惜找亲托友，帮忙说话。尽管自身条件不错，他们也为求个心里踏实。有的办事处当时拟任总经理的手机几乎打爆了。一时间，在全国农业银行系统，形成了万人报名、奔向长城的热潮。

另一件是"身在曹营心在汉"。公司总部设立后，各部室随即奔赴各地开展调研等工作，而各省市办事处正在筹建之中，人员还没确定，也无办公地点和交通工具。许多人尽管还是农业银行员工身份，但早已心系长城。为了不授人以口实，有的人请假出来，有的人利用下班时间，给公司总部人员提供方便，配合开展不良资产摸底等工作；有的人本身就是主管信贷或负责风险项目的，近水楼台，对各种情况了如指掌，纷纷献出"锦囊妙计"……

几许苦涩，几许甘甜，几许幽默，仅凭趣史钩沉。如今说来，相视莞尔一笑，不便向外人道也。

筹建和设置办事处，是中国长城资产全国战略布局中极其重要的环节。

中国长城资产成立之前，已经酝酿机构格局，并向上级机关多次汇报沟通。挂牌成立几天后，即1999年10月26日、28日，就向中国人民银行、财政部先后呈报了《关于组建中国长城资产管理公司分支机构有关事项的请示》。

为什么同时要向两家国家机关请示呢？

因为那时的人民银行是负责银行业和非银行金融机构监管，管理全国分支机构的设置；财政部是出资人，是中国长城资产的唯一股东，代表国家行使出资人的权利。人民银行和财政部都是上级，所以上报了两份请示，但内容大致相同，主要有三点：

第一，除西藏外，拟在全国30个省、自治区、直辖市及5个计划单列市，设立35家办事处，并以省会城市（计划单列市）驻在城市命名。分别是：北京、天津、石家庄、太原、呼和浩特、沈阳、长春、哈尔滨、上海、南京、杭州、合肥、福州、南昌、济南、郑州、武汉、长沙、广州、南宁、海口、成都、重庆、贵阳、昆明、西安、兰州、西宁、银川、乌鲁木齐、大连、宁波、青岛、厦门、深圳。

第二，系统人员编制拟为2500人（向财政部请示中，办事处原则上设主任1人，副主任1至2人；人员编制控制在2000人左右），主要从农业银行系统选调，另外从社会上招聘一批急需的专业技术人才。

第三，办事处组建工作拟在一个月后完成，即1999年11月底前结束。

中国人民银行原则同意所报内容。财政部则在11月5日的批复中，只同意设置28家省级办事处。至于在全国哪个省（自治区、直辖市）、哪个城市设置办事处，则由中国长城资产自己选定。一下子少了7家办事处，这与原来的设想有差距。不过，公司总部还是根据财政部的批复，做了两个方面的调整。

一方面，执行与调整。选择在全国28个省（自治区、直辖市）设立办事处，即北京、天津、石家庄、太原、沈阳、长春、哈尔滨、上海、南京、杭州、合肥、福州、南昌、济南、郑州、武汉、长沙、广州、南宁、海口、成都、重庆、昆明、西安、兰州、乌鲁木齐、大连、深圳。

对于内蒙古、贵州、宁夏、青海、宁波、青岛、厦门等农业银行各分行剥离收购的不良资产管理业务，分别归属北京（内蒙古）、昆明（贵州）、兰州（宁夏、青海）、乌鲁木齐和杭州（宁波）、济南（青岛）、福州（厦门）等办事处。1999 年 11 月 5 日，中国长城资产向人民银行专题上报了设立 28 家办事处的请示。

另一方面，积极向财政部及其司局反映实际情况。比如，农业银行的内蒙古、贵州分行，虽说剥离的不良资产数量少，可是分布的面广，内蒙古的业务覆盖东西 2400 多公里，贵州多数业务分布在崇山峻岭中的少数民族区域。

本着有利于就近处置、司法属地管理、防止资产流失等因素，经过多次汇报、反复磋商，财政部最后同意增加呼和浩特、贵阳 2 家办事处，共 30 家。

此外，考虑到中国长城资产"点多面广战线长"、跨越省区管理资产和需要足够的人手等实际情况，2000 年 1 月 20 日，财政部在《关于中国长城资产管理公司人员编制的复函》中，批准人员编制为 3200 人。

办事处作为公司总部的派出机构，实行一级法人体制，垂直管理，行政级别比照中国农业银行省级分行确定。至此，中国长城资产全国机构分布格局已经确立。

办事处已经确定，下一步工作就是选配办事处总经理、副总经理。

人是生产力中最活跃的因素，人的因素直接和最终决定资本的效能。从这个意义上讲，人也是中国长城资产的第一资本，是有形和无形资产实现保值增值的根本要素。

因此，无论在公司总部从中国农业银行总行选调人员的过程中，还是在办事处组建的过程中，始终将人的工作放在各项工作之首，可谓重中之重。

比照四大国有商业银行的省级分行，办事处是厅局级别的金融机构。通俗地讲，在地方党政机关序列中，办事处领导成员为省管干部。虽说中央金融企业不同于党政部门，但是，直到现在，同四大国有商业银行一样，中国长城资产副总经理级及以上人员，仍然遵照执行中共中央印发的《党政领导干部选拔任用工作条例》，进行考察、选拔、报批、任用。既然是省管干部，办事处正副总经理的确定，不仅行司两家要经过多轮磋商，取得一致的意见，还要分别征得各省、自治区、直辖市及计划单列市党委和政府，以及金融监管部门的同意。这样，全国一大圈子下来，前后历时三个多月。

2000 年 1 月 26 日，中国长城资产与中国农业银行联合发文，作出任免决定。

决定如下：

　　张记山任北京办事处总经理，赵振江、毛墨堂任副总经理；免去张记山北京市分行副行长职务。

　　王守仁任天津办事处总经理，魏芸、王荣宽任副总经理；免去王守仁天津市分行副行长职务。

　　傅春奎任石家庄办事处总经理，程凤朝、袁景任副总经理；免去傅春奎河北省分行副行长职务。

　　李锦彰任太原办事处总经理，谢作瑜任副总经理；免去李锦彰山西省分行副行长职务。

　　张乐义任呼和浩特办事处总经理，荣十庆任副总经理，徐耀任总经理助理；免去张乐义内蒙古自治区分行副行长、总稽核职务。

　　范振斌任沈阳办事处总经理，谷云凯、冯志强任副总经理；免去范振斌辽宁省分行副行长职务。

时德义任长春办事处总经理，花长春、牟铁军任副总经理；免去时德义吉林省分行副行长职务。

赵家国任哈尔滨办事处总经理，魏泽春、曹进先任副总经理；免去赵家国黑龙江省分行副行长职务。

王云明任上海办事处副总经理（主持工作），周礼耀任副总经理，杜永杰任总经理助理；免去王云明上海市分行副行长职务。

陈锡达任南京办事处总经理，陆嘉康、马学荣任副总经理；免去陈锡达宁波市分行行长职务，免去陆嘉康安徽省分行副行长职务。

倪复兴任杭州办事处总经理，管康振、叶忠书任副总经理；免去倪复兴浙江省分行副行长职务，免去管康振宁波市分行副行长职务。

牛莉任合肥办事处总经理，刘方成、张盛沛任副总经理；免去牛莉安徽省分行副行长职务，免去刘方成安徽省分行行长助理职务。

谢德寿任福州办事处总经理，严正、陈鸿珊任副总经理；免去谢德寿福建省分行副行长职务，免去严正厦门市分行副行长职务。

陈敏任南昌办事处总经理，王美华、陆生山任副总经理；免去陈敏江西省分行副行长职务。

李文山任济南办事处总经理，许希民、李庆义、郑世澜任副总经理；免去李文山山东省分行副行长职务，免去李庆义山东省分行工会主任职务。

周照良任郑州办事处总经理，刘卫成、吕福来任副总经理。

黄天雄任武汉办事处总经理，曹明泉任副总经理，倪体洲任总经理助理；免去黄天雄湖北省分行副行长职务。

周云贵任长沙办事处总经理，周达苏任副总经理，陈章任任总经理助理；免去周云贵湖南省分行副行长职务。

王良平任广州办事处总经理，黄虎、杨家绪任副总经理；免去王良平广东省分行副行长职务。

刘永任南宁办事处总经理，谭运财任副总经理；免去刘永广西壮族自治区分行副行长职务。

葛冲任海口办事处总经理，李安华任副总经理；免去葛冲海南省分行副行长职务。

李天应任成都办事处总经理，易诚、谭建川任副总经理；免去李天应四川省分行副行长职务。

宋德先任重庆办事处总经理，王成建、王明芳任副总经理。

宋先元任贵阳办事处总经理，王仕轩任副总经理，夏平任总经理助理；免去宋先元贵州省分行副行长、总稽核职务。

郭尔合任昆明办事处总经理，罗树才、韩柏林任副总经理。

李玉林任西安办事处总经理，陈自东任副总经理，赵永军任总经理助理；免去李玉林陕西省分行副行长职务。

　　白昆任兰州办事处总经理，张兰永任副总经理；免去白昆甘肃省分行副行长职务。

　　顾明华任乌鲁木齐办事处总经理，贺晓初、乌斯满江任副总经理；免去顾明华新疆生产建设兵团分行副行长职务，免去贺晓初新疆维吾尔自治区分行副行长职务。

　　孙波任大连办事处总经理，免去大连市分行副行长职务。

　　陈建新、万洪春任深圳办事处副总经理。

　　中国长城资产第一任办事处领导成员，理当成为最初的"长城人的脊梁"，支撑起了中国长城资产一片天地，风风雨雨，坚定地走过了二十年。现在，第一代办事处总经理先后全部退休了。可是，他们仍然关注牵挂着中国长城资产的成长，期待更加美好和广阔的未来。他们曾经的奋斗精神，将鼓舞一代代长城人前进的脚步。

友谊宾馆誓师

　　2000年1月25日至27日，中国长城资产在北京友谊宾馆召开了成立以来的第一次全国办事处党委书记、总经理工作会议。

　　30家办事处党委成员、总经理、副总经理、总经理助理和公司总部副处级以上人员，都参加了会议。

　　这次会议的主题是，统一思想，落实好党中央、国务院交办的任务，尽快完成办事处组建、人员选调工作，研究讨论不良贷款的收购、处置和管理工作，建立符合自身系统运作的经营管理机制，抓紧员工培训，建立适应市场化的员工队伍，为完成神圣使命作出贡献。

　　会上，汪兴益作了《努力办好长城公司，为化解金融风险支持企业改革和发展而奋斗》主题报告；何林祥作了题为《把握全局，加强党建，尽快打开长城资产管理公司工作局面》的讲话；会议结束时，尉士武就会议讨论问题，做了进一步强调和说明。

　　会议讨论的重点，围绕如何收购、管理和处置巨额不良资产，如何最大限度地回收资产和支持国有企业改革等一系列问题展开。

　　困难与机遇并存，任重而道远。

　　中央政府明确了资产管理公司的性质、任务、目标和业务范围，并赋予处置坏账的一系列特殊政策。然而，怎样分门别类地处理每一笔不良资产，这就要看长城人的聪明才智了。

　　资料显示，1999年10月底，农业银行贷款规模近2万亿元，中国长城资产承接剥离的坏账达3458亿元，涉及190万户、450万笔。而中央政府设计金融资产管理公司存续期为10年。就是在这10年间，要全面完成中央政府赋予的任务，困难不少。

难点之一，没有现成的路可走。

运用西方资本市场、金融市场比较成熟的资产管理方式，来管理和处置不良资产，在我国还是第一次。譬如，针对一家债务缠身的企业，是进行债务追偿，还是资产置换、转让？针对一家已经停牌的上市公司，是债务重组、企业重组，还是债权转股权、阶段性持股？等等。这些都需要我们去试水、去探索，创造性地实践，选择一种既能化解风险、盘活资产，又能为国家多挣些钱回来，还能让企业起死回生的多赢方式。所以，引用"摸着石头过河"一词来形容当时的情形，是再确切不过的。

难点之二，西方国家虽有成功的做法，但不能生搬硬套。

商业银行剥离的坏账，形成的原因是多方面的，由于各个时期国家政策、自然灾害和人为等因素，历年积累的银行呆滞呆账，应该定性为"政策性不良资产"。而在西方国家，没有政策性坏账一说，它们的模式，完全是一种纯商业性的。同时，由于制度、体制、机制和债务群体等区别，需要在具体工作中，具体研究和创新。

难点之三，剥离收购的不良贷款成分复杂。

成分复杂，也是指不良资产的形态杂乱。例如，呆滞里边存在大量的呆账贷款，甚至重复核销的呆账贷款。如在呆滞类别的账面上，反映有家乡镇企业有贷款，可到了实地一看，只是一片玉米地，人员、厂房、设备等早已毫无踪迹。这些情况增加了尽职调查和处置的难度。同时，由于刚刚组建和起步，工作中必然会遇到一系列理论和现实问题。此外，长城人所处的市场环境也不尽如人意。诸如市场机制和社会保障机制不健全、社会法制有待进一步完善、资本市场发育不充分、机构和个人投资者匮乏等问题，尤其是一些地方政府和民间，多年习惯于"挂账核销"，逃废债的心理已然十分普遍。

选择什么样的路，运用什么样的手段，采取哪种方式，既符合国情民情，又能够完成中央政府的任务，十分现实地摆在了长城人的面前。

但是，第一次全国办事处党委书记、总经理会议，全面地分析了形势，明确了目标，看到了优势，增强了信心。

信心，来自党中央、国务院对资产管理公司的高度重视，并将赋予特殊的政策措施。

信心，来自正视困难，把自身面临的问题吃透，变压力为动力，变动力为活力，既不盲目乐观，也不盲目悲观。

信心，来自人民银行、财政部等上级机关和各省（自治区、直辖市）党政部门给予的支持。

信心，来自母体银行给予的良好配合，如两个亲兄弟分家一样，尽管也会出现意见不合，甚至抵触，但总体目标是一致的。

更重要的是，信心，来自中国长城资产拥有一批年富力强、精通业务、怀揣梦想的员工队伍，这是最为宝贵的财富，也是中国长城资产的未来。

总之，机遇与挑战并存，希望与困难同在。只要团结协作，努力拼搏，就一定能够完成党和国家交给的历史使命。

毫无疑问，这次友谊宾馆会议是一次动员鼓劲大会、战前誓师大会、系统工作启动大会。自此，中国长城资产就像一台庞大的内燃机开始运转起来。

下好六步棋

友谊宾馆会议之后，中国长城资产各项工作迅捷地在全国展开。

办事处一边剥离收购管理重点不良资产企业和项目，一边招兵买马、选调干部，筹备组建工作。

各办事处先后挂牌成立时间：

2000 年 2 月 18 日，呼和浩特、长春办事处；2 月 26 日，大连办事处；2 月 28 日，北京、天津、南昌办事处；3 月 1 日，南宁办事处；3 月 3 日，济南办事处；3 月 6 日，海口、杭州、郑州、西安办事处；3 月 8 日，贵阳办事处；3 月 9 日，广州、长沙、成都办事处；3 月 10 日，福州、武汉办事处；3 月 13 日，乌鲁木齐、重庆办事处；3 月 16 日，太原办事处；3 月 17 日，沈阳、昆明办事处；3 月 18 日，石家庄、南京办事处；3 月 20 日，合肥办事处；3 月 26 日，哈尔滨办事处；3 月 30 日，兰州办事处；3 月 31 日，深圳办事处；4 月 29 日，上海办事处。

到了 2000 年 4 月底，组建工作全部完成。30 家办事处如同 30 棵大树，根须牢牢地扎在中国金融版图上。

与此同时，公司总部人员迅速进入角色，与时间赛跑。用汪兴益的话说，好比高手对弈，及时下好了"六步棋"。

第一步棋，建立全国办公运行系统。

从组建初始起，公司总部就以着力抓好公文质量为关键点，建立一个高起点、规范化的全国办公系统。

办公运行系统，包括办文、办会、办事在内的制度规定，具有统一、规范的要求。

就说办文，1999 年 11 月 1 日，公司总部印发《关于中国长城资产管理公司使用发文代字的通知》。此文，是建立和规范公司总部办文的第一份正式红头文件。办公室政研处拟就了 18 个发文代字号，汪兴益从中圈定了 7 个代字号："中长资发"，用于传达党中央、国务院及上级机关重大的会议文件精神，重大决策和部署全系统工作的重要文件；"中长资函"，用于向同级机关通报、商洽的重要事项；"中长资报"，用于向上级机关的请示、报告、汇报，反映情况、陈述问题，提出建议和答复上级机关询问等；"中长资转"，用于转发上级机关的重要文件和同级机关涉及中国长城资产的重要文件；"中长资任"，用于人事任免；"中长资办发"，用于传达上级机关重要会议文件精神，公司总部及系统内重要事项安排的文件；"中长资办函"，用于内部及向同级机关通报、商洽的重要事项。

同时，在短短的两个月内，公司总部建立起 20 多个办文、办会、办事等办公制度和管理办法，保证了全国系统政令畅通，上传有序，下达有规。

2000 年 1 月底，在公司总部行文的基础上，指导各办事处建立了办公系统，形成了一整套制度体系，形成了中国长城资产管理工作中的重要一环。

这当中有两个小插曲。

其一，"中国长城资产管理公司"印章，由国务院制发。不过，印章尺寸是有讲究的。各省（自治区、直辖市）人民政府、国务院各部委和国有商业银行的印章，直径为5厘米，中国信达资产因为成立时间早，也是5厘米。国务院秘书局在制发中国长城资产等其他三家公司印章时，按照"国务院各直属机构的印章，直径四点五厘米"的规定条款制作，印章直径小于母体银行和中国信达资产，行司联合行文时，印章尺寸也明显不一样。

时任办公室副主任夏小蟾发现后，随即向国务院秘书局反映，并与其他两家公司一起陈述原委，最后印章被收回并重新制发。

另据夏小蟾回忆，公司总部第一次启封用印，也是启用第一个"中长资函"件，是发布推荐重庆办事处黄立仁担任渝钛白化工厂厂长的正式文件。

其二，办公室政研处在起草30家办事处文件代字时，由于均使用省会城市的简称，出现简称重复的问题。如长春和长沙的简称，都为"长"字。经协商，长沙办事处用湖南省简称"湘"字作为代字号；海口市使用海南的简称"琼"字作为发文代字号。

无论是公文代字还是印章使用，不仅是公司总部政策水平、管理能力和务实作风的综合体现，也是中国长城资产的"门面"，而且直接关系到纵横向联系和指导系统工作。

第二步棋，建立不良资产剥离收购的管理系统。

在中央政府给予的政策框架下，分解、细化了剥离收购不良贷款的条款，具体地明确了工作的原则、范围、条件、程序和要求，统一了操作的方式方法，防止各行其是、执行上出现偏差。

其一，剥离收购的基本原则，实行总量控制。

剥离收购不良贷款的总额为账面贷款3458亿多元，其中呆滞贷款2710亿多元，呆账贷款748亿多元，要求办事处收购农业银行一级分行剥离的呆滞、呆账贷款，控制在下达的规模之内，不能突破。整个剥离收购工作必须按规定程序，逐户进行剥离收购。对拟定剥离收购的不良贷款存有异议时，行司双方要从大局出发，既不降低条件，也不提过分要求，积极协商沟通，尽可能达成共识。

其二，剥离收购的范围不能扩大。

收购范围限定为1999年9月底前在本外币常规贷款科目中核算的，按四级分类法认定的呆滞、呆账贷款。与剥离收购不良贷款相对应的表外应收利息，也一并无偿划拨，表内应收利息待人民银行和财政部明确后办理。农业银行专项贷款（已实行债转股企业的专项贷款除外）、西藏分行贷款中的不良贷款暂不列入剥离收购范围。

其三，剥离收购的条件不可降低。

在剥离收购范围内拟申报剥离收购的不良贷款，必须做到债权债务落实和贷款手续基本完备，不能剥离收购债权债务不落实的不良贷款，否则，不仅会造成资产管理公司无法处置的问题，而且也不利于农业银行加强信贷管理和信贷的风险防范。

其四，剥离收购的程序必须把牢。

严格按规定的程序操作，不得越权或逆程序操作。在审核、审批过程中，要把握好审核、债权转移确认、账务处理及资金清算三个关键环节。收到一级分行送来的剥离收购不良贷款申报审批材料后，不管是审批权限内的还是审批权限外的，都要逐户逐笔认真审核，逐户逐笔发出债权转移确认通知书等。同时，严格按照财政部的规定，做好收购资产和待处置资产的评估工作。采取纸质文本和电子版同时上报确认的形式，以提高审核效率和账务处理效率。

但是，在剥离收购后期，由于工作量巨大，而且要限时完成剥离收购工作，所以，少数办事处仅按账面价值签字收购，没能进行逐笔逐户审核确认，以及评估实际损失值。这些给后来的补办工作带来不小的难度。

第三步棋，建立并尝试不良资产经营处置方式。

1999 年 10 月 19 日，中国长城资产成立后的第一次总裁办公会议，研究和部署了对国有企业的债转股及资产重组工作。此后，分别同大连华录电子公司、江西南飞纺织机械公司等 18 家企业（其中中国长城资产牵头的有 7 家）签订了债转股意向协议，债转股总额为 33.25 亿元。对多年亏损被深交所停牌处理的重庆渝钛白公司，进行债务及资产重组，不仅为渝钛白公司尽快摆脱困境创造了条件，也为尝试资本运营、开拓资产重组业务、盘活不良资产等方式，进行了有益的探索。

第四步棋，建立资金财务运行系统。

资金财务管理，是保障公司总部及全国办事处正常、有序运行的基础，也是发展的内在动力，重点体现在以下五个方面。

其一，重点建立经营计划管理制度，为业务经营和考核提供依据。

经营计划管理是内部运行的调控手段，通过编制业务经营计划，明确公司总部各部室和各办事处的经营目标、经营任务和考核奖惩标准，通过计划管理促进各项经营目标的实现。

其二，建立起灵活高效、集中统一的资金调控系统，提高资金的营运效益。

财政部拨付资本金中的现金十分有限，资金来源也全部是人民银行再贷款。要增强经营活力，就必须千方百计地创造现金流，实行营运资金的高度集中，统一管理，以保持资金运行的平稳有序，实现效益性、安全性和流动性的统一。在头寸管理方面，公司总部作为系统资金经营和管理的中心，对办事处实行头寸限额管理，对超限额的头寸及时上收，对头寸不足的则提供临时借款。各办事处在公司总部授权范围内，按照下达的业务经营计划，规范资金营运活动，主动及时地归集和上划处置资产收回的变现资金，以及各类可流通证券资产，严禁以各种形式截留和挤占挪用。

其三，建立财务管理约束机制。

公司总部下发的《关于当前若干财务问题的通知》对办事处编制全年的财务预算起到了指导作用：本着真实、合规、准确的原则列支，严禁出现虚列成本、转移支出等违规行为；对应执行权责发生制的利息支出等，根据期限按规定的利率计提；对与资产处置相关的评估费、咨询费等专业服务费和手续费支出，按公司总部制定的统一标准执行；对于工资等人员费用，严格按照公司总部下达的计划执行，并据此按规定计提各项经费；对资金、财产的各项损失，根据权限进行处理；等等。

其四，建立统一、规范的会计核算体系。

按照统一的会计电算化体系，在公司总部设立账务处理中心，各办事处的业务、账务数据，全部集中到中心核算。对不符合《会计法》、会计准则和会计制度的经营行为，拒绝办理资金清算和会计核算，保证会计数据的真实性和权威性，有效发挥会计的监督职能。

其五，建立高效灵活的信息反馈系统。

为保证统计信息全面、及时反映经营管理情况，实行业务数据、会计数据与统计数据一体化处理、人财物综合统计和评价的大统计管理模式，建立科学、规范的统计报表体系和分析体系，保证真实反映管理决策和信息传输畅通。

第五步棋，建立符合自身实际的经营机制。

从国外处理不良资产的实践经验看，决定处理不良资产的能力、效率、效益的关键因素不外乎两个方面：一是机构人员的构成及其层次；二是有效的激励机制和约束机制。为了最大限度地发挥专业优势，规范化经营，公司总部从一开始，就着手建立符合自身运作要求的经营机制，专门成立了基本制度审定委员会，审定通过了授权管理资产经营、财务管理、员工管理、廉政建设及审计监督等十项基本制度，运用和发挥了制度的保障作用。

第六步棋，强化了队伍的廉政建设和风险防范意识。

中国长城资产在组建初期，就极其重视各级领导班子和员工队伍建设，以着力增强全体员工廉政意识和职业道德观念。因为处置的不良资产受到社会各方面的广泛关注，涉及面很大，最终怎么处置、作价、转让等，不仅对企业、对地区经济乃至对国民经济的发展，都是非常重要的。

能不能按照政策、原则来操作，防范道德风险，关键在于领导班子和员工队伍建设。从某种意义上讲，处置不良资产的道德风险不亚于银行贷款。因此，强调各级领导班子和员工队伍的建设，强调纪律的严肃性与员工执行纪律的自觉性，对于防范道德风险，树立良好的形象，起到了极其重要的作用。

中国长城资产成功的运作实践也告诉我们，组建资产管理公司，是中国金融体制改革的一项重大举措，对于依法处置国有商业银行的不良资产，防范和化解金融风险，促使国有银行轻装上阵、股改上市，促进国有企业扭亏脱困和改制发展，都具有重大的战略意义。

当初精心组织设置，精心系统布局，精心排兵布阵，选调精兵强将，挥师全国，开篇即下好了"六步棋"，在肩负神圣使命的征途上，中国长城资产高起点行进，厚积薄发，铺就了长城人前进的道路。

筑梦长城，高定位高起点，并一路前行。

曾子曰："士不可以不弘毅，任重而道远。仁以为己任，不亦重乎？死而后已，不亦远乎？"《论语·泰伯》

不是志向宏大刚毅的人，不足以承担重任，不能坚持行万里路。以中央政府重托为己任、有担当的长城人，2000年至2006年，整整七年时间，用智慧和辛勤劳动，收购处置政策性不良资产，把一个"坏银行"经营得风生水起，实现了国家利益、社会效益与自身效益多赢的局面。

长城人不负重托，不辱使命。二十年长城人的奋斗史，从这里拉开序幕。

第二篇

不负重托

第 四 章 CHAPTER 4

奏响翠微序曲

世纪之交的 2000 年春天，一过完农历庚辰龙年春节，北京翠微大厦的中国长城资产总部，就开始忙碌起来。

按照党中央、国务院的部署，尽快完成中国农业银行数千亿元不良资产的剥离接收任务，对于公司总部刚刚挂牌、内部机构还未健全、办事处也未组建的长城人来说，显得有些仓促。然而，时代赋予特殊使命，长城人从一开始就表现出了强大的战斗力，不畏艰难，服从大局，一边全盘谋划，研究方案，一边调兵遣将，集结部队，组建中踏上征途，开赴前线战场。

长城人二十年的奋斗史始于北京翠微，也正是在北京翠微奏响序曲。

决胜千里

《史记》云："运筹帷幄之中，制胜于无形，子房计谋其事，无知名，无勇功，图难于易，为大于细。"

不良贷款剥离收购工作是一个庞杂的系统工程，牵一发而动全身，涉及全国千家万户，国家宏观战略使命使然，是行司两家共同的重任，必须根据国家的战略部署，做好顶层设计，全方位谋划，并注重每一个重要细节。不良贷款剥离收购工作更是一个全新的领域，前无古人的事业，没有现成的经验可循，只能在实践中摸索。

边组建、边收购，成了当时的主题词。

中国长城资产成立后的几个月，位于北京翠微大厦办公楼的灯光，经常亮到深夜。汪兴益、尉士武、傅春生、李占臣，这四位中国长城资产的班子成员，白天马不停蹄地处理事务，晚上碰头，交换意见，形成决策共识，部署全国办事处组建和资产剥离收购工作。

夜深人静，办公室日光灯映照着几张疲惫的脸。

"坚决执行中央领导指示，边组建边收购！"

汪兴益话音刚落，喜欢开玩笑的傅春生接了话头："边织网边捕鱼。"坐在一旁的尉士武和李占臣会心地笑了，一时气氛活跃了不少，消除了些许疲惫，略微松弛了绷紧的神经。

第一任领导班子，从各自的个人背景看，是个恰当的组合。汪兴益出道于财政，从基层财政局局长干起，直到财政部的部长助理、农业银行副行长，可谓经验丰富，是一位帅才。尉士武也是从基层农业银行的行长上来的，直到农业银行总行的行长助理。傅春生、李占臣分别担任过农业银行河南省分行和北京市分行的行长，各自统领过几万甚至十几万人的队伍。他们都有丰富的经历、阅历和领导大兵团作战的经验，优势互补，配合起来相得益彰，为决胜千里打下了基础。

因工作需要，尉士武于2000年3月调任中国农业发展银行。虽然工作时间短暂，但为中国长城资产组建以及前期各项工作都作出了贡献，留下了良好的口碑。

2000年1月17日，中国农业银行、中国长城资产行司两家总部联合行文下发《关于剥离收购不良资产方案》。同时决定，在江苏省江阴市进行剥离收购试点，以确保不良资产剥离收购工作的质量和进度。为了做好江阴的试点工作，行司两家同时向江阴派出工作组，实地指导，收集情况，随时和北京保持热线联系。

南京办事处第一任总经理陈锡达全程参与了试点工作，算得上是"第一个吃螃蟹的人"。如今，陈老已年过七旬，回忆起那一段不平凡的经历，仍然有些激动。他说，江阴的试点工作无疑取得了难得的第一手经验。

2000年2月23日至25日，中国长城资产全国资产收购工作会议在天津召开，全面部署收购工作；2月下旬至3月上旬，在天津、长春分别举办资产收购、账务处理培训班，以提高员工的业务素质，规范资产收购工作程序，保证收购工作质量和进度。在业务培训基础上，又引导各地结合实际，有重点、有针对性地进行了再培训。有的办事处在培训前，与农业银行省级分行一起选择一个典型县，作为剥离收购工作的试点。通过试点，探索经验，研究解决收购工作中出现的实际问题，提高了培训工作的针对性和实用性。

收购工作政策性强，情况复杂，必须全国一盘棋。按照"坚持条件，保证质量，主动协调，加快进度"的要求，坚持收购范围和条件，中国长城资产出台了一系列指导性措施。

指导性措施如下：

一是明确必备的审批材料，尽力简化审批手续，加快审批进度。

二是根据最近国务院有关债转股工作的指导精神，加快对于债转股企业的不良贷款的剥离收购进度。

三是要求各办事处要抓紧对5000万元以上不良资产的审核，审核通过后，要尽快与农业银行联合行文，并以最快方式一式两份上报公司总部和总行，实行同步审批。

四是抓紧对符合条件的呆账贷款的审批和清算工作。

五是对行司双方没有争议的呆滞贷款尽快剥离收购，并进行资金清算。

六是要及时沟通协商，对行司双方存有异议的，要着眼大局，既不降低标准，也不提过分要求，实事求是协商解决，不要在枝节问题上相互扯皮，影响工作进度。

　　为确保收购工作的质量，层层建立了不良贷款收购工作责任制。对审核审批、债权转移确认、账务处理和资金清算等环节的责任，落实到部门和人员，使不良贷款收购工作的每一个步骤都纳入责任管理之中。同时，建立责任追究制度。

　　自 2000 年 3 月起，无论是在春寒料峭的北国，还是在早已春光明媚的江南，一场收购不良资产的战役全面铺开。

　　公司总部领导班子成员和有关部门负责人，各带领一班人马，组成了 13 个督导组，来回穿梭于各办事处，赴各地检查指导收购工作。

　　为了加强收购工作的组织领导，形成分工明确、有序协作的工作态势，根据公司总部要求，各办事处陆续成立了以总经理为组长、由副总经理和各部门负责人组成的收购工作领导小组，负责与农业银行协调，解决剥离收购中的重大问题，确保收购工作有序进行。

　　公司总部和各办事处的工作班底，都是来自农业银行，特别是办事处的总经理、副总经理，大多原来在信贷岗位工作，对农业银行的不良资产形成原因比较熟悉，算得上轻车熟路。但是，收购工作量和难度之大，实际情况仍然远远超过预料。

　　据最后统计，四家资产管理公司收购的不良资产总额都差不多，都在 3500 亿元左右，而中国长城资产 3458 亿元不良资产的贷款，却高达 198 万户、459 万笔，相当于其他三家公司收购户数和笔数总和的数倍。中国长城资产所收购资产的构成也最为复杂，涉及"三农"各个行业，包括粮棉油收购、农资农具、小水电，涵盖乡镇企业、供销社、农业生产生活资料、农业垦殖等；还有更多的农户，平均每户贷款额度只有 15 万元，最小的一笔贷款只有 1 角 5 分钱，有三分之一以上贷款户的资产是零资产。资产分布地域也最广，除西藏、台湾、澳门之外，全国各地都有中国长城资产收购的贷款，而且一半的资产分布在县以下区域。更让人头痛的是，这些不良资产大部分形成于计划经济时期。由于部分国有企业因债务沉重而陷入困境，资本市场还不成熟，经济结构正处于大调整时期，这些国情因素，导致不良资产的构成极其复杂。

　　且不说这样的资产状况，将为今后的资产处置与经营增加难度，眼下，如此巨大的收购工作量，对照国务院紧迫的时间要求，对全体长城人来说，就已经是一场硬仗。

　　俗话说，到什么山上唱什么歌。

　　行司原本一家，现在虽然行司党委书记由一人担任，但既然分家，就存在各自不同的利益诉求。剥离收购不良资产，涉及行司两家的利益，不可避免会存在争议。问题很现实，也很具体，有的涉及剥离收购的重大原则。虽然行司两家顶层制订了较为完善的方案，但各地分支机构在执行上差距较大，尤其是工作全面铺开以后，具体问题千变万化，各种矛盾相互交织。

　　问题和矛盾的焦点集中在剥离收购条件、债权转移通知书回执等方面。还有就是，因为农业银行不良贷款实际存量远大于所剥离的数字，收购中不可避免地存在选择的余地，双方对具体项目又都熟悉。如收购一个 5000 万元甚至 1 亿元以上的项目，就差不多相当于一个有成千上万户的县级支行的规模；对于金额大、质量好的项目，一个想要、想收购，另一个不愿意给、不同意剥离。有的地方就一个具体剥离收购项目，耗时一两个月甚至更长时间，来回拉锯，剥离收购工作不得不暂停。

一时间，通过电话请示、文字报告甚至赴京专题汇报，各地情况源源不断汇总到了北京，摆到了汪兴益等领导的办公桌上。

翠微大厦17楼办公室的灯光依然是通宵达旦。随时召开会议研究部署，各部门负责人随时待命，随叫随到。

通过向财政部、中国人民银行请示汇报，经行司双方沟通协商，在原来行司两家联合行文下发《关于剥离收购不良资产方案》的基础上，再次行文《关于剥离收购不良资产的补充通知》，对具体操作实践中反映的有共性的重大问题进行了明确。

从总部到各省份，行司"联席会议"制度自上而下地建立起来，就剥离收购中存在的具体问题，实事求是，协商解决。在充分协商的同时，公司总部积极引导各办事处与农业银行及时沟通协商，着眼大局，既不降低标准，也不提过分要求，不在枝节问题上相互扯皮，影响工作进度。为了确保剥离收购工作进度，按时完成任务，行司密切配合，定期上报，分批清算，促使了不良资产收购、清算工作及时换挡提速，进入快车道。

反映到高层的问题也很快得到回复，人民银行及时召开协调会议，形成了《会议纪要》，行司共同转发。

《会议纪要》转发后，各地纷纷结合实际，调整部署，加强行司协调，精心组织，通力合作，加班加点，全力以赴推动资产收购工作，不良资产收购进度明显加快。

中国长城资产从筹备开始，始终坚持以大局为重，与母体银行主动协调，把握政策，坚持原则，做了大量艰苦细致的工作。面对困难和问题，全体员工兢兢业业，任劳任怨，忘我工作，始终保持着饱满的工作热情和昂扬的斗志。

2000年4月13日，因何林祥从农业银行调任中国农业发展银行，中国长城资产党委书记由继任农业银行行长、党委书记尚福林接任。

百日会战

2000年3月到6月，正是千禧年春夏交替的季节。

按照国务院"务必在六月底前完成剥离收购不良资产"的要求，中国长城资产集中收购从农业银行剥离的数千亿元不良资产，前后约一百天，人们后来称之为"百日会战"。

"百日会战"是中国长城资产30家办事处成立后的第一场硬仗。长城人开足马力，全力以赴。

虽然，初创时期的办事处，开展工作的条件还不具备，人员没有全部到岗到位，有的办事处桌椅还没配齐，存放资料必备的文件柜也没置办，有的办事处在农业银行办公楼的过道里临时铺开摊子，有的甚至连个办公场地都没着落，但是国务院设置的时限迫在眉睫，完成资产收购成了长城人压倒一切的任务。

按照国家的部署和行司两家总部的安排，以支行为单位进行剥离收购，按批次流水作业。作为中国长城资产成立后的首场硬仗，收购农业银行剥离的不良资产的大幕悄然拉开。

有道是："绿遍山原白满川，子规声里雨如烟。乡村四月闲人少，才了蚕桑又插田。"2000年3月，春风又绿江南岸。

这里是农业银行长沙某支行的一处办公地。二楼狭小的夹层，成了长沙办事处的临时工作场地。从长沙办事处挂牌之日起，这里突然热闹起来。楼前的停车坪，挂了全省各地车牌的卡车、面包车、小车汇聚，人们从车上卸下来成捆成箱成堆的资料、档案，肩扛手提，向二楼夹层汇集。一时车水马龙，门庭若市，虽拥挤不堪，却井然有序。

湖南全省14个地州市的100多个县级支行，被划分为7个片区，刚刚组建的长沙办事处40多号长城人分成7个收购小组，实行全员收购。资料堆积如山，在片区与片区之间，仅仅留出了一条窄窄的过道；每个人都神经高度紧张，不放过每一张纸片和任何一个阿拉伯数字。

春夏之交，长沙的天气从来是一场接一场的雨，空气潮湿，能嗅到四处潮乎乎的味道；春暖花开的日子如此短暂而金贵，仿佛总是在一夜之间，长沙人直接从冬天过渡到了夏天。而这狭小而密闭的空间似乎与世隔绝，早已忘记了窗外的日出日落、雨雾阴晴。人多拥挤，资料散发着严重腐蚀的气味，空气混浊，让人有一种窒息的感觉。

资料一张张交接，数据一笔笔核对，噼里啪啦算盘声、电脑键盘敲击声、交流质询解释声，响成一片。湖南自古"十里不同音"，前后百日时间，来自三湘四水不同的乡音交融在一起。

翻开这些陈年旧账，有些账龄达二三十年，有的合同借据纸张已严重腐蚀，有的借据金额小到几毛钱，有的手续不全，资料不齐，仅一张白条，甚至是当年廉价香烟包装纸；多数企业早已倒闭，死亡绝户不在少数。湖南本是农业大省，地域分散，人口众多，具有先天的涉农基因及遍布三湘四水的特点，农业银行在湖南点多面广，决定了所收购的不良资产呈现典型的分散、小额、质差、债务悬空格局。

石家庄办事处面临的收购任务也极其繁重。河北作为农业大省，下辖11个地级市、172个县（市、区），地域广阔、客户分散，由于农业银行贷款"散小差"的突出特点，这些拟剥离的贷款几乎分散在全省的1970个乡镇当中，且农户、个体工商户、养殖户、乡镇企业、供销社、县办工业占了很大的份额。

面对繁重的压力，办事处刚刚组建、平均年龄35岁的团队，还来不及转换角色，就迅速分兵布阵，投入了收购战役。一百天里，11个收购小组分别负责11个地区，废寝忘食、夜以继日，认真审核每一笔贷款、每一张借据。所有办公室的灯光都通宵达旦，员工们困了就在办公室桌上眯一下，醒了就继续埋头审核堆积如山的借据。短短的一百天内，他们经受住了考验，按时按质按量完成了收购任务。庞大的数字背后，凝结了办事处员工的辛劳和汗水，也开启了这个相对年轻、富有朝气的新组建团队新的征程。

长沙、石家庄办事处收购场面只是全国办事处的一个缩影。

值得一提的是，公司总部及时推广了武汉办事处"项目收购小组"的收购办法，收到了事半功倍的效果。说起此事，时任武汉办事处总经理黄天雄总是津津乐道。这一办法就是将当时可以动用的人员集中起来，甚而连司机等后勤人员都动员起来，每三人一组，分成若干收购工作小组，分地市以县支行为单位进行收购。全国组成了360多个小组，调动一切可以调动的资源，形成百日合围之势。

百日会战，是中国长城资产发展史上声势最为浩大的一役。东西南北中，三千长城人如同三千铁骑，同时出击，遍地开花。

在华东地区，合肥、济南、南京、杭州、福州、上海等办事处，先后召开了办事处与农业银行省市分行的联席会议，研究部署剥离收购工作，推动"百日会战"迅速开展。合肥、南京办事处在试点基础上，及时制定出具体可操作的《收购不良资产工作的意见》，从阶段划分、组织领导、标准条件、工作职责到各种表簿的制作、审核要点的设计，做得细致且到位，确保不良资产收购质量。

在华南地区，广州、南宁、海口、深圳等办事处，立即组织人员起草收购细则，根据不同情况，有重点地安排收购人员，加强收购力量。广州办事处身处中国改革开放的前沿。广东省作为试点省份，积淀了大量的不良资产，这也是国家改革开放付出的代价。因此，广州办事处剥离收购金额，是30家办事处中最多的。针对不良资产分布的特点，广州办事处组织了26个工作小组，重点配置到沿海县市和当时经济相对薄弱的粤北区域，保证收购工作顺利实施。

在西南地区，成都、重庆、昆明、贵阳等办事处，不良资产大多分布在崇山峻岭、深山密林的"老少边贫"地带。这些办事处在迅速制订收购方案的同时，进行全体动员，鼓舞士气，要求员工不仅思想上做好准备，而且要落实到具体行动上。成都办事处召开"特别党员大会"，要求每个党员干部发挥表率作用，加快收购进度，形成了顾大局讲奉献、抢时间抓收购的良好氛围。昆明办事处主动与农业银行召开联席会议，研究资产托管问题，并联合发文，明确彼此管理责任，加强对剥离资产的管理工作，确保国有资产安全。

在华北地区，北京、天津、石家庄、太原、呼和浩特等办事处，迅速成立若干工作小组，奔走收购第一线。收购工作中，坚持"先大后小、先易后难"的原则，严格按照行司确定的条款，对拟剥离的不良资产进行逐户逐笔审核收购。北京办事处还根据城市不良资产特点，在成立7个工作小组之外，单独成立了一个负责单个客户5000万元以上资产收购工作的专项组，使收购工作快捷、有序地展开。

在华中地区，武汉、长沙、郑州、南昌等办事处，一方面积极落实公司总部战略部署，分门别类地研究制订不良资产收购计划，及时跟进；另一方面主动向当地省委、省政府及有关部门汇报剥离收购工作的情况，得到党政部门的支持和帮助。武汉、长沙办事处还以旬报的方式，向当地党政和公司总部、农业银行总行报告剥离收购进度，指导和推进辖区内工作。

在东北地区，沈阳、长春、哈尔滨、大连等办事处，结合各地实际，急速部署，加强与农业银行机构的协调，精心组织，通力合作，全力以赴推动资产收购工作。沈阳办事处与农业银行辽宁省分行确定辽阳市作为收购不良资产的试点地区，在模拟剥离工作的基础上，进一步明确了剥离收购的基本原则、工作程序和沟通协商制度，对拟剥离的不良资产进行全面审核收购。

在西北地区，西安、乌鲁木齐、兰州等办事处，地处西北重要省份和辽阔的边疆区域，它们在与当地农业银行机构协调商洽之后，采取了一地一策、一企一策的剥离收购方式，在人手少的情况下，高效推动剥离收购工作。西安办事处在收购工作中摸索出多到现场实地调查考察、少听汇报等"四多四少"的经验，以最终能否变现作为重要的收购原则，得到推广。乌鲁木齐办事处所辖自治区和新疆生产建设兵团的两块业务，范围166万平方公里，占我国总面积的六分之一，主要不良资产分布在少数民族地区。而兰州办事处的业务，横跨甘肃、青海、宁夏三个省（自治区），以青海为例，九成的不良资产在玉树、海西、海北、海南、黄南、果洛6个藏族自治州，为了一个企业、一个项目，往往要跑一两千公里的路程。但是长城人并没有丝毫退缩，而是风风火火地投身于西北战场。

收购大战，历时百日。每日捷报频传。

截至2000年6月30日，中国长城资产全面完成了3458亿元不良资产收购工作，经与农业银行核对一致后，并报财政部和中国人民银行同意，根据早先制定的《剥离收购不良贷款资金清算办法》，行司先后进行了七次资金清算，直至资金清算结束。

翻开尘封的档案，长城人"百日会战"的事迹材料鲜活如新，林林总总，感人至深，可歌可泣，观者无不为之动容。连续奋战三个多月，全体员工舍小家而顾大家，放弃了所有的节假日，有的为了完成收购任务推迟婚期，有的为了审阅收购资料磨破手指，有的累倒在工作岗位上，有的在父亲母亲重病住院时也不能尽孝于床前，甚至有的在亲人去世时因远途的耽搁而来不及奔丧。

三个多月中，全体将士牢记党中央、国务院的重托，听从公司总部的号令，披星戴月、风雨兼程、马不卸鞍、人不解甲，保持连续工作的状态，出色地完成了收购不良资产的任务。

收购工作完成以后，公司总部总结表彰了全国一批收购工作先进单位和先进个人。长城人经受住了挑战和考验，队伍经受了战斗锻炼与洗礼。

2000年6月底，中国长城资产按时完成了不良资产收购任务。这既是国家赋予中国长城资产的使命，也是全体长城人担当之所在。

2000年春夏更替的季节，历史会记住这个百日！

直面"散小差"

"散小差"，是对当年收购的农业银行不良资产状态的高度概括，约定俗成。散，是指不良资产分布面广，而且零散、分散。小，是指一笔金额小到元、角、分。差，是指资产质量严重不良，尤其是不良资产中成分复杂、形态混乱，呆滞里边存在大量的呆账贷款，不少是已经核销的贷款，还有大量的重复债权、空债权、零资产。这些，不是个案，几乎是普遍现象。

中国是农业大国，农业、农村、农民"三农"问题突出，其中农民问题是"三农"问题中的核心问题，表现为农民收入低，增收难，城乡居民贫富差距大。农村问题集中表现为农村面貌落后，经济不发达。农业问题则集中表现为农民种田不赚钱，产业化程度低。

农业银行正是基于这样一个"三农"现状，长期以来主要服务于"三农"弱势产业、区域和群体，具有单笔贷款数额小、发放分散、运行成本高、周期性强、受自然灾害影响大、涉农贷款占比高的结构特征。其剥离的不良资产，有相当一部分是政策性原因造成的，弱势产业的政策性贷款形成的不良资产多、损失大，此外也有农业银行自身风险管理不到位等经营上的原因。

长城人是从农业银行中选调过来的，对收购的不良资产的实际状况，非常清楚。

据曾担任过农业银行河南省分行行长的傅春生回忆，以郑州办事处为例，这次共收购不良贷款总额120多亿元。应该说河南省分行的不良资产远远不止这个数字，就全国而言，也远远不止总额3458亿元。河南与湖南都是农业大省，按照估算，在体量上照说河南应该比周边的其他省份要大，但湖南省收购了181亿元，比河南多出了几十亿元。其中的原因是国家明确以1998年底农业银行上报的不良贷款四级分类中"呆账贷款"和"呆滞贷款"数据作为剥离收购的依据，剥离和收购时不得修改调整。

换句话说，农业银行各地分支行事前并没有全面反映实际的不良资产状况，1998年底上报的不良资产数据不同程度上存在水分。

汪兴益长期工作在财政系统，尉士武、傅春生、李占臣三人又是"老农金"，一直工作在农村金融战线，直接掌管全省和参与全国农业信贷管理。他们对农业大省特别是贫困地区的涉及农村金融资产情况，自然心里有一本账。各办事处领导成员都是从农业银行过来的，也是了解得清清楚楚，对农业银行不良贷款的状态及成因有充分的话语权。

由于多种原因，多年来各地都存在不同程度上的瞒报漏报，在贷款的四级分类时，实为"呆账贷款"却列入了等级相对高的"呆滞贷款"的情况很多，形成事实呆账。正是基于不良贷款实际存量远远大于剥离收购的数量，剥离收购选择的余地和空间较大。剥离收购政策十分明确："呆账贷款"是全额剥离，而"呆滞贷款"则是部分剥离。出现前文所述各地行司之间为了各自的利益在"呆滞贷款"项目选择上的矛盾，也是情理之中。

在没有对剥离收购的资产进行实际评估的情况下，这个"家当"价值几何呢？

公司总部处置办公室提交了一份调研报告，用事实和数据归纳总结了收购的资产"散小差"状态。

摘要如下：

一是收购资产质量差。特别是收购呆滞贷款中的事实呆账贷款占比较大。接收资产总额为3458亿元，其中账面反映呆账748亿元，而呆滞贷款中的事实呆账达1295亿元。按初评估折现值计算，现值金额为910.8亿元，如果事实呆账贷款按呆账评估折现，现值金额仅为540多亿元。由于贷款质量较差，预计回收率可能比评估折现值还要低。

二是资产管理难度大。与其他几家公司不同的是，中国长城资产收购资产户多、额小、分散，与公司机构设置、人员配备不相适应的矛盾十分突出。实际接收的资产达 200 万户，而大额贷款企业则很少。据统计，单户贷款 1000 万元以上的只占总户数的 0.3%；单户贷款 1000 万元以下的占 99.7%（其中单户 80 万元以下的 188 万户，占 96.4%）；而且有 170 万户、1500 亿元分散在县以下乡村。机构设在省城，资产遍及乡村，管理鞭长莫及的问题十分严重。如长沙办事处按现有人员计算，平均每人要管理处置不良资产 8000 多户、22220 笔、金额 4.02 亿元。过去，农业银行湖南省分行 2170 个网点、3700 名专业信贷人员管理 56 万户，贷款金额 480 亿元，人均管理 151 户、1300 万元，办事处人均管理户数和金额，分别是农业银行专业信贷人员的 53 倍和 30.9 倍。管理难度和工作量不可想象。

三是企业逃废债问题严重。许多企业将资产管理公司当成债务核销公司，在一些地方政府和有关部门的支持下纷纷破产甩债，有的是以主动申请破产方式逃废中国长城资产债务，有的借企业改制之机悬空债务，也有的在计划外破产套用计划内破产政策，使国有金融资产损失严重。据统计，收购不到一年时间，就有 1578 户企业以改制、破产为由逃废债务 118 亿元。仅湖南益阳地区农业银行剥离的资产 23.4 亿元，破产企业 88 家，破产金额 6.76 亿元，借改制之名逃债 2.8 亿元，两项合计 9.56 亿元，占总资产的 40.85%。类似的破产逃债问题在全国各地普遍存在。虽然各金融部门联手制裁，但仍难以遏制这一不良风气的蔓延。

这份调研报告事实清楚，数据准确，直面"散小差"。由此可以想象，长城人接下来的不良资产处置工作，任务何等艰巨。

趁热打铁

从大量调研和各地通过收购工作反馈的信息看，公司总部党委一班人敏锐地意识到，必须尽快加强对收购的不良资产的管理，趁热打铁，工作的重点，从"边组建、边收购"转移到"边收购、边管理"上来。

为了做好不良贷款剥离收购后的管理工作，公司总部随即出台了《资产管理暂行办法》及相关细则，明确了资产管理条线的两个核心要点：严格按照财政部的规定，认真做好资产评估工作；加强资产管理，最大限度地保全资产、减少损失。

资产评估是资产收购和处置中重要而且不可或缺的环节。

对按账面价值收购的不良贷款进行评估是必要的，可以弄清不良资产的市场价值及实际损失值。但如果按常规的资产评估办法进行评估，不仅烦琐复杂，工作量大，难以在短期内完成，而且评估成本也高。因此，要求在国家有关部门未出台相关收购资产评估办法前，没有必要聘请中介机构进行收购资产评估。但在资产处置前，必须坚持进行资产评估，同时，及时做好资产的基础管理工作，按客户建立资产管理台账，实行资产的分类管理，探索尝试多种资产管理方式，实行资产管理责任制等。

据此，公司总部及时出台了相应的《资产评估管理办法》，对待处置资产评估的全过程实行规范化的管理，包括评估立项、委托、资产清查、评定估算、审查确认各个环节。为了保证资产评估的质量，建立公司总部对接受资产评估业务委托的中介机构，实行统一资格确认制度和定期评价制度；中介机构在评估中作弊或玩忽职守，致使资产评估结果失实的，立即取消该中介机构的评估资格。

各办事处根据公司总部要求，及时加强了资产的基础管理工作，根据本地实际，制订了具体的资产保全方案，建立了相应的资产管理档案。根据资产的种类、占用形态、担保方式、额度大小及债务企业的性质等因素，对资产进行分类管理。逐步完善了资产管理的内容，包括债权维护、风险监测、债务追偿、损失处置等。

由于收购的资产多是县以下农户、乡镇企业、供销社贷款，数量多、金额小，工作任务繁重和机构人员少的矛盾十分突出，各地结合不良资产的实际，在政策允许的范围内，有的放矢地尝试了各种资产管理方式。

事实上，中国长城资产从成立起就十分明确自己的历史使命和职能定位，采取"边组建、边收购、边管理、边处置"的策略，超前部署。

打一个形象的比方就是"边收割，边打场"。事实上，从2000年下半年起，中国长城资产就已经正式步入不良资产全面管理处置的轨道。

在不良资产管理处置中，有一个重要的政策措施，就是国家赋予的"积极实施债转股，搞好企业重组和资产证券化，加快资产清收变现"的处置方式。2000年是实现国有企业三年脱困目标的最后一年，可以说，实施债转股是实现这一目标的重大举措和重要手段。就当时而言，运用债转股手段，既是落实国务院目标所采用的行之有效的办法，也是为各家办事处如何管理处置不良资产起到统领和示范全局的作用，蹚出一条路子。

基于此，中国长城资产及时组织对国家经贸委推荐、农业银行审查同意债转股的企业进行全面摸底调查，核实有关债权债务，掌握企业的生产经营状况，加快债转股的评审工作。在此基础上，抓紧完成了牵头企业债转股工作，积极配合主债权资产管理公司搞好相关企业债转股，按时参加债权人会议并及时反馈意见。

同时，认真研究债转股后股权管理，先后出台了一系列办法，明确股权管理的目标任务、职责和工作程序，探索有效的股权管理模式和股权退出通道。

通过股权管理，促使企业强化管理，完善法人治理结构，转换经营机制，真正搞活企业。

ST类上市公司，可以说是中国长城资产一类重要的壳资源。对这类公司实施资产重组，可以为后续资本市场运作奠定良好的基础。为了集中有效的资源，明确规定ST类上市公司的资产重组由公司总部直接操作，由相关办事处积极配合，并负责对这些上市公司进行重点调查，研究对其资产重组的思路和方案。

对非上市公司，重点选择大项目、大企业进行资产重组，综合运用企业兼并与收购、增资扩股、资产剥离、股权置换等多种方式搞活企业。对于一些抵押物、质押物可以带来稳定可预期的现金流的债权，积极筹划，主动地向国家有关部门汇报，进行资产证券化的探索。

　　"问渠哪得清如许，为有源头活水来。"
　　在接下来的时间里，长城人全身心投入政策性不良资产处置工作，用他们的才智和汗水，履行职责，完成使命。

第 五 章 CHAPTER 5

坏银行变奏曲

　　坏银行（坏账银行，Bad Bank）是舶来词，专指处理不良资产的专门机构。

　　中国长城资产无疑是一家典型的坏账银行。相对于其他三家资产管理公司，中国长城资产收购的3000多亿元不良资产无疑是差中之差、坏中之坏。因此，长城人需要比同行付出更多的努力。一切从零开始，需要在实践中不断探索，进行资产维权，打击逃废债，创新不良资产管理理论，长城人硬是用自己的智慧和辛勤劳动，把一个"坏银行"经营得风生水起。

　　就像从一首古老的固定低音变奏曲到自由变奏曲一样，由于采用了不同的手法，使主题产生了一系列变化，按照艺术构想演奏出和谐独立的乐章。

谋定而后动，知止而有得

　　国家在资产管理公司是否设立的问题上，还曾有过少数不同意见，有些人士认为，没有必要成立资产管理公司，不良贷款多数是国家政策性原因造成的，肉煮烂了反正都在锅里，可以豁免了事。

　　"贷款贷款，十年一免；不是不免，时间还短。"20世纪60年代，中国曾对银行贷款的"豁免"，在一定程度上造成了社会信用缺失，尤其在农村地区，存在一些债务人拿了贷款等着核销的现象。不良资产剥离收购，也不同程度地造成了社会的错觉，资产管理公司似乎成了人人可以吃的"免费午餐"。

　　说狼来了，狼就真的来了。情况严峻，各地逃废债风潮快速滋长和蔓延。

　　来自成都办事处的消息：

　　自中国长城资产2000年6月30日完成不良资产收购以来，仅仅短短的18天，被收购企业纷纷利用破产形式逃废债务，申请破产企业多，涉及面广，来势猛，迅雷不及掩耳。从掌握的情况看，一种情况是想方设法挤入"全国2000年兼并破产和再就业计划"，逃废债务。在成都办事处收购的企业中，已有15户企业正式申报要求列入该计划，贷款金额为35605万元，破产方案中，中国长城资产的受偿率均为零。另一种情况是一些企业向法院提出破产申请逃废债务。自2000年7月起，成都办事处就收到全省各级法院的企业破产公告或申报债权通知书70份，涉及中国长城资产收购的企业68家，贷款本息42599万元，无论是不是优先受偿，"破产分配方案"或"破产预案"都将中国长城资产的债权划分为一般债权，受偿率微乎其微。

四川某毛纺厂，剥离本息7288万元，在收购前，该厂曾于1997年就向当地人民法院提出过破产申请，尽管农业银行四川省分行当时与当地政府达成了受偿1800万元的意向协定，但是企业最终以破产之名，行逃废国有金融债务之实，提出的破产方案让中国长城资产颗粒无收。

类似情况，在山东、黑龙江、江西、青海、湖南等地也不同程度地冒了出来。

仅截至2000年7月底，全国19家办事处若干债务企业中，已有201家进入破产程序，涉及中国长城资产债权金额14.7亿元，已终结的有23家，债权金额为3.04亿元，受偿0.3亿元。

而这些项目，多是公认有较大处置潜力的资产，是不良资产中的"优良资产"。如果连这些资产都只有这样低的回收率，那么剩下的其他资产几乎只能全部打水漂。也正是这些"优良资产"，才会让当地政府和企业实施破产有"油水"。

随着债权债务关系的转移，企业趁机采取种种方式变卖或转移资产，悬空债务。一方面，当地政府的地方保护思潮蔓延；另一方面，资产剥离后，尚未建立行之有效的措施，行司之间也没有建立起委托代理关系。农业银行不可能再像过去那样，关注已剥离贷款企业收本收息和债权维护，给了企业逃债之机。

对此，公司总部十分清醒：这种情况如果得不到有效遏制，将不可避免地造成国有资产的严重流失。必须积极主张权利，防止资产流失，已成燃眉之急！

公司总部派出30个工作组，分别前往30家办事处，全面开展维权调研工作。

一个月后，两份调研报告呈报公司总部，摆在了汪兴益的办公桌上。一份是来自西安的《资产保全是收购工作结束以后必须解决的当务之急》，另一份《关于委托县级农业银行"以收代管"不良贷款的调研报告》则来自长沙。

西安办事处调研报告提出，必须尽快采取措施，保全资产。一是建立企业管理台账，尽快完善资产的档案管理。二是建立科学规范的网络管理系统，实行开放式管理。三是收购和清算结束后，组织各收购小组开展"回头看"工作。四是及时对收购企业按管理和处置目标进行分类。

报告提出了积极探索资产管理的途径：首先，选择合格主体委托代理，鼓励办事处与基层农业银行主动探索"委托管理，代收本息，比例付酬，超收计奖"的委托管理办法。其次，从不良资产比较分散的实际出发，积极考虑按经济区划设立管理小组，每个小组两到三人，在农业银行系统内定向招聘，交纳保证金。再次，要"任务到组，责任到人"，设专兼职项目经理；按债权金额大小，分层负责管理。最后，强化与当地党政公检法及社会各相关部门的联系，努力改善外部环境。

长沙办事处的调研报告，则为债权维护推开了一扇窗户。

报告通过对宁乡县剥离不良资产的情况进行逐户分析，认为委托县级农业银行管理和处置不良资产是一个较好的模式。农业银行从业人员多、业务熟练程度高；现有农业银行网点有利于延续对不良资产的管理，人员熟悉不良资产形成原因，能够迅速进入角色，寻找合适的处置办法，从而保持连续和衔接，防止断层和真空。

委托代理模式以及全面推行的"公告确权"，为债权诉讼时效与期间管理、资产的日常维护、实物资产的管理与维护、打击逃废债等安装了稳固的防火墙。

公司总部立即召开了总裁办公会议。

总裁办公会时间很短，汪兴益等几位当家人一拍即合，没有任何分歧和不同意见。会议确定，两篇调研报告立即向全国转发、推广，并迅速向当地政府和法院通报，以营造良好的资产维权环境。

2000年7月25日，公司总部印发了《关于当前债权维护与资产保全有关问题的通知》。与此同时，武汉办事处联合华融、信达、东方三家资产管理公司办事处，向湖北省人民政府提交了《关于支持企业改革保全国有资产的报告》，得到了充分的认可，并由省政府办公厅行文，转发各市、州、县人民政府落实执行。

湖北省政府支持资产管理公司保全国有资产的做法，切实起到了示范效应。各地如法炮制，争取当地政府部门的支持，对于遏制逃废债风潮起到了一定的缓解作用。

一鼓作气，双管齐下。

为改善司法环境对资产处置不利的局面，中国长城资产组织力量，搜集材料，汇总各地追偿债权中遇到的实际问题、典型案例，向财政部、人民银行、最高人民法院报告，摆明问题，分析危害，提出建议。

此情，也引起国家领导人的高度重视。

2001年4月11日，最高人民法院颁布了《关于审理涉及金融资产管理公司收购、管理、处置国有银行不良贷款形成的案件适用法律若干问题的规定》，从法律上，支持资产管理公司债权维护工作。这一柄闪亮的"尚方宝剑"，来得恰逢其时。

各地闻风而动。

济南办事处主动寻求司法部门的支持，多次向山东省高级人民法院反映在不良资产管理中所遇到的法律障碍，促使山东省高院颁发了《关于依法审理和执行资产管理公司追索债权案件有关问题的意见》，解决了资产管理公司办事处在诉讼中的法律地位，督促程序中支付令的适用，财产保全的担保、抵押、逾期利息，最高额抵押的主合同债权转让等问题。

西安办事处牵头召集了四家资产管理公司办事处联席会议，共同向陕西省人民政府上报了《关于维护国有金融债权、支持金融资产管理工作，促进全省经济发展的意见》；联手向陕西省高级人民法院反映资产管理、处置中存在的司法困难和问题的做法，引起了省高院的高度重视，邀请四家办事处召开专门会议，充分协商，并颁发了《陕西省高级人民法院关于审理中国信达、东方、华融、长城四家资产管理公司办事处为债权人的案件有关问题的通知》，明确了相关法律解释和界定。

其他办事处，如石家庄、太原、长春、哈尔滨、沈阳、南京、杭州、南昌、福州、长沙、广州、成都等，积极取得地方党政和司法部门支持，运用法律武器，有效地遏制和打击逃废债行为。

兵法云：夫未战而庙算胜者，得算多也；未战而庙算不胜者，得算少也。多算胜，少算不胜，而况于无算乎！

长城人以其敏锐的嗅觉和洞察，果断决策，及时出手，得算多也。

七年磨一剑，百战染千丝

从 2000 年剥离收购完成，到 2006 年底，先后七年时间，3000 多名长城人不畏艰险，不辞辛劳，风雨兼程，奋力拼搏，创造了一个又一个辉煌，不辱使命，圆满完成不良资产处置任务。长城人用他们的实际行动，兑现了自己"不到长城非好汉，到了长城要奋战"的初心和承诺。

翻开中国长城资产历年内部《简报》，那些年几乎每天都记录了发生在全国各地不良资产处置的故事，没有华丽语言和精彩绝伦的文笔，平铺直叙，娓娓道来。这些故事多数将尘封于档案，多数也不会为人传颂，却从另一个侧面折射出长城人用自己的能力和智慧，谱写了一篇篇崇高人生价值的乐章；为极大地保全国有资产，实现资产回收最大化，彰显了敢于担当、乐于奉献的精神。

长城人身经百战，不辱使命，绿了青山白了头。

正是这样一群长城人，他们共同演奏了一首格调高雅的"坏银行"变奏曲，或轻柔，或雄壮，或明快，或强烈，速度、力度、节奏、音色、伴奏，交相轮替，和谐悦耳。

完成了一项不可能完成的任务

2000 年 5 月，北京办事处收购某汽车制造厂 3828.6 万元的呆账贷款。

这是北京市供销合作公司直属的一家商办工业企业，成立于 1958 年。由于产品档次低、管理水平差，企业连年亏损，自贷款之日起，就没有归还过一分利息。1996 年 1 月，这家公司已资不抵债，被迫停产。同年 6 月至 2000 年 6 月，作为担保企业的供销合作公司对其进行了债权债务清理、销户。据了解，供销合作公司与北京市供销合作总社合署办公，不具备法人资格且同样严重资不抵债。

面对贷款企业已经销户，担保人毫无还款能力，金额大、责任大、清偿难度大，同时又极具典型性、复杂性的不良资产，唯一可行的方案就是与供销合作总社进行沟通、协商，共同寻求妥善解决债务问题的途径，确保回收价值最大化。

洽商初期，供销合作公司提出了各种困难，难以承担如此繁重的债务，如没有其他妥善办法，只有通过破产、清算来了结各方债务。

处置工作一时陷入了迷局。

通过实地考察、深入调查，北京办事处掌握了一条重要信息，就是供销合作总社下属杂品公司拟将原经营场地卖给一家房地产公司。办事处闻讯立即决定将此户列为"直管户"，并要求项目经理紧紧抓住这个时机，力争短时间内解决问题。

经多次协商，供销合作公司和供销合作总社终于作出让步，承认并同意以其中的部分资金偿还中国长城资产的债务，但希望能够考虑它们的实际困难，给予一定的优惠政策，提出偿还金额最高不超过 1000 万元。事实是，该企业已销户，担保企业资不抵债，而有资产的杂品公司是独立法人，与中国长城资产的债务无关，的确存在诸多障碍。因此，首先要做的是防备和阻止其破产倾向，及时抓住机会，尽快协商，争取最大限度的追偿结果。经过反复斟酌、测算，办事处设计了 1500 万元至 1691 万元回收目标。

至 2001 年 1 月，长城人先后五次前往谈判协商，经过六轮艰苦、耐心、巧妙的谈判，最终收回现金 2000 万元，并追回了近 15% 的表外利息，变现率高达 118.3%，成功盘活了一笔被认为是已无法收回的贷款，完成了一项不可能完成的任务，真正做到了最大限度保全国有资产，并为处置供销系统不良资产提供了有益的借鉴。

挽救一笔被判了"死刑"的债权

2001 年 10 月，石家庄办事处经过长达半年的艰苦努力，终于使一笔被判"死刑"的债权得到清偿，共收回现金 128 万元。

石家庄办事处收购邯郸市乡镇企业供销公司贷款 115 万元，初评估值 51.7 万元。收购时，该公司仅剩一块有争议的土地，法院已下达土地拍卖程序终结和案件中止执行的民事裁定书。收购该债权后，石家庄办事处通过对债务人情况进行认真调查，了解到土地情况确实复杂。一是土地界碑与铁路部门的铁道线路界有争议，导致拍卖无法进行；二是供销公司许诺用出售该宗土地的价款偿付拖欠职工的个人集资款，由于原执行方案未能充分考虑职工利益，职工多次围攻执行法官，致使拍卖无法进行；三是抵押贷款权属证明书不齐全，石家庄办事处主张债权未能得到法院的支持，案件中止执行。

这意味着要恢复执行，就要充当各方当事人的总协调人，扫清各种障碍，成功的概率难以测算。

在这种情况下，石家庄办事处下定了"只要有一线希望就要全力争取"的决心，面对困难，坚决啃下这块硬骨头，并安排玉梅、王振涛担任项目经理。

有办事处领导作为坚强的后盾，两位项目经理终于说服了法院，同意案件恢复执行，并驳回了铁路分局提出的异议，又先后四次与集资职工代表进行交涉，本着实事求是的原则，与职工代表达成协议，扫清了拍卖前的最后障碍。

进入拍卖程序后，由于拍卖费、土地出让金等费用较高，问津者寥寥无几，拍卖一度停顿。这时，他们又找到土地储备中心，经过三个月的努力，使其同意收购这宗土地，价格为 128 万元。但是，该企业又提出资金不足，若能帮助贷款，收购才能操作。为此，他们奔走于几家金融机构，帮助企业找到担保单位，落实了贷款，企业如数交付了土地价款。办事处最终收回现金 128 万元，回收率达 111.30%。

这是成功挽救一个被判了"死刑"债权的案例。

一群执着敬业的长城人

在资产处置中，长城人威武不屈，付出了辛勤的劳动和汗水，甚至有时还面临个人人身安全的威胁。

他们是一群执着敬业的长城人。

合肥办事处在处置不良资产的过程中，遭到部分债务人的恶意诉讼，甚至个别基层法院利用国家赋予的司法审判权力，公然支持该种违法行为，影响正常处置业务的开展。这种简单粗暴、没有一点技术含量的干预，比较典型。

2001 年之后，合肥办事处多次派人到辖区内某两个县 17 家企业上门催收债务时，要么很难找到当事人，要么欠债企业对催收债务置之不理。无奈之下，2005 年 10 月至 12 月，办事处通过互联网及报纸等媒体，就两县的 17 户债权共计 8747.82 万元依法进行公开竞价打包转让公告。通过公开竞价，办事处以 550 万元转让债权，签订了"债权转让协议"。2006 年 3 月 8 日，当地政府一部门负责人带领债务企业多人上门，要求立即解除"债权转让协议"。此后，部分债务企业又联名写举报信给中央纪委、安徽省纪委和安徽省银监局等相关部门。其中，安徽省银监局就该项目现场检查三次，均未发现合肥办事处存在举报信中所列的问题。

17 户打包债务企业中的 9 家企业仍不死心，于 2006 年 3 月又向法院起诉，要求法院确认"债权转让协议"无效。没想到，法院居然支持其中 8 户原告的诉求，判决"债权转让协议"无效。

此后一年多时间里，安徽省人民检察院、安徽省纪委执法监察室、安徽省银监局、合肥市公安局经济犯罪侦查支队及当地法院等部门先后介入调查，引起了众多媒体的关注，《内部参考》《央视论坛》《瞭望新闻周刊》《民主与法制》《法制日报》《中国青年报》《经济参考报》《安徽日报》《安徽法制报》等多家新闻媒体先后对该案进行了报道。

据了解，参与报道的绝大多数新闻媒体都由原告所"邀请"，带有明显的倾向性，部分报道不全面、不客观，甚至借机炒作。

一时沸沸扬扬。

债务人为了达到恶意逃废债的目的，借机无理取闹，并多次对合肥办事处办公地进行围攻。这将分管处置项目的办事处副总经理刘方成推上了风口浪尖。几个月间，他的电话响个不停，归纳起来无非是威胁与利诱。而更多的电话，则是来自全国各地办事处的声援，几乎跟刘方成熟悉的十几家办事处的老总们感同身受，致电了解情况，关心安慰。

公司总部了解情况后，坚决支持合肥办事处，汪兴益致电办事处总经理牛莉，尤其对副总经理刘方成安抚鼓励。

最终，该项目通过地方政府有关部门向受让债权的公司收购债权而终结。

深圳办事处在处置某汽车运输公司不良资产时，同样遇到了围攻事件。

办事处拥有该公司债权 3049 万港元，为了最大限度地收回国有资产，决定拍卖该公司的出租车车牌。公告一发，如同扔一块巨石到水中，立刻引起强烈的反响。在一些别有用心的人的唆使下，办事处的办公地点连续三日受到数百名出租汽车司机围困，严重干扰了正常工作。对方公开宣称"拍卖车牌只有死路一条"，个别人情绪激动，甚至对办事处员工进行人身威胁，还宣称如果不接受他们的条件，"拍卖之日就要出人命""逼死人命，同归于尽"等。

面对威胁恐吓，长城人毫不畏惧，据理力争。

公司总部领导高度重视和关注，批示："要保护员工安全，在不损害合法权益的前提下可以协商和解，如不能和解则依法执行拍卖。"

此事惊动了深圳市委市政府领导。在当地政府的支持下，长城人顶住各方面的压力，运用法律手段，成功地处置该汽车运输公司3049万港元不良贷款，回收现金2700万元人民币，给久拖不决的老大难案件画上了圆满的句号。

不良资产处置过程，也是国家利益、地方利益、私人利益博弈的过程。在此过程中，全国30家办事处几乎无一幸免，无理上访、闹事、围困、静坐、冲击办公场所，从办事处总经理到项目经理，受到过人身安全威胁的也不在少数。

不过，欠债还钱，天经地义。长城人认的就是这个理。

这些故事，折射出中国长城资产不良资产处置的艰难，体现了长城人在旷日持久的对峙和消耗战中，为了维护国家利益所表现出的坚韧意志。

2008年3月11日，注定是时任南宁办事处总经理曹明泉不堪回首的日子。

那一天，他正在北海出差，就北海市的资产处置进行谈判，这时，他的手机响了，电话是远在湖北老家的妹妹打来的，说老娘快不行了，可就是不闭眼。老太太等着儿子回来，见上最后一面啊！

然而，此时谈判进入最艰难最关键的阶段，走不开啊！他忍住心中巨大的悲伤，一直坚持到当天晚上八点多钟，直到谈判有了满意的成果。顾不上吃晚饭，他趁着夜色往南宁赶，终没有赶上最后一趟航班，只得连夜驱车，踏上回老家的路。

车刚进入湖南境内，已是凌晨。

这时，妹妹的电话来了，告诉大哥，老太太闭眼了……自古忠孝永远难两全。

打开一扇明亮的窗户

租赁是一种最古老的信用形式，最早发源于欧洲，距今已有4000余年的历史。现代租赁在经济发达国家呈高速成长趋势，被称为朝阳产业。租赁在我国近代史上也曾盛行，但到实行计划经济后，一度销声匿迹。

2000年6月15日，"中国长城资产管理公司资产租赁签字仪式"在大连举行，首开中国长城资产的租赁业务先河。一方面，通过中央及省市媒体大力宣传营销不良资产，扩大声势，弄出动静来；另一方面，打破常规，以资产租赁为突破口，有效解决了人手少、资产规模大的问题，又可以启动市场，解决不良资产处置难等现状。这可谓一举多得。在四大资产管理公司中，这还是第一次。

在汪兴益的记忆中，4月的班子会上，他抛出了利用租赁方式引进民间资本进行资产处置的想法。李占臣首先表示赞同，认为这个想法拓宽了处置思路，趁势做一下宣传。当时，资产管理公司在社会上并没有多少人知晓，多数人以为只是农业银行内部一个下属机构，也不明白是干什么的，推销自己完全有必要。尽管还存在一些不同意见，认为不良资产处置有关政策还不明朗，国务院、人民银行文件都没有明确是否允许民间资本介入，但方案最终还是定了下来。

会议确定，由李占臣着手组织市场调查，同时，向财政部、人民银行专题报告。

很快，大连和其他几家办事处的市场调查报告上来了。经过市场调查分析得出的结论是以租赁这种风险小、投资方易于接受的方式，引导民间资本进入不良资产处置市场，是可行的。

财政部、人民银行领导也认为："这种产品倒是很新颖，我们也感兴趣，但大的方向拿不稳。这样吧，长城资产管理公司先办试点，探索一下，如果成功，再铺开。"很快，同意的批复就下发了。

大连，确定为试点区域。

试点，就是探索，探索，就会面临诸多问题：如何规范资产处置租赁业务？什么样的不良资产适宜资产租赁？租金定价标准是什么？谁是适宜的项目承租人？这些问题，困扰了办事处总经理孙波多时。

大连办事处按照方案，经过大量艰苦的调研工作，从辖区内5143户企业中选定15户具体实施。这意味着每走访调查343户债务企业，才能选出一项适宜租赁的资产。最终处置资产账面价值8700万元，签订协议租金1640.15万元。

中国长城资产成功运用资产租赁手段进行处置实践，在具体项目操作上取得了很多有益的探索，赋予传统租赁业务在资产经营管理中全新的定义，为租赁业务注入新的活力。这不仅在金融系统内，而且为全国开展金融资产租赁业务，提供了可借鉴的经验。

这也为后来成功并购重组长城租赁公司，做了坚实的铺垫。

财政部《情况反映》转发了大连办事处资产租赁试点工作情况；中央金融工委《工作参考》全文转发了其工作总结；中央及地方20多家新闻媒体进行了充分报道，扩大了社会影响，为中国长城资产赢得了很高的社会赞誉。

2000年8月18日，《经济日报》刊发了一篇题为《实物不良资产盘点后将推向市场——企业应注意这个大好商机》的文章。

文章称：

长城资产管理公司共接收了3458亿元不良资产，户数多达206万户，呈现出涉及行业广、品种多、资产金额有大有小等特点。据该公司有关人士透露，对企业颇具吸引力的实物资产大致集中在：交通设备、工业生产设备；产成品、原材料；房地产，如宾馆、写字楼、住宅、地皮、商场等。该公司准备将接收的星级宾馆、房地产、交通设备进行租赁等方式的专业化处理。继资产租赁业务在大连试点成功后，长城资产管理公司已开始着手在沈阳、北京、新疆等辐射力强、有代表性的地区做重点全面推广……

人们在回顾历史的时候，多数注重的是结果与成败。

对中国长城资产而言，一切都是"摸着石头过河"，没有现成的模式和经验可以借鉴，只有探索。探索的过程无比艰辛，探索本身就是一种成果，令人鼓舞。

随着资产处置全面铺开和进一步深入，国务院及中央金融工委加强了中国长城资产领导班子建设。

2002年4月29日，国家人事部任命张晓松为中国长城资产副总裁。2002年4月24日，中央金融工委印发通知，决定张晓松、秦惠众、曲行轶、匡绪忠任中国长城资产党委委员；秦惠众任纪委书记，曲行轶、匡绪忠任总裁助理。2004年12月21日，中国银监会任命曲行轶、匡绪忠为副总裁。

公司总部班子力量的增强，对于全面处置不良资产，起到了极大的推动作用。

长城人纵横捭阖，跌宕腾挪，创造了一个又一个经典传奇。

组合拳出击，多维度共赢

长城人积极探索资产处置新途径，寻求灵活多样的投资合作方式。通过多元化处置模式探索，多管齐下，多措并举，并使之有机结合运用，因地制宜，一企一策，打出了一套套漂亮的"组合拳"。

组合拳Ⅰ：集团处置＋整体联动

2004年9月28日，深圳办事处与深圳市外贸集团及其下属公司签订了执行和解协议书，圆满解决了深圳市外贸集团、深圳市达威科学器材公司和深圳五金矿产进出口公司的债务问题，全额收回不良资产本金和表内利息计4816万元。

深圳外贸集团属国有外贸大型企业，长期负债经营，连年亏损。深圳市达威科学器材公司和深圳五金矿产进出口公司，是其下属企业，都因严重资不抵债而停止经营。

为有效处置这笔不良资产，深圳办事处一方面采取法律诉讼和资产保全等措施，查封了债务人的有效资产，保证了办事处正当权益，另一方面以五金矿产公司为主体实施股权重组，为新业务开展搭建运作平台。

五金矿产公司人员安置难度大、债务沉重、涉诉法律关系复杂，导致整体股权性重组难以继续推进。如果采取个案处置，除外贸集团可以足额受偿外，两个子公司严重资不抵债，且查封资产存在法律瑕疵，强制执行只能导致企业破产。据评估，单个处置只能回收4000万元。

深圳办事处及时调整了思路和方案，与债务人积极沟通和协商，建议对该集团及其下属公司的债务采取整体处置。

协商长达半年时间，过程虽然痛苦艰辛，但双方终于达成执行和解协议。外贸集团一揽子偿还外贸集团及两个子公司的全部贷款本金和表内利息。协议签订后，外贸集团首期偿还 2000 万元，剩余 2816 万元在一年内全部清偿完毕，并按照偿还债务的进度情况，分别向法院申请解除查封的相应资产。

深圳办事处整体处置外贸集团及其下属公司的债务，不仅最大限度地保全了国有资产，节省了大量的人力、物力和时间，有效地降低了处置成本，还有力地促进了国有企业的改革与发展，支持了中国东方资产对外贸集团实施债转股，避免了外贸集团及其下属公司破产，推动了企业存续发展，维护了社会稳定，得到了深圳市政府及有关部门、兄弟资产管理公司和企业的充分肯定，产生了积极的社会影响，达到了多赢的效果。

组合拳Ⅱ：资产营销＋公开竞价

中国长城资产在不良资产处置中始终坚持贯彻"三公"和竞争择优原则，实现资产处置价值最大化，防止国有资产流失，既体现了对国家负责的精神，也有效地控制了处置过程中的道德风险。

2006 年 5 月，南宁办事处灵活运用"资产营销＋公开竞价"模式，以公开竞价处置方式处置广西果品食杂公司等 5 户债权。

广西果品食杂公司、广西果品食杂公司南菜北运转运站、广西土产公司、南宁江南综合贸易公司、国营南宁市江南区综合贸易公司 5 户企业，不良债权共 1.3 亿元，在贷款时采取了互相担保方式。农业银行曾经对其中两家公司提起诉讼，由于债务关系复杂，执行阻力大，法院判决后一直无法执行。承接农业银行不良资产后，南宁办事处也进行了起诉，同样执行未果。为防止债权处置可能引发的一系列不可预知的不良后果，南宁办事处经过反复讨论和研究，确定了有利于加快资产处置、收缩战线，有利于最大限度减少损失、保全国有资产等"五个有利于"策略，最终选择了债权整体打包转让、一次性付款的处置方式，有效打开了项目处置的突破口。

在积极做好市场营销、加大与意向买受人的商谈工作力度的同时，南宁办事处通过公开选聘方式，委托会计师事务所，对这 5 户企业进行了债权价值评估，确定转让底价为人民币 1300 万元。

2006 年 4 月 20 日，南宁办事处举行公开竞价会，邀请了财政部驻广西专员办、广西银监局、公证处进行现场监督。经过四家竞买人 82 次举牌的激烈竞价，最后以 2110 万元成交，超出原定底价 810 万元，现金回收率达 16%，取得了较佳的处置效果。

组合拳Ⅲ：资产推介会＋资产转让

2006 年 5 月 18 日，中国长城资产在杭州举办商业性不良资产推介会，推出了 248 个资产项目，涉及金额达 728 亿元，包括农业银行政策性剥离的资产及商业化收购的工行包资产。这是资产管理公司史上规模最大的一次商业性不良资产推介活动，并首次推出参与者缴费注册制度。

结合资产的实际情况和投资者偏好，中国长城资产采用灵活的组包技术对资产进行组合，资产项目既有单户企业的债权资产，也有以行业或区域资产组成的资产包，既有准备转让出售的项目，又有计划与投资者进行共同合作经营的项目，主要集中在房地产、酒店、纺织、批发和零售、医药、石化、制造等比较受投资者关注的行业领域，为广大投资者提供了充分的选择余地。

为保证具有投资意向的客户参会，防止滥竽充数"打酱油"，推介会要求投资者交纳1万元注册费，取得参会资格。

经过积极营销和大力宣传，推介会得到了国内外投资机构和战略投资者的广泛关注和积极响应，共有266家国内外投资者缴费注册并参加了推介会，参会代表达700多人，包括雷曼兄弟、摩根士丹利、艾威国际、瑞银集团（UBS）、美国国际集团（AIG）、高飞咨询（DAC）、海岸投资（美国）等国际知名投资银行以及国有资产经营机构、控股集团、中介机构等有关投资者。

推介会共签订了186个项目、438份债权资产意向性转让协议，涉及金额达588.7亿元，同时还与11个投资者签订了涉及金额7.8亿元的商业性债权资产转让协议，回收现金2.8亿元，回收率达36%。

财政部、银监会、审计署、浙江省人大和政协、中国长城资产监事会等领导应邀参加。新华社、中央电视台、凤凰卫视、经济日报、金融时报、搜狐网等新闻媒体，对推介会进行了广泛宣传报道。推介会受到了一致好评，展现了中国长城资产的良好形象，扩大了影响力，也表明中国长城资产在商业性资产处置的市场化、国际化方面，实现了新的突破。

推介会结束后，为实现"在588亿元意向金额中，处置400亿元，收回现金120亿元"的目标，各办事处按照公司总部要求，高度重视，切实抓好签约项目的落地。建立目标责任制，将具体项目责任落实到人，形成整套的已签约项目经营处置工作方案。

济南办事处专门为签约项目开辟了绿色通道，项目进行中的具体困难可直接向总经理汇报，建立目标责任制；后台部门积极协助和指导相关项目前台做好资产评估、法律审查、处置公告和处置方案制作等工作，确保项目及时审批和顺利实施。他们还向每位客户寄发了《关于进一步做好不良金融资产处置合作事项的函》，推进处置工作。

沈阳办事处对签约客户进行了逐一回访，组织以推介会为题的联谊会，共同探讨资产处置的新途径，并组织客户现场调查40多场次。

乌鲁木齐办事处不失时机，分别与意向投资人商谈项目处置方案，落实推介会意向协议。

郑州办事处根据签约情况，协助客户做好处置前的尽职调查工作，对有实力、意愿强的客户，根据其需求定期提供处置项目相关信息，与客户建立长期的联系机制。

南宁办事处及时向签订合作意向书的客户发函，邀请其前来洽谈项目的具体合作细节，同时，整理出客户名录印发至项目经理，由其主动与客户联系沟通，使签约项目很快进入立项评估阶段。

杭州商业性不良资产推介会，既扩大了宣传、提升了资产管理公司社会参与度，也为自身商业化转型发展，增添了新的活力。

组合拳Ⅳ：资产营销 + 公开竞价 + 资产转让

武汉办事处政策性不良债权过程中，有一家实业公司，债权计 13 笔，本息合计人民币 4.4 亿元。这是一家外资房地产开发企业，由于经营不善，资产负债率为 191.43%，累计亏损金额为 9.5 亿元。收购债权后，由于金额巨大，武汉办事处非常重视，慎之又慎，曾两次启动处置程序，因种种原因未能操作成功。

2008 年，该企业已事实关停，资不抵债，完全丧失了还款能力。其经营期限至 2007 年 10 月底止，眼下营业执照也处于过期状态。该公司诉讼案件多达 300 多件，诉讼金额约 3.8 亿元；已经开庭审理的案件全部败诉，但均无财产可供执行。诉讼纠纷不断，社会矛盾日益激化，拆迁户长期采取集会、游行、围堵等方式进行抗议，给当地经济秩序和社会治安造成了严重影响。武汉市政府为此成立了维稳领导小组，专门负责处理该项目群众上访上街堵路等突发事件。

由于贷款的抵押物分散、面积不实、登记不规范、抵押资产的产权无法落实，以及优先债务数额高达 1.87 亿元，武汉办事处抵押资产无法对抗其优先受偿权，抵押资产随时存在被优先债权人执行还债的风险。

武汉办事处先后在国内 41 家报纸、网站发布招商、转让公告，也有数家投资商有收购债权的意向，但因该公司债务特别复杂，都望而却步。

从收购到处置，该项目历经多年不能了结。武汉办事处认真总结了教训，分析症结所在，在公司总部有关部门的指导下，有针对性、创造性地设计了一个独特的处置方案。

方案的要点是"三分标的、整体竞价、分标实施"，即将整体债权依主债权和从债权，按一一对应关系拆分为三个标的，对三个标的分别确定底价；以总底价对外公开竞价转让；竞买人需同时竞买三个标的，按标的分别报价，每个标的报价不低于其底价，总报价最高者得；成交后按标的顺序分期交割。

按照处置方案设计要求，办事处在组织竞价时，要求竞买人先交纳保证金 1000 万元，竞买中标后保证金在转让协议中明确规定转为滚动定金，一旦竞买人不按期付款，则依约没收定金。竞买人自转让协议生效之日起 15 个工作日内支付 5000 万元，之后 6 个月内再支付 5000 万元，余款在 2009 年 12 月 20 日前全部付清，办事处不承担从债权（抵押权）能否实现的任何责任。采用分标的付款、分期转移债权、分期解除对应抵押房产的方法，每期操作可视为单独项目操作，后期付款未履约不与前期已履约的联系在一起，这样可避免形成新的纠纷。

2008 年 8 月 27 日，办事处正式与受让人签订了债权转让协议。回收价款分三项全部按时到位，处置回收率达到近 40%，完满地结束了长达数年的马拉松债权处置。

这种"资产营销 + 公开竞价 + 资产转让"模式，分解为"三分标的、整体竞价、分标实施"具体方案，根据项目的特点，实事求是，不因循守旧，不生搬硬套，充分体现了长城人可贵的创新精神。

在七年的实践中，长城人接连打开了一扇扇窗户，蹚出了一条条金光大道。

七年的实践，至少让世人明白：中国长城资产既不是经营长城电脑的，也不是卖长城润滑油的，更不是推销长城干红葡萄酒的。

七年的实践，也足以证明：中国长城资产是化解金融风险、为国企脱危解困的主力军，是国民经济改革发展的新生力量，是承载和担当了重大历史使命的金融央企。

七年时间，勤劳淳朴的长城人用自己的聪明才智和辛勤努力，苦心经营，没有硝烟战火，没有惊天动地的事迹，却从未缺少英雄气概。

第六章 CHAPTER 6

化腐朽为神奇

　　传说中，凤凰每五百年自焚为灰烬，再从灰烬中浴火重生，循环不已，获得永生。长城人不良资产重组经营的过程，就是浴火重生、凤凰涅槃的过程，他们不辱使命，化腐朽为神奇，创造了一个又一个奇迹。

　　我国组建资产管理公司，赋予了多种经营手段，使其可以运用各种金融工具进行资产与债务重组。中国长城资产采取重组方式处置不良资产，多种渠道将企业债务转化为权益投资，改善企业财务状况，把优势企业兼并或由新的投资者收购，从而达到优化不良资产的目的。

　　不良资产重组是门技术活，充满变数和诸多不确定因素。不良资产重组也是门体力活。正是："商海险恶，奈何经营者反被经营；人生多变，哪堪重组时又被重组。"

风物长宜放眼量

　　莫为浮云遮望眼，风物长宜放眼量。

　　在中国长城资产多年的实践中，登高望远，将整个业务运作划分为两个条线，即处置条线和经营条线。长城人坚持两条腿走路，长短结合、远近相宜，为长远发展和持续经营，从一开始就描绘了近中远期梯级蓝图，体现了决策层思维前瞻性和长远意识。

　　金融资产重组，体现中国长城资产从大局出发，牢记使命，在有限的资源中发掘和培育可持续经营资产。长城人运用专业化手段进行整合重组，以资产价值最大化和多赢为目的，取得了资产重组实践的阶段性成果，凝聚了长城人的智慧、勤劳，弘扬了创新精神。

　　中国长城资产从所收购的 3458 亿元中遴选具有运作和提升价值空间的资产和项目，尤其是实物资产、股权资产或上市公司股权等资产，通过重组及自主商业化债转股，实现有效经营。这些资产在先后多年的发展进程中，有不同的命名和提法，如核心资产（项目）、可经营资产（项目）、重点资产（项目），与其旗下的政策性债转股项目、资本金项下项目的运作相互呼应，相得益彰。

以时间换空间

中国长城资产成立之初，汪兴益就特别提出，要在加快不良资产处置的基础上，启动战略性重组，激活不良资产，支持企业改革。

2001 年，中国长城资产企业并购重组成为"中国企业十大事件"之一，推动了公司系统重大项目的管理和处置达到一个新的高度。

几年间，中国长城资产积极开展可经营类资产的筛选与运作，对筛选出价值 100 亿元至 150 亿元的可经营类资产开展增值经营，落实经营管理责任制。这既支持了国有商业银行加快改革和重组步伐，又立足确保商业性资产运作的整体盈利和服务发展，为自身向商业化转型奠定了基础。

中国长城资产在不良资产处置中，从公司总部到各办事处，成功地打造了重组经典案例。应该说，就短期而言，长城人放弃完成现金流任务，放弃了考核兑现，牺牲眼前利益，为长远发展作出了贡献。

时间换来了巨大的空间。

杭州办事处对浙纸集团公司，南昌办事处对华思特公司，石家庄办事处对上市公司"石劝业"，上海、天津、福州等办事处对相关企业，最先启动了重组程序，对濒临破产企业提前启动债务重组。

以济南办事处的青岛美猴王项目，以西藏高原之宝牦牛公司为代表的跨区域资产重组，以沈阳办事处的沈阳水泥厂等企业为代表的国有企业重组，以昆明办事处的云南呈钢集团公司等企业为代表的西部不良资产重组，以广州办事处的白云山等企业为代表的上市公司重组，以长沙办事处的湖南太平集团等为代表的民营企业重组，以石家庄办事处的河北唐山土杂产品公司等 12 户企业、福州办事处的福建仙游 30 户供销社和上海办事处的农工商公司 104 户企业为代表的行业系统重组，在全国各地风起云涌般地推进。

太原办事处的晋西车轴股份有限公司，是中国长城资产首次作为主承销商推荐上市的企业。此次主承销的成功，标志着中国长城资产在证券承销业务领域的重大突破，不仅开发和实现了投行业务收入 736.8 万元，而且锻炼了队伍，拓宽了业务创新的思路，积累了经验，也为日后开展更大、更复杂的新业务增添了信心。

牡丹江制药厂项目，运作时间之长、情况之复杂、效果之好，比较典型。

牡丹江制药厂是国家"七五"期间重点项目，1990 年建成试生产。由于企业建设期间正值国家投资体制改革，建设资金由贷款筹集，企业负债急剧增加，运营成本居高不下，企业利润难以偿还银行当期本息，负债高达 26 亿多元。

2000 年，哈尔滨办事处接收了该企业 4.45 亿元债权。办事处曾多次探讨和运作"债转股"，但由于债权人结构复杂、负债过高，最终没有达成一致。随后，各家银行陆续停止对企业的贷款支持，2001年11月企业被迫停产。在这种情况下，哈尔滨办事处积极探索债权转让途径，多次向国内外投资者推介，但由于多种原因，最终都未能如愿。

到了2005年，哈尔滨办事处和牡丹江市委市政府再次联合运作该项目。哈尔滨办事处三次向省委省政府提交专题报告，阐明运作该项目的重要性。省政府两次召开常务会议，专项研究这一问题，并筹集2000万元，作为回购款专用，其余资金由牡丹江市政府自筹。由于企业职工安置等方面因素，各方还是没能达成一致意见。

尽管几次转让都功亏一篑，但哈尔滨办事处没有轻言放弃。从2005年下半年开始，办事处总经理赵家国先后七次带领团队前往牡丹江，同市委市政府和有关部门专题研究牡丹江制药厂问题。在双方的共同努力下，终于吸引了香港一家投资公司，在牡丹江市设立了高科生化制药公司，并出资购买牡丹江制药厂的债权。

2006年4月28日，经过四年多的艰辛运作，哈尔滨办事处与牡丹江市政府、牡丹江市高科制药有限公司在牡丹江北山宾馆正式签订了项目转让协议。牡丹江制药厂项目的成功运作，促使停产多年的企业重新启动，为地方经济增加了新的增长点，2900多名职工得以重新上岗。哈尔滨办事处也成功回收现金5500万元。

长沙办事处地处中部腹地，谈不上区位优势，在不良资产处置重组中，吃了不少苦头，也尝到了不少甜头。

对重点项目的债权，长沙办事处并没有"一卖了之"，而是在加快处置的同时，充分利用国家赋予的多种职能、政策优势和业务手段，选择那些政府比较关心的项目进行重组，通过盘活企业，提升资产的最终处置价值，培植自身可持续经营的业务资源，力求创造一种"双赢"或"多赢"格局。

按照这种思路，长沙办事处抓住重点项目资产价值的提升，在促进企业盘活的同时，储备可持续经营的业务资源。在现金回收任务重、人员紧的条件下，成立了重点项目部，结合资本金项下项目，如天一科技、今朝宾馆，政策性债转股项目，如湖南长元、天心实业、岳阳纸业、株洲光明玻璃厂等，挑选当地政府比较关注的10多个企业，如昇鑫高新、泰之岛、新衡化工、欣泉饲料、长沙大厦等，作为可持续经营的重点项目，涉及债权金额13.68亿元。建立联动机制，对这些项目进行捆绑运作，同时，根据企业的具体情况，逐个制订价值提升预案，综合采用债务重组、企业重组、资产重组、债转股、辅导上市等手段，促进企业优化资源配置，转换经营机制，提高经营效益，进而提升资产价值。通过重组，有的债权变成了物权，有的变成了阶段性持有的股权。

通过精良的运作，政策性债转股项目真正转出了新的机制、转出了新的局面、转出了新的效益，资本金项下的项目，经过不断调整和精细化经营，取得了如期的效果，在发掘企业内在价值、参与企业经营管理等方面，发挥了良好的引导和示范作用。

资产池待价而沽

2000 年 3 月，公司总部启动"资产池"计划。

2001 年 11 月 21 日，中国长城资产《关于建立"资产池"推介预备项目库的通知》下发到了全国 30 家办事处。通知提出，为落实关于建立"资产池"的指示精神，"资产池"系统构建工作全面展开。根据工作安排，决定首先建立资产推介预备项目库，并对"资产池"系统构建工作有关情况进行通报，就建立预备项目库工作作出明确的规定。

"资产池"以中国长城资产综合经营管理信息系统（二期工程）中的债权、物权和股权资产管理台账为基础，以资产对外推介（路演）项目模式为补充，利用数据库系统和现代网络技术，建立融资产分类检索系统和对外推介项目预备库为一体的电子信息系统。该系统结构包括三个层次，即资产分类检索系统、推介预备项目库和资产经营信息公告栏。

"资产池"的建立，既满足了内部经营管理的需要，也满足了集中对外招商和国内推介、处置资产项目的需要。"资产池"系统的设计目标，均达到了强化内部资产分类分析、管理和信息共享，以及实现通过向国内外两个市场集中招商、加快资产处置的双重目标。

2001 年 7 月至 9 月，公司总部资产经营部、国际业务部和科技信息部组成资产池构建小组，在赴部分办事处调研和反复论证的基础上，形成了《中国长城资产管理公司资产池构建方案》，经总裁办公会议专题讨论，获得批准。

一方面，"资产池"发挥了营销推介的主渠道作用。

为了加快资产处置，加大资产推介和招商力度，在开发"资产池"系统的同时，全国 30 家办事处开始筛选拟对国外市场公开推介的资产项目，逐步建立了资产推介预备项目库。

首批入池项目除公司总部统一组织的国际路演中拟对外推介的项目、"北京国际周"期间各办事处上报的约 120 个推介项目中尚未处置的项目外，还包括债权资产类、房地产类、运输工具类、机器设备类、其他物权资产类和股权资产类 6 类。

另一方面，"资产池"也成为资产重组的重要平台。

通过对不良资产进行整合，中国长城资产把劣势产业的不良资产变为优势产业的资产，把技术含量低的不良资产变为技术含量高的资产，最终把不良资产的潜在价值变为市场的现实价值。

这种面向国内外市场的整合，不仅探索了国家产业结构调整和优化的新途径，还尝试了挽救企业及维护国家改革、发展、稳定大局的新举措；不仅提升了资产处置价值，实现最大限度处置不良资产的目标，还成为增加资产处置后劲、创造持续现金流的重要手段。

很快，在公司总部的组织下，全国相关办事处遴选出了 20 多个重点项目统一实施重组；各办事处在所辖资产范围内，也先后分别组织筛选出了 2 个以上的重组项目。

按照资源优化配置和资产处置全国一盘棋的思路，中国长城资产开展跨区域、跨行业、跨所有制资产重组。以国家西部大开发战略为契机，新疆、内蒙古、甘肃、陕西、四川、重庆、云南、贵州等地一批西部不良资产起死回生，打破了资产属地管理、"画地为牢"的桎梏。各地从大局出发，有效推动了资源在全国范围内的优化组合和配置。

中国长城资产在资产池计划方面进行了有益的探索，从实施到结束，先后五年，集中有效地向社会各界推介了资产，为资产营销处置树立起一个坐标；实现了不良资产战略性重组，改善了一批企业的生产与经营状况，推动了全国系统重大项目的经营和处置，优化了资源配置，同时也有利于资产的集中有效管理，及时发现和创造了有运作空间的项目，以实现价值提升、多方共赢。

上海模式

上海办事处在资产处置实践中，倚重自身地域和资源优势，一方面注重推进战略重组，整合资源，提升处置价值，另一方面构筑经营平台，组建实体，探索后续发展，牢牢抓住资产重组和资源整合两条主线，成为中国长城资产的一面旗帜。

上海办事处共收购农业银行不良债权 112 亿元，债务企业 1100 户。为了实现价值最大化，上海办事处通过三个方面来重组和整合各项资产资源，打造了良好的"上海模式"：

其一，加快处置不良债权。通过不良债权的重组和置换，派生形成具有增值潜力和发展后劲的物权和股权，从而为稳定、均衡的现金回收和持续的生存发展积聚后劲。

其二，借力资本金。借助公司总部授权经营资本金，以资本金项目的启动、经营推动、激活面上资产重组和业务创新。

其三，捆绑运作。积极探索债权资产和资本金项目的捆绑运作，借助不良债权处置的特殊政策和投行业务的运作通道，做大做强资本金项目，确保资本金实现保值增值。

债权、物权、股权三种资产形态的混合重组和交替置换，构成了上海办事处经营运作的基础资源和基本套路，并由此形成了如下五种运作模式。

模式Ⅰ：重组集团型公司，集约化激活不良债权

针对收购的农工商集团总公司债务存在行业性、系统性比较集中的特点，先是对该集团辖属 114 个企业的 13 亿元债务落实了整体集约维权，在挽救了该集团控股的东海股份（股票代码 600708）滑入 ST 行列，并避免了农垦农工商综合商社股份有限公司（股票代码 600837）摘牌退市后，一举实现了近 10 亿元债务的一揽子重组。通过以资抵债、以股抵债和承诺还款，把包括上述两个上市公司在内的近 11 亿元有债权、无对应有效资产的不良债权整体集约重组，变成了 1.7 万亩农用耕地、1500 万股东海股份国有股权和 1.275

亿元现金还款。

模式Ⅱ：重组债权资产，改造组建新公司

针对收购债权中农业银行自办实体债权较多的特点，上海办事处整体接收了这些实体的债权、股权和公司建制，并在资产处置中综合采用各种处置方式，通过重组债务，改造组建为新公司。

上海金穗实业（集团）股份有限公司原为农业银行自办实体，由农业银行系统28家信托投资公司投资组建，注册资本2.91亿元。由于投资失控，管理混乱，重组前，金穗集团公司已严重资不抵债，资产4.90亿元，负债7.87亿元，所有者权益 - 2.97亿元。为保留住这个壳资源，打造持续经营平台，上海办事处在收购全部债权7.84亿元的基础上，还用1500万元资本金收购了金穗集团公司2.67万股股权（占总股本的91.75%），并以债权人和出资者的双重身份，进行重组改造。

在比较了歇业整顿、诉讼破产等多个方案后，最后采取了以资抵债、以股抵债、债权置换和增加抵（质）押担保、分期还款的综合性债务重组方案。通过资产重组，上海办事处的资产回收率达到了55.23%，实现了资产回收的最大化，同时还初步恢复了金穗集团公司的经营活力，使其资产负债率下降到了74.15%，净资产达到了4000余万元。重组后，上海办事处直接控股78%，并控制了另外一家参股13.75%的公司。金穗集团公司的股份制性质得到了保留，下属物业、贸易、咨询、广告等子公司得以保壳延续，为上海办事处的房地产项目提供了一个难得的运作平台。2003年当年，金穗集团公司就实现了扭亏为盈。

模式Ⅲ：重组物权资产，开拓挺进新行业

物权资产是上海办事处持续经营的重要基础，也是探索新业务的现成平台。沪东金融大厦是其收购的特大单户债务企业之一，其3.26亿元债权形成的物权资产，是地处杨浦区五角场地区的房地产项目。收购时该大厦尚是一个已在建四年的"半拉子工程"。

围绕是变现还是续建、续建如何避险、竣工如何租售三个关键问题，上海办事处进行了反复论证。时任上海办事处总经理周礼耀带领团队，多方认证、再三考察，分两步运作：第一步，突破常规的在建工程整体转让，把大厦过户到可控实体的名下，有效规避了可能引发的风险。第二步，注册成立大西洋百货，租用五个层面裙楼，成功激活人气，吸引承租人纷至沓来，化解了市场风险。该大厦作为第一幢已建成的耸立在五角场乃至杨浦区的标志性建筑，先后有国信证券、梅园村酒店等知名商户入驻，整体出租率高，楼价日趋见涨。

2002年2月2日，大西洋百货正式开业。开业当年实现销售收入1.2亿元，利润158万元，投资回报达到了15.8%，上缴税金313万元，并实现租金收入1260万元；2003年，该公司各项经营指标更是登上了一层新台阶，既激活了沪东金融大厦的租赁经营，也为大

厦带来了持续的租金收入,还创造了近 1000 个就业岗位,吸纳下岗工人,带来了良好的社会效益。

2002 年 3 月,中央电视台、上海电视台等新闻媒体对此专门进行了采访报道,产生了良好的社会影响。

模式Ⅳ:重组股权资产,探索投行新业务

在资产管理公司范围内,股权资产跟物权资产一样,都是派生的、从属的,但只要重组嫁接得当,其财产性、流动性和在资本运作中的活跃程度丝毫不亚于债权。上海办事处运作的金兴项目就是一个例子,具有在成功实现不良债权处置回收最大化的同时,又搭建了业务创新平台的双重意义。

首先,将债权换成物权。上海办事处对金兴公司 1.13 亿多元债权,采用"以资抵债"方式,取得金兴公司名下金玉兰广场二期土地作价 1.13 亿多元的 63% 权益,对应土地面积 16577 平方米。其次,将物权折成股权。将已过户的土地使用权分拆成两部分,与上海置业有限公司、上海住宅产业新技术发展股份有限公司一起,三方共同成立项目公司——上海绿洲仕格维花园酒店公寓有限公司(Sky Way,后更名为上海斯格威大酒店有限公司),共同开发经营金玉兰广场二期土地项目。最后,精心运作股权资产。以高于出资额 280 万元的价格,将项目公司 12.7% 的股权,转让给项目公司的另一出资方上海置业公司,实现现金回收 2820 万元。

通过上述精心运作,仅上海绿洲仕格维酒店有限公司这一个项目,就成功实现了"一单三做"的目标。一单,指绿洲仕格维酒店项目,即斯格威铂尔曼大酒店;三做,即短期、中期、长期三阶段运作实施,为投资银行核心业务的探索,迈出了关键的一步。当年收购不良资产 9540 万元,而今市值高达数十亿元,成为中国长城资产最有代表性的实物资产。

模式Ⅴ:构建资本项下控股公司,抓紧工程项目重新启动

资本项下投资是上海办事处资产资源的增量资产和优质资产,是优良的业务平台和创新载体。

以政华大厦项目为例。

政华大厦对应的是从农业银行剥离收购的 3000 万元不良资产,其实是个半拉子烂尾楼。其后,上海办事处投入资本金 1.51 亿元,用了五年时间,清理、复工、改规划、再复工,于 2005 年建成,将其打造成为上海又一标志性建筑。因解决了烂尾工程,清洁了市容,繁华了城市,解决了就业问题,这一项目还被上海市政府授予突出贡献奖。项目退出时,回收现金 3 亿多元。资本金得以保值增值,得到了很大的提升。这可谓名利双收。

2000—2006 年,上海办事处在对不良资产企业重组、债权重组、物权重组、产权重组中,恰到好处地注入资本金项下投资,点石成金,变不良坏账为优质资产,一批关停倒闭

的企业起死回生并焕发出生机，十几个再生的实体归置中国长城资产名下。上海办事处探索创新的不良资产经营和资产重组实践，产生了质的飞跃。上海100米以上的高楼中，中国长城资产拥有8栋（东有沪东金融大厦，西有天诚大厦与斯格威酒店，南有内外联大厦与南证大厦，北有政华大厦与烟草大厦，中有金穗大厦），完成了制定的"东南西北中战略"构想。在东南西北中五个方位、上海最核心的内环线一圈，都有长城人成功运作的不良资产重组企业和项目。

在当时政策条件还不充分的情况下，长城人凭借智慧，巧妙并成功地进行了投资银行的实践，为中国长城资产在上海保留了核心资产，为后来四年困难时期提供了源源不断的现金流，尤其为财政部调整和完善不良资产处置政策提供了第一手资料。上海办事处也得到了上海市委市政府、监管部门的肯定与褒奖。

2003年5月和2005年4月，财政部副部长李勇两次到上海调研，先后在不同场合充分肯定了上海办事处成功的探索与具体做法。他深有感触地说，因农业银行的资产质量差，中国长城资产在四大资产管理公司中回收率是最低的，但是如果四家公司都像长城上海办事处这样进行处置经营，都用重组投资的方式来提升价值，效果也许更好。

由此，财政部通过全方位调研，先后出台了三项重要政策。第一，抵债资产可以追加投资；第二，商业化手段试点可以进行收购不良资产；第三，可以用委托的方式，将银行的不良资产交由资产管理公司统一运作。

这给资产管理公司政策性不良资产处置，注入了新的生机与活力。

在上海办事处资产成功运作中，有一个人起到了核心作用，这个人，就是那七年里几乎没休息过一天、累得三次送去医院抢救的周礼耀。他在担任上海办事处总经理期间，带领团队，以长城人的智慧，探索实施了多种前沿的投资银行业务。无论是在现金流回收、资产价值提升方面，还是在商业化经营模式方面，他和他的团队创造了一个个经典案例，为中国长城资产的战略转型作出了重要贡献。

按套路出牌

资产重组之所以能产生"化腐朽为神奇"的效果，就是因为不断创新，不断适应企业发展的需要。

通过跨地区、跨行业、跨所有制进行企业重组、债权重组、股权重组，重组的资产实现了"三个转变"：将分散的资产变得集中，将中小企业资产变成联动的大型资产，将不良资产变成优质资产。重组搞活一个企业，带活一批资产，提升了不良资产的价值，实现资产保值增值，创造持续的现金回收，实现重组企业新生和资产管理公司回收资产最大化"双赢"，打造出中国长城资产的重组品牌。

正是基于此，多年来，长城人善于发现，智于探索，把创新作为重组业务的永恒主题，从实际出发，量身定制和先后总结了"五大操作套路"，将政策性不良资产处置一步步引向纵深。

套路Ⅰ：倾心上市公司

中国长城资产重组工作，直接或间接涉及的上市企业近百家，涉及债权、实物资产、股权资产数百亿元，其中绝大多数是 PT、ST 类上市公司。而这些公司的重组，历来是普通民众强烈关注的焦点，是千千万万中小投资者身家之所在。

因此，长城人深感责任重大，不敢有半点懈怠。中国长城资产以债权人、资产持有人及特别证券承销商等多重身份，以更加积极稳妥的态度，严密审慎操作，先后成功地重组了 PT 渝钛白、PT 农商社、PT 网点、PT 中浩、PT 大东海、ST 石劝业、ST 白云山等一批上市公司，盘活了不良资产，救活了一个又一个 PT、ST 企业，提升了股市价值，实现了多方共赢，增强了中国长城资产的社会影响力。

套路Ⅱ：唤醒国有企业

中国长城资产先后对湖北省蒲圻造纸总厂、沈阳市水泥厂、广西融水县和睦糖厂、湖南新衡日用化工总厂等一批负债累累、困难重重的国有企业对症下药，外引内联，开展了形式多样的资产重组，使这些企业获得了新生。

以武汉办事处蒲圻造纸项目为例：

湖北蒲圻造纸总厂是国家"七五"重点建设项目，是集制浆、发电、供水和碱回收于一体的国有企业。该企业于 1985 年立项，1993 年基本建成后一直处于停产状态。其先后同国内外多家企业进行过洽谈，制订了多种盘活方案，但均未成功，成为地方政府的一块"心病"。中国长城资产接收企业债权后，通过深入调研、考察、论证，多方寻找合作伙伴，最终采取抵押置换、引进上市公司资金和管理机制等重组方式，为这家十多年未生产的省级特困企业，注入了新鲜血液，重组仅两个月后就生产优质纸 4000 多吨，实现销售收入 1400 万元。

"铁公鸡终于下蛋了！"

当地报纸曾以这样的文章标题，报道中国长城资产重组蒲圻造纸厂的新闻。

重组的成功，充分体现了长城人的聪明才智，体现了资产重组的巨大作用。资产重组不仅安置了当地 1000 多职工就业，还带动了当地楠竹、意杨、巴茅、芦苇等原料产业的开发，拉动了地方经济的发展。企业活了，员工就业了，地方经济有了新的生机，也提升了资产管理公司的资产价值，促进了国有资产的保值增值。

套路Ⅲ：跨越区域和行业

尽管中国长城资产收购的不良资产遍及全国各地，涉及各行各业，规模庞大，数量众多，尽管跨区域、跨行业重组面临诸多困难，但是，长城人量身定制的"游戏规则"，精心设计的操作套路，再加上垂直管理、一级法人体制的优势，都为实施跨区域和行业性资产重组提供了可能。

以济南办事处的青岛美猴王项目为例：

通过引入了战略合作伙伴——西藏高原之宝牦牛股份有限公司，办事处成功地对青岛美猴王（佛桃冷食有限公司）抵押资产实施了跨地区重组。西藏净土鲜实业发展有限公司及高原之宝牦牛股份有限公司收购青岛美猴王冷食公司资产，为西部少数民族地区的企业拓宽业务提供便利。在资产的回收问题上，办事处对西部企业采取灵活而有效的风险控制措施，为西藏高原之宝牦牛股份有限公司上市创造了条件。

在跨区域和行业性资产重组方面，福州、广州、石家庄、济南、北京、天津、贵阳等办事处通过与供销社上级主管部门或地方政府统一谈判，对供销社债权采取集中债权、整体打包、资产置换等多种方式，集中处置供销社系统的不良资产近 3 亿元。这也是对行业性资产重组进行的有益探索。

套路Ⅳ：突破民营资本

中国长城资产接收的债权中有40%来自民营企业，户数占收购资产的一半以上。中国长城资产通过债权减让、债权转投资等多种形式，实现资产管理公司与民营企业资本的融合；通过邀请民营企业参与国有企业的重组，以资产转让、债权转让、经营租赁和融资租赁、投资入股等多种形式，实现民营资本与国有资本的融合；利用自身的专业优势和品牌，促进与民营企业投融资的融合。

比如，先后对河北青松岭饮料公司、广西明阳生化股份公司、安徽三色照明股份公司、湖北天陆公司、兰州金积造纸厂、黑龙江渴康集团、湖南太平集团、湖北松滋瑞隆公司等民营、集体企业成功地进行资产重组，通过自身的投资银行职能和影响力，为民营企业进入中国资本市场提供了便利；同时，提高了自身的经济实力和在国际国内的影响力，提升了民营企业的对外形象。

河北青松岭饮料公司的重组，使该企业产品获得国家林业协会绿色产品证书、卫生部保健型饮料证书。当年企业年生产各种瓶装果汁、碳酸饮料、山楂饮料等2000多吨，年销售收入2400万元左右，利税400多万元，吸收职工就业近300人，带动了当地山区山楂、酸枣等野生资源的开发利用，拉动了地方经济发展。

套路Ⅴ：向西部进发

"激活西部不良资产"是中国长城资产为贯彻落实党中央、国务院关于西部大开发的战略部署而选择的重大课题，也是不良资产处置中的"重头戏"。根据西部地区接收不良资产情况，分门别类，加大了对西部地区资产的重组力度，采取引进东、中部以及国外的资金、资源的方式，促成东西部合作，缩小东西部差距，促进西部地区经济发展。

中国长城资产服从服务于国家西部大开发的重大政策，灵活运用重组套路，成功地解困国有民族企业，为繁荣西部民族地区经济、致富边区作出了贡献。先后有效地对西部少数民族地区的冶金、有色、纺织、建材和农牧业等行业、企业的资产开展了重组。比如，云南呈钢（集团）公司、四川平和国际贸易公司、新疆生产建设兵团奎屯棉纺织厂与全疆棉纺织行业的重组，与兰州华陇家禽育种公司的合作开发，西安高科集团的资产重组，成都蓉光炭素公司的债务重组，内蒙古草原兴发公司的资产置换，陕西秦荔商贸公司重组等项目，均有重大的突破。

所有这些项目的成功运作，都引起了社会各界的广泛关注，自身价值也因此得到提升，品牌效应同样因此为海内外投资者所瞩目，在进一步拓展资产处置与经营的竞争市场中，长城人扬了名、造了势、创了利，为圆满完成历史赋予的神圣使命奠定了基础。

好似化腐朽为神奇，重组取得了令人意想不到的收获和阶段性成果。

正所谓：大风吹灭了油灯，却吹旺了篝火。

诗人总是用他们无穷的想象力和细腻的笔触，描绘出冬雪覆盖中绽放的那第一枝绿色。

而肩负国家使命的长城人，经过几个春秋的摸索，走过了前人没有走过的路，在不良资产处置的方式、处置理论的总结与运用等方面，始终保持昂扬的姿态，探索、创新了多个国内乃至世界第一的成功案例，为业界提供了不良资产专业处置经验与模式，超额实现了国家下达的资产回收目标，圆满完成了政策性不良资产处置任务。

原野上一枝枝花朵含苞待放，大地一派生机盎然。

独树一帜

第三篇

第七章 CHAPTER 7

东风第一枝

荒原本无路，只因第一个人不畏艰险闯了过去，后来走的人多了，才成为路。

长城人凭借智慧、勤劳和不怕吃苦的精神，率先创立或运用了众多"第一"，并形成品牌。比如，第一次资本市场救赎上市公司、第一次政策性债转股、第一次公开拍卖金融债权、第一次境外转让不良资产、第一次担任特别主承销商、第一次深度参与经营债转股企业、第一次实施股权激励等。

好比秉烛之光，照亮了自己行进的前路，也照亮了众人行走的方向。

救赎上市公司第一家——渝钛白

1999 年 6 月，我看上了渝钛白。6 月 29 日，在 ST 钛白能够交易的最后一天，我以 4.30 元买入，这个价格还是一路往下走。当时的 ST 钛白已经是连续三年亏损，7 月 1 日，《证券法》将实施，对于 ST 钛白而言，一切都已走上了绝路。1999 年 7 月 9 日，渝钛白被戴上"PT"帽子。

渝钛白数亿元的沉重债务已让它无力回天。曾经有过的辉煌，难道这一切就这样完了吗？无数股民在流泪。

1999 年 10 月 19 日，惊天的好消息传来——中国长城资产入主渝钛白！

随即，股价也作出了明确的反应：在经受了取消涨跌幅限制的冲击后，再次连续数周涨停，11 月 3 日，股价已达到 13.31 元。打开其 K 线图，可知其历史最高价为 13.50 元。如果 11 月 10 日再涨停，将创出 13.98 元新高。

我的毛利将达 325%。这个成绩足以让人自豪，足以让人偷笑。

每周五，我兴奋得都想一头栽入嘉陵江。

——摘编自《PT 钛白——赚得我直想哭!》（《北京青年报》，2000 年 11 月 11 日）

2001 年 11 月 20 日，深秋的深圳，丹桂飘香，秋风送爽。

这是个特别的日子，无论是对重庆渝港钛白粉股份有限公司（以下简称渝钛白），还是对中国长城资产来说，都是值得深深铭记的。

渝钛白在经历了漫长的扭亏摘帽征程之后，终于在这一天获准恢复上市。渝钛白的股票行情，又重新闪耀在交易所花红柳绿的显示板上。历经磨难的渝钛白，可算是中国证券市场上"名头最响"的公司之一。在原七家老"PT"公司中，渝钛白资历最深，自1999年7月9日开始，渝钛白被"PT"了整整两年零四个月。

其耐人寻味的PT之路、大胆创新的资产重组、起死回生的动人故事，都将在中国证券史上留下永恒的烙印。

绝境：山穷水尽

渝钛白一度步入绝境，7亿元金融债权面临颗粒无收的境地。1999年前，如果要问渝钛白是什么样子，回答会无一例外——山穷水尽。

渝钛白成立于1990年4月9日，其前身为重庆渝港钛白粉有限公司，是原重庆化工厂与香港中渝实业有限公司共同创办的中港合资企业，后改制为股份有限公司，由重庆国资局、中渝实业有限公司和社会公众筹资等多方出资组成，其中，国资局3728.26万股，占比28.68%，外资方3728.26万股，占比28.68%，发行社会公众股和内部职工股5544万股，占42.64%。其社会公众股于1993年7月12日在深交所挂牌上市交易。渝钛白属重庆首批上市公司。

因为上市较早，渝钛白在重庆曾经名噪一时，几乎家喻户晓。其1.5万吨产能的钛白粉项目在当时国内行业内首屈一指，获得了包括农业银行在内的多家金融机构大额资金支持。但由于种种原因，渝钛白1996年即出现亏损，到1999年已是连续四年亏损，累计亏损总额高达6.18亿元，每股净资产为-3.54元，严重资不抵债。同时，内部管理严重失控：原材料采购盲目，积压腐蚀量大，建设资金管理混乱，职工工资没有着落，偌大的厂区杂草丛生，污水横流，臭气熏天，毫无一点生气。目睹当时的情景，许多人对渝钛白失去了信心，股价也一度下跌至每股2元左右，股民们称之为"伤心的渝钛白"。1999年7月9日，渝钛白被戴上"PT"帽子。

此时的渝钛白，早已令人伤心绝望。

在渝钛白全部11亿元负债中，农业银行就占了7亿多元。1999年10月18日，渝钛白7亿多元不良资产剥离到重庆办事处，中国长城资产成为渝钛白最大的债权人。渝钛白连年亏损和不堪的现状，不仅引起地方政府、广大投资者的高度重视，其一举一动都牵动着其最大的债权人——中国长城资产的神经。

渝钛白命悬一线。

长城人心里十分明白，渝钛白一旦破产，7.48亿元债权很可能一文不值。

救赎：刮骨疗伤

要实现中国长城资产、渝钛白、股东和投资者、重庆市政府多赢的目标，唯一出路就是，想尽一切办法，重组救活渝钛白，最大限度地保全国有资产，减少国家损失。

渝钛白重组被提上了议事日程。

中国长城资产成立后的第二天，即组成调研小组，派出资产经营部总经理徐雨云，率李康、李仁华等赴重庆，和办事处的同志共同开展工作。调研发现，造成渝钛白亏损的主要原因可以归结为"先天不足"和"后天失调"："先天不足"即资本金少，建设周期长，债务和人员负担过重；"后天失调"则是打不通生产工艺中的瓶颈，生产能力长期不达标。

通过分析，大家惊喜地发现，渝钛白的钛白粉项目本身存在着两大亮点：技术设备先进，产品市场广阔。调研小组人员仔细研究后，坚定地认为，渝钛白虽然亏损严重，但如果实施积极有效的资产重组，就能起死回生，而且今后还会大有发展潜力。否则，只有破产清算一条路可走。

汪兴益等领导指示："要想尽一切办法，救活渝钛白！"

重庆市政府对中国长城资产出面重组渝钛白，给予高度重视，主管副市长向市委、市政府汇报后，重庆市政府正式邀请中国长城资产进入渝钛白。

1999 年 10 月 25 日，重庆市政府向中国长城资产发出了《重庆市人民政府关于邀请长城资产管理公司派员参加制订渝港钛白粉股份有限公司资产重组方案的函》，邀请中国长城资产尽快派出重组工作小组，共同制订方案，推进渝钛白项目的重组。中国长城资产于 1999 年 12 月 5 日正式复函重庆市政府，同意出面并主导渝钛白重组，并成立了以徐雨云、李康、李仁华、吴慧君、黄立人等为主的项目组。

渝钛白的重组正式拉开了序幕。

重组谈何容易！渝钛白的情况何其特殊，难度又何其之大，既涉及内资又涉及港资，既牵涉银行又牵涉地方政府，在方式方法上又要使重组后的渝钛白轻装上阵，彻底甩掉包袱。对这样的上市公司进行重组，全国还没有先例。

没有成熟的经验可以借鉴，没有现成的模式可以复制。

没有模式，创造模式也要把渝钛白这个项目拿下来。在咨询了有关部门和专家后，以徐雨云为首的渝钛白项目组辛勤奋战了 7 个昼夜，设计出了重组方案初稿。为了这个不同寻常的方案，他们每人每天平均休息不足 3 小时，夜以继日地加班工作。因该方案提出重庆市政府以零价格转让渝钛白股权给中国长城资产，一度引起政府内多部门的不同声音，财政局、化工局作为渝钛白的出资和主管单位更是持反对态度。后又经过多轮上门沟通解释协调，多次讨论，几易其稿，形成了最终方案。

在主管副市长和重庆市经济委员会副主任的积极推动下，方案得到重庆市政府的认同。市政府认为，方案设计颇具创新意识，可操作性强，能够立竿见影。至此，重庆市政府和中国长城资产达成了重组渝钛白的一揽子协议，涉及银行、外资、国资、地方政府等相关部门。

重组方案的重点是：人员分流与再就业、股权重组、资产重组、债务重组、财政和税收优惠等，并对企业重组后的经营和管理进行了规划。重组实质是"用债权换股权"，核心内容体现在股权重组、资产重组、债务重组三个环节，一环扣一环。

渝钛白这样的重组，在国内实属头一回，是一项智慧与实践的创新。通过债务重组，重庆化工厂承担渝钛白所欠中国长城资产 7.48 亿元的债务全部减让。瞬间的蜕变，债权变成了股权，债权人变成了股东，渝钛白的债务得到大幅度降低，企业财务状况得到彻底改善，得以轻装上阵。

至此，渝钛白终于有了翻身的希望。

涅槃：浴火重生

中国长城资产入主渝钛白后，组建了新一届董事会，法人治理结构进一步完善。渝钛白在重组成功后的第一年就改善了产品质量低劣的情况，扭转了销售不畅的局面，使生产和销售都逐步走上了正轨，当年生产钛白粉 1.6 万吨，产量达到该项目投产以来最高水平；销售也从 1997 年的几百吨发展到每年上万吨。这样的发展势头，钛白人在重组前连做梦都不敢想。

第二年，通过技术改造，钛白粉年生产能力扩大到 1.8 万吨，产品质量也同步提高，按国际标准，一等品率从 7% 升至 70%，提高了十倍。同时，新产品开发能力大大增强。渝钛白通过与重庆大学合作，成功研制了 R-248、R-249 锆包膜钛白粉，产品各项指标已达到或接近国际同类品质，填补了国内空白。产品一经投放市场，即被抢购一空，供不应求。此时的渝钛白，再也看不到当年衰败的景象，取而代之的是厂区绿树成荫、管理井井有条、工人精神振奋、车辆穿梭不停，呈现出一片欣欣向荣的景象。

2001 年 2 月 27 日，渝钛白 2000 年度年报闪亮登场，震动了资本市场。在经历了近 5 年的亏损、近 3 年的 PT 之后，多灾多难的渝钛白终于盈利了，当年实现净利润 350 万元。3 月，渝钛白向中国证监会提出了恢复上市的申请。

2001 年 11 月 20 日，中国证监会经过认真的调查审核后，核准渝钛白 6652.8 万股社会公众股在深交所恢复挂牌交易。

渝钛白一下子摘掉了 ST 和 PT 两顶帽子，成为中国证券业历史上首家直接从 PT 恢复交易的上市公司，实现了"乌鸡"变"凤凰"的梦想。

风范：再送一程

"始于债务性重组，结束于战略性重组。"

经过三年多时间的努力，渝钛白的经营能力和管理水平得到极大的提升，经营业绩增长迅猛，步入了发展快车道。重新上市的渝钛白焕发了勃勃生机。但长城人心里十分清楚，这只是迈出了良好的第一步。让渝钛白迅速壮大，成为上市公司中长盛不衰的绩优股，走上健康持续发展之路，才是长城人的最终目标。

2002 年 2 月 7 日，中国长城资产选择攀钢集团，作为渝钛白的战略投资伙伴。这是一次非常成功的引入战略投资者行动。引入攀钢集团，促进了渝钛白的股权多元化，进一步完善了渝钛白的法人治理结构和现代企业制度，有力地促进了渝钛白的进一步发展。

2002 年 10 月，中国长城资产第一次向攀钢集团转让渝钛白部分股权，回收现金 1.2

亿元，2004 年 7 月，再次向其转让部分股权，回收现金 3006 万元。剩余股权于 2011 年全部上收总部统一管理。

至此，在重组渝钛白之初确定的"救活渝钛白恢复上市"和"实现渝钛白成功退出"的两大战略目标终于圆满完成。当年眼看颗粒无收的 7 亿多元债权，通过长城人大刀阔斧地重组整合和科学管理，最终实现最大回收，国有资产得到最大限度的保全和价值提升，充分发挥了资产管理公司金融稳定器、经济助推器和创新探索者的强大功能，彰显了负责任金融央企之大家风范。

渝钛白这一经典案例，也创造了资产管理公司重组 PT 公司并恢复上市的资本市场奇迹，在中国证券业历史上留下了浓墨重彩的一笔。它是四大资产管理公司首例对上市公司的重组，也是中国证券市场首例通过大规模债务重组来解决 T 族公司的问题，丰富了上市公司重组的模式。渝钛白是中国证监会出台退市制度以来首例恢复上市的 PT 公司，可谓是前无古人。同时，渝钛白为其他 ST、PT 公司的重组提供了成功的范例，为财政部完善企业债务重组会计准则，进一步规范上市公司的债务重组行为提供了参考。

上市公司救赎之经典力作——渝钛白重组实战案例，也成为 MBA 课堂上的教案内容。

正如前述《北京青年报》文中人物所言，长城人所作所为不仅挽救了一家上市公司，事关千千万万中小投资者的命运，带给无数家庭财富与快乐，也体现了中央企业在国家和地方企业困难时期的担当。

政策性债转股第一例——湖南长元

提起湖南人造板厂，许多长城人记忆犹新。

在湖南长沙湘江东岸，行人和车辆经过湘江二大桥，老远就能看见工厂大门上，赫然悬挂着一块"湖南人造反"的牌子。因年久失修，厂名的"板"字，丢了"木"字偏旁，厂字也不见了。曾经风光一时的湖南人造板厂，竟然落魄到如此田地。

湖南人造板厂的历史最早要追溯到 1988 年。

当年，湖南人造板厂通过科威特政府贷款 1000 万第纳尔（折合 3500 万美元）建成投产。由于全额负债经营，企业包袱沉重，连续六年亏损，累计亏损 2.1 亿元。

中国长城资产收购的该企业不良资产为 2.82 亿元，在国家第一批政策性债转股企业名单中，并没有该企业的名字。收购后，公司总部会同长沙办事处，立即组织人员多次深入调研，在充分论证的基础上，积极支持其作为债转股企业进行申报。经过多方努力，该企业终于被列入国家经贸委拟实施债转股企业建议名单，成为湖南省第一家，也是中国长城资产牵头的第一家和全国第二家债转股挂牌企业。

2000 年 8 月 30 日，中国长城资产首家债转股企业——湖南长元人造板股份有限公司（以下简称湖南长元）在长沙举行了隆重的挂牌仪式。湖南省人民政府分管副省长、中国长城资产副总裁李占臣和国家经贸委等部门负责人及职工代表 400 余人出席了挂牌仪式。

作为中国长城资产第一家政策性债转股企业，湖南长元的资本总额为 3.1 亿元，其中中国长城资产控股，为 2.81 亿元。新硎初试，一切都在摸索中，一切需从零开始。

公司总部会同长沙办事处组成专门班子，进驻企业指导运作，研究方案，制订配合债转股改制计划和时间表，协调债权人关系。短短几个月时间，在多方的紧密配合下，债转股工作顺利实现了"三个第一"，即第一批报国务院审批、第一批正式签订债转股协议书、第一个由中国长城资产牵头的债转股企业对外正式挂牌并进入实质性操作阶段。

中国长城资产派出董事 7 名、监事 2 名，按照干部管理权限，向湖南省委组织部推荐公司高管人选，与省委组织部、省经贸工委一起对班子成员进行考察，迅速组建了企业生产经营团队，并派驻项目经理，常驻企业了解企业生产经营情况，及时反馈信息。

以债转股为契机，通过长城人的精心运作，湖南长元经济效益明显好转。实施债转股当年，人造板生产能力由 3 万立方米/年提高到 12 万立方米/年，在全国同行业中排名第二，产品供不应求，产销率和货款回笼率都达到了 100%。湖南长元在邻近的汨罗、湘阴等县市植树造林 4300 亩，建立了自己的原材料基地。当年，湖南长元由资不抵债发展到资产负债率降至 38%；当年，实现销售收入 1.63 亿元，比上年增长 44%，利税 878 万元，利润 354 万元，比上年减亏增盈 1200 万元。当年，中国长城资产通过企业股权回购，回款 400 多万元。

债转股转出了生机，转出了活力。

2001 年 4 月 10 日，国务院总理朱镕基在长沙召开国有大中型企业座谈会，湖南长元以"以债转股为契机，务实创新，加速企业的脱困与发展"为题，向朱镕基总理做了专题汇报。

中国长城资产、当地政府及企业的债转股实践取得了优良的成绩，朱镕基总理予以充分肯定，并作了重要指示，寄予厚望。

债权拍卖第一槌——沈阳办事处

时下，以拍卖、竞价的方式做买卖，早成为一种普遍现象。拍卖有形资产、无形资产，甚至拍卖思想、点子等，五花八门。可是，二十年前中国的拍卖市场，还不像今天这样成熟，尤其是拍卖金融债权，还真是头一回。

为加快处置、最大化收回不良资产而公开竞价拍卖的做法，前无先例。长城人想到了，沈阳办事处做到了，且一战成名。

当年，数家媒体以醒目标题报道：

"中国长城资产不良资产拍卖会在沈阳敲响了历史性的第一槌"。

2001 年 4 月 8 日，来自辽宁全省各地参加拍卖的人数逾千人，原容纳 300 人的辽宁凤凰饭店大会议中心座无虚席。在号称"东北第一槌"的辽宁省拍卖行总经理刘志坚拍卖师（主槌）的精心引导下，拍卖会场气氛热烈。经过一上午的竞拍，最终有 2 处房产、26 辆汽车、全部摩托车和 24 种物资被成功拍卖出去，被拍出物品评估值合计 189 万元，拍卖底价合计 186 万元，最终成交金额合计 284 万元……

沈阳是东北老工业基地，中国长城资产沈阳办事处收购的不良资产中，国有企业的资产占有相当大的比重。要加速处置，尽快变现，并实现收益最大化，该怎么办？这是成立刚刚一周年、一切都在探索中的沈阳办事处必须面对的问题。

范振斌时任沈阳办事处总经理，回忆起当年的情景，至今仍然激动不已。他说，当年为作出这样的决定，前期做了大量细致的调研工作，绝不是一时心血来潮。尽管当时还没有出台"可以拍卖金融债权"规定，但是，不良资产处置回收最大化，成交的价格确实是关键。只有公开操作、遵循市场机制才是唯一出路，而拍卖是最佳选择。

"路是人走出来的。"范振斌不无感慨地说。

金融债权资产拍卖首开中国之先河，需要大胆探索，周密筹划。债权资产拍卖同物权资产拍卖的流程基本相似，但由于资产形态不同，因而在具体操作上必然有其特殊之处，难度很大。

他们通过对债权资产进行审查和分类汇总，从中确定一定数量的债权资产作为拟参拍标的，进行拍卖前的广告宣传。在宣传方式的选择上，采取了集中与分散、属地与异地相结合。同时，发动和组织全员营销，积极主动寻找客户。

为达到最佳的拍卖效果，拍卖债权资产标的数量，有必要根据有购买意向项目的多少来确定，而不是将进行广告宣传的所有拟参拍债权全部作为拍卖标的。拍卖起价原则上依据评估值确定，评估结论为拍卖起价提供依据。

为防止债权转移后使用暴力等非法手段行使和主张债权情况的出现，有效维护自身形象和社会稳定，沈阳办事处对竞买人资格作了一定限制性规定。竞买人在办理竞买手续时，除按规定交纳一定数额的保证金外，还应提供单位营业执照副本或单位介绍信、单位授权委托书、经办人本人身份证等材料。

在公司总部的支持下，2001 年 4 月 8 日，沈阳办事处很快确定了拍卖标的：收购企业以物抵债的 4 处房产，28 辆各种类型的汽车，240 多台各种品牌的摩托车以及家用电器、机械、电子设备、服装七大类 36 种抵押品相应的债权。

拍卖取得了意想不到的成功，在辽宁省乃至全国引起了强烈反响。其意义远远超过了成交金额本身。它不仅有助于社会各界更直观、更深入地了解资产管理公司，无形中提升了自身良好的社会形象，也有助于避免资产处置过程中的道德风险，体现"公平、公开、公正"原则，实现资产处置收益最大化，为中国长城资产全面开展拍卖追偿活动提供了范例，创造了经验。

第一槌敲响之后，沈阳办事处又连续成功举办了三场债权拍卖会，参拍标的物共 210 个，涉及账面金额合计 4.5 亿元，成交金额 862 万元。第一场债权资产拍卖会标的物 106 个，账面金额 6493 万元，成交项目 3 个，成交额 119 万元，债权本金回收率达到 35%；第二场参拍标的物 94 个，账面金额 33798 万元，成交项目 6 个，成交额 131 万元，债权本金回收率达到 29.3%；第三场参拍标的物 10 个，账面金额 4690 万元，成交项目 6 个，成交金额 612 万元,实现了 29.7% 的债权本金回收率。

一石激起千层浪。沈阳办事处"第一槌"敲响,为中国长城资产系统全国"拍卖周"提供了经验。

2001 年 10 月 22 日,公司总部印发了《关于开展全国性拍卖活动的通知》,又于 11 月 14 日印发《关于进一步做好全国性拍卖活动工作的通知》。

12 月 5 日,拍卖签约仪式在北京举行,以汪兴益为首的领导班子成员悉数出席,全国 28 家办事处的总经理和 28 家拍卖公司的总经理签署了拍卖委托协议。国家经贸委、财政部、人民银行、中国拍卖协会、中国农业银行、中国长城资产监事会等有关部门的代表出席了签约仪式。公司总部专门成立了拍卖工作组委会,并下设了拍卖工作办公室。各办事处也分设了专门机构,全系统共有 2000 多人参与此次拍卖的组织、实施工作,从项目筛选、方案审查、资产勘查等方面做了大量细致的准备工作,并聘请中介机构对拟拍卖资产进行了评估。各办事处提供了 400 多个参拍项目,拍卖标的物达 500 多个,拍卖资产原值达 48 亿元,涉及全国 28 个省、自治区、直辖市。有 92 家实力雄厚、业绩优良、资质较高的拍卖公司同时开展拍卖活动,众多的拍卖项目和标的,大大突破了单家办事处拍卖资产的规模限制。

资料显示,本次全国性"拍卖周"期间,先后有 24 家办事处推出了参拍项目 479 个,共成交 310 个项目,成交金额 3.9 亿元,涉及资产原值 18.85 亿元,资产回收率达 20.73%,效果超预期。

中央电视台、人民日报等 20 多家国内新闻媒体参与报道了此次拍卖活动签约仪式,成为社会关注的一个焦点。

汪兴益说:"中国长城资产债权拍卖第一槌,开了先河,创造了效益,也给同行业公开处置不良债权,提供了有益的借鉴。"

营销推介第一幕——精彩亮相

2001 年 5 月 10 日至 12 日,第四届中国北京高新技术产业国际周暨中国北京国际科技博览会在北京举行。

汪兴益率团参加,将中国长城资产首次推上国际舞台。

5 月 10 日,国际周在北京人民大会堂举行了隆重的主题报告会暨开幕式。中共中央政治局常委、国务院副总理李岚清出席开幕式并作了重要讲话。这届国际周与前三届相比,规模扩大,科技含量提高,技术交易空间更广,其中包括 23 个专业展览区、25 个高层演讲论坛、技术经贸洽谈会和一系列专项交流活动。与会人员有政府高级官员、中外院士、诺贝尔奖获得者、著名跨国公司高级管理人员,以及世界著名金融证券投资机构、会计师事务所和金融保险机构首脑及各相关领域专家、学者等。

在国际周"新经济论坛"上，汪兴益作了《抓住新机遇，开辟不良资产处置新领域》的专题演讲，全面阐述了中国金融资产管理公司成立的历史背景和主要目标及三个方面的重要作用。同时，汪兴益详细地介绍了投资者与中国长城资产开展投资合作的四个优势、五个方面的合作领域，引起参加国际周的海内外投资者及各界人士的关注。

李占臣在国际周"风险投资、资产管理与并购"论坛上，作了《大胆引进风险投资，重点突破重组并购》的演讲，进一步阐述了管理和处置不良资产的重要性，鼓励投资者参与不良资产处置，借助这个新的领域，运作出新的创意，拓宽自己的业务空间，并强调了参与不良资产处置的六个有利因素。

借此机会，中国长城资产在国际周上积极筹划并组织了资产项目专场推介会。时任资产经营部总经理刘钟声主持了推介会并详细介绍了项目情况。中国长城资产首次向国内外投资者推介了精选的 120 个共 127 亿元的资产投资项目，涉及 19 个行业，分布在全国除西藏及港澳台以外的 30 个省（自治区、直辖市）。4000 余人次对推介的具体项目进行了咨询；30 多名欧亚国家驻华商务参赞也参加了项目推介。客商普遍认为，金融不良资产蕴含着巨大而良好的投资商机，有的表示要组织本国的企业代表团前来，进行实地考察，有的表示为中国长城资产组织国外金融资产投资项目展览、招商引资创造便利条件。

精彩亮相，营销推介第一幕，呈现出三个鲜明的特点：

一是高新技术项目占 70%，还有部分投资项目也是以发展高新技术为目标而投入传统产业的；二是国内投资者对高新技术产业投资热情较高，参与意识较强；三是国内外投资者对参与中国不良资产处置的愿望强烈，既有投资基金公司，又有产权交易机构等。会上，中国长城资产 12 个项目达成投资意向，涉及金额 8 亿多元；与 6 家海内外投资机构达成合作意向，首期拟定合作项目 35 个，涉及资产 30 多亿元。

高端、大气、上档次。这些都为拓展海外业务，结识朋友，通联人脉关系，积累国际经验打下了基础。

境外联姻第一家——花旗集团

不可否认，无论是中央金融机构，还是国有企业，率先向境外转让出售不良资产，并且成为经典案例，唯中国长城资产莫属。

美国花旗集团是世界上最大的金融控股公司之一。在中国长城资产市场调研的 31 家外资银行中，花旗集团在投资银行与资产管理业务等方面均排名第一。长城人寻找国际市场，花旗集团也在中国寻找市场。而对于中国长城资产收购的 3458 亿元不良资产，花旗集团表现出浓厚的兴趣。

正是：一个要补锅，一个锅要补。

当时，有人怀疑说，外国人不是慈善家，他们是来赚钱的，不会安好心。也有的人说，好处置的资产都处置了，剩下的都是烂尾巴，破铜烂铁，老外不是傻瓜，人家会要吗？

然而，从中国长城资产广州办事处传过来的消息，打消了人们的疑虑。广州办事处经与花旗集团接触，对方有收购中国长城资产不良金融资产的意愿。

这给长城人一次与国外同行"联姻"的机会。

2002 年 4 月，公司总部作出决定：正式与花旗集团接触谈判。

境外转让出售资产不仅是中国长城资产的第一次，也是中国金融央企的头一回；这也不仅仅像普通商品那样与外国人交易，虽然是不良资产，但里边涉及一些敏感的企业、项目、产品和当时还属于保密的大量数据等信息，涉及企业员工安置、政府沟通等若干重要细节。如何把问题化解到最小、资产价格卖到最高，怎样酝酿、处理，实现谈判成功？

4 月下旬到 5 月 28 日，公司总部召集了资产经营部、国际业务部、法律事务部和广州办事处有关人员，周密研究具体谈判方案。同时，由张晓松牵头，密集派员赴广东调研，落实拟将广东惠州、汕尾地区 617 户不良债权整体打包转让等事宜。

2002 年 7 月 18 日，《南方日报》发布了转让惠州、汕尾地区债权的公告。8 月，公司总部委托北京华利安资产评估有限公司等 16 家评估机构，分别对拟整体处置的惠州、汕尾地区企业的债权进行了评估和债权价值分析。同时，责成广州办事处集体研究，拿出该资产包的基本交易方式和交易条件，成立专门工作组，负责该项目的对外谈判和内部协调工作，并与花旗集团签订了"债权转让意向书"和"保密协议"。

此次转让的不良资产涉及房地产、机械、化工、商贸、供销合作、建材、食品加工等行业，整个资产包具有户数多、分布散、处置难度大的特点。如果以逐户清收或小范围打包方式进行处置，不仅难度大，耗时过长，而且有些资产价值也会因时间推移而加大损失。

为做实项目，诚信待客，在公司总部委托评估公司的同时，广州办事处也邀请不良资产剥离的农业银行，参与资产回收估值工作，先后召开惠州、汕尾两地有 30 多位支行行长及信贷科长、股长参加的资产价值分析会议，在同中介机构的评估结果基本吻合的基础上，拟定项目处置价格及期望值。

其时，长城人一刻也没有忘记肩上的社会责任。

为慎重起见，一方面，办事处虽然未发现有政府或政府部门作为借款人或保证人的贷款，但还是主动对资产包内涉及的疑似政府机构贷款、供销社贷款等一些比较敏感的贷款进行了清理，并促使花旗集团作出按批准的处置方案履行承诺；另一方面，为保证该资产包内贷款的真实性和有效性，办事处主动向农业银行惠州、汕尾分行发函，通报了转让不良资产项目的情况和进展，提请剥离行对不良资产真实性进行全面核查。

长城人深知，与国际金融机构过招，法律是最为基础、最有力的保障。为此，公司总部法律事务部、资产经营部和国际业务部等部门，自始至终参与了协议条款的谈判。办事处公开招聘、择优确定了代理律师事务所。2003 年 1 月，受聘律师事务所起草了中英文版本的"债权转让协议"。

其间，中国长城资产就资产定义、转让与受让、先决条件、完善所有权、购买价格的支付等 10 个附件 28 项条款，还有购买价格、贷款交易表、转让通知与完善程序、协议日和成交日先决条件、有关贷款交易的陈述与保证等，与花旗集团进行了长达两年艰苦而漫长的八轮谈判，甚至两次差点"黄了"。八轮谈判，体现了长城人的韧劲，当然也体现了长城人的智慧与谈判技巧。

由于工作做得细、做得实，考虑到了各个环节和可能出现的因素，并且牢牢抓住了谈判的主动权，2004 年 1 月 5 日，中国长城资产终于与花旗集团达成基本一致意见，即一次性整体转让惠州、汕尾地区 617 户、总值 23.26 亿元不良资产。其结果超出了方案设计的预期，取得了重要成果。

2004 年 4 月 27 日，广州花园酒店，中国长城资产与花旗集团正式签署"贷款购买与出售协议"。财政部驻广东专员办、广东银监局、当地政府，以及公司总部领导和相关人员，一起见证了这一历史性时刻。新华社、南方周末、新浪网等媒体做了详细的报道，在当时中国金融界乃至社会经济领域产生了良好的反响。

中国金融企业对外整体转让不良债权，实现了零的突破。这也为不良资产处置国际化、参与国际金融市场竞争，探索了成功的路子。

特别承销第一单——晋西车轴

诚如亚当·斯密在《国富论》中所言，资本市场"有一只看不见的手"，在自动配置市场资源。市场有巨大的诱惑，同样市场有时也十分无情；有投资回报，有时也需要机缘巧合，更多的则是需要付出智慧和心血，承受漫长而痛苦的煎熬。

这正是长城人以不良资产造化"市场魔力"之所在。

晋西车轴股份有限公司（以下简称晋西车轴）是一家以轨道交通装备为主业的企业，控股股东为晋西工业集团有限责任公司，实际控制人是中国兵器工业集团公司，后被誉为"山西军工第一股"。该公司主要从事铁路车辆、车轴等产品的生产销售及自营进出口业务，并在精密锻造和非标制造等方面具备较强的技术和装备实力。这是一家政策性债转股企业的下属公司。

2001 年改制后，"山西军工第一股"一直寻找公开发行股票上市的途径。最初，河北的一家券商负责其上市辅导，但在合作过程中出现了严重分歧。当时，几家对企业有影响力且有推荐资格的机构，都希望成为其上市的主承销商，但其最终却选择了只占其母体股权 3% 的中国长城资产。原因是多方面的，主要是在打交道的过程中，该公司看到中国长城资产既具有充裕的上市通道，又一向配合默契，被长城人诚信、稳健、务实的作风所打动，具备合作的良好基础。

在此情况下，公司总部十分重视，会同太原办事处赴企业实地考察，对该企业的运行机制、主导产品的情况以及推荐上市后可能承担的风险等问题进行了调研。

2002 年 8 月，双方签订协议，由中国长城资产担任其上市的主承销商。中国长城资产对企业进行尽职调查，制作申报材料并多次反馈，帮助企业制定发展战略，向中国证监会汇报沟通，制作《招股说明书摘要》《定价分析报告》等申报材料并上报。

2003年6月12日下午，晋西车轴获得了中国证监会发行审核委员会的批准。2004年4月30日，晋西车轴正式获得中国证监会准予上市发行股票的批文，同年5月11日，晋西车轴4000万股A股以每股6.39元的价格在上交所发行，5月26日，正式挂牌交易，开盘价为9.01元。

各大新闻媒体和门户网站都做了大量报道。

2004年4月30日，和讯网以《资产管理公司凸显投行威力，长城主承销晋西车轴》为题做了较为详尽的报道。

由中国长城资产管理公司推荐上市并主承销的晋西车轴日前获准首次公开发行A股，这是长城首次担任企业公开发行股票的主承销商，标志着金融资产管理公司已经走到股市的前台，成为和券商、投资银行并驾齐驱的主承销商。

长城公司曾经综合运用债权重组、股权重组、资产重组及上市推荐等投资银行业务手段，成功拯救濒临退市的重庆渝港钛白粉股份有限公司，并成功推荐其恢复上市，保护了广大投资者的利益，成为我国资本市场上的经典运作案例。其此次对晋西车轴股份有限公司进行改造，建立了规范的现代企业制度，力求从企业机制上最大限度地降低投资者的投资风险。

业内人士认为，资产管理公司作为国家专门为处理四大国有银行不良资产而设立的机构，已经度过解决包袱的初级阶段。而由于其当初作为不良资产接手的企业多为公司治理结构不完善、经营能力低下的企业，在力求使它们重新改造后变现的过程中，资产管理公司积累了丰富的经验，使其在这方面更适合作为一些企业发行上市的推荐人和承销商。

首次作为主承销商，推荐企业上市，标志着中国长城资产在证券承销业务领域的重大突破。此举，不仅实现了投行业务收入736.8万元，而且锻炼了队伍，拓宽了业务创新的思路，积累了经验，为今后开展更大、更复杂的新业务增添了信心，蹚开了新路。

老三板第一壳——海国实

"债务重组—保壳挂牌—股权转让—成功退出"——这是长城人不良资产处置中又一经典案例。

2002年9月，海口办事处通过债权换股权，有效运用壳资源价值，重组整合海国投实业股份有限公司（以下简称海国实）资产，提高了资产处置效率，实现了资产回收最大化，债权本金回收率达40.5%。

早在2000年6月下旬，海口办事处接收了农业银行剥离的海国投集团债权1.24亿元。海国投集团由于多年经营不善，严重资不抵债，中国银行作为其最大债权人正在对其进行破产清算，优质资产已基本分割完毕。为最大限度保全资产，海口办事处决定，以海国投集团持有的 2.46 亿股海国实发起人法人股，按海国实账面每股净资产 0.409 元的价格，抵偿所欠债务 1.01 亿元。

2001 年 1 月，海国实股东大会完成了第一大股东管理权的移交，并改组了董事会，中国长城资产成为第一大股东。

海国实原是全国证券交易自动报价系统（STAQ）的挂牌公司。按中国证监会的要求，为规范证券市场，STAQ 系统于 1999 年 9 月停牌，但停牌公司经重组如符合条件，可申请转到主板上市。由于海国实已经连续三年亏损，不具备自身重组上市的资格，海南省政府已决定由海南农垦热带作物开发股份有限公司（以下简称农垦热作），以其股权置换海国实的社会流通股，重组海国实。

如果农垦热作重组海国实成功，海国实则变更为有限责任公司，中国长城资产持有的股权将有可能受损严重。

海口办事处及时与海南省政府有关部门进行协商与沟通，反映农垦热作重组可能对国有资产造成的影响，并提出主导重组海国实的工作思路。同时，又分别与北京天通、四川富临等公司进行了重组海国实的谈判。虽然因政策因素的影响，前期重组没能成功，但成功保住了海国实的"壳"资源。

2001 年 6 月，中国证监会出台解决 STAQ、NET 系统挂牌公司重组过程中在"代办股份转让服务系统"进行股权转让的有关规定。为了保住和有效利用海国实这个"壳"资源，海口办事处选定大鹏证券作为海国实的主办券商，在最短的时间内对海国实的流通股权进行了重新确认、登记，并及时召开了董事会和股东大会，通过了海国实进入"代办股份转让服务系统"的方案。

2001 年 8 月 27 日，海国实在"代办股份转让服务系统"成功挂牌交易。

海口办事处全面分析了长期持有海国实股权的利弊得失，抓住稍纵即逝的机会，决定加快处置、提高回收率。办事处通过各种合理渠道，对外发布拟转让海国实股权的意向，广泛寻找股权受让方。

经过与近十家企业的磋商谈判，最终确定实力雄厚、出资较多的顺德市万和集团有限公司、广东时代盈和投资有限公司作为股权受让方，前者是广东十大民营企业之一，后者擅长资本运作。海口办事处最终与它们签订了转让协议，成功转让 2.46 亿股海国实股权。

艰辛励志第一难——天一科技

在长城人打造的经典案例中，并购重组湖南天一科技股份有限公司（以下简称天一科技）的投入资金、时间跨度、参与人员、耗费心血当数第一，也是最难的一个项目。自 2001 年 12 月起，历经 13 个年头，经历了无数起伏，终于修成正果。

毋庸置疑，这是一个历尽艰难、启迪后人深思的项目。

在看似平静的背后，长城人在运作该项目的过程中，所经历的艰难曲折，付出的辛勤劳动，承载长城人的智慧和心血，一言难尽。

请允许列举如下事实和数据：

2004年4月24日，国务院国有资产监督管理委员会"批准中国长城资产通过资本金划转方式持有天一科技4936万股股份"。

2006年9月12日，公司总部批复"同意长沙办事处实施资产置换获取天一科技12264万股并成为控股股东"。

中国长城资产累计投入天一科技项目静态资金8.09亿元，其中资本金1.01亿元，后续工行包资产置入3.24亿元，工行包借款3.84亿元；由此产生的资金占用成本及利息估算1.84亿元，合计9.93亿元。

中国长城资产控股期间，天一科技正式停牌重组4次，其中2次被主管部委否决，1次主动撤销；有2次重组方案上中国证监会重组委员会审批，从停牌到公告完成，历时18个月。天一科技先后于2007年、2010年、2013年3次濒临退市，均惊险保壳。其间中国证监会退市规则修改3次。

天一科技是继2004年中国长城资产成功转让"渝钛白"、2012年成功转让"西北轴承"后，第三家完成重组的控股上市公司，也是第一家通过"重大资产重组暨发行股份"这种经典借壳方式，并最终完成重组的上市公司。

对比同业，天一科技项目是继"信达地产"后，资产管理公司完成的第二宗主导型借壳重组项目，也是第一宗以资产处置增值退出为目的的上市公司重组项目。

天一科技重组曾糅杂"保壳"与"借壳"，存量股协议转让与国资审批，一次被否，再次通过，内幕信息核查立案与刑侦介入，置出资产及接收人员等多种状态。从重组技术、难度、复杂性、快慢不定的节奏等方面进行综合分析，放眼资本市场，均难寻另案。

天一科技重组最后一次完成，得到中国证监会相关部门的支持；湖南证监局局长、分管副局长从方案审批、调整到恢复审核，均专程、多人次到中国证监会汇报；湖南省政府金融办两次将重组纳入省长与中国证监会主席沟通的书面材料；财政部顺利审批存量股并豁免公开征集交易对象；深交所及时提请各项注意事项。

天一科技的重组，得到中国长城资产上下史无前例的支持、协同。审批绿色通道、控制范围、书面呈报不入系统；法律审查允许外聘律师出具意见替代内部审批；评估认可外部中介机构报告；资金充分保障、及时划拨；核算指导事无巨细；重组文件传递准确、保密；重组方所在地办事处全力配合。

其间，中国长城资产历届公司总部主要领导或分管领导，均主持过天一科技的决策审议事项；主管部门更换（或更名）5个（投资管理部、重点项目部、并购重组部、中小企业金融事业部、投资银行部）；长沙办事处负责人更换5任（周云贵、李天应、高培生、朱红卫、阳金明）。

中国长城资产向天一科技先后派出专兼职董事、监事、财务总监等27人次，其中董事长 4 任 (周达苏、张记山、荣十庆、王海)，专职副董事长 3 任 (韩柏林、邢珉、李鹏)，总经理 2 任 (李鹏、滕小青)，专职监事会主席 1 任 (陈唯物)。其中，滕小青专职任职年限最长，超过 10 年，李鹏任职也长达 7 年。

不一而足。

2014 年 11 月 25 日，天一科技收到中国证监会《关于核准湖南天一科技股份有限公司重大资产重组及向叶湘武等发行股份购买资产并配套募集资金的批复》；12 月 25 日，天一科技发布《关于重大资产重组资产交割过户完成的公告》；12 月 29 日，天一科技召开股东大会，中国长城资产正式将多数董事会席位移交重组方，标志着天一科技重组主体工作告一段落，取得了阶段性成果。

天一科技重组绝非一蹴而就，而是付出了诸多艰辛和努力，亦难具有复制意义。依托中国长城资产自身雄厚资金实力、塑造并购重组品牌的艰难历程，再次充分诠释了团结拼搏、求实创新的长城精神。这是中国长城资产历届党委成员及主管部门、长沙办事处全力协同的结果，是长城人敢于负责、善于谋划的写照。

面对变幻莫测的市场，长城人真是够拼的。

截至本书稿成书为止，天一科技的故事仍在延续……

时势造化弄人，而有志者事竟成！

参与经营第一企——宝石集团

国家高层对于资产管理公司参与债转股企业经营，开始是持否定意见的，认为资产管理公司本来人手就少，企业生产经营又需要很强的专业经验。中国长城资产情况尤其特殊，资产散、小、差，点多面广，腾不出更多的人力、时间和足够的精力，来顾及企业经营。

对于资产管理公司来讲，不去参与企业经营管理，等于寄养自家的孩子，哪能放心呢？毕竟，企业经营不是用道德水准就可以衡量的。

于是，中国长城资产作为探路者，第一回抽调精干人员，派驻企业——石家庄宝石电子集团有限公司 (以下简称宝石集团)，全方位参与经营管理，并成功创新运作了一个多方共赢的案例，在四家资产管理公司中树立起一面旗帜，也为政府部门的政策调整，奉献了智慧与成果。

宝石集团，位于石家庄国家高新技术产业开发区，主要生产彩色显像管玻壳、销钉、阳极帽、电子枪、荧光灯用玻管、铅玻管等电子产品。宝石集团占地面积 33.84 万平方米，债转股停息前的 1999 年底总资产 28.8 亿元，职工总人数 6104 人；1999 年实现销售收入 13.97 亿元，亏损 3869 万元。

中国长城资产是金额最大的牵头债转股企业，且涉及另外两三家资产管理公司，债转股金额总计 11.8 亿元，其中中国长城资产 7 亿元。

宝石集团是一家特大型国有工业企业，产权关系极为复杂，也是河北省30家"大型支柱性企业集团"之一和石家庄市"十五"期间30家重点工业利税大户。宝石集团隶属于石家庄市经贸委，行业主管为河北省电子工业厅；有8个直属分厂（公司）、2个全资子公司、5个控股子公司；子公司中既有上市公司，又有合资公司和全资子公司等，产权链条在母、子、孙、重孙公司之间，互为持股，纵横交错。

2000年2月，中国长城资产成立专门项目组，派出精干人员，着手宝石集团债转股工作。债转股牵涉到地方政府、企业及诸多利益实体，协调起来异常艰难，过程充满曲折与艰辛。

2000年4月，在多次向宝石集团索要股权关系未果的情况下，项目组根据掌握的企业有关资料，进行了艰难的分析，逐渐厘清了企业的产权关系，并绘制了股权结构关系图，成为以后债转股各阶段方案制订和修改的基础，为债转股方案的制订、正确决策提供了关键的基础资料，也为维护资产管理公司的利益发挥了关键性的作用。

2000年5月，第一套宝石集团债转股方案出台。方案根据宝石集团用于转股的贷款分布在集团和多个子公司中的特点和企业实际资产状况，提出了债转股实施三步骤，即资产重组、债务重组、实施债转股，形成了宝石集团债转股方案的基本思路。"各资产管理公司以其债权118003万元所对应的宝石集团的等额有效资产为出资，宝石集团以其部分净资产对应的有效资产为出资，成立新公司"的框架，使一系列难题迎刃而解。资产重组解决了不良和无效资产剥离的问题，债务重组解决了债转股贷款分布分散的问题。

经过长达7个月的艰苦谈判、协商，对债转股方案进行数次调整、修改，2000年11月7日，中国长城资产与宝石集团正式签署债转股协议。宝石集团作为第三批债转股企业，于2000年12月，取得了国家经贸委批复。

然而，在实施过程中，由于在资产评估、主辅分离、欠税处理等问题上，各方不能形成有效沟通，形成僵局，先后折腾了两年多时间，工作难以推进。直到2003年4月，僵持状况有了改善，公司治理、主辅分离、无形资产评估等关键性问题通过协商，初步形成一致。

2003年4月至6月的"非典"期间，工作进入冲刺阶段，中国长城资产派出的项目人员仍自始至终坚守在岗位上。

一波未平，一波又起。

7月24日，在资产管理公司完全不知情的情况下，石家庄市政府发文，拟将股份划转给石钢公司，使债转股工作再次出现波折。

8月12日，公司总部召开了总裁办公会议，专题研究讨论"宝石集团拟转让所持上市公司控股权的有关问题"。总裁办公会确定，在原则问题上不能让步，必须与企业及有关部门再次协商谈判，并和另两家资产管理公司沟通，形成一致意见并联合行文致市政府。

9月，市政府同意，终止了向石钢公司的股份划转。

从2003年9月下旬初步拟定组建新公司倒计时起，到次年6月30日召开新公司成立大会，历时9个多月，先后修改完善新公司章程和资产剥离方案，协调协助当地政府及国资委等有关部门，完成了有关审批流程、无形资产评估、公司治理结构安排、停息以来利润分配等一系列核心和具体工作。

来之不易，尤其需要深耕细作。新公司挂牌成立后，作为深度参与控股债转股企业经营管理的尝试，公司总部选派石家庄办事处一直参与该项目的王树芳、韩彩燕，分别担任该企业专职监事会主席、副总经理，直接主管审计部、企业管理部、战略发展部、计划经营部、市场营销部等重要核心部门。

通过加强对宝石集团管控力度，提升了企业的管理水平和形象，使得宝石集团在所处行业状况不断恶化的形势下，呈现稳步上升态势。

在 2004 年（第 18 届）、2005 年（第 19 届）全国电子信息百强企业排序中，债转股后的宝石集团分别跃升到第 74 位和第 82 位。韩彩燕被授予"河北省企业管理创新有特殊贡献带头人"等荣誉称号。

参与企业经营取得了如期的效果。

作为阶段性持股股东，在宝石集团债转股告捷之后，中国长城资产就尝试股权退出事宜。2008 年 5 月，在石家庄市政府的主导下，市政府拟回购资产管理公司股权，引进战略投资者。

2009 年 9 月 21 日，中国长城资产和当地国资委签订协议，以石家庄宝石集团 11.42 亿元债权通过债转股，置换 1.4 亿股河北银行股份和 3000 万股上市公司宝石 A 股份。

此举形成了良好的多赢格局：企业活了，地方政府满意，资产管理公司也获得了可观的收益。至此，中国长城资产顺利退出。

派出经营团队，深度参与管理，首战告捷。虽然在债转股过程中遇到和解决疑难问题最多，但宝石集团峰回路转，成了中国长城资产第一个实现股权保值增值并成功退出的债转股企业。

股权激励第一策——黑龙江佳星

由债权人到股东，长城人及时转换角色，完成了权利的有机蜕变。

新角色、新权利、新作为，在债转股企业引入股权激励机制，也充分展示了长城人的智慧和能量。

黑龙江佳星玻璃股份有限公司（以下简称佳星公司），原是一家玻璃厂，主营浮法玻璃，也是一家政策性债转股企业。

为寻求债转股企业改革与发展的突破口，探索建立债转股企业有效的激励与约束机制，2001 年初，公司总部会同哈尔滨办事处通过组织专题调研，选择并确定对佳星公司进行"年薪＋期股"制度试点。

作为控股股东，长城人认真研究、积极沟通、周密设计实施步骤，制订了分年度按职级、循序渐进、梯级推进的方案。

方案分三年时间和三种情况进行布局：

第一年："年薪＋期股"仅限定于企业的董事长和总经理2人；副总经理和党委成员（兼职）7人及董事会秘书、进入监事会的职工代表2人则暂时只实行年薪制。第二年：视情况可考虑扩大到其他高级、中级管理人员和技术骨干。第三年：争取试行全员持股。依据所在岗位和责权利相结合的原则，分门别类，对年度风险收入和期股部分实行考核兑现。

以佳星公司董事会会议通过的利润指标为考核标准，完成指标全额兑现；不能实现指标的，按未完成部分所占的比例相应地扣减考核部分。超额完成部分暂不予以奖励。以一个会计年度作为考核年度，考评及兑现时间为次年第一季度，并聘请具有相关资格的社会中介机构进行审计认定。同时，佳星公司商请经贸委、国资局、财政、税收、劳动、审计等当地政府有关部门人员参加，共同负责年薪制的考核与兑现。

佳星公司根据有关法规和自身实际情况推出的上述"年薪＋期股"方案呈现出可供复制和借鉴的特点。

一是薪酬套餐，组合激励。企业经营者的薪酬包中既有基本薪金、风险薪金，也有股票期权，虚实搭配，长短结合，对企业经营者实施全方位激励。

二是限定范围，逐步扩大。高级管理人员全部实行年薪制，但期股激励的范围限定于董事长和总经理两个人，待条件成熟后再逐步扩大到高级经理层和骨干技术人员。

三是严格考评，达标兑现。考评将贯穿企业生产经营全过程的各项工作，细化为各项指标，每项指标量化为一定分数，满分为100分。同时，将经营者的年薪中60%部分作为基本薪金，属保底收入；40%部分作为风险薪金，同股票期权一起与各项考核指标挂钩，年终根据各项指标完成情况按比例兑现。

四是依法合规，谨慎操作。经营者薪酬问题十分敏感，必须谨慎操作。事前，经与地方党政部门充分交换意见，赢得理解、支持和配合，同时，将"年薪＋期股"方案提交董事会、股东大会审定，并在职代会上通报有关情况，取得全体干部职工的理解和认可，最终形成《黑龙江佳星玻璃股份有限公司试行"股票期权制度"实施办法》。

实施股权激励之后，佳星公司当年全面完成年度经营计划，各项经营指标都达到董事会制定的全年目标。经聘请会计师事务所审计认定，佳星公司当年全面超额完成了"年薪＋期股"方案中的目标。在董事会上，关于《佳星公司高管人员2001年年薪制、股票期权的考核认定》议案顺利通过，及时兑现了高管人员的年薪制及股票期权。

在股票期权试点工作取得成功的基础上，次年，经董事会、股东大会审议通过，将股票期权实施范围扩大到企业高级管理人员和高级技术人员。

佳星公司通过推行"年薪＋期股"制度，各项改革得到进一步深化，现代企业制度得到进一步完善，经营者和职工的积极性得到充分调动，生产经营水平跃上了新台阶，企业发生了许多喜人的变化，特别是领导层改革前后变化十分明显。法人治理结构的建立和分配制度的改革，从根本上消除了经营者短期行为存在的制度土壤。生产经营由过去生产跟着计划走，转变为生产围着市场转；由过去偏重眼前既得局部利益，转变为胸怀全局、长期打算。

当年，国内玻璃行业不容乐观，总量过剩、效益滑坡、绝大多数企业亏损、市场竞争环境恶化，就连一些玻璃行业的龙头企业也没有摆脱亏损的局面。佳星公司却全面超额完成了各年度的生产经营计划和各项经营指标，取得了骄人的经营业绩。

以"年薪＋期股"制度为突破口的企业改革收到预期的效果，其成功突破，也给了后人诸多启示：

完善公司法人治理结构是实施"年薪＋期股"制度的前提条件；协调各方利益关系是顺利实施"年薪＋期股"制度的关键；设计一个合理的薪酬结构是核心环节；健全监督考评机制是顺利实施"年薪＋期股"制度的重要保障；强烈创新意识和开拓精神是推动实施"年薪＋期股"制度实施的原动力。实施"年薪＋期股"制度，也成为资产管理公司实现债转股股权退出的重要通道。

佳星公司"年薪＋期股"案例，长城人首次尝鲜，即清香四溢，被写入清华大学经管学院的培训教材。

中国长城资产每一个"第一"的诞生，都是每一位长城人亲力亲为和不懈奋斗的成果，也是忠诚和热血砥砺的长城人的意志与精神。虽然，囿于当时的政策条件、金融环境以及单一的金融工具等因素，手段和技术十分有限，有的只是阶段性的成果，有的还略显粗糙，但是，这每一个"第一"，终将成为一段鲜活的历史。

第八章 CHAPTER 8

思想的翅膀

知识就像苍茫大海一样浩瀚广博，求知如同一叶扁舟奋力航行，而思想犹如扁舟之上的风帆。

中国长城资产在实践中，一路辛勤求知，锐意探索，研精覃思，取他人之长，立长城之论，吸收、借鉴，并创建、运用了具有长城特色的"四大效应"理论，并不断丰富、完善，发扬光大。长城人自创的"不良资产估值模型"，为最大限度地回收国有金融资产，提供了保障，并且引领和推进不良资产处置快速有序地前行。

如同插上思想的翅膀，中国长城资产承载着使命，遨游于蓝天。

坐而论道，起而行之

俗话说：理不喻不明，事不说不清。

坐而论道，说明了道理，讲清了事体，为的是起而行之。

资深长城人对 2001 年 10 月 24 日"首届长城论坛"记忆犹新。论坛以"如何开拓资产处置市场"为主题，对资产处置问题进行了深入思考。孙刚、郭韬、王桂春、卢毅、鲁小平五位青年员工轮番发言，精彩纷呈。场面互动，气氛热烈。长城人既起而行之，又采取各种方式坐而论道，彰显了他们的智慧和能量。

论剑长城，总结、研究与创新，已然成了长城文化的重要组成部分。

首届长城论坛之后，员工论坛、青年论坛、资产管理论坛等各种研究讨论形式，相继问世。公司总部大力提倡并推而广之，蔚然成风，并对优秀的理论研究文章及作者，给予嘉奖勉励。各办事处根据条件和工作实际，每年也举办多种形式的研究讨论会，鼓励和支持员工自发组织的研讨活动。

长城人不仅自己举办论坛、参与国内高级别论坛交流，而且，走出国门，开阔视野，借鉴国际上的管理、处置银行不良资产的成功经验，为我所用。理论探索，成了长城人的优良传统。

坐而论道，源于实践，服务实践。

正是：磨刀不误砍柴工。

的确，不良资产处置，需要大胆摸索，需要更多的研究探索和操作智慧。长城人先后吸收、借鉴、运用与创新了诸多理论模式。运用最为广泛的，主要有四大效应理论，即"冰棍效应""苹果效应""轮胎效应""文物效应"，它们既是长城人在不良资产管理与处置过程中的总结、运用与创新，也是针对具体问题进行具体分析，提出具体解决方案的方式方法，用理论指导不良资产管理的实践，坚实地迈出每一步。

什么是四大效应理论？在此不妨摘录以下专家学者的观点与论述、比喻与定义。

周小川，2005年7月13日，中国改革高层论坛演讲节录：

> 政府成立资产管理公司是为了进行专业化处置，但资产管理公司处置的不是好资产，而是可疑类、损失类资产。处置这种资产时谈论的保值增值和防止国有资产流失，与处置国有优良资产的做法会很不相同，其中涉及数量上和速度上的平衡关系问题，即到底有没有"冰棍效应"的问题。尽管个别资产在长时间持有后价值能够回升，但多数情况下，拖时越长，回收的价值越小。从这个角度讲，"冰棍效应"这个比喻不是没有道理的。但处置快了，也会面临"为何不多收回一些"的质问。

不难看出，周小川并不否认当时特殊背景下快速处置理论，但又提出了快速处置可能产生的"为何不多收回一些"疑问。

在政策性资产处置时期，中国长城资产党委班子率先垂范，既是实干家，又是理论家，不断探索实践，创新进取，集体智慧形成了巨大的能量和理论实践的良性循环。如分类处置，用快慢结合的方式，实现资产回收最大化。

张晓松，2016年5月20日，中国金融40人论坛《银行改革攻坚：不良资产处置与金融风险防范》演讲节录：

> 对资产管理公司处置不良资产，有三点深刻的认识：一是"冰棍效应"，即不良资产如果得不到及时处置，就有可能像冰棍一样不知不觉地化掉，所以不良资产要抓紧处置、及时止损。二是"苹果效应"，即以一筐苹果为例，其中有好苹果也有坏苹果，是该拣好的吃还是拣差的吃？如果拣差的，那么最后吃到的都是差的，因为苹果在不断地腐烂。正确的吃法是分类，好苹果直接吃，坏苹果削了吃。这就为不良资产分类处置提供了理论依据。三是"轮胎效应"，例如收购一辆二手车，差一个轮胎，如果不修理直接卖就不值钱，如果买一个轮胎装上，这辆车就成了好车，可以卖更多价钱。同样的道理，对一些不良资产给予适当的投资，提升价值以后再进行变卖，可以获得更大的收益。

切换到处置操作层面。

周礼耀，2016年6月11日，腾讯财经，《不良处置"匠人"的机遇与挑战》，媒体专访节录：

> 对于那些不良资产包中没有回收价值的低价值资产，就好比"太阳底下的冰棍"，应该尽快处置掉，拿在手里的时间越长，可能亏得越多；对于有重组价值

的资产，应该放进"冰箱"，来保值增值，而"冰箱"又分为"无霜冰箱"和"有霜冰箱"，"无霜冰箱"里的不良资产，通过保值措施，采取"时间换空间"的方式，寻找市场机会，择机处置，实现经营价值最大化；"有霜冰箱"里的不良资产，在通过资产重组、债务重组、企业重组、股权重组等"投行化"的手段运作之后，年化回报率通常都在30%以上，以实现资产包的盈亏平衡。

综合运用"冰棍效应""苹果效应""轮胎效应"理论，就政策性不良资产处置而言，需限时、限量、限度、限范围完成，"文物效应"的提出，作用于资本金项下资产和后期商业化收购经营，则另有一番深意。

胡建忠，《经济观察报》，《冰棍与文物，长城不良资产处置嬗变》，媒体专访节录：

　　在政策性处置不良资产时期提出过不良资产的"冰棍效应"，即随着不良资产时间越长，资产价值会逐渐缩水，即越放越不值钱，而现在，长城又提出了"文物效应"，即对一些特定资产，通过引入战略投资者共同经营，时间越长，可能会带来超倍的回报。根据"文物效应"，长城将工商银行资产分为两类，一是处置类，即冰棍型资产，越早卖越能收回更多价值，二是经营类资产，即那些有"文物价值"的资产。

　　"文物效应"，就是不良资产中具有升值潜力的部分，对一些特定资产，如房产资源、土地资源、重大项目和重点企业等，选择有效方式进行管理，深入挖潜，实现价值提升，或者通过引入战略投资者共同经营，时间越长，可能会带来超倍的回报，达到不良资产的回收最大化。

上述四种形象的比喻，通俗易懂地揭示了不良资产处置效应。

长城人从实践中探索和运用理论，再从理论到实践的磨合，形成实践、理论、再实践、再理论，循环往复，去粗取精，去伪存真。中国长城资产二十年的发展历程，也是探索中实践、实践中创新的发展历程。

正所谓：坐而论道，起而行之，大道而行！

四大效应　得心应手

"冰棍效应"的实践

在很大层面上，运用"冰棍效应"，符合中国长城资产当时的实际情况，也符合国家的总体政策要求。中国长城资产收购农业银行不良资产，这同其他三家资产管理公司所收购的资产状态，有着天壤之别。多数情况下，拖时越长，回收的价值越小，抓紧处置，可以及时止损，实乃上策。

如前文所述，中国长城资产收购资产的"散、小、差"现象十分严重。收购的3458亿元不良资产中，按初评估折现值计算，损失在3000亿元以上，倘若不尽快处置变现，坏账缩水更大。这是其一。其二，零散、小额的资产遍布全国城乡，管理条线过长；承接资产达 200 万户，单户贷款 1000 万元以上的只占总户数的 0.3%，1000 万元以下的占 99.7%，且 170 万户的 1500 亿元分散在县以下乡村。可是 30 家办事处设在省城，鞭长莫及等问题十分严重。必须尽快收缩战线，腾出时间、空间和人力资源，来集中管理一些有提升价值的资产。其三，企业逃废债问题严重。许多企业在地方政府和有关部门的怂恿下纷纷破产甩债，仅 2000 年 6 月到 2001 年 5 月，不到一年时间，就有 1578 户企业，以改制、破产为由逃废债务达 118 亿元。如若不抓紧处置，就像夏天的冰棍一样，冰化为无影，捏在手里只是一根棍儿而已。

正是基于这样的现实，中国长城资产全国 30 家办事处，对"冰棍"资产，实施了快速处置。

中国长城资产第 4 期《信息专报》，2001 年 4 月 16 日，《重庆××县农业银行剥离不良资产预计回收率只有 2%》，摘要如下：

××县是重庆市管辖较边远的少数民族自治县，经济比较落后，属国家级贫困县，也是典型的农业县。重庆办事处接收不良资产本息 1.40 亿元、8022 户，全部为信用贷款。

资产及处置状况：

一是资产质量低劣，难以实施处置。从该县 118 户企业来看，完全无资产和有少量资产但无法实施处置的，占该支行收购总户数的 89.2%，总金额的 92.8%，预计全部处置后只有初评估值的 10%，占整个剥离贷款本息的 2% 左右。在无资产可处置的 72 户企业中，煤矿企业 10 户，贷款金额 214 万元，已关停多年，矿井都已封闭，无任何资产；小锰矿 8 个，贷款金额 448 万元，也已关停；另有水泥厂、纸厂、60 年代的农机加工厂等。这部分企业，90% 的无法找到债务人，更无资产可处置；有少量资产而无法处置的占该县接收金额的比例为 61.82%，且处置率极低，如丝绸行业 2 户，本金 1528 万元，已通过法院裁定，受偿资产 8 个茧站及少部分办公楼，预计处置额为 60 万元，而本息则达 2206 万元，处置回收率仅有 2.7%，且无法卖出变现。供销系统 22 户企业欠本金 4604 万元，正在改制，资产不足安置职工的费用。

二是社会信用差。过去银行核销呆账，常常是账销案存，债务人根本不知道他们的债务是否核销，银行也不放弃追债。资产管理公司成立以来，受各方面的误导，认为可以不履行债务了，把资产管理公司当成豁免公司；有的甚至公开说，贷款在银行时就无法偿还，既然剥离了，国家肯定就不会收了。由于资产基本上分布在经济落后地区，价值极低，加之农业银行剥离的企业，大多额小分散，产品的技术含量低，机器设备十分陈旧，交通、信息滞后，客观上也难以处置。其中，供销社系统历史遗留的问题多，供销社管理机构已瘫痪，基层供销社无人负责，无论采用什么方式都无法实现其价值。

三是有行无市，变现难。试点中拟处置的 15 户企业，除 4 户通过协商可处理外，其余的基本无销售市场，也难以变现，更难出租。

据此，预计回收 270 万元左右。

材料由重庆办事处上报后，引起了公司总部的高度重视，将此情即送呈财政部的同时，派出工作组，配合、督办重庆办事处迅速处置，取得了较好的成效。

经过多方协调，重庆办事处采取打包出让的方式，收回现金 720 多万元。

灵活运用"冰棍效应"，指导不良资产处置实践，全公司上下形成共识，有力地推进了处置进度。

地处西部贫困地区的贵阳办事处，在资产质量和外部经济环境都很差的条件下，思路清晰，将有限的资产进行科学分类，分门别类进行处置，形成近中远期处置目标，首尾衔接；克服各种困难，既加快处置，又精心运作每个处置项目，最大限度地提高现金回收率，资产处置年年超额完成任务。

深圳办事处围绕"加快资产处置进度，提高资产变现率"这个中心，在资产处置上采取点、线、面相结合的策略，以大项目为重点，以诉讼追收为主线，运用减让政策加快面上收缩，使资产处置重点突出、进度加快、效果明显，实现了资产处置计划的均衡实施。

太原办事处向面临被关停取缔的"十五小"企业抢资产。"十五小"企业占太原办事处接收资产的三分之一强，其中，小煤窑、小铁厂和小焦化厂占"十五小"企业的绝大多数，都面临着完全损失的风险。但是，太原办事处根据当地"十五小"企业的不同情况，采取了诉讼保全和减让清收等办法，处置"十五小"小煤矿、小铁厂、小焦化厂 160 多户，回收现金 2847.2 万元，实物资产 1090 万元，占全办事处全部回收现金的 46.98%。

杭州办事处在处置萧山某工贸公司债权项目时，为形成竞价氛围，激发投资者热情，提高回收效果，在公司总部网站和《浙江日报》上公开披露转让信息，积极进行推介营销，使拖欠了近 10 年的 5 笔债权，不仅收回了全部本金 2050 万元，而且还收回表外利息 664 万元、孳生利息 125 万元，现金回收率达 138.49%。

呼和浩特办事处加快处置速度，收缩战线，减少费用，降低损失，提高现金回收率，效果明显。办事处针对收购的资产战线长、管理难度大的实际，制订下发"收缩战线指导性计划"，提出以区域性收缩和行业性收缩为主。通过处置收缩，全年销户 13272 户，其中，整体打包出售债权销户 12727 户，使收购资产的总户数大幅减少，有效缩短管理战线，降低了运行成本。

乌鲁木齐办事处较早全面开展资产盘查摸底工作，组织各业务经营部门和项目组，在确保完成当年各项工作任务的基础上，对管辖范围内的所有资产项目进行盘查摸底，尤其对债转股企业和金额较大的项目，进行严格监控，集中管理。同时，激发全体员工提高认识，掌握资产资源现状，思考处置策略，为决策提供参考。

中国长城资产针对回收资产质量散、小、差的特点，以解决系统性、区域性和县及县以下小额资产难点为突破口，大力推进整体性运作，实现了资产处置的规模效应和快速退出，收缩战线。长城人结合自身的资产实际，依法开展了诉讼追偿、债权转让、破产清算、折扣变现、组合出售、拍卖、租赁、网上拍卖等多元化的资产处置方式，及时处置，及时止损；防止时间越长，可能亏得越多，像冰棍一样在不知不觉中化掉，将"冰棍效应"运用到了极致。

如供销社、农垦、三峡库区的资产，涉及面广、高度分散、不确定性因素多。长城人独辟蹊径，加大整体处置力度，实现了资产处置的规模效应，现金回收率高，销户快，尤其是以县为单位成建制退出，收缩了管理战线，降低了运行成本。

"苹果效应"的实践

同样，对于一筐好坏都有的苹果，正确的吃法是分类，好苹果直接吃，坏苹果削了吃。于是，分类处置、单一处置、组合处置、剩余债权打包转让不良资产等方式，长城人也是运用自如，得心应手。

这样的案例，在长城人多年的实践中，俯拾皆是。

2001年11月，南宁办事处从供销系统的不良资产中，挑选出3户企业债权进行公开处置。隆林供销社评估值227万元，处置成交额达到250万元。柳州冷柜配电厂的评估值42万元，处置成交额度46万元。宾阳供销社债权的评估值5万元，最终以372万元成交，收回现金为处置评估值的152%。

南昌办事处将部分有效资产，挑选出来组成两个资产包，成功转让给美国柯斯顿阿尔发有限公司，共回收现金9662.78万元，占现金回收责任目标的21%。这是继广州办事处向境外转让资产后的第二家。

石家庄办事处从不良资产中分别选出12个项目，进行分类处置，并通过报纸、网站等新闻媒体及其他专业渠道推介项目，综合成交额比评估值提高了15%。

郑州、太原、天津、济南、杭州等办事处，根据自身实际和资产特点，在分类处置中，除单一项目投标外，采取项目组合投标、行业项目投标、区域性项目投标、联合投标、综合投标等多种方式竞标，提高了"好苹果"处置回收率。

据统计，仅2001年12月，分类处置成交金额超过1000万元以上的办事处达14家，分别是沈阳、石家庄、济南、郑州、南宁、海口等。处置现金回收率超过20%的共有15家办事处，分别是太原、济南、郑州、南宁、海口、重庆、乌鲁木齐、大连、天津、上海、贵阳、哈尔滨、西安、武汉、深圳办事处。所有这些，有效地推动了现金回收任务的完成。

在有效阻止逃废债行为、处置不良资产、实现最大化回收方面，武汉办事处提供了一个典型案例。

湖北恩施利川市地处鄂西南偏远山区，是少数民族聚集地，交通闭塞，经济落后，属国家级贫困地区。利川烟草公司属于一个小型烟草企业，资产负债率达229%，停产近一年。2000年8月，该企业同地方政府及有关部门合谋破产，并于2001年2月17日，在《恩施日报》上刊登破产公告。这是一起地方保护、假破产、真逃债的严重行为。武汉办事处从利川市农业银行收购的该企业贷款2.8亿元，将面临巨大的损失。

总经理黄天雄、副总经理曹明泉高度重视，随即向湖北省委省政府主要领导和当地财政专员办反映，并落实寻求法律保护国有资产的具体事宜。在公司总部及有关部门的强力支持下，2002年7月，湖北省高院一审判决武汉办事处胜诉。但该企业不服判决，向最高人民法院提起上诉。长城人开动了宣传机器，邀请中央电视台、《人民日报》的记者赶到恩施，中央电视台对利川烟草公司破产逃债真相进行了报道，《人民日报》也以《谁得益，谁受损》为题发表文章，对破产逃债行为进行了公开点名批评，戳穿债务人以破产之名，行逃废债之实。由于左右合力、上下协同，2003 年 4 月武汉办事处再次胜诉，并申请了强制执行。

功夫不负有心人。该笔债权历尽坎坷，数度反复，从地区法院、省高院，直至将官司诉至最高人民法院，最终于 2003 年 5 月，迫使其主管部门以 1.2 亿元的现金回购该债权。整体债权处置回收率达到 36%，清算资金回收率达到 42%。

事实表明，假使因为困难重重而不主动作为，这笔巨额债权很可能就此而蒸发，最后完全变成一文不值的"烂苹果"。

"轮胎效应"的实践

一辆二手车，差一只轮胎，直接卖就不值钱了。买一只轮胎，或者从其他废旧车上拆卸一只好轮胎装上，这辆车就能奔跑起来，相对就能卖出好价钱。

这种做法，平常讲叫作重新组装、重新组合。

"轮胎效应"运用到不良资产处置中，赋予不良资产处置同样的含义：把劣势产业的不良资产，变为优势产业的优质资产，把技术含量低的不良资产，变为技术含量高的增值资产，最终把不良资产的潜在价值变为了市场的现实价值，为处置不良资产探索出了一条新的途径。

在初期的处置操作上，公司总部为了方便操作，具体规定了不良资产重组的五个条件：资产数额较大，一般应在 300 万元以上；公允价值较高，企业负债率不超过 200%，能够掌握主债权；企业生产经营的存续条件有保障；符合国家的产业政策，产品和服务有市场潜力、技术先进；产权关系明晰，企业社会负担问题能够妥善解决。

"轮胎效应"下的资产重组实践，不仅提升了资产的处置价值，实现了最大限度保全资产、减少损失的经营目标，而且成为增加资产处置后劲、创造持续现金流的重要手段。这也是挽救企业，维护国家改革、发展、稳定大局的有效举措，惠及各方。

比如，沈阳办事处对沈阳市水泥厂等一批负债累累、困难重重的国有企业对症下药，外引内联，开展了形式多样的资产重组——组装"轮胎""零部件"，使这些企业获得了新生。

石家庄办事处对河北承德兴隆县茅山果品加工厂的资产重组——换上拆卸的"轮胎"，不仅盘活了不良资产，提升了资产价值，而且促进了当地农业产业化经营与发展，带动了农民致富奔小康，带动了区域经济发展。

广西融水和睦糖厂重组，是南宁办事处运作的成功案例。

和睦糖厂是一个小糖厂，位于融水苗族自治县和睦镇。该县地处广西中部偏远山区，是全区苗族的主要聚居区，全年财政收入不足 4000 万元，属国家级贫困县。2000 年 6 月，南宁办事处收购该厂所欠贷款 8802 万元时，该厂已停产半年之久。经过反复调研、分析，办事处认为造成该厂贷款沉淀的主要原因是流动资金枯竭导致企业不能正常运转，只要注入启动资金——换上新的"发动机"，就能盘活不良资产、救活企业，并能为投资人带来极大的升值空间。在综合比较了几种处置预案后，办事处决定引进战略投资者，对该企业进行重组。

经过多方招商引资，南宁办事处从经济实力、价格、支付能力等方面，对几个有合作意向的投资者，进行了认真考察和比较分析，最后选定了具有雄厚资金实力和丰富经营管理经验的柳州凤山糖业集团，作为合作对象。

在公司总部、柳州地区行署的协调下，南宁办事处与凤山糖业集团最终签订了重组协议，确定了4500万元的转让价格和分三年支付的付款方式，转让的税费、出让金等由融水县政府负责解决。柳州凤山糖业集团随后立即投入资金500多万元，兑付农民欠款，支持蔗区建设，整修厂房和设备技改。

2001年1月，和睦糖厂重新开榨，企业展现了新姿态。

南宁办事处不光成功盘活了8802万元不良资产，而且极大地支持了企业和地方经济发展，不仅安排了400名下岗职工重新就业，使当地财政收入增加了1000万元，而且还清了农民欠款，增加了农民收入，兑付了资产重组前企业积欠农民甘蔗款近1300万元，较好地解决了社会不稳定问题。凤山糖业集团通过收购和睦糖厂，使得融水、融安、罗城三县的蔗区资源都得到利用，经营实力明显壮大。

长城人通过为企业引进战略投资者，注入资金，补齐短板，共同进行重组，激活了一潭春水。和睦糖厂项目是中国长城资产重组项目中，实现参与各方共赢的众多成功案例之一。

上海办事处充分利用所处"大上海"优势，每每得手。其重组项目——东海股份有限公司（后更名为海博股份有限公司，以下简称东海股份），也是"轮胎效应"实践的典型案例。

自2000年以来，上海办事处对东海股份分两次进行了债务重组，到2005年11月退出，短短五年间，不仅救活了企业，而且使东海股份的股权价值增值近一倍。作为其第二大股东，中国长城资产与该上市公司实现了双赢。

2000年，由于法人治理结构不合理、经营主业不突出、现金流量极度匮乏等情况，东海股份连续三年亏损，每股净资产低于1元发行面值，即将被上交所列入ST公司。长城人在没有一家金融机构敢施援手的情况下，反复斟酌，果断决策，率先对其进行了债务重组。通过以股抵债，取得了其大股东——上海农工商（集团）有限公司持有的国有股1500万股，以及东海农场国有农用耕地1897.69亩。通过重组，原东海股份避免了进入ST行列，并开始逐渐走出困境，吸引了其他金融债权人的跟进重组。

2001年，上海办事处与东海股份、农业银行上海市分行、上海农工商（集团）有限公司，进行了第二次债务重组。通过两次重组，中国长城资产持有的股权已占东海股份总股本的14.37%，成为其第二大股东，并取得了上市公司副董事长、董事、监事三个席位。

自上海办事处主导债务重组以来，通过跟进的债务重组和控股股东以注入优质资产、剥离劣质资产为主要内容的资产重组，五年间东海股份资产规模、主营业务收入、净利润、每股净资产、每股收益等主要经营指标每年都取得了大幅度的增长。2004 年 6 月，该公司向全体股东每 10 股送红股 3 股，资本公积金转增 2 股，并于同年为迎接在上海举办的世博会，易名"海博股份"。中国长城资产持股 5130 万股，其中国有股 2250 万股，社会法人股 2880 万股。

2005 年 6 月，中国证监会推出股权分置改革以后，为加快现金回收，进一步促进资本项下投资的保值增值，在股改方案的基础上，该公司与控股股东达成协议：以 2005 年中期每股净资产作价，出让债权项目形成股权，保留资本项下社会法人股投资。

系列重组带来了良好的收益，国有股部分共计回收转让款 4162.5 万元，增值 1.9 倍；社会法人股部分，送转后为 2880 万股，增值 207 万元，按市场流通价 3.65 元/股计，是原 4800 万元受让价的近两倍。

通过股权分置改革背景下的股权转让，中国长城资产顺利实现了债权派生股权的退出，并取得了大幅溢价的经营绩效，资本项下投资的股权保值增值，有了较为扎实的基础。

抓住海博股份股改机遇，贴近市场，把握市场脉搏，长城人再次打造了一个多赢的经典案例。

"文物效应"的运用

"文物效应"，即不良资产中具有升值潜力的部分，如房产资源、土地资源、重大项目和重点企业等，搁置时间越长，如陈年佳酿，可能会带来超倍的回报，达到不良资产的回收最大化。对这些资产应选择有效方式进行管理，深入挖潜，实现价值提升，或者通过引入战略投资者共同经营。

上海办事处在处置实践中，快慢结合、长期与短期处理恰当。对于容易"融化"的资产，加快资产处置。通过资产分类，"削"掉"腐烂"的资产；运用投资银行手段，进行债权重组、股权重组、产权重组、直接投资等，成功地整合、组装多家企业，为当地发展起到了促进作用。

上海办事处熟练地运用"文物效应"，为保留巨额优质"文物"资产，打造出第一个商业化运作的平台公司——上海长城投资控股（集团）有限公司，为中国长城资产系统后续商业化发展，创新了思路，提供了样板，作出了重大贡献。

深圳办事处在处置完成农业银行剥离的不良资产之后，重点打造资本金项下的"文物效应"资产，深圳特发集团就是一个经典案例。

深圳特发集团是"国内最后一家债转股企业"。

2000 年 4 月，公司总部会同深圳办事处，与深圳市政府签订了债转股的框架协议后，扎实稳妥地推进债权转股权工作。作为牵头方，中国长城资产携手东方、信达两家资产管理公司，并先后与深圳市政府、深圳投资控股公司进行了数十次谈判，在资产评估、股权比例、不良资产核销、公司治理结构等方面坚持原则，多方协商，妥善地处理了土地升值等问题，最终达成一致协议。同时，积极履行股东职责，制定议事规则，制止了企业转让上市公司、出售土地等处置资产的行为，维护了资产完整。督促深圳市政府核销不良资产16亿元，做实了企业的资产；将挂账期间的利息8511万元全部计入了股权，使中国长城资产持股比例上升2.84个百分点，提升了股权价值。

2005年4月19日，中国长城资产牵头债转股的特发集团在五洲宾馆举行了隆重挂牌仪式，标志着5年的债转股工作告一段落。

特发集团成功实施债转股，实现了地方政府、国有企业和资产管理公司的多赢局面。特发集团有下属企业37家，总资产60多亿元，净资产率达47%，拥有大量的土地资源，直接或间接控制3家上市公司。

作为特发集团的第二大股东，中国长城资产持有股权28.87%。

以此为班底，深圳办事处创新地运用了贷转投方式，与深圳农行、特发集团成功打造了长城人的第二家平台公司——深圳市国盛投资控股有限公司（后更名为长城融资担保有限公司），为中国长城资产商业化转型发展积累了有效的资源，拓展了运作的空间，起到了阶段性骨干作用。

再以杭州推介会为例：2006年5月18日，中国长城资产向投资者推介728亿元的不良资产，其中，属于"轮胎效应""文物效应"类资产，就达400多亿元。这些资产并不打算马上转手卖出，而是通过自身直接投资，或者通过单方、多方合作的方式，逐渐提升资产，在价格合适的时候，再择机出让变现。

中国长城资产在政策性不良资产处置实践中，娴熟地运用资产处置"冰棍效应""苹果效应""轮胎效应""文物效应"四大理论，进行了有益的探索与尝试。"轮胎效应""文物效应"等，在后来中国长城资产商业化进程中，同样得到了充分、广泛的运用，从上到下，全体员工队伍的技术、技巧、程序、经验等，越发游刃有余，就像一个经验丰富的面包师，揉、捏、拍、打，十八般武艺，耍得十分干练娴熟。

这一切，都为中国长城资产不断壮大和集团化形成与发展，起到了重要的推动作用。

估值标准　破茧成蝶

中国长城资产自主研发的金融不良资产估值模型系统，充分利用了不良资产"散、小、差"及数据量大的特点，在多年的处置实践基础上，摸索总结出的一套适应自身特点的不良资产处置评估体系，为自身不良资产处置提供了快捷便利的价值发现工具和定价基础，成为长城人拥有自主知识产权的一项技术成果。

估值模型破茧

不良资产估值，一直是个"瓶颈"，直接影响了资产处置的速度与质量。

"能否作出合理定价，是金融不良资产收购、处置的关键。"长城人一直在思考这个问题。

中国长城资产不良资产估值模型系统（以下简称估值模型），有别于非参数回归模型，适应能力强、稳健性高。特别是当问题具有较强非线性时，且样本数据量较大的情况下，其优势更为明显。它是运用了统计学的基本原理，在不良资产处置实践中创新研发出来的。

相较于其他三家资产管理公司，中国长城资产收购处置的资产，无论是规模、总量、笔数、户数，还是其涉及的机构、分布的区域，都是最大、最广的，资产形态复杂程度也是最高的。

工欲善其事，必先利其器。早在 2004 年 6 月，公司总部就多次召开不良资产估值模型研究会议，并成立了"不良资产估值模型研发小组"，着手研发不良资产估值模型。

2007 年起，中国长城资产依照估值模型系统原理，率先建立起内部评估制度，武汉、天津、石家庄、太原 4 家办事处作为异地评估专业办事处，全面地实施了异地估值评估的评价制度，收到良好的效果。在此基础上，长城人又对估值模型具体操作内容，进行了完善与补充。

石家庄办事处根据公司总部关于商业性资产估值工作部署，以培育专业队伍、打造评估品牌和拓展收入来源、实现全口径盈利为目的，以严格工作程序、挖掘财产线索、提升资产价值为重点，积极开展内部估值工作，共接收哈尔滨、郑州、沈阳、成都、大连、济南、西安 7 家办事处内部估值项目（包）123 个，涉及债权本金 95.41 亿元，实际增列办事处费用数百万元。更为重要的是，这为实践资产估值模型提供了许多重要的基础信息。

其后，不良资产估值模型研发工作不断推进。

2011 年 7 月，中国长城资产估值模型系统正式投入使用。仅 2011 年一年，在收购场景下对 763 户、总计 341.04 亿元不良资产进行了估值，估值平均回收率 51.41%。在处置存量场景下，对 2365 户、总计 280.59 亿元不良资产进行了估值，估值平均回收率 10.74%。

2014 年，中国长城资产组织对 84 个传统不良资产包使用估值模型进行了估值分析，有力地促进了中国长城资产主业的发展。这一年，中国长城资产处置不良资产规模较 2013 年增加了近 7 倍，运用估值模型共收购不良资产包 114 个，实施非金融不良资产收购项目 54 个，主营业务净收入占比达 76%。

估值模型在下属的平台公司业务拓展中，也发挥了积极有效的作用。

长城租赁公司是估值模型重要的实践单位，率先将估值模型系统运用到租赁业务之中，将形成的不良租赁合同与银行不良贷款合同进行数据分析类比，将类比处理后的数据，导入估值模型对不良租赁合同进行估值，以作为不良租赁合同的处理依据；同时，将估值模型纳入管理会计体系，建立全面的管理会计系统，作为资产公允价值定价的判断工具，进一步提高了租赁项目的准确率和整体风险防控能力。

估值模型成蝶

2014 年 10 月，中国长城资产估值模型第一次升级项目继续由大公国际公司负责研发。

12月，估值模型第一次升级项目完成结项。

2016年6月，中国长城资产启动模型第二次升级项目研发工作，同时成立模型升级领导小组。长城金桥金融咨询有限公司（以下简称金桥咨询）负责组建模型研发团队，研究模型核心原理，负责模型升级工作。

2016年10月，金桥咨询完成模型研发小组组建工作。

2017年6月，金桥咨询模型研发小组掌握全部模型核心原理，模型第二次升级项目圆满完成。

2017年7月27日至10月27日，模型研发小组先后前往云南分公司、上海分公司、江苏分公司和湖南分公司，开展模型升级项目最终用户测试工作。整体测试过程稳定且顺利，测试结果优良。2017年12月20日，经公司总部验收专家组提问、项目组答辩、专家讨论和集中审议等程序后，模型研发升级项目顺利验收通过。

估值模型结合历史数据进行不良资产估值，过程快速简便，估值结果客观可靠，有效地提高了批量数据估值的速度，为不良资产收购提供了定价依据。模型可移植性高，能够根据不同历史样本数据环境进行取样估值，适用不同类型下的资产定价。与社会模型横向比较和内部数据纵向比较显示，升级后的模型估值准确性大大提高。

估值模型在实践中不断得到优化，在及时补充数据库的同时，建立其他业务类型的估值模型数据库，按照估值模型的运行原理对不同的业务进行分析判断，提高了估值模型的准确度，增加了估值模型的功能，拓展了估值模型的应用范围。

估值模型也更加规范了中国长城资产不良资产数据信息维护，建立自己的违约损失数据库，为将来的不良资产业务夯实基础。为在竞争激烈的市场环境中占得先机，估值模型作为一项核心技术，不失为处置不良资产的一大利器。

估值模型系统，破茧成蝶，意义深远。

第九章 CHAPTER 9

非零和游戏

2000 年至 2006 年，中国长城资产实现了政策性不良贷款价值回收最大化，为地方和企业脱危解困作出了贡献，实现了自身效益与社会效益双赢。

这绝非一场"零和游戏"。

当人们回忆或阅读中国长城资产当年这段史料，虽然有的早已尘封，但长城人的奋斗精神，付出的心血和智慧，鲜活如新，林林总总，感人至深。这些史料充分展示了中国长城资产员工崇高的思想境界和可贵的精神风貌，也充分证明了长城人是一支信得过、素质高、作风硬的队伍。

长城人的故事让人热血沸腾，沉湎其中。

曾经满头青丝、意气风发，如今有的已经到了退休年龄，有的仍继续坚守那一份执着，尤其那些曾经一起战斗却英年早逝的同事，音容犹在。

历史一定会记住这些长城人，记住他们所付出的艰辛劳作、取得的不俗业绩、展示的聪明才智，以及他们生动而鲜活的形象。

优良的成绩单

2007 年 1 月 4 日，新华网，《长城资产管理公司圆满完成政策性资产处置任务》：

中国长城资产管理公司 4 日宣布，长城公司 2006 年政策性不良资产处置回收现金 65.54 亿元，创历年新高。目前已圆满完成了政策性不良资产的处置。到 2006 年底，该公司共处置不良债权资产 3194.85 亿元，累计回收现金 334.15 亿元，现金回收率 10.36%，超过国家下达的财政目标 69 亿元，完成责任目标的 125%。

长城公司是中国四大金融资产管理公司之一，于 1999 年成立。按照国家的政策要求，长城公司主要负责收购中国农业银行的不良资产。收购的 3458 亿元不良资产中，贷款户数 198 万户，平均每户贷款额度只有 15 万元，具有分布广、户数多、单笔额度小、零价值资产居多的特点。

长城公司对不良资产实施有效重组和整合，努力提升不良资产价值。几年来，长城公司有步骤地实施了对四川、重庆、新疆、内蒙古、甘肃、陕西、贵州和西藏等地的冶金、有色、纺织、建材和农牧业等行业、企业的资产重组。7年来，长城公司共成功重组项目931个，使379家债务企业走出困境。

在处置不良资产时，长城公司率先将民间资本引入不良资产处置市场，并将公开拍卖作为不良资产的一个重要处置手段加以运用。据测算，在长城公司收回的现金中，有40%左右来自民间资本；总计举办不良资产公开拍卖6000多场次。

……

七年时间，公司总部党委班子带领全体长城人，以敏锐的视角和开阔的眼界，因地制宜，始终坚持资产处置公开透明和择优的原则，全面推行资产处置的公开化、市场化和处置手段的多样化，取得了优良的成绩。

由于政策性不良资产呈现"散、小、差"的突出特点，管理成本很高，管理难度很大，在相关法律政策相对滞后、经营权限和手段相对有限的情况下，中国长城资产坚持以资产处置收益最大化为主导，把"价值实现"作为着力点，"最大限度保全资产和减少损失"。在"三打"（打折、打包、打官司）的基础上，综合运用债权重组、资产转让、诉讼追偿、破产清偿以及区域、行业和系统债权整体打包处置等多种处置方式，实际累计处置资产3308亿元，回收现金346.56亿元，现金回收率达到10.48%，各项费用均控制在预算之内。

在国家下达的现金回收任务和2006年前必须基本处置完毕的期限内，中国长城资产超额完成国家核定的资产处置目标和现金回收目标，完成率为四大资产管理公司之首。

"公开、整体、法律、重组、廉洁、制度"——这十二个字，构成了中国长城资产七年来政策性资产处置的主题词，也是七年"坏账银行"变奏曲的暖色基调。

公开处置方式

在资产处置方式上，以探索债权拍卖为中心，全面运用公开拍卖、招投标、竞价出售等公开化、市场化的手段。

据统计，中国长城资产待处置资产90%以上为债权资产，由于债权资产处置难度大，增加了公开化、市场化处置的难度。为此，他们探索了以公开拍卖方式处置债权的路子，首开债权资产拍卖先河，举办的"全国性拍卖""债权拍卖月"活动，在全国引起了强烈的反响。各地通过采取拍卖方式，全面实现资产处置的公开化、市场化，从而带动了整个资产的公开化、市场化处置。

通过招标、竞价、打包出售和举办全国性或区域性资产拍卖活动等转让方式，处置资产原值1369亿元，回收现金132.23亿元。

整体规模效应

以解决系统性、区域性和县及县以下小额资产这些难点为突破口，大力推进整体性运作，实现了资产处置的规模效应。

多年来，各地不断发力，加大打包整体处置力度，实现了资产处置的规模效应，现金回收率高，销户快，尤其以县为单位成建制退出，收缩了管理战线，降低了运行成本。辽宁、湖北、安徽等地在全省范围内打包退出，与省一级人民政府或有关部门良好协作，形成了双赢格局。

加快供销社、农垦、三峡库区三个系统债权处置进度的措施，是实现加快资产处置与提高现金收回率"双赢"目标的重中之重。据统计，上述三个系统债权本息合计666.13亿元，占收购贷款总额（本息合计）的14.9%。仅2002年，全国供销社、农垦、三峡库区债权处置项目84个，涉及债权61.57亿元，收回现金5.17亿元，债权本金回收率为12.91%，全年销户43万户。随后，及时从327个县退出。

法律措施保全

以依法诉讼为主要手段，维护国家债权，打击逃废债行为，捍卫社会信用，实现了资产的最大限度保全。

为了维护债权，防止资产流失，中国长城资产在全国设立了117个分片项目经理组，加强对资产的直接管理，并创造性地总结运用备忘录确权、公证送达确权、担保确权、还款协议确权等11种维权手段和方法；建立时效风险预警制度，将债权维护与债务追偿有机结合。累计维权近70万户，平均每人维权达233户。

在信用环境较差的条件下，如何遏制逃废债行为，保全国有资产，是中国长城资产面临的另一个严峻挑战。长城人勇于面对挑战，以坚决的态度、得力的措施、果断的行动，以依法诉讼为主要手段，依法主张债权人权利和严厉打击逃废债。比如，为期6个月的集中执行和打击逃废债统一行动，全年共起诉各类案件5605起，标的313亿元；结案1458起，回收资产24.4亿元，回收现金10亿元。

七年来，通过法律程序，共起诉和执行案件2.7万多件，涉案金额达1365亿元，通过执行回收现金达49.08亿元；诉讼追偿共处置资产原值414.66亿元，占全部资产处置原值的12.94%；回收现金54.95亿元，占全部资产处置回收现金的16.34%，诉讼追偿处置变现率为13.25%。诉讼追偿方式在处置原值、回收现金以及处置变现率三个方面的指标，均居各种处置方式的第二位，特别是在处置资产变现率上，超出整体处置资产变现率（10.36%）近3个百分点。

重组提升价值

以资产重组为主要途径，提升资产的处置价值。

　　根据资产特点，把资产重组作为提升资产价值的主要途径，有选择地对一批重点项目实施了重组。政策性债转股运作，使一批大中型国有企业释放了沉重的债务包袱，轻装上阵。对"渝钛白"实施重组，使该公司进入了一个全新的发展阶段，同时成为中国资本市场的经典案例，也被编入了深交所深证 100 指数。中国长城资产首次作为主承销商，推荐晋西车轴上市，标志着其在证券承销业务领域的重大突破。不仅开发和实现了投行业务收入，而且锻炼了队伍，拓宽了业务创新的思路。

　　资产重组过程中，打组合拳，综合运用其他手段，如折扣变现、破产清偿等方式，处置资产原值计 742 亿元，回收现金计 44.98 亿元；通过本息清收处置资产原值 36 亿元，回收现金 27.84 亿元。

廉洁自律护航

　　七年来，中国长城资产从来不放松党风廉政建设和反腐败工作，发挥了保驾护航的作用。在工作中注意探索新时期党风廉政建设和反腐败工作的规律，紧密结合自身业务特点和工作实际，不断推进党风廉政建设和反腐败工作的开展，保障了各项经营活动的安全运行。

　　注重发挥党委对党风廉政建设和反腐败工作的领导作用。公司总部和办事处两级党委都成立了"一把手"挂帅的"党风廉政建设领导小组"。从 2002 年起，公司总部党委与办事处"一把手"每年签订《党风廉政建设和风险防范目标责任书》，坚持"一岗双责"，明确责任内容，突出"一把手"的责任。

　　明确部门责任，发挥好部门在反腐败工作中的作用。坚持"两手抓""两手都要硬"，把党风廉政建设和反腐败工作与业务工作同研究、同部署、同落实、同检查、同考核，把党风廉政建设和反腐败工作的成效最终落实到业务工作中，体现在业务工作的风险防范上。

　　加强队伍建设，充分发挥纪检监察部门的监督作用。在机构和人员编制十分紧张的情况下，设立了比较健全的纪检监察工作机构，对业务运作全过程进行监督。无论是处置委员会、还是经营决策委员会等，例会时，必须有纪检监察部门的人员列席；重大财务开支的决策、固定资产及大宗物品采购、干部的选拔投票及公示等，都必须有纪检监察部门的人员进行现场监督。

　　强化执法监察，严格责任追究。通过执法监督、巡视检查、内部审计、离任审计等工作，先后对 19 家办事处就党风廉政建设责任制的六个方面 16 项内容，进行了深入督导检查，着重加强了重点岗位、重点环节、重点项目和重点问题的检查监督，共计下达了 21 份"执法监察建议书"，提出了具体落实和改进要求。同时，对审计检查出的问题，凡涉及违规违纪的，严肃追究有关人员的责任，形成了令行禁止的良好风气。

制度约束引领

中国长城资产以制度约束为引领，全面推动神圣使命的完成。

从 2003 年开始，中国长城资产持续开展以打造"铁规章、铁账本、铁档案"为主要内容的"三铁工程"建设活动，始终强调"依法合规压倒一切""约法三章"，提出内部从业人员"19 个不准"、资产处置与财务管理的"四大禁区"与"两大纪律"等，严格规范经营行为。建立了公司总部与办事处、6 个委员会与部门及岗位相互监督与制约的内部控制体系。不断建立健全各项经营和业务活动的规章制度，形成了一套以 100 多项管理办法及实施细则为主要内容的体系完整、内容规范、政策统一、要求明确、有利于操作、涉及业务经营活动各层面的规章制度体系。

在中国银监会召开的国有重点金融机构内部审计和整改工作经验交流会上，中国长城资产先后两次介绍情况，财务会计决算工作连续两年获得财政部通报表扬，被评为先进单位。2005 年，中国长城资产被审计署授予"全国内部审计先进单位"称号，成为四大资产管理公司中唯一获此殊荣的单位。

七年来，3000 多名长城人不顾艰辛，积极进行不良资产处置实践，忠于国家，忠于人民，不辱使命。通过不懈的努力，中国长城资产取得了良好的经营成果，内外兼修，硕果累累，实现了自身效益与社会效益最大化，出色完成党中央、国务院赋予的不良资产处置回收任务。至此，政策性不良资产处置任务画上了一个圆满的句号。

来自政府的褒奖

实践再一次证明，中央政府成立资产管理公司的决策是正确的。

七年间，国有商业银行极大地提高了抵抗风险的能力，卸下了沉重的坏账包袱，轻装上阵，走上了商业化经营的快车道，先后股改上市，成为名震世界金融市场的重要成员。国有企业经过企业重组、债务重组、资产重组，焕发出时代光芒，成为中国经济改革发展的一支强大的生力军。中国长城资产收购不良资产 3458 亿元，母体银行当年不良贷款占比下降 10.8%，当年减少再贷款利息 110 亿元，农业银行的盈利能力和资本实力大大提升。

七年间，仅长城人就成功重组了 931 个项目，使濒临倒闭的 379 家债务企业走出困境，并一跃成为当地政府的税收大户，甚至成了当地发展的重要经济支柱。据不完全统计，累计解决就业员工达 32.4 万余人次，造福千家万户，不啻为全国城乡经济发展带来繁荣昌盛，维护了社会稳定。

为此，在政策性不良资产处置收官之际，许多省市地方政府纷纷发来感谢信、致谢电等，表示谢忱。

2006 年 1 月 26 日，春节前夕，国家商务部发来感谢信：

过去的一年，我国国内外贸易和国际经济合作实现了"十一五"规划的良好开局。商务事业的快速发展，是党中央、国务院正确领导的结果，也是中国长城资产在国有流通企业减债脱困等方面大力支持的结果。值此新春佳节到来之际，向全体长城人致以节日的问候和衷心的感谢！为落实中央经济工作会议确定的"促消费、减顺差"这一重要任务，2007 年商务工作更加繁重，并希望中国长城资产继续支持商务事业的发展。

2006 年 1 月 27 日，中共湖南省委以明传电报的形式，向中国长城资产全体员工致以新春佳节的问候，感谢中国长城资产为湖南经济社会发展作出了突出贡献。同时，通报了湖南省 2006 年经济金融工作总体情况，衷心希望中国长城资产一如既往地关心和支持当地经济社会发展。

其后，湖北省委省政府、上海市委市政府、牡丹江市委市政府等十多家党政单位及众多解危脱困企业发来感谢信、贺电，对长城人的辛勤劳动和取得的社会成果，作出了积极的评价、由衷的赞誉。

现金流与监事会

在政策性资产处置的几年时间里，"现金流""监事会"这两个词与长城人如影随形，成为无法抹去的记忆。

烦天恼地现金流

现金流，本是现代理财学中的一个重要概念，就是企业一定时期的现金和现金等价物的流入和流出的数量，西方国家最早在 20 世纪 60 年代提出，1998 年 1 月 1 日，我国财政部颁布的《企业会计准则——现金流量表》中开始引用，之后逐步地得到应用。

当时，不仅是长城人，在经济金融领域，现金流也还是一个比较陌生的名词。

现金流是财政部给资产管理公司经营业绩考核下达的核心指标，既要按时完成财政部每年下达的现金流回收任务，又事关员工当期的收入待遇和员工队伍的稳定，更是完成特殊使命的重要标志。

不良资产是一堆破烂家当，既不容易变现，更不能贱卖，但在现金流任务压力下，又必须尽快处置。如果不能变现，人吃马喂的费用从哪儿来呢，公司总部和 30 家办事处有可能开不了门、办不了公，正常运转都会成问题，还有那 3000 多人的生活就没有着落。现金流是一项事关队伍稳定、员工生计的大事，这是其一。其二，人民银行再贷款要归还，每天产生巨额利息。收购农业银行剥离的 3458 亿元，都是拿了人民银行的贷款，一文不少的现金捧出去的。外人都认为，那都是国家的钱，还不还没什么两样。其实不然，人民银行的再贷款,每月要按期还本付息的。这也可以说是一项政治任务。

仅仅就此两项,当年长城人拼死拼活也要完成现金流的任务。办事处许多身处不良资产处置一线的员工,风里来,雨里去,日夜兼程,为的就是现金流。他们甚至在睡梦里喊出"现金流"三个字来。

应该说,长城人的三个应对之策贯穿了"现金流"的始终。

第一,做好目标责任制的落实工作,根据实际情况与变化,逐年对考核激励机制进行分解调整。第二,坚持以加快处置、收缩战线,增加现金流入为中心。第三,强化管理,不断创新,点线面结合,远中近配套。

由此,逐步实现了多个转变:以单纯采用债权追偿、转让、诉讼,向综合运用诉讼、清收、转让、拍卖、租赁、债转股、资产重组等多元化的组合处置手段转变;以单一的现金回流,向回收现金为主、股权和实物资产等多形态回收转变;以单靠自身的处置力量,向寻求社会多方面的合作转变。通过自身运作机制改革、开拓创新和企业文化建设的统一部署,充分利用现有政策,评选先进集体、先进个人、业务能手、岗位标兵等,增强使命感和工作斗志,调动全体员工的积极性和创造性。

围绕现金流,科学合理的考核激励机制发挥了不可替代的作用。

各办事处根据公司总部的要求,结合各地实际,也相应采取了一系列有效措施,建立起一套突出以加快回收现金流为核心的绩效考核体系。

贵阳办事处在制定考核办法实施细则时,将经营计划、基础管理等工作目标分解落实到每个工作岗位,按岗位职责对员工进行考核。取消了"部室"环节,避免了部室内部考核的随意性和可能产生的对考核政策的抵消作用。最终的考核结果,一方面作为兑现考核工资和奖金分配的依据,决定员工收入水平,另一方面还作为评先选优、提升晋级的重要依据。

昆明办事处很好地贯彻了公司总部"对后台人员重点考核基础管理规范的执行情况,对前台人员重点考核经营计划的完成情况"的要求,考核内容清晰,权重分配合理,兼顾了资产处置业务与基础管理。在考核激励方式方面,采取了四项措施:工资挂钩、奖金挂钩、费用挂钩、超收奖励。在考核内容方面,分定量指标和定性指标两类;定量指标主要考核回收现金和处置资产原值计划完成率;定性指标主要考核工作质量,包括依法合规经营、内部管理、工作责任、精神文明建设等。

广州办事处根据后台管理部门和前台经营部门不同岗位的职责特点,分别制定《管理部门岗位综合考评办法》和《经营部门综合考评办法》,指标设置科学合理,针对性强。前者主要考核中后台管理部门各岗位员工的工作态度、工作效率和工作质量;后者对前台经营部门设置现金回收、处置原值、应收回款、完成责任目标占比、新业务任务、处置方案质与量、基础管理七项指标,全面评价前台经营部门的各项工作。

武汉办事处在综合管理考核中纳入基础管理、风险控制和成本控制等内容,使考核内容更加全面,扣分标准清晰,具有很强的操作性。其中,"基础管理"主要考核员工遵守公司总部《基础管理评价标准》《办事处职工行为守则》和执行办事处资金财务管理办法的情况。

2002 年，呼和浩特办事处全面实现公司总部下达的各项计划，共处置资产项目 545 个，平均每人运作了 7 个项目，实现现金流 6728 万元，完成率 100.41%，实属难得。办事处坚持依法经营，确保业务安全稳健运作，为夯实基础管理，规范业务运作，本着制度在先，控制在先，相互监督，相互制约的原则，及时修订和补充完善一系列业务规章制度和操作规程，基础管理得到进一步加强，较好地适应加快处置和规避风险的需要。

各办事处的积极行动，推动了现金流的回收，提升了士气，增强了信心，同时，也促进了不良资产处置工作向纵深挺进。

虽然当年苦了一些，累了一些，但不畏困难，不忘初心，不辱使命，成了长城人奋斗的精神财富。老长城人回忆起来，觉得还是那样回味无穷。

围绕"现金流"，以苦为荣，以累为乐，这就是铁打的长城人！

以直矫枉监事会

"鉴前事之违，存矫枉之志。"

如果说，现金流是当年长城人必须面对的中心工作，那么，接受监事会监督检查，做好整改工作，也是当年责无旁贷的硬任务。

除了"现金流"外，"监事会"成了第二个关键词，两者一直铭记在 3000 多名长城人的心上，同样贯穿于多年处置实践的全过程。

2000 年 8 月 23 日，国务院派驻国有重点金融机构的监事会，进驻中国长城资产。原任审计署办公厅主任魏礼江出任中国长城资产副部长级监事会主席。

8 月 29 日，公司总部召开全国系统视频会议，也是一个欢迎仪式。汪兴益、魏礼江分别作了讲话。汪兴益代表中国长城资产全体员工，欢迎国务院派驻的监事会，并表示接受和服从监事会的监督与指导，并对公司总部各部门和各办事处提出具体要求。魏礼江表示积极履行职责，认真完成国务院交派的国有重点金融机构监督任务。

欢迎仪式结束后，监事会立即展开全国系统监督大检查。

对于金融机构派驻的监事会，当时，还是一件新生事物，大家还不清楚监事会具体是干啥的。在一般员工的印象中，这就像公司总部的监察审计部，是稽查处置不良资产的。那时，银行人包括长城人，被称作国家干部，从上到下实行的是系统垂直行政管理。

毋庸讳言，当监事会真正行使了监督权力，谁也没有料到下手那么狠。开头"三板斧"，不亚于发生了一场突如其来的地震，引起了每一个长城人的震颤。

第一板斧：监事会砍在江西南昌。

——中国长城资产南昌办事处私设小金库！

九江发电厂下属九江雄鹰铝型材公司，于 1997 年 7 月停产后进入清算审计。2000 年上半年，南昌办事处收购了该企业的贷款本金与利息合计 481.87 万元。经与九江发电厂多轮谈判，并经公司总部批准，南昌办事处一次性清偿收回资金 337.4 万元，回收率超过 70%。

在处置这个项目前期的调查摸底阶段，农业银行九江八里湖支行予以积极配合，介绍企业情况、提供企业相关资料等，为超过预期收回债权提供了便利条件。按照公司总部明确的代理费标准，2000 年 12 月 29 日，南昌办事处向八里湖支行开出 10% 的代理费，共计 33.74 万元银行汇票。农业银行考虑到南昌办事处组建初期，多个处室缺少电脑、桌椅等办公用具，12 月 30 日，八里湖支行以现金方式返还 21.74 万元。南昌办事处收到后，存放在资金财务处保险柜内。

2001 年 2 月，监事会检查时发现这笔现金没有入账，直接向国务院报告反映南昌办事处私设小金库之问题。

根据国务院领导批示，公司总部会同人民银行及其省市机构，于 7 月 24 日至 27 日、8 月 8 日至 12 日，两次派出工作组进行实地周密核查。虽然未曾发现其他问题，在多方磋商之后，作为警示，于 8 月 24 日，给予南昌办事处主要负责人行政记大过处分，相关处长给予撤职处分。

打黄猫，狸猫吃惊。

正是此案，监事会为中国长城资产全体员工上了第一堂严肃的法纪教育课，敲响了必须依法合规处置不良资产的警钟。

随后，公司总部在全国系统开展了一场深入持久的法律法规教育活动。从上到下，多次召开党委会和员工大会，学习传达国务院领导和公司总部领导的批示、讲话精神，原文传达了监事会的报告，反思和分析存在问题的原因，进一步提高遵纪守法的自觉性；制定和完善业务费用支付制度，进一步规范费用管理程序；教育全员加强素质教育，牢固树立艰苦创业、勤俭办事的观念等。这些为之后进一步依法合规处置不良资产工作，打下基础。

第二板斧：监事会砍在湖北恩施。

——武汉办事处 7 个全风险代理项目的法院文书及法院印鉴均系伪造，2069.7 万元贷款处置回收仅 171.5 万元！

2001 年，武汉办事处恩施项目组委托一家律师事务所，全风险代理 7 个项目，分别是恩施市土产公司、恩施市果品公司、来凤县百福司供销社、宣恩县生活资料公司、宣恩县中药材公司、巴东县食品公司和来凤县良种场，涉及金额合计 2069.7 万元（其中本金 1744 万元、表内息 42 万元、表外息 283.7 万元），均为呆账。

也就是说，这几家企业已经关停、倒闭，有的厂房改作他用，名存实亡，人都找不到了。在这样的情况下，还收回现金 171.5 万元。这笔现金中，通过法律诉讼程序追回三家企业资金 40 万元，还有那四家企业虽然厂子没了，但享有少数民族地区国家补贴和出口退税政策，共计 131.5 万元，一直趴在农业银行账上，到 2001 年 12 月下旬，因没有法院《支付令》和《民事裁定书》不能入账，但如果现金不入账，项目组当年 1800 万元的任务就完不成。项目组只有 3 人，主要两人干活儿，一人是项目组长，另一人是刚刚退伍的很精干的一名小伙子，作为临时聘用人员。也许出于好心，或者迫于现金流压力，急事速办，项目组就到地摊上私自刻了印章，小伙子也在电脑上制作法院判决文书，把现金倒腾出来，并及时划入了武汉办事处大账。

聪明反被聪明误。任务是完成了，但玩笑开大了。

2002 年 3 月 15 日，监事会到恩施检查，在审判员、书记员的签字栏，正是小伙子同一笔迹，由此发现了蛛丝马迹。

于是，"长城公司武汉办事处 7 个全风险代理项目的法院文书及法院印鉴均系伪造，2069.7 万元资产处置回收 171.5 万元"的报告，飞进中南海。

这还了得！高层岂有不震怒的道理。这一事件作为刑事案件，批给公安部立刻查办。

得知消息，公司总部也震惊了。

2002 年 7 月 5 日，接到《公安部专报》后的当天，公司总部立即召开总裁办公扩大会议，传达国务院领导批示和公安部的要求。会后，即安排指派了监察室、债权管理部两位处长，与农业银行监察室案件处人员，于 7 月 7 日直奔恩施。而公安部办公厅也派员飞武汉，会同湖北省公安厅人员赶赴恩施。

惊官动府，并未查出不良资产处置中其他违规违纪问题。本来就是几笔坏账甚至零资产，这样还能为国家收回 100 多万元现金。不过，法院的文书、印章、签字，那可不是闹着玩儿的。恩施项目组的相关人员因涉嫌伪造国家公文罪，被追究了法律责任。

亡羊补牢，犹未为晚。一方面，公司总部党委责成武汉办事处对相关人员提出处理意见，另一方面，教育全员，深刻认识案件的危害及产生的不良影响，从恩施案件中吸取教训，深入查找管理中存在的问题，特别是项目组的监督管理方面存在的薄弱环节，举一反三，深入整改。

第三板斧：监事会砍在公司总部。

——中国长城资产存在"吃空饷"的严重问题！

2003 年，监事会发现中国长城资产只有 2500 多人，却享受财政部按 3200 人数匡算后批准的人员费用政策，认为是一起严重的违纪违规、"吃空饷"行为。

"吃空饷"源自明朝末年，军队贪腐成风，空报人数、冒领饷银，后来延伸到了政府机关。"吃空饷"则是对公共财政资金的蓄意贪占，人民群众深恶痛绝。但资产管理公司的情况完全不同，作为金融企业，财政部当年对其执行的是不同于政府机关人员费用总额控制政策。资产管理公司每年的人员数都是如实上报的，财政部是按四家资产管理公司的编制数下达人员费用总额，增人不增工资，减人不减工资。

资产管理公司是自主经营、自负盈亏的实业主体，对于财政部下达的人员费用问题，自己是可以做主和进行内部分配的，与"吃空饷"完全是两个概念。况且，当时，真正是一人多岗，一人顶着几人用。就说项目组，三两个人管理着一个地市几个县的不良资产，人均费用自然要高出风不打头、雨不打脸的机关坐班人员。况且，企业要发展，新的员工是要不断招聘增补的。

当时，相关检查人员由于不了解国家对资产管理公司人员费用管理政策，又没有及时有效地沟通，所以提出了"吃空饷"的问题。此事上报后，惊动了高层，国务院领导作出严厉批示。

其实，华融、东方、信达三家公司以及其他金融机构，同样存在类似情形。后经资产管理公司积极诚恳地沟通解释，此事得到各方面的谅解。

说实话，在不良资产处置早年操作实践中，是"草鞋没样，边打边像"。资产管理公司的成立，属于仓促上马、临时应战，许多处置方式都是"摸着石头过河"给"摸"出来的，做法对了，路子正确，后来被确认。同时，国家一些重要的法规政策也是相对滞后的，比如，国务院《金融资产管理公司条例》，是在资产管理公司组建一年多后，于2000年11月1日才颁布的；财政部关于《金融资产管理公司资产处置管理办法》，到了2004年4月30日才印发。从这层意义上讲，当时监督管理，基本上套用国有银行收贷款的规定，来监管不良资产处置及现金流回收的。

因缺少相对应的依据，一方面，要加快处置、为国家回收现金，另一方面，处置中往往不知道什么时候出错。"现金流""监事会"如同两把利剑，高悬于脑门上。特别是办事处高管人员及一线员工，时时处于一种如履薄冰、诚惶诚恐的状态。

难怪，当回忆起往事，一些老长城人都会说，当年只要一听到"现金流""监事会"这两个词，头皮便会发麻。

砥砺打造"三铁"

有监督才有规范，有规范才有约束，有约束才能保证不良资产处置合规运作。

在监事会的促进下，中国长城资产进一步制定完善了一系列规章制度、措施办法，形成了一套卓有成效的约束机制，并且创新了不良资产处置的"三铁"工程。

从2001年3月到2002年5月，历时22个月，中国长城资产在全国系统推行了以建立"铁账本"为中心的铁规章、铁账本、铁档案的"三铁"工程建设。

2002年5月15日，匡绪忠在公司总部召开的"三铁"工程建设工作会议上，把建立铁账，作为推进依法合规经营的实现方式，形象地比喻为抓住了"牛鼻子"，找准了着眼点，对于实施有效监督起到了保障作用。

——以"三铁"为基石，修订现有财务办法和细则。

成都办事处，根据公司总部要求，对原有的各项规章制度、办法等进行了全面清理、修订，确保各项业务活动依法合规。按照规范管理的要求，办事处还重新设计印制了12种会计核算管理辅助登记簿、实物购置领用出（入）库单、业务费用报销审批单。

郑州办事处对资金财务工作的各个环节进行全面细致分解，绘制了资金营运、业务费用、会计核算、管理费用、档案管理、固定资产购置、会计电算化、数据统计、费用归集及经营管理综合考评办法十个方面的工作流程。

——以"三铁"为准绳，落实岗位责任和内部稽核制度，强化铁的保证。

石家庄办事处制定了《关于违反资产处置操作规程处罚办法》，对业务部门和项目经理组的各个工作环节进行严格考核，实施责任追究。处于第二、第三道防线的责任处室建立专门登记簿，按照职责范围对发现的违规操作问题进行登记，并严格兑现奖惩。

西安办事处根据资金财务部员工的工作经验、特长，重新进行岗位分工，按照内控要求将出纳、会计核算、会计复核与系统管理等岗位严格分开。长沙办事处聘请会计师事务所，对资金财务工作进行了全面审计。天津办事处则要求内审人员，每季度对处置情况、会计核算、财务执行情况，进行一次全面检查。

——以"三铁"为标准，采取铁的措施，加强自查自纠，完善处置程序。

长春办事处对照公司总部要求，查找不足与差距，针对处置资产收回款项凭证等，开展自查自纠。上海、广州专门成立了全面整治工作领导小组，并分成综合清查和财务清查两部分，对两年多来办理的每一项业务、每一笔财务开支，开展全面的清理和自查。

——以"三铁"为目标，加强岗位培训，提高人员素质，建立铁的队伍。

重庆办事处组织资金财务部的员工，参加了当地财政局组织的会计人员继续教育培训，并全部通过考试。昆明办事处将学习"三铁"要求制度化，按季进行业务学习和政策宣讲，并组织员工考试，考试成绩将作为评价和考核员工的一项重要内容。

石家庄办事处将监管部门对资产管理公司历次检查通报的问题进行归纳整理，编撰了《监管警示备忘录》，并组织员工学习讨论，引以为戒。

哈尔滨、郑州、济南等办事处，把符合上岗要求、熟悉各项业务，原则性强的工作人员充实到资金财务岗位，将"三铁"工程建设引向深入。

站在历史的角度看，当年监事会实行的超常规监督检查，虽然一时难以被人理解，可是监事会确实煞费苦心，履行了职责，从爱护、保护干部员工出发，发挥了良好的监督作用。

中国长城资产多年的处置经营实践，证明了监事会的监督指导作用是到位而有效的。稍一放松，不良资产处置便极容易出现三大风险：一是道德风险，内外勾结、暗箱操作，造成资产处置的损失，也毁了员工的前途；二是运作风险，不良资产处置的随意性和不确定性，极易导致回收难或回收率低；三是目标风险，处置不良资产也容易引起一些社会问题，既影响回收目标的实现，甚至还会引起社会的不稳定。

实践也证明，长城人以国家利益为重，执行坚决，雷厉风行，及时制定和完善监督管理机制，在加快现金回收的同时，合规处置资产。其创新打造的"三铁"工程建设，被业界当作标杆，众口皆碑，得到了财政部、审计署、人民银行、银监会充分肯定，同时，在其他三家资产管理公司推广。这种稳健的作风，一以贯之，为中国长城资产后来的发展，打下了良好的基础。

"三铁"工程充分体现了中国长城资产对国家负责、对人民负责和对历史负责的态度，体现了可贵的创新精神，成就了自身保驾护航的力量。这种力量在全系统上下形成了一种良好的氛围，一直贯穿不良资产处置工作的始终。

中国长城资产在取得不良资产处置阶段性成果的同时，适时完成了主帅的更迭。赵东平履新中国长城资产，其时，很多媒体用了"突然空降"字眼，来描述对他的期待。

中国长城资产苦难辉煌，从此翻开了新的一页。

2006年7月19日，中国银监会主席刘明康在公司总部副处长以上干部会议上宣布：经中国银监会党委研究、国务院机关党组同意，任命赵东平为中国长城资产党委副书记、总裁；原总裁汪兴益退居二线，任高级顾问；同时，任命副总裁李占臣任党委副书记，任命周礼耀任党委委员、副总裁。

汪兴益作为第一任总裁，从中国长城资产组建到政策性任务基本完成，历时近七年。傅春生也于 2006 年 6 月退职休养。

在此前后，中国长城资产系统上下，一批老同志也先后退出工作岗位。船到码头车到站。这也标志着中国长城资产事业，画上了一个阶段性的句号。然而，历史不会忘记，后来的长城人更应该回头仰视他们。正是他们，为中国长城资产的事业费尽了心血，书写了浓墨重彩的开篇序曲。

中国长城资产经过了七年的艰苦拼搏，提前并超额完成了政策性剥离的不良资产处置任务，实现了国有资产回收最大化。伴随着短暂的喜悦与兴奋，却面临后无退路、进无方向的进退维谷之困境。

2007—2010年这四年间，史称"四年困难转型过渡期"。但是，敢于担当的长城人并未被困难所吓倒，并没有被一时的困境所慑服，而是艰辛探索、勇敢突围。

长城人的字典里，似乎只有一个词，那就是：前进、前进、前进！

第四篇

探索前行

第 十 章 CHAPTER 10

山重水复疑无路

一场战役胜利结束了，阵地上插满旌旗与鲜花，战士们欢呼雀跃，打扫战场，准备转入下一个新的战役。

可是，轰轰烈烈的政策性处置任务胜利完成之后，长城人似乎突然发现，居然没有阵地可以转移，手里头没活儿可干了，就像习惯于冲锋陷阵的战士找不到目标，下一个战役茫然无期。此时的中国长城资产，走进了历史的低谷，全国系统面临向何处去的重大命题。

对于履新主帅的赵东平来说，当临危受命，责任重大。在他的带领下，长城人一步步突破重围，走出困局。

漫长的阵痛

困境之迷局

2004年初，国家着手考虑资产管理公司改革和发展的方向，明确了建立政策性收购不良资产处置目标责任制，允许资产管理公司开展商业化收购和接受委托代理处置不良资产业务，走市场化、商业化的路子。2004年4月，财政部关于资产管理公司商业化收购业务、委托代理业务、投资业务三项新业务市场准入政策的出台，使得资产管理公司从事商业化业务有了政策依据。2004年9月，中国华融资产率先获准开展商业化收购不良资产、接受委托代理处置不良资产、对部分不良资产追加投资三项业务。

正是基于资产管理公司经营困难和发展方向的不确定，国家有关部门通过大量调研，尝试性地陆续出台相关政策。

调任中国长城资产之前，赵东平担任银监会工会工委主任。长期在人民银行和银监会工作的经历使赵东平看得很明白，想得也很透彻。他说："实际情况远比想象的复杂，究其原因，不外乎以下三个方面。"

第一，缺少可持续经营的资源。

截至 2006 年 12 月，中国长城资产的政策性不良资产经营处置完成了购入原值的 95%，剩下 5%。经过了多年的处置，5% 的资产状况可想而知。同时，从母体银行划拨 100 亿元资本金，真正到手的现金仅 29 亿元，不到三分之一，无异于杯水车薪，捉襟见肘。此外，收购了工商银行剥离的可疑类资产包，也只是 16 家办事处，没有拿到工行包的 14 家办事处，完全陷入了无米之炊、揭不开锅的境地。

此时，华融、东方、信达三家资产管理公司，从工商银行、中国银行、建设银行等母体银行，通过第二次剥离，对口获得数千亿元、收购成本仅为 1% 的呆账资产，无形中壮大了资产实力，也就增添了经营活力。

唯有中国长城资产没有从农业银行得到分毫。

第二，政策不明朗的因素。

2006 年末，中国长城资产基本完成了政策性不良资产处置，按照财政部的说法，已经具备了转型发展的资格，不无例外地进入了从政策性经营向商业化经营的三年转型过渡期。根据财政部通知要求，自 2007 年起，中国长城资产首次对各项业务经营实行利润考核，逐步建立起"以市场为导向、以效益为核心、以利润为目标"的考核激励机制，从战略定位、业务模式、管理体制等方面进行探索和尝试。

所谓过渡期，就是管理体制不变，但是经营机制从以往的"靠政策吃饭"，向"自主经营、自负盈亏"的商业化方向转变，即进入了"二次创业"阶段。过渡期，既是一个准备期、自我完善期，也是一个试验期、考验期。按照财政部的要求，如果过渡期满后还难以实现转型和自我发展，面临的结局就是关闭清算，淘汰出局。

有了政策，就指明了方向，然而，具体到实际工作上，让长城人干什么、怎么个干法，上面并没有讲清楚，或者说，尚不明朗。

第三，回到母体银行，也无可能。

当年，长城人怀揣美好的梦想，义无反顾，只因前面有充满挑战的投资银行业务，让自己能够一显身手，同时身后有保底，而政策性处置任务完成后，随时可以返回母体银行。

然而，此时长城人已回不去了。

成立四大资产管理公司之初，财政部明确其存续期为十年，十年后，在所收购的不良资产处置结束后，则停止运转，资产管理公司的员工回到母体银行。国务院 2000 年 11 月 10 日颁布的《金融资产管理公司条例》也明确表示：资产管理公司终止时，由财政部组织清算组，进行清算。

按照四大资产管理公司全国一盘棋的安排，四大资产管理公司进入"过渡期"，中国长城资产不可能独辟蹊径，需服从大局，执行国家的决定。

工行包之累

2005 年 6 月 27 日，中国长城资产收购的工商银行剥离的可疑类贷款 17 个资产包（以下简称工行包），本金共计人民币 2569.94 亿元，涉及债务企业 32684 个。这 17 个信贷资产包分别被 16 家办事处收购：呼和浩特、沈阳、长春、哈尔滨、福州、南昌、济南、郑州、长沙、南宁、重庆、成都、贵阳、西安、兰州、乌鲁木齐办事处。

没有拿到工行包的有 14 家办事处，分别是：北京、太原、天津、石家庄、上海、南京、合肥、杭州、武汉、广州、海口、昆明、深圳、大连办事处（后来，大连办事处原价收购了沈阳办事处辽南地区 178 亿元的工行包资产）。

到任之后，工行包自然成了赵东平首先要分析研究的问题。作为掌门人，他必须面对，无从回避。

现实情况摆在长城人面前：没拿到工行包的办事处，即处于无米之炊的窘迫状况，而拿到了工行包的，也成了"烫手的山芋"。大家都明知工行包不是商业化市场的公允价格，是"花了大价钱"的，但是不拿吧，整个中国长城资产系统则无路可走。两害相权取其轻。虽说"有米"了，但大家也是忧心忡忡。

表面上看，16 家办事处通过竞标拿到了 17 个资产包，是一个不小的收获，至少可以让 16 家办事处暂时摆脱"无米下锅"的窘境，但长远看，反而背负了沉重压力。一方面，尽管通过公开拍卖所得，可是工行包并不完全是商业性不良资产。同属金融机构，"兄弟阋于墙"，各家都为自身利益考虑，缺少了真正意义上的市场公允价格。由于工行包收购价格偏高、资产瑕疵较多、非经营性损失类资产占比较大，处置难度极大。另一方面，工行包收购资金主要来源于人民银行再贷款。根据人民银行要求，中国长城资产每年要按时偿还再贷款本金 225 亿元及其利息。还有，工行包资产尽管有近 2600 亿元的存量，主要分布在东北、西北、中部以及西南地区。这些地区的金融生态和经济环境都相对较差，现金回收效果不佳，可用于通过经营提升价值的资产项目相对较少。

为了归还再贷款，长城人必须要加快处置；为了实现整体盈利，又必须要精细化运作。

这真是：两手提两篮，左也篮（难）来右也篮（难）！

平台建设受挫

2010 年 7 月 5 日，《财经国家周刊》刊发了题为《长城资产管理公司艰难转型》的文章，摘录如下：

> 国务院批准信达、华融、东方、长城 4 家国有资产管理公司成立，介入投行的机会来自 2004 年 9 月华融托管德隆旗下的德恒证券、恒信证券和中富证券三家公司。随后，信达托管汉唐证券、辽宁证券，东方托管闽发证券等。此后，这三家公司都在托管券商的基础上，成立了自己控股的证券公司，实现了向投行领域的渗透。

> 这与其他三大资产管理公司的转型突破口截然不同。近 3 年内，在资产管理公司刮起的转型风暴中，长城成了一个"落后的孩子"。短短几年内，信达、华融和东方囊括了信托、券商、保险、金融租赁等业务牌照，华融还将控股一家城市商业银行，并正在收购一家期货公司。而长城则斩获寥寥。

让长城人感到气馁的是，其他三家兄弟公司拿到了证券公司牌照，在资本市场呼风唤雨之时，长城却因没有证券牌照错失了中国 A 股黄金牛市的挣钱机会。尽管曾一度传出长城公司将重组河北证券和兴业证券，但最终因种种原因失之交臂。

2006 年，长城一度传出要重组万州商业银行，但最终重组更名后的三峡银行大股东名单上，没有长城的影子。

2008 年，长城还曾洽购河南百瑞信托，并一度得到郑州市政府的同意，但后来依然没有下文。外界对长城的成绩一度颇为失望。

在长城旗下的金融业务板块中，长生人寿是一家注册资本仅仅达到监管底线的人寿保险公司，在寡头垄断的人寿市场上，新成立的小型保险公司生存发发可危，长生人寿要成长壮大前途漫漫。

此外，2008 年长城在原新疆金融租赁有限公司基础上，重组了新疆长城融资租赁公司，长城资产管理公司注资 5.19 亿元。但由于金融租赁业在中国尚处培育阶段，显然很难成为长城商业化转型的支柱。

尽管长城公司宣布盈利能力在不断提升，2009 年金融服务业务收入 1.55 亿元，但是相较兄弟公司差距依然很大。以信达为例，截至 2008 年底，信达商业化业务利润达 12 亿元左右。

尽管长城在商业化转型中，有多方面的探索，但并没有放弃构建金融控股公司的模式，也没有停止向投资银行的渗透。

《财经国家周刊》的这则报道，从一个侧面，道出了中国长城资产当年面临的尴尬困局。

难以启齿的悲情

想当年，大部分长城人响应国家号召，豪情满怀地离开农业银行，加入中国长城资产团队，为的是更好地施展自己的才华与抱负，为未来"中国第一代投资银行"奉献青春与力量。

可是七年后，不仅投行梦碎，还陷入了转型的困境之中。

堂堂一个金融央企，居然走到了这种地步！原来都是端着铁饭碗的"国家干部"们，现在居然弄得几乎没饭吃了。这是谁都没有想到的。

理想很丰满，现实很骨感。这之间的落差，让长城人一时转不过弯儿来。

毫不避讳地说，那时的中国长城资产走进了历史的低谷，笼罩着一种难以名状的悲情。

肯定有读者会问：当年长城人究竟困难到何种程度？

我们只想描述几个具体事例：

从公司总部到省区市办事处及地市项目组，大力倡导节约支出，树立勤俭办公司的思想，财务核算到每一度电、一吨水、一升汽油，办公用纸正反面循环反复使用。

特别是 14 家既没有工行包又是"三无"（无债转股企业、无资本金项下投资项目、无核心资产）的办事处，仅靠代理已打包出去的政策性不良资产，或为企业当顾问、打零工，收取一些零星费用。

生存乃大，谈何尊严？

有些办事处所谓的财务顾问业务，其实是跟人家要些"面子"钱。多数办事处的总经理、副总经理和骨干处长，凭着以前跟企业、跟银行多年的工作关系，用上级、同事、朋友的面子，拼着老脸"拉"过来一点业务，其实也就是找个理由，跟人家要些钱，维持生计。

自 2007 年起，公司总部对"三无"办事处，在要求"自求平衡"的同时，下达的年度考核利润都是象征性的，有的仅为 1 万元。典型的有合肥办事处，2007 年，办事处几十号人经过全年努力，超额完成了年初利润考核任务，实现了收入 10 万元，完成率 1000%，在全国年度工作会上得到了公司总部领导的表扬。这成为一个让人难以置信，而又令人心酸的话题。

"刻舟求剑回农行，望梅止渴搞投行，冤头债主是央行，举步维艰坏银行。"这是当时在公司系统广为流传的顺口溜，虽有失偏颇，倒也从一个侧面反映了当时长城人的窘境。

四年艰难的日子，长城人不堪回首，虽有一肚子苦楚，多数人却三缄其口。

为解决人员费用不足的问题，没有工行包的办事处，有的直接向其他有资产包的办事处输送人员，有的则以项目评估为工，挣回部分"劳务收入"，贴补开支。

时任济南办事处副总经理的张希荣，谈起一段往事：石家庄办事处一位副总经理，带着项目经理一行几人到济南来做项目评估。在项目评估座谈会上，说到石家庄办事处员工坚守岗位，艰难创业，甚至连出差住宿费都难以报销时，说着说着，这位女老总竟然哭了起来。所有在座的人，为之动容。

当时，济南办事处副总经理郑世澜，忍不住跟着落泪。郑世澜也是个女同志，说你们这次就不要结房费了。

"虽然我们济南办事处当时也穷，但是济南的员工有活干，还有些费用，尽管处置工行包也不容易，但有现金流。而像石家庄办事处这样的，工资这个月发了，下个月不知到哪里去找啊！别说工资，连出差的费用都没地方报。"张希荣回忆至此，也动了感情，他说，"那时的办事处大几十号人，自求平衡，谈何容易？！一家办事处就按员工 40 个人计算吧，人均刚性费用也要支出十几二十万元，合起来就要七八百万元，另外整个办事处运转费用至少要三四百万元，合计一年就是 1000 多万元。"

而这 1000 多万元，需要每个员工自己拉下老脸，一分钱一分钱地挣出来。

在相当长的一段时间里，要强的长城人，一边坚守着，过着苦日子，一边期待着，对未来依然充满憧憬。

对于赵东平来说，算得上是受命于危难之时；对中国长城资产来说，那是一段难熬而坚守的岁月。

一部长城人二十年的发展史，也是一部长城人的艰苦创业史、逆境坚守史、奋发图强史！四年过渡期尤甚。

路在何方

对于资产管理公司未来走向，国家和社会各界也非常关注。

社会各界提出了各种观点与建议。

时任中国银监会四部主任沈晓明主编的《金融资产管理公司理论与实务》一书这样回顾道：当时，对资产管理公司的出路有各种设想：一是仿照美国 RTC 那样关闭清算；二是像韩国资产公司那样成为专业资产公司；三是回归母体银行，成为母体银行的投资银行部门；四是发展为独立的投资银行；五是合并为一家资产公司；等等。

"关闭清算"说

从世界各国的情况看，美国、欧洲、东南亚等一些国家和地区不良资产处置机构，在完成了处置工作后，被关闭清算。但是，从中国的实际情况出发，我国的资产管理公司不宜进行简单的关闭清算。

第一，四家资产管理公司掌握的不良贷款中，企业贷款在数量上占绝对比重，债转股和企业重组，也是各资产管理公司开展处置的重要手段之一。由于持有的企业股权退出需要较长的时间，在其他资产处置结束后，资产管理公司还可能持有相当数量的企业股权。若仓促清算退出，不仅在操作上有难度，而且很难预料是否会留下一些潜在问题。第二，我国银行体系不良资产经常性存在。资产管理公司完成政策性不良资产处置任务后，商业银行的部分不良资产以市场化手段转让给资产管理公司，继续采取由资产管理公司处置的模式，有利于进一步发挥其专业化优势、利用之前不良资产处置经验。

"合并"说

我国在成立资产管理公司时，考虑到四家国有商业银行不良资产规模较大，没有采取垄断性独家处置不良资产的架构，而是对应四家银行分别成立了四家资产管理公司。

从实际运作情况看，这种格局适合中国国情，既让各家资产管理公司保持了一定的资产规模，也有利于形成一种积极的竞争合作格局，同时还有利于利用原银行所掌握的企业信息资源，加强对债务的追索。其开展的不良资产处置属资金密集型业务，合并没有规模效益，反而提高成本。合并过程将耗费大量的时间和精力，而且合并成立需要较长的磨合时间。合并还将带来大量的机构设置、资产权属转移等方面的问题，影响员工队伍稳定。

"重组与发展"说

资产管理公司的发展方向既要从中国金融业发展大局来思考，也要结合自身实际。从中国金融业发展大局来看，中国金融体系不缺少从事各金融子行业的专业性金融企业，如银行、保险、证券、信托、基金等，也不缺少综合性金融控股集团，缺少的是专门的金融风险处置机构，特别是能综合采用投资投行手段，来处置金融风险与风险机构的金融机构。

资产管理公司这种独特的业务能力和作用，是其他金融机构所不具备的。从现实来看，他们具备不良资产收购处置能力、风险机构处置能力，在开展不良资产处置过程中形成了投资投行能力，围绕不良资产开展了部分投资业务以及托管清算、并购重组、推荐上市、财务顾问、发行债券等投行业务；通过托管清算与并购重组，旗下控制了一些金融牌照和平台。结合市场需要和自身实际，以不良资产为核心、延伸开展投资投行业务与其他金融服务，采取与其他金融机构差异化的发展模式，是资产管理公司比较理想的发展方向。

资产管理公司发展方向论，林林总总，莫衷一是。

商业化转型之方向

随着时间的推移和相关政策逐步明朗，资产管理公司商业化转型已成定局。但是，何为商业化？这一概念在当时还不是那么确切清晰。在极其困难的环境中，商业化对于又饥又渴的长城人来说，如同系在绳头上、高高悬在空中的一颗糖果，能够嗅到空气中的一丝甜味，但一时就是吃不到嘴里。

众说纷纭商业化

有人说，资产管理公司的商业化，核心要义就是市场化。

国务院曾经召开专题会议，张晓松参加了这次会议。据他回忆，会上有两个领导人各说了一句比较经典的话令他记忆犹新。一位是中国证监会某副主席，他说："什么叫市场化？市场化就是痛苦化。"另一位是中国信达资产某领导，他说："什么叫市场化？市场化就是没人'管饭'。"

这些话非常形象，至少说明两点：市场化充满竞争与挑战，有其残酷的一面；市场化以后，将失去原有的"政策保护"，自主经营、自负盈亏，完全靠自己的本事吃饭。

艰难中的长城人一直在思考。多年的实践经验教训告诉他们，商业化具体到业务经营上，本质上是负债经营，没有负债就谈不上商业化。

政策性时期的经营目标，主要就是现金回收，国家不考核资产管理公司盈利状况，只要尽可能多地回收现金就行。利益分配直接与净现金回收挂钩，实行收支两条线管理。实行商业化经营以后，情况发生根本性的转变。按财政部的要求，实行以利润为核心的业绩考核办法，员工收入主要取决于创造的利润，盈利多，收入就多；盈利少，收入就少。如果不能实现盈利，资产管理公司的经营将十分困难，员工的收入也将难以维持在理想的水平上。

经营需要资金，没有资金支持，经营成了无源之水，无本之木。资金从哪里来？负债。

冰冻三尺，非一日之寒。

转型商业化，除了面临的资源匮乏、经营萎缩、信心不足、人才流失等诸多不利因素以外，还有如下障碍：

第一，资产管理公司成立之初，浓郁的政策性色彩，决定了其不是真正意义上的公司，而是类同于政府的一个职能机构，文化、理念、意识及效率均不能满足竞争条件下的市场化运作。第二，现行的经营模式，没有形成有效的公司治理与财务基本面，由内及外均修炼不够，现代企业化程度低，难以直接进行股份制改造及资本运作。第三，现行行政区域主导下的机构布局，摊子大，负担重，难以适应按经济区域有进、有退的市场化战略布局。第四，考核体系不健全，激励约束机制不到位，难以形成市场条件下所必备的竞争意识、开拓意识及成本效益意识，人员结构和素质难以满足转型需要。第五，自主创新的能力差，处置不良资产仍局限于传统方式，缺乏提升不良资产价值的技术和产品，资产深加工能力不能满足处置最大化的需求。第六，资产管理公司尚未建立起持续的资本积累机制，资本实力较为薄弱。第七，受经济环境影响，当下政府对国内的金融市场监管严格，对金融市场对外开放程度不高。

诸如此类，很多经验只是在理论上看起来很美，却并不适合中国国情。拿西方的投行经验来搞我国的资产管理公司很可能水土不服。从2005年开始，关于资产管理公司转型发展问题的研究文章大量涌现，一些有识之士频频发声，各种观点见诸网络和报端。

有人提出，资产管理公司商业化转型的几种模式，即专业资产管理公司、综合型资产管理公司、金融控股集团，认为根据目前资产管理公司业务范围和条件，首先应向综合型资产管理公司方向转型，条件成熟时再过渡到金融控股集团，并提出了"三步走"的战略转型规划，即从过渡期，到转型期，最后为成长期，完成股份制改造并上市，建立母子公司体制，逐渐向金融控股集团转变。

也有人按照新制度经济学的原理，从制度安排以及正式制度与非正式制度的相容性和制度实施机制上，对资产管理公司运行实践进行系统考察与分析。

中国长城资产从总部到办事处，尤其是以赵东平为首的新一届党委班子，在这种大是大非问题上，没有半点含糊，调查研究，潜心思考。

2007年2月27日，赵东平在南宁与时任广西壮族自治区党委副书记、常务副主席郭声琨会见时表示："中国长城资产将实行改革，向商业化转型，希望能够寻找到更多的合作平台，实现公司业务和地方经济发展的双赢。"

2007 年 2 月 8 日，赵东平在全国办事处党委书记、总经理会议上强调：

不改革就没有出路，不改革就没有希望。

要大力推进体制机制改革，以改革促进商业化转型发展。为了适应商业化转型发展的需要，必须要与过去那种机关化、行政色彩浓厚的政策性管理体制告别，尽快建立起适应市场竞争要求的新的体制和机制。公司党委把改革与业务经营工作摆在同等重要的位置，一手抓业务转型，一手抓体制机制改革。通过深化改革，不断增强经营活力，调动广大员工转型发展的积极性、创造性。

周礼耀在答《财经国家周刊》记者时说：

正是由于看到身处不利局面，根据现有条件，长城就打出了差异化转型的牌。差异化转型，实质内容有三方面：一是成立天津金融资产交易所，二是提供中小企业金融服务，三是成立一家国有的评级、评估和咨询公司。长城正在寻求差异化转型，向金融集团公司方向发展。金融资产交易所、信用评级公司、中小企业金融服务，将成为三大突破口。2007 年 1 月，长城在天津成立了中小企业金融服务公司，其功能是通过产品研发，在银行体系的支持之下，研究出服务于中小企业的业务链和产品链。在长城的设想中，未来的天津金融资产交易所将和上海主板、深圳创业板和中小板呈三足鼎立之势，成为全国性的金融资产交易市场，其交易内容将是不良资产、金融企业股权、信贷资产及 PE、信托和对冲基金等新金融资产交易，并在未来承载全国性非上市公众公司股权交易市场（OTC）的功能……

胡建忠发表文章，认为：

长城公司提出了未来转型发展应该遵循五个基本点：一是以服务于国家的经济发展和金融改革为宗旨，无论怎么转，根据国家需要和经济发展规律寻求自身存在价值的基本理念不能动摇，在这个问题上长城公司一直具有较强的责任感和使命感。二是以金融为立司之本，尽管不良资产处置过程中拥有了大量形态各异、行业广泛的物权和股权，但这些实体不是资产管理公司的转型依托，未来还是需要在金融领域寻觅生存发展之道。三是以不良资产为主业，中国经济相当长的一段时期都处在转型过渡期，加之市场经济特有的波动性，不良资产管理处置会有持续的市场，国家从稳定经济发展的角度考虑也需要这类机构的存在。四是稳步推进多元化发展格局，需要在其他金融领域寻找新的成长点。五是坚持以商业化、市场化为发展方向，坚定不移地推进公司管理体制和运行机制的商业化改革和市场化转变……

上述观点和论述，可以归纳为如下几个方面：要有效实现资产管理公司商业化转型发展，一是要重新定位商业化发展目标，二是要重塑产权结构与治理机制，三是要重组财务结构，四是要培育核心竞争力，五是要再造企业文化机制。

山重水复疑无路，柳暗花明又一村。无论商业化讨论还是转型实际安排，给困境中的长城人带来了一线生机。只有直面现实，迎难而上，找准自己商业化转型中的市场定位，重拾信心，重新起航，才是破解困局的唯一良方。

顶层设计

随着政策性不良资产处置接近尾声，中央高层开始酝酿研究资产管理公司的未来走向，存续与发展。

中共中央十六届三中全会通过的《关于完善社会主义市场经济体制若干问题的决定》，提出"完善金融资产管理公司运行机制"的目标。

财政部先后出台相关文件，明确对资产管理公司实行责任目标考核制度，并提出配套措施，允许其在完成政策性处置任务后，开展"商业化收购、追加投资、中间业务"三项商业化业务，同时还明确了两大转型原则：

原则一，区别对待，分别应对，转型方向、定位由各资产管理公司根据自身情况寻找。

原则二，在政策性不良资产处置完结后，财政部将给四大资产管理公司一个转型过渡期和相应的政策，过渡期后，仍没有出路的将被其他公司兼并或关闭。

2007年1月19日至20日，党中央、国务院在北京召开了第三次全国金融工作会议，总理温家宝作了重要讲话。会议指出，不失时机地推进资产管理公司改革，"在完成政策性不良资产处置回收考核目标的基础上，对具备条件的金融资产管理公司实行财务重组，抓紧清算政策性业务损失，充分发挥处置不良资产的业务优势，积极探索新业务，加快向业务有特色、运作规范的商业性金融企业转型"。

应该说，这是国家战略重要组成部分，在国家层面上提出了资产管理公司"商业化转型"方向！

由此，开启了资产管理公司由政策性金融机构向商业化转型发展的道路。

2007年3月，财政部印发《关于金融资产管理公司商业化转型期间财务管理有关问题的通知》，明确2007—2009年为资产管理公司的商业化转型过渡期。

至此，毫无疑问地打破了"十年存续期"的桎梏。

这也印证了当初成立四家资产管理公司的思路。

"真不容易！"说到这段历史，早已退下来的赵东平仍禁不住长长地嘘了一口气。

据时任投资投行部总经理徐雨云回忆，1999年的五六月份，他参加了国务院及人民银行召开的相关会议，对于资产管理公司不良资产收购处置及未来走向，人民银行行长戴相龙讲，是按照"大投行运作"来设计的。公司章程第二十七条，在组织机构的设置上赋予了投资银行功能。在资产管理公司成立之时，还专门设立了"投资银行部"，但功能没有得到充分和有效发挥，收购处置上也并未按照投资银行进行业务操作，走了多年的弯路。

确定四家资产管理公司商业化转型，也正是回到了当年设计的"大投行运作"的思路上来。这个重要决策，成就了中国金融经济战场上的四支劲旅。

困境中的长城人，经历了几年漫长黑夜的苦苦探寻和煎熬，终于看见了些微东方的晨曦和曙光。

第 十 一 章 CHAPTER 11

树根雪尽催花发

长城人从来没有放弃逆境中崛起的梦想。

关键是信心。信心比黄金重要。

赵东平到任后，直面困局，特别强调树立全体员工信心的问题。短短的几个月时间，他走遍了大部分办事处，不辞辛劳，马不停蹄，旨在重拾全体员工的信心。

2006年12月，赵东平赴上海参加了上海办事处党委民主生活会，发表了讲话。赵东平深有感触地说："我来长城公司后，一直在研究信心问题，也力图回答这个问题。应该说，国家对资产管理公司下一步改革发展的方向是基本明确的。我看问题的关键是一些同志的自信心不足。在下一步的转型发展中，一定要有自信心，对过去那种安于现状、没有市场竞争压力的日子不能再留恋。"

赵东平强调，"自信心都没有，谁还能对你有信心？"

这从另一个侧面反映了中国长城资产当时所处的窘境。的确，长城人需要加油打气，需要增添勇气与力量，需要树立起信心来。

诚然，信心是用"信"与"心"来诠释的，是用成功的事实来佐证的。

发展战略与机制重塑

布局 2007 年战略

2007年2月的北京，乍暖还寒。

2月8日，一年一度的中国长城资产全国办事处党委书记、总经理会议如期召开。

这是赵东平出任中国长城资产第二届掌门人后的第一次全国办事处党委书记、总经理会议，更是在中国长城资产系统圆满完成政策性不良资产处置任务、开始全面向商业化转型发展的关键时刻，召开的一次重要会议。

会议有着深层次的背景：第三次全国金融工作会议召开、财政部下发《关于金融资产管理公司商业化转型期间财务管理有关问题的通知（征求意见稿）》，在制度安排和政策要求上，都清楚地表明，资产管理公司在完成政策性资产处置任务后，必须向商业化转型发展。这是大势所趋，势在必行。这一切，标志着 2007 年中国长城资产步入了发展历程中一个崭新的历史时期，进入了一个新的、第二次创业阶段。

无疑，全国办事处党委书记、总经理会议取得了初步成果，提振了士气，形成了重要共识，那就是改革与创新。

会议明确，通过改革和创新，中国长城资产要实现以下四个方面的转变：

第一，是业务模式的转变。从过去单纯的政策性不良资产处置业务，转变为以资产经营处置为主业，积极搭建新的金融发展平台，拓展其他有市场需求的金融服务业务，逐步构建协同发展的综合经营业务体系。第二，是盈利模式的转变。从过去主要是保全资产、减少损失，转变为追求最大经营利润，逐步构建渠道多样、来源可靠、效益稳定的持续盈利模式。第三，是体制机制的转变。建立与商业化经营要求相适应的经营决策体系、风险防范体系、人力资源管理体制和经营考核评价机制，完善治理结构，逐步形成科学完善的现代金融企业管理制度。第四，是企业文化的转变。改变政策性管理体制下的思想意识和行为模式，培育新的企业经营理念和员工价值观，逐步建立起适应商业化运营的企业文化，开启第二次创业的历史进程。

作为中国长城资产商业化转型的开局之年，2007 年能否从政策性的体制成功转向商业化经营，能否确保实现当年盈利和现金回收目标，能否有效拓展新的业务，并搭建起新的发展平台，这一切，对今后的商业化转型发展至关重要。

当然，形势并不乐观。此时的中国长城资产仍在困境中挣扎，好比在峡谷中行走，还没有探到谷底，面临的困难和压力也刚刚开始。如前文所述，一方面，有工行包商业化资产的办事处，面临总体盈利和到期还款的压力；另一方面，没有商业化资产的办事处，面临业务资源匮乏的危机。

在再三研究论证的基础上，中国长城资产出台了转型雏形——"2007 改革发展的总体战略和目标"，即"2007 战略"：

> 立足现有的不良资产经营处置主业，积极搭建新的金融发展平台和拓展其他有市场需求的金融服务业务，大力推进管理体制和运行机制的改革与创新，努力把公司建设成为具有资产经营管理功能、投资银行功能和综合经营特征，有着稳定盈利模式、健全管理体制、较强竞争实力和持续发展能力的金融控股公司。

为了落实"2007 改革发展的总体战略和目标"，2007 年新年伊始，中国长城资产正式启动管理体制机制改革。

为此，公司总部研究决定，通过招标的方式，委托聘用一家有实力的外资咨询机构，研究设计管理体制机制方案。

经公开招标，德勤企业管理咨询（上海）有限公司（以下简称德勤公司）入选。

选定济南办事处、上海长城投资控股（集团）有限公司作为内部改革方案设计的试点单位。

高起点设计、高标准定制，是对德勤公司的总体要求。

为切实配合好德勤公司工作，公司总部专门成立了内部改革方案设计项目起草协调小组，常设项目工作小组，并在各部门设立了相关联络人。项目起草协调小组由张晓松、曲行轶和匡绪忠三位班子成员负责；项目工作小组主要负责德勤公司提交报告的质量审查评估工作；相关联络人由各部门负责综合管理的处长担任，具体负责及时传递项目信息，监控和反馈项目要求在本部门的进程。

内部改革是一项系统工程，具体工作职责涉及各职能部门以及全国30家办事处等。

随后，中国长城资产人力资源管理改革工作会议、薪酬制度改革研讨会在南昌和成都分别召开。

很快，《关于统一办事处内设机构设置的方案（征求意见稿）》印发，向各办事处和公司总部各部门征求意见，进一步完善改革方案。同时，将改革发展方案中制订三年业务发展规划、内部机制、体制改革等各单项实施方案，以及业务流程、管理流程再造、ISO9001质量认证等任务，分解落实到各个部门，分头负责，具体抓好落实。

通过聘请专业公司设计、系统上下反复沟通、左右协调，结合长沙、南宁办事处商业化资产经营处置改革试点综合因素，力求改革总体方案的制订，建立在切实可行、科学合理的基础之上。

通过不断的修改完善，"2007改革发展的总体战略和目标"改革发展方案总体框架新鲜出炉；三年业务发展规划的研究制订也取得重要进展。作为系统改革的基本指引，《中国长城管理公司内部改革指导意见（试行）》下发各部门和各办事处，《中国长城资产管理公司组织架构和人力资源管理改革总体方案》也呼之欲出，即将付诸实施。

"第一资源"再造

人力资源是第一资源。中国长城资产作为国有金融央企，拥有数千名员工，管理着数千亿元国有金融债权。一方面，要着力解决好员工的信心问题，另一方面，通过完善机制，充分调动广大员工、特别是高级管理人员的工作积极性和创造性，显得尤为重要。

2007年3月，在赵东平主持下，中国长城资产先后完成了办事处和公司总部副总经理人员提拔、配备。尤其是公司总部部门副总经理公开竞岗，经过综合考察、大会公开述职、笔试、面试、答辩等程序，在54名符合条件的正职处长中，决定聘用12人为部门副总经理。这是公司总部第一次采取公开竞聘的方式选拔干部，也是全国各大银行总行、证券保险和资产管理公司总部竞聘上岗的第一次尝试，一度引发金融系统的轰动。

从高级管理人员竞聘上岗开始，中国长城资产向商业化转型迈出了引人注目的一步。这也正式拉开了商业化转型内部改革的帷幕。

2007年5月28日，中国长城资产在北京召开系统人力资源管理改革视频动员大会。遵循"以人为本、效率优先、稳步推进"的基本原则，改革的主要内容包括组织架构、用工制度、职位体系、选任机制、绩效管理、薪酬制度、员工培训等方面，以期实现以下目标：

一是改革以政策性不良资产处置为中心的组织结构，构建与金融控股公司多元化业务发展格局相适应的，具有长城特色的扁平化组织架构；二是改变选调员工和招聘员工两种用工制度并存的二元用工形式，实行全员劳动合同制，统一员工身份，按合同依法进行管理；三是取消机关化的行政级别，采用新的多元化职位体系，全面实行职位聘任制，建立择优任用、优胜劣汰、能上能下的用人制度；四是引进先进的绩效评价工具，建立与收入分配挂钩、多层面的绩效考核机制，逐步构建以价值创造为导向的绩效管理体系；五是建立市场化薪酬体系和分配制度，形成薪酬结构合理、分配形式灵活、激励手段多样化的全面薪酬激励机制；六是创新培训机制，加大培训力度，加快人才培养，建立系统性的人力资源优先开发战略和培训制度；等等。

这样大规模的人力资源改革，尤其是改革"二元用工形式"，将多年的国家行政干部、全民所有制用工、临时用工等多轨制的人力资源管理形式，改变为一体化的全员劳动合同制，这也是在政策性银行、商业性银行和资产管理公司中率先的力作，是又一次成功的大手笔。

内部改革从公司总部开始。按照《中国长城资产管理公司总公司机构改革实施方案》，重新整合了公司总部组织机构，基本形成了职能清晰、责权对等、衔接流畅、精简高效的总部组织架构，完成了对各办事处和公司总部部门高管人员的交流和新老交替。

为提高决策效率和决策质量，按照《中国长城资产管理公司审议决策机构改革方案》，调整了内部各专业委员会，对原有各决策、管理和审查等专业委员会重新改组后，设立了6个专业委员会，精简了繁杂程序，进一步理顺了决策流程，提高了决策效率，优化了经营决策机制。

为适应财政部2007年财务考核政策要求，建立了以利润为核心的财务考核体系，研究制定了《经营业绩考核激励办法》和《经营管理综合考评办法》，为构建有效的激励约束机制奠定了基础。

改革的效果逐步显现出来。公司总部推行的部门副总经理公开竞聘选拔及处室岗位的双向选择，取得了令人满意效果。人员按照新的职位体系予以重新聘任，在双向选择中有人落聘进入待岗培训，有人被聘任到新岗位工作。

各办事处按分类指导，突出业务重点原则进行的内部改革工作也随之启动，并与公司总部的改革形成了上下联动。

天津办事处积极响应，公开竞聘选拔处级干部。办事处专门成立了公开选拔处级干部领导小组，以确保公开选拔工作顺利进行。为保证竞聘大会在公平、公正、公开的"阳光氛围"中进行，决定在评议阶段聘请天津市公证处的公证员，对打分和评议结果进行现场公证。竞聘者通过述职、讲演、答辩、英语水平测试等多种方式，在充分展现自己的工作业绩和综合素质的同时，纷纷对办事处的业务发展出谋献策。

重庆办事处确定了稳妥推进干部人事制度改革的基本原则，专门成立了以党委书记、总经理为组长，纪委监察等有关部门处长为成员的竞聘工作领导小组。各部门处长由办事处党委集体研究决定，各部门处长与员工实行双向选择。对2名从农业银行选调过来的落聘的员工进行了诫勉谈话，对3名落聘的招聘员工不再续签劳动合同。

南宁办事处面对既要按时归还人民银行再贷款，又要努力降低经营成本、实现盈利的双重压力，力图通过改革，变压力为动力；整合内设机构、优化管理流程。对新设立的部门负责人，实行自荐和全员推荐相结合的方式产生，部门负责人全部采取单线配置，业绩分明。淡化二元用工意识，体现才能和业绩优先。同时，试行科学考核评价体系，前台部门侧重于考核财务维度指标，后台部门侧重于考核工作进程维度指标。

到 2008 年底，各家办事处都在公司总部的统一部署下，先后完成了内部改革。

时任人力资源部总经理孟晓东，既是这次"第一资源"改革的策划参与者，也是实施的具体操作者。他说："改革有如一股春风，实现了体制机制的脱胎换骨，让员工看到了希望，能量得到了进一步释放；随着一系列改革措施的落实，推动了员工思想观念的转变，提高了内部组织管理能力和运行效率。"孟晓东在回顾这次改革时，感慨良多，他说，"这次外科手术式的改革，是一次革命，为中国长城资产商业化转型和未来跨越式发展，积淀了扎实的基础。"

孟晓东认为，通过改革，至少取得了如下三大收获：

收获之一：员工的思想观念发生了积极变化。通过推行全员劳动合同制，员工市场化用工观念进一步增强；通过推行新的职位管理办法和实施聘任制，打破了员工"铁交椅"观念，官本位思想有所淡化；通过建立新的业绩评价体系，强化了员工价值创造观念；员工市场化意识进一步增强。

收获之二：组织管理效率得到全面提高。强化了公司总部战略决策、经营管理、资本营运、风险控制诸方面的能力，提高了经营决策效率和质量；重新梳理了各部门职责，厘清部门边缘职责，基本形成职责清晰、权责对等、精简高效的总部内部组织结构，业务流程审批环节减少，进一步提高了业务管理工作效率；强化了对办事处业务指导与服务功能。

收获之三：各项业务顺利发展得到强力推动。通过深化人力资源管理改革，调动了员工积极性，推动了各项工作顺利开展。在经营利润目标的完成、提高现金回收水平、增加金融服务收入等方面，都取得了较好业绩。各项业务经营活动当年见效，商业化转型平台构建工作也有所突破。

营造战略转型氛围

根据财政部关于各资产管理公司商业化转型差异化、特色化的要求，中国长城资产着力培植"长城特色"，量身打造发展战略，不断提升自身核心竞争力，发掘长城特色的业务产品和特色金融服务。

为了推动新业务产品策略研究工作，公司总部组织成立了新业务产品拓展研究小组，研究小组由王彤、丁化美、熊顺祥、王夏敏、王海、刘洪新、韩卫东、廖亮 8 人组成，由张晓松牵头。研究小组系统研究新业务产品拓展，为商业化改革发展服务，为全系统广泛认知新业务产品和培训提高全员专业素质服务，为搭建战略性经营运作平台工作提供决策参考。

新业务产品拓展研究坚持实用性、技术性、操作性的原则，紧紧围绕未来发展战略定位、打造核心竞争力、业务规模做大和资本实力做强来选择拓展业务品种。研究小组收集了大量文献资料，对各项新业务产品进行了深入细致的研究和思考。首期研究成果一共9篇文章，涉及信托、租赁、担保、财务顾问等不同业务品种。

研究小组在金融资产估值与定价、重组、保理、资产交易市场、资产证券化、股指期货、汽车金融公司、住房抵押贷款证券化等新业务进行深入细致的研究。几个月后，第二批研究成果共8篇文章再次集中推出，在员工中掀起了学习商业化新知识新业务的热潮，为全面推动新业务的开展，起到了启蒙和引路的作用。

中国长城资产当年《工作参考》分9期，转发了这些成果，供各办事处学习参考，起到了引领和导向作用。

与此同时，还围绕主业，强化培训，塑造高品质的实用人才。

中国长城资产制订了各年度"员工培训计划"，并与《2007—2009年三年培训规划》相衔接。组织举办各种专题培训班，外派赴美国、中国香港等发达国家和地区，从高管到项目经理，通过轮番受训的方式，强化学习，提高全员素质。

2006年7月29日，中国长城资产在上海举办"评估定价模型及并购估值培训班"。

2006年8月23日至31日，中国长城资产在香港举办"并购重组法律比较与实践高级培训班"。

2006年11月8日至12日，中国长城资产在厦门组织举办"首期商业化资产处置项目经理培训班"。

2007年1月12日至15日，中国长城资产在上海组织举办证券公司营业部经营与管理培训班，重点围绕"怎样当好证券公司营业部经理"这个主题，对证券公司营业部经营与管理流程中的理论与实务等内容，进行了系统、全面的培训，系统内59名员工参加了培训。

2007年8月1日至15日，由周礼耀带队，中国长城资产系统一行23人赴美国进行了考察谈判和学习培训。考察培训团分为两组，其中：考察谈判组5人，与美国中道资本顾问公司、美国亿泰证券资本集团等就推进深入合作事宜进行了具体洽谈，并考察了日本生命保险集团美国公司及其投资公司；学习培训组18人，就美国金融市场、不良资产处置及并购重组、私募股权投资、资产证券化等内容，进行了专题学习和培训。考察培训团在认真学习、积极思索、深入讨论的基础上，总结大家的学习收获、体会和启示，形成了考察培训报告。

事实证明，这些培训是必要的，也非常及时，对于短期内迅速提升员工的业务素质，适应商业化经营发展需要，意义重大。

打造基础管理平台，为经营管理提供科技支撑。从提高核心竞争力的高度，切实加强商业化进程中的信息化建设，尤其注重各类亟需性业务系统的开发及应用。

2005年10月，完成综合经营管理系统三期建设。

2006年12月，综合经营管理系统四期（1）投入使用。

2008 年 6 月 20 日，综合经营管理系统四期（2）正式上线，商业化管理、处置的信息系统基本建设完成，不良资产管理、处置、监控全面实现信息化。

截至 2010 年，中国长城资产的信息化建设已日臻成熟和完备，信息化管理系统已覆盖各个层面，为经营管理提供了有力的科技支撑。"不良资产管理与处置信息化解决方案"在 2011 年中国国际金融展上，被授予"优秀金融服务解决方案奖"荣誉。

引进 ISO9001 质量风险管理体系，是一种创新，也可以说是管理革命。ISO 质量管理体系是由国际标准化组织为促进国际间的合作和工业标准的统一，于 1980 年 ISO 成立"质量保证技术委员会"（TC176），而制定的关于质量保证和质量管理的国际通用标准。凡是通过认证的企业，在各项管理系统整合上已达到了国际标准，表明企业能持续稳定地向顾客提供预期和满意的合格产品。采用这套标准，对于中国长城资产的长远可持续发展来说，是一步非走不可的路。

赵东平一点也不含糊，亲自挂帅。周礼耀主抓，率领工作组，带动全司上下艰苦奋战，终于在 2008 年 12 月 16 日，通过中国质量认证中心的认证审核，颁发证书，标志着中国长城资产将风险管理融入 ISO9001 质量风险管理体系获得成功。这在我国还是第一次，起到了引领潮流的作用。

周礼耀成为首任 ISO 管理者代表。

资本金保卫战

作为总裁，赵东平回顾自己在中国长城资产工作的几年中，对所组织发起和实施的"资本金保卫战"以及同步推进的"平台建设攻坚战、工行包突围战"三大战役，总是感慨万千。

2006 年 10 月 31 日，《21 世纪经济报道》发表题为《赵东平督战，长城急欲变现 23 亿资本金》的文章。

文章称："在华融、信达和东方三家资产管理公司，摩拳擦掌准备进入其他金融领域的关键时刻，长城资产管理公司却遭遇了资本金流动性不足的尴尬。"

的确，中国长城资产资本金面临结构不良与资本运营困难等多种矛盾和问题，保值增值的压力很大。资本金是一家公司生存和发展的物质基础，投资资金是资本金的重要组成部分，实现投资保值增值是投资管理的核心目标。

话说，当年天津办事处决定利用天津滨海新区的政策优势，在此设立小企业金融服务公司。然而，方案报上去了，批也批了，却因为区区几千万元资本金投资迟迟到不了位，一拖再拖。这一窘况，引起了中国长城资产决策层的高度重视，促使他们下定决心解决这一难题。

中国长城资产从农业银行接收的 100 亿元资本金，到 2006 年底才陆续划拨到位。其中现金（29 亿元）和优质资产占比少，实体类投资项目多，占资本金总额的 51%，涉及近 40 家企业，大部分以"贷款转投资"方式抵顶形成。资本金项目中的实业投资项目，普遍存在产业布局分散、与中国长城资产发展战略关联度差、整体效益欠佳等问题，有的还存在严重潜在损失。如银河证券净债权、新疆科信公司（火炬大厦）、河南科迪集团、云南农业信息中心（齐宝酒店）、深圳巨田投资公司等 6 个资本金投资项目，存在潜在风险，涉及金额 6.5 亿元。收购中行包资产的 28 亿元中，仅青岛中行包就占用资本金 19 亿元，一度暗流汹涌，好在有惊无险。这是后话。而此时，中国长城资产商业化转型发展又急需大量的现金投入。

相比之下，此时的中国华融资产，注册资本金同样为 100 亿元，到了 2005 年底就增至 108.59 亿元，其中现金已增至 95.37 亿元，现金比率由起初的 40% 增至 88%。

加强对资本项下投资企业的管理，确保投资保值增值，已刻不容缓。

亡羊补牢，犹未为晚。公司总部先后下发了《资本项下投资管理若干规定》《关于印发资本项下投资企业章程的通知》等文件，规范经营行为，落实管理责任，防范投资风险；进一步规范资本项下投资企业的治理结构，切实保障在投资企业特别是投资控股企业中的股东权益。

为加快退出不合理投资，优化资本结构，公司总部成立了由赵东平挂帅的"资本金结构调整工作领导小组"，张晓松、匡绪忠、周礼耀为小组成员，多次召开专题会议，形成共识，计划自 2006 年 9 月起，用一年时间完成资本金项目退出变现。

先后将 19 个划转投资项目列入退出变现规划，制定了退出变现的具体目标，以签署任务承诺书的方式落实责任，按实现目标情况实施奖罚。对退出变现较好的办事处给予专项奖励，对尚未作出承诺和承诺履行不力的，提出限期要求，对不能实现退出变现的给予处罚。

为了增加资本金流动性，公司总部要求，凡是与金融主业和发展战略无关的项目，包括投资项目和非自用固定资产，年内都要争取全部调整退出。资本金项目退出变现涉及 18 家办事处、38 个项目、金额 23 亿多元。

资本金项目结构调整由资产所在办事处负责，公司总部投资管理部协调。在方式选择上，将灵活选择不同的方式组合，可以采取单户转让处置，也可以组合打包处置，还可以跨地域、跨行业组合打包处置。

在内外重重压力之下，长城人唯有奋起直追。

通过一系列运作和数年的努力，中国长城资产旗下资本金项目经营被激活，取得了明显成效。按中企华资产评估公司等 11 家中介机构 2010 年的联合评估情况，2009 年底，中国长城资产资本金增值约 80 亿元。

上海办事处动手早，行动快，抓住机会，灵活应对，通过精心运作，重组项目陆续完成，使资本金大幅增值。比如，上海斯格威酒店经过 6 年努力，于 2007 年 4 月开业，使一块原来只有 9000 多万元的资产，价值数倍增加。再比如，通过对海博股份有限公司分两次进行债务重组，不仅救活了企业，也使中国长城资产成为其第二大股东。为支持、配合其股权分置改革，适时退出了由债权项目以股抵债形成的部分股权。几年之间，退出股权实现增值近一倍。上海办事处的资本金由原来的 10 亿元升值为 16 亿元。

石家庄办事处投资东光浆粕公司，自派驻专职董事长和财务总监、调整企业经理层，完善公司内部治理结构后，东光浆粕公司经营管理水平明显提高，经营业绩连年大幅增长。到了 2005 年上半年，实现净利润 1032 万元，实现税金 1043 万元，双超千万元大关，分别比上年同期增长 9.67 倍和 8.24 倍，并提前半年超额完成股东会核定的全年利润指标，创造了历史同期最好的经营业绩。其后，项目稳步推进，实现了预期收益。

贵阳办事处资本金项下投资项目——贵州信邦制药股份有限公司，先后经历三届班子，历时 5 年多时间，终于在 2010 年 4 月 16 日成功登陆深圳证券交易所，成为贵州省资本市场沉寂 5 年后再次登陆 A 股市场的第一个 IPO 项目，也是中国长城资产资本金项下债权重组并首发上市的第一个项目。信邦制药成功上市后，中国长城资产共回收现金 6.49 亿元，综合净收益率达到 11 倍。中国长城资产在资本金项下划转该项目后，综合运用各类业务手段，通过多次资产重组，改善了企业财务状况，并利用副主承销商身份，辅导企业提升管理水平，完善企业形象，最终完成企业成功上市并逐步退出，实现了最大化提升投资价值的目标，创造了良好的经济效益和社会效益。

博时基金保持稳定良好的投资回报，历年累计股权分红 9.05 亿元，按初始投资额计算，累计投资收益（股权分红）回报率高达 3600%。博时基金管理有限公司成立于 1998 年 7 月 13 日，是中国内地首批成立的五家基金管理公司之一，注册资本 1 亿元人民币。农业银行下属长城信托投资公司为其重要股东，初始投资额为 2500 万元，持有 25% 股权。1999 年中国长城资产成立后，全建制划转、接收了长城信托公司，并参与博时基金董事会常规活动。2007 年末，博时基金管理有限公司资产管理规模达到 2600 多亿元。该基金收益稳定，回报丰厚。

河南科迪集团是中国长城资产从农业银行接收的重大资本金项目公司。为支持企业发展、保值退出，长城人贡献了智慧、费尽了心血。一方面，剥离优质资产组建科迪乳业公司，主攻在创业板上市目标，另一方面，建立单独评价考核。经过不懈努力，通过确定和推进"22511"策略等，科迪乳业于 2015 年 6 月成功在深交所挂牌，实现首次公开募股，确保了资本金的盈利退出。中国长城资产帮助该企业建立和落实了多项有力措施，经营状况逐步回暖，为最终实现多赢的格局夯实了根基。

一分耕耘，一分收获。

这场被称为中国长城资产"资本金保卫战"的重大战役，通过长城人的不懈努力，终于取得了不俗的成绩，为下一步商业化发展扫清了障碍，夯实了基础。

多年以来，面对困境，长城人没有等待，没有彷徨，更没有沉沦。他们总是保持着持久的毅力和坚定的决心，他们总有那么一股韧劲，一直主动捕捉创造前进的时机。

第十二章 CHAPTER 12

梅花香自苦寒来

　　四年间，长城人艰难跋涉，在抓好不良资产经营处置主业的同时，积极探索多元化经营，尝试开展各种商业化业务，谋求走集团化经营发展之路；在机制和体制上不断改革创新，为自身改制发展创造条件，奠定基础。

　　譬如天地阴阳、股市涨跌、潮水起落，譬如人之生命节律，有舒张有压缩。

　　毕竟，长城人在短暂而漫长的四年中，曙光初现，逐步摆脱困境，渐渐地缓过神儿来了。

患难兄弟的奋起

　　全国14家无工行包资产的办事处，占中国长城资产的半壁江山。某种意义上，这14家活了，全盘活了。如何帮助这些办事处走出经营困境，公司总部一直当作头等大事。

　　自2006年10月24日到2010年底，公司总部每年都要召开一至两次专题会议，听取14家办事处的专题汇报，根据各家、各阶段情况，逐一研究，提出解决的办法。公司总部班子成员，赵东平、李占臣、张晓松、秦惠众、曲行轶、匡绪忠、周礼耀、薛建等，实行挂钩联系制度，多次实地解决问题、指导工作。

　　患难兄弟们也不负苦心，八仙过海，各显其能。到了2007年底，委托代理业务上取得了成效。

　　逆境中奋起，才是长城人不屈不挠的精神。

　　中国长城资产2007年第12期内部简报对委托代理进行总结如下：

　　　　公司14家无商业化资产办事处面对业务资源匮乏、收支平衡难的压力，统一思想，全面分析面临的环境，根据自身的优势、劣势，明确工作重点，加大中介代理等金融服务业务的拓展力度，努力实现经营收入和人事管理费用平衡，自我生存，自我发展，以实际行动全力推动公司转型发展。

　　　　14家无商业化资产办事处积极营销，拓展市场，除继续做好政策性打包资产的代理处置之外，纷纷和所在地的农业银行分行接洽，协商代理处置农业银行不良资产的业务，同时还积极探索代理农业发展银行、城市商业银行、农村信用联社、股份制商业银行、其他资产公司、地方政府及国有企业等的不良资产处置。

14 家无商业化资产办事处及时对组织结构和人员配备进行调整，尽快搭建有利于业务发展的新的组织体系。如石家庄办事处按照职能清晰、权责对等、精简高效的原则，整合内设机构，优化人员配置，增强了前台业务创收和市场拓展力量，设立了 6 个经营部，后台保障、监督部门由原来的 6 个减少到 4 个。

同时，建立有效的激励机制，严格控制管理费用和经营成本，优化流程，提高效率。

天津办事处虽然地处京津冀城市圈，因没有工行包，面临着不只是发展转型问题，还有办事处能否生存的巨大压力。办事处紧紧抓住滨海新区的区域优势和国家政策优势，争抢先机，主动介入。在公司总部和天津市委市政府的指导和支持下，借助天津滨海新区开发开放和金融改革先行先试的政策，经过大量考察、商洽等艰苦工作，最终促成了天津中小企业金融服务公司落地，有了自己的经营平台。

杭州办事处尽管身在富饶的"天堂"杭州，商业化转型基本上处于新的三无状态：无资本金项目、无政策性债转股、无商业化不良资产可收购。但是，办事处在极其困难的条件下，仍立足当地，自强不息，依靠全员的力量，开展代理理财、委托代理等方式，得到了公司总部的肯定。

南京办事处积极开拓思路，不等不靠，主动出击，利用自身人才与技术优势，开发"长三角"经济资源，与当地农业银行、信用社等金融机构合作，先后组建了号称"四条龙"的金融担保公司、资产管理公司、资产租赁公司和信用等级评估公司，在困境中求生存，在生存中求发展，在发展中取得商业化转型，一度被公司总部树为"旗杆"，其具体做法和经验在中国长城资产系统内推广。即使这"四条龙"为后来的全局发展大潮所覆盖，可是，在东吴大地上，依然留下了长城人拓荒者的足迹，留下了他们智慧与勤劳的印记。

上海办事处依托所处区位优势，审时度势，一方面，促进自身管理效率提高，实现资本金保值增值，为办事处可持续发展搭建运作平台；另一方面，鼓舞士气，稳定军心，锻炼队伍，增强在商业化转型过程中员工队伍的凝聚力和业务能力，为今后的生存与发展积极准备。调整机构与人员的配置，合理设置部门与调配员工岗位，以精干力量开拓商业性业务。同时，健全激励机制，进一步加大考核力度，对于资本金项下商业性业务进行单列考核，均获得较好的回报，也为其他办事处树立了样板。

石家庄办事处未雨绸缪，政策性不良资产处置还没结束，就开始为日后的生存发展动脑筋。办事处在综合分析潜在客户资源和法律专业队伍现状的基础上，力求在法律顾问和资产评估业务上实现突破，先后与两家公司正式签订了"法律顾问服务协议"，实现了法律顾问业务收入零的突破，同时，积极开展内部估值工作，先后对哈尔滨、郑州、沈阳、成都、大连、济南、西安 7 家办事处合计 95.41 亿元的债权进行了评估，在规定的时限内，较好地完成了任务，实现了可喜的回报。

武汉办事处开动脑筋，积极拓展新业务。经过艰苦努力，与孝感、襄樊、宜昌等市政府达成了协议，委托代理处置其所收购的部分不良金融债权，建立完善制度和科学设计运转流程，保证代理业务的高效运转，严格控制风险，收到了一定的效果，渡过了难关。

海口办事处改革项目审批制度。法律、评估、财务、业务管理等方面的审核人员，集中在经营决策（审核）委员会的办公室，对所代理的业务进行一站式面对面集中审核，项目经理直接回答初审人员提出的问题，当即签署初审意见，符合上会要求的由委员会办公室主任签名后，上报经营决策（审核）委员会审核，通过后报总经理审批，有效加快了审批效率，既增加了业务收入，也拓展了业务空间。

北京、太原、天津、合肥、广州、昆明等办事处，面对业务资源匮乏、收支平衡难的压力，统一思想，全面分析面临的环境，根据各自的优势、劣势，明确工作重点，加大中介代理等金融服务业务的拓展力度，努力实现经营收入和人员管理费用平衡，以自己的奋起，推动全局的转型发展。

公司总部为了最大限度发挥人力资源效能，调剂需求余缺，确保系统内业务骨干的跨区域交流合作，互相帮助，积极协调。从没有工行包资产的办事处，选派了50多名业务骨干，交流到济南、沈阳等商业化资产经营任务繁重的办事处，支援和协助开展工作，一方面解决有工行包办事处人手不足的问题，另一方面为无工行包办事处节省了费用支出。

另外，公司总部从利润和成本两个方面完善考核与控制制度，两条腿走路，为办事处展业创造条件，形成支撑。

其一，普遍建立了以利润为核心，以综合考核、项目单元考核、特别奖励相结合的业绩考核评价体系。量化前后台工作，综合考核，以考核结果为依据，兑现综合奖励。对直接承担经营任务的员工，以效益论英雄，按绩取酬，将完成目标任务情况和员工收入紧密相连。以项目为单元，根据任务完成情况和基准奖励比例兑现单项奖励；对业务开拓和创新方面业绩突出的员工，以具体工作成果为依据，兑现特别奖励。对于完不成目标任务的员工，按一定比例扣发工资性津贴、补贴。

其二，在大力开拓业务增加收入的同时，努力压缩支出，严格控制管理费用和经营成本。采取基础费用核定到部门、挂钩费用兑现到项目，奖励费用分配到个人的办法，以收定支。加强费用预算管理，突出使用效益。每项业务、每笔费用、每一经营单元都要进行成本核算，体现效益优先、贡献优先的原则。强化成本意识和节支观念，落实成本控制责任。按职能划分成本责任中心，明确成本控制目标，有效控制成本。细化预算管理项目，加强事前管理力度，对前台费用预算一次亮底，对公用费用细化开支项目，分别核定开支预算，落实管理责任。

14家无工行包办事处自强不息，走出泥淖，犹如患难兄弟，并肩前行，不放弃，不抛弃。这既是长城人奋斗的成果，也是一笔宝贵的转型经验与精神财富。这，也正是赵东平所说的信心之体现。

拓荒者的足迹

长城人积极拓展新业务，手中无资产包的办事处身体力行；手中有资产包的办事处，也积谷防饥、防患于未然，在做好商业化资产处置的同时，走向市场，向市场要效益。

三千拓荒者，砥砺前行，成就了自己一片天地。

展业寻求突破

大力发展金融服务业务，将拓展金融服务业务纳入考核目标，通过拓宽服务领域、提供优质服务，不断提高金融服务收入比重。

发展金融服务业务不仅是办事处自求发展、自我平衡的一条捷径，而且是中国长城资产实现向商业化转型平稳过渡的经济基础。认识上的到位，观念上的统一，对长城人及早进行战略研究、开展工作部署、合理配置资源、制定奖惩机制起到了极大的促进作用，也为金融服务业务的开展和金融服务收入的实现，提供了有力的保障。

为实现展业有效突破，长城人自强不息，施展"四轮驱动"战术。

驱动一：为业务发展营造良好的外部环境。

主动走向市场，了解市场需求，加大宣传力度，广泛接触各类潜在的合作者和客户，特别是加强同地方政府的合作，实现企业与地方经济共同成长，实现各经济主体的共赢，既是成功开展金融服务业务的切入点，也是金融服务业务开展较好办事处的共同做法。

昆明办事处积极与十余家银行、非银行金融机构、国资委及政府部门进行广泛接触，收集、实地调查了大量项目信息，不仅与信托公司、投资公司签署了战略合作协议，为下一步开展投行业务奠定了基础，还通过市场调研，敏锐捕捉到本省未开展融资租赁业务这一商机，积极嫁接长城租赁这一品牌，在云南市场上大力拓展这一业务，成功与云南铜业股份签订了 10 亿元的融资租赁协议。

南京、福州、南昌、南宁、海口、长春等办事处均将拓展金融服务业务，上升到商业化转轨的战略高度来统筹考量，任务层层落实，保证了金融服务业务的顺利开展和工作任务的全面完成。

驱动二：依托现有资源深入挖掘服务潜力。

实践中，各办事处立足于现有条件，以自有资产、关联资产为基础，充分利用各项政策和系统资源支持，将金融服务与资产经营有机地结合起来，实现二者的良性互动。

济南办事处认真落实公司总部关于"大力拓展各类金融服务业务，积极培育新的业务资源"的工作方针，把拓展金融服务放在与商业化资产处置同等重要的位置，落实领导责任和组织保障，加大奖惩力度，紧紧依托商业化处置工作，大力发展金融服务业务，较好地完成了各项任务。其青岛项目部在代理韩国友利银行资产管理处置期间，共帮助收回现金 4610 万元，收取过渡期资产处置财务顾问费 138 万元，既维护了购买人的合理权益，增加了中间业务收入，又提高了投资人购买资产的积极性。

兰州办事处财务顾问业务起步较早，已为 20 多个企业提供了服务，金融服务收入连年上升。在方案具体实施过程中，项目经理组及时跟踪服务项目，对在实施过程中所遇到的问题及时会诊，在第一时间提出科学、可行的解决办法，尽力满足企业有序、高效发展的要求。

驱动三：积极寻找自身资源以外的新业务。

立足但不固守，努力超越现有资源，积极探索自身资源之外的金融服务市场，是中国长城资产金融服务业务发展的又一途径。2006 年以来，各办事处对此做了积极有益的尝试，取得一定的成效。

武汉办事处以不良资产代理处置业务为突破口，作为市场拓展主攻方向，积极主动地与当地农业银行联系代理处置不良资产事宜。经过不懈的努力，农业银行逐步转变了原有的观念，最终在全省各支行开展代理处置不良资产业务。

上海办事处以主动积极的态度寻求社会合作和建立战略合作关系，对市场拓展中存在的风险和障碍，及时想办法化解和解决，并确定了商业银行为市场拓展的最主要方向，先后与农业银行、浦发银行、兴业银行、上海银行、华夏银行等建立战略合作关系。

乌鲁木齐办事处因地制宜，制订了切合实际的金融服务业务收入计划和措施，做到了对能够产生金融服务收入的处置项目、处置方案、处置时间、责任人"四落实"，为争取工作主动权，为全面完成公司总部下达的金融服务收入目标任务奠定了基础。

驱动四：以创新和服务树品牌。

对已开展的金融服务业务，各办事处加强了产品和流程的设计与再造，并普遍采取了竞争上岗、责任到人、定期通报及考核挂钩等方式，确保项目的顺利实施。逐步树立品牌意识，以现有业务为契机，努力提高服务质量，既保证了服务收入的实现，又赢得了良好的商誉。

海口办事处根据代理业务特点，重塑业务经营模式，提出了"四新"，即新经营理念、新管理模式、新考核方式、新业务流程，以全新的商业化运营模式经营好代理资产。对所有代理项目进行认真排队摸底，反复筛选，每一个处置预案都认真做好测算，精心选择最佳的处置手段。海口办事处与海南联合资产管理公司代理合作，得到了省政府、省国资委的高度评价。

长城人不断适应形势发展的需要，积极向市场要效益，向市场求发展。特别是无工行包办事处，多点开花，业务拓展力度明显加大，业务拓展的主动性明显增强，多渠道创收能力进一步提高，金融服务收入实现了快速增长。

向创新要效益

作为分管业务创新的副总裁，周礼耀在上海办事处担任总经理多年，实战经验丰富，有他自己的套路。

周礼耀说："新产品开发，包括投行业务，一是要有创新意识，不怕做不到，就怕想不到。头脑风暴就是好办法，必须广泛交流，广交朋友，激发新灵感，启发新思维。二是在产品开发中要扬长避短，一手做两头，既做传统业务，又做创新业务，这样才能全盘皆活。三是要有这方面的知识、人才和团队准备，否则就算有了业务，我们也会措手不及。如托管业务，别人能做，我们也完全可以尝试。当然，前期要做一些培训工作。"

2007 年，中国长城资产实施内部改革以后，创新已成为推动商业化转型的必然选择，出台了一系列配套政策：

一是加大创新激励。凡在业务创新方面取得成效的经营单位、项目团队或个人，都给予一定的物质或精神奖励。创新成效显著，以及创新成果在系统内得到推广、实现了规模效益的，都分类给予重奖。二是明确责任保护。明确相关规定，凡是符合一定条件，由于业务创新而出现问题的，只要经营单位、项目团队或个人，没有明显违规或存在道德风险，实行内部免责。如果外部追究责任，由党委集体承担。对于阻碍创新的，则视情况实施问责。三是形成创新合力。充分调动总部和各办事处、子公司多方面的积极性，将经营单位的首创精神与公司总部的研发优势结合起来，建立起办事处、子公司、总部有关部门的有效协同，从零星自发的创新行为向有计划、有组织的创新转变，经过上下共同努力，形成了具有长城特色的系列化服务业务和产品。

为激发员工创新业务的潜力和热情，中国长城资产还着力优化激励机制和政策环境。以成都办事处为例：

2008 年，四川汶川发生了里氏 8 级的强烈地震，波及周边几百公里。成都大部分地区受灾严重。在地震与金融危机双重影响下，2008 年，成都办事处却出人意料地完成了公司总部下达的各项任务指标，全年回收现金 6.3 亿元，占全年计划的 73%，人均回收净现金661 万元，在全系统年度经营业绩综合考评中名列第三，人均回收净现金排名第二；之后仍然保持良好的势头。

成都办事处如此良好的业绩引起了公司总部的重视。2009 年 9 月 8 日，总部调研小组赴成都办事处进行了调研，一看究竟。

调研小组对其资产处置工作进行了全员不记名的问卷调查，统计结果显示，关于"费用、奖励等机制是否调动了一线员工处置的积极性"的问题，64 份调查问卷中，96.87%的回答选择了"最大化调动了员工积极性"或"调动了员工积极性"；关于"士气"问题，95.24% 的员工选择了"员工士气高昂或比较高昂，能够完成办事处处置规划任务"。

这些调查结果充分说明，在环境不利的形势下，成都办事处非凡业绩的深层原因，即成都办事处创新设计的一年期无底价承包、费用效益工资挂钩、扁平化人力资源管理的各项运作机制，最大化调动了员工的工作积极性、主动性，全员尽职作为使办事处各项任务完成处于比较主动的状态。

成都办事处承包制的另一个设计是无底价竞标。他们认为，投标价格（现金流）是充分尽职调查的结果，每个人经过调查都会形成自己认为的合理价格。为激发员工干实事、做贡献的工作热情，成都办事处先后推出了一系列办法和措施，比如，实行二次分配以奖优罚劣、奖勤罚懒；试行"一人多岗"，为想干事、能干事、能干成事的员工提供充分发挥才能的平台。这些措施的推出，极大地调动了员工的积极性，确保成都办事处在极其困难的条件下仍然取得了较好的成绩。

平台建设攻坚战

四年转型过渡期内，赵东平及其党委一班人，始终把平台建设作为重点工作来布局，不断寻找契机。一组平台悄然成型，平台建设攻坚战，战绩不可小视。

早在2006年7月25日，时任上海市副市长冯国勤和中国长城资产高级顾问汪兴益为上海长城投资控股（集团）有限公司揭牌。同年9月7日，深圳长城国盛投资控股有限公司举行揭牌仪式，赵东平也前往其揭牌。

这是中国长城资产名下最早的两家经营平台。

从政策性经营处置后期，中国长城资产即着眼未来转型发展，积极探索构建新的业务发展平台，过程艰难而曲折。由于多方面的原因，中国长城资产错过了证券、银行等金融平台公司搭建的最好时机。随着时间的推移，多数金融机构已经基本上重组完毕，地方政府金融意识增强，金融牌照的稀缺性导致新搭建的金融平台成本更高、审批更难。

中国长城资产需要尽快搭建自己的金融平台。这不仅关系到业务发展，更关系到员工士气、信心和切身利益。

不能再当"落后的孩子"！

长城人奋起直追，把平台建设提上战略发展高度，证券、金融租赁、重组基金、担保公司等五个专项工作组和筹备组先后调整设立。尽管中国长城资产金融平台的搭建起步晚，难度大，但经过百折不挠的艰苦努力，还是取得了显著成效。

2008年2月19日，新疆长城金融租赁有限公司正式揭牌成立，成为中国长城资产第一个成功构建的金融平台。

2009年6月29日，宁夏长信资产经营有限公司运作的长信春天房地产项目在银川举行开工奠基典礼。

2009年10月17日，中国长城资产与日本生命保险相互会社的合资公司——长生人寿保险有限公司在上海正式挂牌开业，标志着中国长城资产进入保险领域。这是四家资产管理公司中拥有的唯一一家中外合资人寿保险公司。

2010年6月8日，中国长城资产新金融研发中心在天津揭牌成立。

2010年6月11日，天津金融资产交易所揭牌成立。这是中国长城资产与天津产权交易中心共同发起设立的国内首家金融资产交易所，成为我国第一家网络覆盖全国的专业化金融资产交易平台，填补了我国金融产品交易领域的空白。

2010年10月，中国长城资产重组成立长城金桥咨询有限公司，积极探索开展评估咨询、资信评级等业务，全面服务中国长城资产主业经营和各类商业化业务拓展。

其间，河北长金资产经营公司、广东长城资本管理公司和天津中小企业金融服务公司，先后问世并经营运作，各有斩获。2012 年 8 月，三者合并重组为长城国融投资管理有限公司。

随着平台公司的陆续成立，中国长城资产逐渐形成了总分结构、母子依存的经营格局。继办事处之后，平台公司成了又一重要利润来源。

过渡期的终结

2007 年至 2010 年底，中国长城资产涉险过滩，走出泥潭，踏平坎坷成大道，把转型过渡期抛在了身后。

以赵东平为首的党委班子发起并实施的"资本金保卫、平台建设攻坚、工行包突围"三大战役，均取得了重要成果。

通过不懈努力和积极探索，各方面工作都取得了长足的进步和发展，以不良资产经营处置为主业的综合性资产管理公司的战略定位更加清晰，综合经营实力得到了壮大，业务经营机制、管理模式、员工的思想观念和精神面貌发生了深刻变化，队伍凝聚力战斗力明显增强，呈现出良好的发展态势，主要表现在以下六个方面。

态势一：不良资产经营处置的核心竞争力显著提高。

随着工行包等商业化资产处置精细化处置战略的深入推进，尽职调查、营销推介、价值评估、资产重组和交易等一系列专业技术得到了提升，并成功重组了万方地产、长信春天、众环集团等一大批重点项目，较好地挖掘和实现了资产的市场价值。

商业化资产资源进一步扩大，累计收购华夏银行、光大银行、中国银行、建设银行共16 个商业化资产包，涉及债权本金 138 亿元，累计回收现金 31.36 亿元，现金回收率达到了 49.15%，超出中标价 19.84 个百分点。光大银行、中国银行、华夏银行资产包，全部实现了盈利，逐渐形成了较为成熟的商业化收购、管理、处置运作技术和相对稳定的盈利模式，资产处置的核心竞争力显著提高。

态势二：市场拓展和新产品研发稳步推进。

通过引入商业化运作机制，市场拓展和新产品研发稳步推进，充分发挥自身综合优势，大力拓展财务顾问业务、内部评估、代理处置、代理租赁等多元化业务。无工行包的办事处 2007 年实现了人管费用自求平衡，2008 年、2009 年连续两年实现了全口径盈利，中间服务收入逐年提高。三年来，累计实现金融服务收入 5.7 亿元。同时，商业化融资也取得了重大突破，累计获得农业银行等 5 家商业银行综合授信 87 亿元，为商业化转型发展提供了重要的资金支持，负债经营落到了实处。

态势三：资本金结构调整和运营不断取得新的突破。

资本项下投资结构得到了明显优化，非金融类投资项目逐步变现退出，控股公司的辐射带动作用和整体协同效应开始显现。同时，财务投资类项目盈利空间巨大，中国一重公开上市，信邦制药通过中国证监会发行审核后进入资本市场。资本金安全性、流动性和效益性显著提高。截至 2009 年底，资本金账面余额 125 亿元，实现了保值增值。

态势四：体制机制改革和内部管理迈上了新的台阶。

以全员劳动合同制、职位管理体系、干部选拔任用机制、薪酬管理制度、绩效考评机制为内容的人力资源管理改革全面推进。条线清晰、权责分明的决策体系基本形成。以全面预算管理为基础的考核激励机制不断完善，财务资源配置不断优化。引入 ISO9001 质量管理体系的科学理念和方法，重构制度体系和业务流程，ISO9001 质量管理体系初步达到了国际化的质量标准。同时，综合经营管理系统、办公自动化系统、视频会议系统等不断完善，信息化建设步伐加快。

态势五：党的建设、精神文明和员工队伍建设成效明显。

以加强系统党的建设为核心，领导班子专业化、年轻化得到大力推进，决策力、执行力、战斗力不断提高。同时，思想作风建设不断加强，"讲纪律、讲效率、顾大局、做表率"的良好风气牢固树立。"共同开创、共同承担、共同分享"已成为凝聚团队力量的重要企业文化理念。广大员工对转型发展的认同感、责任感以及信心和希望都明显增强。也涌现出一大批先进单位和先进个人，队伍的凝聚力、战斗力不断提升，展现出积极向上的良好精神面貌。

态势六：党风廉政建设和反腐败工作形成了责任体系。

多年来，中国长城资产紧密结合自身实际，在充分发挥党组织和党员先锋模范作用的同时，敢于正视和切实解决一些影响和制约科学发展的突出问题，不断推进廉政建设和反腐倡廉建设深入开展，认真落实党风廉政建设责任制，构建党风廉政建设和反腐败工作责任体系，廉洁自律监督检查、案件查防、信访核查、治理商业贿赂等方面取得了较好工作成效。

这里，不妨将中国长城资产四年经营数据，列举如下：

2007 年，作为全面向商业化转型过渡的第一年，全年实现商业化利润 1.71 亿元，完成年度计划的 114%。

2008 年，全年实现商业化利润 4.02 亿元，完成年度计划的 107.49%，同比增长 135.09%；12 家无工行包办事处实现商业化利润 0.78 亿元，完成年度预算的 176.41%，实现全口径盈利的目标，人管费用实现自求平衡。

2009 年，实现商业化利润 3.3 亿元，同比增长 30%；无工行包的办事处自 2007 年实现人管费用平衡，到 2008 年全部实现盈利，2009 年实现商业化利润 1.48 亿元。

2010 年，实现商业化利润 6.79 亿元，较上年增长了 115%，完成年度计划的 170%。

从 2011 年起，中国长城资产商业化经营由转型过渡期转入快速发展期。

"风雨送春归，飞雪迎春到。已是悬崖百丈冰，犹有花枝俏。俏也不争春，只把春来报。待到山花烂漫时，她在丛中笑。"

转型过渡期取得的成绩来之不易，凝聚了中国长城资产全体员工的智慧、心血和汗水。这几年走过的路，尽管艰辛、坎坷，历经磨难，但毕竟收获了，成长了。商业化不良资产经营管理，在人才培养、资源储备、体制机制建设、企业文化、经营理念等诸多方面，为后来的跨越式发展和华丽转身创造了必备的条件，奠定了坚实的基础。

时任中国银监会主席刘明康，特地为中国长城资产赠送了一幅"与时俱进"书法作品。这既是对全体长城人在四年过渡期中，面临困境探索前行所取得成绩的赞许与肯定，也是对中国长城资产未来商业化发展的鼓励与期待。

四年间，三千长城人，创造了一个又一个奇迹，谱写了一段又一段动人的神话。

赵东平在回忆这段往事时，带着伤感与喜悦交织的心情，不无动情地说："财政部预定的资产管理公司过渡期为2007年至2009年，中国长城资产延长了一年时间，实际走了艰苦且刻骨铭心的四年。山重水复，柳暗花明，全体长城人不会忘记这段历史。"

不畏浮云遮望眼，长城人始终在艰难中探索前行，在困境中激昂斗志，最终拨开了迷雾，走出了泥泞，迎来了曙光！

历史没有假如。

如果允许假设的话，当年如果没有工商银行、中国银行等不良资产业务的支撑，中国长城资产要么解散分流，要么被整合，中国长城资产这块中央金融企业的金字招牌和前景将黯然失色。只因有了工行包等业务，中国长城资产才获得喘息之机，才有续写长城人奋斗历程的可能。

然而，工商银行不良资产包名为商业性公开竞价，实质是试用市场化的方法又一次政策性剥离收购。长城人要用商业化的方式来经营处置，无疑将付出更为艰辛的努力和更大的代价。

从 2005 年 6 月收购，到 2011 年对剩余工行包资产封闭运行，又是一个五年。这五年，见证了中国长城资产艰苦卓绝的转型与发展，见证了长城人的坚韧、智慧与力量。

第五篇

艰辛之路

第十三章 CHAPTER 13

道是无晴却有晴

西方人将资产管理公司称为"秃鹫",意为"食腐"机构,也意为清扫银行的坏账垃圾,为金融业界打理出一片干净的大地和晴朗的天空。

甲之砒霜,乙之蜜糖。对银行而言,不良资产是块毒瘤,出于监管要求、资金成本和时间成本等考虑,不得不尽快消化。对资产管理公司而言,不良资产处置经营是一个典型的变废为宝的工作,蕴藏着机遇和宝藏。在它们手上,不良资产成了潜力股,依靠专业化手段,妥善经营处置,每有斩获。

穷则思变!据有资源,方得始终。

不良资产的"盛宴"

2005 年 7 月 4 日,《经济参考报》发表题为《长城血拼工行不良资产盛宴引质疑》的文章,在社会上引起了不小的震动。

文章报道了由中国人民银行组织的工商银行不良资产出售的过程及竞价的前前后后,作为历史的存迹,不妨摘录如下:

一番波折之后,工商银行 4590 亿元可疑类不良贷款招标终于在 6 月 27 日落下大幕。在这一天,工商银行与华融、信达、东方、长城四家资产管理公司分别签订了不良贷款转让协议。出人意料地,长城资产管理公司在招标中夺得了总共 35 个不良资产包中的 17 个,债权金额达到 2569.9 亿元,占全部可疑类不良贷款的 56%。

招标落下大幕,质疑的声音却不断响起。不少市场人士质疑长城此次是不惜血本抢食最大一次不良资产盛宴。

长城出人意料成黑马 华融近水楼台未得月

此次工商银行不良贷款招标,是 1999 年四家金融资产管理公司成立以来单笔金额最大且以公开竞价方式收购的最大规模的一次不良贷款处置行动。本次剥离也将是未来一段时间里最大的一笔不良资产。在工商银行之前,中国银行和建设银行已完成不良资产剥离准备上市，四大银行中只剩下农业银行没有剥离不良资产，农业银行不良贷款率高达 26.73%。

此次工商银行股改剥离出的不良资产由央行负责组织在四家资产管理公司中招标。

按照国务院的要求，6 月 13 日，央行和财政部共同颁布了《中国工商银行改制过程中可疑类贷款处置管理办法》。按照办法规定，4 家资产管理公司共同参加招标。工商银行分散在全国的可疑类不良贷款以一级直属分行或二级直属分行为单位组成 35 个不良资产包，向四大资产管理公司公开招标。

6 月 25 日，央行金融稳定局主持了工商银行可疑类贷款的拍卖招标活动。来自人民银行、财政部、银监会的专业人员和外部专家联合组成招标工作组，通过市场化的招投标方式，现场开标，当场确定并宣布中标公司。

最终结果，长城资产管理公司成为最大赢家，占据工商银行不良资产半壁江山。排中标榜第二名的是东方资产管理公司，东方共竞得 35 个资产包中的 10 个，债权金额 1212 亿元。信达资产管理公司也中标 5 个不良资产包，债权金额 581 亿元，居第三位。

令外界大跌眼镜的是占据地利人力优势的华融此次斩获最少，仅中标 227.1 亿元。华融公司的人员大多来自工商银行，公司总裁杨凯生也兼任工商银行副行长。华融居然近水楼台未得月，着实让不知内情者觉得诧异。

而对于竞标结果，华融表示其指导思想是"理性报价"。

"只获得少量资产包，我们不遗憾，也不后悔。"华融有关负责人说。

拔得头筹的长城资产管理公司称，公司极为重视此次招标，接到招标通知后，就专门成立了收购专家组，并聘请律师、评估师等社会中介机构人员参与，作为公司决策委员会的智囊机构。

央行苦心设新规　神秘延期起波折

与中国银行、建设银行可疑类贷款招标相同，此次工商银行招标一样回避了新闻媒体。与中国银行、建设银行招标不同，央行为工商银行招标苦心设置了新的游戏规则。

依照新规则，工商银行可疑类不良贷款分为 35 个资产包。四大资产管理公司对每一个资产包同时出价。不过，并不是谁出价高就卖给谁，而是将四家资产管理公司所报价格的算术平均值作为基准，在此价格上下 10% 区间内，哪家报价最高哪家中标。

这种方法的优势在于，每家资产管理公司都会中标数目不定的资产包，避免出现一家独揽的情况。2004 年 6 月，信达以竞标方式收购中国银行、建设银行可疑类贷款 2787 亿元，成为这两家率先股改的国有银行可疑类贷款的一级批发商。当时资产包被信达一家垄断，另外三家公司颇有不满。

工商银行表示，与以往的不良贷款的处置相比，此次可疑类贷款处置市场化色彩浓厚：在处置前买卖双方进行了深入的尽职调查，以便为招标定价打下基础。工商银行对牵涉的六万余户企业进行了逐户卖方尽职调查，并将全部调查数据提供给了四家资产管理公司；四家资产管理公司也进行了买方抽样尽职调查。

照原定计划，四大资产管理公司会在 6 月 19 日竞标工商银行可疑类不良贷款。不想，央行临时延后了这次招标。对于延迟招标的原因，不论是央行还是四大资产管理公司都保持了缄默。

为何延迟招标？市场传言称，工商银行将本应直接划拨华融的一些损失类资产与此次竞标的可疑类资产进行"调包"，"特殊照顾"华融公司。有资产管理公司不满工商银行该做法并将其上报央行，央行决定延期竞标。

引起记者注意的是，在招标正式举行之前两天，也就是 6 月 23 日，银监会专门下发了一个特急文件——《关于金融资产管理公司接收商业银行剥离不良资产风险提示的通知》。通知要求各资产管理公司在竞标和接收可疑类贷款时，要做好分析，要确保资金的回收率，确保盈利。

央行同时也要求资产管理公司，按时向人民银行偿还再贷款的利息和本金。

长城抢食有苦衷　资产定价存困境

记者了解到，此次央行约法，高价囤积不良资产者，如果处置亏损，国家不会埋单。央行明确要求中标的资产管理公司处置回收资金不足以偿还央行再贷款资金的，缺口部分由资产管理公司自筹资金或由其资本金弥补。

央行此举的目的是防止资产管理公司为争取业务而非理性竞相报出高价。1999 年我国处理不良资产时初定的资产管理公司的存在年限是 10 年，2005 年已经是第 7 个年头。而财政部的最新要求是，政策性不良债权处置必须在 2006 年完成。截至 2005 年 5 月底，四大资产管理公司累计处置不良资产 7008 亿元，累计回收现金 1433.5 亿元，处置进度 53.1%。从时间和任务来说，资产管理公司离终点越来越近。

业内人士认为，长城抢食工商银行不良资产如此迫切是有原因的。

最近两年，除长城外，三家资产管理公司都有新增业务。信达受财政部委托处置接收了建设银行损失类不良资产 569 亿元，竞标购得中国银行和建设银行可疑类不良资产 2787 亿元，商业化收购交通银行 641 亿元不良资产。此外，信达还托管汉唐证券和辽宁证券。东方对口接收了财政部委托处置的中国银行损失类不良资产 1400 亿元。东方还托管闽发证券。华融接收工商银行的 2460 亿元损失类不良贷款。华融还托管德隆集团，德恒证券、恒信证券以及中富证券等数家证券公司。

只有长城没有任何进项。农业银行对积蓄的巨额不良资产采取的策略是自行消化处置，并没有将损失类资产对口剥离到长城公司。相比其他三家公司庞大的业务规模和经营实力，长城公司处境极其艰难。

而且去年底长城公司突然宣布将剩余的 1500 多亿元不良资产整体打包，面向国内外投资者一次性转让出售，当时业内哗然。现在看来，长城公司的举动实在难以理解。

今年 5 月就曝出了长城公司不惜血本高价购买不良资产的消息。在青岛的不良资产招标中，长城一举击败参与竞标的境外投资人竞得全部 3 个包。

"资产管理公司的主营业务就是处置不良资产，没有不良资产就相当于没有原料，公司就无法提取处置费用，就无法生存。"一位资产管理公司人士说。

对于报价问题，中国银监会银行监管一部主任阎庆民就表示，资产管理公司自身确实也很矛盾，因为"出的价太低了，就拿不到这个单子"。

长城的意图在于争取业务进而争取生存时间。现在四大资产管理公司都在谋求商业化转型，试图转为投资银行或商业性资产管理公司。显然，只有生存才谈得上转型。

......

我们不惜版面引述《经济参考报》的长篇报道，道出这次工行包招投标的一些真实背景与前因后果，主要是为了避免描述的主观性，赋予感情色彩，从而有失偏颇，仅从媒体的角度客观地还原历史。

报道从另一个侧面，反映了这是一场并非真正意义上的市场化竞价，让后来人了解并理解长城人当时极其渴求而苦涩的心路历程。

说起中国长城资产收购工行包的一个重要的背景，换句话讲，令长城人下此狠心收购工行包的动因，就不能不说曾失之交臂的中国信达资产"二级批发"的资产包。

2005 年初，中国信达资产竞标购得中国银行和建设银行可疑类不良资产后，打算通过"二级批发"进行处置。为了从中分得一杯羹，中国长城资产着实充分地准备了一番。

公司总部授权张晓松牵头，组织资产经营部等有关部门拿出竞标及尽职调查方案，还特聘了知名专家帮助筹划。通过多次与中国信达资产等单位主要领导人沟通协调，耗费了无数的心血，取得了转让的共识，只等公司总部领导班子集体决定。

非常遗憾的是，长城人没有当机立断，错失良机。当长城人从媒体上得知"中国东方资产成功地收购了中国信达资产二级批发资产"的消息，如同一盆冷水泼泻而下。

当然，原因是多方面的。其中，"收购必须承诺，在今后的处置中不得对剥离银行提起诉讼"这一条，是长城人犹豫再三，错失"良机"的主要原因。

"血拼"也好，"盛宴"也罢，仁者见仁，智者见智。收购工行包，必将在中国长城资产奋斗发展史上镌刻一道永恒的记忆。

志在必得

时机稍纵即逝，良机不能再失。机会是留给有准备的人。

古语云：志在必得者，志在必成也！

战前动员

可以说，工商银行不良资产收购，从某种意义上，事关彼时中国长城资产未来发展，事关每位员工的事业前途和切身利益。能否取得这次商业化资产收购的重大突破，将直接决定和影响中国长城资产的整个未来走势和命运。

为此，中国长城资产动员全系统之力，严密部署，精心筹划，组织这场收购工行包之战役。

公司总部提出了工作的四条原则：

"杀鸡用牛刀"，下定了志在必得的决心。

"死账活账一起算"，从静态动态两方面判断拟投标资产的价值。

"不变加万变"，不管市场怎么变化，收购目标始终不能变，要变的只是收购策略、手段和组织方式等。

"背水一战"，中国长城资产已无退路，唯有打好这场收购战。

与此同时，明确工作策略，即6句话，24个字：统一组织、全面出击、分包为战、重点突破、综合盈利、志在必得。

3月下旬，中国长城资产召开商业化收购工作会议。

4月下旬，再度召开工商银行可疑类贷款竞标准备工作会议。

6月8日，中国长城资产又召开了加快政策性处置与做好商业化资产收购工作电视电话会议，再次进行动员，并从三个方面进行了强调：

一是吃透精神。中国长城资产要成为此次商业化收购的赢家，就必须吃透招标规则和方案的精髓，按照规则要求，科学制定竞标策略，尤其是报价策略，为竞标获得成功奠定基础。二是坚定信心。此次参与竞标的是四家资产管理公司，根据人民银行招标、评标规则，条件一样。因此，必须以必胜的信念、坚定的信心，赢得此战。三是抢抓资产。抓到资产才是硬道理，"资源优先"，否则，生存都难以为继，发展就必然成为一句空话。

为了激励各办事处，公司总部提出：在商业化收购与办事处人员编制、费用挂钩的基础上，决定再度加码，即这次商业化收购成功的办事处，公司总部将奖励人管费用10万元，其中奖励5万元工资，并希望所有办事处都能得此奖励。

对于没有收到资产的办事处，将根据对商业化资产收购的文件规定，适当压缩人员编制，具体将根据业务和市场发展情况，再做具体研究。同时，要求每一位员工都要关心这项工作，充分利用和调动各种社会资源和人脉关系，积极为收购工作献计献策。

加强领导

为将工作做实、做足，公司总部及时成立了两个委员会。

商业化不良资产收购与委托代理业务经营决策委员会：主任委员为李占臣，副主任委员为张晓松，委员为秦惠众、曲行轶、匡绪忠、夏小蟾、刘钟声、张向东、程凤朝、杨国柱、胡建忠、余和研。办公室设在总部市场拓展部。

为下一步处置经营，同时设立了投资与投行业务经营决策委员会，主任委员为傅春生，副主任委员为李占臣、张晓松，委员为秦惠众、曲行轶、匡绪忠、夏小蟾、张向东、徐雨云、程凤朝、杨国柱、胡建忠、余和研。办公室设在总部投资管理部。

同时，及时举办收购工作培训班，开展有针对性的业务培训，从组织和人员两方面做好了商业化不良资产收购的前期准备工作。

中国长城资产从上到下，不遗余力。一时如春潮涌动。

考核激励

为鼓励和推动开展商业化收购不良资产工作，争取较多的经营资源，2005 年 3 月 22 日，中国长城资产下发了《2005 年公司商业化收购考核激励办法》，决定对 2005 年商业化收购实行内部考核激励。

考核激励办法主要内容：一是实行收购挂钩奖励。每收购 10 亿元资产奖励 1.5 万元，多收多奖，不设底线。二是收购费用按业务量分配。三是办事处领导班子绩效挂钩。四是收购与工资增量挂钩。五是按当年年底的情况重新配置人、财、物等资源。

考核激励办法同时明确，设定 1500 亿元为基础目标，2000 亿元为努力目标。在商业化收购过程中，公司总部负有领导、组织、协调的管理责任，即从 2005 年第二季度起，总部领导和商业化收购工作小组成员，以及市场拓展部、评估管理部的季度和年终奖金与收购挂钩；公司总部其他人员年终奖金也与收购挂钩。

为了严密组织实施，公司总部下发《中国长城资产管理公司竞标工行可疑类贷款工作安排》。文件明确了关于工商银行可疑类资产竞标的工作方案的主要内容，要求妥善安排尽职调查时间、范围、尽职调查的组织和程序等，确认信息的真实性、准确性和完整性，并就收购目标、竞标工作时间安排、竞标工作的实施等作出了具体安排和详尽部署。

如愿以偿

2005 年 6 月 13 日，中国人民银行、财政部联合下发了《中国工商银行改制过程中可疑类贷款处置管理办法》，对可疑类贷款招标处置、资产交接及资金清算、中标资产处置、资产处置费用及财务核算等予以明确规定。同时，制订了关于工商银行可疑类资产竞标的工作方案，并组织直接向四家资产管理公司及办事处公开招标。

中国长城资产及时作出安排，要求各办事处高度重视收购工作的组织保障，打破现有组织结构的分隔，抽调市场、评估、法律、财务、投资分析等各方面的优秀人才，组成一支精干队伍，具体负责工商银行资产的收购工作。

30 家办事处均成立了项目工作组，力量不足的则外聘会计师、评估师、律师等专业人员协助，主要从事综合分析、判断和估算工作。工作组对前台人员传输回来的工作底稿进行全面分析，包括各类债权的现状分析、集合各方面专家意见以及估值技术分析等，形成每一户的收购现值和购买价格，综合测算整个资产包的价值。各工作组开赴一线，进行现场调查，估值工作同时展开。

因为是对部分资产进行抽样调查，对拟收购资产的尽调工作很快就结束了。

6月23日至24日，北京京都信苑饭店，中国长城资产经营决策委员会连续召开两天会议，研究收购工行包投标定价问题。会议由李占臣主持，张晓松、秦惠众、曲行轶、匡绪忠以及夏小蟾、刘钟声、张向东、杨国柱、程凤朝、胡建忠、余和研、谭运财、孟晓东等参加了会议。

与会委员分别听取了28家办事处的尽职调查情况汇报及投标报价区间。在此基础上，对公司总部和办事处掌握的各种信息进行了综合分析。

6月25日，工商银行可疑类贷款竞标工作正式开始。

各路竞标小组集中于北京银泉宾馆，在人民银行的主导下，针对各个资产包，分批次报出自己的竞标价格。

指挥这场竞标的中国长城资产领导们严阵以待，如身临前线指挥作战的将军，根据提前测算好的价格以及其他三家资产管理公司的报价情况，灵活机动，适时发出竞价指令。

第一轮竞标：在各资产管理公司出价平均值上下10%范围内，最高价预中标且标价高于30%的共有6个资产包，分别被华融、东方和信达公司竞得。中国长城资产由于报价偏高，飞出标外，未能获取。

第二轮竞标：各资产管理公司最高报价超过25%（包括第一轮流标）的资产包，最高报价中标。竞标结果：本轮20个资产包中，中国长城资产中标14个包。

第三轮为议标，出价最高者中标。结果，中国长城资产又中标3个包。

此役，中国长城资产得偿所愿，共计拿到工商银行35个可疑类资产包当中的17个，分别来自工商银行内蒙古、辽宁、黑龙江、福建、江西、山东、河南、湖南、广西、重庆、四川、贵州、陕西、甘肃、宁夏、新疆、青岛17家一级分行，本金共计人民币2569.94亿元，占这次工商银行剥离可疑类贷款的56%。

17个包由中国长城资产15家办事处竞价收购，其中济南办事处竞得山东、青岛两个包，兰州办事处竞得甘肃、宁夏两个包。后来，沈阳办事处从671.53亿元中，划拨给大连办事处178.39亿元；哈尔滨办事处从308.81亿元中，划拨给长春办事处6.86亿元。这样就是17家办事处获得了工行包。下文不赘。

17家办事处原始收购本金及中标率分别如下：

沈阳办事处493.14亿元，中标率26.59%；济南办事处321.42亿元，中标率26.24%；哈尔滨办事处301.95亿元，中标率27.77%；郑州办事处243.51亿元，中标率20.16%；西安办事处185.91亿元，中标率28.68%；大连办事处178.39亿元，中标率26.59%；成都161.65亿元，中标率31.59%；长沙办事处156.05亿元，中标率28.88%；南昌办事处106.04亿元，中标率22.06%；南宁办事处105.3亿元，中标率37.99%；兰州办事处82.96亿元，中标率28.31%；乌鲁木齐办事处53.96亿元，中标率28.57%；呼和浩特办事处 46.7 亿元，中标率 11.22%；重庆办事处 46.31 亿元，中标率 31.59%；福州办事处 41.7 亿元，中标率 38.11%；贵阳办事处 38.07 亿元，中标率 28.01%；长春办事处 6.86 亿元，中标率 27.77%。

以上合计 2569.94 亿元，整包平均中标价格为 27.08%。

至此，中国长城资产超过了竞标收购预期，完成了确保 1500 亿元，力争 2000 亿元的收购目标，如《经济参考报》文章所述，"出人意料成黑马"。

长城人用无数个不眠之夜和辛勤汗水，换来了上述竞标成果。

但也应了那句老话：几家欢笑几家愁。中标的办事处自然是欢天喜地，用笑声和泪水相互表达；没有中标的办事处胸中虽有几多愁，但强忍失落，也为兄弟单位祝福！

2005 年 6 月 27 日，中国长城资产汪兴益与中国工商银行姜建清两位法定代表人，在北京签署了工商银行可疑类信贷资产转让协议。

根据行、司联合发文要求，在随后的三个多月时间内，完成了工商银行一级分行和中国长城资产各办事处债权转让分户协议的签订、收购资金清算和资产档案移交等后续工作。

成功竞标，为中国长城资产稳定员工队伍，加快商业化转型和可持续经营，奠定了极其重要的基础。工行包为中国长城资产赢得了喘息的机会，但同时工行包的瑕疵问题，却成为中国长城资产的一块心病。

大量瑕疵资产的存在，将工行包竞标价格偏高的问题更加凸显了出来，为日后不能按时偿还人民银行再贷款埋下了伏笔，也使中国长城资产向财政部兑现整体盈利的承诺，变得十分艰难。

因此，工行包经营处置过程，自收购之日起就注定了是一条十分艰辛的荆棘丛生之路，也再一次彰显了长城人为生存而百折不挠、坚韧不拔的精神，映衬了中国长城资产历经坎坷，事业竟成的发展历程。后文详表。

有道是：东边日出西边雨，道是无晴却有晴。

第十四章 CHAPTER 14

将勤补拙总输勤

"按照政府组织、市场化运作、企业偿还的原则,进一步探索加快不良资产处置与支持国有企业改革发展相结合的有效途径,为企业加快发展减轻包袱,同时加速对不良资产进行商业化处置进程。

"回购的债权涉及辽宁省装备制造行业的支柱企业和重要原材料工业企业,将重点解决国有企业集中、改革任务重的沈阳、鞍山等地国有企业和省直企业的不良资产和债务问题。这不仅有助于企业提升资产质量,有利于改善辽宁省金融生态环境和投融资环境,同时也对大力发展先进装备制造业,并带动原材料工业向高加工度方向发展,推动产业结构优化升级具有积极意义。

"欢迎中国长城资产管理公司等国内大公司继续积极参与辽宁省国有企业股份制改造和沿海经济带建设,并在推动中小企业发展等方面进一步加强合作。"

——李克强,时任辽宁省委书记、省人大常委会主任,在 2006 年 9 月 22 日中国长城资产与辽宁省签订债权转让协议仪式上的重要讲话。

李克强对中国长城资产精心管理不良资产、提升资产质量、市场化处置和合作共赢的方式,给予高度评价。

接收维权　驾轻就熟

工行包竞标成功后,公司总部即统筹安排资产接收、入账、分类、维权和前期管理工作,较好地完成了资产档案的审核接收、收购资产的前期管理工作,在认真做好确权、维权工作的同时,建立健全了资产台账,并按照"四个到户"要求,做了大量的基础工作。同时,较好地开展了资产分类和资产处置策略制定,为推进大规模处置奠定了基础。

在公司总部统筹部署下,17 家办事处抓紧行动,落实财政部、人民银行、银监会等部委文件精神,克服人员紧、任务重的困难,政策性资产处置与商业化收购并重,主动与工商银行协调沟通,及时向公司总部及当地监管部门汇报接收中的问题和进度,认真负责地做好资产接收、维权和处置前的各项工作,并紧紧抓住了六个环节。

"接收环节"。为了做好接收工作，中国长城资产专门召开会议，对接收工作进行培训，印发了《工商银行可疑类贷款接收工作文件汇编》。

通过认真研究制定收购的日程安排和贷款档案移交程序，为全系统接收工作的顺利铺开打下了较好的基础。17 家办事处党委高度重视，加强培训，及时组织接收人员认真学习有关文件，吃透精神，把相关文件作为接收工作尺子，设立了由主要领导牵头的收购领导小组及相应的协调办事机构。由精心挑选的业务骨干和外聘律师、会计师等人员组成收购工作小组，具体负责档案接收审核工作。

比如，郑州办事处针对河南资产包诉讼项目较多的情况，聘请了 10 多位执业律师，分派到 8 个接收小组，要求律师为每户资产出具法律意见，并进行风险提示。

"质量环节"。接收中，坚持时间服从质量的原则，按照监管机关和文件规定的审查内容，对贷款的真实性、完整性、有效性进行把关，审阅卷宗深入细致，填制报表严谨负责。

各办事处在接收过程中，按照公司总部的要求，审计关口前移，每个接收小组都设置了一个审计岗位，对接收过程进行审核把关。对审查中发现的瑕疵和不符合剥离转让文件精神的问题，以备忘录的形式做了认真记载，并分门别类进行了统计归类。

比如，成都办事处设立了三个审查阶段，对几经审查确实不符合行司合同约定和相关监管部门规定的档案资料和贷款项目，要求工商银行补充说明。哈尔滨办事处十分重视备忘录工作，要求每一名接收人员都要认真记录所发现的问题，做好分类统计工作。福州办事处对接收中双方存在异议和对方难以说清的问题，要求工商银行的经办行盖章确认。

有些办事处还对公司总部下发的档案接收流程进行细化，增加细化工作底稿。对审查中发现的问题，各办事处能及时客观地向工商银行通报，积极沟通。

"协调环节"。就接收过程中出现的突出问题与工商银行沟通，向财政部、人民银行、银监会等主管机关多次汇报。公司总部有关职能部门就签订备忘录、损失类与可疑类的分类错误、电子数据转换、交叉债权及表内息等问题，与工商银行、中国华融资产进行了多次艰苦的交涉、协调。

各办事处也主动与工商银行分支机构加强联系，召开由办事处和省分行主要领导参加的高层联席会议，协商接收工作，本着合作的态度，对接收的遗留问题按协议要求提出了处理意见。

比如，沈阳、大连办事处与工商银行辽宁省分行成立了由行司双方主要领导任组长的接收工作联合领导小组。呼和浩特办事处与工商银行建立了互相支持、互相沟通的工作机制。

"确权环节"。大多数办事处在档案资料的审查过程中，即开始着手为确权工作做准备。签订债权转让协议后，又与当地银监局、工商银行、中国华融资产等单位认真协调，反复沟通，对经审核没有疑义的贷款分期分批进行确权。对涉及多方权益的贷款，妥善与其他债权人协商，寻求解决方案。

比如，贵阳办事处通过协商，与中国华融资产、工商银行制定了三方交叉债权的解决原则。重庆办事处在接收结束后，组织 30 余人，分 12 个工作小组，历时 20 多天，围绕企业基本情况与存在的问题、今后的经营思路、估值情况等方面，对债务企业逐个进行了现场调查，摸清了企业的家底。

"外部环节"。争取地方党政的理解和支持，优化债权维护的外部环境。

比如，沈阳、大连办事处就资产的接收与经营工作，主动向辽宁省委、省政府汇报，表明实现自身经营与地方经济发展"双赢"的合作意愿，赢得了地方领导的赞赏和支持。省政府专门下发文件，提出了积极深化国有商业银行改革，共同做好不良贷款处置工作，形成良好金融运行环境的要求。主管金融的副省长鲁昕同志先后四次召集由省直部门负责人和各市主管副市长参加的专门会议，共同协商研究中国长城资产收购的企业债务问题，并就各级政府及工商银行辽宁省分行支持中国长城资产工作，提出了具体要求。

"档案环节"。17 家办事处充分汲取政策性处置阶段档案建设工作的经验，从收购工作的源头抓起，强化档案资料管理。在尽职调查、资料审核、债权转让协议签订、公告确权、现场核查等各个环节，都强调档案材料的归集整理，并做好立卷与转运中的安全保卫。

全面建立健全了资产台账，实行"四个落实到户"，即价格落实到户、分类指导落实到户、营销策略落实到户、工作责任人落实到户。

比如，济南办事处成立了档案管理专门小组，对档案接收进行严格规范管理，从收购初始环节抓起，打造"铁档案"，确保档案资料安全。

不良资产经营是中国长城资产的主业，经过政策性不良资产处置经营实践，积累了丰富的经验，培养了大量实战人才，成了不良资产处置经营的"专业户"。

长城人早已身经百战，环环相扣，可谓驾轻就熟。

经营处置 收放自如

长城人心里十分清楚，尽管有多年的政策性不良资产处置实践，积累了丰富的经验，但商业化资产处置有其自身的特点和属性，依然是摆在他们面前的新课题。

工行包资产是必须实现总体盈利的商业性资产，资金来源是央行的再贷款，且规定了还款进度，需按期偿还专项再贷款的本息。据测算，如果晚一天归还再贷款，中国长城资产就多支出数百万元利息。而大部分不良资产存在明显的"冰棍效应"，存放时间越长，价值就越少。

正因为如此，加大处置力度、加快处置进度就显得异常紧迫。

2006 年 11 月，公司总部印发《关于编制商业化资产经营处置整体规划的通知》，确立了"整体加快、全面推进、分类运作"的工作思路和"确保盈利、服务发展"的双重目标，初步计划用 4～5 年的时间完成商业性资产处置，最终实现盈利 10 亿元。

计划总赶不上变化，对策又总优于预测。随后，由于多方面的原因，根据经营处置进度和不同时期的新情况，公司总部先后修订出台了《2008—2010 年三年经营责任目标》

《2009—2011 年工行包经营规划》《2011—2013 年工行包经营处置规划》。

分门别类，平衡盈亏

根据商业化资产经营特点，唯有有效推行分类处置策略才能实现盈亏平衡。

政策性资产处置向商业化经营转轨不可能一蹴而就，有一个从量变到质变的过程。首先要解决的问题是妥善处理收现与盈利的矛盾。实际上，二者是矛盾的统一体，关键是对资产全面摸底，分类安排处置项目计划，按照现金流计划和盈利计划，对不同类别的项目处置作出综合性的策略安排。

参考政策性资产处置时期，运用"冰棍效应""苹果效应""轮胎效应"和"文物效应"的处置理论，根据公司总部制定的策略，按照资产类型和预定的处置时间，各办事处均进行了全面梳理和分类，按照资产的特性和内在价值对项目进行了重新布局，做到心中有数。

比如，将受"冰棍效应"影响大的处置类项目，排在前期，尽快处置，将年度现金回收金额、年度盈利金额分解落实到每一个项目头上。在这种情况下，有些项目不可避免会出现亏损。但通过提前配比，总体上打平，亏损项目由其他项目的盈利弥补。这样，当年和未来几年仍然体现为盈亏平衡或微利。

公司总部通过区分不同类型资产和不同办事处的特点，分类管理，分别制定处置策略，不搞"一刀切"。机制设计上，坚持有利于推动资产整体加快处置，提高回收率的实现，鼓励能早完成的办事处尽早完成。正是基于这样的安排，从实际出发，有些资产量小的办事处在 2009 年或 2010 年就基本结束了工行包的处置工作。

破除"四论"，提振信心

应该承认，伴随商业化资产处置工作的推进，由于归还人民银行再贷款的压力和处置的困难，系统内一度出现了一些负面氛围。赵东平归纳总结为"四论"。

一是亏损论。工行包是商业性资产，不同于农业银行剥离的政策性资产，商业性资产受其价格的制约，亏损的可能性很大，缩手缩脚，不敢放手处置。二是条件论。片面地强调政策、机制等条件不到位，缺乏处置的主动性和创造性。三是拖延论。由于信心不足，以时间换空间，或者受到政策性资产处置完了没有事情可做的影响，工作畏首畏尾，总想拖延处置。四是自由论。认为这是商业性处置，可以放松要求和规范。"四论"曾经在部分员工中有一定的市场，一度对商业化资产处置工作造成了不良影响。

为此，以赵东平为首的党委班子，果断出手，剑指"四论"。及时制定下发了《商业化资产管理经营处置暂行办法》《关于商业化资产经营管理权限的通知》《经营决策委员会工作规程》《商业化不良资产评估管理暂行办法》《关于做好商业化资产经营和处置工作有关问题的通知》《商业化资产业务经营业绩考核暂行办法》《关于综合经营系统三期台账建立及管理的指导意见》等一系列规章制度，规范商业化资产经营处置行为，明确工作程序，推动工作进度，指导系统工作。

同时，有针对性地对全系统员工进行培训，破除"四论"，坚定确保实现商业性资产整体盈利的信心和决心；综合运用营销、经营、处置、服务和价值延伸等策略，创新运作方式，加快有效处置，最大限度地提高现金回收率，确保实现资产包的整体盈利和服务发展的双重目标。

此外，公司总部还加强对沈阳、济南、哈尔滨、南宁等重点办事处的指导，实行总部党委成员的联系制度，明确分工，确保上下一心、共同推进资产处置工作的开展。

公司总部领导对口联系有工行包资产办事处，具体分工：

李占臣负责联系哈尔滨、沈阳和大连办事处；

张晓松负责联系济南和郑州办事处；

秦惠众负责联系兰州和呼和浩特办事处；

曲行轶负责联系南宁、长沙和南昌办事处；

匡绪忠负责联系重庆、成都和贵阳办事处；

周礼耀负责联系西安、乌鲁木齐和福州办事处。

党委成员深入办事处一线，及时研究解决资产经营管理中存在的问题。

通过一系列动作，弘扬了正能量，提振了信心，防止了消极思想的蔓延。

致力最大化目标

中国长城资产在工行包处置中，注重树立精细化运作的观念和典型经验的推广，加大资产经营和价值提升的力度，力求通过精耕细作，最大限度地挖掘和提升价值，确保经营处置效益的最大化。

在处置中，全国 17 家办事处因地制宜，根据自身资产特点，量身定做处置策略和运作手段，各显神通，致力于经营目标最大化。

如南宁办事处，在加快资产处置方面颇有建树，一度受到追捧；成都办事处通过不断改革创新，建立扁平化内部管理体系，效果明显；哈尔滨办事处突出重点项目经营，每有斩获；沈阳办事处处置资产的体量大、任务重，注重加强与当地政府的联系与沟通，采取整体打包处置的方式，赢得了自身效益与社会效益的双赢。

2008 年 3 月 25 日，中国长城资产《简报》第 5 期刊登文章，题为《精细化处置，最大限度提高资产回收率》，认为南昌、福州及南宁 3 家办事处在商业化资产经营处置过程中，在机构体系设计、激励机制、尽职调查、处置方式选择、营销等方面积累了十分有益的资产处置经验，在全系统进行了推广。

文章记载：南昌办事处在处于经济欠发达地区、经营环境差的条件下，坚定盈利信心，建立目标责任体系和机制激励，面向市场开拓创新，保持了经营处置业绩持续平稳增长。福州办事处在经营形势相当严峻的条件下，精心组织，实行各个处置环节的精细化运作，为努力实现"整体盈利，服务发展"的目标迈出了坚实的第一步。南宁办事处则积极运用公开竞价方式，有效推动了办事处商业化资产的处置进度，通过公开竞价处置项目，都取得了较好效果。

归纳上述 3 家办事处的做法与经验，主要如下：

——建立和完善人力资源配置和激励机制。

南昌办事处将后台部门合并，将项目审核、法律、评估、资产管理职能整合为业务管理部，实行"一站式"服务，实现了业务综合管理平台下的分口管理。

南昌办事处还采取经营任务、经营责任一包到底的承包经营模式，实行物质和精神激励相结合，使考核激励措施落实到位。在物质奖励的同时，对前台经营部门实行以经营业绩为核心的考核模式，实行了考核一级、监控二级的措施，引入竞争机制。对后台管理部门实行以效率为核心的评价模式，以服务质量和工作效率为考核评价标准。

福州办事处实施了以拆分前台经营单位为核心内容的机构改革措施，经过两次调整和充实，增加前台部组机构和前台人员队伍，使前台力量明显增强，项目经理能够腾出足够的精力和时间，实施精细化管理，对提高处置回收率有明显的积极作用。

——精心组织尽职调查，深入挖掘资产价值。

南昌办事处总结创新了"五结合"的尽职调查方法，即审查收购档案资料与实地调查相结合，项目经理调查和委托中介机构调查相结合，调查债务人、保证人与调查债务企业关联人相结合，确保不遗漏财产线索，诉讼案件法院依法调查与自己调查相结合，传统调查手段与互联网调查相结合。

福州办事处前台部门在有效运用律师调查、互联网技术等各种手段，持续深度挖掘资产价值的基础上，提出了"尽职调查不到位就没有发言权"的要求，做到"四找"，即找债务人、找政府、找市场、找资产线索，做到不遗漏一个有价值的线索、不放过一个偿债主体，进一步提升资产处置效益。

——积极营销，开拓资产处置市场。

南昌办事处针对工行包中，国有企业债权占比高的特点，开展以政府为主的全面营销工作，向地方政府与企业主管部门积极营销。为了提升资产价值，办事处突出资产亮点，开展有针对性营销。

福州办事处加强分工配合，形成多层次营销体系。后台部门主要负责大范围、大区域的营销活动，前台部门则重点做好现场营销、对拍卖等中介机构的定向营销及客户回访推介等工作，不断加强与客户的交流和沟通。

南宁办事处主动与广西拍卖行业协会商洽并达成共识，创新资产处置信息的披露方式，通过"广西拍卖网"发布拍卖项目信息。有关监管部门对这一创新之举，给予充分肯定。

——择优选择处置方式，提高处置效率。

福州办事处充分运用法律手段回收资产，同时深入研究投资者心理，合理运用修改偿债条件的方式，突破思维定势，灵活机动的推动处置。办事处通过分析工行包资产结构特点，因地制宜选择最佳处置方式，将处置思路引导到精耕细作、努力提高资产回收率上。

南昌办事处采用竞价方式，引入竞争机制，提高了回收率，节约了成本，并通过收取报名费、资料费等方式，增加了金融服务收入。

南宁办事处运用公开竞价方式有效处置资产，效果明显。办事处根据自身资产特点和实际情况，制定实施细则，明确操作程序，加强监督管理，保证公开竞价活动有效实施有序进行。通过加强对客户资源库和中介机构备选库的管理，办事处实行资产处置阳光化、竞价流程透明化，使客户享有同等机会和权利，调动了中介机构市场营销的积极性。

——合理确定处置价格，最大限度发现资产价值。

福州办事处坚持确定合理的具有灵活性的价格，避免造成有价无市；在处置过程中正确核算盈亏，不满足超过计价入户值；形成科学灵活的价格策略，根据情况变化，随时调整处置价格；转变招标价格、拍卖价格的确定模式，实行区间报价；严肃工作纪律，强化内部保密。

——认真组织项目处置实施，防范处置风险。

福州办事处着力提高资产处置各环节的规范化和专业化水平，坚持结果与过程并重。在落实处置方案方面抓了以下几个重点环节：认真执行保证金制度，对拍卖、招标、竞标项目，要求投资者事先缴纳一定比例的保证金，通过增加中标者悔标的成本抑制其悔标的冲动，确保项目实际成交率；加强签约项目款项回收的风险管控，专人负责款项催收，一旦发生违约及时恢复债权并执行违约金制度；对分期付款项目及延期付款项目，要求对方缴纳 4.5% 的资金占用费，提高项目的总体回收率。

南昌、福州、南宁 3 家办事处的上述做法和经验，在 17 家办事处得到广泛推广和应用，为实现工行包处置效益最大化之目标，发挥了一定的引领和示范作用。

整体运作纵横联动

内部整体联动

2006 年 5 月 18 日，中国长城资产成立以来规模最大的一次商业性不良资产推介会在杭州举办，取得了圆满成功。

会后统计，与投资者签订了 186 个项目、438 份债权资产意向性转让协议，涉及金额达 588.7 亿元；与 11 个投资者签订了涉及金额 7.8 亿元的商业性债权资产转让协议，回收现金 2.8 亿元，回收率 36%。新华社、中央电视台、凤凰卫视、经济日报、金融时报、搜狐网等各大新闻媒体对推介会进行了广泛宣传报道。推介会彰显了中国长城资产在商业性资产处置的市场化、国际化方面新的突破。

2006 年 9 月，首届中国中部投资贸易博览会在长沙举办。这是一次大规模、高规格的投资经贸活动，为国内外投资者全面了解中国中部地区投资政策、获取重点项目信息，开展贸易往来和兴业发展提供了大好机会，得到了广大投资者的广泛关注和积极响应。

为充分推介资产和资源，与国内外投资者开展广泛合作，实现金融产权（债权）投资交易与协作发展，进一步扩大中国长城资产知名度和影响力，长沙、郑州、南昌 3 家办事处组团参加了此次博览会，100 个重点资产项目在博览会上进行了推介招商，涉及机械制造、轻工纺织、建筑施工、酒店旅游、投资贸易等多个行业，债权金额达 400 亿元。

此次推介，促进了资产项目经营处置方式多样，包括资产重组、并购、推介上市、资产证券化、资产债权转让等，能够适应投资者的不同需求。会上，通过与投资者面对面接触，推荐金融债权资产，广泛接触，深入洽谈，社会各界投资者表现出强烈的合作意愿，现场气氛非常热烈。项目推介取得了明显成效，包括国内外客商、中介机构、政府主管部门在内的近千名投资者共对八十多个项目签订了"投资意向书"，签约金额 215 亿元，其中正式签约 8 个项目，签约金额近 60 亿元。

这种整体联动的方式，既是一种创新，也形成了不良资产处置规模效应；既收到了良好的处置效益，也扩大了自身的影响，可谓名利双收。

目标首尾兼顾

郑州办事处是商业化资产收购量较大的办事处之一。

面对繁重的资产处置任务压力，办事处在统一全员思想的基础上，根据公司总部下达的目标任务，编制了三年资产处置规划。整个规划体现了前紧后松的原则，把"确保今年、争取明年、兼顾后年"作为重要的经营策略。"确保今年"是指必须采取有力措施，按照办事处与公司总部签订的责任状要求，努力完成当年工作任务，以实际行动支持中国长城资产转型发展。"争取明年"是指完成次年各项任务，减轻工行包资产处置任务压力，为今后发展创造一个宽松环境。"兼顾后年"是指力争在第三年全部处置完毕工行包资产，不留尾巴。

办事处将计划按半年、分项目组，逐一进行了翔实的分解，并一次下达给项目组。这种三年计划一次亮底的做法，使得每个项目经理，都清楚地了解到自己项目组三年中每半年的资产处置任务，消除了"水涨船高"等不确定性的后顾之忧，让员工放下包袱，全身心地投入资产处置工作中去。

为了具体实施，办事处采取了"六抓六不放"办法，首尾兼顾："抓大不放小"，在抓住重点项目的同时，对非重点项目也不放松，统筹兼顾，防止债权流失。"抓主不放次"，在抓住主债权的同时，深入发掘资产价值，在担保企业方面做文章，争取最大回收。"抓包不放零"，在做好向政府打包工作的同时，全力开展单户资产处置，力争实现回收效益最大化。"抓破不放权"，对已经列入计划内破产的项目，也不放弃债权，及时发现债务企业假破产、真逃债的证据，据理力争，维护权益。"抓诉不放和"，充分运用法律手段，以诉促和，使得本来处置无望的重大疑难项目，成为办事处回收现金的亮点。"抓好不放差"，在抓住那些尚处于经营状态的债务企业的同时，对那些已经倒闭的企业也不放松，积极寻找有效维权线索。

如莲花味精项目，郑州办事处就是通过异地查封债务人的有效资产，突破了地方保护的层层阻力，成功受让了 7287 万股莲花股份公司股权，市值成倍溢价。

其他各办事处也是各显神通，频出新招，招招见效。有的本着"保证前台、倾斜前台"的原则，制定了既切实可行又充分调动员工积极性的措施。有的进一步精简后台工作人员，充实一批年轻、有干劲的骨干力量到前台项目组工作，前后交流。有的则在费用普遍偏紧的情况下，向一线倾斜，加大对前台员工的奖励力度。

这些，都是首尾兼顾、前后呼应的好办法。

互动互利共赢

互利共赢，中国长城资产与辽宁省协议转让债权，是一起值得记载的成功案例。

2006 年 9 月 25 日，《辽宁日报》报道：9 月 22 日，辽宁省政府与中国长城资产"债权转让框架协议"签字仪式在沈阳举行。时任辽宁省委书记、省人大常委会主任李克强，省长张文岳会见中国长城资产总裁赵东平并出席签字仪式。

此次转让的资产，为沈阳、鞍山、铁岭、盘锦 4 个市和辽宁省直属的未改制和改制未完成的国有企业债权，5 个资产包共计 550 户，涉及债权本金 97.38 亿元，债权本息和 163 亿元。资产包转让价格为本金的 34.04%，分 3 期共回收现金 33 亿元。

这是迄今为止，资产管理公司向地方政府整体打包处置资产涉及金额最大的项目，意义重大，开辟了利用不良资产处置，推动国有企业改革发展的新途径，也为中国长城资产实现商业化任务作出了巨大贡献。

辽宁省是新中国最早建设的老工业基地之一，曾为国家经济发展作出了巨大的贡献。但随着经济体制改革的不断深入，国企改革成为辽宁省政府最难打的攻坚战之一。而推进国企改革的主要障碍，是其长期以来形成的沉重债务负担。无法解脱的债务负担也抑制了企业的生存，进而影响了地方经济的发展。

2005 年 6 月，中国长城资产收购了工商银行辽宁省分行 671 亿元可疑类不良资产包后，成为辽宁省国有企业最大的债权人。国企资产变现难、职工安置难、债权价值难以实现、信用环境差等问题普遍存在，也严重影响辽宁资产包的经营处置。

对国企改革的共同关切，使中国长城资产与辽宁省委、省政府走到了一起。

公司总部主要领导关键时刻果断决策，最终促使这一战略举措有序运行、成功实施。汪兴益先后多次听取汇报，并几次直接参与谈判。赵东平在短短两个月内两次前往沈阳，调研指导。张晓松八个月内二十多次到达沈阳，参与谈判，深入县市，实地考察，现场解决问题。

历时近九个月，与省政府正式谈判达十五次之多；向财政部驻辽宁省财政监察专员办事处专题汇报七次；与辽宁省金融办、国资委等部门多次不断沟通；与相关市政府领导接触、解答问题十余次；讨论框架协议和债权转让协议稿修改达十九次之多。

该债权整体打包转让的成功，凝聚着长城人的心血，彰显了长城人同担共享的团队精神，树立了政企合作的典范。

上下同欲　堪当大任

古人云：“言之非难，行之为难，故贤者处实而效功，亦非徒陈空文而已。”

长城人上下同欲，一步一个脚印，从不退缩，从不放弃。

在加快商业化资产的处置步伐，精耕细作，提升资产内在价值的实践中，中国长城资产形成了一套完整运作链条，自成体系，值得归纳总结，值得留存赏析，值得效仿借鉴。

创新出动能

长城人在实践中大胆创新处置方式，通过资源整合和资产重组，开展内部估值为主的评估创新，促进资源的有效配置，开发 IT 技术管理系统等四个方面，形成有效的动能，努力提升主业经营能力和管理水平。

综合运用资产置换、股改对价、以股抵债等多种方式，加大重点项目经营运作，先后重组控股或参股了中国一重、西北轴承、莲花味精、岳阳恒立、湘酒鬼、秦川机床、长信春天、万方地产等股权项目，积累了有一定特色的资源整合和资产重组经验。

推行估值创新，开展内部估值，有效发挥评估为资产处置服务的作用。为适应商业化转型，中国长城资产从建立自身核心竞争力的高度，积极推行内部估值创新，建立起自己的内部估值团队。开展内部估值推动主业发展，更好地挖掘资产价值。由于内部估值人员在债权维护过程中，对债权资产的特性比较了解，发现资产价值有一定优势。通过开展内部估值工作，捕捉到了一些重大财产线索，在指导处置谈判中发挥了积极的作用。

比如，哈尔滨量具刃具集团有限责任公司 2.23 亿元债权，债务人聘请当地最大的一家资产评估机构进行了债权评估，评估结论为 5000 多万元。但是，经石家庄办事处内部估值，得出评估结论为债权可回收价值 1.18 亿元。哈尔滨办事处以此估值报告为依据，经过与债务人据理力争，最终获得债务人还款 1.02 亿元。

引入竞争机制，促进资源的有效配置。部分办事处通过内部竞标，实行项目承包责任制，最大限度地调动全员工作积极性，充分发挥项目运作人员的智慧和潜能，实现处置效率和项目效益的双提高。

比如，成都办事处 2009 年初以 23 个地区工行包作为投标标的，展开了无底价一年期经营目标责任承包制招标工作，共有 45 人参加投标，经评标最终确定了 9 名承包人。这些竞标措施的推出，极大地调动了员工的积极性。成都办事处在遭受特大地震灾害的情况下，2008 年、2009 年连续两年取得较佳业绩。

自主开发 IT 技术管理系统，实现了资产处置网上审核、审批，为资产处置进行静态、动态的监测提供了便利。

中国长城资产计算机“四期”（2）系统于 2008 年 6 月投入使用，实现了前后台数据的有效连接。该系统记录了全部工行包资产的债权维护、尽职调查和重要节点文件等信息，所有工行包处置资产的项目准备、上报审核、批复实施、项目终结等业务均在系统内完成，为实现精细化管理处置和过程控制的有效性，奠定了良好的设备及技术基础。

精工出细活

多年来，中国长城资产致力于精耕细作，实施精细化处置策略，全力发掘资产的潜在价值。

——深入开展尽职调查，充分挖掘资产价值。

在认真总结政策性资产处置经验的基础上，不断提高做好尽职调查对资产处置重要作用的认识，不断丰富和创新价值挖掘技术，多维度、全方位搜寻有效财产线索。以制定《资产处置尽职调查工作指南》为切入点，全面提高尽职调查技术，使尽职调查更加全面深入，更好地挖掘资产价值。

做到"四个结合"：项目经理自我调查与委托中介机构调查相结合，审阅资产收购档案资料与现场实地调查相结合，调查债务人、保证人与调查其关联人相结合，传统调查手段和特殊手段相结合。

重视"四个挖掘"：从剥离行移交的信贷资料中挖掘价值，到债务企业及相关单位现场调查挖掘价值，向其他人员调查债务企业情况挖掘价值，运用互联网调查债务企业及关联单位情况挖掘价值。

强调"三个重点"：尽职调查的三个重点对象——债务人、担保人和关联人。

比如，沈阳办事处在"普查"的基础上，采取深度挖掘的办法，利用各种社会资源和人脉关系，特别是工商管理、房产和土地管理部门的"内线"人员，利用其管理登记系统对近千户债务人及担保人的注册资金、土地房产等重要信息进行搜索，新发现123户债务企业名下有可供追偿的财产线索，涉及债权本金14.99亿元，查询到房产面积81.89万平方米，土地面积231.47万平方米。

南宁办事处面对资产收购价格高、任务重、压力大的现实状况，以开放式"资产池"的方式，应对资源吃紧、当期回收与三年总体规划之间的矛盾。2008年伊始，办事处就砌起了一个"资产池"，集中了近二分之一的存量资源。这些资源是作为一般性处置还是商业化经营，主要取决于商机和价值判断；同时，"资产池"是开放式的，在实际操作中，项目启动于一般性处置，信息和机遇发掘于营销过程，项目选择和决策基于理性的商业判断，资源安排和使用服务于价值实现最大化。两个资产包曾封包多时拟用于搭建商业化经营平台的资产包，视情况变化果断采取拆包的措施，留下需要的，处置其他的，保证了当期现金流和未来商业化经营两不误。

——广泛营销，充分实现资产价值。

为了最大限度发掘资产价值，长城人改变简单营销的传统观念，在严格遵守财政部、银监会《金融资产管理公司资产处置公告管理办法》的同时，逐步使程式化公告、公示转变为充分展示资产亮点、发现资产价值的推介营销。实施广播电视、报刊、网络以及推介会、融洽会等多渠道立体营销。除所有资产在项目方案形成前挂在网站上，项目方案形成后在当地有影响的报纸上刊载外，公司总部还先后在北京、杭州等地举行专场和大型推介会，与产权交易所开展全方位合作。哈尔滨、石家庄、天津、西安4家办事处与北京产权交易所签订了合作协议，沈阳、济南、重庆等十多家办事处与当地产权交易所开展合作，扩大营销面。积极参加地区性博览会，大力营销资产成亮点。各办事处积极参加在长沙、西安、厦门、呼和浩特、天津等城市举行的地区博览会或融洽会，积极向客户推介资产特点和投资价值。借助中介机构业务平台和客户资源，深度开展营销。南宁、成都办事处通过拍卖机构公开询价营销取得明显实效后，积极加以总结推广。

实现营销信息的共享，充分利用综合经营管理系统，给各办事处提供互相交流的平台，实现客户信息和市场信息的共享，突破了各办事处所在区域和市场的局限性。

——采取超常措施，最大限度提高重点资源回收率。

重点资源是工行包资产中的核心资产，对实现工行包经营目标起着至关重要的作用。为此，确认三类重点资源项目共976户，债权本金589.16亿元，并根据实际情况进行动态调整。最后调整确认为429户，涉及债权本金276.18亿元。对这些重点资源，采取超常措施，大力促进资产回收率的提高。为了发挥集体智慧作用，增强重点资源项目公开透明运作，对重点资源项目实行集中会审制度，项目预案经办事处会审小组会审后，再按照规定编制正式项目处置方案。重大疑难项目，公司总部实行先集中开会讨论、后上网投票表决的制度。

对重点资源项目，逐一进行项目后评价，增大经营者的压力和责任意识，促进重点资源管理和处置水平的全面提高。加强重点资源的台账和档案管理，真实完整记录资产管理和处置全过程。加强与政府合作，发挥协同效应，对地产项目深度开发，将重点资源潜在的升值空间变为实际价值和现实效益。

——强化诉讼管理，有效处置资产。

强化诉讼项目的管理，大力推进诉讼追偿工作，充分利用诉讼方式具有的维权功能、挖掘价值功能、保全价值功能以及债权保留功能，紧紧抓住执行积案集中清理活动契机。如河南平高电气、哈尔滨大世界、北满特钢、贵州粮油集团等重大诉讼项目，通过促进诉讼追偿项目的精细化运作，有效提升了资产价值。

审核出效益

2007年初，中国长城资产改革了资产处置审核决策体制，公司总部及各办事处原处置办改为项目审核部，调整了相关部门项目审核职责。项目审核部由以前只负责不良资产处置项目综合审核，改变为负责不良资产处置项目、经营项目、投资、投行项目的审核，并承担了法律事务、评估及综合审核等工作。

通过对项目审核情况定期总结分析，针对办事处项目处置存在的问题，中国长城资产及时下发了《关于进一步提高资产处置方案质量做好资产处置工作的通知》等系列文件，指出资产处置存在的问题，提出了做好资产处置工作的具体要求。

按照公司总部的要求，各办事处项目审核部门恪尽职守，严格审核，努力工作，为提高办事处的项目处置质量，完成现金回收任务，实现项目盈利，都付出了大量的心血。

为了进一步加快处置审核进度，提高项目审核质量，为经营一线提供优质服务，2007年7月，中国长城资产组织召开了17家有商业化资产办事处项目审核高级经理座谈会，交流资产处置及项目审核情况，分析各办事处资产处置存在的主要问题，汇报资产处置档案建设进展情况，讨论如何加强基础管理工作。

这次座谈会对日后的资产处置及项目审核工作产生了积极的影响，项目审核工作也因此发生了根本性的改变。在做好合规性审核的同时，强化效益性审核和风险防范审核。根据项目实际情况，提出合理化建议时做到了"三个结合"，即项目审核和帮助完善项目方案相结合，项目审核和提出防范操作风险意见相结合，项目审核和推进制度建设相结合，都取得了较好的效果。

比如，武汉办事处上报的三个股权和物权捆绑打包处置的项目方案要求将鄂武商A、汉商、ST万鸿3只股票以及鄂州国贸大厦，一起出让给中国长城资产下属的一个全资子公司。审核认为，该方案存在政策风险，在和办事处协商后，提出了将上述资产分开处置的建议，即对鄂武商A、汉商2只股票在限售期期满后直接上市挂牌转让，帮助分析和提出了该股票抛售的最低价格；对鄂州国贸大厦实施公开拍卖；对尚未实施股权分置改革的ST万鸿股权择机处置。该建议被资产经营处置审批委员会采纳。由于审批及时，处置方法得当，该项目取得了很好的处置效益，仅鄂武商A股票在证券市场抛售后就回收资金7781万元，增值5859万元。

又如，沈阳办事处上报的拟以持有沈阳三环房地产开发公司、沈阳市苏家屯区木洋五金商厦贷款本金总额6065万元的债权，置换远中租赁有限公司2500万元股权项目。通过审核，一方面揭示出项目运作过程中存在的，诸如信息披露、权益分享、股权变更、经营期限、章程修改和授权委托等细节方面的风险，另一方面提出了主要问题之一是信息披露不完全和不充分，资产处置方案缺乏专门调查和详尽分析的支持。该办事处及时修改，调整到位，起到了立竿见影的效果。

风险的充分揭示，对项目实施过程的风险防范起到了重要作用。

商业化资产进入大规模处置阶段以后，许多具体工作一直都是在艰难中推进。除了纠缠长城人多年工行包瑕疵资产问题之外，还面临市场环境、法制环境和自然灾害等方面的困难，比如执法不公，行政干预，债务企业逃废债严重，甚至经常出现办事处办公地被围攻、项目人员被恐吓、殴打等恶劣情况。

但长城人始终以高度的责任感和使命感，本着对国家负责，向人民交代的信念，克服重重困难和挑战，振奋精神，团结拼搏，尽职尽责做好经营处置工作，努力实现处置回收最大化，最大限度地减少国家损失。

通过上下联动，在依法合规的基础上，既加快处置进度，快速回现，又精耕细作，最大化回收。尽管商业化资产由于主客观的原因，存在不少问题和瑕疵，但长城人在加快处置和精细化运作这看似矛盾的两个方面，实现了有机结合，不断创造出令人惊喜的佳绩。

将勤补拙总输勤。长城人的作为和业绩，再一次印证了这句话的真谛，也再一次演绎出质朴、勤奋和坚韧的长城精神。

第 十 五 章 CHAPTER 15

长风破浪会有时

提升不良资产价值，培育有潜力的重点项目，扶植有前景的重点企业，来扩大商业盈利空间，是长城人打好转型基础、创造社会价值的重要途径。

内行看门道，外行看热闹。"不良资产经营绝对是一门技术活儿，需要付出勤劳与心血，人脑加电脑，是智慧的结晶，辛劳的成果。长城人称得上是这方面的专家。"国内某知名学者如是说。

重点项目之"重"

重点项目非同寻常的意义

重点项目具有非同寻常的意义：第一，项目体量大，其处置成效对整体结果影响大。第二，更具运作和价值提升空间。第三，更宜采用商业化运作方式，多元化业务手段，以组合拳的方式进行资源整合。第四，更宜面向市场，吸引战略投资和经营合作伙伴，实现政府、企业和自身效益多赢。

对中国长城资产来说，培植重点项目具有非同寻常的意义。

2007年9月7日，中国长城资产重点项目经营管理座谈会在长沙召开。

这次会议至少传递出"四重"信息：一是公司总部党委十分重视，召开专题会议；二是决定成立重点项目部，专门负责重点项目条线工作；三是邀请参加办事处座谈的，都属重量级的人物；四是讨论了《重点项目经营管理办法》。

四条信息，条条都突出了一个"重"字。

沈阳、哈尔滨、上海、南京、福州、济南、郑州、长沙、南宁、成都、兰州、深圳12家办事处的主管领导和部分派出高管人员，以及公司总部重点项目部、资产经营部、项目审核部、资金财务部等部门及农银投公司代表共计30余人参加了会议。

这些都充分说明，中国长城资产对重点项目经营管理的高度重视。

长城人心里明白，由于收购工行包资产具有明显的政策性主导特征，加上尽职调查不充分、竞标过程中存在信息不对称、部分办事处担心资源枯竭影响发展而报价偏高、所面临的外部环境也越来越差，这些因素都将导致潜在回收金额覆盖成本难度大。

长城人心里也清楚，国家有关部门对工行包的处置关注度高。对工行包的处置进度是主管、监管部门检验长城人整体经营能力的试金石。这对中国长城资产是否具有持续发展能力，是否形成了自己的核心竞争力，以及干部员工队伍的业务素质和处置能力，是一种考验。

长城人心里更知道，工行包的经营处置是当前的主业，也是转型过渡期自身各项运营费用、员工收入的主要来源。其他业务处于市场开拓前期，工行包实际成了业务运作的主要支撑。

完成工行包经营目标，成了争取改革时间和空间的"压舱石"，如果完成不好，必定成为"绊脚石"。

也正是这时，国家加快了资产管理公司改革发展的步伐，财政部牵头制订了改革的方案，中心是对条件成熟的实行股份制改造，最终重组上市。方案明确提出四家公司商业化转型同步，条件具备的可进行股份制改造，但改革的前提是财务盈利和资本金保值增值。工行包是中国长城资产眼下资产负债表上数额最大、占比最高的资产。在收入来源单一的情况下，只有工行包保本或增值退出，业务经营才能实现盈利，才能争取政策、推进改革，避免比同业公司再慢一拍。

完成工行包经营目标，成了经营与发展的"缓冲平台"。

工行包经营成果的好坏，与每一个长城人息息相关。做得好，受益的是每一个长城人；做得不好，产生的负面效应也只有长城人自己承担。

完成工行包经营目标，也是履行对人民银行还款承诺的需要。

经过两年多的工作，中国长城资产商业化资产经营工作取得阶段性成效，进入了实质性运作阶段。在长沙会议召开前，中国长城资产已着手部分重点项目，重组项目的债权总额共计 63 亿元，重组后共持有 13.04 亿股，其中已办理股权过户 9.52 亿股，涉及 12 户企业；尚未办理股权过户 3.52 亿股，涉及 3 户。重组项目中，涉及 6 户控股企业、9 户参股企业，中国长城资产先后派出专兼职高管人员 58 人。

总体上看，运作进度在逐步加快，但与计划和期望相比，还有一段距离。公司不得不采取特别的措施，运用"轮胎效应""文物效应"理论，重点培养那些可以长成参天大树的弱小的树木。

会议集政策性资产经营处置以来领导集体和全体长城人的共同智慧，总结归纳出了重点项目经营管理七个方面的"金科玉律"：

一是要研究政策，吃透相关法律法规和规章制度。二是要选准对象，切忌漫无边际，要选择有价值、有潜力的项目。三是要摸清底数，对项目的风险指数做到心中有数。四是要多案优选，多个方案进行比较，实现效益的最大化。五是要创建环境，努力争取上级政府部门和主管部门的支持。六是业务骨干要上阵，好钢用在刀刃上，不拘一格降人才。七是要建章立制，加强考核。

这七条，在指导中国长城资产工行包处置中，发挥了极其重要的作用，贯穿于重点项目经营工作的始末。

2010年4月，中国长城资产在银川再次召开重点项目工作会议。分管副总裁薛建全程参加了会议，并在会议结束时做了讲话。济南、成都、贵阳、兰州、呼和浩特、哈尔滨、长沙等重点项目相对集中办事处的主管领导，以及来自天一科技、西北轴承、宁夏长信、成源置业等直管项目和16个重点项目的30余人参加了会议。

会议全面总结了中国长城资产商业化转型三年来，在重点项目经营运作方面所采取的措施及成效，特别是查找了存在的问题、吸取经验教训，为下一步工作提供了借鉴，指出了落脚点。

重点项目之非常规运作

中国长城资产在加快商业化资产的处置步伐的同时，精选项目精英团队，强化重点资源管理，采取非常规手段，运作重点项目，精耕细作，提升其内在价值。

2009—2010年，公司总部党委多次研究部署，形成共识；多次行文，明确工行包资产经营处置整体思路和工作措施，出台商业化形式的内部回购工行包资产政策，严格规范运作，充分发挥了重点资源和重点项目价值提升、转型过渡期的支撑支持、发展战略平台等三大功能作用。

"精英团队"出击

按照公司总部要求，每一个重点经营项目都建立了强有力的经营管理团队，同时，明确运作规划和经营目标，严格落实责任和考核措施。项目管理人员一经确定，无特殊情况不随意变更。明确职责，切实加强风险防控，在制订经营方案时就把退出通道列为重要内容，建立危机应急处理机制，严防经营风险和退出风险。

所有项目一经批准立项，就抓紧成立专门的项目组。项目组人员实行一责到底。

项目组的组建采取多种方式，可以由办事处组建，办事处人力不足时，通过向公司总部申请，由公司总部从全国系统调剂。公司总部主导、跨区域重组的项目，则由公司总部调配和组建项目组。

对具有重组价值或上市潜力的优良债权，积极探索运用债权转股权、资产嫁接、IPO等方式，通过资本市场提升资产价值，选派骨干力量参与项目；对影响现金回收的重点项目，遴选得力人员进入项目组工作。对特别重大的项目，由办事处副总经理、总经理直接兼任项目组的组长。

公司总部有关职能部门也加强了对办事处重大项目的指导和参与，有的在系统内选派优秀干部直接参与或主导，对重大诉讼事项进行协调和指导，并选择部分疑难、典型案件直接参与运作，起到了示范作用。

"重点资源"掌控

重点资源类资产的内在价值相对较高，可运作空间较大，要求较高，其处置运作水平和结果对实现整体盈利目标有着重要影响。

公司总部成立重点项目部后，精心挑选了37个重组经营项目，通过股权置换、运作上市等方式提升资产价值；精心筛选了近千户企业、债权本金近600亿元，作为重点资源，由公司总部直接进行重点监控，其中包括上市公司关联资产及有上市潜力的资产，500万元以上房地产抵押或抵债资产和5000万元以上大额债权，抵押房产和地产为161亿元，有18家上市公司相对应的债权和担保债权，还有5000万元以上的大型企业债权389亿元。

为了不断完善重点资源的基础管理，实行信息全部录入，包括接收中的原始信息、尽职调查信息、动态信息、维权信息等。重点资源中凡是有抵押的，都进行了诉讼保全，通过诉讼保全，确保了对资产控制的主动权。对暂时没有列入重点资源范围的项目，只要其符合重点资源条件，采取比照重点资源的管理权限进行管理。

建立重点资源项目预案集中会审制，在重点资源项目处置方案编制之前，项目经理把项目预案向会审小组汇报后，由会审小组对重点资源尽职调查的充分性、营销的充分性、定价的合理性及处置方式的适当性进行全面会审，确保最大限度地挖掘资产价值。

为进一步加强对重点资源类资产的掌控，搞好处置服务和指导，从更高层面上促进资产的精细化管理、市场化运作和价值提升，公司总部出台了《关于加强重点资源精细化经营处置工作的意见》，再一次对上市公司的债权和股权、省会城市及重点二线城市的抵债或抵押房屋及土地、单户债权本金5000万元以上的资产等，组织全面调查摸底，统一组织评估、核实价值底数、严格定价管理，实行办事处和公司总部两级营销模式，进一步扩大营销范围，加大营销力度。对重点资源类资产的处置审核更加严格，确保按照"公开、公平、公正"和"竞争、择优"原则进行市场化运作。

"非常规手段"应对

通过加大公司总部与办事处上下对重点项目的经营管理力度，有力推动了各办事处重点项目向纵深发展。一方面，各办事处继续积极挖掘和筛选具有经营价值和升值潜力的项目，符合条件的一经确认，应尽快完成立项和经营方案的审批工作。另一方面，对已经重组完毕的经营项目，为严格控制风险、加强管理，先后出台《商业化资产重点项目经营管理暂行办法》《派出高管人员责任管理办法》《重点项目的档案管理办法》《项目评价办法》，强化了公司总部对项目的控制力度。

鼓励办事处将部分债权置换或嫁接为优质的股权、物权。规定当年接收的股权、物权纳入当年回收考核，但不作硬性指标要求。明确股权回收的三个重点：上市公司或正处在上市过程中、产品符合产业发展方向、核心竞争力强的大型国有企业的股权；在市场上正常交易，无重大重组意向的股权；地方商业银行及正常经营、盈利较好、无历史包袱的金融企业股权。

操作方式上，可以用债权置换股权，对置换股权的企业原则上不控股。物权主要是经济发达的二线及以上城市、省会城市区域位置好的土地、房产，做到清晰、无瑕疵，能办理过户。

价值提升　以一当十

精处置，做经典，价值提升，以一当十。中国长城资产在商业化资产经营中，围绕重点资源，不断创造不良资产经营处置经典案例。

例证之一：长沙办事处重点项目经营

长沙办事处以 28.88% 的收购价格，收购了工商银行湖南省分行可疑类贷款资产包，贷款户数 3033 户，贷款本息 251.98 亿元，收购价款 45.07 亿元。这些资产质量差、瑕疵多、收购价格偏高、处置环境差。据测算，如果对工行包采取简单的项目处置回收方式，预计亏损超过 25 亿元。

对这类资产唯一的处置办法就是沙里淘金，精心运作，充分提升资产价值。

长沙办事处挑选出 7 户债权项目（贷款本金 14.6 亿元）作为经营提升对象，实施专职领导、专门班子、专项管理，成功地将三个重点项目转换成上市公司权益，即酒鬼酒、岳阳恒立、天一科技。其余项目通过帮助加强经营管理，提高效益，并对其实施了回购或转让处置，均取得良好的处置回报，有效提升和放大了整个资产包处置回收价值。

长沙办事处收购湖南湘泉集团不良贷款本息共计 31457 万元。该项目在工商银行时就多年追偿无果，债务人湖南湘泉集团巨额亏损、宣告破产，债权资产没有抵押，担保企业负债累累、濒临破产，地方政府不配合。办事处多次派人上门追索，企业及当地政府均不予理睬，债权面临颗粒无收。

在追索无门的情况下，长沙办事处顶住压力，千方百计收集有力证据，经过艰苦努力，迫使当地政府走上谈判桌，成功地实现了债转股。湖南湘泉集团的破产债务最终置换为酒鬼酒股份有限公司 3636.6 万股股权，经过股权处置改革后实际股份为 3238.21 万股。

办事处从资金、管理、服务上给予大力支持，安排精兵强将，帮助企业强化管理，提升产品质量，扩大生产，销售额每年大幅增长。强劲的发展势头，大大提高了股权价值。到 2014 年，按照相关政策要求，办事处对持有酒鬼酒股权全部退出，共计回收现金 10.3 亿元，超过湖南湘泉集团债权本金 7.53 亿元。

项目的成功运作，也为湘西少数民族地区保住了一个品牌企业，安置就业人员 2000 多人，年均上缴税金 2 亿多元，取得了良好的社会经济效益。

长沙办事处收购恒立实业发展集团股份有限公司（原岳阳恒立冷气设备股份有限公司，以下简称岳阳恒立）项目不良债权本金 9485 万元，利息 338 万元，入账价值 9485 万元。收购前，岳阳恒立暂停交易近 7 年，先后有 40 多家重组方介入。为恢复岳阳恒立上市，长沙办事处周密筹划，积极参与岳阳恒立股权分置改革、资产重组及恢复上市的各项工作。

2012 年，长沙办事处以商业化收购方式，收购了该股权。2013 年 2 月 8 日，岳阳恒立在完成股改、资产重组及恢复上市等一系列艰难曲折的运作和通过各项审批后，成功在深圳证券交易所恢复上市。中国长城资产也成功取得岳阳恒立 1294.6 万股股权，后经过股改送股，持股数达到 3103 万股。

恒立实业的重组复牌，凝聚了长城人的心血与智慧，为其持续经营和不断提升资产价值奠定了坚实的基础。其重组复牌成功的意义不仅在于对项目的精心重组运作，更在于持续经营与不断提升资产价值的理念。

天一科技项目重组，艰辛励志，堪称空前。

长沙办事处还对非上市公司重点资源，实行一户一策，分别采取不同的处置方式帮助企业提升经营价值。

湖南物产集团剥离贷款 7.4 亿元，其下属大部分企业面临破产。办事处多次与物产集团高层进行接触和磋商，对其旗下湖南汽车城公司的 1.16 亿元贷款实施债转股，中国长城资产占湖南汽车城公司股权比例达到 46.4%。办事处委派业务骨干担任湖南汽车城副董事长、副总经理，参与企业经营管理，改善了企业经营面貌，汽车销售量连续几年居湖南省第一位。该项目最终股权由省政府回购，办事处收回现金 4543 万元。

例证之二：西安办事处重点项目经营

西安办事处通过打破常规，巧设方案谋重组，在不良资产价值提升上迈出新的步伐。以陕西汽车集团项目为例。

该项目是西安办事处的重点资源项目，收购时结欠本息达 3.87 亿元。

陕西汽车集团借助其承担军工任务等特殊地位，以及自身省属重点企业、省级领导亲自挂点管理的特殊背景，受到地方政府和有关政府部门严重干预，极大地影响了西安办事处对该项目的处置。各利益相关方都将 8000 万元定格成陕汽项目处置的最终定价，甚至"8000 万元"这个数字，一度成为陕汽项目的代名词。

陕西省高级人民法院相关文件中明确规定，对涉及资产管理公司的案件暂不受理、执行，转由省国资委或国资公司出面进行协调。面对重要障碍，西安办事处把处置策略锁定为异地诉讼，并选聘在北京具有较强实力的律师事务所代理此案。虽然陕汽项目最终被北京市高级人民法院驳回了上诉请求，未能实现异地迁回诉讼的期望，但是异地诉讼却大大震慑了相关利益方，为后期顺利处置奠定了基础。

接下来，西安办事处不仅通过公司总部、西部产权交易网、天津金融资产交易所等网络平台，还通过《金融时报》《陕西日报》《华商报》等有影响的媒体，将陕汽项目作为重点对象进行广泛营销。与此同时，办事处打破常规营销模式，探索"走出去、请进来"的营销方式方法，多管齐下，加大营销力度。在全方位的营销压力下，陕汽集团意识到了中国长城资产处置该项目的坚定决心和态度，也迫使有关方面增进了合作意愿，同时希望通过合作实现共赢。

正是抓住债务人处置意愿，西安办事处调动一切可用社会资源，经过多方艰苦协调，于 2010 年 8 月后修复了与政府、企业的关系。在政府、企业提出在 8000 万元以内解决债务问题的基础上，又以股权方式将价值增加了 1 亿元，增幅达 125%。

办事处经过 6 年多的艰苦维权和耐心处置，以永不放弃、永不言败的信念，巧设方案，多方营销，以现金加股权的重组方式，回收资产 1.8 亿元，其中现金 4076 万元，优质股权 1.18 亿股。股权变现后，债权整体回收率达到近 50%，本金回收率达到 75% 以上。

例证之三：郑州办事处重点项目经营

借助法律手段，维护自身权益，并通过法律诉讼挖掘潜力、提升价值，争取利益最大化，是中国长城资产自成立以来特别倚重的一种处置手段，也是商业化经营不可或缺的依靠。虽然在实际工作中，并非每次诉讼都是一帆风顺，尤其在一定时期、一些区域，司法环境不佳的状况依然存在，走通诉讼之路，还需付出更大努力。但长城人始终坚信，只要有法可依，有法必依，就没有攻克不了的难关。

郑州办事处收购的周口市工行包债权本金 11.05 亿元，莲花味精项目就是其中之一。办事处曾试图将周口市资产包以"入账价值 + 利息 + 处置费用"的成本价 1.5 亿元向外打包出售，却无人问津。

办事处只能另辟蹊径，通过重大法律手段异地查封、异地起诉等办法，绕开河南省的地方保护，查封莲花味精股权价值达 5 亿元，最终迫使莲花集团以其在莲花股份的 7287 万股股权抵偿债务。

莲花味精项目的成功运作，使整个周口市资产包价值上升到 5.5 亿元左右，价值提高了近 4 亿元。周口市资产包不但可以盈利，而且对办事处商业化资产整体盈利也产生了重要的促进作用和外溢效应。

例证之四：兰州办事处重点项目经营

自 2006 年初起，兰州办事处用整整三年时间运作西北轴承集团有限公司（以下简称西轴集团）以股抵债项目，使该项目从破产中获得了重生，最大化地保全了资产，也为兰州办事处收购甘、宁两省工行包的整体经营效果奠定了良好的基础。

西北轴承重生，集中体现了长城人的前瞻意识与创新思维，也集中体现了公司总部、办事处上下同欲、协同作战的力量。

本着负责的态度和最大化保全资产的信念，兰州办事处积极与自治区政府、国资委、高级人民法院等部门协调，对西轴集团实施"以股抵债"，同时拟将西轴股份操作为办事处的控股公司，为转型搭建上市公司平台。

通过与中国东方资产、中国信达资产进行多次谈判达成协议，由中国长城资产出资 1982.40 万元，收购了两家已查封的西轴集团持有的上市公司西轴股份 2863 万股股份做质押的 2000 多万元债权，在自治区高级人民法院、国资委的配合下，股权顺利过户到了中国长城资产名下。

至此，中国长城资产拥有西轴股份 8191.50 万股股权，占总股本的 37.8%。公司总部、兰州办事处多批次派出高级管理人员，对企业生产经营的各个环节进行管理监督，使该企业步入平稳有序的发展之路。

西轴集团以股抵债成功，使该企业在破产前夕得到了重生，最大化地保全了国有资产，维护了债权的安全，为兰州办事处工行包债权资产的整体盈利打下了坚实基础。更为重要的是，中国长城资产控股西轴股份，为与自治区各级党政机构的进一步合作搭起了桥梁，也为中国长城资产在西部地区打造了一个良好的经营平台。

以上市公司为突破口，迈步资本市场，进一步孕育和催生了中国长城资产向商业化转型。

例证之五：贵阳办事处重点项目经营

2005 年 6 月，贵阳办事处收购的工行包资产——贵阳市百货大楼，债权本金 1.66 亿元、利息 5336 万元，本息合计 2.19 亿元，购入价 7897 万元。通过诉讼，2006 年 8 月，贵州省高级人民法院裁定：将已停业多年的贵阳百成酒店（是贵阳市百货大楼的附属资产，同时为该笔债权的抵押资产）作价 9000 万元，等额抵偿给中国长城资产和中国东方资产，其中裁定中国长城资产 8000 万元，占 88.89%；中国东方资产 1000 万元，占 11.11%。

2008 年 8 月，贵阳办事处用工行包中协议抵债的遵义长征三厂土地和法院裁定抵债的遵义城乡房开春天堡大厦，与百成酒店进行捆绑重组，并邀约外部合作者，共同设立酒店筹资平台公司——贵州长城兴达投资有限责任公司（以下简称长城兴达公司）。

长城兴达公司成立后，用外部合作者出资的货币资金，购买了中国东方资产持有的百成酒店 11.11% 资产权益，并通过处置遵义长征三厂土地、遵义城乡房开春天堡大厦，将 4606 万元的处置收入投入酒店。2008 年 11 月，为增加对长城兴达公司的控股权益，又以百货大楼担保债权置换了外部合作者的出资。

2010 年 2 月，由贵阳办事处、长城兴达公司和上海长城投资控股（集团）有限公司（后更名为长城国富置业）发起成立了项目运作主体——贵州长城酒店投资有限公司。为提升项目物业品质，2010 年 6 月，贵州长城酒店投资有限公司引进了国际知名酒店管理公司法国雅高酒店管理集团，使用该集团全球商务品牌"NOVOTEL"（诺富特）作为新酒店品牌进行筹建。2011 年 9 月，诺富特酒店正式开业，2012 年被授予四星级酒店。恢复运营的酒店在经营管理水平、业绩、现金流等各方面得到了大幅提升。

2012 年底，通过公开处置，贵阳办事处实施商业化回购，试图从工行包中退出，并实现了对该公司的 100% 持股。2013 年 7 月，股权在天交所挂牌，以 2.47 亿元成功转让，实现商业化股权 100% 退出。项目累计处置净收益达到 8664 万元，达到了价值最大化的预定目标。这一过程历时 7 年，为国有资产的保值增值作出了贡献。

例证之六：哈尔滨办事处重点项目经营

当年，在不良资产项目经营管理上，有两个代表性的办事处总经理，人们善意地称之为"南有周老大、北有赵老大"。周老大是长沙周云贵，赵老大乃哈尔滨赵家国。老大即兄长之意。他们的共同点，除了年龄较长、资历较深外，就是能谋善断，外引内联，能把一摊子银行坏账，经营得风生水起，被人乐道。

哈尔滨办事处收购的工商银行黑龙江省分行不良资产原值为301.95亿元，购入价为83.85亿元。在摸底预算、清理散户、加快处置、回收现金流的同时，办事处重视重点项目价值的培植与提升，先后重组经营了黑龙江公路桥梁建设有限公司（龙建路桥）、中国第一重型机械集团有限责任公司（中国一重）、黑龙江黑宝药业集团（黑宝药业）、黑龙股份有限公司（黑龙股份）、光明集团家具股份有限公司（光明家具）和黑龙江龙煤矿业集团有限公司（龙煤集团）6家公司。赵家国总经理还为这6家公司起了个带有孕育成长与芳香意蕴且响亮的名字：

"五朵金花一枝梅"！

金花之一：龙建路桥项目，办事处收购债权本息3802万元，入账值3400万元，通过债转股方式取得股权。2009年6月至9月，哈尔滨办事处抓住资本市场上升时机，将持有的1808万股龙建股份股票全部转让，实现净现金流8569.27万元，占债权项目本金的245%，实现最终处置收益5169万元，成为中国长城资产第一个增值并完全退出的重点经营项目。

金花之二：中国一重项目，办事处收购债权本息7041万元，入账值6835万元。该项目原为政策性债转股项目，企业回购股权53万元，剩余股权6988万元，在企业成功上市前，办事处按1：1全额退出，回收现金6988万元。同时，通过4000万元资本金投资，办事处与企业共同发起设立股份公司，并于2010年2月9日在上交所成功挂牌上市，取得股权3823.71万股。2011年6月，通过部分处置，回收现金1.72亿元；剩余10万股以商业化回购方式买断，办事处实现资本金数倍回报。

金花之三：黑宝药业项目，办事处收购债权本息7770万元，入账值3158万元。通过债转股方式，办事处持有其2250万股股权；通过股权处置变现，收回现金5480万元，实现最终处置收益2321万元。

金花之四：黑龙股份项目，办事处收购债权本息2.59亿元，入账值8000万元。2007年通过处置，收回现金6298.5万元，取得出让土地使用权404.16万平方米。2017年该土地使用权收回现金8564万元，剩余1.98亿元分六年等额偿还。

金花之五：光明家具项目，办事处收购债权本息2.06亿元，入账值2254万元。通过处置办事处收回现金1500万元，并持有其上市股权1650万股。2011年8月，公司总部采取商业化回购方式，买断全部股权；买断后，回收现金2.01亿元。本息收益率达100%以上。

一枝梅花：龙煤集团项目，办事处收购债权本息29.64亿元，入账值8.21亿元。办事处处置收回现金6亿元,并持有其3.76亿股股权,股权占比5.98%。

事实上,"五朵金花一枝梅"是哈尔滨办事处精细运作重点经营项目的一个缩影,办事处还运作了诸如大世界、北满特钢、第一工具、哈尔滨量具刃具集团等项目,这些为弥补工行包高报价形成的巨额损失作出了贡献。

上述项目,由于企业自身原因,经营发展遭受挫折。长城人通过精心策划,创新方式方法,帮助企业走出困境,重新步入发展轨道,让从业人员免于失业,有力维护了社会稳定并推动地方经济发展,在当时都取得了社会效益和经济效益的双丰收。

梅花香自苦寒来。曾先后担任哈尔滨办事处副总经理、总经理的王彤回忆起那段经历,深情地说:"工行包中选出的五朵金花一枝梅,从项目筛选、方案谋划、组织实施、精细运作、谈判博弈,到超倍实现预定目标,总经理赵家国真是劳苦功高,参与经营运作的员工真是拼了命地工作,公司总部领导和相关部门领导也倾注了大量心血!"

成功的鲜花,是用汗水浇灌而来的,更是坚韧信念的支撑。

正是拥有这样一大批忠诚、勤奋的长城人,培育出众多的经典项目,涅槃重生,才使得中国长城资产的资产结构质量和潜能发生了重大调整和转折,为中国长城资产的商业化成功转型铺平了道路。

第十六章 CHAPTER 16

为伊消得人憔悴

　　然而，在成功收购、经营工行包光鲜的背后，隐藏着巨大的阴影。

　　"拿了工行包，大家高兴一时，却为此拖累多年啊！"李占臣在回忆工行包收购的这一段往事时，感慨万千，他说："当时，不去竞价工行包是万万不行的，但把工行包拿到手了一看，有许多意想不到的问题！"

　　由于给予买方尽职调查时间短，2005 年 5 月 14 日接收客户清单，5 月 16 日进场，6 月 10 日结束，前后只有 25 天的时间。同时，工商银行仅提供剥离总户数 30% 的清单，另外 70% 则无从调查。从当时抽样情况来看，工行包资产质量的确还算不错的，单户金额较大，企业多集中在城区，管理也比较规范，不像农业银行贷款大多分布在县级乡镇，金额小、分布散。

　　然而，竞标刚刚结束，长城人就明显感觉到，工行包资产中存在大量不符合人民银行、财政部有关剥离文件规定的"瑕疵资产"，藏匿着巨大的风险。

　　这是一场存在争议的竞标游戏。

　　从 2005 年 6 月到 2011 年 5 月，长城人用了五年时间，对工行包进行经营处置。五年时间只是一个阶段，如果算上 2011 年之后封闭运行的又一个五年，耗时整整十年。

　　尤其在前一个五年里，工行包处置成了中国长城资产的中心任务。中国长城资产几乎动员了全国的力量处置经营资产、收回现金流、归还再贷款，压力山大。

　　长城人的班底，是从农业银行全国系统选调过来的精兵强将，毫无疑问是一支专业、勤奋的队伍，一支特别能吃苦、特别能战斗的队伍，这是被事实证明了的。然而，中国长城资产被工行包纠缠太久，拖累太重，精疲力竭，自身经营效益和商业化转型速度被三家兄弟公司远远地甩在身后。在很大程度上，工行包里的瑕疵资产问题，是造成这一现象众多因素中的重要原因之一。

　　落后，一直是烙在长城人的心头之痛。

　　什么是工行包瑕疵资产？国内新闻媒体回答了这一问题：

　　"百亿坏账之争：揭秘工行有毒资产包"——

　　工行包疑点一：可疑 VS 损失；

　　工行包疑点二：本金 VS 利息；

　　工行包疑点三：欺诈 VS 疏忽。

2009 年 10 月 30 日至 11 月 3 日，《中国经营报》《新浪财经》及中国财经网等国内众多媒体，发表了内容几乎相同的标题文章，揭示工行包中的"有毒资产"，替中国长城资产等收购方愤愤不平。

标题和通篇文章，用词很是扎眼。

文章称：工商银行 4600 亿元可疑类贷款由央行采取统一招标的方式，交由中国长城资产等四大资产管理公司处置。彼时，作为工商银行可疑类贷款资产包竞标的最大赢家，中国长城资产一举"吃"下了 4600 亿元中的 2569.94 亿元。

但争端也由此埋下伏笔。

文章称：剥离收购工行包资产，是国家支持工商银行顺利实现股改的重大举措，资产管理公司在表象上受让的是不良金融债权，实质上承接了国有银行的改革成本和历史包袱。

长城人陷入了一种无奈的境地。

而工行包瑕疵问题造成的后果，远远不止文章中提到的 100 亿元损失。政策性资产处置完毕，正值艰难的转型过渡期的中国长城资产，已经十分体虚和脆弱，又将面临巨额非经营性损失风险。

博弈，磋商与汇报

紧急协商

中国长城资产承接工行包并进入全面管理与处置阶段之后，这才发现，工商银行并未按照人民银行、财政部在打包出售资产时，明文规定的"可疑类贷款是指工商银行贷款五级风险分类为可疑类的贷款……"，同时，存在大量的瑕疵资产，总计 17909 户、1315 亿元，分别占收购户数、金额的 54.7% 和 51.2%。这虽难以接受，但却是现实。

漫长而艰苦的博弈才刚刚开始。

2006 年 3 月 3 日，中国长城资产以正式函件的形式，向工商银行提出解决接收可疑类贷款中瑕疵资产问题。

中国长城资产函文这样描述：

工商银行的股份制改革是我国国有商业银行改革的重要组成部分，中国长城资产肩负着支持工商银行改革义不容辞的责任和义务。但是，行司剥离和接收不良资产必须依据人民银行、财政部、银监会关于国有商业银行第二次剥离不良贷款有关规定进行，银行和资产管理公司，双方的责任必须分清。对于中国长城资产核查出的六个方面的问题，行司双方都应该本着对国家负责、对行司负责的原则，区别情况，实事求是，分类解决，各负其责。行司双方自身解决不了的问题，由行司联合报请国家有关部门解决，并就存在的问题，提出了具体的解决办法。同时，建议行司成立专项联合工作小组，对存在的问题和中国长城资产提出的解决办法逐项进行研究，争取早日解决。

可疑类贷款是借款人具备一定偿债能力的贷款，与回收无望的损失类贷款有本质的区别，与难以维权、无法追偿的瑕疵资产也完全不同。

瑕疵资产主要是：

> 剥离项目按五级分类标准，属于损失类贷款按可疑类贷款剥离；债权已放弃或转让，债权债务关系已不存在，转让资产主债权或从债权已无法律追索权的"空债权"资产按可疑类贷款进行剥离；部分剥离资产信息披露不充分或披露错误，影响报价；部分剥离资产档案中缺少借款借据、担保合同等重要资料；部分剥离资产由于管理不到位，影响债权人主张权益；剥离资产属于国家计划内破产企业或政策减免的企业较多。

一个非常典型的例子是，工商银行辽宁省分行把在剥离前已经打捆出售给当地政府并已回收现金的 105 户、16.9 亿元企业贷款，又进行了剥离，"空债权"再次收取中国长城资产对应收购资金达 5.56 亿元。

一个多月后的 4 月 6 日，中国长城资产再次向工商银行发出敦请解决"工行包"瑕疵资产问题的函，陈述存在的问题以及解决问题的意见和办法。强调指出，这些问题久拖不决，势必影响国家金融资产权益的实现，影响工商银行的股份制改革进程，影响中国长城资产的改革发展。

此后，双方领导又先后两次约谈，商谈解决办法。中国长城资产公司总部市场拓展部与工商银行风险管理部，也多次沟通。部分办事处也向当地银监局、财政专员办和人民银行进行了汇报。但是，工商银行认为上述问题确实存在，不过资产包已经出售，问题应由资产管理公司自行解决。

出了现钱，却买回一堆"有毒资产"，这些钱可是长城人的命根子啊。

为了争取瑕疵资产妥善解决，公司总部多次召开会议，将瑕疵资产分为一般瑕疵资产和严重瑕疵资产。一般瑕疵资产，以中国长城资产解决为主；严重瑕疵资产，争取国家有关政策或与工商银行协商解决。

自 2007 年 1 月起，中国长城资产又组织力量集中两个月时间，对严重瑕疵资产进行了逐户核查和认定。在各办事处核查上报的基础上，为把好审核认定关，公司总部又先后组织 45 人分成 20 个审核小组，按照初审、复审流程进行认真审核。通过审核，共认定五项严重瑕疵资产计 6132 户，债权本金 421 亿元，归类为五个方面：空债权 856 户，75 亿元；信息未披露的损失类贷款 2206 户，154 亿元；逆向调整的损失类贷款 440 户，35 亿元；重要法律文书缺失的 594 户，42 亿元；其他类 2036 户，115 亿元。

数量巨大的瑕疵资产，已远远超过中国长城资产的承受能力。如不妥善解决，将严重影响正常的资产处置和中国长城资产的商业化转型。

上报央行

在与工商银行协商无果的情况下，中国长城资产向中国人民银行上报了《关于收购工商银行不良资产中严重瑕疵资产问题的报告》，指出了问题的严重性，并建议一般性的瑕疵资产由中国长城资产自己解决，对经核查确认的 421 亿元严重瑕疵资产，希望能得到国家有关部门的高度重视。

这份呈请人民银行的报告，连同审计报告同时上报了财政部、中国银监会。

报告请求：

一是恳请人民银行敦促工商银行正视资产剥离中存在的瑕疵问题，认真研究和妥善解决严重瑕疵资产问题。

二是恳请人民银行协调国家有关部门，研究解决方案。中国长城资产按照国家有关部门要求，积极参加工商银行可疑类贷款招标，收购了 2500 多亿元可疑类资产，为工商银行改制作出了较大贡献，但是收购资产中存在的瑕疵问题，从目前情况看，单凭中国长城资产与工商银行协调无法解决。加之工商银行已成为上市公司，如果中国长城资产采取法律手段或新闻曝光的办法，势必影响工商银行形象。因此，请求国家有关部门高度重视，特别是分清行司责任，妥善解决问题。

三是恳请人民银行协调国家有关部门委托中介机构，对 421 亿元严重瑕疵资产进行重新认定，中国长城资产对其实行单独管理、处置和考核，最大限度回收。对中国长城资产尽最大努力后仍然出现的亏损，由国家逐笔核实，对应核减中国长城资产的再贷款规模，并在考核中国长城资产收购工商银行资产经营业绩时给予充分考虑。

与此同时，赵东平及其他班子成员，分别多次以单位或个人的名义，向人民银行、财政部、银监会主要领导及相关司局处室反映问题，陈述情况，最终引起了高层的重视。

2007 年 9 月 25 日下午，专题研究工行包瑕疵问题座谈会在人民银行总行第三会议室召开。这是一次处理工行包"定调"会议，至关重要。

会议研究内容：妥善解决工行包资产中政策性破产等因素对中国长城资产改革发展的影响。

会上，赵东平汇报了工行包收购后的经营处置情况，重点是工行包招投标设计中的政策性制度安排、政策性破产、违规剥离形成的瑕疵资产等因素，可能导致工行包资产面临巨大亏损风险等问题。他提出了解决瑕疵资产的意见和建议，即建议国家在研究资产管理公司改革时，予以统筹考虑，既可以通过明确政策性破产损失补偿政策来解决，也可以通过其他途径来促进消化。如果短期内国家无法通过明确政策性破产损失补偿政策来解决瑕疵资产问题，为不影响中国长城资产改革进程、加剧损失风险，根据国务院会议纪要中"对人民银行发放的再贷款作出妥善安排"的有关精神，建议进一步延长再贷款归还期限和允许使用处置回收资金，这些瑕疵资产全部由中国长城资产自行消化，并于 2016 年一次性全额归还再贷款本息。

朱焕启在发言中，对赵东平提出的工行包资产中存在的问题高度认同，并认为政策性破产因素是国家行为，国家在考核资产管理公司时应予以考虑，这与资产管理公司商业化收购无关。对于中国长城资产提出的延期归还再贷款问题，他表示，人民银行上个月刚刚与四家资产管理公司签订了延期至 2011 年底的还款协议，在这么短的时间内再次变动不妥，并认为展期并不能解决工行包中存在的问题。

会议认为，中国长城资产反映的工行包中存在的问题，情况都基本清楚，工商银行改革作为国家重中之重的金融改革项目，是要付出代价的，造成的问题与局限性是客观的。要把收购处置工行包资产产生的财务负担同资产管理公司的改革区别开来，统筹考虑，不能因为工行包的问题影响资产管理公司的改革发展。资产管理公司在工行包处置中，对于政策性破产项目、瑕疵资产项目，重点要放在落实责任，最大限度回收上。要本着对国家负责的态度，做到程序清晰、处置得当、责任落实，确保每一笔都经得起监管部门的审计和历史的检验。对于政策性破产、瑕疵资产项目收回的现金，那是资产管理公司的成绩。

对于中国长城资产提出的延期还款的建议，会议明确，目前暂不宜研究延期还款问题，资产管理公司凭自身努力，很难解决工行包中存在的问题。但人民银行承认工商银行改革这段历史，就中国长城资产中标工行包不可预见的因素，将与财政部进行沟通，纳入资产管理公司改革中统筹考虑。必要时，人民银行也可以单独向国务院报告。

对于中国长城资产与其他公司存在的差距，会议认为，有历史和客观因素，但中国长城资产绝不能输在员工队伍的意志品质、竞争力和战斗力上，从管理团队到销售团队，都要加强管理，改进作风，提高队伍的凝聚力和战斗力。

非经营性损失远超预期

继 2006 年 3 月、2007 年 1 月之后，2009 年 2 月，中国长城资产再次对工行包瑕疵资产进行第三次大规模核查。在全面核查认定过程中，始终坚持了实事求是原则，按照"按标准定项目，以证据定数据"的要求，逐户举证，严格把关，形成了工行包非经营性损失类资产认定。

确认结果如下：

非经营性损失是指由于国家政策、自然灾害等不可抗力和工商银行违规剥离及地方政府主导破产等原因导致、与中国长城资产经营处置行为无关的损失。

非经营性损失类资产包括收购后新发生的非经营性损失，及收购前工商银行已出具同意意见的政策性破产项目形成的非经营性损失。

非经营性损失类资产共分为九类，分别为政策性破产类债权（其中包括收购前工商银行已出具同意意见的政策性破产类债权）、政策性减免类债权、地震损失类债权、三峡库区淹没损失类债权、空债权类严重瑕疵债权、未披露"两结"等重要信息严重瑕疵债权、逆向调整类严重瑕疵类债权、重要资料缺失类严重瑕疵债权和收购后一般性破产损失类债权。

确认非经营类损失涉及 4228 户，贷款本金 683.52 亿元，涉及收购成本 191.31 亿元。

非经营性损失类资产，包括收购后政策性破产及减免、一般性破产、地震及三峡库区淹没、工商银行违规剥离四大类资产。经过全面尽职调查，这部分资产回收率极低，基本形成事实损失，说明如下：

一是政策性破产及减免类。中国长城资产收购工行包后，国家有关部门下达和特批的政策性破产涉及项目 399 户，贷款本金 214.14 亿元，收购成本 60.14 亿元。

二是地震及库区淹没类。受汶川大地震、长江三峡库区淹没等不可抗力的自然因素严重影响，资产损失加大。涉及这些损失的四川、重庆、陕西、甘肃等地资产，涉及项目 854 户，贷款本金 55 亿元，收购成本 17.54 亿元。

三是收购后一般性破产类。部分地方政府套用国家政策性破产政策，强行对其管辖的国有企业实施破产清偿，使金融债务悬空，给中国长城资产债权回收带来损失，涉及项目 874 户，贷款本金 135.31 亿元，收购成本 36.93 亿元。

四是工商银行违规剥离类。主要表现为剥离未披露诉讼破产终结等重要信息、将损失类调入可疑类反映、空债权、借据合同等重要资料缺失影响行使权利等，涉及项目 1776 户，贷款本金 141.70 亿元，收购成本 37.62 亿元。此外，在收购前国家有关部门初步提出的政策性破产名单中，由工商银行出具了审核意见的项目有 224 个，涉及贷款本金 101.14 亿元，收购成本 29.58 亿元。

负面影响不堪承受

毫无疑问，工行包资产为中国长城资产转型发展形成了缓冲，发挥了重要支撑作用。然而，由于工行包剥离收购的制度安排，受明显的政策性特征等一系列非经营性因素的影响，加上工商银行信息披露不充分，价格判断的基础信息不充分、不对称，定价的条件不充足，客观上，竞标规则使得竞标前很难完全发现瑕疵资产。

随着处置经营工作不断深入，各种矛盾交织，问题越来越显现。

长城人对工行包的收购和经营情况，没有停止过深刻反思。工行包的经营处置实践，收购时的高报价以及收购以后产生的非经营性损失，是造成工行包再贷款不能按时足额归还的根本原因，中国长城资产不可能依靠自身努力解决，由此，带来了一系列负面影响。

首先，严重影响了中国长城资产按期归还人民银行再贷款的进度。

从 2006 年开始，中国长城资产每年都按照人民银行归还再贷款协议中的当年还款要求，下达现金回收计划；但由于指标背离资产经营处置实际，加上外部经济金融形势的变化，连续三年现金回收计划均未能完成，再贷款协议无法正常履行。2007 年底，中国长城资产在垫付了 31.5 亿元资本金的情况下，才勉强归还了第一期再贷款。2008 年底又垫付了 20 亿元资本金。随着还款目标和回收能力之间的差距越来越大，后期依然无法履行调整后再贷款协议。

其次，严重影响了财政部对中国长城资产主要考核指标的实现。

非经营性损失类资产的存在，使得财政部对中国长城资产考核评价指标失真，无法客观反映其经营业绩和管理水平。由于该部分资产损失金额较大，且完全与业务经营活动无关，如果以此为基础进行行业业绩考核和绩效评价，中国长城资产在四家资产管理公司中完全处于劣势。

最后，严重阻碍了中国长城资产的转型发展。工行包经营责任目标长期难以落实，严重影响到了再贷款的按时归还，正向激励机制也无法有效建立，给商业化转型发展带来了极大阻碍。

作为，基于使命与事实

在中国长城资产发展历程中，始终牢记使命，以昂扬的姿态，迎接挑战，排除万难。面对工行包瑕疵资产，长城人一方面积极磋商汇报，争取支持，另一方面埋头苦干，沙里淘金，致力于提升资产价值，为自己创造效益，为社会创造财富。

在 2007 年度工作会议上，赵东平强调："对瑕疵资产，我们要站在维护国家利益、保全资产、减少损失的高度，在继续加强债权维护、健全台账档案的同时，切实加强有效处置，争取最大的处置效益。对瑕疵类资产要制定专门的管理处置办法，单独列账、单独管理、单独考核，实行办事处总经理负责制，实行特殊的处置激励政策。公司总部要加强对瑕疵类资产的处置指导和参与，各办事处在具体项目处置中，要尽可能地争取当地工商银行的配合，切实采取有效措施，加快有效处置，绝不能错失处置良机。"

中国长城资产面对严重瑕疵资产，始终本着对国家负责、实事求是的态度，规范处置行为，先后出台了《瑕疵资产管理处置暂行办法》和《瑕疵资产管理处置工作指南》两个重要管理文件，指导办事处采取多种有效手段促进资产回收。同时，为严格管理和有效处置非经营性损失类资产，2009 年 8 月又制定印发了《非经营性损失类资产管理处置规范》，对非经营性损失类资产管理与处置，提出了指导性的要求。鼓励对优质物权、股权的回收和均衡体现效益，防止短期行为。加强对工行包办事处利润预算执行情况的控制，通过在考核办法中作出约束性和惩罚性规定，这样既可以防止出现短期化的盈利行为，也可以防止不负责任的集中体现亏损。

各办事处迎难而上，百倍努力，充分挖掘资源处置瑕疵资产，维护国家金融债权，有计划地推进处置，最大限度地提高每一个项目的处置效益。

成都办事处对工行包中的"中国航天科技集团公司长征机械厂""中国航天科技集团公司烽火机械厂"这两个司法程序上已经终结的项目，属于严重瑕疵资产。但长城人不轻言放弃，终成正果，就是很好的典型。

"长征机械"项目，收购本金 2080.50 万元。在工商银行期间，仅万源市、达州市、渠县三家人民法院，先后就作出了多达 15 份的司法裁决。该债务人是航天军工重点保护企业，背景特殊，涉及多个国家级军工部门和省市政府。在此影响下，办案进程几经反复。成都办事处承接债权之后，经过了艰苦卓绝的维权过程，本来回收无望的项目，最终收回了现金 855 万元。

"烽火机械"项目，债权本金 1291 万元，也有着同样的特殊背景，工商银行已诉讼并执行终结。长城人通过深度营销，成功找到债务人的重大财产线索，抓住最佳处置时机，采取灵活的处置方式，巧妙利用企业与当地政府的相互依存关系和人民法院的司法威慑力，成功打破多年的积案僵局，最大限度挽回了 530 万元的金融资产损失，回收率达 41%。

贵阳红星拖拉机厂，是工行包中政策性破产项目，债权本金 4306 万元。贵阳办事处经过摸底发现，该企业虽然已破产，却仍在大量出售产品，企图逃废债务。长城人及时维权，提起诉讼，经过艰苦工作，通过法院的判决，办事处在该企业安置职工后的剩余资产中，收回现金 4000 多万元。

陕西开关厂也是政策性破产项目，剥离本金 2.4 亿元，工商银行早已出具同意破产的意见。企业进入破产程序后，西安办事处依法申报了债权并对企业相关材料进行严格审核，发现企业存在不规范破产行为。经过两个多月针锋相对的斗争，最终使该企业重新编写了"破产财产分配方案"，并自愿偿还 100 万元贷款利息。

长沙办事处追究天津轮胎橡胶工业公司、长沙中意电器公司、湖南航空动力集团（军工企业）三家政策性破产企业担保人的担保责任，成效显著。这三家企业涉及工行包中破产终结项目，收购本金 9910 万元。长沙办事处收购该资产后，根据政策性破产企业可以追究担保人担保责任等规定，即进行了法律维权，起诉担保人渤海化工集团公司。2006 年 4 月，株洲中院冻结了渤海化工集团公司在天津津泰橡胶公司、渤海化学原料公司、天溶化工公司等股份及红利。12 月 19 日，根据湖南省高级人民法院判决，长沙办事处收回本金 6923.95 万元。

福州办事处对经公司总部确认的瑕疵资产逐户整理，补充收集证据资料，完善项目档案，做成经得起各方面检查和历史检验的铁账。同时，全力推动工行包特别是瑕疵资产处置。比如，资产经营部项目二组共三个人，管理工行包债权资产 149 户，债权本金 4.52 亿元。经过不懈的努力，到 2009 年 9 月底，项目二组就处置债权本金 2.67 亿元，现金回收 2.16 亿元，债权本金回收率为 81.18%。

这些虽然是个案，但充分体现了长城人基于使命与事实，主动作为，不轻言放弃的工作作风。

长城人在处置瑕疵资产过程中，费尽了心血，以积极务实的姿态，最大化收回国有资产。

担当，始于国计民生大局

中国长城资产时刻心怀大局，为国家利益着想，为民族富强尽力，是一个有担当的中央金融企业。在国有企业改革、地震灾害、三峡移民和天然林保护等事关国家经济与人民生活重大事件中，主动为国家分忧，先行承担损失。

苟利国家，甘愿舍己

政策性破产是支持国企改革的一项特殊政策。企业破产，其全部资产首先用于安置失业和下岗职工。这就意味着国有企业政策性关闭破产后，原有的金融债权将可能成为坏账。

在商业化收购工商银行可疑类资产包中，中国长城资产涉及政策性关闭破产户数和债权本金分别是 909 户、469.56 亿元，分别占四家资产管理公司的 65.77% 和 68.78%。相对于其他三家资产管理公司，中国长城资产承担了更多的因政策性关闭企业的损失。

国家文件虽然提出对资产管理公司因政策性关闭破产而发生的债权损失予以考虑，但具体方案一直未予明确。为及时客观反映政策性关闭破产对资产管理公司的影响，为国家有关部门制定补偿政策提供参考依据，2006 年 11 月 28 日和 2007 年 6 月 5 日，四家资产管理公司分别两次联合行文，就政策性关闭破产情况及损失补偿问题，向全国企业兼并破产和职工再就业工作领导小组进行汇报，恳请尽快制定国有企业政策性关闭破产损失补偿政策。

根据政策要求，需先行对企业进行核减，安置分流的职工。中国长城资产政策性核减金额为 5.26 亿元，工商银行可疑类核减金额为 124.50 亿元，两项合计 129.76 亿元。其中工商银行可疑类核减金额占四家公司工商银行可疑类核减总额的 70.08%。

此外，对符合国家破产政策的，中国长城资产共审核 325 个项目，其中出具同意政策性破产意见（或债权已转让）的项目 245 个。在复审政策性破产项目过程中，各办事处把政策性破产工作作为深化国有企业改革、维护企业和社会稳定的重要措施来抓，精心组织，通过抓住重点，及时与地方政府加强沟通，保证了国家政策顺利推进。

地震无情人有情

2008 年 5 月 12 日汶川地震，举世震惊。这是中华人民共和国成立以来破坏力最大、继唐山大地震后伤亡最严重的一次自然灾害。

在此次地震中，中国长城资产也遭受了巨大的损失。受地震影响较大的办事处有四家，分别是成都、重庆、西安和兰州。四家办事处直接财产损失 480 万元，包括 2005 年从工商银行收购的商业化不良资产和 1999 年收购的政策性不良资产造成的损失。2008 年 6 月 16 日的统计数据显示，中国长城资产总计损失商业化不良资产债权本金 91.96 亿元，预计造成损失 30.15 亿元；遭受损失的同时还有政策性不良资产，预计 2953 万元。

地震发生后，中国长城资产迅速组织工作组奔赴灾区，主动落实了"对国家认定的汶川地震 51 个极重灾区县和重灾区县行政区域内，灾前已经发放、灾后不能按期偿还的各项贷款，在 2008 年 12 月 31 日前不催收催缴、不罚息、不作为不良记录、不影响借款人继续获得灾区其他信贷支持"的"四不政策"，积极帮助灾区恢复生产，重建家园。

在核准确认的基础上，核销地震受损严重贷款户的不良贷款。对所属灾区办事处的办公设施方面的损失，中国长城资产主动承担，自行消化。

心系灾区，奉献爱心。地震发生后，中国长城资产迅速部署捐款救灾活动，向灾区捐款 100 万元，个人累计向灾区捐款 56.12 万元，成为同业公司中的首家捐款单位；同时，交纳"特殊党费"112.5 万元、"特殊团费"2.58 万元，全系统累计捐款合计 292.2 万元。

灾害无情人有情。长城人在这场灾难面前，表现出大爱与担当。

三峡工程，功利千秋

长江三峡水利枢纽工程是功在当代、利在千秋的伟大工程，做好三峡建设工程的移民安置工作，是保障三峡工程顺利进行的必要前提。

中国长城资产收购三峡库区淹没企业债权 19.33 亿元，其中一、二期移民搬迁企业债权 16.5 亿元，占 82.7%。长城人服从国家三峡库区移民工作大局，按照回收资产先有后无、先多后少的顺序，一方面灵活采用各种处置方式，加大处置力度，最大限度回收资产，及时处置一、二期淹没企业债权，另一方面协助当地政府做好搬迁企业的后续工作。

同时，中国长城资产印发了《关于加快三峡库区淹没企业债权处置的意见》，对三峡库区淹没企业的认定材料、债权处置方式、债权处置评估、债权处置项目的审批程序等，给予明确规定，确保库区办事处在操作规范的前提下，依据国家有关政策灵活采取各种方式（包括零回收方式），加速对淹没企业债权的处置，安全、及时、高效地完成此项工作。

如重庆办事处根据文件精神，对政策性剥离资产中的 240 户三峡库区企业债权，采取了特殊处置，其中处置回收为零的项目占绝大部分。这部分项目的处置经过中国长城资产监事会、银监会、审计署、人民银行等监管机构的多次检查，得到了认定。

三北防护林，关乎绿色家园

20 世纪 70 年代末，曾经是水草肥美的"三北"农区、牧区，已遍地黄沙，年风沙日达 30~100 天，下游河床已高出地面 10 米以上。美丽的西北、华北和东北大地，正一年一年变得荒芜，暴虐的风沙日甚一日地逼近中原大地，逼近祖国的首都北京。干旱、风沙和水土流失，带来了严重的生态危机，"十年九旱、不旱则涝"的自然环境，制约着这些地区的经济发展。

为了改善生态环境，1979 年，国务院决定把"三北"（西北、华北、东北）防护林工程列为国家经济建设的重要项目。到 2001 年末，天保工程区国有森工企业金融机构贷款本息约 266 亿元，资产总额 678 亿元，负债总额 489 亿元。建设防护林工程对三北地区生态平衡的重建、恢复和改善生态环境将起到决定性的作用。

经过几十年的植树造林，北方大地已赫然筑起一道绿色长城。为了保护这道天然屏障，使其永葆青春，造福华夏，国家决定对这项来之不易的劳动成果给予重点保护。

国务院 1999 年第 46 次总理办公会议上，在研究对天然林资源保护工程实施方案时很明确："天然林保护地区的以木材为原材料的小型加工企业要一律关闭破产，对不能偿还的银行贷款，由国家经贸委会同有关部门审核后纳入全国企业兼并破产计划予以核销。"中国银监会、国家林业局也共同行文，明确指出："各债权资产管理公司免除天然林保护工程区森工企业贷款本息所造成的损失，作为资产管理公司的处置资产损失处理。"

按照有关文件，天然林保护工程的债务处理，主要涉及债务免除、关闭破产、解除担保三个方面。中国长城资产合计约 48.99 亿元，其中天然林保护工程债务免除金额约 41.97 亿元，破产关闭约 4.14 亿元，拟解除担保约 2.88 亿元。按照收购工行包平均价为原价的 27.07%，48.99 亿元债权的收购成本为 13.26 亿元，加上财务与管理成本，损失约为 14.7 亿元。

中国长城资产严格按照国家有关规定履行职责，不打折扣。虽然，办理债务免除意味着巨额账面亏损，加重了自身商业化资产的经营压力，但是，在债权损失补偿政策未到位的前提下，中国长城资产率先落实了国家政策措施，主动为天然林保护工程企业办理债务减免、解除担保等手续。

长城人牺牲自己的利益，为三北天然林保护工程，美化绿色走廊作出了巨大的贡献，为人民的福祉，舍弃小我，体现了长城人的奉献和大局精神。

"苟利国家生死以，岂因祸福避趋之。"长城人直面沉重的压力，始终以大局为重，没有因此而抱怨。

尤其在政策性破产、地震灾害、三峡库区淹没、天然林保护等国家一系列重大政策和人民重大利益面前，中国长城资产的担当意识和巨大贡献，理应载入史册。

第十七章 CHAPTER 17

小包里的大文章

　　如果说，农行包是国家政策性剥离的不良资产，工行包是推动国有商业银行股改上市的准政策性不良资产，那么，长城人先后竞价收购的中国银行、建设银行、华夏银行、光大银行等可疑类贷款，才是真正的商业化经营的开始。

　　虽然，其后收购的这些资产包的规模不大，但却屡有斩获。而真正让人打气提神的是，长城人在商业化资产收购和经营处置过程中所表现出来的坚毅、智慧和进取精神，创造出传奇般的故事，令人称奇。

　　资产包虽小，故事却不小，体现出的价值和意义更是小中见大。

中行包出奇制胜

　　与收购工行包一样，竞价收购中国银行青岛市分行不良资产包（以下简称中行包）也是在政策性资产处置接近尾声，中国长城资产面对资源枯竭、经营难以为继的困局，所作出的痛苦选择和坚定的追求。

　　在工行包之前的 2005 年 5 月 10 日，中国信达资产将竞价收购的中国银行 1498 亿元可疑类贷款中，拿出青岛市分行的 66 亿元不良债权本金，进行拍卖。中国长城资产长春办事处戏剧性地拿下这一单。

　　这是长城人第一笔真正意义上的商业化资产。

　　长春办事处完成收购中行包以后，开足马力，苦心经营了一年多时间。他们克服管理区位遥远、地方保护主义严重、异地维权异常艰难等困难，在查获债务人信息、优选处置策略、有效实施维权、建立基础档案等方面，做了大量卓有成效的工作。

　　但由于跨地区管理不便，2006 年 6 月，公司总部决定将这个资产包内部等价划转给济南办事处。

　　无论对于长春还是济南来说，都是痛苦选择，因为当时长城人已经无路可走而又不得不走。前边就算是一个坑，也得往里跳。无论是政策性时期，还是艰难的过渡期和商业化资产处置时期，以及之后的转型发展时期，多维度折射了长城人身上洋溢出的不朽精神，那就是——忍辱负重，上下同欲，坚韧不拔。

66 亿元不良资产，成交价格高达收购本金的 42.12%，花了 27.79 亿元买下，而且花的还是资本金！兄弟公司——中国信达资产以"成功出售青岛资产包"为题，来总结其这一次成功运作的技巧与经验。

中国信达资产的成功，对于长城人来讲，无疑是个重大的挫折。这笔资产被承接之后，长城人进行了全面尽职调查，发现被兄弟公司"忽悠"了，根本不值那么多的钱，傻了眼了。

真是打掉牙往肚里咽。

同时，收购资产的结构错综复杂，既有工行包又有中行包，两行贷款相互交织，其中，中行包是用资本金收购的；既有债权资产，也有股权资产和物权资产。此外，中国长城资产还面临处置面大、人力不足、缺乏商业化处置经验等一系列困难。

为此，公司总部给予强力支持。赵东平与其他班子成员，不下二十次，赴济南专题研究处理问题，甚至在与地方政府的洽谈时，遭受冷落、怠慢，诸多憋屈。可是，这并不影响他们最大限度收回国有资产的决心。

从 2007 年 1 月起，公司总部从全国选调业务精英，为济南办事处配备强有力的领导班子，最多时有 10 位党委成员，这在中国长城资产发展史上绝无仅有。还在公司总部及全国相关办事处抽调重要骨干二十多人，驰援济南，这也是中国长城资产发展史上就一个资产包调动的人数最多、力量最强的一次。

在战略上集中优势兵力打歼灭战，在战术上各种处置策略、手段、措施、办法，全部用上了。

一时间，济南高手云集，处置成果也捷报频传。

他们见招拆招，十八般武艺轮番上阵。一是创新实施兼并式重组，通过对办事处资源的整合、分析与交流以及其他社会资源的共享，采用联合、购并、兼并、合并等方式，整合资源，放大效益。二是创新实施自救式重组，办事处直接与债务企业达成重组协议，或者进一步引入其他战略投资者参与，实现自身与企业以及其他投资人的双赢或者多赢目标。三是创新实施债权置换，以债权与债务人或者其他投资者置换物权、股权，搭建有较好发展前景的产业平台。四是通过与债务企业修改偿债条件的方式，取得债务企业的物权或者股权，变不良债权为可能有升值潜力的优良资产。五是通过合资、合作方式组建项目公司，充分利用各种社会或者政府资源，实现债权价值提升。六是充分利用平台公司的融资、经营功能，实现不良债权与各类经济资源的嫁接。

当时情况下，长城人唯有背水一战。

在公司总部坚定地支持、指导下，每一个身在济南的长城人呕心沥血，经过三年多时间的苦斗，不仅工行包在剔除瑕疵资产后持平退出，而且，青岛中行包取得了整体盈利的重大战果。这也是公司总部资本金保卫战的重要成果，即中行包不良资产超额回收现金达 1.11 亿元，成功实现了保本盈利目标！

这样的业绩，让金融业界乃至社会人士啧啧称奇，惊诧不已。

"青岛中行包的整体盈利，凝聚了公司总部领导的心血，也是济南办事处全体员工的智慧与辛劳的产物。能做到这个样子是极其了不起的!"曾经临危受命担任济南办事处总经理的胡建忠,回忆起这段往事,心情仍久久不能平静。

"竞价中行包时,外界人说长城人疯了,拿到包后,长城人简直傻眼了,等到整体盈利退出,几乎所有人都说长城人神了!"胡建忠说。

青岛中行包处置经营过程中,创造了多个经典案例。

精彩纷呈,堪称传奇。

纺织项目增值多赢

青岛是国内早期的重要纺织基地之一,纺织工业历史悠久。2005年青岛市纺织总公司及所属36户企业(含部分工行包企业),贷款本金共11.72亿元,收购成本4.07亿元。这些债务企业大多数处于关停或半关停状态。面对巨额外债无法清偿和2.6万余名下岗职工需要重新安置的现实情况,纺织企业实施整体破产成为政府相关部门的方案之一,部分企业已经进入破产清算程序。

如果单纯通过诉讼清偿,既会导致企业大面积破产,也不利于办事处债权本息的收回。面对重重困难,济南办事处引入"集约经营"理念,提出"创新处置模式,提升资产价值"的处置思路,把盘活纺织企业土地资源作为突破口,制订了"一揽子"重组计划。具体包括对青岛纺织系统实施整体债务减让;联合成立青岛联城置业有限公司,合作开发房地产项目;注入资金参与纺织企业土地"招拍挂";支持推进企业改革与发展。

在青岛市委、市政府的大力支持下,经过双方的积极沟通与艰苦的努力,办事处与青岛纺织总公司签订了整体解决所属纺织企业债权债务的框架协议,通过盘活其所属企业的土地,参与土地资源及其他土地开发;退出时,实现了中国长城资产、纺织企业、员工和社会效益的最大化、最优化。

——济南办事处累计收回现金4.65亿元,收回股权1000万元,按收购成本计算回收率为116.76%,实现了资本金项下中行包和商业化项下工行包债权资产整体盈利退出。

——济南办事处借款、财务性投资及商业化收购共计投入8.4亿元,全部按期或者提前收回,并实现利息收入1.59亿元,达到投融资年收益率9%以上。

——帮助青岛市纺织总公司成功实现了"退城进园"战略,构建了棉纺、针织服装、印染、海外事业、国际贸易和综合产业六大经营板块,逐步形成核心能力突出、产业配套完备、产品技术领先、竞争优势明显的产业集群,保持了青岛纺织在国内的领先地位,纺织企业再获生机。

——青岛纺织系统2.6万名员工得到有效安置和就业,减轻了企业负担,维护了社会稳定。

——开发了洛阳路"联城花园"和海岸路"联城·海岸锦城"两个地块的房地产项目,总计开发面积57万平方米,实现销售收入28亿元,带动了地方产业的经营发展。同时,建成了青岛市政府安置房3883套,协助政府相关部门办理了居民入住手续,确保了居民安置工作的顺利进行,维护了青岛市安定和谐的局面,赢得了政府、企业的信任和社会的赞誉。

新立克项目追偿成功

山东潍坊新立克项目涉及贷款本息 24 亿元，其中本金 11.6 亿元。该企业以破产为幌子，转移资产，逃废债务，问题十分严重，性质非常恶劣，超出了正常债权维护、风险防范的能力范围。债务人坚持只以不足 3000 万元的极低报价，了断全部债权债务关系。

为了处置这个项目，公司总部几乎所有的领导都去过债务单位；总部主管领导为了跟债务人见上一面，有时一等就是四五个小时。他们带领项目团队忍辱负重，多方奔波，艰苦工作，耗时数年。项目人员不会忘记，最初几次想和债务人见面商谈，却常常遭遇的是被人放出的恶狗。

审计署检查发现新立克恶意逃废债的情况后，经过两个月的调查，认定该公司高管人员涉嫌挪用、转移、侵占国有资产 3.13 亿元，逃废金融债务 33 亿元，随后以《审计要情》的形式上报国务院，此举引起了国家领导人和最高司法机关的高度重视。监察部牵头成立了由公安部、审计署、银监会、最高人民检察院和山东省纪委、监察厅派出人员组成的案件协调小组，通过深入调查，掌握了其高管人员大量涉案线索，并对相关人员进行批捕。

新立克项目，虽然只是一个单体项目，但它是一面镜子。

天网恢恢，疏而不漏。正应了这句古话。

新立克项目也充分表明，长城人直面困难，敢于担当，竭尽全力，依托国家有关部门的强力介入，借力打力，收到了良好的成效。

新立克项目最终取得突破，累计收回现金 5 亿多元，其中大部分款项回收来源于"财产刑执行"。按照法律规定，"财产刑执行"款项，全部上缴受理法院驻地政府的国库。"财产刑执行"适用于民事纠纷的条款，尤其用于偿还资产管理公司债务，在我国的司法实践中尚属首例。

齐鲁饭店项目圆满终结

2015 年 4 月，由胡建忠主编、中国金融出版社出版发行的《大智慧的力量》一书，详细记载了长城人历经艰难成功运作"齐鲁饭店项目"的全过程。

张晓松在该书的"前言"中记述："齐鲁宾馆和齐鲁饭店这两家企业不仅涉及众多的相关因素，而且掺杂其间的各种因素纠结在一起，非常复杂，没有 360 度全息扫描，没有入木三分的洞察，没有对过去与未来的透视，则无法运作成功。"

齐鲁饭店有限公司是青岛中行包中的核心项目，债权本金 3.57 亿元，收购入账值 2.68 亿元，且处于濒临破产边缘，其处置结果对资产包的整体盈亏关系重大。为此，公司总部和济南办事处对该项目投入了很大精力，抽调骨干力量，组建了项目处置团队，实施了艰苦卓绝的资本运作。

中国长城资产通过对齐鲁饭店及其股东单位一并实施托管重组，引入山东省商业集团有限公司进行联合运作，克服了种种困难，走出了"协议价款催收、企业职工安置、破产程序终结、土地性质变更、平台股权过户"五步好棋，促进了项目的起死回生。

齐鲁宾馆是齐鲁饭店的主要股东，早在 2003 年 5 月就停业，876 名职工等待安置。在委托重组过程中，职工安置成了最敏感的问题。长城人识大体，顾大局，从整体利益出发，不计较个人得失和安危，冷静克制，晓之以理，动之以情。此外，中国长城资产先后为齐鲁宾馆 502 名职工重新签订了劳动合同，办理了养老保险等手续，将十分棘手的项目，处理得完满妥帖，最终赢得了当地政府和职工的理解和信任。

历时五年多，齐鲁宾馆项目终于破产和解成功，并且实现了政府、企业、中国长城资产三方共赢。

齐鲁饭店项目的成功运作，其十分重要的经验之一，即长城人的统筹协同效应得到了充分的运用和极致的发挥。党委班子高度重视，公司总部倾注了大量的精力和资源。主要领导在重大问题的决策上，亲自出面协调，并多次以总裁办公会纪要的形式，作出明确指示。先后从公司总部和 6 家办事处，抽调了 8 名优秀项目经理驰援，组建项目团队。通过协调，上海长城投资控股（集团）有限公司等及时出手，派员调研、出谋划策，提供资金支持，资金使用高峰时支持力度达 8 亿元，有效推动了项目的持续开展。

2008 年 7 月 17 日，在齐鲁饭店项目专题会议上，山东省副省长王仁元深有感触地说："我分管过国有企业，深切感受到齐鲁宾馆破产和解成功是多么地困难，齐鲁宾馆赢得新的发展机遇是多么地来之不易，对在座的各有关部门卓有成效的工作表示衷心的感谢，对中国长城公司所做的工作表示感谢，对长城公司为齐鲁宾馆破产和解的成功所做的艰苦努力及创造性的工作表示由衷的敬佩。这充分证明了长城公司是一个有能力、有实力、有诚信的可以合作的大公司。"

大宇项目激励出彩

山东大宇汽车零部件有限公司债权项目（以下简称大宇项目）是青岛中行包中的一户资产，涉及贷款本金 3500 万美元。长城人收购大宇项目花了 2.89 亿元的大价钱。

如何把这个项目运作好，也是济南办事处谋划的重点。2007 年 9 月以后，以总经理胡建忠为首的办事处领导班子，就大宇项目多次与其主管单位——山东省汽车工业集团有限公司协商和谈判。2008 年 1 月 28 日，济南办事处书面致函该公司，敦请解决大宇项目债权问题。但是对方明确表示，最多出价 1000 万美元购买大宇项目债权，而且附带不少条件，这同济南办事处的处置底价相去甚远。

大宇项目涉及济南、青岛、济宁和威海等地 30 多家贷款企业，小而零碎，虽然有些陈旧的设备，拆了都是废旧铁，仅有两块工业用地，其产权还有瑕疵。当时，在办事处内部，没有人愿意承接这个项目。

济南办事处创新思维方式，着手从内部竞聘项目经理，并比照事业部管理模式，由项目经理选人组建团队，并实行重奖。起初，这一想法并未得到认同，质疑不断，甚至被制止。因为，中国长城资产作为中央金融机构，所有的经营分配行为是在各种制度规范下进行的。工资、奖金是按照规定并且分摊到各个员工头上的，如要重奖，自然影响其他人的收入。

什么是创新？就是走一条别人没有走过的路。什么是商业化？就是小成本得到大收益。与其坐以待毙，不如上阵一搏。济南办事处排除干扰，决定在内部竞聘项目经理，广发"英雄帖"。

结果，员工荆珂在竞聘中脱颖而出，成为大宇项目经理。大宇项目处置团队深入挖潜，追寻债权线索、聘请律师事务所，挑选劣质资产中的有效资产。同时，集中打包推介，向国内外知名的不良资产投资企业，如美国 DAC 基金公司、韩国现代投资公司、韩国新韩银行、韩国 KTB 投资公司、英国 SOSO 基金、北京中债资产管理公司等二十余家投资者及 300 多个客户和中介机构，广泛介绍项目。

2008 年 4 月 29 日，经过韩国 D&D 公司、韩国 K&F 公司和美国 DAC 公司长达 4 个半小时、多达 17 轮的轮番竞价，最终由美国 DAC 公司以 2.91 亿元竞得该项目。按收购大宇项目本金 2.89 亿元计算，本金收回率为 100.35%；如果考虑外汇因素，截至交割日 2008 年 6 月 20 日，大宇项目的本金收回率为 120.76%。

这是一个极其"神奇"的商业性不良资产运作案例。

另外，在青岛中行包处置中，还有滨州珍贝瓷项目、莱芜华冠项目、大易造纸项目、济南第一机床项目、威海地方铁路项目等，都被公司总部推崇，成为长城人引以为傲的杰作。

青岛中行包的启示

中行包整体盈利，其重大意义不仅仅是获得了"神奇"的商业利润，和形成了企业、社会效益多赢的格局，特别重要的是，中行包的收购处置模式与管理经验，给中国长城资产系统商业化转型发展，带来了极其深远的影响。

——促进了商业化收购的理性与成熟。正所谓，吃得一堑，必长一智。收购中行包付出了昂贵的学费，却圆满完成学业的长城人，在之后的商业化收购中，变得更加成熟。收购之前的尽职调查、项目考察、结果推演等，逐渐详尽、缜密与周全，报价少了冲动，更趋于理性化。打有准备之仗，打有把握之胜仗。

——推进了"四大效应"理论的运用。也正是，站得高，才能望得远。青岛中行包的实践，让长城人站在了一个新的高地上。他们综合运用了各种符合商业化处置实际的成功方式，为中国长城资产商业化转型和后期跨越式发展，提供了大量可资借鉴的模式和经验。青岛中行包处置经验，可以称为"不良资产经营大全"。

——得到了信任，鼓舞了士气。青岛中行包的实践，长城人干得出色，做了件大事，得到了同行的赞誉，改变了上级领导机关和领导人的成见与看法，更是让全体长城人自己增强了信心，鼓舞了士气。就像一个长途跋涉之人，长城人翻过了荆棘丛生的高山，蹚过了无数河流，无论前边有多么难走的路，也挡不住其脚步。

——锤炼了干部，锻打了队伍。硝烟散去，参与青岛中行包会战的长城人，经历了"血与火"的洗礼和智慧与拼搏的考验，得到总部党委的充分肯定。一批批参战的干部员工，走上公司总部、各办事处、各平台公司的领导岗位和重要业务岗位，为中国长城资产的商业化转型发展，播下人才的种子。

时任济南办事处副总经理、青岛纺织项目负责人的张希荣，百感交集，他用浓重的川音普通话说："青岛包之所以能够整体盈利退出，是班长胡建忠的才智与团队及员工实干精神的结晶，那确实是大家玩命玩出来的哦！"

张希荣言下之意，应该既有工作上不分白天黑夜、风霜雨雪的艰辛，也有感情投入，或者以酒杯之真诚，打动人感化人，以获得信任与合作的付出。

是啊，中国长城资产从小到大，从弱到强，从无路可走到走出通衢大道，从被人小瞧到受人尊敬，不都是各代、各级长城人玩命玩出来的吗！

青岛中行包的启示，理当载入史册。

光大包发扬光大

长城人一旦确定了目标，认准了方向，就是十八头水牛也拉不回来。他们根据目标来支配、调节自己的行动，即使路途艰辛，困难再大，也要为实现目标不懈努力，彰显自己的意志与品质。

青岛中行包收购并成功处置之后，长城人信心大振，情绪高涨，在全国陆续收购了一些中小银行推出的商业性不良资产，并取得不俗的业绩。

光大银行不良资产包（以下简称光大资产包）就是典型一例。

2008年初，为了做好包括光大资产包在内的收购处置工作，公司总部适时调整收购工作思路，由原以办事处为主体改为公司总部与办事处上下联动、分工合作的业务模式，对涉及省际区域或全国性项目，加强了公司总部对商业化收购业务的参与和管理，形成了总部统一组织尽职调查、定价认证、管理协调，各办事处精心运作的模式。

2008年3月25日至9月17日，公司总部先后在武汉等地召开了三次专题会议，下发了光大资产包竞价收购实施方案、竞标方案审查安排和管理处置具体要求等五个专项文件。

在公司总部的统一部署和安排下，经过充分准备，2008年4月14日，以52亿元价格，竞得光大银行北京、天津、石家庄、太原、长春、哈尔滨、常州、武汉、南宁、成都分行10个资产包，分别归属对应的10家办事处收购管理和处置，均取得较高收益。

南宁办事处以20万元价格，收购光大银行南宁分行的资产包后，根据公司总部"谁收购、谁负责"的管理要求，为落实责任，加快处置，早日实现盈利，成立了光大资产包处置小组。办事处与处置小组签订了"目标责任状"，明确光大资产包处置的回收净现金目标、时间目标、处置质量目标和具体运作思路，制定了具体的奖惩办法，实行目标责任制管理。根据"合规快捷、保本盈利"的原则，办事处以拍卖机构最高的有效报价为底价，对收购的资产进行公开拍卖，全部顺利成交，总成交价达到 126 万元，提前两个月顺利实现原定的盈利目标和时间目标。

哈尔滨办事处以 4190 万元的价格，收购了光大银行黑龙江省分行资产包，涉及借款人 152 户、贷款 183 笔，贷款本金 8.37 亿元。为了实现处置效益最大化，哈尔滨办事处组织专门机构，负责光大资产包的管理和处置工作。从 2008 年收购到 2017 年底，处置贷款本金 5.18 亿元，回收资产价值 2.79 亿元，处置效益可观。

在光大资产包的收购与处置实践中，公司总部组织统一尽职调查，定价认证，各办事处精心运作，整体处置效益较高，表明长城人的经营行为变得越来越理性、成熟和科学。

生存是发展的基础

商业化不良资产收购，只是长城人当年生存的一种手段，通过占有资源、经营利润，来增强生存的资本，保持发展，才是真正的主题。

到 2009 年末，中国长城资产累计收购中国银行、建设银行、华夏银行、光大银行等共计 16 个商业化资产包，涉及债权本金 138 亿元，商业化资产资源进一步扩大。

为了实现各小包盈利目标，各相关办事处使出浑身解数，采取多种方式开展尽职调查，科学合理报价，既力求成功又确保效益，创造性地开展工作。

2008 年上半年，通过市场竞价，上海办事处成功收购华夏银行资产包本金 12.8 亿元。2009 年 3 月，广州办事处参加华夏银行 17 户债权资产包的转让招标，以 1.88 亿元的投标价中标，成功竞得涉及本金 4.78 亿元，利息 1.49 亿元的债权资产包。

广州办事处在招投标过程中，采取"看、听、走、思"并用的方式，精心组织尽职调查。长城人通过认真查看债权的档案资料，并与华夏银行建立沟通机制，对调查过程中发现的问题及时沟通，快速掌握资产基本情况。他们除对广州本地债权进行现场调查外，还分赴中山、深圳、阳江等地，走访工商、法院、国土等部门，实地了解债务人和抵押物情况。同时利用政府、中介、客户等各种社会资源，多方面了解债权债务关系和资产潜在价值，特别注重掌握和挖掘关联企业间的内部关系、债务人近期情况、债权转让意向等重要线索。

在尽职调查的基础上，广州办事处"慎、稳、准、活"并重，科学制定报价策略：反复研究调整，力求稳健报价；进行模拟报价，对报价进行精准论证；积极争取公司总部领导和相关部门的支持和指导，获得一定范围内灵活报价的授权。经公司总部授权后，在确保盈利的前提下，广州办事处确定了慎重并力争成功收购的原则，以略低于最高授权的1.88 亿元成功中标。

石家庄办事处在四年过渡期初期，因为手中缺少资源，不得不跨出家门，通过寻求代理业务，勉强维持生存。2007 年以后，在河北省不良资产收购竞争激烈、价格难以掌控的情况下，为了突破发展瓶颈，办事处积极主动投身其中，不想再失去机会。

在收购的过程中，石家庄办事处制定了"一业为主、综合服务、多元盈利、持续发展"的工作思路，把资产收购处置摆在突出位置，提出"依法合规、效益可观、风险可控"的具体要求。2010年9月，成功收购河北银行14.45亿元的资产包。到2010年11月，该办事处又先后收购光大银行、华夏银行、建设银行、河北银行4个资产包，本金25.44亿元，占同期河北省不良资产第一手转让份额的90%。

在建行包沧化股份项目尽职调查过程中，石家庄办事处在其他资产管理公司均对该项目表示悲观的情况下，经过详细认真的尽职调查，与债务人、担保人、破产管理人、沧州市国资委、河北省和沧州市两级法院接触，发现了资产亮点，拟定了以沧化股份、沧化集团、东盛科技、抵押土地及宝硕股份"五个收入点"为重点的调查线索。办事处经反复测算，综合分析，为资产包竞价成功打下了基础。

在谈判中，办事处工作人员还十分注重策略和技巧，既表现出报价的严谨性，又讲究灵活性，制定了周密的策略。办事处的心理价位是1.35亿元，谈判之初，对方坚持底价1.8亿元。办事处工作人员绕开双方预期的差异，逐一分析了包内27个项目情况，并说明估值过程，逐渐与对方达成共识。在对方认可清收难度大的事实后，由1.8亿元降到1.6亿元，再到1.4亿元。谈判历时近50天，石家庄办事处最后抓住时机，以1.35亿元成交。

南京办事处2006年收购的中国信达资产持有的中国银行苏州分行资产包，是其第一个商业化资产包，盈利与否，影响深远。南京办事处确立"率先完成商业化资产处置并实现整体盈利"目标，精心组织、精打细算，综合运用营销、经营、处置和服务延伸等策略，创新处置方式，加快有效处置，降低处置成本，最大限度地提高现金回收率，确保实现商业化资产处置整体盈利。到2006年11月20日，现金回收突破4500万元，超额完成公司总部下达3400万元计划132%的任务，平均超过50%的现金回收率，在系统内率先完成当年商业化现金回收目标任务。

到2011年底，中国长城资产累计收购商业化资产涉及本金594.94亿元，累计处置本金151.12亿元，回收现金69.29亿元，债权本金处置回收率达到49.34%，处置资产全部实现盈利。新增市场份额始终处于同业领先水平，不良资产主业特征越发明显。

小包里的大文章，充分展示了长城人顽强的意志力、战斗力和生命力。

古人说得好：集腋成裘，聚沙成塔。

小小的资产包，为长城人积累了商业化资产经营管理经验，优化了经营模式，充实了资本，更大程度上，为中国长城资产转型和发展赢得了宝贵的喘息机会和发展空间。

长城人经历了政策性资产收购处置、4年困境中的转型探索、工行包等商业化资产经营处置的历练，艰辛地走过了十二个年头，具备了商业化经营的雏形，储备了部分核心资产和技术经验，培养了一批中坚骨干力量，拥有了一支训练有素的员工队伍。

"好雨知时节，当春乃发生。"自2011年以来，中国长城资产发生了前所未有的变化，在管理理念、经营方式、考核目标、经营成果和提振信心等诸多方面，形成了发展历程中重大的历史转折。就像陡然之间，推开了一扇本可以打开的大门，一脚跨出去，看到辽阔的原野、高远的蓝天，以及振翅远飞的雁群一样，中国长城资产商业化经营实现了历史性跨越。

自此，长城人解开了一个死结，找准了一个方向，构建了一套机制，明确了一个目标，形成了一系列规划，开辟了一条前所未有的康庄大道。

春天来了！

第六篇

春归大地

第十八章 CHAPTER 18

忽如一夜春风来

2011 年，注定是中国长城资产史上大有建树的一年、波澜壮阔的一年。

2011 年 3 月 21 日，银监会主席刘明康、组织部长吴跃一同出席中国长城资产在月坛大厦九层多功能厅召开的副处级以上干部大会，大会宣布郑万春接替赵东平，任中国长城资产总裁。

这位原中国华融资产党委副书记、副总裁，担纲中国长城资产新掌门仅仅四天后，媒体就公开报道了他的行踪：3 月 25 日，福建省人民政府与中国长城资产在福州签订战略合作框架协议，福建省副省长张志南和中国长城资产总裁郑万春出席。

在此之前的 2011 年 1 月，公司总部党委班子还增添了两位虎将。中国银监会党委任命胡建忠、孟晓东为中国长城资产党委委员、总裁助理（2012 年 9 月任副总裁）。

郑万春赴任之后，在他的带领下，中国长城资产脱胎换骨，破蛹而出，步入商业化发展的快车道和良性循环的轨道。长城人在商业化转型发展进程中，实现了历史性的重大跨越。

春天的脚步就是这么任性，充满激情。树木花草在春风中摇曳，洋溢着鲜活充盈的气息，花满枝头。

"三月重三日，千春续万春。"

著名的"永兴花园会议"

2011 年 4 月 16 日，北京，永兴花园饭店。

此时的北京已经春暖花开，桃红柳绿，姹紫嫣红，到处充满着蓬勃生机，到处洋溢着无限希望。

中国长城资产 2011 年第一季度业务经营分析会议在这里召开。不同于以往通过视频会议通报季度经营情况的惯例，这次采取现场会议形式，中国长城资产系统各经营单位主要负责人从全国各地紧急进京。

商业化发展形势逼人，也急人，是这次会议的重要背景。

早在 2008 年，财政部就牵头成立了"金融资产管理公司转型改革发展工作小组"，负责推动四大资产管理公司商业化转型工作，后因国际金融危机爆发而延后。2010 年，四大资产管理公司转型改制试点工作再次启动。根据国外的相关经验，资产管理公司的转型主要有受托资产处置、投资银行、金融控股三个方向。

2010 年，财政部将资产管理公司纳入金融类国有及国有控股企业，统一绩效评价体系，将其作为真正的商业化企业来考核。财政部关于资产管理公司转型发展的主要思路是一司一策，各家资产管理公司可以结合实际，确定自己的转型发展模式。

中国信达资产试点改革首先启动，正式改制成为股份有限公司。于 2010 年 7 月 16 日，在北京举行股份公司成立暨揭牌仪式，这标志着我国资产管理公司已从业务转型和机制转型，开始进入管理体制和治理结构的深层变革。随后，中国华融资产、中国东方资产也分别向财政部上报了转型方案，积极筹备股改工作。

中国长城资产怎么办？

犹如箭在弦上，不得不发。也正是在此节骨眼上，郑万春空降中国长城资产。

郑万春久经沙场，深耕不良资产经营处置多年，是中国金融资产管理公司成立和发展的重要见证者和成功实践者。对于金融资产管理公司商业化主营业务，可以说是了然于胸、轻车熟路，不存在一般新任领导需要业务熟悉过程的情况。

郑万春立即进入状态。

他只用了二十多天时间，与班子各成员沟通交流意见，听取公司总部各部门的汇报，奔赴部分办事处深入调查研究。一方面，对中国长城资产整体状况，有了一个大致的了解与正确的判断，形成了下一步改革发展的思路。另一方面，统一各级领导层的思想，主要是给大家"洗脑"，灌输自己的经营理念与商业化发展的思路，以便上下形成共识。

"永兴花园会议"是郑万春到任后召开的第一次全国性会议。

郑万春在题为《团结拼搏，攻坚克难着力推进公司商业化转型与发展》的讲话中，分析了中国长城资产面临的经济金融形势、与同业公司相比存在的差距和不足，阐述了在商业化路上大步迈进的具体措施，提出了倡导和弘扬"长城精神"、全面施行商业化负债经营、建立以利润为中心的经营策略、平台公司进行战略重组、确立持续发展的经营模式、优化总部机构、坚持效益论英雄等发展策略。

归纳起来为三个方面：2011 年确定 12 亿元利润目标、有力的保证措施、坚持以效益论英雄。

有道是，新官上任三把火。

恰恰是郑万春的三把火，烧到了长城人的痛处，点燃了长城人的激情，照亮了长城人的未来！

令人吃惊的 12 亿元目标

郑万春到任之前的 2 月，年度全国总经理会议召开完毕，下达了 2011 年度利润确保目标 8 亿元、争取目标 10 亿元的工作任务，分别比上年增加了 2 亿元和 4 亿元。事实上，即便是这样的目标，也是层层"压下去"的。

郑万春提出 2011 年 12 亿元的利润目标，成了会上会下的讨论焦点。

有人说，利润不能加码太多，多了也完不成；有人说，按年初确定的计划，保持不变，完成确保目标，就相当不错了。更多的人讲，12 亿元，那是个天文数字，就像做梦娶媳妇一样，甚至连梦都不敢做的。

郑万春并不这么认为。长城人是以吃苦耐劳、勤奋拼搏著称的。依照长城人的才华与能力，这个目标水平也是低估了，要提振信心。为此，郑万春专门讲了一堂党课，倡导弘扬长征精神。

2011 年既是建党 90 周年，也是长征胜利 75 周年。重温党的历史特别是长征的历史，学习、理解和把握长征精神，目的就是要牢记党的宗旨，坚定理想信念，更好地推进改革发展。中国长城资产正在加快向商业化转型，与过去的政策性经营相比，这次转型可以称为是一次经营发展上的战略大转移，或者说是一次新的创业长征，同样需要有明确的使命、清晰的战略和伟大的精神。

成就伟大的事业，需要有美好的愿景和明确的目标，否则就会迷失方向。

会议明确，以不良资产经营管理为主业，以重点服务中小企业为特色，以多种综合金融服务功能为手段，用五年左右的时间，实现中国长城资产转型发展的愿景和目标。前两年主要是打好基础，形成基本稳固的"功能多元、特色鲜明"的盈利发展模式，后三年重点是巩固发展成果，再上新的台阶，争创"一流品牌"。由此，初步将中国长城资产建设成为功能多元、特色鲜明、品牌一流的金融资产服务商，最终目标是要把中国长城资产打造成为具有国际影响的百年老店。

但是，中国长城资产与同业公司相比有较大差距，这是必须承认的现实。

中国信达资产 2010 年度就实现利润 80 多亿元，中国华融资产也实现利润 20 多亿元。中国长城资产如果不加快提升利润水平，不迎头赶上，与同业公司的差距将会进一步拉大，争取政策支持的难度进一步加大，会直接影响到社会形象，影响到在财政部等国家机关的地位和话语权，甚至被淘汰出局。

正是基于这样的现实，经营目标必须有重大突破。当然，增加任务不是盲目的，是在充分调研各经营单位潜力的基础上确定的。为此，公司总部将配套一定的资金和奖励资源，进一步加大考核激励力度，鼓励大家多创造利润。

利润目标 12 亿元，具体分解到 30 家办事处、8 家平台公司及公司总部。

对当时的长城人来说，这么大的利润目标确实难以想象。

有力的保证措施

为了保证年度目标的实现，公司总部推出了以下措施：

首先，建立三大利润中心和两大盈利板块。

"三大利润中心"，就是公司总部组建资金营运中心、资产经营事业部、投资（投行）

事业部，发挥公司总部的创利引领、业务示范和资金保障作用。"两大盈利板块"即办事处和平台公司。这为推动公司总部全方位改革，埋下了伏笔。

其次，平台公司重组整合策略。

经历了政策性资产处置、过渡期和工行包资产处置经营阶段，中国长城资产通过各种渠道和途径，在各地组建、设立、重组了一批下属平台公司和孙公司，甚至下几代公司。这些公司形形色色、五花八门，既不利于系统管理，也不利于未来发展，必须进行归并整合。

对控股平台公司，实行"统一品牌理念、统一企业形象、统一企业精神、统一价值观念"。除个别情况外，一律冠以"长城"名称开头，如长城租赁、长城置业、长城担保等。

最后，设计持续经营发展的办事处模式。

以创新的思路发展办事处，把业务做大、产品做实、品牌做强。

按照"授权经营、单独核算、绩效考核、风险约束、稳步发展"的管理要求，办事处可以开展资产管理业务、金融中间业务、阶段性投融资业务、代理平台公司业务四项主要业务。这些业务涉及范围很广，品种很多，需要不断开发新产品，并逐步实现其标准化；需要加强对员工的培训，边学边做，不断积累；更主要的是要搞好风险控制，确保经营效益。

鼓励尽快形成一批年创利达到1亿元以上的办事处。

从2011年起，办事处和平台公司创造的利润不必全部上划公司总部，可以留存实现利润的60%以增加自身的营运资金，提高办事处和平台公司的资金调剂能力和灵活性，增强办事处的持续发展能力，推动办事处和平台公司稳步发展。

无疑，这在中国长城资产的发展史上是一项重大突破，史无前例。

先前，办事处、平台公司利润全部上划，大有"竭泽而渔"之意，也有"鞭打快牛"之嫌。现在，不仅可以留足利润，也可向公司总部借款、融资，鼓励多方位拓展业务，创造盈利空间。

以效益论英雄

古有青梅煮酒论英雄，今有论功行赏比效益。

中国长城资产推行市场化的考核激励机制，制定完善配套的绩效考核办法，打破平均主义分配倾向，谁高谁低、谁先谁后，按效益来排序。

对那些有功之臣，实施重奖：

对利润贡献大的经营单位和突出贡献人员予以重奖；

业绩突出员工的收入，可以超过经营单位的总经理；

经营效益好的经营单位总经理收入可以超过公司总部领导。

郑万春的三把火，真正地燃烧起来了。

各办事处、平台公司总经理现场纷纷表态，主动请缨，要求提高本单位全年利润目标。北京办事处、上海办事处、广州办事处等纷纷自我加压，大幅度提高本办事处全年利润目标任务，有的从 2000 多万元提高到 5000 万元以上，有的提出力争超过 1 亿元。

"永兴花园会议"，凝聚了共识、振奋了精神，明确了方向，催发了激情，鼓舞了士气。长城人的主观积极性与火一般的热情，得到了空前激发和调动。

在某种程度上，"永兴花园会议"成为中国长城资产发展历程中，具有里程碑意义的一次重大转折性会议。

工行包突破重围

长城人朴实、聪明，善于用两条腿走路，靠的是苦干加巧干。

工行包收购已是既成事实，而且有了喘息的时机，渡过了难关，下一步需要悉心地打理有效资产，谋取好收成。而对于那些瑕疵资产、非经营性损失资产，虽然人民银行从领导层到有关部门已有了深入的了解，但始终没有具体说法；而工商银行兄弟自然不可能再认账了，即使认账也黄鹤远去，历时多年，这就得理直气壮地呼吁，寻求公断，由上级机关拍板定案。

如前文所述，问题工行包不是个小数，各类非经营性损失数百亿元，还有人民银行再贷款逾期巨额罚息。公司总部班子成员仍在奔走、呼吁，一直定期或不定期的实事求是反映问题，从财政部、人民银行的办事人员、处长到司局长、部长和行长，最后向国务院领导直接汇报。

2011 年，郑万春和其他班子成员，均利用各种机会，除以个人名义向相关领导汇报之外，中国长城资产再次向中国人民银行、财政部提出正式请求。这次请求打破常规，提出了"单独建账管理的封闭运行和五年后分期还款的方式"，希望给予政策支持：

> 一是允许对非经营性损失类资产单独建账管理。对非经营性损失类资产，中国长城资产已进行了逐户认定，逐户核查，设置专门科目进行单独核算，并将对应的再贷款利息纳入表外核算。二是重新调整再贷款还款金额和期限。由于工行包存在巨额亏损，中国长城资产原与人民银行签订的再贷款还款协议已失去实际意义。从有利于工行包处置和实际还款出发，请人民银行剔除工行包非经营性损失后，重新确定还款金额，并延长至 2015 年分期偿还。
>
> ……

国务院"4·27 会议"

勠力数载，终有突破。

2011 年 4 月 27 日下午，国务院副总理李克强、王岐山主持召开会议，传达了温家宝总理批示精神，研究资产管理公司改革发展等事宜。

出席会议的有国务院副秘书长尤权，财政部廖晓军、张天强，人民银行周小川、宣昌能，国务院法制办安建、刘长春，银监会蔡鄂生、沈晓明，中国长城资产郑万春、匡绪忠和另外三家资产管理公司主要负责人。财政部副部长廖晓军和资产管理公司负责人郑万春等分别做了汇报。

郑万春汇报后，李克强副总理十分动情地说："中国长城资产为支持国有企业脱困做了卓有成效的工作，比如辽宁省工行包打包转让，自己利益受到损失，但为支持辽宁国企改革顺利推进，为工商银行改制作出了贡献。"

沈晓明从银监会监管角度，阐明了资产管理公司多年依法合规的努力，提出了支持中国长城资产化解财务包袱的建议。

会议充分肯定了资产管理公司取得的历史成就。12年来，四家资产管理公司逐步确立了不良资产管理的专业地位，对化解金融风险、维护金融体系稳定和促进经济发展起到了积极的作用。推进了国有商业银行的重组和改制，增强了金融市场信心。通过实施债转股，推动国有企业改革脱困，完成大部分政策性不良资产处置工作，积累了丰富经验。商业化业务范围逐步拓展，推进了自身多元化发展，通过自身的不断努力，培养和锻炼了一支专业化的资产管理处置队伍，探索了金融企业发展的新模式，达到了预期的效果。

据出席会议的有关领导回忆，国务院"4·27会议"精神主要是以下四个方面：第一，请财政部会同中央组织部、人民银行、银监会，从促进资产管理公司长远和持续发展、防范财政和金融风险的角度出发，明确资产管理公司的管理体制、功能定位和发展方向。第二，请财政部牵头研究相关政策，组织未改制的中国长城资产、中国东方资产对剩余政策性资产进行评估。在此基础上，由资产管理公司择机出资买断，买断后的风险与收益由其自行承担。允许资产管理公司遵循依法合规和市场化的原则，自主处置政策性债转股资产。第三，继续推进资产管理公司股份制改革，在总结改革经验基础上，研究推进中国长城资产等商业化发展。第四，妥善解决资产管理公司历史遗留问题……

国家领导人的关怀与支持，不仅解决了长期困扰长城人的工行包问题，最为重要的是，给中国长城资产指明了一条通往股份制改革之路，就像一盏明灯，照亮了长城人的前程。

再借东风

国务院"4·27会议"，如同一股强劲的东风，吹到了长城人的心坎上，增添了长城人克服困难的信心与勇气。

藉此会议精神的贯彻落实，中国长城资产将工行包业务与商业化业务分离，按照"封闭运行、单独核算、明确责任、锁定损失、多种手段、提高回收"的经营思路，对工行包资产实行"目标一次亮底、责任两年落实、三种方式退出"的处置方式。公司总部成立了专项资产经营事业部，专门管理剩余的工行包资产，相关办事处也安排了专门的团队负债工行包事宜，试图以专业队伍、专项机制，专门从事工行包的收尾工作。

随着国家政策的明确，中国长城资产于2011年8月和2012年4月，先后下发了《工行包资产经营处置工作意见》《关于调整工行包零回收资产处置认定标准的通知》，进一步完善了零回收资产审核处置政策和零回收资产认定标准。为了交好工行包的"两本账"，即效益账、合规账，公司总部先后召开了一次全国视频会议和四次专题会议，发起工行包收尾的最后冲刺。

与此同时，公司总部明确，2012年底，基本完成工行包整体退出工作。在此基础上，第一次确定了股份制改革的方向和"五年两步走"的商业化发展中期战略规划。

也就是说，工行包封闭运行、单独核算，由专业部门与队伍来干，腾出人力、物力、财力和宝贵的时间，全系统集中精力，一门心思搞商业化经营，一切围绕股份制方向谋发展。

这是重大的战略转移和战术转折。

2012年底，工行包累计处置户数3.23万户，户数处置率98.7%；累计处置债权本金2527亿元，处置率98%。收购工行包的入账值为683亿元，回收现金482.31亿元。工行包剩余存量债权还有418户、本金42.36亿元；剩余股权5户、股权2.59亿股。资产分布于9家办事处，其中郑州办事处存量百户以上，沈阳办事处存量本金10亿元以上。

按照国务院"4·27会议"精神和人民银行、财政部的意见，中国长城资产在上报财政部的股改方案和工行包处置报告中，锁定非经营损失171亿元，在股改时统筹解决，不足部分的缺口，用改制后五年的商业化利润予以弥补。

至此，中国长城资产基本完成了工行包退出计划。

纠缠了长城人多年的工行包，获得了突破性进展。

行成于思

成功之道，在于不懈地努力，在于深思熟虑的运筹与思考。

工行包对于长城人，也是择善而从，不得已而为之的选择。

工行包在中国长城资产转型发展面临困难的关键时期，发挥了"雪中送炭"的作用。虽然炭价高，花费的成本大，但毕竟温暖了冬季。

对于国家和长城人来说，工行包的意义在于以下几个方面：

一是收购工行包有力地支持了工商银行股改上市；通过并购重组、商业化债转股等多种手段，帮助了国有企业解困，助推了国有商业银行和国有企业改制，建立了现代企业制度，拯救了既有困难、又有发展潜力的企业，创造了社会就业岗位、维护了经济金融稳定。二是通过参与非经营性损失类资产的审核和政策减免，配合支持了国家的重大工程建设、救灾减灾，体现了中国长城资产作为国有金融企业应有的责任担当，树立了良好的社会形象。三是通过工行包的处置，提炼了一套核心技术，探索、积累了丰富的经验，形成一整套新的商业化经营方式方法。四是通过运作工行包，培养了商业化人才，锤炼了干部队伍，对于形成核心竞争力发挥了重要作用。五是收获了一批质地比较优良的经营项目，优化了资产结构。通过商业化运营，使其成为支撑业务转型的基础和稳定的盈利来源，为打造主业奠定了良好的基础。

为之身心疲惫的长城人长长地嘘了一口气。

诗人艾青在《我爱这土地》里写道："为什么我的眼里常含泪水？因为我对这土地爱得深沉……"

人们不会忘记，张晓松在与中行包失之交臂的那天晚上，禁不住当众号啕大哭。男儿有泪不轻弹。劳累、委屈和重压之下，是七尺男儿的赤诚、担当与责任。人们不会忘记，李占臣在2011年3月办理正式退休之后，有一种彻底解脱的感觉，连续26天关闭手机，以便静养。人们不会忘记，工行包的坎坷历程，这一代长城人付出了成倍的努力和心血。人们更不会忘记，汪兴益、赵东平、郑万春以及他们所带领的长城人，那一张张略显疲惫而又永葆活力的脸庞。

这一切，都是为了他们内心深深的眷恋，以及对未来殷殷的期待。

千树万树梨花开

第一封贺信之后

自2011年4月16日永兴花园会议之后，到2011年5月30日，仅仅45天，石家庄办事处就提前7个月完成全年利润目标任务，成为第一家率先完成全年任务的经营单位。

郑万春非常激动，振奋异常，连夜疾书，第一时间就在中国长城资产内网首页，发布了致石家庄办事处热情洋溢的三千字贺信：

喜闻你办率先提前完成全年利润目标，我谨代表公司党委并以总裁的名义向你们表示热烈的祝贺！

截至5月30日，你办各项营业收入7251万元，实现利润6430万元，提前7个月超额完成全年5000万元利润计划，为建党90周年献上了一份厚礼，也为公司今年实现跨越式发展作出了重要贡献，进一步坚定了公司加快商业化转型发展的信心和决心！在此，对你们深入贯彻落实公司年初工作会议和一季度经营分析会议精神，不断发扬努力拼搏精神，取得的突出业绩，表示崇高敬意和衷心感谢！

公司党委号召公司上下以迎接建党90周年为契机，以石家庄办事处为榜样，坚持"团结、拼搏、务实、创新、发展"的企业精神，围绕公司党委确定的发展战略目标，心往一处想、劲往一处使，上下同欲，迎难而上，进一步坚定信心、团结拼搏、务实创新，攻坚克难，以百倍的精神和十足的干劲，为公司发展建功立业，努力实现全年12亿元的利润目标，尽快把公司培育成为主业优势明显，业务特色鲜明，服务功能齐全，信誉品牌卓著，具有行业领先水平的金融服务企业，共同创造长城公司美好的未来！

好戏连台。

继石家庄办事处之后，2011年6月11日，新疆长城金融租赁公司提前7个月超额完成公司总部年初下达的全年确保利润计划，并提前1个月实现了力争"时间过半、任务过半"的目标。郑万春同样在内网发表了致长城金融租赁公司的贺信，希望长城金融租赁公司以此为新的起点，再接再厉，在有效控制风险的前提下，进一步加快业务发展，力争全年实现税后利润3亿元；同时，还要充分发挥好协同效应，有效带动各办事处租赁业务发展，为中国长城资产商业化转型发展再立新功，再创佳绩，再做贡献，为各控股的平台公司"做大、做强、做优"探索路子，作出表率和榜样，不断取得新的、更大的成绩！

随后，短短几个月时间里，郑万春先后又发了14封贺信。

武汉办事处、成都办事处、重庆办事处、上海办事处、深圳长城融资担保公司、南京办事处、上海长城投资控股公司、贵阳办事处、天津办事处、北京办事处、哈尔滨办事处、广州办事处、呼和浩特办事处、济南办事处，均已提前半年完成全年利润目标任务。

6月27日，上海办事处实现净利润1.19亿元，完成全年利润确保目标的238%，力争目标的170%，成为中国长城资产历史上首家利润超亿元的办事处。

郑万春在致上海办事处的贺信中，殷切希望上海办事处再接再厉，不断进取，继续发挥好系统排头兵的作用，努力成为中国长城资产创先的标兵、创利的大户和创新的中心，为加快商业化转型发展再做贡献、再立新功。

2011年上半年，中国长城资产实现商业化利润（不含工行包业务）11.67亿元，商业化转型以来利润首次突破了两位数，超额完成全年任务目标。

其中，30家办事处实现商业化考核利润5.86亿元，17家提前超额完成了全年确保目标，12家已完成了全年力争目标。除上海办事处率先实现利润过亿元，南京、石家庄、哈尔滨办事处利润超过了5000万元，济南、广州办事处超过了3000万元，杭州、大连、成都办事处也超过了2000万元，另外还有7家办事处超过了1000万元。

平台公司也不甘落后，共实现净利润4.39亿元，同比增长了216%，6家平台公司提前超额完成全年确保目标，其中长城担保完成全年力争目标，利润突破了8000万元（含计提准备金），长城租赁和上海控股创利均突破了1.6亿元。

公司总部"三大利润中心"实现直接经营净收益2.55亿元。

半年时间，中国长城资产上下精神面貌焕然一新，久违的工作激情再次如春潮涌动一般突然迸发出来。

有员工在中国长城资产内网"员工论坛"发帖：

"在这个春意盎然的季节，郑万春来了，就像他的名字一样，长城将迎来万象更新！如同春雨滋润大地，激活了长城人的每一个细胞，仿佛又回到公司刚成立时那种充满希望、满怀激情的年月。"

"八骏"图谱

晋王嘉《拾遗记》中记载："八骏之名，一曰绝地，二曰翻羽，三曰奔霄，四曰越影，五曰逾晖，六曰超光，七曰腾雾，八曰挟翼"。

中国长城资产在重大历史转折时期，呈万马奔腾之势，一批标杆式的办事处，正引领商业化经营发展阔步前行。

2011 年 8 月 30 日，公司总部召开办事处改革试点工作座谈会。郑万春、张晓松、曲行轶、匡绪忠等班子成员，以及战略发展部、人力资源部、资金财务部等相关部门负责人参加，听取了部分办事处总经理的工作汇报，广开言路，深入研究讨论办事处转型发展改革试点的思路和措施。

2011 年 10 月，中国长城资产出台了《办事处转型发展改革试点方案》，方案设立了领导小组，郑万春任组长，张晓松、曲行轶、匡绪忠、孟晓东等任副组长，部门负责人张士学、李锦彰、郭智君、曾献青、王文兵、张向东等为领导小组成员。

公司总部全面考虑，并结合办事处总经理的意见，按照"授权经营，单独核算，利润留成，绩效考核，风险约束，稳健发展"的原则，确定了北京、石家庄、哈尔滨、上海、南京、杭州、广州、成都 8 家办事处，为中国长城资产转型发展的首批试点单位。

"八骏"图谱由此而产生。

八匹骏马，驰骋而来。那激昂的马蹄声，带活了整个奔腾的马群。

鲜活的思想，培育了鲜活的方式：

——石家庄办事处提出"突出一项主业地位、建立两个项目基地、培育三个以上集团客户、做好四项特色业务"的"1234 工程"。

——上海办事处以不良资产经营管理业务为核心，在拓展收购对象、推进小贷公司类金融应收账款收购的同时，运用基金份额、受托处置等创新方式收购不良资产。

——南京办事处以"资产经营管理处置、财务性投融资、特色金融服务、代理平台公司业务"为发展方向，形成了"3331 比重"拓展的构想。

——杭州办事处突出中小企业金融服务特色，依托"三项特色业务"，重点拓展"中小微企业"，与金融机构全面合作，选择培育重点客户。

——哈尔滨办事处注重夯实客户基础，分别与黑龙江省政府、北大荒集团、龙江银行、哈尔滨银行签订了战略合作协议，并实现了业务合作。

——成都办事处着力运作商业化不良资产收购业务，着力推进金融中间业务，着力拓展阶段性投融资业务，着力搞好平台公司代理业务，为可持续发展打造资源、业务和客户基础。

——广州办事处认真分析面临的形势和机遇，确立了更高的奋斗目标，全面谋划办事处商业化发展，定位亿元目标，实现有效突破。

——北京办事处坚持"以资产经营管理为核心，以重点服务中小企业为特色，以多种综合金融服务为手段的现代金融服务企业"发展定位，并带动全局。

榜样的力量，铸就了榜样的成果：

成果一：盈利能力大幅提升。2011 年，试点办事处商业化利润 9.25 亿元，占 30 家办事处商业化利润总额的 52%，其中 7 家利润超过亿元。

成果二：运行机制明显优化。对试点办事处内设机构进行了稳步合理的调整，细化了各个部门的岗位设置及人员配备，前台、中台、后台相互制衡的风险控制体系和机制逐步形成。

成果三：可持续的盈利模式逐步形成。试点办事处明确各自的业务发展目标，拓展稳定的客户群体，逐步探索持续发展、稳定增长的盈利模式。以资产经营管理业务为核心，阶段性投资业务、中间业务（含中小企业特色服务）、平台公司代理业务等全面拓展。

成果四：产品和服务不断创新。试点办事处在有效防控风险前提下，敢种"试验田"，不断创新业务品种，拓展业务模式，力求使产品和服务更加贴近市场，更好地服务实体经济发展，成绩骄人。

办事处改革试点的示范引领作用开始凸显。2012 年，又有 15 家办事处申请加入试点的阵营。

梦惊 30 亿

到了 2011 年底，丰硕的成果，真正让长城人从睡梦中笑醒了。

中国长城资产利润不仅远超"永兴花园会议"设定的 12 亿元目标，而且实现了商业化合并利润 30.68 亿元，比 2010 年增长了 329%。

办事处板块实现利润 17.78 亿元，30 家办事处全部超额完成力争目标，且盈利额都在 1000 万元以上。8 家转型改革试点办事处表现出色，高居利润贡献榜的前 8 位，上海、哈尔滨、石家庄、杭州、南京、北京、广州均实现了利润过亿元，成都也实现了利润 8000 万元以上。非试点办事处也不示弱，其中长沙、长春、合肥、天津、深圳、大连、济南 7 家办事处利润超过了 5000 万元，南宁、贵阳、呼和浩特、郑州、福州、沈阳、昆明、武汉 8 家办事处利润超过了 3000 万元。

平台公司板块实现利润 8.43 亿元，列入并表的 10 家控股公司均超额完成了确保目标，其中有 8 家完成了力争目标。长城租赁、长城置业、长城担保分别以 3.63 亿元、2.13 亿元和 1.91 亿元的利润贡献，成为平台公司盈利板块中的主力。

总部"三大利润中心"实现直接经营收益 7.36 亿元，创利示范作用充分发挥。同时资产经营事业部、投资投行事业部，还分别指导和协助办事处实现了资产收购处置净收益 13.21 亿元，中间业务净收益 4.25 亿元、投资投行净收益 3.22 亿元，超额完成了任务目标。

资产管理业务方面，不良资产收购处置的规模不断扩大，范围不断拓宽，方式不断创新。从银行类金融机构扩展到非银行类金融机构，从收购后追索和转让扩展到重组、追加投资并提升价值，从"事后处置"的即期收购，扩展到"事前防范"的远期收购，富有长城特色的业务体系初步建立。2011 年，中国长城资产全年新增收购商业化资产包 104 个，涉及本金 310.3 亿元、收购价款 140.17 亿元。

财务性投资业务从无到有、从点到面的迅速起步、快速盈利并持续发展。以固定收益类投资和股权投资项目为主体，不断创新产品种类和运作模式，资本金项下全年实施财务性投资项目共计 65 个，投资余额 98.93 亿元，全年实现投资净收益 7.02 亿元。

中间服务业务方面，全年实现账面收入 6.98 亿元。

平台公司方面，以金融类平台为主体、以中介类平台为补充、以其他类平台为辅助的"长城系"控股公司体系已显雏形。

2011年，中国长城资产先后与福建省等省市人民政府、各大金融机构、大型企业集团的战略合作，以及对重点中小企业客户的市场拓展工作取得明显成效，社会形象和品牌声誉不断提升。

2011年，存量客户规模达1497户，其中战略合作客户165户，收入贡献在100万元以上重点客户569户；从14家商业银行获得了超过800亿元的融资授信。

2011年，中国长城资产先后被三家国内权威资信评级机构授予最高的AAA级主体信用评级企业，被中国银行间市场交易商协会授予"交易商资格"，在北京国际金融博览会上被评为"最佳综合金融服务商"，中国长城资产《不良资产管理与处置信息化解决方案》在中国国际金融展上被评为"优秀金融服务解决方案奖"；所属天津金融资产交易所荣获"中国金融资产电子交易创新奖"；等等。

2011年12月26日，新任银监会主席（曾任中国长城资产党委书记）尚福林一行莅临中国长城资产视察指导工作，充分肯定了中国长城资产一年来工作取得的突出成效，勉励全体干部员工继续开拓创新、勤奋工作，在有效控制经营风险的前提下，加快推进中国长城资产商业化改革与发展。

长城人创造了令人瞩目的业绩，但他们并没有停下脚步。2012年，他们给自己设定了确保利润32亿元、力争利润40亿元的目标，也给自己制定了下一个五年发展规划……

犹如一列刚刚提速的列车，中国长城资产奔驰在中国金融大地上。

第十九章 CHAPTER 19

会当水击三千里

2011 年岁末，国务院批准了财政部上报的有关资产管理公司商业化转型发展的改革思路和原则。12 月 13 日，财政部下发文件，对资产管理公司进一步指明五个方面的工作内容：资产管理公司要发挥专业优势，继续做好不良资产经营处置工作；清理原有股权投资，加强对新增投资的管理；拓展中间业务，全面提升金融服务水平；明确发展战略，调整优化金融平台布局；完善公司治理，健全内部管理和风险控制体系。

长城人用了不到一年时间，完成了商业化经营的重大战略转移。接下来，公司总部根据国务院及财政部的政策措施，着眼于运筹五年发展规划问题。

谋全局者业之大事

古人云："不谋全局者，不足谋一域；不谋万世者，不足谋一时。"

务实的"务虚会议"

2012 年 1 月 8 日，海南三亚，中国长城资产务虚工作会议召开。

会议的主要内容包括三个方面：一是讨论研究未来五年的中期发展规划，以进一步细化改革发展的总体战略；二是讨论研究 2012 年的经营计划和激励机制，为 2012 年度工作会议做准备；三是群策群力，共谋未来大计。

会上，郑万春作了主旨讲话，张晓松阐述了发展规划的实施步骤，曲行轶就相关具体问题做了介绍。

会议形成了中国长城资产总体战略：

在国家政策支持下，坚持商业化、市场化转型的大方向，坚持以"化解金融风险，提升资产价值，服务经济发展"为使命，以兴业报国为理想，将中国长城资产建设成为以资产经营管理为核心，以重点服务中小企业为特色，以多种综合金融服务为手段的现代金融服务企业。力争通过 5 年的努力，使集团成为功能多元、特色鲜明、品牌一流的金融资产服务商和在国内金融市场具有一定影响力的公众公司，最终目标是打造成为具有国际影响的百年老店。

长城人长远而美好的愿景，充满诱惑，令人向往，激励着长城人奋勇向前。为了实现这美好的愿景，会上提出了如下具体运作思路：

在公司总部，重组构建资产经营事业部、投资投行事业部、资金营运中心三大事业部，并按照"功能清晰、责权明确、模拟核算、绩效挂钩、业务引领、协同发展"的要求进行管理和考核，以增强公司总部的直接经营功能，充分发挥业务示范、创新引领和资金保障作用。

各办事处全方位开展资产经营处置、阶段性投融资、特色化的金融服务和代理平台服务四类业务，并推广 8 家试点办事处经营模式，本着"有产品、有客户、有效益、有人才、有机制"的"五有"目标，全力推进办事处可持续发展。

各子公司本着"治理科学、管理规范、功能互补、特色鲜明、品牌优良、协同发展"的目标要求，进行全面清理、整合和精简，并在此基础上逐步建立起以股东行权规程为指引、以中国长城资产章程为核心、以"三会一层"为构架的规范治理结构，全力推动做大、做强、做优。

在决策体系上，改革压缩审议机构，通过明确前、中、后台部门的职责，完善议事规则和管理流程，建立分类授权、分层决策的授权管理体系，促进责权利的统一和决策效能的提高。

在激励机制上，坚持以效益论英雄，并通过在营运资金、授信额度、利润留存等方面的一系列配套政策，减少上下博弈，强化正向激励，充分调动各经营单位和广大员工拓展市场、争创利润的积极性等。

......

三亚务虚会议，是继永兴花园会议之后的又一次重要会议。

前者，事关战略转折，而后者，事关长城人的未来发展。这次会议，公司总部从 30 家办事处、8 家子公司、11 个总部部门提交的 49 份书面《战略发展意见》，以及 101 名不同层次的干部员工建议中，撷取精要，汇集大成，又经深入细致地讨论酝酿，形成了中国长城资产《2012—2016 年中期战略发展规划》。

正是这份战略发展规划，对中国长城资产的发展，有着深远的影响，得到了一致的认同。

五年两步走

2012 年 2 月 16 日，在中国长城资产年度工作会议上，正式印发了中期战略发展规划，作为未来五年中国长城资产改革发展的战略指南和全体员工凝心聚力的奋斗纲要。

围绕战略定位和规划目标，实施"五年两步走"的中期发展战略。

第一步：用两年时间（2012—2013 年）"打基础，建机制"。形成中国长城资产"基础扎实、机制科学、功能多元、特色鲜明"的可持续发展模式。

——构建完善的金融综合经营平台。加快现有子公司的优化整合，完成目标银行和目标证券公司的并购重组，推动事业型金融控股公司和金融综合经营体系的初步形成。

——建立基本的客户群体和完善的产品与业务体系。加大市场开拓力度，健全客户开发、管理、维护机制，培育以优质客户为主的基本客户群体；推动母公司和子公司不断丰富产品，确立完善的、适应客户需求的业务体系，促进各类商业化业务和金融产品基本形成。

——完成股份制改造，为引战、上市奠定基础。在促使办事处通过改革形成可持续的分公司发展模式的同时，进行清产核资，实施财务重组，争取 2012 年启动股改，2013 年完成股份有限公司设立。

——基本建立适应长期持续发展的管理运营机制。建立健全公平、正向的考核激励机制，完善内控制度和风险管理机制，探索构建有效协同机制，完善利益分配机制，建立符合现代企业特征和市场化要求的人力资源管理制度，建立适应业务发展的专业人才队伍。

第二步：用三年时间（2014—2016 年）"上台阶，创品牌"。在继续推进和巩固发展第一步成果的基础上，全面推进平台、业务、产品、利润上新台阶，推动中国长城资产成为一家业绩优良、治理科学、信誉良好、品牌卓越的金融资产服务商和公众公司。

——强化金融平台的创利能力和综合金融服务功能。促进子公司的快速发展，对发展势头良好的子公司，扶持其进入同行业内的上游行列或成为行业内的精品公司；加强子公司之间业务相关性、互补性，形成组合销售和协同运营的能力，推动"长城系"控股平台知名度和社会影响力的上升，做响中国长城资产品牌。

——进一步深化第一次改制成果，按照所有权最优安排原则，选择和引进战略投资者，实现股权结构多元化，并按照现代企业制度要求，完善"三会一层"的公司治理模式，最终实现 IPO 目标。

——继续完善各项机制建设。进一步建立健全激励机制、风险管理机制、内部控制机制和人力资源管理机制，保证各项机制的持续活力和先进性。

——加大国际化发展步伐。在成功实现商业化转型改制的基础上，积极实施"走出去"战略，以香港为起点探索具有长城特色的海外发展路径，争取实现多元业务体系的海外延伸，并积极谋求海外并购良机。

定位转型后的中国长城资产功能：

化解不良资产市场培育者、各类不良资产的盘活者、资产管理业务的探索者、多元化金融服务的实践者，打造"三驾马车"（办事处、平台公司、总部事业部），形成"大资管、大投行、大协同"的综合金融专业体系，实现协同作战，发挥综合金融服务职能。

中国长城资产"五年两步走"中期战略发展规划的出台，高屋建瓴，统揽了商业化转型和跨越式发展的全局。

财通天下　智融长城

一统"长城系"

一统长城系，实行"统一品牌理念、统一企业形象、统一企业精神、统一价值观念"，围绕做大、做强、做优、做出特色，形成强硬的拳头产品和品牌，成为中国长城资产战略发展的重要组成部分。

这也是中国长城资产股份制改革的重要前提。

但是，清理整合工作是一项艰巨、繁重的任务。面临的情况复杂多样，有历史性遗留问题，涉及人员安置、股权变更、利益调整、税收清缴及与其他股东的协调、磋商等复杂事项，尤其是个别子公司盲目扩张留下严重后遗症。

鉴于此，公司总部于2011年6月3日再次召开总裁办公会，审议通过了《清理整合控股子公司实施方案》。子公司清理整合工作自正式启动到2012年12月，用了一年半时间，完成了一统长城系的工作。

为确保各项工作有序推进，按期完成工作目标，公司总部明确了相关单位的责任分工：办事处所属控股子公司的清理整合由办事处总经理负责；公司总部所属控股子公司下属各层法人股权的清理整合由控股子公司负责；重点清理整合项目由分管副总裁或子公司董事长挂帅，并成立专门工作组实施清理整合，机构协同部负责统筹。

为了提高清理整合的工作效率，机构协同部研究制定了严格的文档、公文传递制度，明晰了岗位责任，明确了办理时限，构建了快速反应机制。对于各单位上报的清理、整合项目方案，机构协同部组织审查，及时反馈意见；上下联动，主管部门与上报单位密切合作、协调沟通，共同充实、完善项目方案，及时提交公司总部经营决策委员会审议，为清理、整合工作的顺利实施和推进奠定了良好基础。

在加强总体指导工作的同时，机构协同部充分发挥协调优势，积极参与项目整合的具体工作，特别是对一些重点项目，针对存在的问题和障碍，与经办单位共同协商，出谋划策，出面沟通协调，有效推动了工作的进展。

按照关于组建长城投资公司的方案，机构协同部有关人员三次到河北长金资产经营有限责任公司进行具体指导，并拜访河北省国资委有关领导和河北省国有资产控股运营有限公司，先后几轮协调，最终达成共识，股权转让事项终得圆满解决。

在香港农银投资有限公司的重组中，通过重组方案的制订、修改和完善，最终经公司总部经营决策委员会审议通过，并上报财政部备案，实现了农银投公司轻装上阵、全面向商业化转型的目标。

对宁夏长信公司的整合，机构协同部积极帮助解决技术问题。

按照分类指导、有保有压的原则，完成了长城担保的增资、长城国融投资的资本扩充、资本金置换长城宁夏股权等工作目标。

为了拿下清理整合中剩下的一些"硬骨头"，2012 年 8 月 14 日，公司总部在上海召开清理整合工作专题汇报会，哈尔滨、济南、成都 3 家办事处，长城置业、长城担保、长城投资和长城宁夏 4 家子公司，公司总部机构协同部、法律事务部、评估业务部等参加了会议。与会人员一同研究策略，制定解决具体问题的方式方法，强力落实责任，坚定推动清理整合工作。

会上，张晓松分别同 7 家经营单位的总经理，签署了责任状。

2012 年 11 月，攻坚克难，清理整合工作取得了重大进展，"长城系"先后统一，集体亮相：

新疆长城国兴租赁有限公司更名为长城国兴金融租赁有限公司；

深圳长城融资担保控股有限公司更名为长城融资担保有限公司；

上海长城投资控股（集团）有限公司整合为长城国富置业有限公司；

河北长金资产经营有限责任公司、天津中小企业金融服务公司（后改为"长城基金"）、广东长城资本管理公司整合重组为长城国融投资管理有限公司；

农银投资有限公司转型为长城环亚国际投资有限公司；

宁夏长信资产经营有限公司转型为长城（宁夏）资产经营有限公司；

长生人寿保险有限公司；

长城新盛信托有限责任公司；

长城金桥金融咨询有限公司；

天津金融资产交易所有限公司；

长城国融投资旗下的长城（天津）股权投资基金管理有限责任公司正式注册成立，并于 2012 年 11 月发起设立第一只有限合伙基金——北京长富投资基金。

公司体系与模式构建

经过两年多的努力，中国长城资产形成了较为完备的经营体系与良好的创利格局。

母公司经营体系：

中国长城资产母公司系统除下属的 30 家办事处外，公司总部成立了资产经营事业部、投资（投行）事业部和资金营运中心（后改为资金营运事业部）。2013 年初，在工行包基本完成整体退出后，将原专项资产经营事业部改组为中间业务（中小企业金融服务）事业部；并在原负责工行包重点项目运作的重点项目部基础上，成立了并购重组事业部，从而形成了全面引领母公司系统各类商业化业务拓展的"五大事业部"。

子公司经营体系：

经过清理、整合和转型、重组，形成了如下子公司：长城金融租赁、长生人寿保险、长城新盛信托、长城融资担保、长城国融投资、长城投资基金、金融资产交易所、长城金桥咨询、长城国富置业、长城环亚国际、长城宁夏资产。形成了以金融类平台为主体、以中介类平台为补充、以其他类平台为辅助、具有统一长城品牌的平台公司体系。

业务发展体系：

伴随着三大经营板块的陆续构建，以及各类商业化业务的快速拓展，中国长城资产已拥有了涵盖资产经营管理、阶段性投融资、特色化金融服务、专业化平台业务四大类，包括资产收购、资产经营、股权投资、固定收益、投资顾问、投资银行、资金营运、中小企业特色服务、复合类特色服务、金融租赁、信托业务、融资担保、交易所资产交易、金融咨询、投资业务、人寿保险16个细类，近90种综合金融服务产品。其中围绕重点服务中小企业而打造的"融资增信、融资担保、融资租赁、融资咨询、股权投资""五大支柱"业务，立足为中小企业提升"一条龙、一站式、全生命周期"的综合金融服务，已成为中国长城资产的特色"业务组合拳"，初步形成了"主业突出、特色鲜明、协同发展"的集团化综合经营业务体系。

基础管理：

对ISO9001质量风险管理体系进行了全面整合升级，高标准通过了中国质量认证中心的监督审核；加强审计监督、会计管理和财务核算等工作，在同业中率先建立了"五维"成本分摊体系；启动了"云计算"建设部署，通过成立信息化工作领导小组，制订并完善信息化运行系统建设方案，加快各类新业务系统开发，实现了在业务管理、客户管理、审核审批、会计核算、资金营运、风险监测、综合办公等领域的全面信息化。

同时，紧紧围绕自身改革发展中心任务，扎实抓好党风廉政建设和反腐败工作。每年在召开年度工作会议时，一并召开纪检监察工作会议，对党风廉政建设与经营管理工作"同部署、同落实"。从公司总部到各经营单位、从领导到员工，层层签订《党风廉政建设和风险防范责任书》或《廉洁自律承诺书》，把党风廉政建设的制度和措施，落实到经营管理工作的各个环节。积极开展党风廉政建设巡视工作，逐年对领导干部贯彻廉洁自律规定情况进行专项检查，认真做好信访处理和案件查处工作。不断完善民主监督机制，在系统各办事处全面建立了职工代表大会制度。注重加强反腐倡廉教育，与中国移动合作设立了廉政短信平台，在OA系统设立了"廉政教育视窗"，进一步提高了干部队伍的廉洁从业意识。

伴随着商业化业务的快速发展，中国长城资产经营效益持续提升，综合实力不断壮大。总资产（不含工行包，下同）由2010年的220亿元上升到2013年的接近1500亿元；净资产由2010年底的120亿元（2011年3月底工行包分账后商业化报表净资产为140亿元）增加到2013年的接近280亿元。归属母公司净利润从2011年首次突破30亿元，比2010年翻了两番；到2012年突破60亿元，比2011年又翻了一番；2013年再上台阶。

办事处板块：从2011年首次全部实现利润超过1000万元，到2012年创利全部超过5000万元，再到2013年创利全部超过亿元，有的甚至超过5亿元。

事业部板块：各自的年度创利目标均在亿元以上，有的达5亿元以上。

子公司板块：除长生人寿保险因股东方面的问题尚处于亏损外，其他子公司全部盈利，有5家子公司的年度创利目标在亿元以上。

企业文化理念体系成型

2011 年 10 月，中国长城资产制定并发布了《企业文化理念体系》，内容包括公司使命、公司愿景、核心价值观、公司精神、经营理念、管理理念、创新理念、风险理念、人才理念、团队理念。统一的传播语"财通天下，智融长城"，用简短文字写出的有宣传鼓动作用的口号，描述了长城人的价值取向、使命意识和对未来的向往。

"财通天下，智融长城"，其意为，以化解金融风险、提升资产价值、服务经济发展为己任，有创造社会财富、造福天下民生的理想和志向；汇集天下英才、凝聚全员智慧、倾听各界建议、融入公司发展，有虚怀若谷、海纳百川的大气与胸怀。

访谈中，郑万春愉快地回忆起这两句传播语的往事趣闻。他说："传播语反映了长城人的一种文化精神，当时在构建、提炼和总结中国长城资产企业文化理念体系过程中，曾考虑过'财通天下，智慧长城'作为传播语。不过再一琢磨，各地方言不同，而且，智慧与'自毁'谐音，千万不可自毁长城啊！进而改为智融长城，更能表达长城人的胸怀与气魄。"

这成了一段趣闻。

三驾马车　并辔齐驱

2012 年 7 月 23 日，中国长城资产在吉林松原召开年中工作会议。

会上提出，总结办事处试点的成功经验，着力建设精标办事处、优良子公司和领航事业部"三驾马车"。

打造"标准""精品"办事处

标准办事处，就是办事处要在试点改革的基础上达到以下标准：

第一，商业化资产总额保持在 30 亿元以上，使经营管理初具规模；第二，连续两年达到商业化利润 1 亿元以上、人均利润 200 万元以上，主营业务利润在当地同业公司中排名前两位，且形成了持续成长的盈利能力；第三，不良资产收购、财务性投资、金融中间业务、代理平台业务等全面开展，形成了较为完善的业务模式；第四，具有稳定的客户基础，至少应拥有 20 个以上的 A 类客户；第五，人员总量控制在适当规模，人才结构较为合理；第六，具有较好的风险管控能力，无重大项目损失和重大经济案件。

精品办事处，就是要在符合"标准办事处"所有条件的基础上，还要达到以下更高的标准：

第一，商业化资产规模保持在 50 亿元以上；第二，连续两年达到商业化利润 2 亿元以上、人均利润 300 万元以上，主营业务利润在当地同业公司中排名第一位，且具备持续成长性，并在当地具有一定的社会影响力。

在适当的时候，达到"精品"和"标准"要求的办事处，可以率先转为分公司。

创建"良好""优秀"子公司

良好子公司，是作为平台公司应该达到的基本标准，主要包括：

第一，建立了规范的公司治理结构，"三会一层"职能清晰、权责明确，由中国长城资产控股或具有实际控制权；第二，功能定位符合中国长城资产战略，主营业务突出，原则上主营业务利润应占到利润总额的 60% 以上；第三，具有较好的盈利能力（具体根据行业特点确定），能为股东提供预期回报，原则上净资产收益率（ROE）要达到 15% 以上；第四，具有较好的风险管理能力，不良资产率控制在行业平均水平之下，无重大项目损失和重大经济案件；第五，对整体业务发展具有一定的辐射带动或创新引领作用；第六，在行业内具有一定影响力和知名度。

优秀子公司，是在符合"良好子公司"所有标准的基础上，还要达到以下更高的目标：

第一，具有很强的盈利能力，能为股东提供较高回报，原则上 ROE 要达到 20% 以上；第二，具有完善的风险控制体系和较强的风险管控能力，不良资产率控制在行业较低水平；第三，对中国长城资产业务发展具有很强的辐射带动或创新引领作用，是不可或缺的重要业务平台；第四，在行业内具有良好影响和较高知名度，至少有两个主要评价指标跻身行业前十名。

建设"领航型"事业部

概要地讲，公司总部的资产经营事业部、投资投行事业部和资金营运事业部，要在业务、产品、资金、利润等方面充分发挥"领航"作用，努力成为中国长城资产系统的"业务示范者、创新引领者、资金营运者和创利带动者"，逐步成为自主经营、单独核算、以利润为中心的市场主体。

同时，伴随着工行包、政策性资产的完全退出，或者将部分资产以商业化形式买断，专项资产事业部和并购重组部将逐步推进机制改革和职能转换，整合打造新的利润中心。并购重组部要努力成为股权管理和并购重组业务的领航者。

2013 年 2 月 27 日，中国长城资产召开的年度工作会议上，举行了授牌仪式。

经过办事处、子公司自我申报，总部审核评定等相关程序，北京、石家庄、上海、杭州和广州 5 家办事处被授予"2011—2012 年度标准办事处"称号；长城国兴金融租赁有限公司被授予"2011—2012 年度良好子公司"称号。

会上，公司总部领导分别授牌，并号召全系统以它们为榜样，作出新的成绩。

投行业务顺势而为

自成立伊始，中国长城资产就开始在投资投行业务领域进行了有益的探索，通过政策性债转股、自主商业化资产重组等手段，创造了如渝钛白、天一科技、晋西车轴等一系列经典案例，以投行手段进行资产重组，提升资产价值，实现价值最大化，树立了品牌，成果辉煌。

商业化转型以来，投资投行业务乘势而为。公司总部主要领导一直高度重视投资投行业务，推动了资产重组、投资投行等手段传导全系统各项业务的全面发展。东盛集团、信邦制药等一批项目的成功运作，打响了长城品牌。

投资投行事业部领航中国长城资产投资投行条线，借商业化转型发展的东风，得到了长足的发展。

长城国融投资管理有限公司（以下简称国融投资）成立于2007年12月，按照中国长城资产统一部署和安排，国融投资与公司总部投资投行事业部实行"一套人马，两块牌子"的一体化运作模式。

国融投资及投资投行事业部业务重点是围绕上市公司，或以企业上市、资本运作为主的投资投行和并购重组类业务，主要包括参与企业定向增发、PRE－IPO股权投资、固定收益类股权投资、企业并购重组等。同时，投资投行事业部作为中国长城资产职能部门，还负责开展投资投行业务（并购重组业务）的行业分析与市场研究工作，制定相关业务制度规范与发展规划，进行相关业务产品及业务模式的研发和推广；负责中国长城资产股票账户管理及存量业务的管理；负责组织实施投资投行业务投后管理检查工作等。

2012年，重点拓展和推动了资本金项下财务性投资项目和固定收益投资业务，有效带动投资投行业务条线经营效益快速增长。同时，合理布局股权投资和资本运营业务，做好存量资产盘活、变现和维权管理工作。如通过减持"信邦制药""酒鬼酒"等上市公司股票，转让退出齐宝酒店债权、物权等，盘活了多年的存量投资，提高了项目投资收益。

2013年，在重点发展固定收益类、股权投资类业务的基础上，以"城镇化建设"和"养老地产"项目为突破，推动固定收益类投资项目的转型升级，同时积极拓展分层基金、资产盘活等新业务模式。

投资投行业务日臻成熟，全面带动了系统各项业务的开展。更为重要的是，其在金融业界和全社会形成了良好的品牌效应。

2014年，围绕医疗、医药、健康产业、新能源、新材料、新技术、节能环保7个重点行业，着力开发了一大批有并购重组前景的项目，实现投资银行业务及产品结构的不断优化，为全面推进中国长城资产以并购重组为核心的"大投行"战略打下了良好的基础。

推陈出新　枯木逢春

随着中国长城资产商业化成功转型，手段更多了，工具更丰富了，资源和品牌上台阶，各项业务实现了跨越式发展。过去是从不良资产包中寻找项目，如今早已鸟枪换炮，主动出击。通过运用全方位综合金融服务，推陈出新，优良项目层出不穷。

具有代表性的石家庄"东盛系"、南京"长航油运"和天津"智慧堡"，这三个案例，值得记载。

智融"东盛系"

2012年11月，石家庄办事处收购东盛集团（以下简称东盛系）银行债权9.58亿元，到2013年12月25日，累计回收现金7.12亿元，以抵债方式获得市值3亿多元上市公司股票1220万股及山西广誉远国药有限公司20%股权，取得了可观的收益。

该项目的成功运作，得到地方政府、银监会的充分肯定，实现了各方的合作共赢。通过债务重组，东盛科技摘除ST帽子，东盛系的产业布局得到优化，中国长城资产也实现了与上市公司的战略合作，在投资投行业务方面进行了前沿性的探索实践。

东盛集团是一家以生产、销售、研究中西药为主营业务的集团公司，包括西安东盛集团有限公司、东盛药业股份有限公司、东盛科技股份有限公司等企业。作为资本市场较为引人注目的民营企业，东盛系因与其存在贷款互保关系的企业破产重整而诱发财务危机，多家银行强制维权，银企纠结多年而无解决良策。

石家庄办事处通过对东盛科技经营情况的调查摸底，掌握到该集团公司经营管理的基本情况，拟定用债务重组这把钥匙，打开死结。通过与中国银行总行和地方政府多次商谈，取得了对东盛系债务进行重组的主导权。

该项目运作成功的关键点很多，主要看点有三：

一是两个关联的交易结构设计。收购资产与处置资产相关联，处置资产与交保证金的购买人相关联。两个相关联保证了半年时间收回现金达到近60%。二是以并购重组为导向的综合金融服务解决方案。当债务企业归还了60%现金后，通过持续深入调研，公司总部认为，该企业具备持续发展潜质，果断地将项目运作思路由资产管理转向资本运营。该项目由一个单一的债权收购处置项目，演变成为集债务重组、资产重整、投资投行多手段，多方位综合服务于一身的经典案例，体现了"专业的金融资产服务商"的价值。三是公司总部领导多次出面协调，在关键时点上，化解了各方的掣肘，确保了项目的顺利实施。

由于东盛系贷款涉及面广，西安、大连、成都、广州、深圳、太原以及太谷、石嘴山、淮南9地18家银行都被卷入其中，系内、系外担保关系错综复杂。除银行外，还有若干民间债权人，多头交织、相互关联，遍布7个地区的省市县三级法院，查封资产散布于西安、上海、宁夏、昆明、新疆、青海、山西、安徽、江苏等地。项目启动后，先后协调各家法院达几十次。中间的反复、变化是对耐心的煎熬，也是对信心的考验。在与银行、资产购买方、债务企业等沟通过程中，从试探、争论到达成共识，从不相识到成为朋友。长城人的职业素养、职业精神及良好的企业形象得到了充分彰显。在此期间，深圳、沈阳办事处的协助也展现了系统协同的力量。

在东盛债委会工作会议上，银监会领导给予充分肯定，认为东盛系债务重组工作复杂，需要各债权人以大智慧、大胸怀和足够的勇气去面对，团结合作、推进重组，最大限度、最有效地维护债权人的利益，解决企业困难。中国长城资产为 18 家银行化解了风险，促使危难企业重焕生机，几千名企业职工的工作岗位得以保留，上市公司东盛科技的公众投资者利益未受到实质影响，企业间三角债风险得到化解，避免了一损俱损的多米诺骨牌效应，真正实现了银监会满意、银行满意、债务企业满意、担保人满意、中国长城资产满意的多赢效果，经济效益、社会效益双丰收。

该项目的成功运作，体现了长城人的社会责任感，并因此荣膺中国银行业协会"最佳社会责任实践案例奖"。

守望"长航油运"

2014 年 9 月，南京办事处以 7.12 亿元价格，成功竞标农业银行江苏省分行 14.2 亿元不良资产包。办事处抓住资产包内核心资产——中国长江航运集团南京油运股份有限公司（以下简称长航油运）项目，通过配合和推动企业破产重整，以部分债权转股权的方式，既有效支持了债务企业恢复正常经营，又极大拓展了资产回收的溢价空间，实现了经济效益和社会效益双赢。

长航油运主营业务为全球航线的原油、成品油运输。2012 年底，该公司拥有和控制的运力超过 800 万载重吨，年运输能力超过 7000 万吨，是国内最大的油轮公司之一，规模位居国际前列。造成其现金流状况不佳的根本原因，在于受原油运输市场景气度急转直下的影响，加上该公司扩张步伐过快，大额举债导致财务成本居高不下。一时间，包括银行在内的债权人纷纷起诉维权追偿，企业逐步走向破产清算的边缘。

长航油运是第一家因财务指标不达标而被强制退市的上市公司，也是央企中国外运长航集团旗下控股企业，为 A 股市场央企退市第一例。

南京办事处收购长航油运项目债权总额 7.19 亿元，占资产包债权总额的一半多，毫无疑问，其单户处置情况对整包处置影响巨大。

收购之初，办事处重点就长航油运诉讼情况、所属行业现状、后续对策、企业偿债意愿等进行动态跟踪和专题分析。根据抵押油轮运营时无法实地勘察的实际情况，会同评估机构想方设法通过 GPS 定位确认其存续状态，联系抵押船舶的制造企业——渤海船舶重工公司，了解船舶的技术参数和变现价格意见。通过积极联系长航油运破产重整管理人，详细了解破产重整具体情况，获取可贵的第一手资料。

在调查分析的基础上，南京办事处意识到，对资产包内长航油运等重点资产，必须跳出传统处置变现抵押物、追偿债务的模式，引入投行思维，侧重对长航油运破产重整能否成功、破产重整可能形成何种意向方案、破产重整受偿结果、后续盈利空间等关键性问题进行论证。

办事处工作人员从正反两个方面分析，得出结论：

结论一，假设破产重整失败，长航油运进入破产清算程序，预计受偿呈现刚性的特点，此时最可能的受偿来源为3艘MR型油轮变现价值，综合考虑油轮的专用性、单项资产价值金额大、国际国内油运市场持续低迷导致潜在投资人少等不利影响，预计可变现回收2.67亿元，但不确定性较大。

结论二，假设破产重整成功，长航油运资产整体盘活，收益可期。航运被列为国家要保持"绝对控制权"的战略产业，长航油运主业符合国家发展战略。国际上，波罗的海指数已触底企稳，行业景气度回升有望，后续发展将面临新的历史机遇。同时，长航油运规模位居国际前列，企业质地良好，出于消除"央企退市第一股"的负面影响和稳定资本市场、维护国企形象的需要，利益各方达成一致可能性较大。地方政府高度重视，江苏省金融办已牵头协调筹划企业的破产重整方案，意在破产重整后促进企业轻装上阵，恢复正常经营并回归主板。由此判断，长航油运成功完成破产重整可能性极大，一旦恢复A股上市，股权溢价，将为该资产的回收提升较大的盈利空间。

最终，南京办事处根据资产包回收预测的最高值、最可能值、最低值，形成《银行资产包收购项目报价测算表》和收购方案。

方案上报公司总部后，得到了高度重视。公司总部相关部门积极主动帮助办事处，通过各种渠道进一步掌握了长航油运破产重整可能性和市场竞争情况。

资产收购完成后，在有关权利义务尚未完全变更的情况下，南京办事处及时沟通破产重整人，与农业银行共同出席了第一次债权人会议，审议有关破产重整方案并充分表达意见。在推动破产重整方案实施的同时，加强了与省金融办、法院及其他债权银行的沟通和联系。破产重整方案通过后，为确保自身权益不受损，积极奔走于法院、工商、房管等部门，完善抵押变更手续。经过艰难的多方斡旋，最终成功争取到单独签订债务重组协议的权利，且享受银团中其他各债权方所享有的各种权利。

2014年11月20日，长航油运第二次债权人大会顺利召开，表决通过了破产重整方案。根据重整方案，该笔债权资产可实现现金回收1060万元，保留债权3.93亿元，取得长航油运股份13878.14万股。

重整后的长航油运实现了在"全国中小企业股份转让系统"（新三板）挂牌并恢复交易。其自2015年4月20日恢复交易以来，曾创下连续30多个涨停板的优良纪录。

2019年1月8日，长城人长相守望的长航油运重新上市，回到A股市场。

"价值发现"，慧眼识材，在鱼龙混杂的不良资产市场，长城人表现得越来越成熟和睿智。

"智慧堡"彰显智慧

2012年2月中旬，天津办事处获悉天津市正安集团公司开发的"智慧堡"地产项目，出现流动性资金逾期的风险。天津办事处洞察商机，主动与正安集团和借款方华英信托公司进行了业务洽谈，同步走访银行、房管、国土、税务等部门，在对项目基本情况细致分析、准确研判的基础上，以2.4亿元的价格，成功收购并重组了"智慧堡"地产项目。不仅化解了企业债务风险，支持天津滨海高新区开发，而且带来了近4000万元的自身效益，此举尽显长城人的智慧。

"智慧堡"项目是"天津市创意产业基地"和"天津市重点文化产业项目"，也是天津滨海高新区政府重要的窗口式品牌，定位为向科技型中小企业和文化创意企业提供办公与住宅，受到当地政府及各方的关注。

如果正安集团不能偿还对华英信托到期的借款，一方面信托资金形成了风险，另一方面正安集团信誉受损，无法融资，整个项目面临停工；再一方面已经购房的众多中小企业和个人不能按期交付，一场现金流引发的危机必定将开发商、信托公司和广大中小企业拖入旋涡，甚至可能酿成社会稳定事件。

在这个节骨眼上，长城人的介入，无疑是绝渡逢舟，雪中送炭。

当然，天津办事处也是做足了功课的。虽然，收购上可能有风险，但通过重组，他们看到了该项目的优势。首先是区域优势和区位优势，"智慧堡"项目位于滨海高新区华苑产业区环内区，华苑产业区是天津滨海高新区的核心区，是天津市区内唯一成片开发的区域，自建设以来得到了滨海高新区政府的高度重视。其次是"高新技术＋文化创意"的定位优势，国家工商总局挂牌的"滨海新区国家级广告产业园"和60多家科技型和文化创意等国内外知名企业，已经落户于"智慧堡"区域内，并获得了"凤凰网2010年度最佳生态科技项目奖"和"搜房网2010年度天津城市地标奖"。同时，大量中外企业陆续入驻，也为天津办事处与正安集团延伸合作，开发新客户，打造中国长城资产"中小企业金融综合服务商"的品牌提供了潜在商机。

天津办事处经过细致翔实的尽职调查、合作互惠多番谈判、巧妙完善的条款设计、与公司总部上下联动，仅用40天时间就以高效优质服务与各方达成合作共识，成功收购并重组了天津正安集团"智慧堡"项目，实现多方共赢。

事实证明，长城人商业化经营离不开市场，在市场上打拼又需要独具慧眼，面对瞬息万变的市场环境，投融资链条的紧密衔接是确保商机落地的基本条件。多赢才是真正的合作，也是重要的客户渠道和业务来源。正所谓：专业赢得钦佩，敬业赢得尊重，智慧赢得未来。

市场是一把双刃剑，效益与风险总是如影随形。

中国长城资产商业化运作实践，尝过不少甜头，也走过一些弯路。匆匆数载，有的项目已终结，瓜熟蒂落；有的仍在进行中，等待秋收。

正是："律回岁晚冰霜少，春到人间草木知。便觉眼前生意满，东风吹水绿参差。"

第七篇

大展宏图

古语云："启中兴之宏图，当太平之昌历。"

长城人经历了政策性不良资产吹糠见米的日子，在艰难的过渡期阶段依然探索前行，踏平工行包之坎坷，跃上了商业化兴盛之大道。2013年之后，长城人登临"五年两步走"的又一个山峰，一路高歌猛进，完成了股份制改造，并且为引进战略投资者和寻求上市，铺平了道路。

中国长城资产开始远大的谋略，大规模地实施了坚定务实的计划，展现一代长城人的抱负与梦想。真可谓：大鹏一日同风起，扶摇直上九万里。

长城人从此敦行而致远，宏图大展。

第二十章 CHAPTER 20

直待凌云始道高

2013 年 11 月 23 日，国内媒体争相报道"长城资产新掌门亮相，张晓松接任郑万春升任总裁"。

"11 月 23 日上午，中国长城资产管理公司召开领导班子建设视频会议，银监会副主席郭利根出席会议并发表讲话，组织部部长吴跃宣布了银监会党委的任命通知。""张晓松 2002 年 4 月从农业银行总行调入长城资产任副总裁，至今已有 12 个年头，经历三届领导班子，成为长城资产第四任总裁。"

郑万春调任中国工商银行，后调任为中国民生银行行长。

唐代杜荀鹤诗曰："自小刺头深草里，而今渐觉出蓬蒿。时人不识凌云木，直待凌云始道高。"主帅更替，进一步促使全体长城人一步步脚踏实地、成功构建自己的伟大梦想。一旦瞄准目标，绝不放松，这是全体长城人历来所表现出来的韧性。

继往开来的"厦门会议"

2014 年 1 月，中国长城资产战略研讨会在厦门召开。

"承前启后，继往开来，冲刺新目标"，以此来概括厦门会议的历史意义，应该是恰如其分的。

按照中国长城资产的 2012—2016 年五年发展规划，"五年两步走"，已经迈出了"打基础、建机制"的第一步，且是坚实而富于成果的第一步。连续被 4 家权威资信评估机构授予 AAA 级主体信用等级，连续两年被财政部综合绩效评价为"优"（2015 年获评 A 类"AAA 级"）。如何走好以"上台阶，创品牌"为主题之第二步，保证中国长城资产平稳、持续发展，实现股份制改革，至关重要。

厦门会议就是在这样的背景下召开的。

如果将之前的三亚务虚会议，当作战略规划的起点，是完成了第一步，如同一个登山者从山的脚下，向山顶进发，那么，厦门会议则是又一个新的起点。登山者刚刚爬到了半山腰，要想登上顶峰，或者翻过这座大山，还必须付出更加艰辛的努力。

所以说，厦门会议在中国长城资产发展史上，同样是一次至关重要的会议，是以张晓松为首的新的党委班子带领下的新起点，引领长城人再接再厉，奋勇前行。

厦门会议总结了中国长城资产 2013 年度经营成果：

到 2013 年底，中国长城资产总资产达 1544 亿元，提前三年完成确保目标；拨备前利润已达 95.2 亿元，提前三年完成力争目标（原规划 2016 年利润力争 90 亿元）；净资产达 269 亿元，比规划期初增长 60.5%；主营业务收入占比均达到 50% 以上且逐年提高。

总而言之，中国长城资产在盈利模式、经营格局、客户开发、风险管控、内部管理等方面的工作均取得显著成效。

基于 2013 年出色的业绩，第二步，也就是 2014—2016 年工作重心和策略，厦门会议提出了关键要处理好八个方面的关系：

处理好当前经营和长远发展的关系，坚持以终为始；处理好发展速度和发展质量的关系，坚持稳中求进；处理好企业规模和竞争实力的关系，坚持做优做强；处理好主业发展和辅业经营的关系，坚持协同作战；处理好整体推进和局部突破的关系，坚持点面结合；处理好鼓励创新和防控风险的关系，坚持创新管用、风险可控；处理好内强素质和外树形象的关系，坚持内外兼修；处理好整体发展和员工成长的关系，坚持共同创造、共同承担、共同分享、共同成长。

按照总体战略部署，第一步战略规划的有效实施，特别是一系列核心发展目标的圆满完成，为启动第二步战略规划实施打下了良好基础。

而接下来，需要全体员工再接再厉，认真应对挑战、加快改革创新，充分抓住机遇、推进持续发展，打造自身优势、提升核心竞争力，实现长城人自己的梦想。

按照这个目标，厦门会议重点就《关于实施中期战略发展规划第二步（2014—2016年）的若干意见》进行讨论，评价第一步"打基础、建机制"战略实施成效，绘制第二步"上台阶、创品牌"的战略实施蓝图。

中国长城资产 2014—2016 年中心任务，归纳为"四个围绕"：

围绕"股改、引战、上市"的改革发展主线，统筹推进"上台阶、创品牌"的各项工作；

围绕"打牢盈利模式、提升企业价值"，持续优化业务模式、行业布局和客户结构；

围绕发挥集团协同效应，有效推进"三大经营板块"（办事处、子公司、事业部）和公司总部的改革发展；

围绕"增强内生动力、确保稳健运行"，持续加强内部机制和企业文化建设。

"咬定规划不放松、一张蓝图干到底！"

一张蓝图，充满无比想象，如同天空一样湛蓝的颜色，汇聚了长城人天空般博大的理想。

内外兼修之道

天行健，君子以自强不息。

其实，早在 2013 年 9 月 9 日，张晓松实际已接棒郑万春，主持中国长城资产的全面工作。四天后的 2013 年 9 月 13 日，中国长城资产召开司务会议，安排部署近期工作。秦惠众主持会议，张晓松通报了银监会党委关于中国长城资产领导班子调整及对今后工作的有关指示精神，要求上下凝心聚力、继往开来、再上台阶，确保改革发展的顺利推进。

按照五年规划的蓝图，和厦门会议的部署，长城人内修外练，自强不息，坚毅地走向第二步。

2014 年 3 月 1 日，《金融时报》头版"高端访谈"栏目，记者以《打造 AMC 转型发展"升级版"》为题，刊登了对张晓松的专访文章。专访认真分析了当前资产管理公司发展面临的主要形势，畅谈了中国长城资产未来发展规划——努力打造中国长城资产转型发展的"升级版"，完成股份制改革，引进战略投资者，实现上市公开募股。

根据新的业务发展态势，2014 年 1 月，中国长城资产及时调整转换公司总部事业部的职能，从三个方向发挥总部事业部创新引领和示范导向作用。

方向一：重点业务的领航。即业务示范和创新引领，对已经示范成熟的业务，全部放开给办事处。在此基础上，把业务重点放到创新引领上，特别是对那些母公司系统亟须开拓的业务，如与资本运作相关联的股权类投资、企业并购重组、资产管理业务等，由公司总部各事业部率先探索出一条路子。

方向二：重点领域的领航。主要包括对非金融领域的不良资产收购，对非房地产领域的投融资，对战略性新兴产业的业务拓展，对房地产领域中的热点把握和安全引领等。从长远看，中国长城资产将来还要视情况拓展海外市场，打造国际化的投资投行、并购重组、资产管理等品牌，也需要由公司总部事业部进行重点领航。

方向三：重大项目的领航。主要是办事处难以独立运作的项目（如跨区域的项目），或对中国长城资产系统影响重大的项目（如一些重大的战略合作项目），以及较为复杂、技术要求较高的创新探索项目（如一些资本运作和并购重组项目），由公司总部相关事业部直接运作，或协同相关办事处运作。

为了更好地适应新的业务要求，公司总部对事业部职能进行了分条线、专营再设计。

改组后的"条线型"三个事业部，主要发挥市场开拓、产品创新、业务引领、辐射推动的作用：

资产经营事业部，负责对金融不良资产包和非金融不良资产收购的统筹管理，引领做大不良资产经营主业，打造不良资产管理运作品牌。

原中间业务事业部改组为城镇化金融事业部，专司对房地产投融资项目的统筹管理，引领规范房地产领域的业务运作，打造城镇化金融服务品牌。

原并购重组事业部改组为中小企业金融事业部，负责对"非房类"投融资项目的统筹管理，引领拓展新的投融资行业领域，打造中小企业金融服务品牌。

三个"条线型"事业部的利润指标下达和考核，以条线统筹为主，适当兼顾自营。

"专营型"两个事业部：

投资投行事业部，将其与长城国融投资公司合并，实行"一套人马、两块牌子"，优势互补、综合经营，重点是做强与资本市场相关联的股权投资和并购重组业务，充分发挥业务探索、技术创新、经营创利、品牌打造的作用。对其只考核直接经营利润，不再下达条线指标。

资金营运事业部，增加其对对外负债的统一管理职能，并改变其对系统内经营单位的内部借款计息方式，原则上参照融入成本实行"平价供应"，以减轻经营单位的财务负担，重点发挥资金统筹、品种创新、负债优化、经营保障的作用。对其自身经营业绩，主要从融入资金成本、负债结构、闲置资金营运效益等角度进行考核。

自古习武之人，讲求"内练一口气，外练筋骨皮"。而对新的发展阶段和越来越激烈的市场竞争，必须外树形象，苦练内功；内外兼修，四招齐发，为全面完成第二步目标，做了良好的铺垫。

第一招：持续提升内部管理的精细化水平。持续加强内控体系建设，优化实施经济资本管理，大力推进集团化信息建设，以"无不符合项"顺利通过了ISO9001质量风险管理体系、ISO20000信息技术服务体系和ISO27001信息安全管理体系监督审核。完善了以"平衡计分卡"为计量工具的分类考核评价体系设计，优化审核审批流程，实施分类授权动态管理。先后统一规范了74个合同文本，完善了64项规章制度，从而，对金融不良资产估值模型进行优化升级，对业务经营管理系统进行改造升级，进一步提升了内部运行效率和管理水平。

第二招：推进全面风险管理体系建设。面对经济下行的外部形势，未雨绸缪，启动"立体、多维、全覆盖"的全面风险管理体系建设，进一步加强了对合规风险、操作风险、违约风险、道德风险、声誉风险"五类风险"的防范。可以说，风控体系建设走在了4家同业公司前列。同时，按照"优化增量、盘活存量"的原则，注重系统性，加强项目后期管理，多措并举化解项目风险，并致力于将新项目打造成"铁项目"，有效增强了全系统的质量意识和风险意识，也有力保障了中国长城资产持续发展与核心竞争力的提升。

第三招：品牌形象再造与升级。不失时机宣传中国长城资产、弘扬品牌、扩大影响。以参加融资洽谈会、金融展、金融博览会等论坛形式，如沙特—中国投资论坛、博鳌亚洲论坛、APEC会议、资产管理公司国际论坛（The Internation Powered Access Federation）、国际金融协会等，发表主题演讲，以及接受主流新闻媒体专访，发表理论文章，推介宣传中国长城资产的企业形象。

第四招：培育众多优质客户。通过实施"立体式"客户开发战略，引领系统广泛拓展客户资源，并围绕客户需求，提供多元化综合金融服务。以战略客户和重点客户为核心的优质客户群不断壮大，先后与各省（自治区、直辖市）人民政府、大型金融机构、大型企业集团建立"总对总"战略合作关系。

万马奔腾山作阵

在新的战略思路指引下，随着商业化经营环境发生根本性变化，冲刺"五年两步走"的第二步，成了长城人共同的目标。各办事处采用多种经营手段，运用各种金融工具，展开全方位地拼搏。

2012 年度"标准"办事处仅有北京、石家庄、上海、杭州、广州 5 家。到了 2013 年，就产生了石家庄、长沙两家"精品"办事处，12 家"标准"办事处，即广州、杭州、上海、济南、南京、大连、南宁、成都、昆明、哈尔滨、呼和浩特、郑州办事处。2014 年，杭州、长沙、南宁上升到"旗舰"办事处，也是最高级别的荣誉；北京、上海、济南、广州为"精品"办事处；"标准"办事处达到了 16 家，分别为石家庄、呼和浩特、沈阳、长春、哈尔滨、南京、合肥、福州、南昌、海口、成都、重庆、昆明、西安、乌鲁木齐、大连办事处。2015 年，海口升格为"精品"办事处。

2013 年至 2016 年，短短四年间，中国长城资产各办事处业务经营各显其能，有的已娴熟地运用各种金融工具，风险管控能力有了极大的提升，有的在商业化资产规模、连续盈利水平、稳定客户资源等方面，有了质的飞跃。

各办事处如群雄逐鹿，呈万马奔腾之势。

秉承浙商"三千精神"

历史上，浙江商业之所以昌盛兴茂、长久不衰，得益于浙江商人的"三千精神"，就是哪怕花费千言万语，跑遍千山万水，也要千方百计地把事业做成功。如此锲而不舍的恒心和毅力，正是杭州的长城人在商业化经营发展中精神的具体体现。

在中国长城资产的旗帜下，杭州办事处抓主业、调结构，逐渐步入资产规模扩张快、资产质量好的内涵式发展道路。2013 年末，杭州办事处实现利润 2.51 亿元，实际承担管理职责的资产规模达到 69.24 亿元，人均利润和人均资产分别达到 536 万元和 1.5 亿元。

从 2013 年上半年开始，浙江省各家银行集中批量推出不良资产包。杭州办事处一方面抓住难得的机遇，先后成功收购了光大银行、兴业银行、农业银行等 10 个资产包，涉及本金 13.28 亿元，利息 1.69 亿元，债权总额 14.97 亿元；另一方面，针对自身房地产业行业集中度明显偏大的实际情况，不利于经营风险的分散和业务的均衡发展，通过不良资产主业拓展，加大业务结构调整力度。

结构调整，势在必行。说起来容易，做起来难，这是一种痛苦的、但不得不为之的选择。

海宁的老乡、清末民初大学者王国维先生的"三重境界"，能够很好地说明杭州的长城人探索与成功的过程。

第一重境界，"昨夜西风凋碧树。独上高楼，望尽天涯路"。老路走的人多，既热闹又熟悉，驾轻就熟；新路需要人去开辟，必须有勇气、有智谋，披荆斩棘，勇往直前。调结构，对于长城人来讲，又是一次新的选择，属于一条新路。如何走、胜算几何、会不会影响当年的利润目标完成？他们必须勇敢面对，艰难探索，怎能不望尽天涯路？

第二重境界，"衣带渐宽终不悔，为伊消得人憔悴"。已习惯于房地产业的操作思路、操作流程、抵押物监控、账户监管等做法，调结构必然面临不熟悉的行业、不熟悉的交易结构设计、不熟悉的监管办法等诸多新问题，必须从新的视角思考问题，求索新的解决办法，怎不为伊消得人憔悴？

第三重境界，"众里寻他千百度，蓦然回首，那人却在灯火阑珊处"。虽然，他们在调结构过程中遇到了众多难题，但在公司总部的大力支持下，逐个突破，取得重大进展，蓦然回首，那人却在灯火阑珊处。比如，分层基金投资项目、非房实体企业、非金收购项目均属全国首单或大单业务，具有较强的可复制推广意义。成功运作的 8 亿元锦江集团"非金非房"收购项目，就是良好的尝试与突破。以良好的服务和较强的创新能力，成功从其他金融机构夺取"久府项目"；首次以分层基金模式，运作了中国长城资产系统最大投资规模项目，投资规模达 17 亿元。

通过艰苦运作，杭州办事处对业务分布进行了较大幅度的优化调整，非房地产行业业务比重，个数占比已上升至 53.57%，优化业务结构的效果初显。同时，加强与政府平台、银行等金融机构、金融服务中介机构的全面合作，并组建战略联盟，抓住城镇化建设浪潮和棚户区改造时机，积极探索"城镇化产业发展基金项目"合作模式，实现金融服务产品化，提供一揽子金融服务，充分展示了中国长城资产在浙江金融市场的良好形象。

2014 年，公司总部授予其"旗舰办事处"荣誉称号。

来自大草原的报告

内蒙古草原苍凉、广远、豪放，举目千里，一马平川，白色的羊群在绿色的原野上，如同碧蓝的苍穹点缀的星辰。悠扬的马头琴声，飘荡在辽阔的草原上。

在人们的印象中，那里似乎还是个神秘的游牧之地。在祖国的版图上，内蒙古与其他民族自治区域一样，在现代化的征途上大步向前。

呼和浩特的长城人，就是其中优秀的代表。

2013 年初，呼和浩特办事处在党委班子的带领下步入"标准"办事处行列，2014 年各项业绩在 16 家"标准"办事处中，位置靠前。

金融租赁是一种新型的金融工具，也是中国长城资产大协同战略的重要组成部分。呼和浩特办事处根据区域经济的发展实际，把金融租赁作为可持续发展的重要策略来实施。

呼和浩特办事处立足于内蒙古资源优势，结合自治区的国家战略能源基地、新兴煤化工基地、有色金属加工基地和绿色农副产品加工基地的发展方向，支持、储备了一批区内上市公司、"双百亿"企业及行业龙头领军企业等优质客户。这些企业包括：亿利资源、远兴能源、鄂尔多斯等上市公司；内蒙古伊东集团、内蒙古庆华集团等自治区优质"双百亿"企业；全国规模最大的淀粉加工企业、全国最大的天然气生产甲醇企业、内蒙古最大的葡萄酒生产企业等多家行业龙头领军企业。

通过开展租赁代理业务，逐步向非房领域转移，积累的客户资源，在建立优质客户资源库过程中发挥了"敲门砖"和"酵母"的作用。比如，博源集团、恒东集团、庆华集团及伊东集团等大型企业，为非金收购等业务的发展，奠定了坚实的客户基础。

2013 年初，呼和浩特办事处将前台部门由原来的 6 个增加至 12 个，给每个团队下达了 1.5 亿元代理租赁业务的任务，以确保全年 18 亿元的新增租赁资金投放。通过进一步强化对代理租赁业务的考核和激励机制，从有限的资源中拿出一块奖励先进部室和个人，发挥激励机制的考核约束作用，确保前台代理租赁业务的积极性。通过与自治区政府签署战略合作协议、参加非公经济峰会演讲、与各家银行营销等措施，先后与区内 30 家企业建立了合作关系。这些企业，大都是上述上市公司、自治区"双百亿"企业及行业龙头企业，有力地树立了中国长城资产金融租赁品牌形象。

扎实的工作，带来丰厚的成果。

2013 年，呼和浩特办事处实现了确保金融租赁代理业务和商业化资产规模均达到 40 亿元、力争 50 亿元的经营目标。当年，完成代理租赁项目 39 个，累计出资 56.26 亿元，商业化存量资产达到 42.3 亿元，实现直接收入 1.54 亿元，取得了中国长城资产系统办事处受托租赁代理业务第一名的优异成绩。

2014 年底，呼和浩特办事处资产规模达 72.82 亿元，实现商业化利润 2.31 亿元，完成公司总部下达必保任务的 105%，金融租赁业务年末余额达 37.18 亿元。

长城人在辽阔的内蒙古草原，打造了一个资产存量 110 亿元的机构，并在自身进步的同时，极大地推动草原商业、工业和农牧业经济的发展。

内蒙古自治区政府颁发的"金融支持地方经济社会发展突出贡献奖"荣誉，更是对他们的充分肯定与褒奖。

山城传佳音

重庆办事处以其稳健的作风，沿着公司总部的战略思路，推进各项业务的快速运行，捷报频传，誉满山城。

他们从拓展不良资产收购入手，以期做大做强主业规模。在联手政府融资平台，支持基础设施建设，严格筛选房地产项目，突出"旧城改造"和"刚需"项目的同时，重点结合区域发展定位，支持物流商贸企业，支持小贷公司平台，服务中小企业发展。

重庆作为长江经济带上游的中心城市、中国西南的交通枢纽，结合重庆城市定位和区位优势，重庆市委、市政府提出要将重庆打造成为"内陆开放高地"，加快交通枢纽互联互通，打造内陆物流高地，加快建设开放型经济体系，打造多元化市场高地。重庆办事处以此为契机，大力支持当地政府"大物流高地"和"大市场体系"建设，将符合发展规划的物流、商贸企业融资项目作为新业务发展方向，在支持地方建设的同时赢得可持续发展商机。通过积极与政府主管部门、行业协会、相关企业主动联系，推广业务，成功实施了西部物流园项目等一批物流和商贸项目，累计投放资金规模 20.3 亿元，占资金投放总额的 30.99%。

重庆办事处因势利导，在业务拓展上，有意识地控制和调整房地产项目比重，注重业务拓展的多元化，行业风险的分散化。在筛选房地产项目时，主要以位置较好的"旧城改造"项目和"刚需"户型为主的住宅项目为重点，严格控制抵押率，并落实多种风控措施组合，投放资金 11.32 亿元，占办事处资金总余额的 21.43%。由于资金投向均为"旧城改造"和"刚需"住宅项目，风险可控。

他们还积极探索通过小贷公司间接支持中小企业发展的经营模式，充分挖掘当地较好的小贷公司不良资产收购资源，推进金诚、巨丰、商汇等多个小贷公司项目并陆续运作出一批风险可控的优质项目。

2014 年末，重庆办事处商业化资产规模达到 63 亿元，比上年增加了 30.41 亿元，增幅为 94%；实现商业化考核利润 2.7 亿元，同比增加 1.14 亿元，增幅为 73%，超额完成力争目标的 136%；人均创利 614 万元，同比增幅为 89%。

羊城飞捷报

2015 年，广州办事处全年实现商业化营业收入 9.06 亿元，实现商业化考核利润 4.02 亿元，完成目标任务的 100.47%，人均创利达 705 万元，年末商业化资产规模达 80.43 亿元。

2016 年，办事处全面贯彻公司总部关于"做大做强不良资产主业"的决策部署，抓住广东不良资产市场的发展机遇，全力推动不良资产收购，创新谋划处置运作，在收购规模、市场份额、处置效益方面均取得突出成效，实现了主业规模"再造一个广州办"目标——资产规模达到了 407 亿元。

2016 年，广州办事处成功收购了农业银行、工商银行、建设银行、平安银行、广发银行等 8 家银行的 18 个资产包，出资金额 71 亿元，涉及 4774 户，各类债权总额 407 亿元，超过成立之初接收政策性资产 397 亿元的规模，也是 2016 年中国长城资产系统收购规模最大的办事处。单个资产包涉及广东、浙江、黑龙江、北京、河南等十多个省市。

据统计，广州办事处通过市场化获得的资产包，占本地四家资产管理公司 64% 份额，新增规模也达到整个中国长城资产系统的五分之一。长城人在广东的行业影响力急速提升，市场主导地位得以确立，珠三角许多投资机构和不良资产投资基金纷纷上门寻求业务合作。

"不但能够收好包、更能处置运作好包"，他们说。

如针对原本地处偏远、信用环境差、户数多的粤东资产包，他们及时采取了"大包收购、分包处置、统筹经营、充分营销"的策略，按地区分 4 个包公开转让，总成交金额达 4.34 亿元。从购入到卖出，仅用了不到 3 个月时间，实现账面盈利 1.99 亿元，初步估算年化收益率超过 400%，成功实现"当季收购、当季处置、当季盈利"。

南桂钢铁项目是存量资产包中一户重点债权。虽然三年来一直积极寻求重组、处置，但由于企业债务复杂以及抵押工业用地的变现难度大，工作成效一直不理想。广东办事处利用国家大力支持"互联网＋"的机会，创新地进行"线上＋线下"整合推动运作。经过 9 大买家的 181 轮竞价、40 次延时，最终以 5.11 亿元成交，溢价率高达 111％。不仅全额收回对应的抵押债权本息 2.3 亿元，还将普通债权的受偿比例大幅提高，同时为附近另外 2 万平方米抵押土地的处置打下了市场基础。

这也是长城人利用淘宝网，成功进行司法拍卖的首宗案例。

广州办事处采取真正意义上的商业化手段，成功运作不良资产，启示是多方面的，其中十分重要的一点是，必须深耕市场。

做强不良资产主业，深耕市场是硬道理。

广州办事处曾是中国长城资产政策性资产收购规模最大的分支机构，进入商业化转型阶段后，一度陷入"三无"的处境，在没有主业资源的情况下闯市场，饱尝了无米之炊的艰辛，也深刻领会到"手中有粮、心中不慌"的真谛。

等客上门的时代早已结束，市场化的经营处置注重的是不良资产客户群的培育。他们一方面鼓励和引导有实力的客户加入不良资产投资的行列；另一方面到市场一线摸爬滚打，加强与各地不良资产投资者的沟通交流，及时掌握市场需求，向合适的投资者推介合适的资产。

辛勤的努力，取得了令人瞩目的业绩。尤其是其主业经营实现跨越式发展，广州办事处因此荣获公司总部 2016 年度"突出贡献奖"。

湘军白马一骑绝尘

长沙办事处自成立以来，无论是政策性资产处置阶段、工行包资产处置时期，还是商业化转型发展进程中，各项经营业绩都取得了不俗的成果，排名靠前；先后获得公司总部"精品"和"旗舰"办事处的荣誉称号，如同一匹飞驰的白马，始终奔驰在队伍的前列。

湖南省位于全国的中部地区，与周边省市相比，其经济发展水平不算最高。而长沙办事处在此背景下，业务发展持续稳定，一年上一个台阶。进入商业化经营发展阶段后，被公司总部连续授予"精品"办事处和"旗舰"办事处称号，实属不易。

"惟楚有材，于斯为盛。"

其材其盛，为中国长城资产跨越式发展之盛作出了重大的贡献，也充分展示了湖南人的经略之材。以 2011 年之后的商业化转型发展为契机，长沙办事处以中期战略规划为引领，努力探索转型发展出路，着力构造可持续发展经营模式，取得了跨越式发展，连年超额完成公司总部下达的任务目标，稳居系统创利单位第一方阵。2016 年净利润超过 6 亿元，名列全国办事处第一。在当地同业市场上，更是实现了后发赶超，连续三年规模及利润均排名湖南省内同业第一，成为四大资产管理公司在湘的领头羊和行业标杆。

楚材为盛，名副其实。

然而在盛名之下，他们又是付出了多少心血。

想当年，在政策性资产和工行包资产经营处置时期，在商业化手段缺乏、没有资金和资源投入情况下，长沙办事处完全靠"人脑＋电脑"，一批重组项目闪亮登场，成为真正的"投行业务"，技惊四座。

面对当地经济没有明显区位优势等不利因素，长沙办事处响亮地提出了"二次创业"的口号。

应该说，办事处党委在创业中充分发挥了引领作用，员工在创业中充分发挥了主体作用，制度在创业中充分发挥了保障作用。

工作中，他们还推动内部管理、业务产品和风险管理"三大创新"，显示了无穷的魅力。

本着"强前台、精后台"的指导方针，在理顺部门职责的基础上，持续加强部门间的链式配合，建立前、中、后台相互关联、相互监督、相互激励的运行机制，围绕中心，形成合力，提高效率。

长沙办事处开发运作的一大批精品项目，受到了公司总部和业内的一致认可和表彰。比如，为中小企业集合票据发行提供增信及资产管理服务项目，被评为中国长城资产业务创新一等奖；2015年实施的景峰医药并购基金项目，被评为银监会系统"金点子"方案。恒立实业"债权转股权＋重组复牌"项目，先后分别被评为公司总部突出贡献特等奖、一等奖、三等奖，也得到了地方政府和社会各界的好评。

不断完善风险管理制度，建立项目经理终身责任制等7项制度，确保项目运作管理全过程、各环节实现责任全覆盖。

同时，长沙办事处有一支作风过硬的优秀队伍，出色地承载商业化转型的历史重担。这，得益于持续优化考核激励机制。比如，初次分配按照效益优先、质量优先的原则，鼓励多干事、多做贡献，突出效益优先、向前台倾斜；二次分配兼顾公平，对勤恳尽职的员工、刚入职的青年员工、退休的老长城人给予照顾。既确保贡献者多得，又不让老实者吃亏。让人感到温暖，形成人人尽职敬业的工作态势。

自古"无湘不成军"，湘军白马，一骑绝尘，常立于不败之地。

楚地黑马异军突起

黑马，在汉语词典中，喻为比赛中的意外获胜者。

武汉办事处近几年快速发展，既是意料之外也是情理之中。武汉办事处在中国长城资产逐鹿群雄中，异军突起，成为后起之秀，恰如突然杀出的一匹黑马。

不可否认，过往之中，武汉办事处由于种种原因，案件多发、积案久未处理，经营异常艰难，效益差，员工收入少，士气低落。在全国兄弟办事处里，排名靠后，甚至处于倒数。

俗话说，换人如换刀。

2014年末，公司总部决定，调整、配强武汉办事处领导班子，调任李鹏为"一把手"。新一届党委从上任的第一天起，深知肩上的担子重、压力大、困难多。怨天尤人不如奋力前行，要想甩掉历史包袱，扭转不利局面，必须从思想上打造一支求真务实、埋头苦干的团队，必须用发展的办法，解决历史遗留问题，以经营效益来提升士气，凝聚人心。

2015 年，武汉办事处紧紧抓住国有企业改制速度不断加快，房地产市场并购重组深入推进的有利时机，携手长城国富置业（北京）公司，以"并购重组＋股权＋债权"交易模式，支持武汉恒大并购中国航天科工集团公司及其下属中国航天三江集团公司股权，出资 43.57 亿元。为将项目做实、做出品牌，在公司总部指导下，武汉办事处几近全员发动，参与部门之多，力量之大，效率之高、决策之果断、成效之显著，前所未有。

该项目实施仅半年，武汉恒大开发的三江地产项目在售楼盘共完成销售 2402 套、面积约 23 万平方米，实现合同销售收入约 24 亿元，回笼现金约 17 亿元，也为办事处带来约 11.3 亿元的收入。

仅此一役，从根本上扭转了办事处多年的被动局面，员工相应增加了一大块收入。

2015 年，武汉办事处实现全口径经营收入 5.99 亿元，比 2014 年增加 3.78 亿元，增长 171.5％，比前三年收入之和还多 2000 万元；实现公司总部考核口径经营利润 1.99 亿元，完成利润计划 1.8 亿元的 110.3％，比 2014 年增加 1.13 亿元，增长 131.4％；资产总额 61.4 亿元，比年初增加 29.9 亿元，增长 94.9％；负债总额 59.9 亿元，比年初增加 31.4 亿元，增长 110.2％；经济资本占用 8.15 亿元，比年初增加 3.61 亿元，增长 79.5％。经营收入、经营利润和经营规模均创历史新高。

2016 年，武汉办事处实现全口径营业收入 6.72 亿元，实现账面利润 2.42 亿元，考核利润 2.39 亿元，剔除消化历史包袱 1.24 亿元因素，实际实现考核利润 3.64 亿元，利润绝对额列全国前十名，经营总规模达到 106 亿元。

黑马在荆楚大地异军突起，从常年屈居全国倒数二三位，仅两年时间，跻身于全国前十强。

毛泽东在《唯心历史观的破产》一文中指出："世间一切事物中，人是第一个可宝贵的。在共产党领导下，只要有了人，什么人间奇迹也可以造出来。"

毫无疑问，中国长城资产发展史，正是一部不断创造奇迹的辉煌史册。然而，当掩卷沉思，不难发现，人，确是发展历程的至关重要的因素，决定正确或差池的方向，也决定一切事物的成败。选对了主帅，就是选择了成功；选对了"一把手"，就能成就一方。中国长城资产各个历史阶段，都会有一批堪称"脊梁"的长城人，敢当重任，力挽狂澜，散发出智慧与辛劳的光芒，并且带领团队走向光明。

人是一切事物中的第一要素，这是真理，也是最值得长城人牢记并当借鉴的史实。

跃上葱茏四百旋

2014 年，公司总部提出了围绕"突出主业、上市公司重组、扩大到非金融实体"经营战略，使长城人的思维方式产生了重大变化。一如跃上草木茂盛的山野，尽管山路曲折回环，最终还是见到了雄伟高峻的顶峰。

在此经营战略指引下，产生了一批影响深远的案例。"ST 超日""科迪乳业"等项目，可谓长城人阶段性的经典力作。

此一时彼一时。历史的阶段性，总是客观存在。无论是一个截面，还是一个片段，都是史实，不容抹杀。重大历史事件，彼时彼地，一度令人瞩目。

杰作再现："ST 超日"

2015 年 8 月 13 日，《经济参考报》记者报道了一则吸引眼球的消息：

> 8 月 12 日，一度濒临破产清算边缘的"ST 超日"，重组并更名"协鑫集成"重返 A 股。经历两度临时停牌后，收盘时股价报收 13.25 元，暴涨了 986.07%，复牌首日，暴涨近 10 倍，创下摘帽概念股中的"新神话"，被指为"妖股"。

2016 年 6 月 11 日，周礼耀在接受《腾讯财经》记者采访时说：

> 这起国内首例公募债违约事件，债券的发行规模高达 10 亿元，更有可能因为超日公司 58 亿元债务崩盘而引发区域性、行业性金融风险。
>
> 为此，长城资产耗时 22 个月才解开债务死扣，这是长城资产第一次以"破产重整+资产重组"的方式，盘活了这个 58 亿元的"大窟窿"。在收购非金债权、牵头债务重组后，长城资产引进战略投资者协鑫集团，通过资产注入，实现超日公司恢复上市。这不仅保护了 6000 多户债权人的权益，恢复了员工的就业，维护了社会稳定，而且，真正盘活了超日公司的产能，使其恢复正常运营，推进中国光伏行业资源的有效整合和产业升级，更有效地化解了潜在的金融风险。

上海超日太阳能科技股份有限公司（以下简称超日公司或 ST 超日）于 2010 年 11 月 18 日在深交所中小板挂牌，经营范围主要为太阳能材料、太阳能设备等。自 2012 年起，由于严重的产能过剩，整个光伏行业进入了"寒冬期"，产品市场价格一落千丈，大批业内公司纷纷破产倒闭。2012 年 3 月，超日公司发行期限 2 年、名为"11 超日债"，计 10 亿元。但因盲目的产业扩张出现严重的流动性困难，银行贷款逾期、主要银行账户及资产被冻结、开工率不足，无法正常生产经营，整体业绩持续亏损。

2014 年 3 月 4 日，超日公司发行的 10 亿元公司债，因无法按期支付利息而宣告违约，成为国内首例公募债违约案。2014 年 5 月 28 日，因连续三年经营亏损，ST 超日股票被暂停上市。危机发生后，尽管超日公司积极采取变卖实体资产、处置下属公司股权资产以及股票质押融资等方式，实施自救，但由于企业严重资不抵债，且清算后的偿债率不足 4%，将严重损害 6000 多个中小债权人的权益。由此，可能引发一系列群体事件，其高达 58 亿元的债务黑洞，也极有可能引发全国行业性风险。

中国长城资产投资投行部和上海办事处在超日公司债务危机中看到了机会。2013 年 10 月 10 日，上海办事处主动与超日公司接触，双方就一揽子重整达成意向，并得到了公司总部的肯定，同意继续推进。

2014 年 5 月 20 日，周礼耀主持召开了关于"投资收购上海超日系金融和非金融不良资产及整体破产重整"的专题会议。会议同意立项，并成立项目联合工作组，由公司总部投资投行部协同长城国融投资公司、上海办事处，全力推进超日公司重组工作。

通过调研，联合工作组对超日公司进行了全面分析评估，认为该公司经营业务附加值低、回报率低、门槛低，竞争激烈，生产经营已陷入停滞；债务问题庞杂，出现了严重的流动性问题，债务危机即将爆发。同时认为，超日公司具备重组可能，只要超日公司能够恢复生产，就能带来经营性利润，满足监管各项要求，实现恢复上市具有可能性。

为此，项目组初步设计了从不良资产收购处置介入的一揽子重组方案。结合不良资产收购、并购重组，着眼于超日公司重整（保壳）、后续重组（资产兼并）两个阶段，创新性地设计了"破产重整＋资产重组"的整体实施方案。

作为项目联合工作组的重要成员之一，孙刚对方案的主要内容至今仍倒背如流：

通过破产重整一次性解决债务问题，设计以保障中小债权人为主、兼顾各方利益的整体债务偿付方案，让企业轻装上阵；引入1家行业龙头企业集团和7家财务投资者作为重组方，帮助超日公司尽快恢复经营，并进一步扭亏为盈，满足第二年恢复上市的基本要求；向"ST超日"注入优质资产，通过产业链上下游的有机整合，将超日公司打造成为轻资产、高技术、高附加值的系统集成服务商，实现可持续的盈利模式。

该方案得到了上海市政府及相关部门的赞许。

引入光伏龙头企业作为重组方，这是方案中的重点。在后来的三个多月里，长城人跑遍了国内几乎所有光伏企业，最终选择了江苏协鑫公司携手重组。

至此，"ST超日"破产重整准备工作基本就绪。

由于重组涉及的利益方广泛，既涵盖了政府部门、法院、管理人、券商，又涉及超日公司原股东、重组方、其他债权人和6000多名"11超日债"持有人。因此，能否将各方利益平衡好，将是重组工作计划能否获得债权人大会表决通过并实施的关键。

整个重组方案，需要占债权总金额三分之二（66.7%）以上债权人投票同意，方可实施。

为了掌握主动权，增加投票份额，在超日公司破产重整计划公告后，项目组即对债权人投票情况，进行了周密的研判，并拟收购超日公司部分非金融债权。并在获得公司批复同意后，迅捷启动相关程序，及时地完成了超日公司7.47亿元非金融债权收购，所掌握的债权已经占债权总额的42.98%。为防万一，确保投票通过，上海办事处领导又做通了个别债权银行的工作。

2014年10月23日，第二次债权人大会以69.89%的债权，顺利地通过"破产重整＋资产重组"方案。2014年12月24日，法院裁定，确认超日公司重整计划执行完毕，破产重整程序到此终结。

2014年年报显示，重整后的超日公司净资产为31亿元，经审计的净利润及扣除非经常性损益后的净利润为1.46亿元，满足申请恢复上市的各项要求。

2015年8月12日，"ST超日"股票在证券市场复牌的第一天，就出现了前文新闻报道里所描述的令人难以忘怀的景象。

"ST超日"项目实施成功，取得了令人瞩目的阶段性成果：实现了化解金融风险、维护社会稳定；推进行业整合，支持产业升级；实现社会价值，树立责任品牌，体现了资产管理公司履行"金融稳定器"的职责，发挥"经济助推器"的作用，体现"创新探索者"的价值。

十数年成就"科迪乳业"

河南科迪乳业股份有限公司（以下简称科迪乳业）项目是中国长城资产发展历程中，运作时间长、波折多的资本项下并购重组项目，经过长城人艰苦努力，科迪乳业成功实现重组上市，中国长城资产最后成功退出。

河南科迪食品集团有限公司（以下简称科迪集团）是以"公司＋基地＋饲养户"为组织形式，主要发展奶牛产业的企业，是从农业银行划转的资本项下投资项目。早在2003年12月，科迪集团就开始了报批工作，2005年2月28日，中国长城资产与中国农业银行签署"贷款划转协议"，完成了项目的划转工作，接收了科迪集团名下债权本金2.7亿元贷款。2005年3月，与科迪集团签署了"资产重组框架协议"。

长城人刚一接手，相关银行此前承诺的2亿元贷款支持却落空了，直接导致事先商拟好的重组方案难以落实。

在这个时点，如果中国长城资产要求科迪集团偿还债务，意味着科迪集团要承担巨大的现金流压力，企业极有可能陷入困境。

如何谋划一个多赢方案，既能支持企业良性发展，又能解决自己投入的巨额资本，这考验着长城人的智慧。

2009年12月22日，公司总部任命张亚山为科迪集团项目退出变现项目组总经理级组长，副组长王修平，专司科迪集团项目。并与郑州办事处总经理夏小蟾、副总经理刘洪新等，一起寻找项目运作的突破口，真是煞费苦心。

2010年3月15日，作为分管领导，周礼耀创造性地提出了"22511"工作方案，即对科迪集团的"2"个子公司大股东所拥有的股权设定质押；对"2"个子公司进行不高于20%的债转股；剩余债权在"5"年内退出变现1亿元；如2个拟转股的子公司中有"1"个上市，就可实现5年内科迪集团项目保本增值的退出变现目标；如果上不了市，则按照全部债权本息，在符合企业实际偿债能力的期限内，实现退出变现目标。

该工作方案的核心，就是从科迪集团剥离出优质资产，组建科迪乳业公司，主攻创业板上市。

方案切合企业发展的实际情况，兼顾多方利益。经公司总部批复同意后，历时11个月，历经多次谈判，最终双方签署了"重组协议"，将"22511"工作方案，以双方法律协议的方式确定下来，使得项目重组走出了坚实的一步。

2011年1月25日，中国长城资产与科迪集团签署了"债权置换股份协议书"，以2536万元债权，置换了科迪集团持有的下属子公司科迪生物800万股股份，并在工商行政管理部门办理了股东变动更名手续。改制后，企业更名为"河南科迪乳业股份有限公司"，即"科迪乳业"。

值此，中国长城资产正式行使股东权利，参与推进上市工作。

为了企业早日上市，2012年11月21日，公司总部领导主持召开了项目专题会议，听取张亚山和时任郑州办事处总经理刘洪新的汇报。会议肯定了项目组在公司总部和办事处双重管理下，取得了较好成果，决定从2013年1月1日起，将该项目纳入公司总部并购重组部考核。同意办事处、项目组提出的"三个不变"工作建议，即人员不变，继续执行有关项目组人员任职、编制、考核激励措施；政策不变，继续执行经营计划和考核任务；目标不变，继续执行退出变现的目标。授权项目组、办事处，代表公司总部积极发挥股东作用，协助和推进企业最终实现上市目标。这次专题会议，较好地解决了该项目单独评价考核机制问题。

就一个项目而言，仅四年内、有据可查的，公司总部就以"中长资发""中长资复""中长资办发"等重要字号，下发了6份红头文件；同时将项目组提升为与办事处平级的直属机构；该项目前后经历了13个年头，公司总部4届领导多次现场调研，多次作出重要批示，公司近十位总经理级干部直接参与项目谈判磋商和交易结构设计，这在中国长城资产发展史上，还是极少见的。

十多年的辛劳，马拉松式的长跑，终以响亮的锣声，给予回报。

2015年6月30日，科迪乳业（股票代码002770）终于敲锣上市，标志着科迪乳业资本金项目取得了阶段性重大成果。伴随上市的钟声，实现了债务人、债权人、地方政府、企业员工等多方共赢。

科迪乳业从此步入良性发展的轨道，积极适应宏观经济新常态，主动顺应行业发展趋势。通过新产品的投放、营销力度的加大，产能进一步释放、营业收入进一步增长。数据显示，科迪乳业2016年营收8.05亿元，同比增长17.82%，净利润8950万元，同比下降7.43%；2017年营收12.39亿元，同比增长53.92%，净利润1.27亿元，同比增长41.56%。

2019年2月27日，科迪乳业发布的2018年财报显示，实现营业总收入12.85亿元，同比增长3.76%；净利润1.29亿元，同比增长2.05%。

十年面壁，终于破壁。功成身退，充分体现了长城人的大局胸怀、过人的智慧与坚韧不拔的精神。

第二十一章 CHAPTER 21

吹尽狂沙始到金

2014 年 9 月 5 日，《21 世纪经济报道》等多家媒体，大幅报道了沈晓明空降中国长城资产的消息：

记者从接近监管部门的人士处获悉，银监会副主席郭利根和组织部部长肖璞一行到中国长城资产，宣布新的人事任命：中国银监会银行监管四部主任沈晓明任中国长城资产党委书记。

公开资料显示，沈晓明曾在中国人民银行银行管理司、广东佛山中心支行任职，担任过澳门特区政府土地基金秘书处投资部总经理。2006 年至 2010 年任宁夏银监局局长；2010 年起担任银监会银行四部主任。知情人士称，沈晓明在监管部门工作多年，银监会银行四部又是直接监管四大资产管理公司的部门，他对资产管理公司的业务比较熟悉。不仅经验丰富，视野开阔，而且又有深厚的金融理论功底，为人称道。

……

自中国长城资产党委成立时起，党委书记均由母体银行党委书记兼任，先后经历何林祥、尚福林、杨明生等四届党委班子。沈晓明的出任，标志着我国政府在中国长城资产组织建制上，完成了独立的中央金融集团企业的构建。

2014 年 10 月 28 日，中国银监会任命邹立文为中国长城资产党委委员、副总裁。

2015 年 7 月 30 日，中国银监会任命王彤等为中国长城资产总裁助理。

领导班子进一步得到了充实和加强。

抬步登高望远

2015 年 11 月 25 日，公司总部在长沙召开片区座谈会。这是继 2014 年 1 月厦门战略规划研讨会之后的又一次重要会议。

可以说，长沙会议再次推动了中国长城资产跨越式发展，突破发展瓶颈，对既定的发展战略形成了"第二波冲击"。

长沙会议的背景是中国长城资产改革发展已经到了关键的时期，股改已经进入实质性操作阶段；平台搭建及股权结构调整的阶段性工作已基本完成，已有的重要平台，基本实现了控股。业务结构调整也初见成效，以不良资产经营主业为基础、进行深度的前端和后端运作，初步形成了中国长城资产特色。由过去主要是买卖式简单交易，变为现在有选择地进行深度挖掘、深度开发和深度提升。

新格局必定带来新问题，需要新思路。

如果说，厦门会议解决了中国长城资产"五年两步走"第二步战略的实施问题，解决了各类业务经营的操作问题，那么，长沙会议则是要解决好思想问题，尤其是办事处领导层的思维与经营方式问题。

抓住了三个核心问题

归纳起来，长沙会议较好地解决了三个核心问题。

问题一：如何看待涉及房地产领域的业务？

客观上说，房地产业务为中国长城资产的转型发展作出了贡献，但从长远来看，这项业务不能成为可持续发展的业务基础。

2014年以后，公司总部主动对房地产业务进行收缩调整和风险化解，成立城镇化金融业务部，专门对房地产业务进行集中和归口管理，同时实行专业化分工；不良资产经营、并购重组并举，不再"一窝蜂"搞房地产业务。

事实证明，业务结构调整谁越主动，就越受益；谁越消极，经营就越困难，压力就越大。如果通过开展资管业务，把规模腾出来，把过去的现金流盘活为现在的现金流，那么就能有效地支持其他业务加快发展。

问题二：什么是可持续发展内涵？

可持续发展的业务内涵，不是抽象的理论，却非常现实，也十分具体。一是业务发展必须符合自身的发展战略。二是主业突出精良、有核心竞争力。主业也不能像过去一样，简单地在市场上竞包、买了就卖，一定要精细化运作，形成自身的核心竞争力。三是盈利模式可持续。不能今年收一大笔财务顾问费，来年就没业务、没利润来源了。

商业化转型之后，中国长城资产有了一批好债权、好物权、好股权，陆续参股了数十家上市公司，初步储备了一批好股权。有了股权，就有分红，有了稳定的收益。

问题三：什么是可持续发展的关键点？

首先是客户基础。要实现可持续发展，必须寻找和优质合作客户长久合作，变过去项目组围绕项目打交道，为现在的客户经理围绕客户来发展。其次是业务基础。由传统型向创新型转变，创新收购处置方式。由单一注重"量的增长"向"量的适度增长和提质增效并重"转型，在规模增长过程中，强调结构优化和质量提高。由重资产向轻资产转型，打业务"组合拳"，由经营单位的独立运作向全系统协同运作转型，由表内业务为主向表内、表外业务并重转型，由国内业务为主向国内业务、国际业务并重转型。最后是产品基础。资产管理公司主要是非标产品，非标有自身的优点，有进一步创新的空间。从本质上讲，产品是企业发展的内核，一个企业的管理，员工的智慧、科技或者文化，最终都凝结在企业的产品上。

在实践中，中国长城资产紧紧扣住客户、业务、产品三个基础，不断改革和完善与之相关的配套机制，商业化转型发展，不断登上台阶、勇攀高峰，渐入佳境。

做足了四大攻略

长沙会议以后，中国长城资产坚持内涵式精进，始终以创新为动力，以产品为核心，以做大、做强、做精、做实为目标，加快调整业务结构，发展质量得到稳步全面提升。在大、强、精、实四个方面，长城人做足了攻略。

不良资产主业在于"大"。

到 2016 年，中国长城资产新增不良资产收购业务规模 605 亿元，实施"资产收购 + 证券化"业务 105 亿元，主业地位进一步凸显。32 家经营单位全面开展了资产包收购业务，"总总对接"工作取得良好成效，成功认购农业银行首期不良资产支持证券，对中国铁物实施私募债收购，通过实施一揽子债务重组撬动百亿规模合作，在化解央企金融风险方面树立了新的标杆。

并购重组业务在于"强"。

中国长城资产围绕医疗健康、养老地产、节能环保、军工航天、高端制造等重点行业，成功运作 ST 济柴、宏济堂、安通物流、百川能源等 31 个并购重组项目，投资规模 123 亿元。同时，在业务模式上不断创新，与招商银行一起成立了合资公司，与河钢集团成立了产业发展基金，通过"破产重整 + 资产重组"、股债结合等手段对问题企业实施结构性重组和帮扶，业务开展的广度和深度不断加大。

城镇化业务在于"精"。

围绕新型城镇化建设，以刚需住宅、"四改一保"、基础设施建设等为主要方向，运用股债结合的业务手段，推动业务转型发展。2016 年，新增业务规模 168 亿元，成功与一批集团企业在城市更新改造、棚户区改造、行业并购、政府 PPP 项目等业务中开展合作，业务结构明显优化。

资产管理业务在于"实"。

到 2016 年底，资产管理规模达 2089 亿元，较年初净增 512 亿元，其中引入外部资金 216 亿元。同时，对资产管理业务制度进行了补充和修订，开发上线第三方资产管理业务系统，扎实推进资产（财富）管理中心网络平台建设，业务管理更加规范，发展基础更加牢固。同时，为探索国际业务，专门成立了国际业务部，积极探索和筹建中外合资基金，与美国罗斯基金签订了框架协议。专门成立 3 只专项基金，按照"大客户、大项目、大运作"的经营思路，开展不良资产收购处置、产业并购重组、城镇化并购重组业务，在化解金融风险、落实中央供给侧结构性改革要求、促进经济健康发展等方面发挥了积极作用。

呈现出三元良性格局

笃定中前行，敦行以致远，三元良性格局形成，一派新的繁荣景象如春风扑面而来。

——授信规模持续扩大。2016 年，中国长城资产新增授信额度 822 亿元，总额达到 5822 亿元，新增融入资金 1685 亿元，累计偿还 1153 亿元，中长期借款占余额的 48.12%，资金流动性保持充裕。进一步推动债券融资，稳步推进金融债券的发行工作，顺利设立 65 亿美元中期票据计划，并首次依靠自身主体信用评级成功发行 15 亿美元债券，评级结果与同业上市公司持平，高于国内多数金融机构，债券认购倍数和成本也处于同业较好水平。同时，多手段降低外部融资成本，加权平均利率较年初降低 0.76 个百分点，为 4.83%。

——金融市场业务开局良好。以"获取利差、风险对冲"为目标，抓住"业务规模、产品种类、合作机构"三个重点，兼顾自营与委外两种方式，2016 年底业务规模达到 351 亿元，资金交易量突破 4838 亿元。

——风险管控持续加强。建立健全覆盖全流程、全业务、全产品、全环节的"四全"风险管控机制，完善全口径风险管控体系，进一步加强案防管理。按照银监会要求开展"两个加强、两个遏制"回头看工作，有序开展专项审计和常规审计，筑牢"防火墙"。同时，信息化建设稳步推进，推动信息化迈上新台阶。

同时，通过以客户管理为导向，以全员营销为手段，全面加强了对外宣传和市场合作，塑造了良好公众形象和社会品牌。

诚如中国铁物项目，在其债券偿付危机发生后，中国长城资产第一时间介入，最终凭借强烈的社会责任意识、丰富的并购重组经验，以及提供一揽子综合金融服务的实施方案，全面参与中国铁物的债务重组，并取得了成功。

主业返璞归真

商业化转型以来，中国长城资产围绕推进可持续发展、突出做大不良资产经营主业这一中心任务，以加强"总对总"营销和条线统筹、加强项目后期管理和风险控制、做好对条线业务指导三项重点工作为着力点，全面抓好资产经营各项工作，取得了较为出色的业绩。

在发展过程中充分把握银行不良贷款余额和不良率呈现"双升"的市场机遇，灵活发挥不良资产经营管理业务"逆周期"属性，加大金融不良资产收购力度不放松，善用"嫁接思维"，延伸不良资产经营主业的"手臂"，加强与五大行和股份制商业银行、央企集团、地方资产管理公司等合作对接，打通不良资产业务主渠道。

主业成效可嘉

2016 年，在经济下行局面尚未有效扭转的宏观形势下，中国长城资产克服监管政策调整、同业竞争激烈等困难因素，不良资产条线全年实现利润 54 亿元，完成利润目标 36.5 亿元的 148%，创历史新高。经营条线创利总额占全系统考核利润的三分之一，占母公司的二分之一，提供了有力的经济支撑。2016 年全年新增实施项目 409 个，出资金额 892.57 亿元，完成 550 亿元条线出资规模目标的 162%。特别是传统金融不良资产包业务，全年共收购 283 个资产包、收购债权总额 1965 亿元、债权本金 1286 亿元、出资金额 511 亿元，完成 300 亿元目标的 170.3%，在同业 4 家公司中排名第一。2016 年，资产经营条线收购非金不良资产 94 亿元，完成 50 亿元目标任务的 188%；资产远期收购及资产证券化出资规模 105 亿元，完成 100 亿元目标任务的 105%。

主业勃勃生机，有效发挥了资产管理公司防范和化解金融风险的专业功能，履行了社会使命，为中国长城资产在股份制改革后进一步做大资产规模、做实利润、做响品牌奠定了良好的基础。

联袂"母体银行"

2016 年，中国长城资产与母体银行——中国农业银行正式签署《不良资产处置管理合作备忘录》，深化了在不良资产委托包、自营包收购处置的全方位战略合作。

据备忘录约定，双方按照买断与合作清收等业务模式深度合作处置、管理不良资产。公司总部领导几赴陕西实地调研，具体指导西安办事处成功竞标落地首单榆林地区包。2016 年末，成功在陕西、四川、广东等地进行实践，合计落地 5 个不良资产包项目，涉及债权总额 72.67 亿元，出资 16.76 亿元。

2016 年，共收购农业银行委托包 119 个，收购债权总额 893 亿元，占农业银行公开转让委托包市场份额的 70% 以上，且委托包收购价格相对较低，价值提升潜力较大。

在前期良好合作的基础上，中国长城资产与农业银行还约定进一步加强不良资产证券化产品的后续深度合作，在总部层面和分支机构层面建立了合作、交流、互动的长效机制，真正实现利益共享，共谋发展。

2016 年 7 月，中国长城资产以微弱的价格优势，击败多家同业竞争对手，成功认购"农盈 2016 年第一期不良资产支持证券"次级档证券。该证券化产品对应基础不良资产未偿本息合计 107.27 亿元，是当期银行间市场发行的最大的一单不良资产证券化产品，也是农业银行首次发行的不良资产证券化产品。

在前期主动接洽和初步尽职调查的基础上，公司总部指定杭州办事处具体落实尽职调查及实施方案的制作，主管领导带队赴杭州听取资产包及主要资产情况汇报，并在最终竞价中组织研究竞价策略和工作细节。分析发现，其基础资产分布区域经济活力较强，抵（质）押资产覆盖比率高，资产平均逾期时间短，为提升资产回收价值预留了较大的空间。

该项目的成功运作，在赢得经营回报和市场美誉度的同时，也为中国长城资产后续与各大行共同探索通过公募、私募方式发行不良资产证券化产品做了有益的探索，也为抓好跨地区资产包收购积累了宝贵的经验，创新引领作用突出。

城镇化业务腾笼换鸟

2016 年初，中国长城资产就确定了城镇化条线主要工作任务：风险化解、尽快从三四线退出，腾笼换鸟。

以重点城市和重点客户为着力点和突破口，通过重点城市的大项目，稳定城镇化条线的整体业务规模和利润水平；通过重点客户的"大带小""好带差""捆绑合作"等模式，带动风险化解和三四线的退出。

到 2016 年底，城镇化条线存量项目 304 个、规模 559 亿元；专项资管计划受托项目 32 个、规模 48 亿元。全年实现回款 336.08 亿元；实现考核利润 24.86 亿元，完成全年目标的 105.8%。三四线城市房地产项目退出 94 亿元。不良资产比率降至 1.57%。

围绕重点客户和重点城市，业务结构实现了进一步优化。

同时，上下联动，多法并举，加快化解项目风险。

为加快风险化解和三四线退出，公司总部专门制定下发了《关于加快三四线城市房地产项目退出的通知》，协调投资投行事业部、资产经营部，督促各办事处多措并举、一企一策，加快退出，同时对部分退出压力较大的办事处进行现场督导。从而实现了对所联系区域的逾期项目心中有数，对于风险化解方案实施进度、碰到的难点、存在的问题做到了时刻掌握，对于全国性企业和本地区龙头企业并购问题项目的喜好与要求，做到心中有数。同时，运用公司总部信息优势，协调外部资金、机构对接存量项目化解风险。

为丰富处置与退出手段，公司总部又研究下发了《关于做好存量项目以资抵债有关操作问题的通知》，指导各办事处通过以资抵债化解项目风险。各地结合实际，通过引入大企业并购等方式，进行了大量有益探索。

哈尔滨办事处引入恒大集团并购"上院"项目公司股权，长春办事处引入大型国企龙翔集团并购"汉森融信"项目，两家办事处所在的两个省三四线城市的并购项目得到有效推进。哈尔滨办事处还将项目纳入政府保障房范围，积极与存量项目所在地政府沟通，并与鸡西市和双鸭山市政府合作。沈阳办事处"盘锦永晟"项目抵债方案顺利实施。成都办事处通过债权转让成功退出"城南之星"项目。长沙办事处通过承建商垫资化解"湘潭金鹏"项目风险。南京办事处通过打包转让成功退出常州"美林湖"项目。大连办事处通过协调第三方融资退出"华太财富广场"项目。

当年，广东、浙江、湖北、大连、山东等地都提前完成了退出任务。

布局"总对总"计划

所谓"总对总"计划，是指具有独立法人资格的公司总部直接与各家银行的总行、金融企业的总部，就合作事宜签署的协议。双方的级别对等，都是最高层级。在一级法人体制下，办事处实行对口经营。

"总对总"计划，改变以往由办事处直接与总行、总司对接的"不对称"状况。

搞定"广发资产包"

2016年，公司总部领导及相关部门主动接触，拜访数十家国有商业银行、信托、金融租赁公司等金融机构总部，与国家开发银行、民生银行、中信银行、广发银行、华夏银行等金融机构总部进行了积极的沟通，并对其中一些重点合作银行进行了多次拜访。在公司总部指导下，广州办事处成功收购广发银行资产包，"总对总"布局结出新成果。

2016年12月，在前期四个多月与广发银行充分沟通的基础上，成功竞标收购广发银行不良资产包，该资产包涉及债权本金70.09亿元，利息7.10亿元，本息合计77.19亿元，涉及债务人306户。这是中国长城资产商业化转型以来债权金额最大、出资金额最多、涉及省份最广的一个资产包。这一举动不仅进一步强化了中国长城资产在不良资产市场上的优势和话语权，更开创了与金融机构"总对总"合作的新局面，实现了不良资产主业的又一次重大突破。

重组"中国铁物"

中国铁路物资集团总公司（以下简称中国铁物）是中国长城资产以自身金融央企品牌优势，成功对接央企高端客户的经典案例。

中国铁物是经国务院国资委批准，由铁道部物资管理局核心资产组建的股份有限公司。中国铁物在2016年4月11日的公告中申请9期共168亿元债务融资工具暂停交易，这标志着该公司债务危机的正式爆发，由此产生了巨大的社会影响，得到了国家领导人的高度重视。

2016年9月起，由周礼耀主导，总部资产经营部、投资投行部、法律事务部等相关部门及长城国融平台公司主动介入，成立专门工作组，参与会谈、多方协调、反复研究项目运作方案。经过近三个月几十次的专题研究，中国长城资产为中国铁物出具的一揽子金融综合服务方案，最终在与中国信达资产、中国华融资产、工商银行、九鼎等多家对手的竞争中脱颖而出，被中国铁物选为首选合作方，正式全面参与中国铁物债务重组。

通过收购私募债，支持中国铁物顺利通过债务重组方案。中国铁物因发生债务偿付危机陷入困境，当务之急便是通过债务重组稳定"军心"，维护社会稳定。中国长城资产出资收购 10 余家金融机构持有的本金 17.6 亿元中国铁物私募债，主动成为中国铁物的债券持有人，支持和促进了中国铁物债务重组方案的达成，推动中国铁物整体重组工作取得实质性进展。

通过资产重组，最大限度地提升中国铁物资产价值，为债务重组的实施提供保障。按照与中国铁物达成的一揽子协议，在满足风控的前提下，中国长城资产将分阶段提供 100 亿元资金支持帮助其实施债务重组，增强了债权人对于中国铁物债务重组的信心，进而对中国铁物与债权人达成债务重组协议起到了关键作用。在资产重组过程中，中国长城资产除提供资金支持外，还将运用综合化手段，通过专项基金、信托结构、联合开发等模式，最大限度提升中国铁物的资产价值，为债务重组的顺利实施保驾护航。

通过并购重组，推动了中国铁物资本运作，彻底解决了债务问题。中国长城资产发挥了在资本市场并购重组领域的经验优势，积极协助中国铁物推动后续的资本运作。通过探索债转股等多种模式，降低中国铁物债务杠杆及负债率，利用资本市场手段彻底解决债务问题，恢复中国铁物的可持续发展能力。

中国铁物是经济结构调整和产业转型升级过程中产生"问题央企"的典型代表。参与中国铁物项目，是中国长城资产深刻把握金融服务实体经济的本质，落实"三去一降一补"工作任务，按照市场化、法治化原则实施困难企业债务重组的又一重大举措，也是 2016 年 10 月国务院出台相关政策以来，资产管理公司重点参与的首个市场化债转股项目。

通过发挥并购重组专业优势，助力中国铁物债务重组方案顺利实施，中国长城资产有效化解了金融风险，维护了中国金融体系稳定，履行了中央金融企业的社会责任。这也使得中国长城资产在系统性、复杂性、全局性和有较大社会影响的大型企业集团风险防范化解方面，形成新的竞争优势。

该项目的成功运作，不仅开启了中国长城资产内部协同"总对总"运作重大项目的先河，更展示了长城人"专业、敬业、效率、诚信、智慧、担当"的精神面貌，以及良好的合作氛围和协同效果，在集团层面重大项目的运作机制和实施方式等方面更是做了卓有成效的探索。

母基金脱虚向实

2016 年 11 月 21 日，《中国经济时报》的一篇报道在社会上引起了广泛的关注：

截至 2016 年 9 月 30 日，长城资产已经成立了"长城国越资产管理合伙基金""长城国泰并购重组基金"和"长城国丰城镇化基金"3 只百亿元规模的母基金，分别专注于不良资产收购处置业务、不良资产并购重组业务，以及房地产"去库存"任务。在 3 只母基金均已注册完成后，不到一个月的时间内，已出资项目 4 个，出资金额 50.91 亿元；待出资项目 7 个，涉及金额 212.48 亿元。

......

2017年7月29日，另一篇名为《中国长城资产与河钢集团成立百亿规模基金》的报道，成了新华网的头条新闻。

中国长城资产与河钢集团有限公司（以下简称河钢集团）于2017年7月28日在京举行"长城河钢产业发展基金"成立仪式。母基金规模为100亿元，旨在进一步深化钢铁产业供给侧改革，推进钢铁产业"去产能""去杠杆"，促进河北地方经济发展。

该基金由中国长城资产与河钢集团按照49%：51%的出资比例作为LP（有限合伙人），由长城（天津）股权投资基金管理有限责任公司与河钢集团投资控股有限公司作为双GP（一般合伙人），共同发起设立产业发展引导基金，母基金规模为100亿元。

"长城河钢基金"围绕河北省国企改革中企业首发上市、定向增发、并购重组、传统产业转型升级、战略性新兴产业投资培育、国际并购等业务，通过资本运作，整合相关产业资源，服务河北省产业结构调整。同时，"长城河钢基金"围绕河钢集团非钢产业关键转型与战略发展项目，重点支持河钢集团拓展产业链上下游并购，包括河钢集团旗下环保、水务、新材料、新能源、云商、综合金融等1300亿元非钢资产的分拆及证券化业务。

在决定成立"长城河钢基金"之初，中国长城资产就明确："长城河钢基金"将采取"国企投资引导、社会资本参与、专业团队运作、专家投资决策"的运营机制，进一步创新优化国有企业的产业投资模式。由此，吸引了各类社会资本参与河北省钢铁产业转型，在传统产业、战略性新兴产业、现代服务业及资产管理等领域有效放大了产业和项目投资的资本供应量，加快了河北钢铁产业转型升级步伐，有效地发挥了国有资本在国民经济中的引导作用。

中国长城资产与河钢集团于2016年7月签署了"战略合作协议"。同时，双方加强交流、增进互信，已实施或储备了一批并购重组项目。

长城人大手笔运作，他们立足当前，着眼长远，形成了近中远期梯形发展战略。

"长城河钢基金"落地之后，公司总部积极寻求"长城国丰城镇化基金"的突破。

为此，公司总部主管领导多次召集城镇部及相关办事处业务骨干，就如何加快基金落地，充分发挥基金在模式创新、操作灵活、资金杠杆等方面的特点和优势，与优势企业合作，通过"股权＋债权"方式，支持投融资、并购重组业务研究。

2016年底，"长城国丰基金"总规模达139.4亿元，深圳、上海、合肥、成都、武汉5家办事处运用基金实施7个项目，其中，母基金出资70亿元。

深圳办事处紧紧抓住当地拥有稀缺土地资源的企业，通过"收购股权＋土地抵押"的方式，拓展了多个城市更新改造项目。

成都办事处抓住当地房地产龙头企业蓝润实业并购上市公司运盛医疗股权的契机，运用"外部优先级＋我方中间级＋企业劣后级"的基金结构，为蓝润实业成功提供15亿元资金支持。

武汉办事处运用基金以"股＋债"模式支持当地国企新港投集团收购"武汉长江航运中心"项目股权及后续开发。

太原办事处以"远期不良资产收购＋土地受让选择权"的方式，对存量项目"锦绣国际建材城"实施并购重组，新增资金规模 5 亿元。

南昌办事处通过"股债结合、股权收益权和债权收益权转换"等交易结构设计，实现对南昌市优势地段 1256 亩土地的控制，通过政府收储、土地变性、共同开发等后期运作，大幅提升资产价值，获取超额收益。

与此同时，长城人紧跟国家政策导向，成功实施系统首单 PPP 项目。为进一步拓宽城镇化金融服务领域，丰富城镇化特色业务的内涵，研究制定了《城镇化金融参与 PPP 业务操作要点（暂行）》，推动各经营单位积极参与政府 PPP 项目。合肥办事处通过基金募集资金 7.1 亿元，收购 3 座垃圾焚烧发电存量 BOO 项目股权，使项目得以顺利实施。石家庄、武汉、昆明等地也做了积极探索，多个 PPP 项目先后立项实施。

放眼国际领域

为推动国际业务统筹发展，中国长城资产先后出台了《关于国际业务发展规划（2017—2021 年）及总体设想》，制定了《国际业务管理办法》，研究开发国际业务产品标准模式，积极搭建外部合作体系，并上下联动，以业务项目为抓手促内部协同，加强与各子公司沟通联系，推动适时到香港开设分支机构，扩大租赁、地产、基金等平台公司业务由国内向国际延伸。

长城环亚国际投资有限公司（以下简称长城环亚国际），其前身是农银投资有限公司，是当年从农业银行划转而来的一个境外实体。

对于长城环亚国际的发展，中国长城资产曾多次提出要进行商业化转型、全面开展商业化业务的设想。但是由于种种原因，一直搁浅。

2014 年，随着商业化转型速度加快，长城环亚国际成为中国长城资产对接国际市场的"窗口、渠道和平台"的效能，凸显出来。

2015 年初，公司总部党委派出以作风果敢著称的孟晓东率队，多次奔赴香港，现场解决问题。天时地利人和，终于迎来了发展的良机。

2015 年 4 月 22 日，长城环亚国际先后向香港证监会申请并取得了 1 号（证券交易）、4 号（为证券交易提供意见）、6 号（企业融资）、9 号（资产管理）等金融业务牌照，获得了在香港开展"受规管"业务牌照，募集第三方资金开展资产管理业务、开展规范的投资银行业务等资质。

2016 年 8 月，媒体刊登了南潮控股公告：其大股东嘉里集团向长城环亚国际出售所持的南潮控股 74.19% 股权，总价为 15.65 亿元，相当于每股 1.35 元，并提出全面收购。长城环亚国际全面入主南潮控股，并将其更名为"长城环亚控股"，收入"长城系"。

长城环亚国际成功控股 H 股的南潮控股公司，使中国长城资产上市公司平台实现零的突破。在支持协议提供人中国长城资产的主体信用评级支撑下，成功设立 65 亿美元中期票据，并首次发行 15 亿美元，并且发行价格大大低于同业水平。

2018 年起，长城环亚国际坚决贯彻公司总部"回归境内、回归主业"的双回归要求。一方面，聚焦问题资产、问题企业与问题机构，通过债务重组、资产重组、债权转股权等多种手段，拓展境外平台不良资产主业。另一方面，紧贴国家区域发展战略，聚焦粤港澳大湾区，力争利用香港的离岸金融中心优势，协同系统境内分公司和子公司，围绕不良资产主业，创造境内外资金、客户、资源全面联动的新局面。

另外，上海自贸试验区分公司（以下简称自贸区分公司）于 2015 年 5 月 6 日成立，是中国长城资产第一家不以地理区域范围、而是以业务功能为定位设立的分支机构，具有探索性、试验性的特点。自贸区分公司利用中国长城资产成熟产品和业务模式，努力拓展业务求生存的同时，积极探索了差异化功能定位和有特色的功能业务模式。

2017 年 5 月 25 日，中国长城资产与美国罗斯基金（WL Ross and Co. LLC）共同发起创立的长城罗斯基金创立大会在澳门召开。长城罗斯基金的创立，是中国长城资产积极响应国家"一带一路"倡议，适应中国客户"走出去"的业务需求，充分利用金融央企和罗斯基金在境内和境外两个市场的优势，更好地支持中国境内企业进行跨境并购投资活动的重大举措。此举，为中国长城资产尝试和拓展境外业务，留下了一道难得的足痕。

冲刺金融全牌照

金融作为国内管制严格的行业之一，首当其冲的当然是执业资格问题，也就是牌照问题。金融牌照，即金融机构经营许可证，是由银监会、证监会、保监会等部门分别批准金融机构开展业务的正式文件。全牌照主要有 7 张，包括银行、证券、保险、信托、基金、期货、租赁。

金融牌照的意义在于，作为金融集团，就是要满足客户的多元化金融需求，全牌照本身就是一种优势，拥有更多的牌照，就能为客户提供更全面的一站式的金融服务，金融集团在市场上也会更有竞争力。

一方面，长期以来，中国长城资产将平台建设作为重中之重，尤其是银行、证券、保险这三块重要的金融牌照，虽历经曲折，却天遂人愿。另一方面，经过多年的探索，中国长城资产由单一处置不良资产的金融机构，发展成为收购处置问题债权、重组盘活问题企业、托管重组问题金融机构的"问题解决专家"，并在这个过程中构建形成了全牌照的综合金融服务体系。

一见钟情——德阳银行

"选择德阳银行可谓一见钟情，中国长城资产作为国有金融央企，涉及多个金融领域，是一家即将具有金融全牌照的金融企业。之所以选择德阳银行，主要基于四川经济发展较好，已成为西部经济发展的桥头堡，银行业的经营比较稳健。"沈晓明说。

2014 年 6 月，应德阳市政府之邀，周礼耀带领鲁振宇等赴德阳，就德阳银行重组与德阳市委、市政府进行磋商。8 月 2 日，签署了"合作备忘录"。

然而，多次重组银行未果的教训，使中国长城资产高层十分审慎，不仅同时派出多个重组工作组，对有意向合作的银行进行调研与洽谈，而且，在决策时，货比三家，多维选择。2014 年 9 月，三家银行重组意向方案，再次提交至中国长城资产相关决策会议。三家选哪家更好，讨论中，党委成员各抒己见，甚至争论。刚刚担任党委书记的沈晓明，敏锐看中了德阳银行的潜在优势。由此，重组德阳银行最终成了党委统一意志。

中国长城资产党委迅速决定，成立"德阳银行重组领导小组"，沈晓明任组长，周礼耀为副组长，并将原第一、第三银行重组工作组，合并为德阳银行重组工作组，由鲁振宇等负责。好钢用在刀刃上，10 月 5 日，工作组成员顾不得休假，赶制了关于"德阳银行重组工作思路"的报告，获得公司总部认可。

商场如战场。10 月 8 日，鲁振宇、赵光磊等奔赴西南，又开展了一场异常艰辛但充满希望的战役。

重组启动之后，沈晓明、周礼耀先后多次亲赴四川，与四川省国资委、银监局和德阳市政府领导进行会谈，进一步深入沟通了重组细节，形成共识。

2014 年 10 月 27 日和 11 月 4 日，中国长城资产两次召开党委会，审议通过了重组德阳银行"增资＋收购国资公司不良资产包＋会同共同投资者认购增资份额"的方案。与此同时，张晓松、沈晓明带领工作组，分别向银监会、财政部等领导机关汇报，取得了重要支持。

兵贵神速。从 10 月初正式决定重组德阳银行，到 12 月 22 日财政部批准中国长城资产投资入股德阳银行的请示，再到 12 月 29 日与德阳市国资委正式签订协议，完成工商注册变更，中国长城资产正式成为德阳国资公司出资人完成出资，同时完成德阳银行不良资产剥离收购，一共用了不到 3 个月的时间。

2014 年末，德阳银行总股本 14.74 亿股，其中，中国长城资产合计持有 8.57 亿股，持股比例 58.14%。

2015 年 1 月 6 日，沈晓明在德阳主持召开德阳银行新一届党委班子成员和高管层会议，宣布建立隶属于中国长城资产的德阳银行党委，委派谭运财任董事长及其他新的经营班子成员。

之后，德阳银行更名为"长城华西银行"。

长城人终于梦圆银行。

玉汝于成——厦门证券

几乎与拿下银行牌照同时，中国长城资产也将证券牌照收入囊中。

其实，从政策性资产处置阶段开始，中国长城资产就曾遇到一些较好的与证券公司重组机会，却失之交臂，有曾经唾手可得的河北证券，有犹豫中错失的深圳联合证券。

2012 年，中国长城资产成立重组证券工作组。由胡建忠挂帅，并抽调公司总部王宝明等几位精兵强将，专司证券公司的收购重组工作。几经努力，他们把目标瞄准世纪证券。

胡建忠带领工作组与世纪证券进行了数十场谈判，以及与当地政府进行了数十次沟通协调，统筹形成了数十份尽职调查、可行性研究、重组方案等汇报文件，并获得财政部、银监会的初步认可，可以说"万事俱备、只欠东风"，只等世纪证券在交易所挂牌，中国长城资产通过拍卖的方式举牌，完成交易。不料，在挂牌的最后一刻突生变故，中国长城资产被迫退出。

费尽心血，却功败垂成！

"市场往往充满无尽的变数，市场也总是那么无情。确实让人非常难过。"当胡建忠回忆起当时的经历，忍不住连连摇头、叹息，仍然感到遗憾和痛心。

然而，一路摸爬滚打的长城人明白，痛愈深刻，路愈艰难，就越是要加紧脚步，牢牢把握住眼下的每一个机会，将失败的苦楚，酿成胜利的美酒。

2013 年 10 月，王勇接任工作组组长。

凭借强烈的责任意识和对事业的执着追求，工作组对着一百多家长长的券商名单，挨家挨户打电话沟通、摸底。即使没有合作意向，也能获得一些有效信息。

功不唐捐，玉汝于成。

很快，一个转了几道弯的好消息传来，当年三大亏损券商之一的"厦门证券"，正在悄然寻找意向合作者。

经过广泛研究，工作组迅速形成尽调方案，并顺利获得公司总部的审批同意。2013 年 11 月，中国长城资产正式启动厦门证券的收购重组工作。

正当此时，重组工作再遇新的变数。建设银行、民生银行以及中国人寿等"金融大佬"们也正在与厦门证券商谈重组事宜，且厦门证券股东方提出的增资扩股方案已获得投资方的原则同意，唯一的缺陷是，受监管政策的限制，该增资方案只能通过股份代持的方式得以实现。

难道这次又要被人捷足先登？

长城人果断出击。2014 年 3 月，胡建忠带队直接与厦门证券股东方德稻集团的实际控制人见面沟通。这一次，他们和盘托出，突出中国长城资产同样具有金融央企的优势，而且，不仅仅是股权重组，还包括员工接收、物权、债权、产权等，对证券公司企业实施的是全面重组，远远优越于股份代持方式。若能合作，厦门证券将是中国长城资产系统的重要组成部分。

分管副总裁胡建忠出面洽谈，表明中国长城资产高层的重视程度和高效决策，足以让对方感受到长城人的诚意。况且，长城人的思路清楚，一揽子重组也是帮助对方走出困境，发展未来。

因此，这次会面，仅仅用了半个小时，对方实际控制人就被说服打动，当机立断，撇开谈了数月仍无进展的其他金融单位，将中国长城资产列为其首选合作对象。

经过无数困难曲折，长城人终究见到证券牌照俏丽的身影。

2014 年 11 月，经厦门证监局批准，中国长城资产向厦门证券注资 3.685 亿元。2015 年 1 月 26 日，中国长城资产官网发布"正式全面入主厦门证券，作为控股股东，持股比例为 67%"，并将厦门证券更名为"长城国瑞证券有限公司"。

长城国瑞证券的诞生，标志着中国长城资产"金融全牌照"主干骨架形成。

权利再平衡——长生人寿

长生人寿，走了一些弯路。

由于实行的是总经理负责制，日方主导经营，没有出现"强强联合"预想的良好发展势头，长生人寿反而陷入了业务增长迟滞、盈亏平衡遥遥无期、人才流失与风险案件频发的经营困境。长此以往，无异于给长城人的未来，埋下了一颗定时炸弹。

长城人必须痛下决心，作出进退战略抉择。

进，即以取得控股权为首要目标，以取得经营主导权为底线，调整股权和治理结构，由合资经营转为中资经营，把长生人寿打造成为服务于中国长城资产总体目标的战略性金融平台。退，即在无法打破僵局的情况下，与其受到连年亏损的拖累，"有力使不上、出力不讨好"，不如彻底退出长生人寿，以壮士断腕的决心止损离场。

2012 年 9 月，中国长城资产成立工作小组，由孟晓东挂帅，派驻长生人寿的沈逸波、总部机构协同部李锦彰等共同参与，正式启动与日本生命保险的第二轮谈判。

经过了数十场的艰难谈判，斗智斗勇，以事实为依据，据理力争，不轻易让步，迫使日方承认长生人寿经营陷入僵局的事实，并同意转让控股权和经营权。

2014 年 6 月初，双方签订了增资协议，就长生人寿增资扩股和修改公司章程达成一致：中国长城资产及旗下子公司共同向长生人寿增资，增资后直接和间接持股比例为70%；中国长城资产委派经营管理人员，负责长生人寿的日常经营决策；日本生命保险仍然作为战略合作者，为长生人寿提供股东方的产品和技术支持。

在财政部、保监会的支持下，2015 年 9 月，中国长城资产与日本生命保险公司，完成了长生人寿增资及股权变更手续。

长城人圆满进行了一次权利再平衡。

"大协同"累足成步

为推动平台公司持续发展和系统协同工作，长城人围绕"发展、完善、提高"三大主题，积极谋划、推动平台公司跨越式发展。平台公司在扩大业务规模、增强盈利能力、提升行业位次等方面取得显著成效，协同发展再创新高。

截至 2016 年底，平台公司表内资产规模总计 2318 亿元，较年初增长 41%，中国长城资产占比由 45% 升至 48%；表外资产规模总计 1638 亿元，较年初增长 69%，占比由 66% 升至 79%；净资产总计 204 亿元，较年初增长 15%，占比由 39% 升至 41%；累计实现账面净利润 21 亿元，同比增长 81%，占比由 16% 升至 23%；归属于中国长城资产的净利润

17 亿元，同比增长 55%，占比由 16% 升至 20%。

集群今非昔比

中国长城资产自身和平台公司，犹如目前拥有一支亚洲最大海上力量的中国海军，各种水面舰艇，潜艇，两栖登陆舰艇等齐全，能执行多样化军事能力，同时实现了从近岸防御到远洋护卫的发展战略。

与当年相比，如今的中国长城资产平台公司，百花争艳，格局成型，早已不可同日而语。

格局一：转型发展能力持续增强。

长城华西银行表内外资产规模突破 1500 亿元，跨入中型城商行行列，等于每年增长一个前德阳银行，协同带来的增长达 480 多亿元。"一体两翼"战略初见成效：债券、同业、理财、票据等轻资本业务增长迅速，特别是理财业务取得了突破性进展，理财能力综合排名跃居西南城商行首位。互联网金融业务蓬勃发展，线上渠道交易量已接近柜面交易量的 3 倍。

长城租赁在"控风险"和"稳增长"的同时，不断加大结构调整力度，发展方式由资本消耗型向资本节约型转变，由"拼规模、拼速度"向"拼管理、拼创新、拼服务"转变，对由于市场调整累积的风险，也积极协调、奋力化解。

长城新盛信托从制度、流程、标准三个维度，全面加强风险管理体系建设和专业团队引进、整合与提升，新业务新项目相继落地。

长城投资强化存量项目管理，狠抓业务培训与趋势研判，运用 RAIR 理念全面推进以商业银行、集团企业等大型客户为重点的并购重组业务开发。

长城基金成功设立不良资产收购处置基金等 3 只基金的同时，主动接洽美国龙星基金等境内外领先投资机构，寻求合作，迈向"最懂基金管理的公司、最具市场意识的公司和最具创新精神的公司"行列。

长城咨询努力提升尽职调查与价值评估的专业化水平，市场化业务实现新突破。

格局二：业务功能增强，业务资质丰富。

长城国瑞证券获准开展新三板推荐业务，成为具备经纪、推荐和做市全部业务资格的新三板主办券商，实现新三板市场业务链布局。作为投资类参与人成功申请开通机构间私募产品报价与服务系统创设类、代理交易类、推荐类和展示类业务权限，取得报价系统现有全部业务权限。

格局三：机构网点布局取得重要进展。

长城华西银行城南支行和成都分行营业部先后获得金融许可，持牌分支机构增至 55 家，广元分行、南充分行及成都分行筹建工作有序推进。长生人寿四川、山东、河南分公司正式开业。长城国瑞证券设立直投子公司及 26 家协同营业部，基本覆盖全辖。长城信托南京、长沙业务部等相继设立。长城投资获批筹建 3 家分公司，并先后设立。

格局四：信息科技平台提质升级。

长城华西银行信息科技监管评级，连续三年被银监会评为2C级，在同行业尤其是省内城商行中继续位居前列。长城国瑞证券顺利通过全国股转优先股通关测试，成功开发公安身份信息查询网关系统，成为业内首批开发出该系统的券商。长生人寿实现手机微信碎片化产品投保、小额理赔和保全及IPAD移动展业业务顺利开展。

格局五：市场认可度和社会声誉不断扩大。

长城华西银行荣获全国银行间同业拆借中心"2015年度银行间本币市场最佳进步奖"，荣登"2015年银行间本币市场交易200强"榜单，荣获"监管标准化数据报送优秀组织单位"称号。成都分行营业部、小企业信贷中心分别被授予"中国银行业文明规范服务三星级营业网点""2015年度德阳银行业金融机构小微企业金融服务先进单位"。长城国瑞证券厦门地区9家营业部中有7家获得A类评价，77.8%的A级营业部业绩高于同业平均水平，标志着长城国瑞证券营业部的综合管理水平迈上了一个新台阶。

协同合纵连横

通过研究制定《协同业务考核办法》，将双向记账考核为主、平衡计分卡考核为辅的协同考核办法推广至非全资子公司；区分全程协同、部分协同，并将部分协同进一步细分为承揽、承做和承管三个环节，考核更具针对性和实效性；配套编制了关于系统协同业务考核办法相关问题的解答，对协同考核办法理解和操作等30个大类的问题给予了全面周密解答。

对接平台上，在OA系统内增设专门的协同信息发布平台，上网运行；对接方式上，实行点面结合、以点对点为主的协同业务产品推广对接，分别在上海、厦门召开了协同业务产品现场对接会议，效果显著；对接路径上，已建立起子分、子子公司之间明确清晰的协同对接联系方式。

各平台公司研发创新力度不断加大，先后推出了60多种协同产品，积极主动对接项目，拓宽和延伸协同渠道，协同网络的覆盖面与质量层级明显提升。

协同理念文化和机制初步形成，协同业务覆盖所有平台公司和办事处；以双向记账为主的协同考核机制推广至所有符合条件的平台公司，得到普遍认可，协同热情高涨；协同信息发布平台正式建成并上线运行，将使协同业务引领、产品专业评审、业务撮合对接变得更为便捷高效；协同质量层级显著提升，协同维度由单向扩展至双向和立体，协同层次不再局限于代理类业务，而是细分为承揽、承做、承管等不同环节，基于客户需求共享的结构化产品类型愈加丰富。

截至2016年底，协同业务存量1460笔、新发生规模1404亿元，协同业务余额总计为1671亿元，同比增加40%，其中，新发生规模占比84%。协同业务总收入56亿元，同比增长63%，产品类协同业务收入48亿元，同比增长55%，产品类从协同方获得收入12亿元。

"大资管"事以密成

2016 年，长城人在资产管理业务、增量业务配资、两类资产管理、产品制度规范等方面着重发力，极大地支撑和促进了整体业务的发展，打响了中国长城资产"大资管"的品牌。

截至 2016 年底，资产管理业务新增规模 1907 亿元，余额 2089 亿元，较年初净增 512 亿元，引入外部资金 216 亿元，完成年度任务的 216%。此外，"两类资产"成功运作一批重大项目，回收现金 5.45 亿元，净收益超 7 亿元。

一方面，在运营"大资产"品牌的具体操作上，紧跟监管政策，把握市场动态，不断完善业务制度，实现业务标准化管理。2015 年的股灾使得整个 2016 年监管不断收紧、政策调整贯穿始终、市场变化日新月异。为此，长城人及时跟进，完善业务制度建设，推进资管业务在制度框架内有序开展。发布《关于印发第三方资管增量配资业务模式的通知》，明确了增量配资业务具体模式、操作细节及适用范围；《上市公司股票质押式回购交易业务管理办法》，促进了业务模式的标准化建设及复制推广工作；《基金业务管理办法》，建立了覆盖基金发起、运行、管理、退出等全流程的管理框架，明确了各主体职责分工；《关于积极开展公司债业务的通知》，依托协同业务优势，较好地指导了经营单位拓展优质客户资源。修订并通过体系文件发布《第三方资产管理业务规程》，适应了资管业务面临的新情况、新要求；修订体系文件《股权资产管理规程》，不仅落实了两类资产精细化管理要求，而且补充了目前业务开展过程中财务性股权投资的后期管理流程和方法。

另一方面，通过不断探索创新增量配资业务模式，有效促进母子公司业务协同。

增量配资业务是提高资本使用效率和资产回报率的重要手段之一。为此，公司总部研究制定了多种增量配资业务模式，拓展建立第三方配资渠道，努力降低配资成本，提高配资效率，提升经营单位开展配资业务的积极性。

先后为荣盛发展、长江航运、嘉凯城、正荣置业、海航基础、云南城投等多个重大项目提供了资金撮合服务。与保险、银行、企业年金等各类机构进行了"总对总"层面的广泛接洽。如与民生银行、泰康资管、平安资管以及多家授信银行探索推进了结构化、表内外联动等多元化配资模式。

上市公司股票质押式回购业务和公司债业务发展较为成熟，在很多办事处拓展优质客户资源和改善业务结构方面作用显著。为大力推广这些产品，通过协同，不断完善双向记账机制和业务操作流程等配套政策。如为新盛信托、国瑞证券推介股票质押融资项目 16 个，总规模 92.27 亿元。2016 年出资及推进增量配资项目 24 个，总规模约 375.65 亿元。

"大投行"九转功成

中国长城资产投资投行业务一步一个台阶，得到有序发展，初步步入了良性循环的轨道。通过做大并购重组业务规模，取得了良好的阶段性成果。

经过几年的摸索，中国长城资产投资投行业务逐步形成了自身的风格和长城特色的盈利模式：以 RAIR 为核心的业务模式进一步完善，业务拓展体系进一步丰富，项目开发力度空前；实施"大客户、大项目、大运作"战略，开展大型企业集团并购重组业务，夯实了并购重组业务的客户基础和业务发展基础；适应政策变化，调整业务结构和运作模式；推进国际并购业务，促进国内企业产业升级；预先布局养老产业，履行央企社会责任。

通过加强投资投行条线引领和基础管理工作，"人才、协同、客户"三招齐发，为中国长城资产系统业务开展提供坚强保障和有力支撑。

第一招：通过加强制度和机构人力建设，保障系统业务的开展。

为了加强条线指导，制定印发了《2016 年并购重组业务行业指导意见》，为全系统开展并购重组业务提供行业指南和遴选方向，对各省、自治区、直辖市的上市公司标的进行了指标判断。公司总部投资投行事业部每个处室分别与各办事处对接，服务分支机构，并具体到个人，使每家办事处都有直接的渠道与总部保持联系，形成协同全系统开展并购重组业务的格局。

第二招：增强协同配合效果，带动业务上下左右一起发展。

通过总部与办事处共同开展尽调和方案设计工作，合作开发项目，形成上下配合联动效应。

结合中国长城资产"大资管"业务格局，为减少资本金占用，提高资本金使用效率，公司总部投资投行事业部加强与新盛信托、国瑞证券、长城华西银行等平台公司以及外部机构的合作，通过结构化设计，引进外部资金开展并购重组业务，也以此带动其他平台公司业务规模上台阶，业务品种提效益。通过利用综合金融服务平台的协同优势，开发存量客户新的金融服务需求。

第三招：综合运用"We－Finance"做好存量项目后续维护，挖掘潜在价值。

中国长城资产拥有金融全牌照，对业务开发和客户维护具有非常重要的意义，能够满足客户全部金融需求。通过充分挖掘客户的需求，持续不断的跟踪服务，通过"组合拳"不断增强客户的黏性。同时，依托中国长城资产全牌照经营综合服务功能，全方位满足客户银行贷款、证券托管及财务顾问、金融租赁、信托贷款和各类并购重组业务需求，实现了最大限度获取单一客户的多层次价值。

第二十二章 CHAPTER 22

轻舟已过万重山

长城人经历了农行包资产处置、工行包资产处置和过渡期阵痛之后，成功地实现了商业化转型，是脱胎换骨式的蜕变。长城人以苦作舟、奋斗不息、冲锋不止，创下了累累硕果，终于告竣了股改的构想，梦圆股份制有限公司。

正是：两岸猿声啼不住，轻舟已过万重山。

咬定青山　梦圆股改

宋代文学大家苏轼曾在《晁错论》写道："古之成大事者，不惟有超世之才，亦必有坚忍不拔之志。"

一个人也好，一个中央金融企业也罢，要想做出一番事业，不仅要有超凡出众的才能，还要有敢于面对问题、解决问题的勇气和坚韧不拔的意志。对于股改，长城人即使在艰难困苦、矛盾重重的条件下，却始终意志坚定，从未动摇。

组织准备是关键

早在 2011 年，国务院 "4·27 会议" 指明了资产管理公司股改方向之后，中国长城资产就按照国务院关于《研究金融资产管理公司改革有关问题的会议纪要》精神，着手股改工作。

其时，中国信达资产和中国华融资产分别于 2010 年 6 月 29 日和 2012 年 9 月 28 日完成改制，成立股份有限公司。

中国长城资产自 2012 年启动股改，先后三次调整股份制改革领导机构。2012 年 3 月 16 日，印发了《关于成立公司股份制改革工作领导小组的通知》，明确股份制改革工作领导小组组长由郑万春担任，副组长由张晓松担任，公司党委委员为领导小组成员。

2013 年 3 月 21 日，印发了《关于调整充实公司股份制改革工作领导小组有关事项的通知》，调整充实股份制改革工作领导小组成员，并在股份制改革工作领导小组办公室内部设立专项工作组，具体明确了各自的职责。

2015年3月23日，为积极稳妥地推进股份制改革，总裁办公会决定，再次调整充实领导小组成员。2015年4月17日，下发了《关于调整充实公司股份制改革工作领导小组有关事项的通知》。文件明确了张晓松、沈晓明担任组长，秦惠众、曲行轶、匡绪忠、周礼耀、薛建、胡建忠、孟晓东、邹立文担任副组长，领导小组成员分别由各办事处、各控股公司、总部各部门总经理担任。领导小组下设办公室，与战略发展部合署办公。

为抓好股改的各项具体工作，设立了审计、评估、法律、财务重组、综合协调5个专项工作组，并明确负责人及其职责。

审计工作组，由李天应负责，主要承担和公司股改审计报告相关事宜，以及与会计师事务所的沟通协调，与相关经营单位审计事务的协调。

评估工作组，由张斌负责，主要承担资产评估过程中的相关事项，包括政策性资产（债权、股权）、商业化资产、工行包剩余资产评估等，以及与评估事务所和相关经营单位的沟通协调。

法律工作组，由王文兵负责，主要承担股改涉及的法律事务，包括法律尽职调查工作的安排和协调，以及与律师事务所的沟通协调，股改相关法律文件的起草等。

财务重组工作组，由曹祥金负责，主要承担政策性资产负债、商业化资产负债、工行包资产负债等财务重组方案的制订、修改和完善工作，协调与财务重组相关的事务。

综合协调工作组，由张士学负责，主要承担协调上述4个专业工作组的工作和报送文件及材料的审核把关，内部综合性事务等。

财务准备是基础

财务重组，是股改工作的重头戏。

由于受各种因素影响，中国长城资产先后4次变更了评估基准日，不仅工作量翻倍，而且引战、上市等一系列计划将受到影响。因此，财务重组工作组做了大量扎实有效的工作，有力保障了股改工作的顺利进行。

积极推进财务重组方案的设计和财务预测，拿出多个测算方案，从中选取了最有利的财务重组方案。

确定了股改涉及的减值准备、预计负债、应付职工薪酬、工行包损失挂账、历史遗留问题等会计政策事项，确保股改调整事项符合监管政策。

组织办事处开展了工行包、政策性剩余资产前后台数据核对、账实核对等，夯实了资产价值，摸清了资产家底。

向审计、评估、法律等中介机构提供了各种审计资料，耐心细致地做好股改审计中的解释与沟通，协助中介机构保质保量完成了审计报告和评估报告的编制工作，为监管部门审阅股改方案提供了依据。

核对工行包的人民银行再贷款本息，经若干次沟通，使利息金额精确至按天数计算，纠正近6000万元的差异，彻底划清了截至改制基准日与工行包的利息债务关系，夯实了财务重组的基础。

2016 年 11 月 30 日，财政部批复中国长城资产股改方案、完成了工商注册变更登记后，根据股改基准日评估价值，对当期会计账面价值进行重塑，为新设立的股份公司建立全新的账表。

法律准备是保障

股份制改造中的一项尤为基础性的工作，就是法律保障。

为此，法律工作组做足了改制的法律准备。完成法律中介机构选聘，配合清产核资过程中的尽职调查，对清产核资过程中涉及法律调查部分进行了督导、检查，对中国长城资产成立以来发生的应诉存量案件的数量、预计败诉退赔金额及相关损失认定依据等内容，进行了统计整理，全面摸清了整体的应诉案件家底、为改制评估提供了可靠数据。同时，行之有效地开展相关法律事项讨论和论证，审核股改引战的法律文件，为成功改制提供强有力的法律支持和保障。

其他审计、评估、综合工作组及机构协同部，按照职责有序快速地开展工作。

三载三役苦收官

股份制改造，长城人用了三年多时间，历经了方案上报、方案审批和方案实施三个阶段，完成了三大战役。

第一阶段：改制方案的上报阶段，耗时 17 个月。

2013 年 7 月 9 日，中国长城资产系统地完成了以 2013 年 3 月 31 日为基准日的第一次资产审计评估工作，在经过与财政部金融司、银监会非银部、人民银行金融稳定局等有关部门反复沟通汇报后，正式向财政部上报了《关于呈报中国长城资产管理公司转型改制方案的报告》。

根据财政部金融司要求，将改制基准日调整为 2013 年 9 月 30 日，又组织中介机构开展了第二次资产审计评估工作，于 2013 年 12 月 5 日，向财政部上报了与这一基准日相应的《关于呈报中国长城资产管理公司转型改制方案的报告》。

财政部金融司再次要求，将改制基准日调整为 2014 年 9 月 30 日，又一次组织中介机构开展了第三次资产审计评估工作，并于 2014 年 11 月 3 日，向财政部上报了与这一基准日相应的《关于呈报中国长城资产管理公司转型改制方案的报告》。

第二阶段：改制方案的审批阶段，耗时 9 个月。

在经过财政部内部多次讨论和会签的基础上，财政部于 2015 年 3 月就中国长城资产改制方案，分别向人民银行、银监会、证监会、保监会、国务院法制办以及国家税务总局征求意见，并上报国务院审批。8 月下旬，国务院批准了中国长城资产的改制方案。

同时，为建立全球战略投资者和基石投资者资料库，确定引战前期筹备工作合作伙伴，中国长城资产组织三次境外非交易路演。与来自 13 个国家和地区的一百余家国际知名投行和潜在战略投资者，进行了近百场会谈，得到国外投资者广泛肯定，夯实了股改引战的客户基础。

第三阶段：改制方案实施阶段，耗时 16 个月。

自财政部印发了转型改制实施方案后，中国长城资产改制工作进入实质性操作阶段。完成改制基准日调整后，2016 年 10 月 8～9 日，中国长城资产召开了首届职工代表大会，通过了转型改制实施方案、《中国长城资产管理股份有限公司章程（草案）》等，并选举了职工监事。11 月 6 日，中联资产评估集团公司出具了《评估报告》（中联评报字〔2015〕第 1116 号）。根据评估，截至 2015 年 6 月 30 日，净资产评估值为 418.56 亿元。

2016 年 2 月 6 日，财政部、社保基金理事会和中国人寿共同签署了中国长城资产发起人协议。11 月 25 日，在获得银监会关于公司董事会及高级管理人员的推荐任免函之后，召开中国长城资产创立大会暨第一次股东大会、第一届董事会第一次会议、第一届监事会第一次会议。

为配合改制方案的实施，2015 年 12 月 24 日，中国长城资产在银监会举行专场新闻发布会，这也是银监会举行的第 22 场例行新闻发布会。此次发布会以"以股份制改造为契机，推动中国长城资产可持续发展"为主题，主要介绍了中国长城资产基本情况、股份制改造进程、战略转型和发展方向、业务特色等内容。

上述三个阶段，较为完整地梳理了股改的脉络。

2016 年 11 月 25 日，财政部组织召开了中国长城资产管理股份有限公司创立大会，由财政部、全国社会保障基金理事会、中国人寿保险（集团）公司共同发起设立，注册资本为 431.50 亿元人民币。创立大会经发起人代表审议通过了股份公司章程、"三会"议事规则，选举董事和非职工监事、股东大会对董事会授权方案等重要议案。随后召开的第一届董事会第一次会议和第一届监事会第一次会议，选举产生和聘任了董事长、副董事长、总裁、监事长、高级管理层、董事会秘书，审议通过了董事会对总裁的授权，基本管理制度等议案。

中国长城资产股份有限公司创立大会的召开，标志着 1999 年中央政府设立的四家国有独资资产管理公司，全部成功地进行了股份制改造。中国长城资产成为四家金融资产管理公司股改的收官之作，也是中国金融体制改革一项告竣的重大工程。

2016 年 12 月 5 日，经中国银监会批复，中国长城资产管理公司更名为"中国长城资产管理股份有限公司"。2016 年 12 月 12 日，以省会城市（计划单列市）命名的 31 家办事处（含上海自贸区分公司）更名为"中国长城资产管理股份有限公司××省（自治区、直辖市、计划单列市）分公司"。

为什么股份制改革目标，令长城人不遗余力，又魂牵梦萦？因为，它是长城人奋斗历程检验的"合格证书"；凝聚了长城人付出的汗水、心血所取得的品牌"专利证书"；也是长城人的勤劳与智慧，中央政府给予的"毕业证书"；更是全社会对长城人所作出的巨大贡献的"荣誉证书"！

一切就绪，只欠揭牌。

硕果挺华林　丰蔬育中园

中国长城资产华丽转型，跨越式发展，一张张优异的成绩单，得到了社会普遍赞誉，也得到国际权威认同。

国际权威发布

2016 年，国际三大评级机构标普、穆迪、惠誉对中国长城资产进行主体信用评级，各机构普遍认为中国长城资产的各项经营成效上佳，保持了良好的发展态势，基本符合中国长城资产的战略规划和发展定位，走出了一条具有中国长城资产特色的发展道路。

标普评价：中国长城资产在市场和行业中的定位明确且具有较大优势，处于行业领先地位；与政府的关联性和重要性高，受到政府高度重视与多方位支持；对不良资产主业的关注度高，资产和净利润占比较高；融资渠道丰富且流动性优良。

穆迪评价：中国长城资产集中于不良资产处理主业、以投资投行和资产管理业务作为传统主业的延伸，相互协同、相互配合的战略定位，相比其他同行具有"小而精"的特点和主业突出、发展稳健的优势。同时，其在不良资产处置行业中有绝对领先的优势，丰富的不良资产处置经验以及独家拥有的不良资产估值模型知识产权等令人印象深刻。

惠誉评价：通过对其他三家资产管理公司的评级、数据分析，并听取三家资产管理公司的情况介绍，认为中国长城资产的发展战略最清晰、实施逻辑最合理，对中国长城资产的目标规划、战略定位和业务经营等应该充分肯定。

优异的成绩单

自中国长城资产商业化转型以来，历年优异的经营成绩单梳理如下：

2011 年 12 月 31 日，中国长城资产全年商业化合并利润实现 30.68 亿元，同比增长了329%，形成了办事处、子公司、总部事业部"三驾马车"并驾齐驱，资产管理、阶段性投融资、特色化中间服务和专业化平台业务四类业务齐头并进的良好发展局面。

2012 年末，中国长城资产圆满完成全年各项任务目标，共实现拨备前净利润 60.16 亿元，完成全年确保目标的 158%、力争目标的 127%；有 21 家办事处、3 家子公司、3 家事业部实现了创利过亿元。总资产达到 1074 亿元，较上年增长了 101%；净资产达到 219亿元，较上年增长了 35%。同时，工行包资产处置基本收尾，商业化业务全面发展，初步形成了涉及 11 个细类、70 余种产品的综合业务体系和"12345"的综合经营格局，即"一个核心"——以资产经营管理为核心；"两个品牌"——专业的资产管理服务商、优秀的综合金融服务商；"三大经营板块"——办事处、子公司、事业部；"四类商业化业务"——资产经营管理、阶段性投融资、特色化中间服务、专业化平台业务；"服务中小企业五大支柱"——融资增信、融资担保、融资租赁、融资咨询、股权融资。

2013 年末，中国长城资产圆满完成全年各项任务目标，迈出了中期战略第一步。实现考核利润 91.7 亿元，同比增长 81%，完成全年确保目标 70 亿元的 131%，力争目标 80 亿元的 114.6%；提前完成了中期战略规划确定的主要经营目标。其中，31 家办事处中有 29 家创利过亿元，10 家平台公司中有 4 家创利过亿元，总部五大事业部全部创利或带动创利过亿元。同时，商业化业务得到快速发展，2013 年发布新版《产品手册》，已构建起涵盖资产经营管理、阶段性投融资、特色化中间业务、专业化平台业务四大类、15 个一级产品、80 余种二级产品的集团化综合经营业务体系。通过打好"业务组合拳"，发挥协同效应，全年合作客户 4000 余户，重点扶持成长型优质中小企业 1200 余户。

2014 年末，中国长城资产圆满完成全年各项任务目标，实现拨备前利润 118 亿元，同比增长 22%；总资产达到 2756 亿元，同比增长 80%；净资产达到 407 亿元，同比增长 51%。资产利润率、资本利润率、成本收入比等效益质量指标均处于同业先进行列；业务结构调整取得明显成效，一系列重大项目运作取得突破，内部管理迈上新台阶。连续第三年被财政部综合绩效考评为"优"。股改筹备工作有序开展，以"上台阶、创品牌"为目标的中期战略"第二步"发展规划顺利实施。全体长城人凝心聚力、奋发图强，为打造"百年老店"的长城梦，不断夯实了基础。

2015 年末，中国长城资产表内外资产达 5113 亿元，归属母公司净资产 478 亿元，同比增长 37%，国有资本实现大幅增值；全年实现拨备前利润 148 亿元，资产收益率 2.62%，净资产收益率 18.85%，国有资本运营效益卓著。坚持"化解金融风险、提升资产价值、服务经济发展"的企业使命，通过做大不良资产经营业务，做强并购重组业务，做精城镇化金融业务，做实资产管理业务，发挥盘活存量功能，持续加大对经济结构调整和转型升级的支持力度，各项工作成效显著。

2016 年末，中国长城资产共实现拨备前利润 155 亿元，表内外总资产 6936 亿元，其中表内资产 4858 亿元，同比增长 32.2%；净资产 505 亿元，同比增长 19.2%；资产利润率（ROA）和净资产收益率（ROE）分别为 2.83% 和 19.5%，位于同业前列。各办事处经营业绩普遍大幅增长，实现考核利润 98.54 亿元，同比增长 27%，完成年度目标的 117%。31 家办事处完成全年任务，21 家办事处完成率超过 110%。平台子公司创利能力全面提升，实现归属母公司考核利润 35.17 亿元，同比增长 51%，完成年度目标的 124%。总部事业部（业务部）引领条线稳步发展，实现自营利润 25.43 亿元，条线利润 94.21 亿元。截至 2016 年 12 月末，中国长城资产存量客户达 10904 户，其中 A 类客户 2100 户，活跃客户 3778 户；累计与全国 30 多个省（自治区、直辖市）政府、二十多家金融机构及大型企业集团签署战略合作协议，建立了战略合作或良好的业务合作关系。

"一五"规划主要目标，超越了当年设计预期。

2012—2016 年，"一五"规划资产规模目标为 2000 亿元，到 2016 年，中国长城资产总资产已高达 4869 亿元。新增不良资产收购规模规划 380 亿元，实现了 893 亿元。投资投行业务规模规划 210 亿元，实现了 419 亿元。公司总部事业部净利润规划 5 亿元，实现了25.4亿元。办事处净利润规划32亿元，实现了98.5亿元。年创利能力超过2亿元的办事处规划14家，实际达到了22家。

由此，中国长城资产第一个五年中期战略规划，画上了一个圆满的句号。

内生动力　激情四射

中国长城资产商业化转型发展之后，随着各项业务经营指标呈现跨越式发展，各项软实力打造形成，生机盎然。以党建为引领，全体长城人解放思想、创新观念、上下同欲，形成一套富有长城特色的品牌文化，为改革与发展提供了重要的思想保证和不竭精神动力。

确立了企业文化理念。以"财通天下、智融长城"的气魄，构建了企业文化之核心，即金控文化、精细文化、创新文化、忠诚文化；通过对"理念、行为、视觉"三个层面文化的立体衔接，使长城企业文化实现了"内化于心、固化于制、外化于行、优化于效"。经过全员讨论，提炼形成了"公司使命、发展愿景、核心价值观、企业精神，以及经营、管理、创新、风险、人才、团队"等系列要素，营造并丰富了具有中国长城资产特色的文化体系。

党建工作卓有成效。形成了符合国企文化特色、契合发展现状的党建工作思路和方法，扎实推进作风建设、组织建设和队伍建设。五年来，吸收200多名系统优秀人才加入党组织，多个机构和个人被银监会授予"先进基层党组织"和"优秀共产党员"等荣誉称号。

严把廉政建设关口。深入贯彻执行中纪委、银监会系统纪检监察工作会议精神，围绕各个年度中心任务，聚焦监督、防范、执纪、问责，谋划系统的纪检监察工作，发挥党委的参谋助手作用，把住道德风险的关口，守住党风廉政建设和反腐败斗争的阵地，努力为健康持续发展奠定良好的基础，提供坚实的保障。

致力于人才队伍建设。积极打造思想素质过硬、工作作风扎实、业务技能优秀的干部员工队伍。五年来，共调整总经理助理以上管理人员399人次，其中公司总部各部门和各办事处"一把手"122人次，调整高级经理及副高级经理层级管理人员728人次。逐年加大高素质人才引进的力度，招聘和引进员工1077人。设立博士后科研工作站，与清华大学、北京大学、中国人民大学、武汉大学、中央财经大学、中国社会科学院6家国内著名学府和科研机构开展合作，并开办网络大学，以多种形式为员工搭建培训和交流之平台，组织员工培训157期，培训员工达到了65891人次。

长城文化深入人心，文学艺术人才不断涌现。以人为本，全面推进企业文化培育与发展，开展唱响司歌、文学艺术征文比赛、员工运动会等丰富多彩的文体活动，提升员工归属感与忠诚度。重视文学艺术人才的发掘、培养与爱护，已有国家级作协会员1人，省级（含金融系统）作协、书协、美协、音协、摄协等会员10多人，优秀文学艺术骨干100余人，初步拥有了一支服务于长城发展的文学艺术人才队伍。纵观历史，大到国家小到一个团队，文化繁荣则实力强盛，相辅相成，互为助力。因此，他们既是推进与繁荣长城文化难得的稀缺资源，也是长城人未来发展中重要的文化品牌。

与此同时，管控明显加强。通过有效推进全面风险管理体系建设，内部控制制度不断完善，管控精细化水平有效提升，资本充足率等监管指标均符合监管要求，连续四届被审计署评为"全国内部审计先进单位"。

信息与风险监测方面，涵盖项目风险监测与报告、资产风险分类、资产减值测试和逾期率信息采集等子模块的风险管理信息系统已全部上线运行，基本实现项目信用风险状况的实时、动态、高效、准确监测与报告，进一步提高了风险管理信息化水平。

为了实现规范管理、体现一级法人意识，尤其是商业化业务转型发展以来，中国长城资产重视合同管理并不断优化强化。2012 年 12 月，发布了《合同管理规范》等 10 份法律事务工作体系文件；2017 年 6 月，对《合同管理规范》体系文件进行了升级换版。

此外，社会影响力不断提升。在并购重组、服务中小企业等方面多次获奖，包括荣获首届中国并购"金梧桐"奖、2016 年度"最具创新力资产管理公司"奖、三次中国银行业"最佳社会责任实践案例奖"、中国中小企业协会"优秀金融服务机构"奖等。获得国际三大评级机构高等级信用评级，商业模式和经营业绩得到普遍认可，社会影响力明显提升。

瓜熟蒂落　水到渠成

2016 年 12 月 11 日晚 19 点，中央电视台《新闻联播》节目报道：

播音员：中国长城资产管理股份有限公司今天在北京挂牌成立，由一家政策性国有独资金融机构，变为商业化股份制金融机构。这是经国务院批准，我国四大金融资产管理公司中，最后一家完成股份制改革的公司，也是我国深化国有金融机构改革的重要成果。

播音员：新的股份公司注册资本 431.5 亿元，财政部持股 97%，全国社保基金理事会持股 2%，中国人寿持股 1%。改革后，公司将继续以不良资产经营处置为主业。

张晓松：我们对企业实行并购重组，对企业实行产业整合，降低金融风险，使我们国家的经济能够健康地持续发展，这是我们的责任。

播音员：华融、信达、东方、长城四大国有资产管理公司都成立于 1999 年，是我国为化解四大国有银行不良资产进行的一项改革。在政策性不良资产处置任务完成后，四家公司陆续进行商业化转型，目前已经全部完成股份制改革，华融和信达两家公司已成功上市。下一步，长城资产管理公司也计划引进战略投资者并上市。

……

人民日报、新华社、中央人民广播电台、中央电视台、经济日报、人民网、新浪网、路透社、彭博社等国内外四十余家主流媒体记者参加了此次成立大会，并密集跟踪报道，广为发布了会议消息。特别是中央电视台，对待一家金融央企，在当日晚间新闻重要时段，罕见地用了1分41秒时长，报道了发布会的内容。

2016年12月11日，上午10点18分，北京政协礼堂，"中国长城资产管理股份有限公司"正式挂牌成立。

成立仪式隆重而俭朴，按程序有条不紊进行；没有惊天动地的场面，也没有发生跌宕起伏的故事。

然而，这是全体长城人历经不懈奋斗的重大成果，标志着在党中央、国务院领导关怀下，在财政部、银监会、证监会、人民银行等上级部门以及股东单位的支持鼓励下，中国长城资产将迈入构建现代企业制度、完善法人治理结构、全面商业化经营、提升内涵价值和核心竞争力的新的历史时期；标志着全体长城人历经十数年不懈奋斗，用青春、汗水和智慧换来了更上一层楼的重大转折；标志着中国长城资产踏上了中国金融企业商业化改革、服务国家经济发展的新征程。

中国长城资产改制成功是中央战略部署中深化重点金融机构改革的重要成果，也是四家资产管理公司股份制改革的收官之作，在中国当代金融乃至经济发展史上具有重要的里程碑意义。

出席成立仪式的有财政部、中国人民银行、中国银监会、中国人寿保险（集团）公司、全国社会保障基金理事会等单位领导，均精彩致辞。

前来祝贺的有股东单位财政部、全国社保基金理事会、中国人寿保险（集团）公司，中国人民银行、中国银监会、中国证监会、中国保监会，各大政策性银行、各大国有控股银行、其他全国性股份制银行、资产管理公司等国内金融同业，北京市工商局、金融局、西城区和丰台区政府领导和嘉宾，国内大型企业和客户单位，知名国际机构、相关协会组织和中介机构，中国长城资产全体董事、监事、高级管理层，历届公司领导，各分公司和控股公司主要负责人等，共350余人参加了成立仪式。

人们带着一份份沉甸甸的祝福，祝贺中国长城资产已经取得了重大成果；带着一份份殷切的期望，期望长城人在新的历史征途上，像一匹奋蹄骏马，驰骋未来。

成立仪式由沈晓明主持，张晓松致辞。

中国银监会相关部门领导宣读了《中国银监会关于中国长城资产管理公司改制设立中国长城资产管理股份有限公司有关事项的批复》。财政部相关部门负责人宣读中国长城资产新任董事、监事名单：

张晓松任董事长、总裁；

沈晓明任党委书记、副董事长；

胡永康任监事长；

周礼耀任执行董事、副总裁；

胡建忠、孟晓东、邹立文任副总裁；

王彤任总裁助理；

邵荣华、李良、田鑫任董事，王蓉任独立董事，魏维任监事，张士学任董事会秘书，白静任职工监事。

财政部领导在致辞中，对中国长城资产的成立表示热烈的祝贺，对中国长城资产处置不良资产、探索商业化转型的成绩给予充分的肯定。作为发起人股东，财政部将依法行使股东权利，积极履行股东义务，一如既往地支持中国长城资产的改革与发展。希望中国长城资产继续以高度的责任感和使命感，做好不良资产处置工作，为维护金融稳定、服务实体经济作出更大的贡献。

中国人民银行领导在致辞中表示，中国长城资产在政策性时期以及商业化转型以来，在支持国有银行改革、服务产业结构调整方面发挥了积极的作用。希望中国长城资产以此次成功改制为契机，进一步完善治理结构与风险控制体系，努力打造治理结构完善、经营管理稳健、服务功能齐全、业务模式可持续的现代金融企业，为防范化解金融风险、服务实体经济、助力供给侧结构性改革作出更大贡献。

中国银监会领导在致辞中说，中国长城资产股改挂牌，是我国国有金融资产管理公司改制转型的收官之作、压轴之作。希望中国长城资产继续发挥好金融资产管理公司独有的"资产的收持功能、资产的重组功能、资产的流转功能和保理功能"四大功能，为金融行业的发展作出更大的贡献。

全国社保基金领导在致辞中指出，作为中国长城资产的股东，社保基金下一步将继续加强合作，期盼中国长城资产能够按计划顺利上市。

中国人寿保险（集团）公司领导在致辞中表示，作为发起人，中国人寿将与中国长城资产加强更为深层次的合作，共同服务于我国经济转型升级。

"海到无边天作岸，山登绝顶我为峰。"

回顾中国长城资产发展历程，沧海桑田，苦难辉煌。

张晓松在致辞时回顾道：自1999年10月18日成立以来，通过不懈努力和持续奋战，已呈现出良好的发展局面，初步形成了母子公司、总分公司并存，以不良资产经营管理为主业，以并购重组为核心，以集团协同为依托的金融控股集团运营模式，并构建起以32家分公司（业务部）、11家子公司和总部事业部等经营板块为经营单元的综合经营体系，可以为客户提供资产管理、银行、证券、保险、信托、金融租赁、投资、基金、置业等全功能、多元化的综合金融服务，并形成了"量身定制"的产品优势、"金融工具箱"的功能优势、"打组合拳"的协同优势。连续5年被财政部综合绩效考评为"优"，连续3年荣获中国银行业"最佳社会责任实践案例奖"，连续12年被审计署评为"内审先进单位"。

股份公司的成立，为中国长城资产的改革发展掀开了崭新的一页，将迎来前所未有的发展机遇。机遇与挑战同在，发展任重道远。

其实，早在2015年5月27日，中国长城资产系统"三严三实"专题教育部署暨党委中心组学习扩大会议上，党委书记沈晓明强调推动股改的"第三次创业"。他指出，如果把中国长城资产的政策性经营处置作为第一次创业，商业化转型探索作为第二次创业，那么当前推进"股改、引战、上市"和打造"金控集团"就是第三次创业。把"创业要实"

体现到真抓实干、敢于担当，确保各项工作见实效上。把"严"和"实"的作风贯穿到当前各项工作之中，以作风建设的新成效，凝聚改革发展的新动力，推动中国长城资产改革发展迈上新台阶。

展望未来，中国长城资产将认真贯彻落实党中央、国务院的战略部署，按照财政部等主管部门的要求，继续将自身改革发展融入国家经济金融改革的发展大局之中，在积极履行社会责任、彰显社会价值的同时，坚持"稳健经营、依法合规"的发展理念，以公司"引战、上市"为主线，以"夯实可持续发展为基础，全力提升内涵价值，全面打造核心竞争力"为目标，励精图治、全力开拓，为实现中国长城资产健康、长远、可持续发展而不懈努力。通过几代长城人的努力，将中国长城资产建设成治理规范、管控有力、服务专业、文化先进、业绩一流的现代金融服务企业。

时间如白驹过隙，历史也沧海桑田。

仿佛在那么短短的一个瞬间，中国长城资产长大了，而且长得如此壮实。

相对于 1999 年 10 月 "中国长城资产管理公司"的成立仪式，股份公司挂牌仪式更像一个"成年礼"——曾经呱呱坠地，如今已长成意气风发的翩翩少年，阔步走向 T 台前端，昂扬而且充满自信。

中国长城资产在历史的长河中，沐浴一缕朝阳，充满了青春的活力，发展空间无限。尽管有过低迷，有过彷徨，有过凄苦，险些被兼并，甚至夭折。而作为主角的长城人，为之殚精竭虑，历尽艰辛，如同一部波澜壮阔的史诗。

长城人的甘苦喜乐，只有长城人自己知道。

长城人有足够多的感悟与切身的体会。越过了坎坎坷坷，穿过了风风雨雨，历尽了苦难挫折，尝遍了苦辣酸甜。无数长城人，从青年磨成了中年，中年变成了退休老人。他们的青春，他们人生中最好的时光，奉献给了最爱的中国长城资产事业，奉献给了中国长城资产的过去、现在，以及为之祝福的将来。他们的心中，只为追求，只为梦想。

也许，在不少长城人有生之年，无法亲眼目睹曾经为之出力流汗、流血、流泪，为之付出青春年华的这家金融央企的未来风采，但长城人早已真切地耳濡目染其魅力四射的雏形，以及美好的前景。

第二十三章 CHAPTER 23

大风起兮云飞扬

2017 年 7 月 3 日，中国长城资产管理股份有限公司在其官网发布信息称，6 月 29 日下午该公司召开了第一届董事会第四次会议（临时），批准张晓松辞去公司董事长和总裁职务，推选沈晓明担任董事长。

据悉，张晓松属于到年龄退休卸任。同时，会上指定该公司执行董事、副总裁周礼耀，在董事会产生新的总裁之前代行总裁职权。

中国长城资产已经完成了"股改、引战、上市"三部曲中的第一步，正处于引战的关键时期，未来沈晓明的任务就是带领中国长城资产引战并成功上市……

——摘录自《21 世纪经济报道》

日生不滞　新故相推

伴随 2017 年元旦的钟声，习近平新年贺词的发表，一句"撸起袖子加油干"，一度在社交媒体平台上呈现"刷屏"的态势。

2017 年，中共十九大召开，中国将开启一个"新时代"。

2017 年，是中国长城资产股改元年。

2017 年，也是中国长城资产第二个"五年发展战略规划"开局之年，其发展历程无疑也将推进到一个"新时代"。

一元复始人行早

2017 年元旦，中国长城资产一年一度的新年致辞，和往年有所不同，由张晓松、沈晓明联署发布。

这既可以理解为一种预示，也体现了党委班子的团结意识、大局胸怀。

新年致辞回顾了中国长城资产 2016 年主要工作与作为，成绩斐然，值得铭记。展望 2017 年，前景光明，催人奋进。2017 年是长城人扬帆远航、谱写华章的关键一年！新的一年开启新的希望，新的征程承载新的梦想。

回顾与展望，继往开来，长城人的历史，再次翻开了新的一页。

2017年初，中国长城资产第二个五年规划初稿出台。

直面新时代、新要求，长城人敏锐地感觉到宏观形势将发生深刻的变化，必须审时度势，提前应对。为了及时掌握第一手情况，做好决策准备，张晓松、沈晓明、胡永康、周礼耀及党委班子成员，密集赴全国各地、各经营单位，开展调研；参加各经营单位年度民主生活会，指导工作；会晤重要客户，考察重点项目。

2017年2月14~16日，沈晓明赴上海参加长城国富置业党委年度民主生活会，后赴苏州考察江苏省分公司苏州业务部筹备情况。

2月27日，张晓松应邀出席内蒙古自治区与中央企业合作恳谈会。

3月8~10日，胡永康赴山东省分公司调研，并拜访山东银监局有关领导。

3月22~24日，周礼耀赴甘肃省分公司调研，并实地考察有关项目情况。其间，会见了华邦控股集团董事局主席苏如春、盛达集团董事长赵满堂等，就深入推进双方业务合作进行了会谈。

与此同时，秦惠众赴云南调研，邹立文赴河南调研，孟晓东赴天津调研，胡建忠赴海南省实地考察有关项目情况，王彤拜访中国农业银行总行大客户部。

正是：一元复始人行早！

人勤春短，转眼入夏。

2017年7月2~4日，中国网、新浪新闻、证券时报等十多家国内媒体，报道了同一消息——"中国长城资产换帅，沈晓明将任董事长"。

早在一周前的6月26日下午，中国长城资产召开领导班子建设会议，中国银监会党委委员、副主席曹宇出席，组织部部长肖璞宣布了银监会党委关于沈晓明、张晓松同志职务任免的决定。6月29日下午，中国长城资产第一届董事会第四次会议（临时）召开，批准张晓松辞去董事长和总裁职务，推选沈晓明担任董事长；同时，指定周礼耀代行总裁职权。

曹宇代表银监会党委，高度评价了张晓松担任中国长城资产主要负责人期间的工作，对沈晓明寄予殷切厚望。

曹宇认为，中国长城资产近年来经营业绩稳固提升，已发展成为大型、商业化、综合金融服务集团。这一成绩的取得，离不开领导班子及各级干部员工的努力，也凝结了张晓松同志的大量心血。他代表银监会党委，对张晓松同志长期以来的勤勉工作、作出的贡献表示衷心的感谢。

对于沈晓明履新，曹宇介绍说：沈晓明同志专业功底扎实，熟悉资产管理公司情况，具有宏观视野和战略思维。到中国长城资产工作以来，切实履行了党委第一责任人的职责，积极参与股改等各项工作，发挥了积极的作用。

他强调，银监会党委认为，晓明同志作为董事长人选是合适的。

沈晓明在发言中表示，不辜负银监会党委的重托。作为党委书记兼董事长，将认真履行好"一岗双责"，推进中国长城资产持续、健康、规范发展。

张晓松在离任之际，深情回顾了自己 41 年职业生涯，由衷地向党组织、监管部门、股东单位、班子团队以及全体员工表达了深深的谢意。他坚信，中国长城资产将在新一任董事长沈晓明的带领下，精诚团结，继往开来，必将取得更大的成绩。

七月的阳光无私地照耀着大地，万物生长。这是生机蓬勃的七月，倾听柳荫深处抑扬顿挫的蝉鸣，犹如七月滚烫的诗行。走过了春的旖旎，迎来了夏的火热，这般缤纷与绚丽，灿烂而热烈。七月，承接了春的生机，蕴含了秋的成熟，激荡着热火般的精神。

七月，热情似火，烁玉流金。

七月，故事动人。

2017 年 7 月，中国长城资产先后召开了两次重要会议。"七月会议"，无疑是中国长城资产又一次重大转折，开启了历史上一个新的纪元。"七月会议"，也将成为中国长城资产发展史上的一个重要名词。

正是：继往开来，志美行厉。

接任掌门的第七天，也就是 2017 年 7 月 3 日，沈晓明主持召开中国长城资产司务（扩大）会议，并发表重要讲话。这称得上是沈晓明的一次"就职演讲"，在中国长城资产第二个五年规划框架上，亮明了掌门人的施政思路，带领长城人奔向更加广阔的未来。

诚如银监会领导所言，沈晓明自打融入长城人的团队，成为党委建设主要责任人，自觉维护班子的团结与统一；发挥自身特长和资源优势，全力推动各项重大决策的实施，为发展中遇到的一些重大、疑难、瓶颈问题提供解决方案。

从担任党委书记，到同时又担任董事长，工作责任倍增，工作压力加大。沈晓明不无幽默地说：当前的大环境都在讲"去杠杆"，他职务职责上是在"加杠杆"，而且是由"轻资产"变"重资产"。既然被组织上安排到董事长、党委书记"一担挑"的位置，就得对得起组织的信任和大家的重托。

他说，他有信心、有底气履行好职责。他的信心和底气，源于他的个人素质，更来自一代代长城人艰苦奋斗换来的物质基础、人文基础，锻炼出的一支敢打硬拼的英雄团队，形成的特有的长城人的企业文化。

司务（扩大）会上，沈晓明提出的"强化四个意识，做好加减乘除"的理念，无不渗透其洗练、直观的哲学思维，也正展示了其简洁、明了的个人风格。

强化市场意识，做好"加法"：在经济市场洋流中，始终保持一种忧患意识、竞争意识、协同意识。"众之同和、合会也"，为了共同目标，达到一加一大于二的效果。强化效率意识，做好"减法"：主要体现在强化体制、机制、机构、流程、文件、会议等内部管理方面，优化和改进运行不畅、效率低下等问题，确保号令通达，高效运行。强化创新意识，做好"乘法"：表现在思维要创新，体制机制要创新，产品要创新，综合服务要创新。培养和保持一种活跃的工作氛围，让创新意识成倍地激发出巨大的能量。强化风险意识，做好"除法"：通过不断加大除数，最大可能释放、排除风险。

的确，"沈晓明是中国长城资产合适的董事长人选"。

司务（扩大）会议之后，7 月 12 日，中国长城资产紧接着召开了年中工作会议，31家分公司和 12 家平台公司主要负责人汇聚北京。会议由胡永康主持，沈晓明代表党委班子，做了《坚持问题导向全力做好下半年工作》的主题报告，部署全国系统工作。

中国长城资产新一届领导班子，面对新的经营环境和新要求，适时提出了推动经营发展的"七大方略"：

方略之一，突出效益，带动全局。

方略之二，突出主业、优化结构。

方略之三，突出协同，做大做强子公司。

方略之四，统筹规模，实行负债和资本双线管控。

方略之五，配合监管，确保稳健运行。

方略之六，精细管理，提升效能。

方略之七，以人为本，加强党建和企业文化建设。

俗话说，"七次量衣一次裁。"七大方略，可谓七步成章。

2017年7月13日，国内各大媒体大量报道了中国长城资产这一次会议，媒体特别强调，这是沈晓明担任中国长城资产董事长之后的首秀。

毋庸置疑，无论是沈晓明充满哲学思维的"四种意识"，还是党委班子饱含智慧的"七大方略"，都与中国长城资产第二个五年规划所体现的基本要素、发展目标完全吻合，融会贯通。为中国长城资产阔步向前，奠定了思想基础，指明了前行方向。

2017年12月21日，中国银监会党委任命周礼耀为中国长城资产党委副书记，建议周礼耀担任总裁。2018年3月26日，中国长城资产第一届董事会第九次会议，聘任周礼耀为总裁。

这位复旦大学国际金融专业经济学硕士、高级经济师，长期从事金融工作，是在中国长城资产领导岗位上工作时间最长的领导之一。"一定把长城的事业看得重于个人的前程，一定把长城的形象看得重于个人的荣誉，一定把长城的员工看得重于自己的亲人。"周礼耀是这么说的，也一直是这么做的。

同一天，中国银监会通知明确秦惠众享受中国长城资产正职待遇。

其后，2018年，按照银保监会党委的安排，中国长城资产党委班子发生了新的调整和变化：2018年7月，秦惠众退休，杜胜担任中国长城资产党委委员、纪委书记。11月，胡小钢担任中国长城资产党委委员；同时，银保监会党委发函推荐胡小钢担任副总裁，杨国兵担任总裁助理。12月，胡建忠调任中国东方资产。

通过上述一系列调整，中国长城资产股改后"三会一层"治理结构下的组织、职责、政策、流程及要求全部到位，覆盖全面、边界清晰、责任明确的制度体系基本形成。"三会一层"与外部监管机构及公司总部部门间的衔接沟通机制构建完成，议案审批效率显著提高。

长城人步入了新的发展历史阶段。

万象更新谋为先

2017年初，中国长城资产第二个五年规划出台。乃长城人编织新一轮之经纬，建筑下一个五年之构想。

长城人满怀信心，以决胜千里的昂扬斗气，再次启程。

"一五"规划期间，中国长城资产不但顺利完成各项既定目标，还探索出了一条符合自身特色的可持续发展道路。为适应新的发展形势，进一步优化业务模式，引领下一个五年持续稳定发展，《中国长城资产管理股份有限公司2017—2021年战略发展规划》（以下简称第二个五年规划）的制定，早在2016年就已提上议事日程。

2016年2月，"第二个五年规划"的起草工作正式启动。2016年6月，各分子公司按要求上报了各自的规划草案。在此基础上，公司总部战略发展部完成"第二个五年规划"第一稿的起草，提交年中工作会议讨论。其后三易其稿。

针对国际经济金融环境动荡带来不确定性、国内经济形势起伏较大和金融形势面临不确定性等多方面因素，自规划起草工作全面启动以来，多次召开会议讨论修改，广泛征求各方意见。2017年1月，先后多次向全系统管理层、总部各部门、各分子公司征求意见。又深入开展专项调研，广泛听取各方面意见，前后走访了二十多家分子公司，开展现场或其他形式的调研二十多次。

2017年5月，中国长城资产"第二个五年规划"形成，拟发布实施。

由于内外部宏观经济金融环境变化，监管部门加强对金融机构的监管工作，陆续出台系列法规政策，"第二个五年规划"需做相应的调整。

2017年11月21日，银监会约谈四家资产管理公司董事长、总裁、监事长，对资产管理公司战略规划、绩效考核机制和清理整合附属机构等方面提出要求。为落实银监会"三长"谈话要求，形成了《中国长城资产管理股份有限公司2017—2021年战略发展规划纲要》（以下简称《"二五"规划纲要》）并上报银监会。

2017年10月至2018年1月，银监会开展了为期4个月的现场检查。根据现场检查意见反馈，围绕"回归主业，服务实体经济""回归境内，回归主业""相对集中、突出主业"和"增强风险承受能力分析"等核心要求，完成《"二五"规划纲要》修订稿。

根据监管部门的要求，按照相关程序，由公司党委讨论、战略发展委员会审阅，经中国长城资产董事会审定，通过了《"二五"规划纲要》最终版。

《"二五"规划纲要》最终版阐明了战略发展的指导思想：

以党的十九大、第五次全国金融工作会议精神和国家"十三五"规划为指导，主动适应和把握经济新常态，全面贯彻"创新、协调、绿色、开放、共享"发展理念，回归本源、服务实体经济和支持供给侧结构性改革，以高质量和内涵式发展为核心，以引战、上市为主线，发挥盘活存量资产、调整资产结构、优化资源配置的独特功能和专业优势，夯实不良资产主业基础，拓展不良资产相关业务，大力发展并购重组业务，重点拓展为客户量身定制的"一揽子"的综合金融服务。解放思想，创新发展，为实现持续稳健发展的愿景，奠定更加坚实的基础。保持战略定力，适应和把握经济金融发展趋势，不断完善"不良资产+重组"业务模式，不断优化业务结构，不断提升核心竞争力，实现可持续发展。

《"二五"规划纲要》最终版明确了战略发展的基本要求：

保持市场风格。保持稳健经营、低调务实的市场风格，以市场需求为导向，以客户为中心，通过业务和产品创新开拓市场，通过多种手段强化市场定位，构建快速反应和灵活适应市场变化的体制和机制。

坚守质量优先。坚持稳中求进的工作基调，坚持"内涵式"发展战略，注重内涵价值提升，不断提升竞争优势，持续稳健经营。

坚守风险底线。保持全面风险管理理念，保持底线思维、问题导向和忧患意识，强化责任担当，实施精细化管理，以良好的风险管理和内部控制保障稳健经营。

坚持品牌塑造。以统一的"长城品牌"支撑整体发展，保持和提升不良资产经营的行业地位，提升并购重组业务的竞争优势，形成并购重组市场领先的投资银行品牌。

坚持文化立司。全面提升企业文化的引领作用，遵循以人为本、协同合作、创新发展、共同成长的经营理念，尊重人才、尊重能力、尊重成绩，以长城精神建设队伍、激励斗志、凝聚力量、攻坚克难、创造佳绩，推动持续稳健发展，为百年金融老店奠定坚实的文化根基。

《"二五"规划纲要》最终版制定了战略发展的目标、实施步骤：

"二五"规划期间，保持行业先进水平；资本充足率及风控指标均满足监管要求，达到行业较好水平。

第一步：2017—2019年

业务模式构建成型。深入调整业务结构，化解存量风险，做强不良资产主业，做强并购重组业务，做大金融服务业务，形成有规模、有品牌的"不良资产＋重组"业务模式。

综合性资产管理公司构建成型。改革组织架构，清理整合附属机构，全面清理非金融类子公司，将法人层级控制在三级以内；突出主业、做精主业，优化总部、分公司、子公司的功能定位；建成以"不良资产＋重组"为核心的综合性资产管理公司。

不良资产的"一揽子"综合金融解决方案构建成型。以客户为中心，不断丰富和创新不良资产处置手段和工具，围绕"不良资产＋重组"，为问题资产、问题企业和问题金融机构量身定制"一揽子"综合金融解决方案。

引进战略投资者，跟踪A股和H股市场状况，研究上市路径和方式。

第二步：2020—2021年

规模升级。调动内外部资源，通过机构拓展、客户延展、产业链延伸、基金放大、重点分公司突破等多种方式，实现资产规模的有效增长。

价值升级。以提升内涵价值为导向，不断增强核心竞争力，实现盈利的持续增长，ROE和ROA达到行业先进水平。

不良资产业务优化升级。按照"回归境内、回归主业"的要求，围绕不良资产主业及并购重组相关业务，积极引进境外资源和专业优势，服务境内不良资产处置及价值提升。

协同发展升级。推动资产管理、投资投行及金融服务业务板块业务的全面协同升级，从产品与业务的交易型协同向信息共享和为客户提供"一站式"服务的机制型协同升级，最终形成统一的客户系统、信息系统及完善的协同机制，实现全面协同发展。

品牌形象升级。依据"不良资产＋重组"业务模式发展的要求，围绕不良资产主业，强化不良资产并购重组市场的领先品牌，树立卓越的综合资产管理品牌，构建内涵统一、形象鲜明的长城品牌，实现专业化长城品牌形象的全面升级。

《"二五"规划纲要》的定型，标志着长城人第一个五年计划超额完成目标，实现了中国长城资产商业化全面转型，取得了巨大的成就。同时也意味着，长城人将攀登新的高峰。

二十年的风风雨雨，诚如沈晓明所言："长城人经历了战斗般的洗礼，经受了艰难困苦的考验，我们这支英雄的队伍，将会像遨游云天的大鹏，展翅高飞！"

精感石没羽　风雨亦兼程

"七月会议"前后，中国金融发展的历史也正发生重大变革，国家对金融业进行了疾风暴雨式的超强监管。

"史上最严监管"

2017 年 4 月 25 日，习近平在主持中共中央政治局第四十次集体学习时强调，金融安全是国家安全的重要组成部分，是经济平稳健康发展的重要基础。维护金融安全，是关系我国经济社会发展全局的一件带有战略性、根本性的大事。金融活，经济活；金融稳，经济稳。必须充分认识金融在经济发展和社会生活中的重要地位和作用，切实把维护金融安全作为治国理政的一件大事，扎扎实实把金融工作做好。

2017 年 7 月 14 日至 15 日，全国金融工作会议在北京召开。会上，习近平总书记在讲话中强调，金融是国家重要的核心竞争力，金融安全是国家安全的重要组成部分，金融制度是经济社会发展中重要的基础性制度。必须加强党对金融工作的领导，坚持稳中求进工作总基调，遵循金融发展规律，紧紧围绕服务实体经济、防控金融风险、深化金融改革三项任务，创新和完善金融调控，健全现代金融企业制度，完善金融市场体系，推进构建现代金融监管框架，加快转变金融发展方式，健全金融法治，保障国家金融安全，促进经济和金融良性循环、健康发展。

李克强总理在讲话中，强调了防控金融风险与深化金融改革对国家安全和发展战略的重大意义。

全国金融工作会议明确，设立金融稳定发展委员会，统领"一行三会"，金融管理主要是"中央事权"，金融监管模式由"机构监管"改变为"功能监管、行为监管"，这是首次在如此高规格的层面对监管模式的确认，标志着金融监管发生重大转变。

全国金融工作会议，和一天后的中央财经领导小组第十六次会议，两次重磅会议，在金融监管方面着墨颇多。有人统计，两次会议 29 次提到金融监管，其中，前者 22 次，后者 7 次。

2017 年 10 月，党的十九大报告中明确提出，必须"守住不发生系统性金融风险的底线"。这是继中共中央政治局第四十次集体学习、全国金融工作会议之后，党中央再次就防范金融风险提出要求，也是 2008 年国际金融危机爆发至今已近十年来，中央政府采取的断然措施。

2018 年 7 月 2 日，国务院金融稳定发展委员会成立并召开会议，研究打好防范化解重大风险攻坚战三年行动方案。随着银监、保监两会合并，不断出台了管理办法，加大对银行业、保险业的业务经营、内部管控、从业人员等领域的监管力度。证监会也在不断加强股市、债市、期货市场风险监测和应对能力建设。今后一段时间，监管高压态势将持续存在，将进一步促进金融机构突出主业、下沉重心，增强服务实体经济能力。

正如 2017 年 3 月 2 日刚刚担任中国银监会主席的郭树清，在出席国新办新闻发布会所言："今年，金融圈的日子绝对不会好过！"

不少专家学者也表示，压根儿没有想到 2017 年以来，金融监管如此之严厉，上升的规格如此之高，监管范围如此之宽，国内影响如此之大。

堪称"史上最严监管"。

中央政府是发令者，监管机构是急先锋。

2017 年 4 月上旬，中国银监会率先发力，密集下发多个文件，内容涵盖银行业市场乱象整治、银行业风险防控、弥补监管短板、开展"三违反""三套利""四不当""十乱象"专项治理（以下简称"三三四十"整治）等方面，并派出若干监督检查组，对包括中国长城资产在内的金融机构进行现场督查。

2017 年 5 月 12 日，中国银监会召开紧急会议，通报了各项监管工作进展。

2017 年 9 月 6 日，银监会巡查组进驻中国长城资产开展巡查。

2017 年 10 月 10 日，"三三四十"整治检查和巡查还没结束，银监会又派出二十多人检查组进驻中国长城资产。检查内容为公司治理以及主要业务的合规管理、风险管理和内部控制有效性等，历时三个月。

2018 年，尤其是 4 月 17 日中国华融资产原党委书记、董事长赖小民因"个人涉嫌严重违纪违法"问题被调查后，对资产管理公司的监管风暴再掀高潮。

的确，回顾近些年来，"三三四十"不规范行为，严重干扰了金融市场秩序，对金融稳定发展造成了诸多不确定因素。"三违反"指违法、违规、违章；"三套利"指监管套利、空转套利、关联套利；"四不当"指不当创新、不当交易、不当激励、不当收费；"十乱象"指股权和对外投资、机构及高管、规章制度、业务、产品、人员行为、行业廉洁风险、监管履职、内外勾结违法、涉及非法金融活动十个方面的市场乱象。

这涉及整个中国金融系统。

智者：揆理度势

中央政府疾风暴雨式的强监管，必将对中国金融业稳健经营、良性发展起到极大的推动作用。

但是，国家金融监管政策突变，对于中国长城资产，尤其对于新一届领导班子来说，无疑是一个重大的挑战。

2011年以来，中国长城资产抓住历史机遇，甩开膀子，大踏步前进，在实现了商业化快速转型和跨越式发展的同时，内部经营也积累了一些问题和潜在风险。比如，经济资本占用多、资产收益率不高，整体资本使用效率没有得到有效提升，导致有关经营指标逼近监管红线。内生不良资产"板结化"严重，资产质量承受着下迁压力，拉响了警报，风险管控形势不容乐观。

尽管，中国长城资产多年来严格自我要求，各项风险监管指标都控制在监管标准之内，但资本充足率、拨备覆盖率、客户集中度等指标不时逼近下限，导致资产规模增长受限，新业务拓展不同程度受到制约。快速发展进程中，部分经营单位经营比较粗放，存在跑马圈地现象，过于追求速度与规模，拨备不足，风险苗头未能得到及时化解。

这是高速发展中带来的问题，有一定的必然性。

面对"史上最严监管"的形势，中国长城资产党委一班人，始终保持清醒的头脑，揣理度势，成竹在胸，形成共识。

2017年11月22日，沈晓明在接受中国经济网"金融者说"栏目视频专访时表示：目前，我们面对的挑战非常明显。经济金融环境变化，行业环境变化，监管环境也发生巨大变化，三个变化给我们带来了巨大的挑战。金融强监管，逼着我们内部要改，重新梳理，以适应当今的竞争环境。

在银监会工作多年，长期从事监管工作，沈晓明更真切地体会到国家和最高层领导的良苦用心。他是"大当家""掌门人"，自然容不得半点含糊。

作为总裁，周礼耀更多的则是从经营管理层面，阐述不断适应新的监管要求，依法合规经营。他多次在不同场合表示：新时代，资产管理公司新的历史坐标和方位应该是在习近平新时代中国特色社会主义思想的指引下，全面贯彻落实党的十九大重要会议精神，深刻把握金融服务实体经济的本质内涵。

周礼耀认为，资产管理公司要以"创新发展、均衡发展、和谐发展"为目标，以"问题债权、问题企业、问题机构"为对象，以"坏银行、好银行、投资银行"为手段，以"逆周期收购、顺周期处置、跨周期平衡"为策略，积极发挥不良资产处置的主渠道作用，担当中国经济金融体系的"环卫工""清道夫""中西医"，体现防范化解系统性金融风险"国家队"的存在感，创新金融服务实体经济新范式，为促进经济结构调整和转型升级作出更加积极的贡献。

"董事会是防范风险的第一责任人，经营管理层是控制风险的第一责任人，监事会是监督风险的第一责任人，权责划分明确。"胡永康如是说。

2017年9月19日，胡永康在母子公司监事会联席会议上讲话指出：在强监管的形势下，监事会要坚持以问题为导向，关注业务发展、经营风险、程序合规性、各方利益和高管履职情况。熟悉风险是监督风险的必要前提，监督者应了解风险的易发环境和易发部位，才能保证整个公司系统运行稳健、良性发展。

"三长"形成了强有力的共识和集体意志。

古语云：天下胜，是故合力。

坚守"风险底线"

2017 年以来，中国长城资产围绕银监会开展的"三三四十"系列检查、深治乱象工作、现场检查，以及监管意见提出的问题和整改要求，坚持落实整改不放松。

做好监管整改工作，是落实中央经济金融工作、银保监会战略部署的重要任务，对中国长城资产稳健经营、防控风险、打造合规经营长效机制具有重要意义。这一点，中国长城资产各级党委班子都非常明确，高度重视，充分认识到其严肃性和重要性，并将其作为常态化重点工作来抓。公司总部成立了领导小组，由沈晓明任组长，周礼耀任副组长，负责统筹推进整改工作。按照公司总部要求，整改工作由各经营单位"一把手"负总责，成为第一责任人。公司总部风险管理、法律合规、审计等职能部门，各负其责，履行好牵头责任，加强与监管部门沟通汇报，按照要求及时、准确上报相关整改报告。

针对各类检查中指出的问题，按照各项整改方案，列出清单、落实责任、明确时限、完善整改措施，确保压力有效传导、责任层层压实。对监管部门在整改过程中提出的意见，及时抓紧落实，对整改方案不完善、整改措施不达标的，加强与具体整改落实部门的沟通和督促，确保了整改尽快到位。为了较好地解决整改过程中遇到的重大问题和疑难问题，周礼耀率队多次专程赴银保监会汇报，推动了相关问题整改有效落实。

同时，对监管检查发现的各项问题，进行了责任认定，对各环节责任人按照相关规定严格处理。责任认定把握了几个区分：把员工拓展业务中因缺乏经验、先行先试出现的失误和错误，同明知故犯、违反规定的行为相区分；把公司总部在业务探索初期尚无明确规定而创新实践中出现的失误和错误，同明令禁止后依然我行我素的违纪违法行为相区分；把为推动发展的无意过失，同为谋取私利的违纪违法行为相区分。

以此为契机，进一步完善了"三会一层"治理机制，加快形成了董事会、经营层和监事会充分履职、相互制衡的有效机制。改进考核体系和激励机制，完成各项治理制度整改。按照"合规、精简、高效"原则，落实了子公司清理整合，努力形成定位科学、功能鲜明、风险可控、协同有效的附属法人机构布局。对开办业务超出现有经营范围的，严格按照行政许可要求报监管部门审批；对监管部门严令禁止开办的业务，做到严格遵守。

2018 年，中国长城资产继续落实银保监会部署，对党委巡视、现场检查、深治乱象、监管通报、多元化经营风险等十多项监管整改工作，实行齐抓共管。分别成立专门工作领导小组，拉出问题清单，制订整改方案，明确整改任务，落实整改责任，确保各项整改工作取得实效。

总之，两年来，中国长城资产党委坚持问题导向和底线思维，不断提高政治站位，强化政治责任，抓好统筹谋划和全程把关，从而使银保监会党委巡视、现场检查、日常监管等整改要求得到有效落实，防范多元化经营风险、深化整治市场乱象等专项行动得到大力实施。

通过落实整改，党建工作明显加强，主业地位更加突出，经营管理日臻规范，发展质量有效提升，员工合规意识牢固树立，为中国长城资产稳健发展打下了坚实基础。

聚焦"政治体检"

党委巡视是对中国长城资产的全面"政治体检",对推动中国长城资产党委落实全面从严治党主体责任,切实加强党的建设,促进中国长城资产持续健康发展,具有重要而深远的意义。对巡视组发现和指出的问题,聚焦深刻,一针见血,切中要害,振聋发聩;提出的整改要求,明确具体,政治性、指导性很强。

2018 年初,公司总部单设了党委巡视办公室,形成了党委负主体责任、巡视机构具体组织实施、纪检监察部门和组织人事部门等支持配合的巡视工作领导体制和工作机制。把银保监会党委和巡视组整改要求不折不扣地落实在整改工作全过程,不断提高政治站位,强化政治责任,全面落实整改,确保整改见底见效,强化整改工作组织领导,层层严格落实责任,将巡视成果转化为推动中国长城资产党的建设和经营发展的实际成效,让上级党委放心、干部群众满意。

为聚焦全面从严治党,强化党内监督,完成了对内蒙古、福建、云南、江苏等分公司和长城投资基金的常规巡视,以及黑龙江分公司巡视"回头看"工作。加强巡视成果运用,对巡视检查中发现的共性、突出及制度性问题,及时移交相关职能部门研究解决。

2018 年 6 月 11 日至 7 月 29 日,银保监会党委巡视组进驻中国长城资产,并于 9 月 28 日通报了总体情况,提出了整改要求。公司总部党委将巡视反馈问题细化分解,实行销号管理,并按要求上报了整改报告。

愿乘冷风去 直出浮云间

面对新的形势和要求,长城人苦练内功,持续发力。

一方面,全面落实全国金融工作会议精神,遵循党中央、国务院必须"守住不发生系统性金融风险的底线"的政策目标和国家监管部门的要求,自觉接受监管,及时整改。另一方面,通过优化组织体系、推进分类管理、监管指标再造,升级企业文化进一步优化系统生态圈。

这一切,为着力消化内生不良资产、扩大和强化主业功能,打下了良好的基础。

缮治"系统生态"

如果把公司系统比作一个生态圈,与相对固化的机构设置相比,生态圈是个动态的概念,其改革和发展是个系统性问题。

就"系统生态圈"而言,它有两个层级:

层级一,公司总部生态圈。主要包括"思维理念文化、机构职责定位、运行流程效率、人力资源管理、激励约束机制、产品服务创新"六大板块，集中体现了决策层的策划、指挥、指导和协调效能。

层级二，分公司和子公司生态圈。主要包括"从发现客户、筛选客户、尽调客户，到审核客户、投放客户再到投后管理、收回变现"的整个业务管理流程，体现了竞争、风控、协同和创利效能。

随着形势的不断变化，过往的思维理念、文化运作机制、竞争风控和业务流程等，已经不适应严监管和经营发展的新形势、新任务和新要求。比如，或多或少表现在职责定位板结化、部门职能分散、激励约束机制弱化、审核审批流程低效、选人用人机制不够灵活、综合创新能力薄弱等方面，以上指公司总部层面。分公司和子公司层面，着重在发现客户、尽调客户两个环节，表现为不主动、不细致，缺乏"狼性精神""工匠精神""创新精神"。保守有余，进取不足。或者说，少数员工的思想观念还没有真正转换到以市场和客户为中心上来，与商业化经营方式不相称。

在运行过程中必须优化达到各个层级、环节之间相互影响、相互制约、相互促进，并在一定时期内处于相对稳定的动态平衡与发展状态。

2017年，中国长城资产采取了"四轮驱动"方略，以期从根本上解决好上述问题。

驱动之一：优化组织体系

优化组织体系包括公司总部、分公司和子公司，是一项涉及面广、牵动部门和人员多的重要工作。

为了适应金融监管、市场格局、经营发展不断变化的新形势，发挥公司总部管控的核心引领作用，逐步弱化直接经营，强化全方位管理，提高产品品质与协同效益，经过长达4个月的酝酿研究，对总部各部门的职能采取了"调整、整合"的优化方式，形成了"业务、管理、保障"三大板块有机衔接和"业务条线清晰、管理控制有序、运行保障有力"的管理体系。按业务条线、管理条线、保障条线，形成三足鼎立之势，并调整和优化各部门职能。

按照中国长城资产章程及董事会议事规则，明确了董事会专门委员会与经营层专门委员会职责。增设董事会办公室（引战上市办公室）、监事会办公室。增加股东层和总裁限权项目（事项）的审核流程，撤销了业务审核委员会和定增业务专家审核委员会审核流程，完善了特殊项目专家审核流程，取消了公司总部计划财务部对项目方案的专业审核，有效形成了分层审议决策机制。

根据股份有限公司规范管理要求，按照"后台规范、前台灵活"的原则，优化分公司的内部组织架构；实施分类管理，基本形成了差异化发展和特色化经营格局。在子公司管控上，以各自公司章程为依据，以资本为纽带，完善了以"管战略、管机构、管资本、管高管、管预算、管考核、管风控"为重点的子公司管控体系。

2018年，根据实际情况，进行了适当的微调。

驱动之二：实行分类管理

遍布全国的31家分公司，是中国长城资产的根基。完善分公司的分类管理，全力推进分公司转型，是缮治系统生态圈的重大举措。

由于资源禀赋、经营环境、经营情况不同，发展不平衡现象越来越突出，分公司发展差异化趋势越来越明显。如果再采取一刀切、齐步走的经营策略，显然已不合时宜。特别是股改之后，伴随着办事处向分公司的全面转型，必须考虑各分公司的客观情况，按照"有先有后、有快有慢、有所为有所不为"的原则，制定区域发展策略，鼓励分公司因地制宜、差异化发展。

授权、考核、发展三管齐下，公司总部先后制定了分公司分类管理配套机制。分类授权是前提，分类考核是基础，分类发展是核心。同时明确，分公司前台机构设置，不搞硬性统一，由分公司按照"后台规范、前台灵活"的原则，结合自身实际情况，自主安排。

应该说，这种打破行政区划概念，考虑对分公司采取大力鼓励或适当限制措施，着力优化资源，在中国长城资产发展历程中具有里程碑意义。

随后，分类管理在实践中得到进一步完善。

驱动之三：统筹监管指标

目标是防止经营资本无谓地打消耗战和业务拓展非理性的"野蛮生长"。

由于发展快，业务规模急速扩大，近些年来，中国长城资产业务发展遭遇"瓶颈期"，如条线和板块发展不平衡性更加突出，内生不良资产增长较快，业务结构急需调整，协同功能有待充分发挥。其原因是多方面的，有宏观经济环境影响，也有自身存在的问题。

尤其重要的是，监管指标临近监管底线，尤其是资本约束非常突出，制约了业务开展和规模增长。

一段时间以来，风险监管指标虽都控制在监管标准之内，但资本充足率、拨备覆盖率、客户集中度等指标都逼近下限，导致其后资产规模增长受限，新业务的拓展受到制约。由此造成资本充足率达标压力大，资本扩张来源不足，资产规模增长的矛盾依然突出。同时，信用风险资产的拨备覆盖率，处于达标边缘并随时可能被突破，集团客户业务集中度逼近监管最低标准。

这些问题，呈现出阶段性特点。

这些问题，源于资本消耗战和野蛮生长态势，必须加以重点整治。

2017年，公司总部出了"双达标"措施，即实现年度经营目标，控制好各项监管指标。这既是监管要求，也是自身未来发展的需要，否则，将直接关系到引战、上市工作，影响到在同业中的地位和社会形象。

坚持把防控业务经营风险、提升资产质量作为重中之重的核心任务来抓，确保完成"1＋10＋1"目标（利润目标、10大监管指标、不良率指标），实现"效益可期、风险可控"。

通过科学统筹、合理调剂各项业务占用的资产规模和经济资本规模，增加实质性重组类的业务规模，对客户集中度超标的项目提前介入、严格控制；采取创新思维方式和业务模式，持续推进业务转型和结构调整，持续推进协同发展等措施；通过狠抓项目落地，狠抓存量盘活，加大激励力度，加大督导和帮扶力度。

通过加强风险监测工作，建立了资产质量指标定期报告机制；排查重点风险隐患，加大重点风险管控力度；推进关联交易制度建设，加强内部交易监测，防范多元化经营风险，为健康发展筑建坚实"防火墙"。

在公司总部的精心组织和部署下，中国长城资产"管理会计系统"经过数据初始化模拟演练等各项工作，并于 2018 年初顺利上线。

驱动之四：升级企业文化

"没有文化的军队是愚蠢的军队，而愚蠢的军队是不能战胜敌人的。"

同样道理，没有文化支撑的中国长城资产是难以在新的征途上，迈开步伐，勇往直前的。

企业文化，是根植于内心的修养、无须提醒的自觉和以约束为前提的自由。就中央金融集团企业的文化而言，它包括公司使命、发展愿景、核心价值观、经营管理理念等。

企业是机车，文化是轱辘。文化的厚度，可以丈量出驱动未来的行程。

2017 年，中国长城资产启动了企业文化升级改版工作。成立了企业文化升级改版工作小组，由党群工作部和办公室联合牵头，并聘请了企业文化咨询顾问公司，制订了"企业文化升级改版工作实施方案"，提出了体现新时代要求、创新驱动发展、全员参与、简洁意明四个原则。先后分片区对多家分子公司负责人、工会主席、员工代表、劳模代表，以及总部有关部门负责人和员工代表进行了访谈及问卷调查，对公司总部领导进行了重点访谈。共访谈 38 人，涉及单位 23 个，回收调查问卷 122 份，征集方案 43 套。在完成一系列程序后，提交公司党委会审定，最终形成了新版企业文化。

2019 年 1 月 30 日，中国长城资产第一届第三次职工代表大会，中国长城资产新版企业文化审议通过。新版企业文化理念，与时俱进，推陈出新，以简洁、易懂、内涵丰富的表述，耕植与展示长城精神和长城人的价值观，志在增强员工凝聚力、吸引力、团队战斗力和长城品牌在国内外的公信力。

自 2011 年起，中国长城资产连续三届获得全国金融系统文化建设先进单位与标兵单位的荣誉称号。2018 年，再次被中国金融思想政治工作研究会授予"2017—2018 年全国金融系统文化建设先进单位"荣誉称号。

随着企业文化升级改版并落地深植，中国长城资产必将在未来征途上，绽放智慧的异彩。

攻坚"内生不良"

内生不良资产是 2011 年以来快速发展带来的新问题。内生不良资产加大了经营管理风险，影响引战、上市的必要条件，严重制约着经营效果和商业化业务良性发展的步伐。

于是，"化不良、卸包袱"，成了长城人的攻坚之战。把化解内生不良资产作为防控经营风险的"牛鼻子"来抓，只有全力以赴解决制约发展的"痼疾"，才能夯实未来发展的基础。

2017 年 11 月 1 日，公司总部成立了内生不良资产化解工作领导小组，由周礼耀牵头、相关公司领导及部门负责人组成，制定并下发了《内生不良资产化解工作意见》。2017 年 11 月 2 日，周礼耀主持召开了内生不良资产化解专题工作会议，沈晓明出席会议并作了专题讲话，强调按照"统一思想、责任到人、严格奖惩、确保效果"的总体要求，痛下决心、排除万难、卸掉包袱、轻装前进，采取硬措施、硬办法，确保年末将不良率、逾期率控制在年初确定的目标之内；存量不良资产和预计新增不良资产总额的70%被纳入总体化解目标。

各经营单位和总部业务部门实行"一把手"负责制，逐个项目落实人员、落实责任、落实进度。出台严格考核、兑现奖惩措施。将各经营单位、各条线部门主要负责人的绩效兑现与风险化解进度按照一定比例挂钩，并区别情况，启动问责机制。对化解难度大的疑难项目，设立专门清收部门，抽调骨干力量集中精力攻坚克难。对不良资产占比高的分公司，作为各项工作的重点处理对象。

按照公司总部工作部署，各经营单位还不断创新手段、大胆实践，灵活运用对外转让、债务重组、诉讼追偿、以新代旧、以资抵债等处置方式，通过合理减免、及时止损、消除隐患等手段，在规定的时间内取得实效。

2017年，19家分公司完成清收任务。一批内生不良项目化险为夷，最大化实现了债权回收。

2018年以来，在流动性趋紧、三四线城市棚改货币化安置政策调整的背景下，进一步增大了存量内生不良项目的处置难度，也容易诱发增加新的不良项目。这在一定程度上，阻挠了自身的健康发展，影响资产质量、消耗经济资本、恶化监管指标，还会降低信用评级、增加资金成本，并严重影响员工的工作积极性。

公司总部成立内生不良资产化解领导小组及专项工作组，并形成公司总部领导牵头、专项工作组、业务管理部门三个层次的督导机制，加强了对系统工作的统筹管理。

通过制定并下发专门文件，明确了目标、落实了任务、落实了单位、落实了责任、落实了时限，并建立了周报、旬会制度。公司安排3000万元专项奖励用于内生不良化解，并区别化解方式兑现，较好地引导了各经营单位加大现金回收力度。

公司总部领导分别带队，董、监事参与，开展了3轮35次现场督导，对相关分公司进行情况摸查、工作指导；总部相关部门派出11名业务骨干，赴11个分公司"蹲点"开展化解工作。

对成效相对滞后的经营单位，由董事长、总裁、监事长及相关领导对10家化解进度较慢的分公司和子公司经营班子进行了约谈，督促推进内生不良资产化解工作。

2018年上半年，通过采取"分解清收目标、加大奖惩力度、强化审计问责、分类清收处置、密切监测分析"等有效政策措施，强力攻坚内生不良"拦路虎"，坚决遏制存量资产板结化趋势，化解工作取得了阶段性成果。

相关分公司作为化解主力，团结奋进、迎难而上，取得了实效。2018年上半年，7家分公司在表内内生不良资产化解中表现突出，安徽、山东2家分公司完成了全年任务，四川、浙江、湖南、河南、辽宁5家分公司实现"时间过半、任务过半"；8家分公司专项资管内生不良项目化解成效显著，北京、陕西、云南、江苏4家分公司均完成了全年任务，山东、深圳、上海、广东4家分公司超额完成半年目标。

浙江分公司有效运用司法拍卖与资产营销，广西分公司打出以诉促谈、引进资金、债权转让的"组合拳",湖南分公司坚持蹲点清收的同时力促降价销售,成功化解了不良项目,成效显著。

2018年全年,中国长城资产不断祭出新招,坚持把化解内生不良当作经营工作的"牛鼻子"来抓,多措并举,一抓到底。如落实清单责任制、"一把手"负责制、轮岗清收制和阶段性专职清收制;制订内生不良化解三年行动方案,锁定三年总目标和分阶段目标;开展"上下联动"资产营销,集中推介49个重点项目。

奋力攻坚,也终于取得了超出预期的化解成效。

全年,按五类化解口径,全面完成"三年行动方案"首年化解目标。黑龙江、四川、湖南、山东等6家分公司完成表内内生不良化解年度任务,云南、北京、江苏、陕西4家分公司完成专项资管化解年度任务。

湖南省分公司紧紧围绕"抓主业、化风险、促发展"工作中心,坚持风险化解与业务发展两手抓、两不误,风险化解工作取得显著成效。成立专门部门,组建专门团队,下达专项任务,实行专项考核,形成领导挂帅,专门团队负责,前中后台联动,全员上阵的强大工作合力,通过实施蹲点清收、滚动解押、诉讼执行、对外转让、并购重组等8项措施,精准发力,重拳出击,取得显著实效。2018年,共有8个项目回收内生不良资产本金11.66亿元,利息2亿元。其中,宁乡玉虹、宁乡福临门、岳阳汉森、衡阳富衡、衡阳雅士林5个表内内生不良项目全部化解,以全额现金回收的方式,实现项目处置终结,共计回收本金6.48亿元,完成公司总部下达目标的100%。提前超额回收专项资管回购项目本金5.18亿元,衡阳宇元项目处置终结,超额完成任务的100%。至此,湖南省分公司已完成总体内生不良资产化解任务的76.31%,远超公司总部下达的40%任务目标。

与此同时,湖南省分公司加强存量项目全面监管,多维度、多角度、高频次开展监管检查和风险排查,制订防控预案,把风险消灭在萌芽状态和早期阶段,严防死守不发生新的不良。其化解工作的整体部署手段和具体化解举措,在全系统进行了推广,并由此获得了公司总部"特殊贡献奖一等奖"。

广西丽原投资有限公司项目金额大、占比高,广西分公司坚持打好"组合拳",综合施策化解风险,通过诉讼保全、以诉促还、引入资金、重组促还、排除干扰、转让退出,实现该项目顺利退出,为分公司带来重大收益。既加快了内生不良化解,又实现了可观经营利润,当年创利8800万元,为完成全年利润任务作出较大贡献,还带来了较大现金流,当年收回现金5.87亿元。

也正是:亡羊而补牢,未为迟也。

第二十四章 CHAPTER 24

明齐日月耀长城

2019 年，中国人民迎来了共和国七十周年华诞！

2019 年，中国长城资产迎来了二十周年庆典！

长城人昨天靠的是延安精神，小米加步枪，打出长城地盘；今天靠的是团队精神，苦干加巧干，打出长城品牌；明天靠的是工匠精神，稳健加创新，打出长城伟业。

——沈晓明

正善以方略　事善显智能

2019 年元旦，一年一度，沈晓明发表"新年致辞"。

致辞只有 300 多字，十分简洁，却充满盎然的新意和丰富的内涵。

致辞说：过去的一年，中国长城资产在习近平新时代中国特色社会主义思想的指引下，全面贯彻落实党的十九大重要精神，坚决回归和强化不良资产主业，勇于承担防范化解金融风险天职，为建设现代化经济体系、深化供给侧结构性改革、促进结构调整和转型升级作出积极贡献。这一切，点点滴滴都离不开所有长城人的共同努力。

致辞表示：2019 年，中国长城资产将站在新的历史起点上，再一次整装出发。勇敢追梦的长城人，将以坚定的信念和必胜的决心，立于新时代、拿出新干劲、坚定新理想、作出新贡献，充分发挥金融"稳定器"独特功能，在确保持续强化主业的基础上，全面提升服务实体经济的能力。

"老本行"当家立业

全面回归主业，这既是全国金融工作会议的政策要求，也是银保监会等上级部门的监管要求，更是自身可持续发展的内在要求和核心优势。

作为以经营不良资产为"老本行"的金融机构，中国长城资产诞生于不良主业、成长于不良主业、壮大于不良主业，必须不忘初心，牢记化解金融风险、服务经济发展的使命。

毋庸置疑，不良资产业务作为中国长城资产的"当家产品"，积累了丰富的不良资产收购、管理、处置经验。时至今日，早已不可同日而语，不仅具有了政策优势、队伍优势、技术优势，还具备了产品优势、客户优势和金融工具协同的优势，可以为客户提供全方位综合金融服务解决方案，满足客户多层次、多元化金融服务需求。

2017年8月，公司总部下发了《关于促进不良资产主业发展的若干意见》。紧接着，召开了不良资产主业及《业务产品指南》视频培训会议，布置培训主业发展专题。专门出台专项奖励、进一步扩大分公司不良资产主业各项经营授权、提高经营审核效率等一系列措施。明确宣示：不良资产经营业务、实质性并购重组业务在母公司业务总量的占比不低于70%，确保增量业务向不良资产主业倾斜，以期实现"来源全覆盖，类型全口径，形态全维度"。

为主动贴近市场和客户，公司总部主要领导率先出击，领衔登场。

2017年，沈晓明、周礼耀等主要领导先后与美银美林、法国巴黎银行、汇丰环球银行、博龙资本、中金公司、招商局集团、摩根士丹利等国际知名投行的高管和国内龙头企业的负责人进行商务洽谈，了解产业改革状况，开拓业务合作机会。

与新疆生产建设兵团、遵义市政府、中国糖业协会、中船集团、中国铁物、阿里巴巴集团及摩根士丹利、博龙资本等政府及中外知名企业，建立合作关系，进一步夯实了可持续发展的客户基础。

与工商银行、农业银行、中国银行、建设银行、民生银行总部，建立业务协作关系，提前了解各家银行不良资产转让计划，及早介入，达成合作意向。围绕"全面覆盖、重点合作"的工作思路，进一步加强"总对总"业务对接。

不良资产主业由此踏上全面回归之路。

在经营实践中，强调不良资产分类处置。特别是挖掘其中有潜在价值的资产，综合运用投资投行手段进行资源整合，从问题企业、问题资产、问题债权入手，区分假性不良、真实不良、隐性不良，分类安排，拓展并购重组业务，增强核心竞争优势。

以业务产品端口为基础，推动产品协同和客户协同。

以平台公司为依托，发挥机构协同效应。

以平台发展为重心，协同高效，进一步打造长城特色的综合金融服务体系。

2017年，公司总部在同阿里巴巴集团签订全面战略合作协议的基础上，就不良资产网络处置达成合作意向。6月，向各分公司下发了《关于通过阿里巴巴集团资产交易网络平台进行资产营销、资产处置的通知》，31家经营单位入驻阿里拍卖平台。10月，又在不良资产处置业务等多个领域开展全面合作，资产处置效益得到有效提高，部分资产的成交溢价达100%以上。

各分公司深度挖掘资产价值，创造了多个"标杆"项目。广东省分公司的资产包快速处置完毕，10个月实现盈利2.55亿元。湖北省分公司精心策划、充分营销，实现资产包债权本金137.5%回收，达到入账价值的14.06倍，实现处置收益约2.04亿元。

2017 年全年，中国长城资产不良资产主业新增出资金额 928 亿元，业务规模达到 1645 亿元，净增 631 亿元，其中，金融不良资产收购新增出资 588 亿元。"总对总"合作进一步加强，资产营销和处置力度进一步加大。实施市场化债转股项目 4 个，规模合计 35 亿元，不良资产专项基金管理规模达到 96 亿元。

2018 年，中国长城资产不良资产收购业务增长迅猛，主业地位持续巩固。

随着金融"严监管""去杠杆"的深入，银行、信托等金融机构的不良资产将持续暴露，大量关注类贷款将下迁为不良资产，有一个比较集中释放的过程。信用债、私募债等各类债券债权违约，股票股权质押爆盘，问题机构、问题企业、僵尸企业加快处置，也会进一步加大问题资源的市场供给。

资产管理公司将迎来不良资产主业发展的黄金时期。

长城人十分清楚地看到，要回归主业，必须全面总结十几年来在政策性处置、商业化转型期间积累的不良资产收购处置经验，发挥优势、扬长避短，在资产收购、资产管理、价值提升、处置变现等业务模式上进行升级再造。

提出以债权转让、资产出售为主的"1.0 版"和全面拓展、效益优先的"2.0 版"，向精准收购、精细处置的"3.0 版"转变。

长城人精准抓住了主业发展的黄金机遇期，实现自身主业的发展壮大。按照不良资产主业的运作周期，加强了尽调、收购、评估、管理、处置、回现等各环节的制度设计、流程设计、考核设计，为业务开展铺路架桥，并做到业务培训、人力配备、制度配套、考核激励"四个到位"。对子公司而言，一方面要坚持发展自身的主业，另一方面要为集团主业发展提供好"工具箱"服务。

2018 年上半年，中国长城资产紧紧围绕服务国家供给侧结构性改革，主动找准战略定位、积极践行社会责任，坚定不移回归本源、聚焦主业，不良资产主业核心地位进一步巩固。收购金额创历史新高，上半年收购各类金融不良债权（含资产包及单户）新增出资项目 170 个，收购非金不良债权新增出资项目 44 个。运作市场化债转股项目，签订框架协议金额共 50 亿元。同时，分类处置工作也在紧锣密鼓进行。

山东、浙江分公司认真尽调、合理竞价，在有效控制成本的基础上，加大收购力度，新增收购规模居系统前列。广东分公司推动立体营销，并有效运用网络平台，推介资产、提升价值，取得良好处置成效。江西、广西、湖南、云南、陕西、黑龙江等多家分公司组织了资产营销推介。公司总部资产经营一部牵头、浙江分公司配合，成功与阿里巴巴、中国信达共同举办特殊资产交易会，对存量资产进行广泛营销。

2018 年以来，面对复杂严峻的内外部形势，按照"深化改革、固本强基、量力而行、适度增长、调整结构、提质增效"的经营方针，在抓好内生不良资产化解的同时，主业回归再上台阶，取得了来之不易的成绩。

全年新增主业出资 598.78 亿元，任务完成接近翻番；不良资产包定价报价能力不断提升，收购折扣率较上年下降 7 个百分点。加大营销力度，与多家网络平台和媒体机构深度合作，组织举办了 2 场全国性资产推介会，推介资产债权总额超过 2000 亿元。着力处置回现，全年处置规模 263.11 亿元，超额完成年度目标；实施 4 单市场化债转股业务；

年末存量资产余额 1524.96 亿元。

非金融不良资产业务也得到同步规范发展。以"盘活不良资产、服务实体经济"为指导思想，调整非金业务经营思路，聚焦不良资产本源，加快业务模式转型，停止单一固定收益类业务和房地产融资，推动非金业务健康发展。全年新增出资 416.44 亿元，处置规模 288.4 亿元，年末存量资产余额 1256 亿元。

不良资产处置与经营是个技术活，早已不同于过往简单粗放模式，需要高超的技术含量。长城人的"老本行"返璞归真，当家立业，助力供给侧结构性改革。中国长城资产服务实体经济的能力增强，撑起了一片新的天空。

"实质性重组"锦上添花

服务经济实体，是金融机构的天职。

从过去简单的处置坏账向综合金融服务演进，蜕变后的中国长城资产，通过盘活存量，为实体经济"雪中送炭"，进而吐故纳新以恢复生机；通过实质性重组等综合金融服务，优化增量，为实体经济"锦上添花"，帮助正常企业补足短板、转型升级。

近年来，通过不良资产收购，对资产潜在价值综合判断、分类安排，显示出投资投行和并购重组的专业能力，中国长城资产完成了"三个角色"定位，即坏银行（不良资产主业）、好银行（银证保等金融平台的价值提升功能）、投资银行（并购重组专业手段）。

通过持续扩大金融不良资产收购规模，规范非金融不良资产收购、"收购＋资产证券化"等业务，依法合规地推动了主业创新发展。在做好存量资产的分类管理和处置的同时，形成并储备了一批优质资源。

通过实质性并购重组，完善了"债权＋股权"的业务体系。采取一揽子综合金融方案锁定债权和股权投资机会，主动策划后续资产重组和债务重组，实现了短期收益和长期收益的有机结合。

2017 年，并购重组业务基础增强，新增项目 44 个，出资金额 172 亿元，同比增长 41%；业务规模达到 400 亿元，较年初增长 71%；顺应监管导向，围绕"不良资产＋"储备了一批并购重组资源，成功实施了一批重组项目。

2017 年 9 月，中国长城资产参与国资委监管企业——中国化工集团旗下的中国化工资产管理有限公司的混合所有制改革，通过北京产权交易所摘牌，出资 2.86 亿元获得化工资产 25% 股权，成为实质意义上的二股东，并派驻专职副总经理和风险总监参与经营管理。作为公司总部参与央企混改、推进产融结合的首单业务，中国长城资产不仅发挥自身盘活存量、优化增量和金融全牌照的专业优势，为中国化工资产处置、并购重组等提供专业化服务，也借助中国化工行业龙头的优势地位，持续挖掘化工行业隐含价值、提升资产价值、实现市场价值，推进产业结构调整，推动经济转型升级。

2017 年，中国长城资产还针对房地产类问题企业、问题资产和问题债权，积极拓展不良资产收购以及实质性并购重组项目。通过"收购＋整合＋转让"模式，拓展房地产并购重组项目。

2018 年 7 月 26 日，第 175 场银行业例行新闻发布会在北京召开，周礼耀以"中国长城资产服务国家战略 全力以赴打好防风险攻坚战"为主题，介绍了中国长城资产改革发展近况、不良资产主业经营以及服务国家战略、做好防风险工作的相关情况。他说，中国长城资产坚决落实中央精神，严格遵循监管导向，积极回归本源，聚焦于不良资产经营主业，把风险管控放在自身发展更加重要的位置，树牢"稳健而不保守、进取而不冒进"的经营理念。

周礼耀表示，防范化解金融风险是资产管理公司的"老本行"。中国长城资产要在防范化解金融风险、维护社会稳定中彰显防范化解系统性金融风险"国家队"的价值。坚持在业务经营过程中做到"三服务"和"三加强"，即服务于国家战略，服务于金融结构性改革，服务于实体经济；加强不良资产的收购力度，加强问题企业的救助力度，加强违约股债的重组力度。

围绕主业开展实质性重组业务，是 2018 年中国长城资产的重大课题。

为此，中国长城资产采取"双轮驱动"战略：

战略一，适时启动实施主要针对上市公司的"战略救助 + 产业升级"计划，重点服务于供给侧结构性改革的深化。

战略二，遵循深化供给侧结构性改革政策导向，认真做好市场化、法治化债转股工作。

通过制定出台 2018 年投资投行业务指导意见，以问题资源为抓手，以实质性重组为重点，推动了并购重组业务转型，积累储备了潜力客户。

在加大金融不良资产收购处置力度的同时，规范开展非金融不良资产收购业务。按照监管要求，围绕发挥"服务实体经济、盘活存量资产"功能，制定出台了 2018 年度非金业务指导意见，进一步规范业务开展，严禁收购非不良类资产，停止新增固定收益类业务，审慎收购涉房企业应收账款，并逐步压缩存量。

仅 2018 年上半年，实质性重组业务新增出资 52.12 亿元；存量项目 108 个，资产规模 354.04 亿元。其中，并购重组部自营资产 212.06 亿元，分公司资产 141.98 亿元。此外，国际业务严格落实"双回归"要求，进一步规范境外机构经营管理，加强存量境外业务风险管控，确保境外业务规模只减不增。

2018 年全年，以实质性重组为重点，围绕不良资产主业打造并购重组新模式，全年新增出资 130 多亿元，年末存量资产规模 370 多亿元。

成功实施中国铁物市场化债转股，再创经典案例，有效提升了自身并购重组品牌知名度和影响力。

2019 年 1 月 15 日，湖北省"两会"期间，省政协委员、分公司党委书记、总经理李鹏接受了《湖北日报》记者有关"三大攻坚战"的专题访谈。

李鹏围绕当前面临的风险和挑战、有序化解银行不良贷款、发力"发展领先于风险发生、风险化解快于风险蔓延"三个主题，阐述了资产管理公司履行"化解金融风险、提升资产价值、服务经济发展"使命，重点介绍了中国长城资产审时度势，回归本源，回归主业，采取"处置 + 经营""处置 + 经营 + 重组"等模式，帮助企业脱危纾困，帮助金融机构和地方政府化解风险，促进地方经济发展的建议和做法。

古人云：居善地，心善渊，与善仁，言善信，正善治，事善能，动善时。

长城人审时度势，顺势而为，得其所愿。

南山与秋色　气势两相高

楼台高耸，屹立在一片秋树之上；天空明净，像一面纤尘不染的镜子。秋色是这样高远寥廓，同峻拔入云的南山相比，气势难分高低。

在诗人的笔下，秋色总是那么美好。

而对长城人，也是精彩的季节。

在新的历史时期，面对监管压力和复杂的市场环境，长城人担当防范化解系统性金融风险、服务实体经济发展之大任，始终以昂扬的斗志，不断创新，取得了一个又一个新的胜利。

长城品牌，经典屡屡再现。

雄健手笔　再推铁物

2018年12月25日，中国长城资产官网发表题为《中国长城资产支持中国铁物实现市场化法治化债转股》文章，节录如下：

> 12月25日，中国铁路物资股份有限公司债转股协议签约仪式在京举行。财政部、银保监会、国家发展改革委、人民银行和国资委等有关领导，中国长城资产董事长沈晓明、总裁周礼耀，中国铁物董事长马正武、总经理廖家生，中国诚通控股集团有限公司副总裁童来明，以及其他6家债转股实施机构代表出席签约仪式。
>
> 沈晓明表示：十分欣慰中国长城资产能够在中国铁物债务重组过程中发挥关键性作用。未来，将继续发挥在不良资产并购重组领域的经验优势，依托不良资产主业及集团综合金融服务功能，助力中国铁物做优做强做大。同时，愿同各方一道，在习近平新时代中国特色社会主义思想的指引下，不忘初心，牢记使命，积极发挥自身在系统性、复杂性、全局性和有较大社会影响的大型企业集团风险防范化解方面的经验优势，全力服务供给侧结构性改革，按照市场化、法治化原则实施困难企业债务重组，为防范系统性金融风险和服务实体经济发展作出新的更大贡献。

中国铁路物资股份有限公司（以下简称中国铁物）债转股协议签约仪式，引起了社会广泛关注。新华社、中央电视台、经济日报、金融时报、中国证券报等中央媒体参会报道。周礼耀会后还接受了中央电视台记者视频专访。

根据协议安排，中国长城资产出资 20 亿元，与中国铁物、中国诚通控股集团有限公司（以下简称中国诚通）共同组建 30 亿元规模的基金，成为债转股主体——中铁物晟科技发展有限公司（以下简称中铁物晟）的最大战略投资者，中国长城资产位列中国铁物之后，成为第二大股东。

协议签署前，中国铁物有息债务余额超过 200 亿元，2018 年末、2019 年初共需偿还私募债券 85 亿元，尚有较大偿债资金缺口。为帮助中国铁物解决偿债压力，中国长城资产对 2016 年底出资收购的 17.6 亿元中国铁物私募债券进行了债转股安排。因本次债转股投资机构与债券持有人不完全一致，不能直接实施债转股。为此，中国长城资产协助中国铁物设计了"发股还债"的债转股模式，即中国铁物将债转股主体中铁物晟的部分股权对外转让，中国长城资产等债转股投资机构出资认购股权，中国铁物取得转让子公司股权的资金后，再专项用于清偿中国长城资产等私募债券持有人的出资，最终实现市场化法治化债转股。

据此，中国铁物债转股额度全部认购完毕，保障了其如期完成 2018 年度债务清偿工作，全面落实了 2018 年底、2019 年初私募债券的兑付资金来源。据测算，中国铁物在偿还全部私募债后，其整体债务规模降低到其可承受的合理水平。此举，正式宣告了历时两年的中国铁物私募债券兑付工作圆满完成。

据介绍，中国铁物拟将其全部核心资产注入此次债转股主体——中铁物晟。以中国长城资产为主的 7 家投资机构，受让中国铁物持有的中铁物晟的股权，涉及投资金额约 70 亿元。未来，将择机启动中铁物晟的重组上市工作，并将此次转股股份置换为上市公司股票。

中国铁物是经国务院国资委批准，由中国铁路物资（集团）总公司核心资产组建的股份有限公司。2012 年上半年，部分钢材贸易企业出现不能及时履行合同甚至信用违约的情况，相关风险由钢铁供应链上下游企业，逐渐向多个相关行业蔓延。中国铁物的大宗商品贸易业务受到较大冲击，致其应收预付账款及存货出现重大损失，固化和沉淀资金达 200 亿元，给其生产经营带来沉重负担。截至 2015 年 12 月 31 日，中国铁物净资产为 -98.50 亿元，已严重资不抵债，净利润 -36.12 亿元。2016 年 4 月 11 日公告表示，中国铁物申请 9 期共 168 亿元债务融资工具暂停交易。这标志着中国铁物债务危机的正式爆发。2016 年 4 月 29 日，国资委决定由中国诚通对中国铁物实施托管。

中国铁物债务规模大、构成复杂、债权人众多，引起了较大的社会影响，得到了中央的高度重视。中国长城资产积极落实中央精神，做好相关风险化解工作，成立专门工作组，凭借强烈的社会责任意识和丰富的并购重组经验，为企业设计了以市场化债转股为核心的一揽子综合金融服务方案，在多家对手的竞争中脱颖而出，被中国铁物选为首选合作方，并于 2016 年 12 月 15 日与中国铁物、中国诚通签署"合作框架协议"，正式全面参与中国铁物债务重组工作，重组工作主要包括债务重组、资产重组和重组上市三个阶段。

中国长城资产按照市场化、法治化原则，全面参与中国铁物债务重组，通过主动型债转股的创新实施，即以转股为目的进行私募债收购，先以承接债务为切入点，再择机将债权转股权，达到了以时间换空间的目的，并以此为切入点撬动一揽子重组方案的实施，彻底解决中国铁物债务问题。

中国铁物是资产管理公司重点参与的首个市场化债转股项目。

此次重组不仅是继中钢集团后第二起央企债务重组，更是首例央企私募债重组，对维护债券市场健康发展和社会稳定具有重要意义。该项目的成功实施，也检验了资产管理公司并购重组业务能力在化解大型企业集团危机中的作用，探索了盘活国有存量资产、深化供给侧结构性改革的新路径，彰显了中国长城资产作为中央金融企业的社会责任和"家国情怀"。

该项目也成为中国长城资产继 2015 年成功化解国内首单公募债暨"11 超日债"违约危机后，在新时期防范化解系统性金融风险、服务实体经济发展的又一重大成果和经典案例。

国富置业　基业长青

在中国长城资产 2018 年"突出贡献奖"的榜单上，"上海金豫置业、上海金豫阁置业股权及债权转让项目"被评为二等奖，成果令人瞩目。

2000 年，中国长城资产获得农业银行划拨其持有的上海金豫名下的债权及股权，作为资本金，作价约 1.37 亿元。长城国富置业有限公司（以下简称长城国富置业）以不良资产为切入点，通过债务重组、股权并购等方式，获得金豫置业 78.47% 股权与金豫阁置业 100% 股权（以下简称金豫项目）。长城国富置业集中力量，解决金豫置业开发用地历史遗留问题，快速清理出具备建设条件的净地，调整、优化建筑设计方案，启动项目建设。2010 年初，金豫商厦竣工交付，对外招商营业。金豫阁项目历经曲折，从接收时的拆迁手续不完备，到重新取得拆迁许可，再到二次启动拆迁工作，2014 年完成二百多户居民和企业的拆迁安置工作。至此，项目开发的最大风险终于排除，项目价值大大提升。

2018 年第二季度以来，长城国富置业对持有的上海金豫置业有限公司 78.47% 股权及对应债权、上海金豫阁置业 100% 股权及对应债权，开展转让营销。通过全方位推广，大力营销，先后接触了超过 50 家意向客户，为成功转让打下了坚实基础。

2018 年 10 月 12 日至 11 月 8 日，金豫项目在上海联合产权交易所正式挂牌。在挂牌期满后共有 4 家机构报名，其中 3 家机构具备合格资格，最终由上海豫园商城房地产发展有限公司摘牌，成为受让人。两项目挂牌成交总价高出评估价值 3000 多万元。通过上海联合产权交易所公开挂牌，所有交易流程公平、公开、公正，项目运作过程依法合规。项目回收现金约 11.89 亿元，实现净利润 5.7 亿元，回报收益率为 419.62%，项目效益贡献显著。

长城国富置业通过阶段性经营和持有金豫项目，准确把握市场时点，进行资产处置，积极响应回归主业的号召，聚焦不良市场，把处置收益再投入到新的一轮化解不良资产的行动中。经过长城人十多年的精心培育，资产价值实现了大幅提升。八年来，金豫商厦出租率一直保持在 98% 以上。金豫阁置业也完成了拆迁，化解了开发风险，体现了国企高度的社会责任感，体现了长城人的智慧、担当和能力。

2006 年 7 月 25 日，中国长城资产第一家全资子公司、长城国富置业的前身——上海长城投资控股（集团）有限公司诞生。十多年来，长城国富置业为整个中国长城资产系统作出了重大贡献，实现了超常规的经营效益和资本金项下资产的大幅增值。响当当、硬邦邦的经营业绩，以及其示范、带动、辐射的效应，远超当年打造上海平台的构想。长城国富置业凭借专业的运作能力和坚韧不拔的精神，展现了一个个经典的案例，留下了一个个精彩的故事。

多年来，长城国富置业始终秉承服务不良资产主业的初心和实干精神，大胆地试、勇敢地创，从无到有，从弱到强，经历了自身磨砺和成长，干出了一片天地。成立至今，资产规模实现翻三番，累计实现归属母公司净利润约 24 亿元，在协同主业道路上实现了涅槃重生。

2018 年，按照公司总部提出的"服务集团房地产金融业务风险化解，发挥化解存量风险、盘活资产及提升资产价值作用"战略要求，实施"服务主业、优化结构、风险可控、效益稳定"的经营策略，明确"金融背景＋不良资产＋稳定运营"定位，充分发挥专业优势，夯实存量项目。到 2018 年底，资产总额近 90 亿元，归属于母公司所有者权益 28 亿多元，实现净利润 5.9 亿元。

长城旗下　风韵各具

2017 年，是中国长城资产全国所有办事处转型为分公司的第一年。

以此为起点，各分公司实现了经营班子的平稳过渡，实现了主业回归的跨越，经营管理中的技术含量、业务规模、经营效益呈现良好态势，为分类经营、有效发展奠定了坚实的基础。

2017 年，各分公司快速转型，全面发展，经营业绩普遍增长。实现考核利润 120.54 亿元，同比增长 22.33%，完成年度目标的 115%。有 20 家分公司超额完成年度任务，其中，浙江分公司率先突破 10 亿元创利大关，实现盈利 10.09 亿元，完成考核任务 183.42%；上海、广东分公司考核利润超 9 亿元，深圳市分公司考核利润超 8 亿元。

2018 年，各分公司不断夯实发展基础，抓住内生不良化解、主业回归两大主线，均取得了不俗的业绩。其中，深圳、安徽、广西、重庆、黑龙江、山东、江苏、四川、陕西、云南、河南、湖南 12 家分公司超额完成全年目标，深圳市分公司更是突破 10 亿元利润大关，名列榜首。

2018 年 9 月，深圳市分公司成功实施了"关于打折收购通达果汁礼泉有限公司等七家公司持有的陕西恒通果汁集团股份有限公司 6 亿元非金不良债权项目"。该项目的实施，是深圳市分公司认真贯彻落实总公司有关回归主业、大力拓展非金非房业务、努力调整项目行业结构，坚定支持服务实体经济发展的创新之作。

深圳市分公司面对新的形势，及时转换新的思维模式，在客户选择和项目选择上实现"五个转变"：由原来关注客户的房地产项目向关注客户的问题资产转变，从问题企业、问题资源入手；由关注客户的抵押物价值向关注客户的不良资产价值转变；由关注项目的固定收益向关注收购资产的处置收益转变；由关注抵押物的销售回款向关注企业的周期性现金流转变；由关注项目开发前景向关注企业的成长性转变。

经过几年的砥砺奋进、赶超跨越，深圳市分公司完成了从全系统倒数第一到正数第一的经典"大逆转"，以因地制宜的生动实践，谱写了事业发展的新篇章。

人始终是决定性因素。深圳市分公司党委书记、总经理朱红卫 2014 年 11 月被委以重任。凭借其卓越的能力，还有湖南人"吃得苦、耐得烦、霸得蛮"的精神，他临危受命，为深圳市分公司经典"大逆转"，发挥了决定性的作用。

2018 年，深圳市分公司考核利润及完成率均跃居系统首位，经营业绩再创历史新高，为下一步实现高质量发展奠定了坚实的基础。

2018 年，山东分公司坚定不移回归主业，强基固本，做大规模，全年收购竞得不良资产包 50 余个，涉及本金 200 多亿元，市场占有率位居省内同业第一。通过对存量资产开展"二次尽调"和资产分类，制定处置规划，加快处置进度。全年处置终结项目 83 个，处置本金 54.6 亿元、入账值 18.81 亿元，超额完成公司总部下达的任务目标，回收现金 23.48 亿元，实现处置收益 4.67 亿元。

紧紧抓住山东省新旧动能转换、问题企业救助等有利时机，山东分公司在资产处置二级市场不活跃情况下，拓宽处置思路，积极主动向当地政府营销，取得了较好效果。全年处置回收现金中有 10.4 亿元来自与政府合作的项目，占比 40%。

各子公司紧紧围绕中国长城资产化解内生不良、主业回归两大战略，进一步推进了全系统集群和协同发展，自身经营实力不断增强。

2017 年末，子公司板块资产总额 2857.71 亿元，净资产 266.75 亿元，较年初分别增长 24%、30%；表外资产总额为 2094 亿元，比年初增加 456 亿元，增长 27.84%；实现账面净利润 28.9 亿元，同比增幅 37%；归属母公司账面净利润为 24.3 亿元，同比增幅 42%。其中，长城国兴租赁实现利润 13.7 亿元，净利润 11.5 亿元，同比增长 148.38%，创历史最高水平。长城新盛信托奋起直追，考核利润同比大幅增长，实现了 3.33 亿元，同比增长 126%，资产规模 354 亿元，同比增长 74%。

2018 年，全面对标银保监会相关要求，推动子公司深化整治市场乱象，引导子公司回归本源、专注主业，实现高质量规范发展。各子公司也按照本行业监管要求及集团要求，积极查找问题、落实整改，提升自身经营管理质量。虽然承受了沉重的经营压力，但长城国富置业、长城金桥咨询、长城国际控股、长城新盛信托、长城股权基金、长城置业（北京）6 家子公司超额完成全年目标，长生人寿保险完成减亏任务。

面对严监管和纷繁复杂的宏观经济形势，长城人在挑战中寻找契机，变被动为主动，变不利为有利，子公司经营管理在 2018 年实现了三大突破。

突破一：子公司发展基础进一步夯实。按照监管要求和公司总部的部署，各子公司不断完善治理机制，规范经营管理，加强能力建设，强化内部管控，积极拓宽资金来源渠道。其中，长城国兴租赁成功发行 10 亿元二级资本债；长城国瑞证券成功发行 5 亿元公司债，完成收购"集成期货"，40 亿元金融债、次级债展期以及资产证券化正在持续推进。

突破二：有效管控进一步提升。通过组织召开专门会议，对子公司战略定位、发展要求、风险化解进行全面部署。有序推进子公司清理整合，2018 年有五家实现退出，另有十余家处于清产核资、方案审批、挂牌转让等阶段。全面强化子公司内生不良化解工作，全年实现化解规模 38.39 亿元，其中长城国兴租赁、长城华西银行分别完成目标任务的 102.66%、150.89%。严格控制国际业务，确保境外机构回归境内、回归主业。

突破三：协同机制进一步完善。按照"服务主业经营、强化功能协同"的总体要求，各子公司不断完善相关制度，推动产品落地，实施了一批具有示范意义的协同项目。长城投资基金、长城国融投资、北京分公司通力协作，完成了中国铁物项目的成功重组；长城国富置业与多家分公司协同配合，探索开展了整合风险房地产项目的新模式，取得了良好成效。同时，母子公司监事会协同监督体系正在形成。

满园尽熟果　谈笑论丰年

请允许简单罗列以下数据：

2017 年末，中国长城资产各项经营目标和监管指标符合预期。表内外资产 9118.71 亿元，其中，表内资产 6431.1 亿元，较年初增长 32.08%；表外资产 2687.61 亿元，较年初增长 26.32%。净资产 632.87 亿元，较年初增长 25.3%；资产负债率为 90.16%，较年初下降 0.57%。共实现拨备前利润 161.36 亿元，同比增长 18.42%；净利润 106.31 亿元，同比增长 18.54%；ROA、ROE 分别为 2.26% 和 18.66%。同时，主要风险监管指标均达到监管要求。核心一级资本充足率 12.28%，一级资本充足率 12.78%，资本充足率 13.94%；单一客户业务集中度 10.64%，客户业务集中度 14.98%；杠杆率 10.5%；不良率 1.45%。

2018 年末，资产总额 6687.21 亿元，同比增长 4.56%，净资产 668.26 亿元，同比增长 8.79%；资产负债率 90%，同比下降 0.39 个百分点；ROA 为 1.01%，ROE 为 8.74%。公司新增授信 987 亿元，授信余额 8315.5 亿元；外部融资余额 3909.52 亿元，外部融资加权利率 5.52%；融资期限结构进一步优化，期限 1 年以上融资占比 73.88%，较年初增加 13.83%。

上述系列数据从一个侧面，展现了中国长城资产良好的经营业绩，凝聚了长城人艰苦奋斗、不畏艰难的精神风貌。毋庸置疑，长城人克服了严峻复杂的外部挑战，顶住了高度集中的内部压力，成果来之不易。

其实，数据之外的惊喜，弥足珍贵。

固本培元

可以肯定地说，2017 年以来疾风暴雨式的金融监管，影响和效应是双向的。一方面，包括中国长城资产在内的资产管理公司同业，都面临诸多经营压力，经营业绩出现不同程度的下滑。另一方面，严监管对中国金融业稳健经营、良性发展，起到极大的推动作用。

中国长城资产亦概莫能外。

面对严监管的洗礼，长城人看到了以往自身经营中存在的不足，抓住严监管契机，强身健体，功莫大焉！

金融监管带来了阵痛，也带来了巩固根本、培养元神的效果。

党建工作全面加强，落实整改有序推进。一直以来，中国长城资产坚决把思想政治建设摆在首位，深入学习贯彻习近平新时代中国特色社会主义思想，扎实推进党建工作和党风廉政建设，确保党的领导核心和政治核心作用得到充分发挥。党委核心作用显著增强，党建理论学习、党风廉政建设和反腐败工作持续发力，巡视和监管整改有力落实。

随着组织体系、目标体系、全面风险管理体系、跨区域协同体系等"五大体系"建设初见成效，集中度风险管控、跨区域业务合作、内部协同、行业资源统筹经营"四大机制"建设有序推进，中国长城资产内部管理不断得到强化，为下一步全面稳健发展，打下了坚实的基础。

二十年过去，回过头，人们欣喜地看到了中国长城资产内部管理呈现出的四个崭新的局面：管理机制更加科学，资金管理成效良好，风险管控不断加强，保障措施持续完善。

人们也看到了中国长城资产公司治理体系持续完善，系统管控更加有效，全面风险管理体系持续改善，员工队伍持续优化，企业文化不断升级，社会影响力持续扩大。

2018年4月16日至25日，中国质量认证中心对中国长城资产进行了ISO9001质量管理体系再认证审核工作。其间，专家组对公司总部各部门进行了现场审核，并先后到江苏、江西、上海、贵州、陕西和黑龙江6家分公司进行抽样检查。专家组对中国长城资产各级高度重视ISO9001贯标工作给予了肯定，认为质量管理体系总体运行情况良好，质量管理达到既定目标，以"零不符合项"通过ISO9001质量管理体系再认证审核。

2018年7月3日上午，中国银行业协会召开《银行无障碍环境建设标准》暨《2017年中国银行业社会责任报告》发布会，会议表彰了在2017年社会责任工作中作出突出贡献的单位和个人，中国长城资产荣获2017年度中国银行业最佳社会责任实践案例奖。这是继2012年、2013年、2015年、2016年之后，中国长城资产第五次获此殊荣，也是唯一一家获奖资产管理公司。

在中国金融思想政治工作研究会"2017—2018年全国金融系统文化建设先进单位和先进工作者"评选工作中，中国长城资产再获殊荣，是对中国长城资产企业文化建设工作的进一步肯定。自2011年起，中国长城资产已连续三届获得全国金融系统文化建设先进单位与标兵单位的荣誉称号。

权威评价

2017年11月6日，金融时报—中国金融新闻网报道《惠誉、标普维持长城资产高等级信用评级》。报道称：

10 月 17 日、26 日，惠誉、标普两家国际评级机构先后正式对外宣布，对中国长城资产管理股份有限公司（以下简称长城资产）维持原评级结果不变，其中，惠誉维持 A 评级，标普保持 A－评级，展望稳定。

两家国际评级机构认为，长城资产发展战略清晰、主业突出，持续坚持不良资产经营管理主业，积极拓展主业经营发展模式，不断提升主业占比，资产规模快速增长，经营效益指标领跑同业。在积极拓展业务的同时，持续关注风险指标，具有审慎的风险管理制度及完善的资本充足率控制，并将在完成引战后进一步提升经营效益及资本充足率，体现了较好地平衡业务发展和合规风险之间关系的能力。

本次信用评级结果，是在今年国际评级机构下调中国主权评级、20 多家大型国企评级下调的背景之下获得的，标志着长城资产近年的改革发展成绩及未来引战、上市等战略规划获得了国际评级机构的肯定，为该公司引进境外战略投资者、进一步拓展境外融资渠道、开展国际业务奠定了坚实的基础。

据介绍，长城资产将继续秉承"化解金融风险、提升资产价值、服务经济发展"的发展使命，坚持"突出主业、综合发展、体现特色"的经营理念，坚定不移地发展不良资产经营管理主业，以不良资产为核心，积极推进"大资管""大投行""大协同"三位一体的发展战略。

2018 年 5 月 7 日，惠誉维持中国长城资产 A 评级不变、展望稳定。

2018 年 7 月 5 日，穆迪确认维持中国长城资产 A3 评级不变且展望稳定，评级结果均居同类央企前列。

2018 年 9 月 28 日，国际评级机构标准普尔确认，维持中国长城资产 A－的发行人评级，展望稳定。这一复评结果，与前不久宣布的中国信达资产持平，在同业中处于较好水平，也是继惠誉、穆迪之后，国际评级机构对中国长城资产的再次评价。2018 年，国际投资者对资产管理公司的经营和发展给予了高度关注，评级机构也使用更加谨慎的评级方法和手段开展复评。标普在本年度增加了对各分公司的走访环节，通过实地访谈浙江分公司，进一步加深了对中国长城资产业务经营情况的了解。

国际评级机构的权威确认，是对长城人付出心血的公正褒奖。

有凤来仪

中国长城资产完成股份制改造之后，随即启动了引进战略投资者工作。

2017 年 3 月，中国长城资产成立了引战工作领导小组及其办公室，引战办公室下设了综合组、法律组、财务与评估组和业务组，与公司总部各部门、分公司及平台子公司、中介机构分头对接。同时，参照了国有商业银行、同业公司等相关金融机构引战、上市的实践，结合国际国内经济形势和自身实际，形成了引战工作的初步方案，并于 2017 年 4 月由中国长城资产第一届董事会第三次会议审议通过了该方案。

其后，经过前后两轮管理层演示和业务访谈，集中回复了投资者提出的近千道问题，向潜在投资者全面展示了中国长城资产形象，增强彼此了解与信任，为实现引战目标，奠定了坚实基础。

2017 年 7 月，中国长城资产向财政部呈报了选聘资产估值机构的授权请示，8 月初，获得正式授权批复。

引战工作正式启动以来，长城人先后与数百家投资者深入接洽（包含 70 多家著名的机构投资者），就引战及上市具体事项进行接洽磋商。为确保"引资""引制""引智"三者有机结合，在与投资者磋商谈判的同时，对每一家意向投资机构的经营管理、股东背景、产业布局、业务资源等进行了全面梳理，为引战和后续战略合作及业务协同创造条件。

中国长城资产引进战略投资者工作，始终得到财政部、银监会等主管部门和股东单位的支持与指导。引战工作进入最后冲刺阶段。

2018 年，引战发债工作取得良好成果，资本约束得到初步缓解。

2018 年 5 月 17 日，在银行间市场流动性趋紧、利率上行、资管新规出台后认购来源减少的情况下，在全国银行间债券市场成功发行 75 亿元 10 年期固定利率二级资本债券，全场认购倍数 2.32 倍，簿记票面利率 4.9%，低于发行日同业公司二级债的市场估值水平，也低于同日某国有寿险公司 120 亿元二级债的发行利率。

6 月 27 日，引战工作方案获国务院批复，同意引入全国社会保障基金理事会、中国人寿集团、中再产险和大地保险四家战略投资者，合计入股金额 121 亿元。7 月初顺利签署投资协议。通过"引战、增资、发债"等措施，资本实力和风险抵御能力大为增强，为全面推进不良资产经营主业及后续择机启动上市奠定了坚实基础。

6 月 29 日，股东大会审议通过中国长城资产 2017 年度利润分配方案，同意不向股东分配现金股利，这一举动进一步增强了资本实力。

到 2018 年底，中国长城资产注册资本已经达到 512.34 亿元，资本实力不断增强。

2019 年 3 月 28 日，中国长城资产以"募集资金全部到位，公司引战圆满收官"为题，对外发布新闻通稿。通稿称：随着全国社会保障基金理事会 66.5 亿元如期出资，中国长城资产引进战略投资者资金已全部实缴到位。此举，标志着引战工作获得圆满成功。本次引战，成功引入全国社会保障基金理事会、中国人寿保险（集团）公司、中再保险（集团）股份有限公司旗下的中国财产再保险有限责任公司与中国大地财产保险股份有限公司四家战略投资者，引入投资合计人民币 121.21 亿元。

中国长城资产本次引战工作，是在国家有关部门对引战投资主体资质从严，监管部门对资产管理公司加强监管，同业公司经营业绩出现不同程度下滑的背景下启动、开展和实施的。面对错综复杂的内外部不利因素和突发事件影响，长城人勇于担当、迎难而上，积极想办法、主动找出路，最终以超出市场平均水平的估值定价成功引入战投机构，并得到监管部门和股东单位的高度认可。四家战略投资者溢价投资，也充分印证了其对中国长城资产核心竞争力及长期发展前景的一致看好。

引战工作圆满收官，将显著增强中国长城资产资本实力，优化资本充足率等核心监管指标，为推动内涵式高质量可持续发展夯实了基础，为进一步做强做优不良资产经营管理主业提供了保障，为下一步积极和稳妥地推进上市创造了条件。

满园尽熟果，谈笑论丰年。

那笑声中有成果的喜悦，也有艰辛的泪水。毕竟是，长城众多将士跑了无数的路、说了无数的话、熬了无数的夜，用尽精力、费尽心思，一滴汗水摔八瓣换来的。

长城人的历史，将予深深记忆。

怀揣梦想　走进春天

2019 年的春天，悄无声息地步落京城。北京的市花——月季花，也早早地绽放出温馨的花蕾。红的、粉的、白的、黄的，万物复苏，韵味渐浓。

这是一个生机盎然、草木拔节的春天。

2019 年 1 月 28 日，中国长城资产在北京召开了全国系统工作会议。

国内多家媒体对此进行了大量报道。

2019 年，中国长城资产计划出资 600 亿元收购金融不良资产，处置回现 400 亿元；计划出资 480 亿元收购非金融不良资产，处置回现 280 亿元。

针对存在债券违约和股权质押风险等问题的上市公司，中国长城资产将以财务顾问服务为主要切入点，以问题资产收购、实质性重组、综合金融服务为主要手段，以"股 + 债"联合运作为主要方式，对企业的资产、债务、管理等要素进行重组，纾困救助实体企业。2019 年，计划净增出资 100 亿元用于并购重组业务，按照国家政策导向，围绕产业救助和企业纾困，大力推动实质性重组业务，实施"双百工程"，通过 2 ~ 3 年的努力，运作 100 个并购重组项目，培育 100 个支撑公司持续发展的潜力客户。

沈晓明表示，2019 年，要继续坚持回归本源、聚焦主业、做精专业的战略导向，以深化改革统揽全局，以创新发展为内生动力，以合规经营为底线要求，以加强管控为基础保障，推动中国长城资产实现内涵式高质量可持续发展，更好地践行防范化解系统性金融风险的责任。

周礼耀强调，2019 年，是中国长城资产成立二十周年，也是"二五"规划的承上启下之年，更是化危为机、攻坚固本的关键一年。必须坚持经营和管理"两手抓"，在"改革、发展、合规、创新、管控"十个字上下功夫。以深化改革统揽全局，破除制约健康发展的内部障碍，建立更加科学有效的资源配置机制，提高全系统管理运营效率，激发内生活力和动力。始终将发展作为第一要务，树立质量为先的发展理念，着力优化资本、资产、业务、负债四项结构，推动内生不良、金融资产包、股权资产、低效资产四类资产处置，走回归主业、内涵式高质量发展之路。严守依法合规底线，强化合规意识，扎实制度"笼子"，规范经营管理，严格违规问责，形成事事依规合规、人人遵规守规的良好局面。以创新驱动主业做精做强，围绕问题资源重组，创新业务模式和盈利模式，打造资产管理、并购重组、综合金融服务"三大"品牌。抓好集团管控的"龙头"，突出总部统筹职能，加大系统管控力度，做好各项服务保障，推动中国长城资产战略有效落实、各项决策有力执行。

会议结束后，各经营单位、公司总部各部门认真学习并迅速传达会议精神，深入贯彻全年总体部署和要求，聚焦主业，创新发展，认真安排近期及年度工作，抢先抓早，推动实现内涵式高质量可持续发展。

上海分公司明确提出，2019年经营目标任务为聚焦"收购不良、化解不良、处置不良"。

湖南分公司提出，以省内上市公司为重点，从监管部门指导组建的债权人委员会主席单位入手，选择有市场、有前景、有核心竞争力的"三有"企业，实施一揽子实质性重组，形成"收购—转股—增值—退出"的良性循环。

重庆分公司、大连分公司将围绕"问题企业"和"问题资产"探索具有实质性重组价值的单户、两户金融不良资产收购业务，紧抓债券市场违约风险、股票市场质押爆仓的机遇，多措并举开展上市公司救助，解决其流动性困难，积累潜力优质客户。

深圳分公司坚持创新突破投资投行业务，利用深圳上市公司众多的优势，瞄准实体企业的纾困需求，以财务顾问服务为主要切入点，以债股联动运作为主要目标，探索金融与非金不良、债权与股权、不同企业之间三种组合收购。

山西、湖北、广西等分公司将加强与平台公司的协作，通过代理金融租赁业务、协同华西银行业务，加快项目审批，借助多种金融工具为债务企业提供引入资金、债务剥离、资产开发、实质性重组等综合金融服务。

北京、河南、海南、上海自贸区等分公司则坚持以改革创新理念引领主业发展，因地制宜地开展金融不良资产、非金不良资产、投资投行业务，加强业务交流与培训，提高核心竞争力。

各平台公司按照"做精专业、服务主业、有力协同、有效管控"的部署，从提升自身经营效益和推动有效协同的角度，提出了全年工作重点和具体措施，确保完成年度经营任务。

公司总部各部门统筹部署条线重点工作，深化"体制、机制、体系"建设，谋划改革创新发展路径，充分发挥支撑保障作用，推动全系统经营发展稳中求进。

2019年3月21~22日，中国长城资产"聚焦主业，创新发展"研讨会在广州召开。沈晓明、胡小钢及部分分公司、子公司及总部部门负责人出席会议。会议结合近年来监管政策和经营环境等系列变化，围绕聚焦主业发展进行了深入的交流。

会议认为，一定要提高站位，服务国家战略。作为中央金融企业，要带头抓好中央路线方针政策的执行，重点围绕"化解风险，服务实体经济"做好文章。要提高认识，聚焦主业发展。不良资产经营是国家赋予资产管理公司的责任和使命，也是其核心竞争力。因此，必须清醒地认识到"类信贷"思维、"固定收益"思维是不能持久的，摆在面前的不是主业能否支撑可持续发展，而是如何发展主业、提升竞争力，让主业成为支撑持续发展的核心业务。同时，还要勇于创新，实现价值提升。必须采取改革的办法、运用创新的手段，在新思维、新策略、新模式、新机制上下功夫，在价值发现、价值挖掘、价值提升、价值兑现的全业务链条上，升级技术手段，持续提升核心竞争力。

在中国长城资产成立二十周年之际，长城人将以新思维、新策略、新模式、新机制，应对新形势、新格局、新压力、新挑战。通过全面加强党的建设，提高公司治理水平，深入推进改革创新，强化主业竞争能力，有效管控各类风险，打造一流人才队伍，创造更加优异的成绩。

怀揣梦想，走进春天，胸怀大志，奔向未来。这一切，对于行进在新时代的中国长城资产，将会产生深刻的影响。

眨眼之间，中国长城资产二十岁了，长成了一位朝气勃发、英武成熟的青年。青年的中国长城资产必将成为中国金融业一支坚强旺盛的生力军。

青年，是世界的未来。

诚如周礼耀所言，长城的青年人，是长城人的未来。

2018年3月16日，周礼耀在看望系统团干部培训班学员时，寄予了厚望。他语重心长地说：青春是一种精神、是一种状态、是一种力量。人，生而自由，要有拼搏奉献精神，当你成为一个社会之人，必将受到法律、道德的制约，所以人的自由，是在道德、法律、自律的前提下的自由。你们年轻，有激情与梦想，更要有实干和担当。一个有理想、有本领、有担当、能自律、乐于奉献的人，则能成大器。你们年轻，是长城的未来，应该成为承前启后的骨干力量。中国长城资产的发展需要你们的智慧，需要你们发挥作用。

年轻的长城人，肩负着中国长城资产使命的传承和未来的希望。

怀揣梦想，一路前行。

二十年的成长，倾注了全体长城人的呵护与培养。

弱冠之年，改革再出发。

沈晓明在2019年《新春寄语》中饱含深情地写道：过去的一年，我们经历了内外部环境的严峻挑战，受到了实体企业违约潮的影响，遭遇了金融市场大动荡的冲击。但是，我们打赢了资产质量保卫战和深治乱象攻坚战，取得了符合市场趋势的经营业绩。所有这些成绩的取得，离不开全体长城人的辛勤奉献和亲人家属的守望支持。

己亥猪年，恰逢弱冠。

他说，二十年来，我们栉风沐雨，砥砺前行，支持我们的是守护祖国金融安全的初心，是"实干兴邦""金融报国"的理想信念，是对"化解金融风险 提升资产价值 服务经济发展"光辉使命的责任担当，是一代代长城人塑造传承的恪尽职守、勇于奉献、求真务实的长城文化。

他语重心长地号召：2019年，我们的事业任重道远，我们的责任重于泰山，我们的改革发展进入关键时刻。站在新的历史起点，我们要以坚定的信念和必胜的决心，艰苦奋斗，迎难而上，为行业一流、基业长青的"长城梦"而不懈奋斗，以更优异的成绩迎接祖国七十周年华诞和中国长城资产二十周年庆。

是啊，经过近二十年的拼搏，中国长城资产已经步入一条稳健的可持续发展之路，更加清晰的远方，就在我们眼前。长城梦，既是历史的、现实的，也是未来的；长城梦，已经和将在一代代长城人的接力奋斗中变为现实。

2019 年 1 月 30 日，中国长城资产新版企业文化理念及释义正式发布。

新版企业文化理念及释义，为中国长城资产描绘了新时期新的蓝图。抄录如下，载入史册：

> 公司愿景：行业一流　基业长青
> 公司使命：化解风险　提升价值
> 核心价值观：诚信融合　行稳致远
> 公司精神：团结进取　求实创新
> 经营理念：市场导向　质效为先
> 管理理念：专业精细　协同高效
> 风险理念：审慎作为　全面覆盖
> 服务理念：客户至上　品牌是金
> 人才理念：德才兼备　有为有位
> 团队理念：博采众长　同担共享
> 传　播　语：财通天下　智融长城

春天里，和风拂煦，裹挟着满城花絮，诗意地飞舞。长城人伴随着春风、春韵，走进了历史的新时代，将会续写又一部壮丽华章。

时间是一个伟大的作者，它会写出更为完美的结局来。

正如中国长城资产传播语"财通天下，智融长城"释义云：

"财通天下"，体现中国长城资产运用综合金融服务手段，以化解金融风险、提升资产价值为己任，怀揣创造社会财富、造福天下民生的理想和志向。

"智融长城"，展示中国长城资产汇集天下英才、凝聚全员智慧、倾听各界建议、融和公司发展，存虚怀若谷、海纳百川的大气与胸怀。

"财通天下，智融长城"，体现了中国长城资产胸怀天下，才智通融，共筑长城的丰富内涵与底蕴。

2019 年，举国共庆共和国七十周年华诞！

2019 年，中国长城资产走过二十周年，将继续行进在行业一流、基业长青的康庄大道！

尾 声 EPILOGUE

过去的二十年，镌刻着昔日的辉煌，镌刻着长城人伟岸的背影；也承载着对未来的憧憬，承载着长城人辽阔的希望。

回眸，我们心潮澎湃；展望，我们豪情满怀。

二十年，我们是历程的见证者，一路走来，一路风雨，平原、山道、草地，抑或泥淖，有胜利的喜悦也有失败的沮丧。诚然，一次次勇敢地穿越，成就了一次次苦难辉煌。长城人总是站立在蓝天之下一个个高高的山岗上眺望远方。

二十年，我们是历程的参与者，手挽着手，肩并着肩，一起前进，一起流汗，甚至一起伤感落泪。但是，始终怀揣梦想，长途跋涉，风雨兼程。长城人用大爱编织起一串串动人的故事传遍四方。

二十年，我们是历程的收获者，一块儿进步，一块儿成长，或许有过失意，有过迷茫，可是愉悦和开怀自然久长。当捧起一粒粒沉甸甸熟透的果实，总会闻了又闻、香了又香。因为，果实中浸透了长城人自己的青春热血和人生中最美好的时光。

二十年，我们有太多的记忆，太多的思考，太多的感慨，这一切的一切，弥足珍贵，定当铭记收藏。

这本书，只是撷取长城人浩如烟海故事中的一片浪花，伟大征途上的一帧剪影，厚重历史里的一个瞬间，更多的往事，永驻心间。

二十年的历程，犹如一声声过去清脆的足音，一列列未来励人的诗行。

……

二十年长城人的故事就说到这里。

其实，中国长城资产的故事、长城人未来的故事，才刚刚开始。

有诗为证——

巍巍长城，我们坚强的脊梁；

辽阔金融，我们驰骋的疆场；

竭尽忠诚，我们艰辛探索追求远方；

奉献社会，我们为祖国腾飞插上翅膀；

英勇的长城人啊，

百年老店，我们始终的梦想。

……

经过了二十年的打拼，中国长城资产平台公司建设取得了卓著的成果。它从无到有，从小到大，从弱到强，得到了全面发展，获得了当代金融业务的全部牌照和金融领域的专业许可证，打造完成 13 家全资或控股的平台公司。

平台公司建设，长城人花费了巨大的心血。在处置和化解问题债权、问题企业和问题金融机构过程中，精心筹划，知难而进，运用注资整合、托管重组、股权重组、资本补充、机制创新等方式，逐步构建和形成了银行、证券、保险、基金、信托、金融租赁、评估咨询等在内的综合金融服务体系，实现了服务于不良资产主业的平台升级、功能升级、技术升级和价值升级，也使这些金融机构发生了脱胎换骨般巨变，治理结构、资质功能、业务规模、盈利能力，以及社会就业、品牌影响力等，有了全新的提高与快速发展。

实乃惠及企业，福泽社会。

中国长城资产十多家平台公司，如同一支航行在大洋深蓝之处的航母舰队，形成攻防兼备、协同有序的战斗群。

扬帆远航

副册

第 一 章 CHAPTER 1

长城人的白玉兰

2006 年 7 月 25 日，上海国际会议中心，一场简单而隆重的揭牌仪式正在这里举行。

上海市政要和金融圈重要人物现身出席：时任上海市常务副市长冯国勤，黄浦区区委书记、上海市金融工委党委书记吴明，财政专员办党委书记杜悦妹，上海市银监局局长助理蔡莹，审计署驻上海特派办处长卢松……

他们的到来，只为共同见证中国长城资产全资子公司——上海长城投资控股（集团）有限公司的诞生。

花开第一朵

上海长城投资控股（集团）有限公司（以下简称上海控股）于 2006 年 6 月 26 日取得营业执照，注册资本 10 亿元人民币，由中国长城资产持股 99.1%，上海新金穗实业（集团）股份有限公司持股 0.9%。上海控股旗下，控股企业包括上海新金穗实业（集团）股份有限公司、上海金豫置业有限公司、上海天诚置业公司、上海大西洋百货有限公司、上海政华房地产开发经营有限公司五家；参股企业包括上海仕格维大酒店有限公司、上海住宅产业新技术发展股份有限公司、上海申银万国证券股份有限公司、上海科技投资股份有限公司、海南高速、海南南山电力股份有限公司、上海海博股份有限公司（现光明地产）等十一家。

上海控股是以农业银行划转的 19 个资本金项目和 3 个固定资产（大楼）为出资，以上海金豫实业有限公司为改制母体，经过重组、并购、整合而成。上述 19 个项目投资共计 6.31 亿元，其中债权性投资 4.81 亿元，股权性投资 1.5 亿元，三个固定资产项目 3.69 亿元。

上海控股成立后，又重组整合了上海天诚置业公司 84% 股权、上海斯格威房产项目公司 35% 股权、上海住宅产业 18%、上海大西洋百货公司 85% 股权 4 个优质股权项目，最终使上海控股成为控股 5 家公司、参股 13 家公司（包括 6 家上市公司）的集团公司。

"翠条多力引风长，点破银花玉雪香。"

上海控股是中国长城资产第一家全资平台公司，犹如一朵洁白优雅的上海市市花白玉兰，绽放在申城——这一繁华的国际性大都市。

超前的构想

早在政策性不良资产处置时期，上海办事处就开始谋划资产管理公司商业化转型的问题。

2002年5月24日，公司总部《工作参考》登载了时任上海办事处总经理周礼耀《关于金融资产管理公司业务创新的几点思考》的文章。尔后，此文又发表于《经济日报》，系统阐述了上海办事处处置经营不良资产方面的经验与创新转型的思考。

摘录如下：

经济全球化日益发展的今天，金融改革和创新的浪潮汹涌澎湃。金融资产管理公司应该学习符合国际惯例的运作技巧，不断创新，把握自身的发展趋势，在实现"加快处置不良资产的速度和提高回收率"的中心任务的同时，紧跟市场经济发展的节拍，加快业务创新，探索金融资产管理公司的未来，显得尤为重要。

金融资产管理公司业务创新的基本方向，就是朝着多样化、专业化、集中化、国际化的国有金融控股集团或投资银行方向发展：

——多样化方向。金融资产管理公司不仅要从事资产处置、债转股、资本金运作，而且应积极开展证券发行与承销业务、经纪业务，发展公司理财业务、金融租赁、资产管理和投资咨询业务等。

——专业化方向。金融资产管理公司要在业务多样化的同时，对现有不良资产分类重组，有选择地向专业化方向发展，形成金融业务专业化复合体的框架，寓科技、产业于金融之中，形成自己的独特优势。

——集中化方向。各金融机构既竞争又合作，使得金融资本越来越集中，金融资产管理公司在转型后同样会出现积聚化和集中化，资本的集中，需要金融机构的集团化操作，通过管理模式的一致性，操作程序的一致性，以控制决策风险，实现效益最大化。

——国际化方向。当金融资产管理公司转型国有金融控股集团或投资银行后，可以借鉴美国美林证券公司的做法，承揽国家大型重点工程项目的融资业务，拓展为世界各大公司提供经济咨询和研究服务业务，还可协助一些国家的中央银行管理外汇储备股票、债券及其他证券交易。

金融资产管理公司业务创新要形成重点：

——组建实体公司。金融资产管理公司取得债务企业控股权后，应按照《公司法》规定，建立法人治理结构，并利用"壳"资源，组建自己控股的实体公司。这是金融资产管理公司走向市场、实行多元化经营的基础。同时，发行债券、资本经营。把金融资产管理公司拥有的债权和资产拿到市场上经营，通过资本的注入和合作伙伴的参与，进行债权和资产的重新组合和资源的优化配置，待时机成熟出售变现，实现资产增值，获得国有金融资产最大的投资回报率。

　　……

　　当时，国家许多资产管理公司政策尚未出台，有的还处于酝酿之中，长城人在上海就玩起了投资银行的"魔术"，灵活并巧妙地运用资本渗透技术，捆绑运作，实施债务重组、资产置换、混合经营，在一片不良资产的"废墟"上，栽培出一朵朵含苞欲放的白玉兰。

试水平台

　　经过三年多的悉心运作，到 2003 年，上海办事处已经拥有 4 家实体控股公司并参股多家公司，手握上海"东西南北中"各大区位和地段的土地、住宅等商业和物业资产，以地产业为支柱的控股集团型公司形成雏形。

　　开花有时，只是政策与时间问题。据周礼耀回忆，上海办事处最早的策略，是根据自身资产实际，完成"三大集团"的构建：第一是房地产集团，因为不良资产中，半拉子的房子很多，这是第一选择。第二是百货集团，是将已成功重组的大西洋百货的成功经验，复制输出到全国，将各地的不良资产盘活，做一个百货集团。第三是旅游集团，把全国资产中的宾馆整合起来，形成一个长城旗下的全国旅游集团。

　　这一想法，得到了汪兴益等公司领导的认可。

　　2004 年 2 月，根据国务院领导指示精神，财政部允许资产管理公司在完成政策性处置任务后，开展"三项"商业化业务。随后，财政部又印发了《关于金融资产管理公司改革发展的意见》，进一步明确了资产管理公司转型的基本原则、条件和方向。

　　政策的靴子终于落地。2005 年 10 月，上海办事处提出了"以上海金豫实业有限公司为母体，通过整合上海办事处现有 6.31 亿元资本金投资项目和 3.82 亿元资本金固定资产等优质资源，组建上海长城投资控股（集团）有限公司，集团下属五个控股子公司"的总体方案。2006 年 4 月 6 日，公司总部总裁办公会议上，上述方案获得批准，并要求于 6 月底前完成组建工作。

　　在公司总部的指导下，由周礼耀挂帅的工作小组迅速在上海办事处成立。为提升工作效率，组建工作分为"八大板块"、三十六个条线；每项工作均明确了责任人员、配合人员，并提出了时间要求，随时召开协调会督办落实。

　　周礼耀在之后的总结中这样评价：在整个过程中，公司总部、办事处、下属公司三级之间完美互动，没有浪费一天时间，没有多召开一次会议，没有拖延一件事情，真正体现出统一、协调、高效。特别是遇到没有预见的困难时，上下之间及时沟通，出谋划策，在最短的时间内通过最简便的程序解决问题。

　　经过两个多月的激情奋战，如期完成了包括取得营业执照等一系列手续。

　　7 月 25 日，正式举行了揭牌仪式。上海控股由汪兴益任董事长，周礼耀任副董事长、总经理。

　　至此，中国长城资产第一家真正意义上的平台公司诞生了。这标志着长城人在试水商业化转型的道路上，迈出了可喜的第一步。

五家控股公司

上海控股成立之后，即从上海办事处分离出来，独立运作。

上海控股旗下，上海新金穗、上海金豫置业、上海天诚置业、上海大西洋百货和上海政华房地产，正是在长城人的苦心经营中焕发出的新活力，发挥了重要示范作用。

上海新金穗实业公司：成立于 1992 年 8 月 28 日，原为农业银行自办实体，由农业银行系统 28 家信托投资公司投资组建，经营物业、贸易、咨询、广告等，注册资本 2.91 亿元。重组前，该公司已严重资不抵债，资产 4.90 亿元，负债 7.87 亿元，所有者权益 −2.97 亿元，已经停止经营。2002 年 11 月，上海办事处在收购其全部债权 7.84 亿元的同时，还用 1500 万元资本金收购了其 2.67 万股股权（占总股本的 91.75%），并以债权人和出资者的双重身份入主。通过精心运作，2003 年末就实现了扭亏为盈。此举，既救活了一个倒闭的企业，也为上海办事处成就了一个难得的运作平台。

上海天诚置业公司：成立于 1993 年 11 月 2 日，注册资金 5000 万元，也是农业银行的三产企业，经营范围包括房地产开发经营、物业管理等；房地产开发资质为二级，完成建筑面积累计达到 15 万平方米以上。其全部股权和债权整体剥离到上海办事处后，通过专业运作，成功打造了又一个控股子公司。

上海金豫置业有限公司：成立于 2001 年 5 月 10 日，坐落在老城隍庙繁华闹市区域，是由上海控股和上海住宅产业公司共同投资的房地产开发企业，注册资本人民币 4233 万元。其中上海控股占股权 78.47%，后者占股权 21.53%。

上海大西洋百货有限公司：坐落于沪东金融大厦，始建于 2002 年 2 月，出资人为上海控股和上海金鸿置业有限公司。注册资金为人民币 1000 万元，其中上海控股为 850 万元，出资比例为 85%；上海金鸿置业有限公司为 150 万元，出资比例为 15%。主要经营零售百货。2002 年开业当年，实现销售 1.2 亿元，利润 158 万元，实现租金收入 1260 万元，投资回报达到了 15.8%，上缴税金 313 万元；同时还创造了近 1000 个就业岗位，吸纳下岗工人，带来了良好的社会效益。

上海政华房地产开发经营有限公司：这是上海农工商集团于 1993 年 11 月成立的房地产公司，主要资产为位于上海中山北路 1777 号的政华大厦房产项目，为停工多年的烂尾楼。作为农业银行划转的资本金项目，上海办事处通过对项目进行两年多的清理、续建，实现项目的竣工验收。2008 年初，公开挂牌转让，实现净利润 1.28 亿元。

不良资产的经营处置是一门艺术，不论资产质量好坏，都得面临三种选择：要么一卖了之，要么坐等国家政策，而主动出击、谋划与运筹，提升资产价值，为商业化转型铺出一条道路，无疑是最艰难也是最优选择。

上海的长城人毅然选择了最后一条路，充分体现了他们不屈不挠、敢于担当的精神。

2012 年 2 月，上海控股更名为长城国富置业有限公司（以下简称长城国富置业）。根据公司总部的要求，对 5 家控股公司采取了退出或部分退出策略，先后处置了上海政华、大西洋百货等商业或物业板块，保留了巨额核心资产，如新金穗、金豫置业等，专注房地产经营。由此繁衍出后来的金豫阁、长城金融大厦、华丰地产等拳头产品和知名品牌，为后续经营发展，创造了有效的空间。

协同中创建品牌

长城国富置业从成立之初，就将系统协同、共谋发展作为自己的重要任务。

为"长信春天"雪中送炭就是一个突出的案例。

2005 年 6 月，兰州办事处收购的工商银行不良贷款中，宁夏百货总公司抵押的 72.6 亩未开发的土地被相中。

为了盘活宁夏地区存量不良资产，提升资产价值，2007 年 4 月，经公司总部批复同意，兰州办事处成立了"宁夏长信源房地产公司"（以下简称长信公司），组建"长信春天项目部"（以下简称长信春天），注册资本 9534 万元。其中，长信公司以货币资金 3000 万元出资、兰州办事处以 72.6 亩抵债土地折价 6534 万元出资，开发建设长信春天项目。项目总建筑面积 10.79 万平方米，拟建成银川城南的一个标志性高端住宅项目。

立项之后，由于资金不足，长信春天项目一度搁浅。

之前，一家国有银行承诺发放项目贷款 6000 万元给予支持，但银行房地产开发贷款的先决条件是开发项目必须具备四证（土地使用证、建设用地规划许可证、建设工程规划许可证及建设工程施工许可证），而项目因自筹资金不足 50%，暂时未能取得"建设工程施工许可证"。

一直到 2008 年末，项目仍未能启动。

这正好给了长城国富置业一显身手的机会。

2009 年初，时任长城国富置业总经理曹月良，带领一个 4 人专业团队，专程赴宁夏考察，形成了初步方案，得到长城国富置业董事会的批准。时任中国长城资产副总裁、长城国富置业董事长周礼耀，用四个字表达：全力支持！

对于兄弟单位助力，长信公司喜出望外，也是全力配合。

2009 年 4 月 21 日，长城国富置业投资 8000 万元，作为项目的启动资金。委派具有丰富经验的工程管理人员和财务管理人员，分别担任项目公司工程总监和财务总监，全程跟踪参与项目的开发建设和日常管理。

在公司总部主导下，长城国富置业、长信公司密切协同，两年多后，长信春天项目顺利竣工开盘，成为当地明星楼盘之一。工程投资 2.9 亿元，占项目预算投资 3.94 亿元的 73.58%。截至 2011 年 6 月 17 日，销售总额 2.54 亿元；2012 年 7 月底住宅销售完毕，项目实现税后净利润 1.01 亿元，达到了合作共赢的预期效果。

长城国富置业不仅获取 2400 万元的投资收益，而且展露了系统内协同作战的身手，在西北树起一块闪亮的招牌。

在长城人的旅程中，长城国富置业借助中国长城资产系统整体优势，推进与兄弟办事处之间的合作，实施公司总部提出的"走出上海，服务全国"的协同战略，发挥了重要的作用，赢得了效益。

长城国富置业在努力完成自身经营考核目标外，尽力服务于中国长城资产系统不良资产处置项下房地产项目的运作。先后支持公司总部搭建齐鲁项目平台；协助昆明办事处获得昆明齐宝酒店项目；出资 5467 万元配合哈尔滨办事处完成黑宝药业项目债转股运作；协同贵阳办事处完成了百成酒店的改造项目；协助湖南长城土地公司启动湘潭土地开发项目；参与沈阳荷兰村项目尽职调查和投资竞标；出资并竞拍成功北京丽泽商务区项目，并组建长城国富置业北京公司；协同沈阳办事处托管辽宁成源置业苏家屯项目；协同上海办事处化解华丰置业项目风险；协同南京办事处解决月亮湾项目短期融资；协同长春办事处参与吉林棚改项目；等等。

成立十多年来，长城国富置业先后与二十多家办事处及多家平台公司，就具体合作项目进行了协商，实地考察多个项目，为相关办事处化解房地产项目风险提供专业意见和房地产技术服务，发挥了房地产专业平台的协同作用，也打出了自己的专业品牌。

经典"长城逸府"

2014 年，长城国富置业在上海本地房地产市场激烈竞争中，一举击败多家高手，拿到了高福里旧城改造项目，随后签订了项目入股合作协议，持有高福房地产公司 51% 的股权。该项目为上海市中心高端住宅项目，总投资 110 亿元，开发建筑面积 13 万平方米。

这是一个令人惊喜的大单。

2014 年 12 月，几乎在拿下高福里项目的同时，长城国富置业再度挺进金山区枫泾镇。《中国房地产报》于 2014 年 12 月 15 日，刊载如下新闻：

> 2014 年 12 月 10 日，上海市金山区枫泾镇，数百名情绪激动的业主围在镇政府门前，要求停工烂尾的华丰格兰郡小区完成交房。该项目开发商上海华丰置业有限公司正面临破产重组，成为死在沙滩上的"前浪"。
>
> 上海华丰是一家因协助"利比亚大撤侨"受到外交部表彰、而备受国际关注的世纪华丰控股公司旗下的子公司。公开资料显示，世纪华丰作为"华丰系"的成员之一，是中国建筑综合实力百强企业。因国外投资损失惨重，各银行均对"华丰系"停贷。致使资金链断裂，官司缠身，陷入绝境。
>
> 记者独家获悉，目前香港恒基集团正与世纪华丰谈判整体收购，而华丰金山项目或将由中国长城资产管理公司下属的长城国富置业收购，长城资产总部已同意该笔交易。若属实，将给数千业主带来福音……

上海金山区枫泾镇华丰格兰郡项目，占地面积 12.5 万平方米，约 187 亩，土地性质为住宅用地，总建筑面积约 28 万平方米，绿化率为 35%，项目可售面积约 20 万平方米。

2013 年底，上海华丰置业有限公司（以下简称华丰公司）的母公司将资金抽走，导致华丰格兰郡住宅区工程停工，形成"烂尾楼"，已经交了房款的 417 户业主，几年拿不到房子，发生了多次上访、市政府门前静坐、围攻、上街游行等群体事件，引起媒体接连报道。

上海市金山区政府专门成立维稳小组，苦苦寻找化解方案。政府、开发商以及华丰公司的主要债权人，都利用各自渠道多方寻找投资商。因债务复杂、涉诉太多，资产、股权被多家法院查封，又有几百户业主不断"闹事"，有意向的投资商们接触之后都觉得"烫手"，很快转身离去。

这些债务里头，上海办事处持有华丰公司的债权 5.05 亿元，2014 年底尚有 2.95 亿元本金及相应利息未收回。

这一切，似乎早就安排好了，非长城国富置业莫属。

在深入尽职调查的基础上，长城国富置业经过股权收购、破产重整、破产清算 3 个阶段的谈判，形成 3 种方案。但是地方政府认为，方案不错，就是时间过长，政府的压力大，维稳难以保证，要求破产拍卖华丰格兰郡整个房地产项目。

经过一年的准备，得到公司总部充分授权。

该项目事先经历了 2 次流拍，这次是第三次启动。这一次，长城人心中有数，一切似乎胜券在握。然而，2015 年 12 月 1 日第三次拍卖那天，斜刺里，杀出一家国有房地产上市公司。而且，据说该公司已经追踪这个项目两年多，绝对有备而来。

陡然间，硝烟弥漫。

拍卖起价 5.86 亿元，每次举牌加价幅度 100 万元起，或其整数的倍数。

对方每次加价，好像木槌一样，捶打长城人的心。煮熟了的鸭子，难道就这么让它飞了吗？

"场面相当激烈，大家的心都提到嗓子眼了。"邢秀燕说到此处，仍然按捺不住激动的情绪，她说："从可靠渠道得知，竞拍价肯定超过公司总部授权额度，怎么办？唯有千里求援，向总部请示。"

特事特办。从办事处总经理，到公司总部分管领导，到一把手，一路绿灯，同意长城国富置业增加授权。

与对手轮番举牌，第一轮均以 200 万元递增。争夺至第 57 轮时，对手出价 6.57 亿元。这个价，超过了预案。此时，长城置业代表意识到，必须打出气势，才能让对手知难而退，于是举牌 6.6 亿元，直接加价 300 万元！

果然，对手在拍卖师三次叫价后仍未能应价，落槌成交！

经过 58 轮竞价，长城国富置业最终成功取得华丰格兰郡项目全部房地产。长城人一年的努力，终于取得阶段性成果。

兴奋激动之后，冷静下来，回到现实。长城人要面对十几座烂尾楼，而且，已向法院和当地政府承诺，2016 年 9 月给已购业主交新房。十个月，谈何容易！

"有些地下隐蔽工程，我们在尽调时无法挖掘查看。"作为项目负责人之一，徐明前在谈到隐蔽工程改建时说："接手后，才发现地下管道、网管等必须更换，有的已移位，工作量和难度都是相当大的。但是，再难，我们也要往前冲。"

地下管道设施全部更换不说，光开启复工手续就要跑若干部门，包括竣工合格验收，共 67 项，还要盖 63 个章印。就按最快的进度推算，也要十八个月以上。

"如果不能按期交房，400 多户业主必然会公开闹事，可能会产生严重的群体事件。长城国富置业的招牌砸了不说，还可能招致不可估量的损失。"邢秀燕描述了当时交困的情景。

毕竟，长城国富置业是一支训练有素的团队，越是关键时刻越显露他们的智慧和硬汉本色。

2016 年 1 月 8 日，在远离本部一百多公里的枫泾镇，成立"上海长城京枫置业有限公司"，小区名由原来的华丰格兰郡，更新为上海"长城逸府"。邢秀燕为法人代表，冯健任总经理。

经过系统内外竞聘专业骨干人员，组建项目团队，招标施工单位，复办相关工程手续等一系列行动，所有项目人员吃住在工地，二十四小时，昼夜不停地赶时间、抢速度。

一时间，机器轰鸣，人流如织。地方政府城建部门督查人员每天到场察看，特别是那些翘首以盼的几百户业主，轮番光临。长城逸府一天天改变了原来衰败的模样，一座欧式风格的园林式小区，渐渐呈现在人们面前。高低的楼群，错落有致，小桥流水，树木成荫。

9 月底，长城国富置业如期兑现承诺，完成了一期 999 套商品住宅建设。

按照当地政府要求，11 月 5 日，交付 417 套原业主商品房，长城人兑现了不收取任何费用的承诺。一时间，四百多户拿房的业主拖家带口，呼朋唤友，两千多人齐聚现场，兴高采烈。不过，因有前车之鉴，在交房前格外慎重，做了周密安排，防止出现丝毫差池。

司法公证人员有条不紊地摇号，两排领取钥匙的长队，显得井然有序。听说长城国富置业徐沪江董事长来了，人们纷纷辨认，竖起大拇指，还有一些人干脆将徐沪江拥簇起来，握手致谢，感谢长城人给他们带来了福音！

长城逸府项目，受到上海市、金山区政府和民众的高度评价，上海市电视台及各大媒体密集跟进，轮番报道。

继交付 417 套原业主房之后，12 月 24 日，长城逸府又推出了 316 套商品房源。开盘销售当天，仅 4 个小时内，成功认购 203 套，销售金额达 4.01 亿元，成为上海第二个当天销售四亿元的房地产项目。

上海办事处也收回了投入的全部本金和利息。

截至 2017 年底，长城逸府一期项目售罄，销售资金十多亿元。长城人不仅创造了房地产市场热销佳话，也创造了不良资产处置与系统协同发展的经典案例。随着项目二期开工建设，工期较原计划提前 40 多天，开发面积 8 万平方米。长城逸府项目整体实现增值 12 亿元。

长城逸府不只是创造了长城人的物质财富，更是长城人的社会名声和精神财富，理应记入长城人的发展史册。

经典，长城逸府！

枝繁叶茂的常青树

我们不妨把历史的镜头，拉到 2006 年。

成立初期，长城国富置业有幸享受了一段比较"风光"的日子。当时的中国长城资产上下，要么为了"找米下锅"，在市场上四处碰壁，有的只能靠帮兄弟办事处做评估业务维持生计；要么为了"突围工行包"，在艰难的资产处置中，承受新一轮的煎熬和考验。

相比之下，长城国富置业既有"资产"，又有"现金流"，有活儿干也有饭吃，一时之间成为大家羡慕的对象。

然而，在长城国富置业班子成员的心里，哪敢有半点懈怠。

当时，其从上海办事处接收了近 10 亿元的资本金项目，包括了"东西南北中"几座高楼。随着这些项目的竣工完结，新的问题又不期而至。这些资产结构不合理，没有充裕的现金资产，也没有新开发项目，只能靠少量的租金收益维持。

2009 年开始，长城国富置业依照公司总部的部署，迅速调整经营思路，加快存量资产处置，优化资产结构。通过清理整合资产，退出不符合主业发展的投资项目，减少投资层级，努力向房地产经营主业转型。

卖楼，成了第一要务。

大量非主业资产积压，等于抱着金山要饭吃。在竞争激烈的商业市场，卖楼也绝非易事。尤其是用什么方式卖出最高价钱，让资产最大升值，除了凭借吃苦精神和精明的商业头脑，更是一门商业艺术。

卖了楼，有了现金流，长城国富置业又恢复了"底气"，寻找新的增长点。与此同时，不仅贡献了利润，更重要的是，发挥其作为房地产运营平台的工具优势，为服务不良资产处置主业贡献了自己的价值。

有两件事值得记述。

一件是出色完成政策性处置任务。2000 年 4 月，上海办事处从农业银行上海市分行接收不良资产本息共计 112.57 亿元，截至 2005 年 12 月 31 日，累计处置资产原值 85.78 亿元（不含债转股），累计回收资产 37.97 亿元，资产回收率达到了 44.26%（其中现金回收 22.25 亿元），实现了目标任务的 113.93%，提前一年完成考核指标。

上海特有的经济背景，决定了上海办事处较高的处置回收率并不具有普遍意义，但是水涨船高，高回收率提升了中国长城资产的总体回收水平。

另一件事是资本金增值。到了 2009 年，10 亿元资本金项下的所有资产的估值已经达到 30 亿元，增值了 20 亿元，还上交各项税款 9.6 亿元。特别是城市中心区域的土地、在建和可租售房产，增值空间巨大。

长城国富置业为整个中国长城资产系统作出了重大贡献，实现了超常规的经营效益和资本金项下资产的大幅增值。长城国富置业凭借专业的运作能力和坚韧不拔的精神，打造了一个个经典的案例，留下了一个个精彩的故事。响当当、硬邦邦的经营业绩，以及其示范、带动、辐射的效应，远超打造上海平台的构想预期。

长城国富置业，长成了一棵枝繁叶茂的常青树。

他们也理所当然地收获了超值回报。

多年来，长城国富置业始终秉承服务不良资产主业的初心和实干精神，大胆地试、勇敢地闯，从无到有，从弱到强，经历了磨砺和成长，干出了一片天地。自成立以来，其资产规模实现三连番，累计实现归属母公司净利润约24亿元。

申城白玉兰，娇艳芬芳，香溢四方。

布局北京国富

北京丽泽金融商务区，定位新兴金融功能，致力于打造成北京第二个金融街，成为首都未来的新名片。商务区地处北京西二环、西三环路之间，以丽泽路为主线，占地面积4.36平方公里，并被明确为首都金融业发展新空间，向海内外金融机构和企业招商。

这为长城人提供了一个参与首都开发建设的绝好机遇。

长城国富置业这支训练有素的团队，可以派上大用场了。2011年，中国长城资产同北京市丰台区人民政府签订了"战略合作框架协议"，约定双方建立互利共赢合作关系，抓住北京市开发南城、推进丽泽的机遇，实现优势互补，共同发展。

2011年11月4日，经公司总部批准，长城国富置业参与竞标，取得丽泽商务区E16、E20、E21土地，中标价14.5亿元。地块规划性质为商业金融用地，建设用地面积2.35万平方米，地上建筑规模1.43万平方米，规划建筑三幢高标准商务办公楼。

2012年4月13日，长城国富置业（北京）有限公司（以下简称北京国富）注册成立，作为长城国富置业的分支机构，两块牌子一套人马运行。2013年1月，在隶属法律关系不变情况下，北京国富升格为公司总部直管机构，"两会一层"也相应调整。之后，张和玉任董事长、程中喜任总经理。为进一步理顺关系，长城国富置业、北京国富与北京市国土资源局，三方签订补充协议，将"国有建设用地使用权出让合同"中的受让人主体进行变更，合同中的权利义务，改由北京国富全部承接。

至此，北京国富正式着手"长城金融工程项目"的商业化开发。

长城金融工程项目开发建设，是北京国富的基础和核心。自成立以来，北京国富在确保工程质量、施工安全、成本可控的前提下，全面、如期推进项目的开发建设工作。2017年，项目中的两个标段均保持着全国建筑绿色施工示范工程、全国AAA级安全文明标准化工地、北京市绿色安全样板工地等荣誉，成为各单位观摩学习的榜样。其中，长城金融工程3号楼对外转让项目，当年被公司总部评为"突出贡献奖"。

2018年，长城金融工程项目1号楼精装修施工顺利结束，并完成了竣工验收备案工作。同时，2号楼精装修也已完成，进入竣工验收阶段。3号楼也完成了产权证过户。至此，长城金融工程项目取得圆满成功。

第二章 CHAPTER 2

长城人的长子

　　长城国兴金融租赁有限公司（以下简称长城国兴租赁），是中国长城资产第一家金融牌照的全资子公司。就像长城人的第一个宝贝孩子，给长城人带来了惊喜与期望，从孕育、诞生到成长，备受呵护，集万千宠爱于一身。

　　长城国兴租赁励精图治，努力奋勉，历经十多年，一直稳健地行进，经营业绩"芝麻开花节节高"。

崩溃的"德隆系"

　　讲到长城国兴租赁，就得从新疆"德隆系"危机说起。

　　2004 年，曾经号称"中国最大民营企业"的德隆集团，在风雨飘摇之中仍在做最后的挣扎。4 月 2 日，德隆人召开了史上最后一次全体高层会议，决定发动全体员工购买旗下"老三股"（新疆屯河、湘火炬和合金投资），部门经理一万股，普通员工一千股，计入年终考核的任务指标。

　　然而，这一最后关头的"自救行动"很快就宣告失败。十天之后，"德隆危机"终于爆发，先是"合金投资"在股市率先跌停，接着"老三股"全线下挫。

　　数周之内，德隆集团的流通市值从最高峰时的 206.8 亿元，缩水到 2004 年 5 月 25 日的 50.06 亿元，市值蒸发了将近 160 亿元之巨。

　　覆巢之下，安有完卵？

　　"德隆系"崩溃后，其旗下的 117 家子公司及多家金融控股公司均遭厄运。其中，德隆系最重要的金融公司——新疆金融租赁有限公司（以下简称新疆金融租赁），同样在劫难逃。

　　新疆金融租赁的前身，是成立于 1993 年 5 月的新疆金新租赁公司，一家纯国有的非银行金融机构。1995 年，受国家经济政策的调整和自身债务问题的影响，当地政府和人民银行决定首次引入民营资本，于 1996 年 2 月 2 日组建了新疆金融租赁。

　　随后几年，经过两次增资扩股，德隆集团实现了对新疆租赁的实际控股，并开始将新疆金融租赁作为圈钱工具，为德隆系的快速扩张提供了大量的流动资金，致其主营业务停滞。

2004年初，危机爆发后，新疆金融租赁资金链完全断裂，被迫停业。

停业整顿期间，新疆金融租赁的账面总资产约为18.59亿元，但很快发现其资产存在巨大窟窿。经审计，截至2006年6月30日，新疆金融租赁资产仅为4亿多元，负债高达14.7亿元，其中的9亿元被抽逃，占63%。

还有一个问题是，混乱的管理，造成了新疆金融租赁的大量坏账。

2004年8月，国家决定采取市场化重组的方式化解德隆危机，并将德隆系全部资产全权托管给中国华融资产进行管理处置。2006年，中国长城资产作为重组方，从中国华融资产手中接盘，重组新疆金融租赁，开始实施救助行动。

枯木逢春

中国长城资产最早介入新疆金融租赁，缘起于2005年6月接收的工行包，其中就有工商银行新疆分行对新疆金融租赁的2.9亿元不良债权。经调查发现，这笔贷款早被挪作他用。

由此，中国长城资产成为新疆金融租赁的最大单一债权人，占全部债务的18.24%。

在新疆金融租赁的债权人中，机构债权人有五十多家，有的是委托理财，有的是委托存款；以自然人名义进行理财和委托存款的有八十多人。其中，最大的债权人群体是新疆各地的33家农村信用社，计7.58亿元。

2005年8月，在停业整顿工作组的主持下，新疆金融租赁召开了第一次债权人大会，经投票表决，一致同意实施重组。鉴于新疆金融租赁前期经营的惨痛教训，新疆自治区政府尤其希望具有金融背景的国有企业介入重组。

乌鲁木齐办事处得悉此消息，立即向公司总部汇报。

这对于正在商业化转型道路上摸索的中国长城资产而言，正是一次绝佳的契机。

公司总部随即成立工作小组，由张晓松挂帅，胡建忠带领几名业务骨干，多次到现场进行实地考察、认证。时任乌鲁木齐办事处总经理贺晓初，同时组织专门班子，负责与当地的政府、银监局、托管方和主要债权人协调沟通。

2006年3月6日，中国长城资产正式成立并筹建重组工作组，贺晓初担任组长，成员以乌鲁木齐办事处工作人员为主。筹备组正式向托管方、中国华融资产提交新疆金融租赁的重组意向。同年12月，新疆自治区政府、新疆金融租赁停业整顿工作组，初步确定中国长城资产为唯一重组方。

长城人在最大限度地保障债权人权益的前提下，提出一个实现不良资产价值提升的重组方案：中国长城资产以5.19亿元现金作为资本金直接注入新疆金融租赁，原有资本金归零，原有机构债权人债务兑付85%，自然债权人的债务兑付30%。

　　此方案，得到地方政府、托管方的充分肯定，也得到了机构债权人、自然债权人的认可。原本血本无归，现在中国长城资产还能兑付部分资金，这是债权人没有想到的。

　　2007 年 3 月间，中国长城资产在新疆自治区政府和托管方的大力支持下，积极与各债权人达成债务和解、与原有股东协商股权转让事宜，最终与新疆金融租赁原有的 20 家股东全部签订了股权转让协议，同意转让的股份占全部股份的 100%。

　　付出了辛苦，终于迎来曙光。

　　2007 年 12 月 14 日，银监会正式批复：同意新疆金融租赁有限公司停业整顿工作组提出的最终处置方案；批准中国长城资产收购重组新疆金融租赁有限公司。

　　12 月 28 日，经新疆银监局核批，新疆长城国兴租赁有限公司正式设立。

　　乌鲁木齐的早春时节，2008 年 2 月 19 日，银都酒店。

　　中国长城资产收购重组并更名后的"新疆长城国兴租赁有限公司"正式挂牌。匡绪忠任董事长，贺晓初任总经理。

　　在开业揭牌仪式上，长城国兴租赁与中国工商银行新疆分行等 9 家金融机构签订了业务合作协议。同时，与新疆广汇（集团）投资有限公司、青岛美华先行置业有限公司等 7 家企业签订了金融租赁协议，签约金额 4.33 亿元。

　　长城国兴租赁以全新的面貌开工复业。至此，中国长城资产终于将第一块金融类牌照揽入怀中。

　　这是一个多方共赢的局面。

　　对于新疆金融租赁，这标志着其历经重重苦难后，终于摆脱了坏账缠身的命运，迎来了重生的机会。对于新疆维吾尔自治区政府，这标志着妥善化解了一次危机，维护了社会稳定，保障了当地经济发展。对于中国长城资产，实现了"化解金融风险、提升资产价值"的历史使命，同时打造了商业化运作的第一个金融平台，在探索转型发展的道路上，迈出了极其重要的一步。

　　长城人对这块金融牌照心仪已久。

　　赵东平说："长城国兴租赁的挂牌开业，开辟了中国长城资产第一个商业化转型金融业务平台，具有开创性意义。"

　　匡绪忠也在一次讲话中谈到："金融租赁行业，是迅速崛起的朝阳产业，继银行、证券、保险、基金、信托之后，金融租赁已经有资格加入到中国金融结构的骨干行业里面。"

　　匡绪忠说："正在此时，我们长城人进来了，我们抓住了机会。这对长城人来说，长城国兴租赁为我们进入金融租赁行业，发展开创性事业提供了平台，同时，还可以期待，金融租赁业务的发展，将成为中国长城资产转型中发展金融服务产品链的轴心。"

　　然而，经过前期多年的停业整顿，这块饱受风雨的金融牌照几乎是"零起步"，再加上守在地处偏远、经济远不如沿海发达地区的新疆，业务如何开展？

　　"在德隆进入以及被托管的数年间，新疆金融租赁都几乎没有开展业务，客户、人员、市场都严重流失。"诚如贺晓初所说，"收拾了残局，长城国兴租赁从头开始。"

　　新疆金融租赁留下的坏账需要不断计提坏账准备，仅此，长城国兴租赁仍面临着较大的资本金不足压力和坏账清收压力。更重要的是，在股本重组和债务重组完成之后，接下来需要进行艰难的业务重组。

如何在饱经沧桑后重整山河、开辟新天地，成为最大的一个难题。

经过充分调研论证，公司总部确立了长城国兴租赁的业务拓展思路：守疆和东扩。

"守疆"就是守住新疆市场，长城国兴租赁是在新疆这片土地上孕育出来的，新疆这个地方，发展潜力很大，特别是近几年受益于西部大开发政策，发展速度很快，已经形成了油、气、煤等能源为主的优势产业，风能、太阳能等新兴能源、现代农业开发、旅游业等的发展潜力也十分巨大。

"东扩"则是发展疆外业务，逐步向东扩展和延伸，将中国长城资产遍布全国 31 个省（自治区、直辖市）的办事处发动起来，成为长城国兴租赁的"代理业务员"，一方面为长城国兴租赁带来丰富的客户资源，另一方面为各办事处商业化转型提供一个有效的业务拓展平台。

毫无疑问，这是一种优势，也是长城人进入租赁业的初心。

零点起步

战略既定，立即行动，重新开始。

长城国兴租赁挂牌一个月后的 3 月 23 日，中国长城资产在乌鲁木齐市举行全国金融租赁业务培训班。公司总部 10 个部门的负责人及业务骨干，各办事处领导班子代表共一百七十余人参加了此次培训。

这是长城国兴租赁的第一次亮相。之所以选在乌鲁木齐举办，既是对长城国兴租赁的员工开展一次全员培训，又是各办事处、平台公司与长城国兴租赁在业务上的一次直接对话，为搭建沟通平台创造条件。或者说，这是一次公司总部部署长城国兴租赁业务全国布局和发展的重要会议，也是中国长城资产租赁业务的零点起步。

会上，匡绪忠以国兴租赁董事长和中国长城资产副总裁的双重身份，部署和推进租赁业务的总体思路，提出"十大理念"：企业的价值理念、企业的发展理念、市场的定位理念、企业文化的理念、业务的拓展理念、客户的选择理念、产品的链条理念、风险的控制理念、责任与激励的理念、融资模式的理念。

毫无疑问，这次租赁业务培训会议，是对当年"零点起步"的租赁业务极其重要的指引，也成为长城国兴租赁后来持续发展的重要基石。

在长城国兴租赁"三会一层"的强力推动和全国各办事处的协同支持下，产生了奇效：

仅仅 8 个月时间，到 2008 年底，就实现了融资租赁业务规模达 8.5 亿元，营业收入 1.17 亿元，利润 3950.5 万元，净利润 2962.9 万元。同时，长城国兴租赁与合肥、太原、天津、杭州、南昌、郑州和昆明等办事处开展了 13 笔租赁代理业务，代理租赁总金额 4.39 亿元。

零点起步，短短的时间内就收获了这样突出的成绩，长城国兴租赁如同举起一支火把，虽然远在西北边陲，却让长城人都看到了耀眼的亮色。

2009年，长城国兴租赁继续加油奔跑。

资料显示：常规租赁项目做成了78个，收回应收租金5.75亿元，租赁保证金3.28亿元，租赁手续费8594.4万元，合计收回资金9.89亿元，应收租金回收率为100%；净利润为7942.1万元，同比增加了4979.2万元，增长168%，完成公司总部下达任务的141.67%。

这一年，石家庄、南京和贵州等办事处又相继开展了租赁代理业务，累计租赁代理金额11亿元，成为2009年中国长城资产系统中间业务的一大亮点。

到2010年6月，有21家办事处成功代理了租赁业务，累计代理业务总额34.83亿元。其中，呼和浩特办事处代理首笔售后回租业务，支持当地农业龙头企业——鄂尔多斯宏业生态公司3500万元。沈阳办事处融资租赁代理业务，完成辽宁田园实业公司等3个售后回租项目，投放额2.04亿元。这些业务，不仅为企业解了困，而且租赁代理收益优势也相当明显。

2010年6月，经财政部批准，中国长城资产作为唯一股东，在5.19亿元资本金的基础上，追加了10亿元，实现注册资本金15.19亿元。

2010年末，长城国兴租赁总资产为68.1亿元，净资产为17.36亿元。实现净利润1.77亿元，利润增长率为111.33%，完成股东下达年度1.35亿元的130.73%。净资产收益率为14.99%，高于上年同期13.22%；总资产报酬率为3.93%，高于上年同期3.34%。

长城国兴租赁在自身快速发展的同时，也支持了地方经济的发展，尤其在新疆非银行业金融机构中，成为重点利税企业。2010年12月15日，新疆维吾尔自治区政府为长城国兴租赁颁发了"区直文明机关"荣誉称号，实现了物质文明建设与精神文明建设双丰收。

真可谓：零点起步，高点收获，大有作为。

拨云见日

2011年5月27日，郑万春在全系统金融租赁代理业务座谈会上，充分肯定了长城国兴租赁成立以来卓有成效的工作，认为其已呈现出稳健发展的良好态势，发挥了很好的辐射带动作用，也是创造利润最多的平台公司。

郑万春也指出，由于经济形势趋缓和国家对重点产业结构的调整，必须意识到对金融租赁业务的波及与影响，提前考虑应对之策。

按照公司总部统一平台公司名称的战略，2011年10月31日，新疆长城国兴租赁有限公司更名为"长城国兴金融租赁有限公司"。

2012年底，长城国兴租赁在这几年探索发展的基础上，基本确立了自己的战略布局：在管理体制上，将总部部分职能机构迁到北京，公司高管率先实行京疆两地办公，形成立足北京、辐射全国的格局。在客户定位方面，明确了以中小企业为服务对象。在业务模式上，充分发挥办事处的网络营销作用，采取"办事处代理＋自主开发"的模式。在行业定位上，以国家政策倡导的节能环保、新能源、新材料、医疗、物流、交通运输业、装备制造、矿产资源和新兴工业、有色金属为主。在产品定位上，大力发展直接租赁，创新经营租赁、厂商租赁、分成租赁、风险租赁等新业务产品。

2013 年 6 月 28 日，中国长城资产第二次注入资本金，增资后，长城国兴租赁资本金达到 24 亿元。

应该说，这一套量身定制的发展战略取得了良好的成效。

长城国兴租赁经过多年的持续快速发展，早已摆脱早期的困境，在股东强有力的支持下，迅速成为一个"立足新疆、辐射全国"，业务遍及大江南北的中等规模的金融租赁公司。

长城国兴租赁这一时期的发展，也受益于我国租赁行业经历的一轮快速增长的周期。

然而，受到国内外经济低迷的影响，发展增速逐年回落，租赁行业进入了一个调整周期。长城国兴租赁在行业周期的起落中，也逐步遇到了自身发展的瓶颈，主要有以下四个方面的问题。

问题之一，资本实力仍显不足。在全国金融租赁牌照中，长城国兴租赁资本实力，远不如行业中占据主导地位的"银行系"租赁公司。后者在资金方面具有先天基础，净资产雄厚，具有足额而成本低廉的资金优势，更容易轻松占据行业的龙头。

长城国兴租赁作为资产管理公司在商业化转型中衍生出的新秀，本身起步较晚，无论是净资产还是资金渠道，都无法与银行系金融租赁公司相抗衡。净资产规模的限制，对开展大额、大客户业务造成较大影响。

问题之二，行业太过分散，缺少技术优势。相比"厂商系"租赁公司，缺少客户优势和技术优势。

问题之三，融资结构不合理。租赁行业的特点，是以中长期融资为主，短则三年到五年，长则十年到十五年。倘若资金来源多为短期资金，如银行贷款，则极易造成资产与负债的期限结构严重错配。长、短期限结构一旦失调，将带来严重的流动性风险。这些，无形之中带来了较大的经营压力。

问题之四，经营风格激进。这是由长城国兴租赁与母公司的自身发展情况决定的。

从数据来看，2013 年，长城国兴租赁与 20 家同业的风险指标数据对比显示，净资产收益率、总资产收益率、营业收入增长率和成本收入比名列前茅，但不良资产率、租金回收率等风控指标明显攀升，同时资本充足率和拨备覆盖率较低。

这是快速拓展业务并扩张规模的必然结果。随着行业进入盘整期，国内外经济复苏缓慢，长城国兴租赁的业务调整和风险管控问题逐渐突出。

几大困境的多重叠加，掣肘长城国兴租赁的发展，令其经历了一段不小的阵痛。

从 2011 年到 2014 年初，针对面临的几大突出问题，长城国兴租赁党委班子及时调整方略，步步为营，寻找契机，各个击破，致力于破除瓶颈。

一方面，围绕落实中共中央、国务院在北京召开的新疆工作座谈会精神和加快边疆发展的工作部署，抓住这一历史性机遇，重点支持国家能源基地建设和矿产的综合利用建设。在油气、煤炭等集约开发地区，支持热电联产和煤矸石发电项目；对利用新疆丰富光热和风能资源建设的大型风电、光伏发电以及低碳能源项目，予以优先支持。

另一方面，在基础建设和生态环境建设方面，重点支持以公路、铁路、航空为主体的综合交通运输体系建设，推进企业技术升级、更新设备和扩大再生产，不断提升企业市场竞争能力和创利水平；积极支持以水利工程、油气输送管道工程为龙头的配套企业、项目的技术升级和设备更新。

同时，通过不断创新工作思路，转变发展方式，进一步提高金融服务水平。注重加强与其他金融机构之间的合作，借助"他山之石"，形成合力，实现多方共赢。在与国有商业银行、股份制银行、信托公司、金融（融资）租赁公司等机构合作中，开发了银租、信租、联合租赁等业务品种。

租赁业迎来了新一轮政策的春风。

2014 年 3 月 13 日，中国银监会新修订的《金融租赁公司管理办法》正式施行。该办法在放宽资本准入门槛、扩大许可经营范围等方面释放了政策利好。

对于长城国兴租赁而言，这无异于拨云见日，雪中送炭。

好风凭借力，送我上青云。长城国兴租赁抓住难得的契机，一方面继续积极深化与大型银行的合作，创新合作方式，扩大合作范围和领域，另一方面积极进行负债业务的创新探索，研究金融债发行、境外人民币业务等方式，创新渠道引入低成本资金，提升盈利能力。

如沐春风

2014 年 8 月，大连办事处总经理张希荣，调任长城国兴租赁，执掌帅印。

上任不久，张希荣不失时机地推进长城国兴租赁改革的步伐——"调结构、控风险、稳增长"。

业内人十分明了，结构、风险、增长，就是在已经形成的阵地上进行战略转移和战术控制，如同三把刀子，互相交错，哪一把都是致命的，需要足够的胆量和驾驭智慧才能"玩儿"的。

长城国兴租赁管理层从调结构入手，从资产结构、产品结构、客户结构、负债结构、协同结构五个方面，大刀阔斧形成合围之势，突出以结构的优化来控风险、保增长。

通过推进结构调整，达到风险可控，促进增加效益。

2015 年，长城国兴租赁经营成效十分明显，经营能力与水平呈直线上升之势。年末，总资产实现 434.53 亿元，净资产达到 51.87 亿元，利润总额 7.10 亿元，净利润 5.29 亿元，实现有史以来的最好业绩。

张希荣说，发展中的问题，还是要靠发展来解决。只不过现在的发展，更讲究艺术，更注重稳健经营，还要"耐得住寂寞"。

比如调整客户结构，可能影响一些老客户，但他认为："长城国兴租赁要搞专业化、差异化发展，就不能客户遍地开花，应该在我们熟悉的行业、熟悉的领域深耕细作。如果你不熟悉，不了解这个企业的行情、生命周期、生存规律，如何去研究这个企业的发展呢?"

基于对客户结构的重新认识，长城国兴租赁重新设置了4个事业部——医疗公共事业部、交通装备事业部、能源矿产事业部、建筑环保事业部，并以事业部为基础，根据省份地域划分几个片区，分别有专门的团队管理，实现"区域化"与"专业化"同步发展。

2016年末，实现利润6.16亿元（拨备后，下同），同比增长28.10%；净利润4.5亿元，同比增长12.62%，完成年度基础目标的102.40%。资产总额为537亿元，租赁资产余额504亿元，资本充足率达到了10.41%，拨备覆盖率306%，再次创造了历史新高。

2017年，长城国兴租赁乘势再上台阶，实现利润13.7亿元，净利润11.5亿元，同比增长148.38%，再创历史最高水平。资产总额为593亿元，租赁资产余额578亿元，当年新增投放规模为253亿元，资本充足率11.29%，核心资本充足率为10.1%，拨备覆盖率304%。

2018年，长城国兴租赁实现利润总额8.06亿元，实现净利润7.06亿元，同比增长34.77%，完成年度考核目标的100%。资本充足率12.64%，较年初上升2.09个百分点，核心资本充足率9.92%，较年初上升0.56个百分点。不良资产率1.51%，逾期率2.21%，拨备覆盖率345.97%，各项指标均符合监管要求。

在经营发展的同时，长城国兴租赁还积极承担社会责任，传播长城文化。自2014年起，长城国兴租赁和新疆办事处响应新疆维吾尔自治区政府开展"访民情、惠民生、聚民心"活动的号召，主动深入基层，先后派出4批团队组成工作组，进驻阿克苏地区乡村开展工作。驻村期间，工作组成员克服重重困难，走村串户、身体力行，充分发扬长城人团结拼搏、锐意进取的精神，用实际行动为维护新疆地区的社会稳定和增进民族团结作出了积极贡献。为此，自治区党委和政府专门向中国长城资产发来感谢信，称赞工作组在驻村工作中"作出了不平凡的业绩"。

2016年11月7日，《金融时报》以《用真心换真情 加力脱贫攻坚》为题，专门报道了长城国兴租赁在新疆扶贫工作的事迹。报道称：长城国兴租赁自"访惠聚"工作开展以来，先后投入260多万元开展民生工程、扶贫帮困和精准扶贫工作，在当地产生了积极影响，树立了央企支持经济发展、促进民族团结和维护边疆稳定的良好社会形象。

直面险滩，知难而上，急流中勇敢奋进，方显出英雄胆略。

与此同时，长城国兴租赁系统协同能力水涨船高。

随着业务向纵深发展，中国长城资产协同发展战略日趋成熟。在此基础上，长城国兴租赁推出了"双向流程、双向管理、双向考核、风险共担"的协同办法，建立健全了协同发展的良性机制和服务体系，全面推进平台公司与办事处之间融资租赁业务的双向协同发展。

仅2015年上半年，其业务总量显著增加。代理业务的办事处比2014年增加了8家，达到 13 家，其中，沈阳、武汉、海口办事处租赁代理业务发展迅速，投资规模 37.6 亿元，同比增长了 33%；呼和浩特、天津、石家庄、郑州、济南等代理业务总量大的办事处，依然保持了良好的发展势头。

办事处代理租赁业务的积极性由此空前高涨，客户结构进一步优化，分公司、子公司之间业务协同进一步延伸。

2016 年，长城国兴租赁与办事处合作代理了 64 个项目，金额 138.24 亿元，占年度投放总额的 57.07%。

2017 年，长城国兴租赁与 22 家分公司合作代理租赁项目，总额共计 145.21 亿元。经营效益与盈利能力获得双丰收。

2018 年，业务经营体现出结构继续优化的特征：客户质量更加优质，专业化特色更加明显，区域布局更加合理，自主开发能力有所加强。

再一次例证了集团协同 "1 + 1 > 2" 战略的正确性。

长城国兴租赁自零点起步，资产总额不断扩大。中国长城资产 3 次增资，其资本金在 40 家同行业中排名已升至第 11 位，同时，盈利能力一直在行业中保持领先水平。

2014 年 9 月 17 日，长城国兴租赁获中诚信国际信用评级机构良好评价：长城国兴租赁股东背景良好、资本实力较强、风险准备提取充分、市场定位明确、经营决策机制健全，确定长城国兴租赁主体信用等级为 AA +，评级展望为稳定。

2015 年 8 月 3 日，长城国兴租赁与人保投资合作的资产支持计划，获得保监会正式批准注册。该资产支持计划分两批募集八年期 30 亿元的低成本资金，6% 的浮动利率为行业同类计划中最低。

这意味着长城国兴租赁发掘出了一条获取长期资金的新途径。

2016 年 12 月底，经中国人民银行批复同意，长城国兴租赁获准在全国银行间市场公开发行金融债券，发行金融债券总额在 30 亿元之内。同时获得了优良企业信誉，全国 43 家金融机构对其授信，授信总额 1105 亿元。

2017 年以来，长城国兴租赁持续扩大授信规模，有效补充资本，扩充融资渠道，优化负债结构。

2018 年，长城国兴租赁先后取得 71 家金融机构授信，授信额达 1439.95 亿元，用信余额 495.7 亿元。成功发行了疆内首单、金融租赁行业第二单 10 亿元二级资本债，有效提升了资本充足率水平。长期负债占比由 2014 年的不到 10%，提升至 47.87%，降低了资产负债期限错配风险，流动性管理水平显著提高。40 亿元绿色金融债已获新疆银保监局审批，完成了首单 14.25 亿元银登 ABS 业务备案，初步构建了多元、灵活的融资渠道。

至此，来源单一、期限短的融资困局已经解开。

长城国兴租赁主要的业务种类实现了多元化，包括直接租赁、售后回租，同时也以多元化产品结构为导向，加大经营性租赁、转租赁、联合租赁、杠杆租赁的业务占比。牢牢立足北京、新疆、武汉 3 个区域中心，有力辐射全国各省份，业务范围遍布全国，成为中国长城资产坚实的支柱。

不愧为长城人的长子！

第三章 CHAPTER 3

长城人的混血骄子

长生人寿保险有限公司（以下简称长生人寿）是中国首家获准开业的中日合资寿险公司。"长生"二字，取中国长城资产之"长"、日本生命保险之"生"，寓意永久存在或生存、永恒不朽。

长生人寿是长城人的第二块金融牌照。中日联姻之混血儿，在中国大地正茁壮成长。

保险作为一类可以永续经营，且能带来稳定资产和现金流的金融平台，对于正在期盼商业化转型与可持续发展的长城人来说，无疑一场及时雨。然而，也许由于中外合资天然而短暂的"水土不服"，长城人并没有一帆风顺，他们由陌生到熟悉，由被动变主动，最终迈入了持续发展的正轨。

这算得上一种机缘巧合，更是在历经磨难之后，对长城人长相守望与勤劳智慧的献礼。

三折其肱

2008年初，由中国保监会推荐，中国长城资产得悉广电日生保险公司的中方股东——上海广电集团有意出售股权的消息。

在商业化转型之初，中国长城资产就认识到保险牌照价值和平台意义，自然十分珍视这一次重组的机会。

公司总部决定，由擅长并购重组的周礼耀出马，亲率周长青、汪柏林、张耀琨、郭韬、赵晓舟等人的工作团队进行重组设计和谈判工作，中国长城资产由此踏上了近两年的艰难曲折的重组之路……

化解日方顾忌

广电日生保险公司是一家中日合资保险公司，成立于2003年。其股东方分别是中方的上海广电集团和日方的日本生命保险公司，各自占股50%。2007年，由于上海广电集团深陷债务危机，无力负担广电日生保险的正常经营以及增资需求，为缓解压力，在上海市政府的主导下，上海广电集团开始寻找合适的买受人，承接其持有的广电日生保险50%股权。

中国长城资产出现在这一恰当的时间。

尽管有中国保监会的引荐，但日本生命保险对中国金融资产管理公司的背景和使命并不熟悉，甚至还存在较大的误解。

不看不知道，一看吓一跳。日本人发现：中国长城资产的账上，居然摆着数千亿元的"亏损"！他们无法理解：中国长城资产这样一家公司如何能得到保监会的推荐，如何够格与自己这种国际大公司合作，甚至如何有足够的资金支付保险股权的收购。

没办法，长城人只得从"猴子变人"说起，让日本人对中国长城资产的来世今生和身家性命有了重新的认识，也深深地为长城人的敬业精神所折服。他们终于了解：中国长城资产作为一家金融央企，肩负着化解金融风险的国家使命。他们也终于相信，保险业如果能跟金融资产管理业有机结合，将能够起到互相促进、互补支撑的作用。

2008年4月，日本生命保险与中国长城资产签订备忘录，明确了合作意向。

转圜政策门槛

尽管达成了合作意向，但根据国家有关政策，国有资产的转让必须公开进行。正是这一点，让日本人顾虑重重。日本生命保险公司在保险行业中名列世界第七位，作为一个世界级的跨国财团，其海外子公司的股权要拍卖，要进行公开转让，情何以堪！对一个跨国财团来说，商誉将会受到国际质疑。他们提出，必须采取"协议转让"的方式，完成股权交易。

上海市政府表示：难以接受。

而此时的上海广电集团，早已每况愈下，转让迫在眉睫。这家成立于1995年的国有企业，多年来因战略布局等多方面的原因，导致经营不善，资不抵债，到2008年亏损已逾18亿元，不得不由政府托管，与旗下两家上市公司剥离，以求摆脱困境。在此情境下，股权转让多拖一天，就多一天的负担，多一分的危机，这当然是上海市政府不愿看到的结局。

长城人一时也犯了难，陷入了沉思。

经过认真研读政策，长城人发现了一丝转圜的余地。

2008年10月28日出台的《中华人民共和国企业国有资产法》规定，"除按照国家规定可以直接协议转让的以外，国有资产转让应当在依法设立的产权交易场所公开进行。"国家出台《企业国有资产法》，主要目的是防止国有资产流失。

基于此，负责重组谈判工作组成员，在深入研读国家相关政策后，向上海市政府提出：上海广电集团隶属于上海市国资委，其持有的广电日生保险股权是国有资产，而受让方中国长城资产，是财政部全资控股的国有企业，而且是全额收购上海广电持有的50%股份，这笔转让不存在国有资产流失的问题。

在长城人有理有节的推动下，上海市政府终于松口，有关领导正式签批："长城是国企，广电也是国企，两家合作，50% 的股权换 50% 的国资，不存在流失问题，同意协议转让。"

疏通监管渠道

股权转让相关文件上报到财政部和银监会，不料受到质疑。

作为一家资产管理公司，主业是管理处置不良资产，当时，中国长城资产现金流任务无法达标，处置压力巨大，耗费了大量的人员精力，怎么能顾及其他？何况，寿险又是一个复杂的行业，上海广电作为一家资深国企尚且经营不好，长城人如何有把握能不重蹈覆辙？随着政策性处置的结束，对于资产管理公司的生存去留，还未有定论，自身的转型之路也尚不明朗，盲目拿下保险公司，会不会反而成为未来的负担？

连续三问，似乎都不无道理，导致审批流程一度被中止、搁置。

是啊，在当时的历史情境下，来自股东和监管部门的担忧，亦在情理之中。

长城人当然有自己的生存逻辑和苦衷。由于政策性时期的底子薄、质量差，中国长城资产在同业中并不出色，再加上承接工行包后带来的巨大处置压力，让长城人越发感到生存的艰难，也更加深刻地领悟到，不能坐等政策的扶持，而是要靠自身的拼搏，闯出一条不可取代的发展之路。

多年不良资产处置经验，让长城人确信，通过打造平台来丰富资产管理处置的工具箱，提升综合金融服务能力，是可持续发展的必经之路。

在众多金融牌照中，保险的价值当属独一无二。其一，保险公司一旦走上正轨，未来能够带来稳定的现金流，给自身做大主业提供支持；其二，保险资金的投资，未来也有资产管理的需要，可以跟自身主业进行很好的结合；其三，保险的经营需要全国性的网点铺设，中国长城资产在各地的分支机构可以提供天然的渠道和便利，相互协同、相辅相成。

当然，最重要的一点，保险作为三大主流金融牌照之一，中国长城资产一旦成功进军保险行业，意味着从非主流金融业向主流金融业的延伸。这对于提振全员信心、加快转型步伐有着显著的积极意义。

周礼耀回忆起争取批复的日子，他说：那样的日子特别难熬，日方表面上不着急，其实是假的。随着时间的流逝，他们逐渐失去耐心，开始与其他意向收购人秘密接触，同时向中国长城资产发出最后通牒，如果 2009 年 6 月 15 日之前拿不到批复文件，则停止合作。

时间紧迫，长城人按照监管部门要求，无数次修改补充报告，不分昼夜，加班加点，只为呈现一份比较完备的汇报材料。其时，周礼耀不顾自己在生病之中，带着工作组成员，在风雪中，在深夜中，坚守等待，也只为能争取一次向监管机构领导当面汇报的机会。

长城人的合理诉求和执着精神，感动了监管机构的领导。

2009 年 6 月 15 日下午，中国银监会批复，同意中国长城资产收购上海广电持有的股份。当天下午 5 点，当日方代表到达公司总部办公大楼 11 层会议室时，油墨未干的批文刚刚放在会议桌上。日方代表深受感动，由此也进一步坚定了与中国长城资产合作的信心。

接下来，便是与日方艰难的谈判较量。对合同条款的字斟句酌，对发展规划的理念对撞，对我方权益的保护和坚守，让谈判时不时地陷入胶着，步步为艰。日方三番五次变更团队，与我方缠斗。我方则始终由周礼耀坐镇，亲临谈判，逐步实现了我方的初始目标，为将来全面管控目标公司，埋下了伏笔，打下了基础。

三折其肱，终成良医。

历经近两年的艰苦谈判、斡旋，长城人如愿将这块保险牌照收入囊中。

为了庆祝这一艰难的胜利，2009 年 10 月 17 日，在上海举行了成立长生人寿的揭牌仪式，作为中国长城资产成立十周年的献礼。

公司总部委派周礼耀出任长生人寿董事长、沈逸波出任副总经理、周来望出任财务总监。总经理由日方出任。

2010 年，周礼耀代表长生人寿与苏步青数学教育奖理事会签署赞助协议，一次性捐助 20 万元，成为该教育奖的合作伙伴之一。

两贤相厄

根据收购协议，更名后的长生人寿承接原广电日生的全部资产和债权债务，以及对外签订的保险合同、合作协议等，公司章程基本不变。同时，合资双方同比例增资 5 亿元，增资后的注册资本为 13 亿元，资本实力得到扩充。

无法平衡的权利

日本生命保险公司（日本生命保险相互会社）成立于 1889 年，是日本最大的人寿保险公司，在美国《财富》杂志 2009 年 7 月的"世界 500 强企业"排名中名列第 96 位，在保险行业中名列世界第 7 位，被公认为全球大型金融机构，也是世界大型保险集团之一。1985 年，该公司成立了专门负责中国业务的"中国委员会"，相继在北京、上海、广州等地设立了代表处，向中国政府机构以及中国的各保险公司提供人才培养和经营技术等协助。2003 年，获得中国批准的合资保险牌照，广电日生保险设立，开展寿险业务。

按 50%：50% 的股权结构比例，中国长城资产与日本生命保险理应权利对等。但是依据公司章程，虽然中方委派了董事长及两位高管，日方委派总经理及其他副总经理，可是公司实行总经理负责制，全权负责日常业务经营、人事任免及薪酬等事务，且连任不少于三届。也就是说，经营管理的主导权，依然由日方股东——日本生命保险公司掌控。

合作初期，对于中国长城资产而言，一方面，因自身缺乏保险领域的从业经验，另一方面，尽管长生人寿始终处于亏损状态，但考虑到保险行业通常需要六年至八年才能进入盈利周期，面对这家资历深厚、深耕中国市场多年的日本保险业"老大哥"，选择相信其经营实力，无可厚非。公司总部研究后，同意由其继续主导保险公司的经营决策，中国长城资产则提供辅助支持。

因此，长生人寿依然维系了重组前的治理结构。

2010年8月，日方新委派了总经理、副总经理。新任总经理表示，长生人寿经营目标是，2012年的保费收入是现在的5.5倍，达到的11亿元的规模。在接受记者采访时，他也信心满满，将带领重组后的长生人寿再次启航。

然而，事与愿违。

长生人寿并没有出现"强强联合"预想的良好发展势头，反而陷入了业务增长迟滞、盈亏平衡遥遥无期、人才流失与风险案件频发的经营困境。

不得不为的抉择

2009年，长生人寿完成增资、更名后，在日方主导下，制订了《未来三年（2010—2012年）经营计划》，目标是至2012年底，累计实现保费收入22.79亿元，其中2013年进入盈亏平衡点，2017年实现单年度盈利，2024年整体盈利；行业排名进入前16位，新设两家分公司。

到了2012年末，长生人寿业务虽有增长，但实际经营情况很不乐观，不仅较大幅度低于原计划指标，还出现了偏离发展战略的诸多新问题。

一是业务规模始终处于合资公司板块下游，二是分支机构开设严重受挫，三是减亏、扭亏和转盈遥遥无期，四是中国长城资产将在无力改善经营现状的情况下被迫增资，给自身发展和国有资产带来隐患，五是员工队伍出现不稳定现象，六是潜在风险陆续暴露。

不仅如此，在日方经营层提交的《三年（2013—2015年）经营计划》中，依然放任了业务停滞、持续亏损的趋势，预计到2015年末累计亏损达到8.87亿元。

长生人寿不仅没有朝着逐渐减亏、盈利的正面方向发展，而且自身的内涵价值还在不断下降，与中国长城资产的战略目标渐行渐远。长此以往，无异于给未来的经营发展埋下了一颗定时炸弹。

长城人必须痛下决心，作出进退战略抉择。

进，即以取得控股权为首要目标，以取得经营主导权为底线，调整股权和治理结构，由日资主导经营转为中资主导经营，把长生人寿打造成为服务于中国长城资产总体目标的战略性金融平台。

退，即在无法打破僵局的情况下，与其受到连年亏损的拖累，却"有力使不上、出力不讨好"，不如彻底退出长生人寿，以壮士断腕的决心止损离场。

一鹿出击

2012 年 9 月，中国长城资产成立工作小组，由善于处理复杂局面的孟晓东挂帅，带领公司总部机构协同部和派驻长生人寿高管团队的主要成员，缜密酝酿，启动与日本生命保险的第二轮谈判。

两种方案，当以"进"为先。

中国长城资产，早已不是当年那个孱弱少年，而是有着一定资本实力和市场经验的后起之秀，倘若能够获得经营主导权，坚信能够带领长生人寿走出困境。

2012 年 12 月，中国长城资产围绕一个新的三年经营计划，向日方提出关于经营层高管问责、采取补救措施等要求，并建议改变治理结构，由中国长城资产主导经营。不出意料，遭到日方经营层的回避和拒绝。

长城人只好使用"倒逼之策"：在董事会上行使股东的一票否决权，先后否决了不切实际的包括三年经营计划、预算案在内的一切议案，堵死日常经营决策流程，致使长生人寿一度被中国保监会问责。

经过一系列问责和倒逼策略，日本高层终于回到谈判桌前，重新开始了平等的对话。

精心企划

对于这轮谈判，孟晓东及工作组成员，早已做足攻略，从公司系统抽调了一批具有股权管理、法律、保险经验的专业人员加入工作组，还聘请了保险咨询机构、律师事务所、资产评估机构做了大量的调研和可行性分析。

分析认为，近些年来，一些合资寿险纷纷中资化，并已呈现出较好的发展势头。这说明中资主导下的合资公司，能更好地适应本土化市场环境。

因此，中国长城资产突破当前的股权结构，实现 51% 甚至更高的持股比例，在法律和监管政策上是可行的。并且，其时中国长城资产的长期投资余额占所有者权益的比例不足30%，远低于监管要求的 70% 上限，即使对长生人寿增资控股至 70%，也符合监管要求。

由此，长城人精心准备，制定并提交的《长生人寿 2014—2016 年商业企划书》，经过美国某资深保险咨询机构的充分论证，认为完全可行。与此同时，随着长生人寿的经营向好，内涵价值不断提升，控股方持有的股权溢价也将水涨船高。

这些，赋予了工作组谈判的底气和筹码。

权利再平衡

谈判初期，以孟晓东为首的谈判代表，以事实为依据，据理力争，绝不让步，迫使日方承认长生人寿经营陷入僵局的事实，并开始考虑控股权和经营权转让的可能性。但是，他们对增资协议和章程修改的细节，提出了种种苛刻条件。

谈判异常艰苦，数次到凌晨，几度回原点。

一招不成，再施另策。

为提高效率，谈判组决定化繁为简，明确目标，提出了谈判的三个基本原则：

第一，一切条款必须有利于长生人寿的长远健康发展。

第二，一切条款必须符合中国的法律和监管要求。

第三，在体现中国长城资产主导经营权的前提下，保护小股东的利益不受侵犯。

这三条，每一条都触及谈判的核心，也是双方共同关心的问题。日方自然也是接受的。在上述基本原则下，双方就条款细节一一磋商，一旦有异议，则以上述三大原则为准。

数十场艰难谈判后，终于迎来了曙光。

2014 年 6 月初，双方签订了增资协议，就长生人寿增资扩股和修改公司章程达成一致：第一，中国长城资产及旗下子公司共同向长生人寿增资，增资后直接和间接持股比例为 70%；第二，中国长城资产委派经营管理人员，负责长生人寿的日常经营决策；第三，日本生命保险仍然作为战略合作者，为长生人寿提供其作为股东的产品和技术支持。

随后，公司总部向财政部、中国保监会等汇报，坦承长生人寿当前的困境，并以翔实的数据阐述了中国长城资产通过增资控股，帮助长生人寿扭转局面、改善经营的可行性，最终获得审批同意。

针对中国保监会关于保险公司控股股东持股比例不超过 51% 的规定，中国长城资产多次与保监会领导汇报沟通。最终，保监会理解了长城人的大局观，充分肯定其在长生人寿面临经营困局时能够挺身而出。2015 年 7 月，保监会正式批复，同意中国长城资产及其下属子公司分别增资持股 51% 和 19%，成为目前国内合资寿险公司中唯一一家控股股东持股比例达到 70% 的保险公司。股权结构"51% + 19%"的设计，既实现了对长生人寿的绝对控股，也为未来股权调整预留了空间。

2015 年 9 月，中国长城资产与日本生命保险公司，完成了增资及股权变更手续。

长城人圆满完成了一次权利再平衡。

自长城人控股以来，长生人寿各项业务，特别是个险业务很快呈现出改善势头。2015 年 11 月，修正保费 961 万元，比同年年初的 300 万元翻了两番；第十三个月续保率由上一年第四季度的 48%，提高到 2015 年第四季度的 70%。

再上台阶

长生人寿获得中方股东增资并修改了公司章程，以此为契机，其决策机制、治理结构等方面，都得到了全面优化：

　　其一，董事增至 7 名，中国长城资产及子公司提名 5 名董事，取得绝对多数席位，日本生命提名 2 名董事。其二，除合资法案规定的重大事项和中长期计划、重大战略决策等，其他事项全体董事过半数通过即可，避免了合资双方意见不合、影响日常经营。其三，长生人寿总经理由中国长城资产提名，日本生命可以提名 1 名副总经理或总经理顾问；争议仲裁地也由第三国改为注册地。这些修改彻底改变了长生人寿的治理结构，最大限度地保证了中国长城资产对长生人寿的经营主导权。

　　至此，长生人寿终于成为真正意义上的"长城系"金融平台，中国长城资产也因此迎来了自身转型发展的重要机遇。

　　2015 年 11 月 28 日，增资后的长生人寿专门召开了"新长生、新征程——2016 年业务启动会"，孟晓东在会议上明确了主导经营后的改革策略，即通过实施"三改一引进"，对经营管理进行彻底变革。

　　一改，即改组治理构架。

　　新一届董事会从 2015 年 11 月开始行使董事会权力。11 月 11 日，经中国长城资产推荐、由监管机构核准，沈逸波担任总经理。以新董事会组成和新任总经理为标志，长生人寿落实了中国长城资产的经营管理主导权。

　　二改，即改革管理体制。

　　长生人寿原来的垂直管理总部条线负责制，严重影响了管理效率和业务发展。改革后，实行分公司总经理负责制，落实分公司总经理授权管理，明确责、权、利关系，同时，为适应中国寿险市场特点，以面向市场、创新业务、利润导向、资源整合和对接股东为原则，重新调整部门分工，明确责任边界。

　　三改，即改善经营机制。

　　通过改革，重点对费用资源以及个人奖金和工资的分配机制进行较大调整，对于分配到单位的费用资源，进一步加强与业务挂钩和使用灵活性；对于分配到个人的奖金和工资，更加向前台一线倾斜，与业绩挂钩更加紧密，加大考核力度，加快年轻骨干晋升，打破大锅饭，拉开分配差距。

　　一引进，即引进专业骨干。

　　通过成立业务骨干招聘委员会，按照市场化原则精选团队，建立职业经理人制度，迅速招聘了包括电子商务部、投资管理部负责人以及产品开发精算师等在内的一批优秀人才，并借助中介机构启动了面向市场选聘副总经理级等高管人员的流程。

　　新的经营团队通过一系列举措，理顺了管理机制、优化了管理团队、提振了员工士气，接下来，将重点从经营上发力。

　　2015 年 12 月 19 日，长生人寿提交了一份修订完善的《三年（2016—2018 年）经营计划》，获董事会批准。

　　2016 年，是长生人寿"新长生、新征程"的开局之年。自 2015 年中国长城资产控股之后，长生人寿在 2016 年首次扭亏为盈。在双方股东的大力支持下，长生人寿彻底扭转了过去 12 年业务徘徊不前、发展举步维艰、队伍士气不振的被动局面，全面完成了第一个年度的经营计划，行业排名、业务质量和管理能力得到了大幅提高，各项工作取得了前所未有的成绩和进步。年报数据显示，2016年末，长生人寿取得净利润234.73万元，一改2015年末亏损5642.47万元的局面。

2017年，是长生人寿"新长生、新征程"第二年，长生人寿克服市场不利影响，加快业务转型，深化本土经营，业务增长和经营管理继续取得了较快进步。2017年末，资产70亿元，比年初增长23%；规模保费24.3亿元，与此同时，各渠道业务达到了历史最好水平。新增标准保费、13个月继续率、间接和直接佣金比例、基层营业单位月均标保平台等个险业务的关键指标创历史最好水平。

2018年，长生人寿全体员工奋力拼搏，克服宏观经济下行和监管政策趋严的双重影响，加快推动业务转型，主动调整发展方式，资源配置和考核机制向价值业务倾斜，转型发展理念和方式日趋一致，各项业务继续保持了较快增长。截至年末，原保费收入23.2亿元，同比增长25%，资产64.8亿元，负债56.2亿元。

继2016年8月16日四川分公司成立之后，浙江、江苏、山东等省分公司也先后挂牌。2018年，河南分公司获得批筹；上海营运中心整合了上海地区业务；四川、浙江、江苏、山东4个省分公司筹建开业了6家中心支公司、3家营销服务部。江苏分公司探索机构强体，开启了营业区增设营销服务部升格中心支公司尝试。

新时期，新蓝图，长生人寿将迎来新的一轮发展。

长生人寿四届一次董事会通过的《三年发展规划（2019—2021年）》，描绘了迈向中型寿险公司蓝图。未来三年，长生人寿将建成30~40家中心支公司、100~150家营销服务部。大个险新单标保分年度要求达成3亿元、5亿元、7亿元，13个月继续率保持在90%。规划期末总资产达150亿~200亿元，新业务价值将保持高增长，年度亏损和内涵价值将由降转增出现拐点。

第四章 CHAPTER 4

长城人的金孔雀

这是一幕活脱脱的以婚恋故事为题材的喜剧。

一个有些大器晚成的男青年，苦苦追寻自己的梦中情人。曾几何时，诸多优秀的女孩擦身而过，却形同陌路。眼看到了谈婚论嫁的年龄，眼看身边的同伴早已成双成对，各有归属，未免形影相吊。而后的寻亲路上，波折不断。中国人常常用"缘分"一词来解释和体谅这些无法"喜结良缘"的男女。然而，喜剧最大的看点，就是结局完满。

"窈窕淑女，君子好逑。"

控股一家券商平台，长城人可谓寻觅多年，却每每失之交臂。

尤其在商业化转型路上衔枚疾进的中国长城资产，亟须拥有一个能够作为资本市场参与主体、推动综合金融服务功能升级的券商平台，以实现自己的战略布局和转型发展。

而当时的厦门证券，正在资本市场步履蹒跚。作为一家成立于1988年的老牌券商，因为资本金不足，弱势明显，主营业务局限于传统的经纪业务，成立三十年来一直无法摆脱"靠天吃饭"的尴尬局面。屋漏偏逢连夜雨，正值资本市场佣金率快速下滑时期，厦门证券几乎面临生存困难，亟须引入有实力的战略投资商。

中国长城资产和厦门证券双双期待着一条更宽广的道路。

在此背景下，中国长城资产入主厦门证券，既能解决厦门证券的生存难题，又能一圆自己多年的"券商梦"。

实乃"天作之合，文定其祥"。

功不唐捐

想当年，从农业银行选调到中国长城资产的干部员工，个个心气甚高，人人踌躇满志，他们怀揣"大投行"梦想，想干一番大事。经过了十多年的磨砺、失落甚至憋屈，好不容易跻身商业化转轨行列，期待着在资本市场大显身手。

然而，一个没有券商平台的资产管理公司，就如同没有一杆好枪的优秀猎手。有劲儿没处使啊。

中国长城资产也像一个错过了成婚最佳时机的大龄青年，开始极力寻找优秀的意中人，紧张地张罗自己的婚事。

其实，从政策性资产处置阶段开始，中国长城资产就曾遇到一些较好的证券公司重组机会。这其中，有曾经唾手可得的河北证券，有犹豫中错失良机的深圳联合证券，还有功败垂成的世纪证券……均因种种原因，功亏一篑。

用"老长城人"的话说，"以当时的价格，放在现在的市场中来看，等于白送。"

从历史的角度来看，事物的成败总有其特殊的主客观原因，姑且不论。

当同业公司已陆续拥有一张或者多张优质金融牌照，再寻求重组券商平台时，才发现时过境迁，市场环境早已改变，价格之高昂、竞争之激烈、情况之复杂，超乎想象。

重组券商平台，是中国长城资产商业化转型的战略需要。

伴随着政策性处置使命的完成，全面向商业化、市场化转型，中国长城资产致力于建设成为综合金融服务企业。而综合金融服务需要多种金融平台作支持，券商既是资本市场的重要参与主体，其创新型证券业务又与不良资产经营管理主业高度契合，从战略意义上看，证券平台成了必须拿下的一座城池。

非诚勿扰

2012年，中国长城资产成立专门工作组，开始"相亲"。

胡建忠挂帅指挥，抽调精兵强将，专门负责证券公司的收购重组工作。

据统计，当时国内证券公司共有116家，要了解每家的经营管理情况，并从中选出合适的收购对象，是一项非常巨大的系统工程。面对海量的工作，工作组沉下心、苦下力，逐一了解各家证券公司的实际情况，做到心中有数；寻找各方渠道，与相关证券公司实际控制人进行洽谈，了解交易意向和可能性。

经过多方筛选，工作组最先锁定世纪证券。这家成立于1990年的早期券商已连续两年由于经营不善而亏损，在64家券商公布的2012年财报中，以6112万元的亏损额，成为当年的"亏损王"。其股东方已无心投资金融，有意转让股权。

为此，胡建忠带领工作组与世纪证券进行了数十场谈判，与当地政府进行了数十次沟通协调，统筹形成了数十份尽职调查、可行性研究、重组方案等汇报文件，并获得财政部、银监会的初步认可。可以说"万事俱备、只欠东风"，只等世纪证券在交易所挂牌，中国长城资产通过拍卖的方式举牌，即可完成交易。不料，在挂牌的最后一刻突生变故，中国长城资产被迫退出了竞标。

费尽心血，却功败垂成！

"市场往往充满无尽的变数，市场也总是那么无情。确实让人非常难过。"胡建忠回忆起当时的情景，忍不住连连摇头叹息，感到遗憾和痛心。

然而，一路摸爬滚打的长城人明白，痛越深刻，路越艰难，就越能激发斗志，就越是要加紧脚步，牢牢把握住眼下的每一个机会，将失败的苦楚，酿成胜利的美酒。

饱受打击的长城人从来不言放弃。

情定"东南孔雀"

2013 年 10 月，王勇接任工作组组长。

"刚进工作组时，感觉到大家情绪都比较低落。"王勇接手的第一个任务，就是继续寻找合适的标的。"2013 年底的时候，股市交易量逐步增长，大家都感觉到一波大攻势要来了，很多券商开始扭亏为盈，股东方出售意愿降低，市场上已经没有太好的标的了。"

凭借责任意识和对事业的执着追求，工作组对着一百多家长长的券商名单，挨家挨户打电话沟通、摸底。即使没有合作意向，也能了解一些有效信息。

"功不唐捐"是一句佛学语言，可以解释为：世界上的所有功德与努力，都不会白白付出，必有回报的。

很快，一个好消息传来，同为当年三大亏损券商之一的"厦门证券"，正在悄然寻找意向合作者。

厦门证券成立于 1988 年，注册资本 200 万元，堪称中国"老牌"券商之一。20 多年来，历经数次股权变更，厦门证券已演变为一家民营机构。其曾先后参与了厦华电子、厦门国贸等多家企业的上市进程，但多年来经营状况并不理想，经营范围仅限于经纪业务。股市持续低迷导致业绩持续下滑，2013 年 1 月公布的财报显示，其亏损达 3616.57 万元，与世纪证券、联讯证券同时成为三大亏损券商。由于连续亏损，厦门证券有引入战略投资者、改善经营状况的意向。

经过认真研究，工作组很快判断厦门证券是一个不错的收购标的，不仅"物美价廉"，而且"平台干净、无负担、可塑性强"。分析下来，其至少具有以下几大优势。

优势一，虽规模不大、经营不善，但有利于控制收购成本。

优势二，历史经营管理较为规范，三年来的监管评级始终为 B 级，在行业内同等规模的券商中排名比较靠前，说明近年来无重大违法违规行为、且未受到重大监管处罚，后期整合难度相对较小。

优势三，由于经营范围局限于经纪业务，未开展资产管理、承销与保荐、自营等业务，所以不存在上述业务的整合、人员的清理安置等，留下了巨大的想象和发展空间。

工作组迅速整理上报的方案，顺利获得公司总部的审批同意。2013 年 11 月，中国长城资产正式启动厦门证券的收购重组工作。

正当此时，重组工作再遇阻碍：建设银行、民生银行以及中国人寿等"金融大佬"们也正在与厦门证券商谈重组事宜，且厦门证券股东方提出的增资扩股方案已获得某些意向投资方的原则同意，唯一的缺陷是，由于监管政策的限制，该增资方案只能通过股份代持的方式得以实现。

孔雀东南飞，五里一徘徊。

难道，这次又要被人捷足先登？

长城人果断出击。

2014年3月，胡建忠带队直接与厦门证券股东方——德稻集团的实际控制人见面沟通，并表达合作的意愿，突出中国长城资产同样具有金融央企的优势，实施的是全面重组，远远优越于股份代持方式。若能合作，厦门证券将是中国长城资产的重要组成部分。

分管副总裁出面洽谈，表明中国长城资产高层的重视程度和高效决策，足以让对方感受到长城人的诚意。况且，长城人的思路清楚，一揽子重组也确实能帮助对方走出困境，发展未来。

因此，这次会面，仅仅用了半个小时，对方实际控制人当机立断，撇开谈了数月仍无进展的其他金融单位，将中国长城资产列为其首选合作伙伴。

谈婚论嫁

失败是成功之母。

世纪证券收购虽然没有如愿，长城人却因此积累了丰富的经验，形成了一套成熟的思路、方法，对于尽职调查、估值方法、方案设计、谈判技巧、操作流程等一切环节，了然于胸，运作起来更是驾轻就熟。

"收购世纪证券，虽然最后被迫放弃，但这套思路、方法和经验，在收购厦门证券时，几乎全用上了。"胡建忠说。

长城人以高度的合作诚意和高超的沟通艺术，让厦门证券股东、厦门银监局等相关机构心悦诚服，为达成共识打下了良好的基础。在多次谈判后，最终，原股东放弃控股权，同意中国长城资产将增资比例从60%提高至67%，增资15.8亿元，取得控股权；在7个董事会席位中占有5个，经营层高管全部由中国长城资产委派，保证中国长城资产对证券公司处于绝对控制地位。

以增资方式重组，相比于直接收购股权的方式，更有利于证券公司日后的发展，增资中支付的对价资金并未支付给原股东方，而是留在厦门证券。这样，证券公司的现金储备和资产实力更强，有利于证券公司综合业务的开展和行业评级。同时，由于对方股东的资本仍保留在公司内，对公司原有的或有负债和其他资产瑕疵做了保证，更有利于重组过程的风险控制。

通过对收购目标的选择，对收购目标的尽职调查，对增资协议条款的拟定，对决策要点的分析，长城人依靠成熟的重组并购经验，迅速完成内部审批。2014年5月26日，重组工作组与厦门证券及其控股公司签署附生效条款的"增资控股协议"，并上报财政部和银监会审批。

由于厦门证券处于亏损状态，且厦门证券内部对重组工作有不同意见，导致审批流程一度搁置。

就此，公司总部主要领导多次出面，向财政部等上级机关解释原委，并积极协调配合银监会的审核，确保最后通过审查、取得批文。2014年11月，经厦门证监局批准，中国长城资产向厦门证券注资 3.685 亿元，正式入主厦门证券。

2015 年 1 月 23 日，厦门证券嫁入夫家，改姓"长城"，取名为"长城国瑞证券有限公司"（以下简称长城国瑞），其性质由民营转变为国有控股。

尤其幸运的是，券商重组的时点，正巧赶在 2015 年"牛市"到来之前。在当时的市场情况下，收购成本较低，而牛市行情带来的一轮业绩增长，为券商未来的整合转型奠定了良好的基础。

"中国长城资产以增资扩股方式完成并购，不仅未支付现金对价，而且锁定或有并购风险，与同期其他券商并购案例相比，成本低了不少。"新闻媒体在报道中这样评价。

功不唐捐，玉汝于成。

一切的辛苦、汗水，终于不辜负长城人的期盼，赢得了一个令人欣慰的结果，抱得美人归。

脱胎换骨

中国长城资产是金融央企，正宗的"豪门"。曾经的"丑小鸭"厦门证券嫁入豪门，很快脱胎换骨，变成了一只秀外慧中的金孔雀。

2015 年，是长城国瑞增资扩股后转型发展的开局之年。

2015 年 1 月 5 日，厦门证券召开 2015 年第一次临时股东会，表决通过了公司章程修订及公司更名的议案，选举了第七届董事会。同日，第七届董事会召开第一次会议，选举出新任董事长，聘任了总经理及其他管理层人员。

作为控股股东，中国长城资产委派胡建忠出任董事长，王勇任副董事长、总经理，其余管理岗位和业务骨干也主要由中国长城资产选派。

新一届管理团队秉持稳扎稳打的经营思路，以"两全两有"为目标——"全牌照、全国性，有品牌、有特色"，通过搭框架、打基础、建机制、促发展、带队伍等一系列措施，不断提高治理水平，推动长城国瑞转型发展。

的确，一个名不见经传的小券商，对于转型中的中国长城资产而言，实则是一个价值无穷的"大舞台"。长城入主后的厦门证券，如沐春风，瞬间激发出了无限潜力和生机。

重组不到一年，其就实现了从小券商向中型券商、从区域到全国、从单一经纪业务向综合牌照业务的重大跨越，华丽转身之后，迅速崛起成为一家"全国性、全牌照，有品牌、有特色"的创新型券商。

管理上台阶

随着法人治理结构的完善，新的经营管理层全部到位，机构和业务整合工作随之有条不紊地展开。

通过下设信用业务委员会、自营业务委员会、投资银行委员会，成立财富管理等 5 个事业部，整合原存管结算部及经纪业务管理部的部分职能，成立运营管理部，为运作提供综合后台支持。在管理层级上，形成了总部—事业部—业务部（营业部）的管理架构。

在加大基础建设力度的同时，建立起"横向到边、纵向到底"的规章制度体系。先后投资近 1 亿元，初步形成较为完善的信息系统，为业务创新发展打好了信息技术基础。通过培养和引进人才，充分吸收先进理念和技术，围绕集团战略需要，注重人才的年轻化、专业化。

改革后的组织结构更加优化，职能关系也更加清晰。

经过一系列调整，实现了由管理型总部向事业部型总部的转型，确立了财富管理、资产管理、投资银行、投资管理、证券研究五大业务条线，拥有了一批有创业激情、有担当意识的优秀人才，初步形成了综合性券商的管理格局。

全资质目标

重组前，原厦门证券仅仅拥有证券经纪业务资格，而证券行业具有更高含金量的证券自营、证券资管、融资融券、证券承销与保荐等投行业务资质无一具备，这对证券公司的发展形成了极大的掣肘，也未能完全实现中国长城资产收购券商的战略目标。

要想真正参与资本市场的竞争，必须得先拿到"入围门票"。

自 2015 年 3 月起，长城国瑞管理团队在进行了紧张的组织变革和机构调整后，顶着时间紧、任务重的压力，迅速开展了证券牌照的申报，并以高质量的申报材料获得了监管部门的一致认可。

高效的行动也带来了高效的回报。

2015 年 4 月，长城国瑞先后拿下了证券自营、融资融券、股票质押式回购等资质。审批周期最快的仅用了 17 个工作日。随后数月，又一鼓作气，陆续拿下港股通、证券承销与保荐、全国股转系统上市业务与推荐业务等资质。

到 2015 年底，长城国瑞已经实现证券业务"全牌照"，跻身综合券商行列。

布局全国

2015 年 10 月 27 日，长城国瑞北京月坛营业部开业。当天，媒体刊登文章《加速全国网点布局　长城国瑞证券"北上"》，对此做了现场报道：

> 在这秋高气爽、硕果累累的金秋十月，长城国瑞证券有限公司北京月坛北街证券营业部于 10 月 27 日上午正式开业并举行了隆重的开业庆典活动，北京证券业协会王霄冰先生，中国长城资产管理有限公司总裁张晓松先生、党委书记沈晓明先生，长城国瑞证券有限公司董事长兼党委书记胡建忠先生、副董事长兼总裁王勇先生，以及来自客户代表汇添富基金、华安基金、安信基金、西部信托、金石致远、貔亿投资、凯兴资产、君臣资产、汉唐资产的嘉宾到场祝贺。

长城国瑞证券有限公司前身是成立于 1988 年的厦门证券公司，是中国最早设立的证券公司之一。近年来，公司步入跨越式发展轨道。2014 年 11 月，经财政部、中国银监会批准，并经厦门证监局核准，中国长城资产管理公司以增资扩股方式，成为公司控股股东。2015 年 1 月，公司完成工商变更登记，企业性质正式由民营企业变更为国有控股企业，并更名为长城国瑞证券有限公司。目前，公司在北京、上海、广州、深圳、成都、杭州、厦门等大中城市拥有 23 家证券营业部，经营范围包括证券经纪、证券资产管理、证券投资咨询、与证券交易及证券投资活动有关的财务顾问、证券投资基金代销、代销金融产品、证券自营、融资融券等。

北京月坛北街营业部作为首家在北京落地的分支机构，称得上是长城国瑞的旗舰营业部，是其网点扩张、优化区域布局，实现全国性战略目标的第一步。

重组更名以来，长城国瑞依托中国长城资产系统优势，在原有网点基础上，加速向全国各大省市的布局。

2015 年 10 月 27 日，北京月坛北街旗舰营业部开业。

2015 年 12 月 1 日，深圳人民南路营业部开业。

2015 年 12 月 16 日，上海浦东南路营业部开业。

2015 年 12 月 22 日，长沙芙蓉中路营业部开业。

2015 年 12 月 28 日，北京工体南路营业部开业。

2016 年 12 月 5 日，海口国兴大道营业部开业。

2017 年 6 月 20 日，济南经七路证券营业部开业。

2017 年 7 月 26 日，武汉东湖路营业部开业。

……

此外，哈尔滨、大连、银川、宁波、石家庄、天津、郑州等营业部均先后跟进。截至 2017 年末，营业部及分公司的机构数量已增至 39 家。

在实现"全国性"布局的同时，将营业部的经营范围由传统的经纪业务，拓展到包括证券经纪、证券投资咨询、财务顾问、证券投资基金代销、证券资产管理、证券自营、融资融券、证券承销与保荐等综合类证券业务。

通过创新和协同机制的引导，2016 年底，新设营业部当年就实现全部盈利，创下了证券业界的奇迹。2017 年，全线营业净收入 2.68 亿元，其中 13 家营业部利润超过 500 万元。

扭亏增盈

2015 年被称为增资扩股后的开局之年。

2015 年 11 月，《新京报》刊登的一篇题为《长城国瑞前三季获利 2.2 亿》的报道，率先披露了中国长城资产入主以来的第一张成绩单，称"长城国瑞昨日交出中国长城资产入主后首份成绩单。今年前三季度，长城国瑞利润总额为 2.2 亿元，较上年同期增长

32.1 倍。"

连续多年亏损的厦门证券，终于在重组后迎来了开门红。

截至 2015 年 12 月末，当年实现营业收入 4.87 亿元，较上年同期增长 125.5%；营业利润 2.09 亿元，较上年同期增长 1641.67%。

根据重组谈判的约定，中国长城资产控股后，必须使长城国瑞在三年内实现 3 亿元利润。不到一年时间，长城国瑞不仅迅速扭亏为盈，而且提前两年完成了任务，不得不令人刮目相看。

2015 年 12 月 18 日，在金融时报社、中国社科院金融研究所联合举办的"2015 年中国金融机构金牌榜·金龙奖"评选中，长城国瑞被评为"年度最具成长性证券公司"。

顺势而为

尽管 2015 年的开局良好，长城国瑞的崛起之路仍谈不上"一马平川"。

2016—2017 年，我国经济发展进入新常态、新周期，金融监管政策和资本市场环境也发生了深刻变化，这给券商的转型发展带来了一定的压力与挑战。为此，长城国瑞在前期打基础、建机制的初步成果上，进一步调整业务结构，依托资管、投行、投资、财富管理、证券研究五大业务条线，着力开发与中国长城资产各省分支机构协同的业务和产品。

在业务结构调整的思路上，长城国瑞配合集团战略，提出了"大资管、大投行、大财富、大协同"的发展方向。

2016 年，长城国瑞证券实现营业收入 5.97 亿元，净利润 2.3 亿元。2017 年，长城国瑞证券实现营业收入 9.56 亿元，利润 3.8 亿元，各条线业务盈利水平均较上年有了稳定增长，转型成果初显。

资管率先发力

"大资管"战略下的资产管理业务率先发力。

对于发达国家来讲，资产管理业务早已经成为金融机构的支柱业务，收入占比普遍较高。而国内资产管理业务起步较晚，发展空间十分广阔。

这为长城国瑞拓展资管业务带来了良机。

围绕发挥券商功能优势，立足协同和业务创新，在"大资管"战略的引领下，长城国瑞重点发展资本市场业务、并购（产业）基金、资产证券化、债券资管、PPP 业务。

长城国瑞资管业务由此得到了迅速发展，资产管理规模在业内达到中位数水平，管理费收入已进入行业前 40 名；定向资产计划管理数量排名位列第 45 位，集合资产计划管理数量位列第 54 位，通道类定向资产管理数量位列第 36 位，证券公司客户资产管理业务本年累计净收入排名第 39 位。同时，积极探索新监管环境下的业务突破点，发挥自身优势，丰富业务模式，夯实竞争基础，逐步实现弯道超车，债券资管、场内大额股票质押式回购、定向增发、资产证券化、PPP、并购重组业务已在业内形成一定影响力。

2016 年度，长城国瑞累计发行产品 248 只，累计发行总规模 857.6 亿元，实现收入 2.52 亿元，资产管理业务快速进入行业 50 强。

2017 年度，长城国瑞资产管理条线实现总收入 4.9 亿元，资产管理总规模 406 亿元，其中主动管理类资管产品规模 123 亿元，同比增长 187%。虽然资产管理总规模略有下降，但主动管理能力得到了稳步提升，特别是资产证券化业务呈现快速增长，管理并承销资产支持证券 16.51 亿元，承销规模在行业中排名第 57 名。

推行双轮驱动

在竞争激烈的券商行业，以长城国瑞的规模和格局，仅能勉强跻身中等券商行列，想要突出重围并不容易，"准确定位"变得尤其重要。

在中国长城资产战略的统一部署下，长城国瑞对业务发展目标及路径进行了重新评估和规划，提出"SC + AMC"的差异化定位，即"证券 + 资产管理"。

这一差异化定位的核心——"双轮驱动"，就是以自身发展与母公司协同相结合。从自身发展看，旨在券商"事业部"与"营业部"在产品研发和客户开发上的功能互补；从母公司协同看，则在于发挥母公司资源优势和券商牌照优势，互相促进、互为动力，以此形成新的核心竞争力。

为此，长城国瑞借助中国长城资产全国分支机构的系统优势，成立了一批创新型营业部。除传统的证券业务外，创新营业部定位于投行业务、资管业务的承揽，在承揽后由证券公司的投行、资管等专业部门进行维护；创新营业部将成为券商高净值客户、机构客户的线下服务平台。

事业部与营业部分别与中国长城资产总部、各分支机构进行对接，完成协同合作。"双轮驱动"战略，迅速为长城国瑞打开了局面。

长城国瑞在加大机构铺设力度的同时，还积极推进传统营业部转型，利用中国长城资产的网络、人才、市场、客户等资源优势实现综合金融服务，重点打造资本投资、精品投行，其核心优势就是"服务 + 资金"，即"用投资的思维做投行"。

2017 年，长城国瑞获股东增资 19.86 亿元、注册资本增至 33.5 亿元。当年取得企业债主承销商资格，并获批股权激励行权融资业务试点资格，还先后获得"年度最具成长性证券公司""中国券商资管成长奖""厦门市证券期货投资者教育基地""金砖国家领导人会晤支持单位"等一系列荣誉，并受到表彰。

坚持问题导向

2018 年以来，国内资本市场受国内外多重不利因素影响，股票债券市场大幅波动，风险事件频发，造成一定不良社会影响。上证综指、深证成指以及创业板指数均出现大幅下降并持续走低。

面对这样不利的环境，长城国瑞坚持问题导向，集中突破制约、影响和阻碍公司发展各类问题，坚持稳健经营，保持重组以来行业监管"零处罚"，为进一步发展打下了坚实的基础。

为更好发挥协同优势，2018年，长城国瑞成功出资2.2亿元，以增资扩股的方式持有集成期货股份有限公司55%股份，集成期货正式更名为"长城期货股份有限公司"。

为进一步夯实基础，长城国瑞成功发行"长城国瑞证券有限公司2018年非公开发行次级债券（第一期）"。这是长城国瑞首次在资本市场发行债务融资工具。本次发行规模为人民币5亿元，票面利率4.89%，期限为3年，全场认购倍数达3.2倍，投资者覆盖国有大型银行、农商行、证券公司、基金公司等各类主流金融机构。

为提高自我发展与市场化资本补充能力，2018年以来，长城国瑞对股份改制进行认真研究，并成立股份制改革工作小组，正式启动了股改工作。

长城国瑞提出，2019年起，将继续坚持做精牌照专业，服务中国长城资产主业，重点从资管、投行、零售、研究等牌照功能出发，坚持"SC + AMC"的特色化道路，围绕防范化解资本市场风险，助力中国长城资产开发新产品，开拓新客户，开辟新市场，开创新模式。

展望未来，长城国瑞将在发挥协同优势的同时，与中国长城资产各分子公司进行资讯共享、服务共享、产品共享，实现向大数据时代经济新内涵转型，努力打造"金孔雀"的品牌形象。

美丽的金孔雀，风姿绰约，款款飞来。

第五章 CHAPTER 5

长城人的华西旗帜

老一辈长城人，骨子里都有一种无法摆脱的"银行情结"。从职业归属感来讲，他们尽管离开了银行多年，但打心底里还认为自己是半个银行人，对银行拥有天然的情愫。从业务可持续发展来讲，银行平台是未来商业化转型发展的重要支撑，是构建综合金融服务架构的必要工具和重要组成部分。

为实现这一目标，长城人付出了艰苦的努力，先后尝试并购三峡银行、宜昌商业银行、天津银行、合肥农商行、泉州银行等。虽多次尝试未果，屡败屡战，但长城人从未放弃探求。

对于中国长城资产而言，这份商机就是2014年与德阳银行的"牵手"。

这一次牵手，意味着长城人追逐了多年的银行梦，终于在天府之国四川找到了一个完美的诠释，也意味着中国长城资产业已形成了全牌照综合金融服务的战略格局。

夙愿达成

重组银行曲折之路

在搭建银行平台的路上，长城人遭遇过太多的坎坷。

三峡银行并购重组失手之后，2011年9月，中国长城资产再度冲刺，目标锁定天津银行，而且党委班子成员认识高度一致。

天津银行是由地方政府主导的金融企业，而中国长城资产与天津市政府交好已久。以天津滨海新区综合配套改革为契机，中国长城资产从2007年开始深入推进与天津市政府的战略合作，立足于天津滨海新区，一举组建了新金融研发中心、天津中小企业金融服务公司、天津国际融资服务有限责任公司、天津金融资产交易所等多家业务创新公司。

双方良好合作基础，坚定了长城人的信心。

2011年，中国长城资产实现跨越式发展，盈利水平从几亿元跃升到三十多亿元。

长城人乘势而为，决心一举拿下银行牌照。

10月初，由郑万春统一指挥，抽调投资投行部相关人员组成专门工作组，开展重组天津银行工作。

2011年底，中国长城资产和天津银行及其股东达成了入股协议，收购天津银行超过50%的股权，受让股权主要来自天津市政府。议定入股完成后，天津银行将更名为"中国中小企业银行"，并一次性支付首付款5亿元。

这一次，似乎是"脸盆里摸鱼——十拿九稳"了。

"行百里者半九十"，事情越接近成功，往往越显艰难。

就在中国长城资产对入主天津银行志在必得的时候，陡然生出变数。消息一经传出，媒体纷纷跟进。《21世纪经济报道》的消息如下：

> 2012年7月11日，有消息人士向记者表示，由于天津方面突然提出不同意见，导致中国长城资产管理公司收购天津银行的计划可能流产。
>
> 对于正在谋划转型的中国长城资产而言，收购控股天津银行是其改变命运之举，志在必得。此项工作推进一度顺风顺水，但却可能最终折戟。
>
> 导致交易失败的原因可能在于控制权归属，中国长城资产希望能获得控制权，并在收购后更名为中国中小企业银行，从而与中国长城资产整个战略转型相符合。但天津有关方面考虑到城商行资源的稀缺性，心有顾虑。
>
> ……

天津遇阻后，中国长城资产又先后参与了合肥农商行、泉州银行等重组，又经过一年多的努力，费尽了心血，依然未能如愿。

不言放弃，是长城人的一种意志、一种品格。

从失败中站立起来，才是真正的强者。

接近目标

世间事，大抵都讲个缘分，生意场上表述为商机，而商机是可遇不可求的，讲究的是"天时、地利、人和"。

德阳银行成立于1998年，是德阳地方性股份制商业银行，注册资本10.55亿元，下辖40多家分支机构与网点，覆盖四川成都、德阳、绵阳、泸州、眉山等地，在四川省内13家城商行总资产排名中列第四，员工共计959人，德阳市国有资产经营有限公司为第一大股东。2014年6月末，资产总额达到581亿元，比2013年末增长7.16%；净资产达到31.57亿元，比2013年末增长10.23%。2013年实现净利润5.6亿元，2014年上半年实现净利润2.80亿元。

总体来看，德阳银行是一家发展较好的区域性商业银行。

2013年9月，在四川省政府政策鼓励和引导下，德阳市政府基于改善德阳地区金融生态环境，提升德阳银行风险抵抗能力，促进德阳银行做大做强的目的，积极引进战略投资者参与重组德阳银行。与此同时，德阳银行受宏观经济下行，尤其是受"四川刘汉事件"

的不利影响，不良资产率趋高，资本充足率也即将逼近监管的红线。

2014 年，德阳市政府多次与中国长城资产主动沟通，洽谈战略投资合作事宜。6 月 24 日，按照公司总部的部署，周礼耀带领鲁振宇等赴德阳，会见了四川省人大副主任兼德阳市委书记李向志、市长陈新友、市委常委刘烈东等，达成重组初步意向。经过前期调研分析，中国长城资产认为德阳银行是一家比较理想的重组对象。

8 月 2 日，中国长城资产与德阳市政府签署了"合作备忘录"。

一锤定音

俗话说，一朝被蛇咬，十年怕井绳。

长城人决意拿下银行，但又得吸取先前血泪般的教训，就不能只吊在一棵树上。他们兵分三路，同时派出重组工作组，对吉林银行、廊坊城商银行等，进行重组调研，与当地政府磋商。

2014 年 9 月，三份重组意向方案，摆到了中国长城资产的决策会议桌上。三家选哪家？议而未决，讨论中免不了要"货比三家"，甚至争论。正在公司总部高层酝酿之时，刚刚走马上任、担任党委书记的沈晓明，敏锐看中了德阳银行的潜在优势。

访谈中，沈晓明笑着说，"那可是一见钟情啊"。

对于沈书记的独到眼光、坚定信心以及对一系列问题的透彻分析，参与德阳银行重组工作的员工都深有感触，正所谓，高屋建瓴，其见远今。

"并购重组德阳银行，是我的意见，也是晓松总裁等党委成员对我的尊重。"在访谈中，沈晓明回忆起决策的过程。他说："之前，长城资产重组几家银行没有成功。现在有三家银行并购方案摆在这儿，到底选哪家好？因为是公司领导例会嘛，大家先说，我接着说，张总裁最后讲。我说了三点，第一是统一思想，第二是瞄准目标，第三是周密谋划。既然重组银行的思想统一了，就得瞄准目标。我的意见是瞄准德阳银行。一方面，我在银监会一直主管银行市场准入，对区域性银行有个直觉判断。另一方面，也与我个人从业经历有关吧。北方银行业的资产质量、坏账消化能力、经营水平与发展前景，与南方相比还是存在差距的。我是做了功课。四川本是天府之国，它的地区生产总值比湖南还高，2014 年、2015 年，当时 2600 多亿元，湖南是 2400 多亿元。地区生产总值数据，在一定程度上就是一面镜子……现在回过头来看，三家银行，我们重组德阳银行是个正确的选择。"

一锤定音！

总部党委迅速决定，成立"德阳银行重组领导小组"，沈晓明任组长，周礼耀为副组长，并将原第一、第三银行重组工作组，合并为德阳银行重组工作组，具体由鲁振宇等人负责。

好钢用在刀刃上。

国庆节期间，工作组成员顾不得国庆节休假，赶制了关于"德阳银行重组工作思路"的报告。10 月 5 日，报告获得公司总部认可。

商场如战场，兵贵神速。10 月 8 日，工作组奔赴西南，即展开了一场异常艰辛又充满希望的战役。

沈晓明也再赴德阳现场调研，对业已形成的两套方案，进行比较分析。

方案之一：全部认购德阳银行 2014 年增资计划，一次性实现控股；方案之二：以"增资＋收购不良资产包"方式分步实现对德阳银行的控股目标。

第一种方案虽然简单，但存在一定的政策风险；第二种方案虽然复杂，涉及面广，操作难度比较大，存在较大的不确定性和一定的风险，但可以有效解决政策的约束瓶颈。

经过充分研究论证，形成了"收购德阳国资公司＋增资"方案的倾向性思路，提交至 10 月 27 日和 11 月 4 日召开的党委会，专题讨论审议。党委会最终决定，以"增资＋收购国资公司不良资产包＋会同共同投资者认购增资份额"的方式，重组德阳银行。

与此同时，张晓松、沈晓明与工作组分别于 10 月 15 日和 10 月 16 日向银监会、财政部等领导机关，汇报了重组情况并得到了重要支持。

至此，重组德阳银行工作进入实质性操作阶段。

兵贵神速

由于银行重组涉及面广，程序较为复杂，为有效推进工作，工作组分为两队：一队留在北京，负责向财政部和银监会报批，争取尽快取得相关批文；另一队驻扎德阳，协调四川银监局和德阳银监分局、市政府、市国资委等相关部门，以及协调处理中介机构现场尽职调查等工作。

经过一系列紧锣密鼓、设计周密的筹备工作，多个条线同步推进，多支队伍完美配合，在财政部批复同意后，工作组仅仅用了七天时间，就完成了全部流程：

12 月 22 日，财政部同意中国长城资产投资入股德阳银行。同日，财政部批复件连同其他材料一并报送至银监会。

12 月 24 日，银监会核准中国长城资产入股德阳银行股东资格。

12 月 25 日，中国长城资产完成出资、验资。同日，德阳银监分局就德阳银行变更注册资本金出具审核意见，当天，审核意见连同其他材料一并报送至四川银监局。

12 月 26 日，四川银监局核准德阳银行变更注册资本。同日，德阳市政府召开市政府常务会，研究并通过德阳国资公司不良资产包协议转让事宜。

12 月 27 日，德阳银行完成增资后的工商变更手续，注册资本增至 14.74 亿元，并取得新的营业执照。

12 月 29 日，中国长城资产与德阳市国资委正式签订关于协议转让不良资产包的转让协议，同时根据协议及时完成转让款划转。同日，完成德阳国资公司的工商变更，中国长城资产正式成为德阳国资公司出资人，间接持有德阳银行 4.39 亿股股权，并与德阳银行签订"债权转让合同""委托代理合同"。

12 月 30 日，德阳国资公司所有公章、证照移交至中国长城资产；中国长城资产同时出资，完成德阳银行不良资产剥离收购。

截至 2014 年末，德阳银行总股本 14.74 亿股，其中，中国长城资产合计持有 8.57 亿股，持股比例 58.14%。

2015 年 1 月 6 日，沈晓明在德阳市主持召开德阳银行新一届党委班子成员和高管层会议，宣布成立新的德阳银行党委，委派谭运财任董事长并任命其他经营班子成员。

中国长城资产正式成为德阳银行的控股股东，实现了银行平台的重组目标。

长城人终于梦圆银行。

在工作组的总结报告上，张晓松批示："银行重组工作组织有力、操作扎实、环环扣紧、工作组人员做了大量工作。在短短几个月完成重组实属不易。感谢全体同志！"

"这是一场背水之战，三个月内拿下，可谓艰苦、浪漫、完胜。艰苦，在于多地要同时开战，在于股权要合规取得，在于程序要提速；浪漫，在于长城人多年的梦想，忽如一夜'银行'来，内外人都不敢相信这是真的；完胜，在于成本小、平稳、副作用小、效果好。这一仗，既体现了工作组全体人员的勤劳和智慧，更体现了长城人强大的整体作战能力，不愧是个胜利之师。希望大家总结好，保持好，并发扬光大！"这是沈晓明的批示。

回想起来，沈晓明深有感触："那两个多月里，我几乎一门心思想着德阳银行重组工作，睡不着觉。考虑每个细节、每个环节，指导前方工作组。成功重组德阳银行，是集体智慧的结晶，共同努力的成果。"

工作组成员回忆起重组成功时的情景，至今仍记忆犹新，十分动情。当天晚上，离住地不远的河边，一个简陋的小餐馆里，正值冬天，大家围坐在一起吃炭烤。领导犒劳大家，也算是庆祝。沈书记平常不怎么喝酒，但那天晚上喝了，还给每个人敬酒，说弟兄们辛苦了。开心啊！成功的喜悦，洋溢在每一张疲惫的脸上。

多赢格局

2015 年 3 月 3 日，张晓松赴四川调研，看望新组团队的德阳银行员工。

在与德阳银行中层以上干部座谈时，张晓松十分感慨地表示：中国长城资产脱胎于银行，很多员工也来自银行，和银行有着很深的渊源，对银行有着深厚的感情。中国长城资产成功重组德阳银行，既圆了自己的"银行梦"，具有里程碑意义，也体现了中国长城资产与德阳银行在战略目标、发展愿景、企业文化等方面的一致性与融合性。

德阳银行的重组成功得到了监管部门、地方政府等方方面面的大力支持，也体现了相关方面对中国长城资产的信赖与认可。

毋庸置疑，德阳银行下一步的发展壮大，也离不开监管部门和地方政府的支持，还需要德阳银行全体员工的共同努力。

应该说，德阳银行加入中国长城资产，实现了多赢格局。

对于地方政府而言：重组后的德阳银行，将成为一家依托四川、服务四川经济社会建设的区域性城市商业银行，以"服务地方经济、服务中小企业、服务城市居民"为基本市场定位，及时为全省各地中小企业发展及城市基础设施建设，提供更有力的信贷支持、更专业的金融服务和更精细的金融产品，为四川经济发展提供坚实的金融支持。

与此同时，随着中国长城资产各项业务在德阳市进一步开展，将为德阳以及四川地区的经济发展提供有力的支持。

对于中国长城资产而言：缺少了银行，就好像汽车差了一只轮胎。有了银行，提升了中国长城资产品牌，增加了金融牌照，扩张了资产规模，增强了创利能力，为中国长城资产加快商业化转型，提升协同作战能力，实现可持续发展增添力量。

对于德阳银行而言：有利于壮大资本实力和业务规模，有利于提高德阳银行经营管理水平和风险控制能力，有利于全面提升德阳银行的市场竞争能力。

从四川省内 13 家城商行排名来看，2013 年，德阳银行的总资产规模和异地分行数量仅排名第四，在银监会监管评级中被评为三级，是一家规模相对较小的商业银行，发展后劲明显不足。

作为中央金融企业，中国长城资产拥有资本、网络、人才、专业、品牌等多种资源优势和持续发展潜力，具备支持德阳银行做大做强的各项条件，促使德阳银行转变发展方式，走差异化、特色化的发展道路，为其提供集团多元化金融服务，强化风险管控，建立长效风险抵御机制，提高德阳银行核心竞争力和可持续发展能力。

2014 年 12 月，中国长城资产作为战略投资者正式入主德阳银行，翻开了德阳银行发展历史上的新篇章，有效增强了其资本实力和股东优势，优化了股权结构和公司治理结构，拓宽了业务发展的广度和深度，提升了社会影响力、品牌知名度和风险管控能力。

——资本实力显著增强。中国长城资产对德阳银行不良贷款进行适度剥离，减轻了德阳银行历史包袱，加快了发展步伐。同时，强化内生资本补充机制，2015 年发行新股 1.25 亿股，补充资本金 3.88 亿元；为德阳银行提供增信服务，支持其发行了首只 10 年期二级资本债券，规模 6 亿元，进一步提升其资本充足水平。

——业务协同成为新常态。与中国长城资产及金融同业在多个业务领域开展协同合作。2015 年 2 月 13 日，德阳银行与长城国瑞证券协同合作的第一单银行间市场业务落地，涉及款项 1.4 亿元。以此为起点，在固定收益等金融多个业务领域合作双赢，成为常态。

2016 年 10 月与长生人寿期缴保险业务累计出单 1146 万元，趸缴保险累计出单 2 亿元，共实现手续费收入 560 万元，实现银行中间业务收入 301 万元，推动协同业务发展不断迈上新台阶。

——业务规模逆势增长。截至 2015 年末，德阳银行表内外资产总额达到 1082.01 亿元，比年初增加 427.83 亿元，增长 65.4%。

——"一体两翼"战略初显成效。为把握"互联网＋"的发展机遇，德阳银行主动试水互联网金融，提出了"一体两翼"发展战略，即以传统业务发展为主体，投资银行业务和互联网金融业务为两翼，打造新优势，实现新突破。为此，德阳银行对组织架构进行了一系列调整，并按市场机制打造小微金融和互联网金融的事业部制管理模式。同时，大力拓展网上银行、手机银行、微信银行等新型网络业务，个人网银开户数很快突破十万户。利用"精彩 e 家，开户有礼""天降金蛋"等微信宣传活动，开通"德阳银行"官方微信等营销手段，增强用户黏性。2015 年 7 月，德阳银行网上营业厅正式上线，网上商城、O2O 商圈、互联网支付平台等项目建设也在紧张筹建，将成为互联网金融业务的重要支撑。

——资产负债结构持续优化。2015 年当年，剩余期限在一年以上的长期负债余额为 320.58 亿元，占所有负债的 41.36%，大额存单等批发性负债占所有负债的 71.74%，同比增长 29.74%，比各项存款增速高 6.52 个百分点。长期负债、主动负债的增长，表明负债业务的发展基础更为稳固、流动性调节能力不断增强。

——机构网点跨区域布局。2015 年 12 月 9 日，德阳银行绵阳分行开业，成为德阳银行在川内继成都、眉山、泸州、巴中之后开设的第 5 家异地分行。开业当天，实现存款额 2.8 亿元。这也标志着该行在"立足德阳，面向西部，走向全国"的跨区域发展规划上再迈一步。

随着一系列改革措施落地深植，德阳银行向具有核心竞争实力与特色品牌价值的现代精品商业银行迈进，一路高歌。

华西旗帜

自入主以来，中国长城资产就开始酝酿对德阳银行"更名改姓"。一方面，作为长城旗下的控股金融平台和非金融平台，都已被冠以"长城"商标，德阳银行有必要与其他成员保持一致，且更名后有利于增强德阳银行的品牌辨识度，充分享受品牌资源；另一方面，更名后模糊地域特征，有利于德阳银行突破地方性城商行"偏安一隅"的格局，进一步利用中国长城资产遍布全国的机构网络优势，共享机构、资金、人才、业务和客户资源，实现更快更好的发展。

经过与德阳市委、市政府，四川银监局、德阳银监分局，以及国家工商行政管理总局等机构和部门的多次积极沟通，更名事宜得到了相关方面的理解和支持。

2016 年 8 月 2 日，国家工商行政管理总局核准"德阳银行股份有限公司"企业名称变更为"长城华西银行股份有限公司"。

2016 年 8 月 5 日，接到德阳市政府递交的德阳银行更名请示后，四川省政府即向四川银监局征求意见。8 月 15 日，四川银监局函复四川省政府金融办，表示将积极向银监会请示汇报并做好协调工作。

2016 年 8 月，德阳银行股东大会通过了名称变更的议案。

新名称"长城华西银行"中，"长城"取自股东品牌，"华西"体现地域特征，二者结合，既蕴含了对德阳银行的历史传承，又彰显了股东的强大背景支持，有利于银行平台的改革发展。

2016 年 12 月，《每日经济新闻》等多家媒体报道：

12 月 16 日，德阳银行更名长城华西银行发布会暨银企签约仪式在成都世纪城新国际会展中心举行。

　　四川省政府相关部门领导，中国长城资产党委书记、副董事长，兼长城华西银行党委书记沈晓明，人民银行、银行业监管当局的领导出席了发布会。

　　《每日经济新闻》记者在现场了解到，更名后的长城华西银行，将秉持"从区域性银行发展为全国性银行"的战略愿景，充分依托中国长城资产管理股份有限公司的平台优势，以及"全牌照"综合经营优势，形成"立足德阳、辐射全川、对接全国"的战略版图，在境内外资本市场实现上市的战略目标。

　　中国长城资产管理股份有限公司董事长、总裁张晓松近日表示，在三年到五年内将长城华西银行发展成一家资产规模两千亿元以上的股份制银行。

　　……

　　更名"长城华西银行"，意味着品牌内涵的增强，意味着服务外延的扩大，其发展迈入新纪元。

　　看似简单的一次更名，长城华西银行实现了"三个突破"：突破时间限制，新旧行名实现平稳过渡；突破地域限制，淡化地方色彩，为实现跨区域经营、建设"全国性银行"奠定了良好基础；突破品牌限制，提升品牌辨识度，助推"长城系"全牌照金融控股集团的实现。

　　这里，不妨说一段小花絮：为了这个名字，沈晓明思考了很长时间。最早想到的是"天府"二字，但由于额外的原因，不得不放弃。在成都返京的航班上，一张《华西都市报》引起了沈晓明的注意，灵光一现："华西"二字如此真切！回到办公室，他打开搜索引擎，"华西"者，既是四川和重庆之谓，也寓意西部十数省。"就它了！"

　　新名字，新跨越。

　　2016年至2017年，长城华西银行在复杂的经济形势和激烈的市场竞争中，实现了资产规模的持续扩大和品牌形象的持续提升，成为区域城商行的优秀代表。

　　截至2017年末，全行表内外资产总额1778亿元，较年初增长232亿元，跨入中型城商行的行列；负债总额1027亿元，较年初增加62亿元；各项存款658亿元，较年初增加49亿元；各项贷款444亿元，较年初增加76亿元；实现利润总额8.72亿元，同比增加1.66亿元；不良贷款率1.98%，拨备覆盖率294.62%，资本充足率13.27%。

　　在此基础上，长城华西银行积极实施新一轮增资扩股，向12家投资者增发4.39亿股，注册资本增至20.94亿元，有效缓解了发展中的资本制约。引进四川烟草等省内外优质股东，股权结构得到进一步优化。

　　长城华西银行的跨越式发展引起了各级媒体的关注。

　　2017年7月，人民日报、新华社、金融时报、经济日报、人民网、经济参考报、21世纪经济报道、中国经营报8家媒体组团赴长城华西银行调研采访，对其支持四川经济建设和省内中小企业及自身改革发展等发出数篇专题报道。

　　2018年，面对强监管、严执法的经营形势，长城华西银行认真贯彻落实党和国家的各项方针政策以及银监会现场检查、银保监会党委巡视整改反馈意见，紧密围绕公司总部年初"回归主业、化解风险"的工作部署，深入实施"一体两翼"发展战略和"四大两小"经营策略，以"提质增效"持续推动各项业务稳步发展。

2019 年，为应对发展中存在的困难和挑战，长城华西银行将面向在册股东及新股东定向增发新股约 10 亿股，以"增资扩股＋不良资产置换"模式，壮大资本实力，消化不良资产，提升盈利水平，从而尽快使各项指标满足监管要求，为迅速启动上市奠定坚实基础。同时，根据公司总部的安排与部署，长城华西银行将发行二级资本债、金融债，进一步优化资本结构，增强营运实力，提高抗风险能力，增强主动负债，进一步优化资产结构。

几年来，长城华西银行在服务小微企业、反洗钱考核、内部审计、精准扶贫等方面，获得监管部门多项表彰：获成都商报评选的"最佳财富管理品牌"；被全国地方金融第二十一次论坛评选为中国地方金融（2016）"十佳成长性银行"；连续两年在金融时报发布的普益标准季度银行理财排名中位居前列，其中理财产品丰富性居西南区域商业银行第一名。所有这些，有力支撑了全行"国有控股、理财银行"特色定位，也推进了中国长城资产"大资管"战略向纵深发展。

在长城人的不懈努力下，长城华西银行实现了规模效益与品牌形象的腾飞，在中华大地的西南地区树起了一面鲜艳的旗帜。

第六章 CHAPTER 6

奔向深蓝

> 长城旗下，众星拱月，群星灿烂。
>
> 十多年来，通过长城人不懈努力，中国长城资产已发展成为一家拥有金融全牌照的金融资产管理公司。
>
> 在中国长城资产旗下，长城金桥咨询、长城国融投资、长城新盛信托、长城国际控股、长城股权基金、长城融资担保、长城宁夏公司，既各具特色，分兵出击，又团结协同，形成合力，如同宏大的航母战斗集群，扬帆起航，奔赴深蓝。

长城人的护卫舰

在长城旗下众多平台公司中，资格最老的，非长城金桥金融咨询有限公司（以下简称长城金桥咨询）莫属。也许因为其一度与公司总部的评估咨询部合署办公，两块牌子一套班子，既是内设机构，又是平台公司，抑或由于其曾经较长时间游离于体制之外，才不那么显山露水。

在资产管理公司成立初期，由于缺乏相关的政策指导和理论支持，在不良资产处置时，主要是委托社会中介机构对物权和股权资产进行评估，而对债权资产一般未做评估。

2005 年起，为更好地处置工行包资产，中国长城资产在系统内开始推行内部评估工作。经过 5 年的试点、推广和提炼，逐渐形成了一套完整的估值技术手段，打造了自身独有的金融资产估值模型。

随着处置的深入，大量债权资产处置定价缺乏依据的问题日益突出。财政部和中国资产评估协会先后出台了一系列规定，对债权资产评估进行规范。

这些，为资产管理公司开展债权估值提供了政策依据。

随着商业化转型的深入，金融资产评估显得尤其重要。

低调转身

长城金桥咨询正是基于上述背景，在中国长城资产商业化业务经营发展中，一直扮演着一个不可或缺的重要角色。

长城金桥咨询的前身，是农业银行的全资子公司，于1993年6月设立，1999年10月全建制划转到中国长城资产。2009年开始，中国长城资产开始了商业化转型的探索。正值艰难时期，中国长城资产提出将长城金桥咨询打造成自己的专属平台和专业的评估咨询公司。这一思路，得到了监管单位的大力支持。

由于历史原因，长城金桥咨询的产权变更和改制充满了艰辛。幸运的是，财政部、银监会有关领导的关心和帮助，给予了长城人莫大的支持。2010年3月，长城金桥咨询在较好地解决了一系列历史遗留问题后，作为全资子公司，重新回归中国长城资产怀抱。

2010年，公司总部对收回的长城金桥咨询进行重组，以长城金桥咨询为主体，建立专业的评估咨询公司，创新评估业务；并将其作为差异化转型的重要平台之一，举全系统之力，拓展评估咨询业务市场。长城金桥咨询由此重获新生，走上了专业化转型之路。在实践中摸索独创的金融债权评估理论和技术，构筑了一个更加广阔的舞台。

当年8月4日，长城金桥咨询召开第一届第一次董事会，通过了《金桥金融咨询有限公司章程》等议案，并宣布董事会成立，张晓松任董事长，梁哲任副董事长、总经理。同时，进行了一系列机构整合、人员安排和业务规划。

此举，对长城金桥咨询具有里程碑意义。

到2010年底，国家工商总局通过了长城金桥咨询的变更登记、颁发新的营业执照，并将"金融债权估值"等业务列入营业范围，成为全国唯一一家具有该项经营资质的金融机构。该项工作获得了中国长城资产2010年度"突出贡献奖"。

拿到营业执照的第二天，长城金桥咨询即亮相中国长城资产"厦门会议"，并同步举行了市场拓展会，与中国长城资产旗下办事处和平台公司签订了合作协议。长城金桥咨询从此以评估代理业务起家，通过整合系统内的资源，快速拓展业务，同时集中精力完成招聘人员、建章立制等基础性工作。

开张大吉。

历时近一年的努力，长城金桥咨询完成了自身蜕变，真正走上现代化企业制度管理、市场化模式运作之路。

保驾护航

如果说中国长城资产是一个以航空母舰为首的集群舰队，那么将长城金桥咨询比作其重要的"护卫舰"，当恰如其分。

新组建的长城金桥咨询，以中国长城资产十余年在不良资产处置中独创的、对不良金融债权价值进行认定的评估方法，作为业务开展的理论基础，具备了天然和独特的优势。

2010 年底，公司总部先后下发一系列文件，提出异地估值业务中的重点资源类债权项目，统一交由长城金桥咨询负责进行估值定价。此外，还鼓励各办事处与长城金桥咨询合作开展评估代理业务。

2011 年 3 月起，中国长城资产商业化业务呈现跨越式发展。有了配套的政策，有了业绩考核的压力，一时间，激发了长城人巨大的热情。但长城人多年来埋头于政策性不良资产处置，已逐渐远离了市场，基层队伍人才"青黄不接"，搞商业化业务可以说"没经验、没人员"，风险防范与识别能力尚待提高，再加上外部评估等中介机构鱼龙混杂，隐藏各类陷阱，险象环生，令人防不胜防。

"评估的风险，很多时候是人的风险。"长城人意识到，必须由我们自己专业的评估咨询队伍来进行把关。

公司总部要求，所有报总部审批的商业化项目，必须由长城金桥咨询出具评估报告；即使是各办事处权限内的项目，也鼓励它们聘请长城金桥咨询进行评估。

长城金桥咨询无形之中被赋予了"长城护卫舰"的神圣使命，为中国长城资产商业化业务保驾护航。

既是机遇，也是挑战，长城金桥咨询也一时被推上了风口浪尖。

自 2011 年 4 月起，长城金桥咨询开始进入"超负荷"的运营模式。除少数后台行政人员外，全部员工均有评估任务在身，不少业务骨干往往一周内辗转数个项目现场，成了标准的"空中飞人"。多年来，金桥人发挥出了"舍小家、顾大家"的奋斗和奉献精神：为了查看矿产真实情况，常常进入几百米的矿井考察作业面环境；为了如期提交办事处焦灼等待的评估报告，主动推迟婚期、放弃婚假；为了加快进度，在办公室打起了地铺，连在医院输液时也不忘带上电脑……

时间是最好的试金石。

梁哲这样总结："毫不夸张地说，可以从当年经营单位对待金桥的态度，看出项目风险的大小。"多年来，金融市场风云诡谲，几多变幻。回眸一看，近年来经营运作的大小项目，凡是经过长城金桥咨询把关的，都比较稳妥。

系统内也曾经出现了不少质疑的声音。不少办事处上报的项目常常因金桥人的"铁面"评估而一票否决，无异于被迎头浇上一盆凉水，难免让人心生抵触。随着时间流逝，当年因长城金桥咨询把关而躲过的"雷区"，后来均一一引爆。

著名的"青岛凯悦项目"即是典型一例。

2011 年 12 月，济南办事处拟收购青岛凯悦置业集团有限公司的两笔不良债权。第一笔是建设银行青岛李沧支行持有的 2 亿元不良贷款，对应抵押物为"青岛凯悦中心"项目未售住宅及其分摊的国有土地使用权。第二笔是中融信托发行的 3.845 亿元"中融·青岛凯悦"信托计划，对应抵押物为"青岛凯悦中心"项目 1 ~ 5 层商业裙房。为稳妥起见，济南办事处专门邀请长城金桥咨询赴现场进行评估把关。

经过紧张的现场勘察和预评估，上报方案中抵押给中融信托的"青岛凯悦中心"项目 1 ~ 5 层商业裙房的评估总价大约在 3.5 亿 ~ 4 亿元，抵押率接近 100%，而且处置方式不灵活，变现难度很大，因此，建议济南办事处只收购建设银行的不良贷款。

办事处经过认真分析和充分调研，果断放弃收购中融信托的不良债权。

时隔一年，"预言"得到证实。

2012 年 12 月 12 日，由于到期无法偿还信托贷款，中融信托将开发商诉至法庭，对该项目抵押资产进行司法拍卖，拍卖也"惨淡"收尾。

这就是著名的中融信托"烂尾"事件，其暴露的抵押物评估方面的问题，引起了业内极大重视。

在"中融·青岛凯悦中心项目集合资金信托计划"中，抵押物为凯悦中心商业 1 ~ 5 层在建工程。根据山东省顶级房地产评估机构出具的评估报告，评估价值为 9.56 亿元，募集资金为 3.8 亿元，抵押率低于 40%，认为"抵押物价值充足"。而根据山东省高院 2013 年 1 月 16 日第三次拍卖公告，该资产评估价只有 3.7452 亿元，相当于"打了四折"。这一结果，与一年前金桥的判断"几乎完全吻合"。

对此，媒体报道分析称："在信托行业抵押资产评估中，不能完全排除道德风险的存在。"

"在进行抵押资产评估时，一个客观、谨慎、公允、公正的评估师，应该根据评估目的和特定条件的不同而采取不同的方法，使用特定价值类型，得出所需要的不同约束条件下的估价结果，而不应只是瞄准市场价值。"梁哲意味深长地表示："评估的关键，在于人。"

沈晓明初到中国长城资产履职，走访调研了大部分办事处，经过三年多的考察积累，对金桥的认识逐渐加深。他曾数次在不同场合表示："金桥是一个在默默无闻中创造了巨大利润的公司。"

沈晓明评价道："商业化发展这几年，如果没有金桥的把关，资产质量恐怕会大幅下降。"

一份份真实、严谨的评估报告，就如同一道道"安全阀"。在中国长城资产商业化快速发展的道路上，长城金桥咨询充当了不可替代的角色，作出了不可磨灭的贡献，为中国长城资产防范道德风险，辨识资产真实价值，实现处置回收最大化发挥了重要作用。

长城人也因此一次次"幸运"地躲过了风险。

持续发展

从 2010 年成立至今，伴随着中国长城资产商业化转型渐入佳境，长城金桥咨询也不断发展壮大，先后于 2012 年、2013 年设立了黑龙江分公司和河南分公司，并在全国 30 家办事处所在地设立了业务代理部，形成了覆盖全国的评估机构体系。与此同时，员工队伍也在不断壮大，成为一支专业化、年轻化的经营队伍。

自重组以来，长城金桥咨询利润连续多年大幅度增长，考核收入从 2010 年的 618 万元攀升至 2017 年的 9539 万元，年均增长率为 47.8%。

当然，长城金桥咨询的持续发展不会仅仅止步于此。

2018 年，长城金桥咨询完成各类评估咨询项目 657 个，开展公允价值估值 4 个批次，实现经营收入 11639 万元，账面利润总额 5891.02 万元，净利润总额 4412.42 万元，完成公司总部下达的 3000 万元年度净利润总额的 147.08%，圆满完成了利润目标。截至 2018 年末，其总资产 18295.57 万元，所有者权益 15097.71 万元，ROA 为 28.1%，ROE 为 25.5%，资本保值增值率为 77.37%。

在大量的业务积累中，长城金桥咨询对中国长城资产原有的估值技术进行了继承和发扬，使不良资产估值模型焕发了二次生命。

不良资产估值模型，一直是中国长城资产引以为傲的自主开发的家当。

该模型由中国长城资产与大公国际资信评估有限公司首创合作开发，并于 2011 年 1 月正式上线。2014 年 10 月至 12 月，中国长城资产继续聘请大公国际对该模型实施了第一次升级。

2016 年 6 月，中国长城资产启动估值模型第二次升级。

接到模型升级任务后，长城金桥咨询迅速组建了一支以梁哲为组长的模型研发团队，小组成员涵盖数量经济学、统计学、金融学、资产评估、财会和计算机等专业人士。经过周密的研究和测算，制订了项目计划，编制了项目实施方案，保障模型升级工作高质高效地完成。

从 2016 年 11 月初到 2017 年 6 月下旬，短短 8 个月紧锣密鼓的奋战，二次升级工作完成。

与 2011 年模型预测结果对比，由于有效建模样本数据量得到扩充，进一步提高了不良资产估值回收率预测的精确度，平均误差均有明显下降。

不良资产估值模型成功升级，出色地解决了模型的传承和延续问题，标志着长城金桥咨询团队研发能力的大提升、技术处理手段的大提升、模型技术文档的大提升，"软实力"打造初显成效。

长城金桥咨询羽翼渐丰，飞向更广阔的天空。

随着业务触角不断向外延伸，长城金桥咨询逐渐成为活跃于金融市场的知名咨询公司。

2016 年 5 月初，长城金桥咨询在竞标农业银行北京市分行不良资产包评估项目过程中，经过精心策划、积极沟通，依靠丰富的不良资产评估经验、专业的人员队伍、高效的工作机制，一举中标，展现了其在评估领域的专业水平及综合实力。项目评估时间紧、任务重，包内债项 700 余户，涉及本金超过 32 亿元，抵押、抵债资产百余项，且多数债项具有保证担保。项目涉及评估对象众多，分布于北京市各区县以及黑龙江、湖南等京外地区。根据项目要求，只有一个多月时间，要完成所有债项评估，并按单户出具评估报告。在此情况下，金桥人以其丰富的经验、高度的敬业精神，短时间内组成了 20 人评估队伍，按时、保质地全部完成单户项目评估，受到了农业银行高度评价。

2017 年，长城金桥咨询继续将外部客户拓展至租赁公司、资产管理公司和证券基金等非银行金融机构。通过积极推介和宣传业务，促成了与天弘基金子公司"天弘创新资产管理公司"的首次合作，对天弘创新"库农 1 号"专项资产管理计划中新疆库尔勒农村商业银行不良债权项目进行评估咨询。为取得合作的良好开局，长城金桥咨询派出具有丰富经验的不良资产评估小组深入大西北，对分散在轮台县、尉犁县、乌鲁木齐及库尔勒周边的不良资产进行了实地勘察，调查企业的实际情况，查看抵押物及查封资产，对项目提出了专业建议，受到了新疆库尔勒农村商业银行、天弘基金的一致好评。

2017年3月，长城金桥咨询与天弘创新资产管理公司签署战略合作框架协议，进一步巩固了双方的共赢合作，实现了与外部非银行金融机构合作的突破。

2017年6月，受甘肃资产管理公司邀请，长城金桥咨询顺利入围其中介机构库，并通过公开竞标获得一单评估咨询业务，其专业水平、报告质量及工作效率，受到了甘肃资产管理公司的好评。

长城金桥咨询凭借自己扎实的专业水平、综合实力和在资产评估市场的竞争能力，向塑造品牌、提升知名度和拓展外部市场，迈出了坚实的一步。长城金桥咨询凭借"治理科学、管理规范、特色鲜明、品牌优良"的经营理念，逐步发展成为具有"专业技术、专业团队、专业品牌"的国内一流综合性金融评估咨询公司。

长城人的投行品牌

2012年8月23日，由中国长城资产旗下原三家子公司：河北长金资产经营公司、广东长城资本管理公司和天津中小企业金融服务公司，合并重组而成的长城国融投资管理有限公司（以下简称长城国融投资）正式挂牌运营。

长城国融投资的成立，标志着中国长城资产以金融类平台为主体、以中介类平台为补充、以其他类平台为辅助的"长城系"控股公司体系已现雏形。

三小变一大

重组的"河北长金""广东长城资本"和"天津中小"三家子公司，其股东既有国有背景，也有民营成分，清理整合过程中涉及各方利益协调和人员处置等问题，情况极为复杂。

为此，中国长城资产成立了专门清理整合工作领导小组，兵分三路、分工明确、层层推进。

第一路，整合河北长金。通过多次沟通协调股东及工商、税务等部门，逐一完成了股权变更、公司更名、经营范围变更、法人变更、年检、清税和迁址等工作，于2012年6月20日正式落户北京，取得了企业法人营业执照。

第二路，退出广东长城资本。因历史遗留原因，广东长城资本股权退出工作情况较复杂，面临着资产评估、人员安置、关系协调等多种难题。工作组坚持依照有关法律行使股东权利，维护自身合法权益，在聘请中介机构进行财务审计、股权评估、法律论证的基础上，形成了《长城资本股权退出方案》，最终在天津金融资产交易所挂牌公开转让，成功实现广东长城资本的股权溢价退出。

第三路，重组天津中小。根据中国长城资产的战略规划，将天津中小重组为旗下专门的股权投资基金平台。经过工作组大量细致的调研和认真的沟通，最终确立了重组方案。2012年9月，取得了企业法人营业执照，"天津中小企业金融服务有限责任公司"正式更名为"长城（天津）股权投资基金管理有限责任公司"，成为长城国融投资的控股子公司。

2012年底，长城国融投资引入北京长惠投资基金进行增资扩股，增资完成后，注册资本和实收资本总额为3亿元，其中中国长城资产占比67%，长惠基金占比33%。

2015年12月，中国长城资产回购长惠基金33%股权后，长城国融投资成为中国长城资产100%控股的全资子公司。

最年轻的资管系PE

《21世纪经济报道》在一篇题为《长城资产PE逆市发力，投资三步走策略成型》报道中，对长城国融投资的负责人进行了采访，并详细报道了长城系股权投资平台的业务开展情况。

报道介绍：早在2006年，四大资产管理公司转型起步时期，就已经出现了PE类公司，希望借由股权投资业务进一步处理自身的不良资产，加速股权重组及并购，进而帮助资产管理公司实现转型。其中，信达、华融、东方3家资产管理公司先后成立了信达资本管理有限公司、华融渝富股权投资基金管理有限公司、邦信资产管理有限公司。

长城国融投资的诞生，被媒体称为四大资产管理公司中"最年轻的资管系PE"。

2012年，正值PE"寒冬"来袭，中国长城资产在此时悄然完成PE平台的打造，不免受到社会各界的关注。

刚刚成立的长城国融投资，尚处于试点摸索阶段，定位包括股权投资在内的创新业务。在项目选择上，主要以国家战略性新兴产业和高科技中小企业为重点，投资于一批具有成长性、符合国家产业政策的优质中小企业。

在投资方式上，确定了"三步走"策略：第一步是固定收益，在短时间内铺开，解决即期利润问题；通过三到六个月的实践与探索，展开第二步工作，考虑通过可转债等工具，实现债权向股权投资过渡；第三步则是对确有价值的企业，通过银行和基金等融资渠道，开展受托资产管理，放大杠杆效应，拓展股权投资业务。

成立当年，长城国融投资立项项目38个，成功投放元一集团等项目26个，累计投资金额为5.75亿元。全年实现营业收入7234.68万元，净利润4205万元。

"清理整合"与"业务拓展"双丰收，短期内取得了可喜的成效。

后来者居上

经历了两年摸索之后，长城国融投资初步完成了"打基础、建制度、储项目"的转型起步。

2014 年初，为促进公司转型发展、打造核心竞争力，中国长城资产将做响并购重组业务品牌提升至战略层面，并配套相应的体制机制，实行总部投资投行事业部和长城国融投资"一体化"运作。由此，依托总部投资投行事业部品牌资源优势和自身体制机制优势，长城国融投资并购重组业务取得跨越式发展，通过成功运作"ST 超日""中国铁物""广誉远""众泰汽车"等一批经典并购重组案例，探索形成具有长城特色、体现核心竞争力的并购重组业务模式，确立中国长城资产在同业并购重组领域的领跑者地位。

事业部与子公司有机整合的模式，使长城国融投资脱胎换骨，扛起了中国长城资产"投资投行"条线业务的大旗，获得了新一轮快速发展。

经过几年发展，中国长城资产投资投行业务规模实现了从无到有、从小到大的跨越，业务模式也实现了从传统的固定收益投资，到上市公司股权投资的转变。

2014 年开始，"以上市公司并购重组业务为主"的"大投行"战略逐步成型，长城国融投资成为重要的"试验田"。

借国家供给侧结构性改革的深入推进和"三去一降一补"取得了突出成效的东风，长城国融投资与各办事处积极配合协同，先后共同打造了包括 ST 超日、东盛科技、盛运环保、信邦制药等一系列并购重组和股权投资的经典案例，受到了业内外的广泛关注。

在创新中引领

长城国融投资围绕服务国家战略，聚焦国家政策鼓励行业，创新开展并购重组业务，即由债务重组切入企业的财务重组、资产重组、股权重组，乃至产业重组和行业重组。依托中国长城资产综合金融服务功能，针对危机类、问题类和成长类等企业的不同情况，分别设计能够覆盖企业全生命周期的、个性化的并购重组解决方案，在推进供给侧结构性改革、促进经济结构调整和产业转型升级、探索产融结合的新示范等方面，进行了有益的探索与实践。随着国家监管政策以及市场环境的变化，长城国融投资积极探索不良资产业务创新，特别是在并购重组模式上持续不断地优化，形成了有长城特色的三种经典模式：

以"破产重整＋资产重组"模式，开展危机类企业的并购重组业务。针对因亏损严重、负债过重、经营陷入困境而濒临破产的企业实施金融救助，化解金融风险。典型案例为"ST 超日"。作为国内公募债首例违约事件，"11 超日债"受到境内外高度关注。长城国融投资通过破产重整一次性解决"ST 超日"的巨额债务问题，同时引入财务投资者和产业重组方帮助企业恢复生产。这一举措，不但使企业起死回生复牌上市，而且助力企业获得了持续发展能力，有效推进了我国光伏行业的资源整合和产业升级。

以"债务重组＋债转股"模式，开展问题类企业的并购重组业务。针对有债转股需求、发展前景良好、符合国家产业发展方向但短期有经营困难的问题企业，运用"债务重组＋债转股"模式，以不良资产收购为切入点，减轻企业财务负担；再按照市场化法治化原则实施债转股，优化财务结构，推进资产重组，促进企业可持续发展。"中国铁物"就是一宗典型的主动型债转股项目，成为长城人探索市场化债转股的有效实践。

以"综合金融服务＋重组上市"模式，开展成长类企业的并购重组业务。对于符合国家战略，基础较好、成长性强，但是自身实力较弱、需要多方面扶持的成长性企业，长城国融投资以"综合金融服务＋重组上市"模式，为企业提供多元化的综合金融服务，促进企业转型升级，再借助资本市场推进企业重组上市，实现跨越式发展。

"众泰集团重组上市"就是这类典型案例。

得益于并购重组业务的发展壮大，长城国融投资完美实现了华丽的"二次转型"，成为中国长城资产旗下一度令人瞩目的平台之一。

2018 年，长城国融投资成立以党委书记、董事长夏小蟾为组长的巡视整改工作领导小组，全面贯彻落实银保监会党委巡视整改意见，积极应对资本市场大幅下跌对业务经营的严峻挑战，大力开展问题资源类实质性重组业务，成功实施了中国铁物、贝因美、圣济堂等重点项目，探索形成了以"债＋股"为核心的实质性重组业务模式，不断夯实内部管理基础，促进自身健康、可持续发展。

新的历史时期，长城国融投资深刻把握防范化解系统性金融风险、服务实体经济的本质内涵，重新审视、认真研究并确立其在中国长城资产谋求转型发展、推进建立现代化经济体系过程中的存在价值，紧紧围绕"发展成为母公司拓展实质性重组业务的重要平台"的战略定位，积极融入不良资产主业。以创新发展、均衡发展、和谐发展为目标，以问题债权、问题企业、问题机构为对象，以坏银行、好银行、投资银行为手段，以逆周期收购、顺周期处置、跨周期平衡为策略；积极开展实质性重组业务，努力发展成为中国长城资产拓展实质性重组的产品创新平台、资源整合平台和业务引领平台。

长城信托"新"与"盛"

2007 年，全国第五次信托清理整顿工作接近尾声，新疆伊犁信托由于未能按照期限要求完成重组，被银监会列为 13 家遗留问题的信托公司之一。

此前，中国长城资产一直在积极寻求信托牌照，先后参与了新时代信托、广州科技信托、青岛海协信托及百瑞信托等公司的重组工作，但均无所获。2008 年 7 月，乌鲁木齐办事处传来消息——伊犁信托公司寻求重组。

新疆维吾尔自治区政府与中国长城资产一拍即合。长城人的介入，也给艰难中"保牌"的伊犁信托带来了新生的机会。

机缘巧合，长城人从此涉足信托，再度奔赴大西北。

再度结缘新疆

在协助公司总部完成新疆金融租赁公司重组工作之后，乌鲁木齐办事处按照公司总部"在当地寻找金融概念的壳资源"的指示，先后对中华联合保险公司、金信信托投资公司和伊犁信托等有意重组的公司，进行了外围调研。公司总部对其调研结果进行了认真的研究。

结论是，伊犁信托具有一定的重组价值。

伊犁信托成立于 1988 年 12 月 9 日，是经中国人民银行新疆分行批准，由伊犁哈萨克自治州财政局独家出资，经州工商局登记注册的国有地方性金融机构，注册资本 3000 万元人民币。伊犁信托成立后，主要从事国债交易回购、投资、资金拆借、证券交易等业务。

1999 年末，央行牵头开展了第五次信托整顿工作。整顿前期，伊犁信托由于注册资本过低、证信未能分业、股东单一等原因，一直未能获得监管部门重新登记的行政许可，伊犁信托牌照岌岌可危。2003 年，由于深圳市盛金投资控股有限公司的介入，并引入兵团国资公司作为投资方，共同参与重组，牌照获得暂时保留。

2008 年 8 月 28 日，中国银监会下发了关于《13 家历史遗留问题信托公司重新登记内部操作指引》，政策导向作用明显。

在乌鲁木齐办事处前期扎实工作的基础上，2009 年 5 月，公司总部成立信托平台工作组，由周礼耀靠前指挥，协同布局伊犁信托重组之战。为协调与地方政府和监管部门、新老股东的关系，解决历史遗留问题，各方在激烈博弈中，不断调整和完善重组方案。周礼耀亲率团队，风雪无阻，出入新疆十余趟，啃下了重组各方利益交织的硬骨头。2010 年 6 月，重组方案取得了财政部同意批复。7 月 22 日，在平台工作组基础上，公司总部成立了"伊犁信托筹备组"，张斌任组长，王仕轩任副组长，成员有康建春、唐育红、金钊、魏淑明、郭韬、刘福松、孟庄等。重组工作进入最后冲刺阶段。

在中国长城资产主导下，在三年多的时间里，经过与深圳盛金、兵团国资和伊犁州政府上百次的反复协调、磋商，终于就伊犁信托重组的若干问题达成了共识，并向监管部门上报《伊犁信托重组方案》。

2010 年 12 月 14 日，银监会批复同意重组及股权变更方案。

2011 年 9 月 30 日，银监会下发了《关于伊犁哈萨克自治州信托投资公司重新登记等有关事项的批复》，批准由中国长城资产、兵团国资、深圳盛金、伊犁财信四家在重组的基础上进行增资扩股；由国有独资实体变更为多元投资主体的有限责任公司，并同意伊犁信托复业。

2011 年 10 月 8 日，新疆银监局颁发了新的金融业务许可证，同时完成了工商登记变更注册，取得了新的营业执照，更名为"新疆长城新盛信托有限责任公司"，注册资本由 0.3 亿元增资至 3 亿元。其中，中国长城资产出资 1.05 亿元，占比 35%，兵团国资出资 1.05 亿元，占比 35%，深圳盛金出资 0.51 亿元，占比 17%，伊犁财信出资 0.39 亿元，占比 13%。

2013 年 11 月 8 日，公司再次更名为"长城新盛信托有限责任公司"。

龃龉前行

长城新盛信托的重组复业之路，走得并不顺畅。

由于股权分散，公司董事、监事及高管班子人数较多，加上其特殊的决策体制，以及各方股东对公司发展理念不同，给公司适应市场化的竞争环境、快速决策并发展壮大带来了不利影响。

复业半年多来，长城信托只做了 3 笔业务，与当时全国信托业快速发展的大环境不相适应，与各股东的期望值有较大的差距。

2014 年下半年开始，为使长城新盛信托早日走上稳健快速发展的道路，中国长城资产党委毅然作出了"不进则退"的重大决定，开启了艰难的二次重组。

这一次，一定要拿下信托的掌控权。

时任公司总部协同总监刘方成，对下大力气并购重组这家公司，深有感触地说："信托是我们子公司建设过程中，比较艰难的一个，也是教训最深的一个。但我认为这是可以理解的，因为信托这块金融牌照当属稀缺资源，而当时我们除租赁外，还没有一个主流金融行业的从业牌照，收购的迫切性非常之高。在商业化转型刚刚起步、前途渺茫的时候，收购这样一张牌照，其振奋和激励作用，值得肯定。"

2015 年 8 月 21 日，经过一年多来的不懈努力和监管部门的大力支持协调，中国长城资产通过旗下全资控股的德阳国资公司，受让了深圳盛金所持有长城新盛信托 17% 的股权。

由此，长城新盛信托股权结构发生了根本性的变化。中国长城资产及关联方合计持有 52% 的股权，成为第一大控股股东。

2015 年 11 月 16 日，长城新盛信托召开股东会，通过了公司章程重要条款的修订，并于 2015 年 12 月 21 日顺利完成了行政许可审批和工商变更登记。

新的章程革除了原有的各种弊端，为长城新盛信托的持续、稳健、快速发展，奠定了良好基础。

2016 年 12 月 30 日，德阳国资公司再次受让伊犁财信所持有长城新盛信托 10% 的股权；股权转让后，中国长城资产及其关联方合计持有股权比例达到 62%。

从"坑"起步

"我接手以后，确实没想到信托原来这么困难。"长城新盛信托新任总经理喻林说。

三个月后，喻林在向公司总部分管领导汇报工作时，称需"从零起步"，领导幽默地调侃：长城新盛信托不是"从零起步"，而是从"坑"起步。

根据用益信托统计的数据，长城新盛信托 2013 年、2014 年共发行了 22 只房地产信托产品，交易对手几乎都是地方民营小房地产企业，项目集中在二线、三线城市。随着房地产市场持续低迷，相关业务风险也集中暴露。

2014 年下半年，长城新盛信托不得不收缩业务规模，进入停业整顿阶段。与此同时，员工陆续离职，到 2015 年末，从业人员由年初的 68 人减少至 49 人。

媒体报道显示：2015 年，长城新盛信托实现净利润 1504.49 万元，与 2014 年的 5051.41 万元相比降幅达到 70.22%；实现营业收入 8156.65 万元，比 2014 年的 14609.06

万元下降 44.17%；资本收益率为 3.88%，排在行业倒数第三。

"先想办法从坑里爬出来吧。"面对持续下滑的经营状况，以及巨大的减亏压力，喻林不敢有丝毫懈怠。

二次"盛开"

二次重组以来，长城新盛信托面对长期积累所形成的业务停滞、内控脆弱、人员流失的不利局面，从"坑"起步、重启征程。

经过一年多的努力，长城新盛信托规章制度框架基本建成，内控风险管理体系得到理顺，队伍建设取得较大进展，业务方向得到科学定位，公司上下纪律严明、斗志昂扬、风清气正。

——完善制度，筑牢企业生存之基。自 2016 年 4 月起，长城新盛信托围绕重新修订的公司章程，全面梳理制度体系，共下发 39 项工作规则、20 项基本制度，对决策机制、业务规则、风险控制、财务制度、综合管理等方面，实施全方位重置与再造，为重启业务经营做了扎实的铺垫。

——管控风险，深植企业稳定之根。通过重建内控风险管理体系，实现大风控、全流程管理，重新调整部门职能，建立了"团队内部论证、公司项目论证、公司业务审核"三位一体的审核审批机制，重新梳理业务审核标准，形成了准入、尽调、审核、操作、后期管理五道关口，提升了业务推进效率。从制度到流程，全面弥补了过去的风控"短板"。

——建设队伍，打造企业动力之源。一方面，通过从母公司选调、社会招聘等多渠道增补人力资源，充实员工队伍。另一方面，严格规范员工的日常行为、劳动纪律、工作纪律、仪表仪容等，彻底扭转了纪律不整、人心涣散的现象。同时加大培训力度，提高前台、中台员工的能力水平，强化后台支持保障部门的服务意识。

——定位方向，指明业务发展道路。配合中国长城资产"大资管、大投行、大协同"的战略，长城新盛信托确定了展业的总体思路：抓住行业调整机遇，加快回归信托本源，积极服务实体经济，坚持创新盈利与风险管控并重，努力提升主动管理能力，做大资产管理业务和财富管理业务，加快探索消费金融业务，同时坚定不移地实施大客户战略。

长城新盛信托由此步入了良性发展的快车道。

2016 年 12 月末，全年实现净利润 1.09 亿元，较上一年增长了 727.8%，净资产收益率为 24.24%，较上一年增长 521.53%。在全国 68 家信托公司排名中，其从 2015 年的第 66 名上升到 2016 年的第 4 名，总资产收益率达到 18.81%，较上一年增长了 453.23%。

2017 年 12 月末，全年实现净利润 1.7562 亿元，同比增长 60%，年末资产规模 354 亿元，较上一年增长了 74%；净资产收益率 27.12%，排名全行业第一。

2018 年，长城新盛信托积极应对错综复杂的外部形势，主动适应监管政策变化，以"稳增长、提质效、强合规、控风险、严管理、壮队伍"为主线，各项工作取得较好成效。资产保持较快增长，各项监管指标符合要求。

2018 年，实现账面净利润 2.4 亿元，归属集团公司净利润 1.488 亿元，完成年度任务目标 1.4 亿元的 106.3%，同比增长 33.85%。在行业监管政策日益趋严、宏观经济下行压力持续加大的形势下，保持了经营业绩的稳定增长，实属不易。

在此基础上，长城新盛信托致力于发挥股东优势和牌照优势，在两至三个细分业务领域，力争成为业内水平先进的金融机构。围绕这一目标，公司制定了五年规划：前两年迅速做大规模、提高收益水平、提升市场影响力；第三年开始提高经营效率，优化各项财务指标；第四年和第五年进一步明确和巩固在市场中的定位和地位，力争五年内成为信托行业中财富管理业务和主动型管理业务的创新先驱和典型代表。

"我们要把信托打造为长城的金融百货公司"，喻林表示。通过信托产品构建客户资源的共享平台，实现真正意义上的资源共享、业务协同，充分发挥中国长城资产金融各业务单元的整体优势。

展望未来，喻林充满信心。他表示：经过近年来的调整和积累，长城新盛信托已经具备了实现转型和稳健发展的基本条件，将不断适应新的形势和监管要求，保持干劲、勠力同心，创造更大更优的成绩。

长城人的香港小长城

随着商业化业务跨越式发展，中国长城资产积极筹划运作，把自己的业务触角向国际延伸。长城环亚国际投资有限公司（2017 年 5 月更名为"长城（国际）控股有限公司"，以下简称长城国际）正是在这一背景下稳步发展起来的。

脱胎"农银投"

长城国际的前身——农银投资有限公司，是当年从农业银行划转而来的一个境外实体。对于长城国际的发展，中国长城资产曾多次提出商业化转型、全面开展商业化业务的设想。但是由于种种原因，具体方案和措施一直未能落实。

随着商业化转型启动，清理重组工作随之启动。

在先后完成剩余债权尽职调查、评估、打包处置、债务清理重组、账务处理、资本金增资六个阶段工作后，2011 年 11 月 30 日，从事 12 年农业银行政策性资产处置业务的农银投资有限公司，正式更名为"长城环亚国际投资有限公司"，彻底转型为中国长城资产首个商业化境外平台。

重组后，原约 4.08 亿港元的债务被免除，长城国际的资本金增加至 3.58 亿港元。

从此，长城国际逐步成为中国长城资产对接国际市场的"窗口、渠道和平台"，并发展为服务中国长城资产发展战略，面向国际、国内两个市场，以利润为目标开展投资、资产管理等业务的国际性金融公司。

长城国际重组成立后，按照公司总部"国际化业务窗口、跨境投融资渠道、功能控股型平台"的规划目标，利用地缘优势，调动各种资源，不断深化机构协同、持续加强内外联动，实现了经营业绩的重大突破，战略布局持续优化，竞争力显著增强。

——突破外汇登记。2014 年 11 月 5 日，长城国际外汇登记手续成功获批。为了实现这一目标，长城国际曾多次赴北京外汇管理部门汇报，提交外汇登记手续申请，并在长城国际的历史沿革、中国长城资产商业化转型成果以及外汇登记的紧迫性等方面，做了大量工作，最终取得了监管部门的支持，颁发了外汇登记核准凭证。

——拿下"1469"牌照。为推动金融业务牌照申请工作，长城国际先后引进负责人员 3 名、持牌代表 3 名，设立了两家子公司用于持有金融牌照。到 2015 年 4 月 22 日，长城国际先后向香港证监会申请并取得了 1 号（证券交易）、4 号（为证券交易提供意见）、6 号（企业融资）、9 号（资产管理）等金融业务牌照，获得了在香港开展受规管业务牌照，募集第三方资金开展资产管理业务、开展规范的投资银行业务等资质，真正意义上成为香港的"小长城"。

——探索开展创新业务。随着功能及资质的不断完善，长城国际在"资产管理、投资银行、投资与信贷"等核心业务的基础上，通过拓展跨境联动融资业务，适当扩大参与境外标准产品的投资规模，尝试设立基金进行另类投资，以并购重组为切入点开展投资投行业务等方式，在实现业务规模稳步增长的同时，形成了较为稳健的经营模式。

通过与相关办事处加强境内外联动，探索实现跨境实物抵押担保，解决抵押物控制的问题，满足办事处优质客户的境外融资需求等，以业务协同实现自身发展与办事处发展的共赢。

——严控投资风险。由于香港资本市场风险较高、客户较复杂，长城国际在风险防控和业务运行中，始终牢固树立"风控至上"理念，将风险防控工作作为经营活动的出发点和落脚点，落实全面风险管理和全员风险管理，做到买方业务与卖方业务并重，防止重规模、轻风控的倾向，重视资产流动性，防止出现过度依赖资金链、步入"庞氏游戏"的投资模式。

长城国际在资产规模稳步增长的同时，所投放项目均能按期偿还本金和利息，实现了不良率为零的风控目标。

可以说，长城国际成为同业境外平台中最规范的公司，为全方位开展商业化业务奠定了良好的基础。

打通"任督二脉"

商业化转型后，作为中国长城资产"跨境投融资渠道"，长城国际再接再厉，积极探索各种方式，解决经营的资金困境。

2012 年起，长城国际积极与多家在港商业银行、投资银行接触，研究发债、借款的可能性，并通过内保外贷等形式融入境外资金。

2012 年 4 月 28 日，长城国际完成第一笔 5000 万美元融资性保函；5 月 17 日，第一笔资金 8000 万港元在农业银行香港分行提款。

中国长城资产迈开了境外融资的第一步，初步突破了经营的资金困境，并在此基础上，探索通过发债的形式，增加为中国长城资产和自身发展进一步拓宽融资渠道的可能性。

2014 年 9 月 10 日，长城国际首次在香港成功发行 5 亿美元金融债券。本次发行的美元债券期限为三年，发行认购订单接近 50 亿美元，超额认购近 10 倍，债券票面利率 2.5%，为近年来香港发行同类型交易结构债券最低利率，获得圆满成功。

2015 年 6 月 11 日，长城国际在香港成功完成 3 年期、总规模 10 亿美元的境外债券发行，实现了 2015 年以来类似备用信用证结构美元债发行交易中最低的息差和定价，亦是资产管理公司境内同业在境外债券市场上获得的最低收益率，打破了 2014 年采用类似备用信用证结构发债保持的最低收益率纪录，并且击穿了去年同类型债券的二级市场收益率。

2016 年，通过长城国际成功设立 65 亿美元中期票据并成功发行首期 15 亿美元债券。这是中国长城资产首次依靠自身主体信用评级公开发行债券。

几年来，长城国际在探索中前进，在发债的道路上实现"三级跳"，增信方式从依靠银行保函到依靠自身主体信用评级，规模不断扩大，彻底打通了中国长城资产的境外融资渠道。

长城国际在香港资本市场的不断进阶，进一步彰显了内地资产管理公司在境外的影响力，也标志着国际金融机构对中国长城资产的认可。

成功的背后是默默的付出，长城国际作为中国长城资产在香港乃至整个境外市场的窗口，发挥了无可替代的积极作用。

与此同时，长城国际继续积极联络各家在港银行，不断拓宽资金来源，并降低资金成本。

中国长城资产独特经营模式和持续发展能力，逐步得到国际资本市场的了解和认同，长城国际打开了境外融资之路，为拓展境外业务和中国长城资产推进国际化战略，提供了充足的资金保障。

打开境外融资大门，只是国际化的第一步，如何使用好境外资金，支持自身和中国长城资产境内分公司、子公司的发展，才是题中之义。

2014 年 10 月，长城国际经过大量的论证研究，决定在前海深港合作区设立租赁子公司——"深圳长城环亚国际融资租赁有限公司"，旨在利用现有政策将境外资金引入境内，发挥中国长城资产旗下租赁子公司的专业优势，以功能互补和错位发展实现协同互动。2015 年，首单租赁转让项目正式落地。这为境外资金引入内地，满足内地客户企业的融资需求，提供了一个范本。

2015 年，长城国际与信达国际合作出海，成功实施一单在美国的投资项目，踏出国际化投资第一步。

长城国际按照母公司战略要求和为应对国际环境变化，及时调整战略，以"三大、三优化"为抓手，着眼"合作大客户、打造大平台、推动大协同"，坚持"组织优化、资产优化、业务优化"的原则开展各项经营活动，对组织机构进行调整，建立了精简高效的组织体系。

在平台建设上，长城国际积极选择香港上市公司的优质标的，以业务结构简单、股权集中度高、交投疏落、资产折让高、存量资产质量好等因素作为遴选标准，先后直接、间接接触目标公司20余家，逐一梳理各目标公司资产、负债、治理结构、财务现状等基本情况，最终确定南潮控股有限公司（00583－HK）作为并购标的。

2016年8月，媒体刊登了南潮控股公告：其大股东嘉里集团向长城国际出售所持的南潮控股74.19%股权，总价为15.65亿元，相当于每股1.35元，并提出全面收购。长城国际全面入主南潮控股，并将其更名为"长城环亚控股"，股份代号"00583"维持不变。

此次收购项目历时八个多月，经历了大股东股权收购谈判、协调二股东退出、全面要约收购、存量资产剥离、留存收益分配、引入战略投资人、董事会设立、确定独立董事人选等一系列工作。最终，长城国际持股比例为74.89%，距香港联交所要求的25%以上公众持股量相差0.11%，确保长城国际在获得上市公司控股权后，可平稳对接上市公司运营工作并迅速开展业务。

收购完成后，在公司总部统一指挥下，长城国际进行了一系列的平台改造：原"长城环亚国际投资有限公司"更名为"中国长城资产香港国际有限公司"。2017年5月，公司再次更名为中国长城资产（国际）控股有限公司，原"长城环亚国际"旗下持有金融牌照业务的子公司并入上市平台——长城环亚控股，形成"金融＋地产"双主业。同时，长城香港国际在深圳先后设立基金公司和投资公司，加上已有的租赁公司，形成了功能齐全、内外联动的综合金融平台。

"通过一年半的努力，香港长城国际由一个很小的只有十几亿元规模的公司，发展成为一个控股集团，尽管当下业务量不是很大，但是基本框架，也就是四梁八柱，都已经搭建起来了。"作为这一系列规划设计的主要负责人，孟晓东对长城国际的改造成果感到欣慰。

长城人的最终目标，就是将长城国际建设成香港的"小长城"，是"母体版"中国长城资产在境外、在香港的一个缩影。

进退可度

一个企业如果没有业务基础、客户基础、资源基础，就如同一个戏台上没有演员和观众，只剩一副空架子而已。

利用搭建的平台积累优质客户、丰富综合金融服务的工具箱，才是平台建设的意义所在。

在客户服务和业务开发上，长城国际探索"大客户、大项目"运作模式，在发展自己的同时，与大客户、大项目共同绑定利益，同时，在母公司内部构建全方位、一体化联动机制，不断提升综合服务能力，满足客户的延伸金融服务需求。

有志者，事竟成。

很快，一个个项目先后落地：响应国家金融支持"一带一路"的号召，先后以 GP 和 LP 身份参与设立"长城青建一带一路产业发展基金""信银一带一路基金"等，认购规模近 10 亿港元，积极促进中国和"一带一路"沿线国家的跨境交易。通过认购"华润创业联合基金"，在推动围绕消费升级进行的投资的同时，借助华润集团在零售消费领域的品牌、渠道优势，积累行业经验，打响中国长城资产的品牌。

在此过程中，长城国际积累了华润集团、青建国际、招商局、中信证券国际、中信银行、中国远洋、中钢国际、中国进出口银行、广州基金、朗诗绿色地产、当代置业等一批优质企业客户，逐步打开与大型央企、国企、民企联动的窗口，形成了"合作、互惠、共赢"的局面，为后续更深入的合作奠定了良好的基石。

不仅如此，与内地兄弟机构的协同也得到进一步加强。

几年来，长城国际在中国长城资产转型战略的引领下，一度实现了"三大转变"：从一般性金融企业向专业化金融机构和公众公司转变；从重视资金筹集能力向重视资金运用能力转变；从孤军奋战和游击战向战略合作的阵地转变。

2016 年和 2017 年，长城国际新增协同业务规模分别为 11.7 亿元和 40 亿元。协同方式由此前基于人民币升值背景下"资金业务"，即利用当时政策将境外资金引入境内，实现与长城租赁间的业务对接、资金对接以及满足其他平台公司资金需求，转为基于客户或产品的双向协同，通过与母公司和兄弟单位在资源、品牌、网络、专业、牌照等方面形成协同优势，发挥平台辐射功能，为实现跨越式发展打下良好的基础。

2018 年，在内外部环境极其困难的情况下，长城国际仍然取得了成立以来最好的经营业绩。截至 2018 年 12 月 31 日，总资产 332.24 亿元，同比增长 3.26%；实现年度营业总收入 21.51 亿元，同比增长 29.26%；净利润 6.59 亿元，同比增长 74.21%；归属母公司净利润 5.23 亿元，同比增长 64.33%，完成全年任务的 137.73%；考核利润 5.41 亿元，同比增长 25.26%，完成任务的 142.42%；ROA 为 2.16%，ROE 为 59.78%。在全系统所有子公司中，长城国际名列前茅。

未来，长城人有信心将长城国际打造成系统内一流的子公司。

按照他们自己制定的五年规划的发展要求，长城国际将继续在"双回归"战略框架内，调整发展战略。以创新发展主业为方向，聚焦问题资源、问题企业及问题机构，积极探索境内外不良资产业务。

长城人的基金平台

长城（天津）股权投资基金管理有限公司（以下简称长城股权基金），脱胎于天津中小企业金融服务有限责任公司，既是政企合作的产物，也是中国长城资产探索商业化转型发展的重要一环。

重组天津中小

天津中小企业金融服务有限责任公司（以下简称天津中小）于 2007 年 1 月 16 日在天津经济技术开发区注册成立，注册资本 8000 万元，中国长城资产出资 5000 万元，天津市财政投资管理中心出资 3000 万元，分别占注册资本的 62.5% 和 37.5%。

2012 年初，根据财政部、银监会对资产管理公司投资业务的相关规范要求，考虑商业化转型阶段开展财务性投资业务的实际需要，私募基金已成为资本金投资业务当中不可或缺的重要投资渠道。同时，为进一步扩大与天津市政府的合作力度，中国长城资产拟对天津中小进行重组，将其改造成为服务于整体投资业务条线的基金管理公司。

2009 年以来，中国长城资产先后与天津市政府签署战略合作协议，在合作成立中小企业金融服务公司、金融资产交易所、承办国际融资洽谈会等方面取得了一系列丰硕成果，奠定了良好的合作基础。通过重组天津中小，将进一步巩固和深化双方的战略合作关系，在多个行业中延伸合作触角，促进中国长城资产在天津当地的发展和影响力，形成区域中心优势。

截至 2011 年 12 月 31 日，天津中小拥有总资产 1.01 亿元，负债 1503 万元，所有者权益 8629 万元。从自身条件看，天津中小股权结构简单，资产负债情况清晰，投资层级明了，具备重组的良好条件，实施过程成本低、效果好。

2012 年 3 月 29 日，天津中小形成股东会决议，同意股东中国长城资产将其所持有 62.5% 的公司股权，划拨给其全资子公司长城国融投资，2012 年 7 月长城国融投资以划拨方式取得中国长城资产 5000 万元出资，同时完成相应工商变更。

2012 年 9 月 12 日，股东会通过新的公司章程，天津中小重组变更为长城股权基金，其经营范围为：受托管理股权投资企业，从事投资管理及相关咨询服务等。

2013 年 8 月 19 日，长城国融投资单方增资 0.3 亿元，将长城股权基金的注册资本增加至 1.1 亿元。增资后，长城国融投资和天津财政投资管理中心分别持有 72.73% 和 27.27% 的股份。

专注通道业务

2013 年，是长城股权基金完成重组变更后正式运营的第一年，按照中国长城资产统一部署，重新规划战略定位，探索业务创新，实现自我提升，致力于打造基金投资平台。

2013 年末数据显示，长富基金认缴规模 150 亿元，已实现投资金额 114.93 亿元，共投资 84 户企业，服务公司总部 4 个事业部、30 家办事处和 3 家平台公司；民星城镇化基金认缴规模 100 亿元，已实现投资金额 31.9 亿元，已投资 4 户企业，服务 4 家办事处、1 家平台公司和 2 个事业部。

与此同时，长城股权基金通过服务中国长城资产开展特色业务的需求，积极开展业务创新。其中，设立于 2013 年的民星城镇化基金，作为城镇化发展产业投资基金，不仅能够推动各地城镇化进程，发挥中国长城资产"金融服务实体经济"的功能，还丰富了投资品种，促进了可持续发展。民盛股权投资基金则专注于中小企业股权投资，是中国长城资产全方位金融服务的有效补充，有利于提高竞争力及打造专业化股权投资团队。北京长华投资基金由中国长城资产与华泰资产共同设立，致力于盘活存量资产，服务国家经济结构转型。

2013年，长城股权基金实现营业收入2923.96万元，营业利润2492.36万元，净利润1872.3万元，已注册管理3只基金，总规模260亿元。

致力脱虚向实

天津中小成立以来，主营业务集中在担保、短期投资和财务咨询等方面，以服务中国长城资产总部事业部和各相关办事处、平台公司的通道业务为主，虽然在中小企业创新金融服务方面进行了探索，但其主营业务不清晰、缺乏稳定盈利模式的缺陷逐渐显现。客观上，长城股权基金面临重新调整功能定位、创新组织体制的要求。

2014年3月21日，中国长城资产召开总裁办公会，明确了长城股权基金作为公司总部实施"大资管"战略平台的定位，形成了发挥基金资金融通特殊优势和满足系统内业务通道需求的最佳组合。

会议提出了三类业务方向：一是继续巩固通道业务，更好地服务于母公司各类业务；二是加快提升资金募集业务，立足于基金运营流程中的融资功能，做好"融投管退"的前段环节；三是逐步强化第三方资产管理业务，边摸索，边实践。

2014年7月，长城股权基金制定《未来三年（2014—2016年）战略发展规划》。其中：业务发展目标上，以母公司"五年两步走"中期战略发展规划为指导，抓住"大资管"业务爆发式增长的大好时机，坚持以服务母公司整体战略、为股东和客户创造良好的回报、为员工成长提供良好的平台为目标；以母公司战略需要和市场客户需求为导向，以母公司资源为依托，以开拓创新和加强管理、防控各类风险为保障，尽快把PE业务做大、通道业务做优、第三方资产管理业务基础打牢，为实现自身转型发展目标奠定基础。

战略定位上，在中国长城资产中期战略发展规划引领下，全面实施"一体两翼，双轮助推，三块联动，分步突破，快速发展"战略，即以PE业务为"主体"，以通道业务和第三方资产管理业务为"两翼"，以业务创新和管理机制创新为"双轮"，助推三大板块业务分步突破，构建"一体两翼、三大板块"业务联动发展和快速发展新格局，努力打造成业内具有鲜明特色与影响力的精品基金公司和母公司的资产管理平台。

2014年4月，长城股权基金获中国证券投资基金业协会登记核准，允许开展私募证券投资、股权投资、创业投资等私募基金业务。全年新增投资规模123.78亿元，第三方资产管理规模达到57亿元，实现净利润4616.08万元。

2015年2月16日，王海被任命为长城股权基金总经理。

王海清醒地认识到，在传统通道业务快速下降的严峻形势下，必须坚决贯彻公司总部"调结构、市场化"发展战略，落实以并购重组为手段促进不良资产经营主业。在他的带领下，经过艰苦努力，公司全年实现了净利润5371万元，资产收益率为22.1%，净资产收益率为31.3%，在市场同业中居于领先水平。

中国证券投资基金业协会2015年11月末数据表明，长城股权基金在全国私募基金3.85万亿元规模中占比5.5‰；2015年3月，成为"中国证券投资基金业协会（资产管理类）特别会员"，继续保持市场的影响力。

在2015年的新设基金中，共有8.27亿元的不良资产投资基金，21.6亿元股权投资基金。特别是"医药产业资产管理计划1号"的景峰医药项目，是第一只与上市公司共同出资的PE投资基金；"长城国融1号"的中航机电定增项目，是主动管理、按照市场化收费的第一只定增基金；"长城资本稳债1号"的华夏基金，是第一只债券型投资基金。

三只母基金——"长城国越资产管理合伙基金""长城国泰并购重组基金"和"长城国丰城镇化基金"，将分别专注于不良资产收购处置业务、不良资产并购重组业务，以及房地产"去库存"任务。

2016年末，三只母基金注册完毕，并出资项目11个，涉及金额263亿元。截至2017年末，长城投资基金共管理基金67只，其中新增35只，实缴规模达到660亿元。合伙制基金种类丰富，涵盖证券投资、股权、债权等类型；全年实现净利润7318万元，ROE超过30%，连续三年利润呈现节节高。

2017年，长城投资基金基本完成市场化部门搭建与团队建设，明确了以协同投资业务为重点，以自营投资业务为辅助的发展方向，全面启动市场化业务项目拓展工作。其中，长城投资基金首次运作的主动管理基金项目——鄂尔多斯债权投资项目，实现了主动管理业务零申报的突破。

2018年，面对金融市场风险频发、监管政策从紧趋严的形势，长城投资基金全面完成各项经营预算目标，发展创新步履不停歇，资产管理质量显著提高，合规经受行业监管现场检查，风险资产继续得到有效控制，不良资产主业协同取得明显成效，主动型产品明显突破。

2018年，长城投资基金实现净利润9136万元（归属于母公司6632万元），计划完成率为102.03%，较上年净利润增长24.83%，ROE预计达到24.86%。管理基金67只，其中61只合伙制基金、6只契约型基金，实缴规模达到616亿元。管理的合伙制基金种类丰富，涵盖了证券投资、股权、债权等。风险管理、资产质量等其他重要的关键绩效指标（KPI），均顺利实现。

长城股权基金将成为长城人在未来发展的重要平台。

长城人的南国木棉花

长城融资担保有限公司（以下简称长城融资担保）和长城国富置业一样，均为政策性时期中国长城资产资本金项下投资控股公司，也是继长城国富置业之后的第二家商业平台公司。当年，其与长城国富置业、长城国兴租赁，并称为长城人的"三驾马车"。

特区"试验田"

长城融资担保的前身，是成立于 2001 年 12 月 25 日的深圳市国盛投资控股有限公司（以下简称深圳国盛），其前身为深圳特发集团，是一家政策性债转股企业，也是农业银行以"贷转投"方式，作为资本金划转而来的项目。中国长城资产、农业银行总行与深圳市政府，为此曾多方协调，历尽波折。

也许，曲折的前世今生，冥冥之中注定了其坎坷的发展道路与前途命运。

从 2003 年下半年开始，依据国家政策，深圳国盛在控制风险的前提下，为确保资金的流动性、安全性、效益性，尝试开展了国债交易等业务，实现了一定的盈利。截至 2006 年 6 月 30 日，深圳国盛每个项目都实现了盈利，加上银行存款利息收入，收益总额达到 1999 万元。

2006 年，随着政策性不良资产处置任务的完成，为进一步推进商业化转型，探索金融主业，中国长城资产提出了"加快资本金结构调整，优化打造投资项目经营平台"的思路。

在此背景下，深圳国盛作为资本金项下一家成长性较好的企业平台，具有独特的产业经营优势，成为重组建立独立平台的首选目标之一。

按照打造全国性投资平台的设想，以深圳国盛为主体，中国长城资产将拥有的高发公司、东方商团的股权，以增资方式注入深圳国盛，深圳国盛的注册资本增至 5 亿元，并于 2006 年 7 月 29 日完成了工商变更和注册登记。

2007 年 8 月，为发挥特区试验田的作用，深圳国盛与深圳办事处进行整体改革，实行"两块牌子、一套班子"，对政策性和商业化业务分账经营、独立核算，公司总部不再下拨费用，率先走上市场化经营的道路。

为激发创新活力，深圳办事处员工通过全员竞聘上岗的方式，全部并入深圳国盛。此举，兼顾了政策性与商业性的资产管理，重新设置内部机构，探索市场经营，取得了良好的经济效益。

通过以上实践，中国长城资产在深圳的商业化转型试验取得了良好成效，不仅经济效益明显提升，而且有利于全体员工工作目标、薪酬和激励机制的一致，形成了较好的凝聚力和战斗力。

有序"清理整合"

2008 年开始，随着商业化转型的深入，深圳国盛长期面临的主业不清晰等问题显得尤为突出，为此，深圳国盛曾尝试收购重组郑州百瑞信托，转型信托主业，但因种种主观与客观原因，以失败告终。

2008 年下半年，由于国际金融危机的影响，中小企业融资难的问题非常突出，公司总部经过深入的调查论证，认为这是进入担保行业的理想时机，作出了将深圳国盛"由投资公司转型为担保公司"的战略安排，使深圳国盛成为完全市场化的金融服务企业。

2009年，赵东平在年初工作会议讲话中，明确了分类推进现有控股子公司转型发展的总体思路，正式提出要"以深圳国盛为基础，改组设立投资担保公司，打造以深圳为总部、经济发达地区为支撑、辐射全国的担保体系，初期主要是服务公司商业化转型，为系统内提供融资担保，逐步实现金融服务的多元化"。

经过一系列积极筹备，2009年3月，深圳国盛完成工商变更登记，更名为"深圳长城国盛投资担保控股有限公司"。随后，在公司总部打造统一品牌形象的部署下，于2011年再次更名为"长城融资担保有限公司"。

正式开业后，长城融资担保一手抓筹划转型，一手拓展融资担保业务，形成了以工程保函、集群担保、银企合作等为核心的业务模式，并不断将业务经验向全国推广。2009年5月，公司在杭州设立分支机构，并先后与西安、海口、昆明开展业务合作，实现了较好的协同效应。

截至2010年12月底，长城融资担保实现经营收入1.1亿元，其中担保业务收入0.5亿元。2011年经营收入2.88亿元，其中担保业务收入1.29亿元，资本回报率和净资产收益率均在国内担保公司中位居前列。

转型担保主业后，长城融资担保通过自身主业的拓展，为中国长城资产搭建了中小企业融资的金融服务平台，又为各办事处、平台公司提供有效的融资担保服务，这对推进中国长城资产整体的商业化转型，具有十分重要的意义。

然而，2013年以后，受到国家产业经济结构性调整的影响，长城融资担保项下部分"钢贸系"投资项目出现了系统性风险，造成连锁反应，长城融资担保的经营一度陷入困境。

长城融资担保在艰难的困境中并没有消沉，而是想方设法加大追偿力度，全力化解风险。

2014年，长城融资担保开始与深圳办事处实行一个党委班子领导，重点处置化解风险项目。通过不懈努力，初步履行了对外代偿责任。同时，与深圳办事处统筹配置人财物等各类资源，实现融合发展。

2015年以来，经过几年的砥砺奋进、赶超跨越，深圳市分公司完成了从全系统倒数第一到正数第一的经典"大逆转"。

作为掌门人，朱红卫自2014年11月到任后，在狠抓深圳市分公司全面跨越式发展的同时，一直高度重视长城融资担保清理整合工作。

工作中，严格按照公司总部批复要求，进一步细化措施、落实责任，排好时间节点，统筹摆布工作，加快清理整合进度，并逐月上报工作进展。对遗留项目问题，特别是涉诉案件的瑕疵进行深入剖析，确保信息披露内容真实、准确、完整，规避法律风险。同时，充分发挥中介机构的咨询顾问作用，严防合规风险、道德风险和社会风险。

长城融资担保按照既定的清理整合方式，平稳有序推进各项工作，从而，保证了如期完成清理整合任务。

长城人的西北堡垒

2005 年 7 月，兰州办事处通过竞标收购了中国工商银行甘肃、宁夏两省区可疑类不良资产 82.96 亿元。为了便于债权管理，提升资产价值，经公司总部同意，兰州办事处与宁夏回族自治区政府合作，成立一家公司，共同经营处置不良资产。

这一思路，得到了宁夏回族自治区政府及主要领导人的重视和支持，在政企双方共同努力下，2007 年 2 月 6 日，宁夏长信资产经营有限公司（以下简称长信资产）正式成立。注册资本 1.58 亿元，兰州办事处将 133 户企业 5.31 亿元债权，以评估值 1.53 亿元入股，占注册资本的 96.83%；银川橡胶厂以货币出资 500 万元，占 3.17%。

以债权出资注册公司，这在宁夏乃至全国均是首例。

长信资产经营范围为：收购境内不良资产；债务追偿、资产置换、转让与销售、租赁；债务重组及企业重组，债权转股权及阶段性持股，资产证券化，直接投资，代理不良资产管理、处置和交易业务，企业管理咨询；等等。

长信资产成立后，按照公司总部提出的"坚持商业化转型大方向和可持续发展总目标"，开拓进取改革创新，主动转变传统的资产管理运营模式，建立市场运作机制，实现了不良资产的价值提升。

2007 年，长信资产实际利润总额 573 万元，净利润 303 万元。

2008 年，资产总额达到 3.37 亿元，负债总额为 8502 万元，所有者权益 2.52 亿元，资产负债率 25.22%，实现利润 601 万元，上缴税金 502 万元，各项业务工作取得了长足发展。

2009 年，实现利润 1120 万元，所有者权益合计 2.35 亿元，其中：长信资产拥有 1.70 亿元，兰州办事处拥有 6460 万元，每股净资产为 1.08 元，存量债权资产 44.34 亿元。

2010 年，实现净利润 1149 万元，总资产 8.11 亿元，总负债 5.55 亿元，资产负债率 68.43%，所有者权益 2.56 亿元。

长信资产以不懈的努力，探索出一条市场化转型之路，成为中国长城资产在西北的又一个重要据点，一颗闪耀在西部的明珠。

2011 年 5 月 10 日，郑万春赴宁夏调研，拜会了宁夏回族自治区主要领导，并接受宁夏回族自治区政府"在宁夏设立分支机构或者直管公司的意愿"。公司总部决定，于 2011 年 12 月 22 日，将"宁夏长信资产经营有限公司"更名为"长城（宁夏）资产经营有限公司"（以下简称长城宁夏）。

2012 年 8 月 31 日，股东会审议通过了《关于拟对公司注册资本进行减资、宁夏国有投资运营有限公司退出的议案》，长信资产以 845.98 万元，回购宁夏国有投资公司持有的 3.17% 股权，注册资本变更为 1.53 亿元，投资人为兰州办事处。随后，公司总部以资本金出资 2.79 亿元，收购长信资产 96.83% 的股权。长城宁夏正式纳入中国长城资产直属平台公司管理。

郑万春在 2012 年初的讲话中，评价长城宁夏"异军突起"，成为"平台公司盈利板块中的重要生力军"。

2012 年，长城宁夏也取得了良好的经营业绩，全年实现税后净利润 9129 万元，与 2011 年相比增幅达 22.21%。2013 年 11 月底，长城宁夏提前完成年度确保 1 亿元的任务，是当年第二家完成年度确保目标的平台公司，全年实现净利润 1.22 亿元，同比增长 33.81%，在平台公司中保持了较高增长水平。

经过改革转型和快速发展，长城宁夏一度也面临许多困难和挑战。

2014 年 3 月 3 日，中国长城资产批准成立了"宁夏业务部"，作为公司总部派出部门，与长城宁夏实行双轨运行。

宁夏业务部紧紧抓住这一历史转折机遇，抢抓市场，奋起直追，艰苦学习，各项业务全面开展，经济效益显著，基本实现了与全国其他办事处同步发展的目标。

2014 年、2015 年、2016 年、2017 年，四年实现税后净利润分别为 1.82 亿元、1.82 亿元、2.02 亿元和 2.4 亿元，均圆满完成了公司总部下达的任务目标。

2018 年，宁夏业务部紧紧围绕化解内生不良资产、加大金融不良资产收购力度、坚决回归主业等中心任务开展工作，取得了不俗的成绩。全年累计回收现金 11.54 亿元，其中回收债权本金 8.94 亿元，利息 2.61 亿元；收购传统金融资产包 8 个，贷款本息 62.16 亿元，市场占有率为 51.26%。

中国长城资产大西北据点，发挥了应有的作用。虽身处地域小、人口少、条件差、经济薄弱的宁夏，但能够取得这一成绩，令人欣慰。

长城人已经步入历史的快车道。

中国长城资产的舰队，已经扬起风帆，远航沧海。

附 录 一 APPENDIX 1

将帅铭记

（一）历届领导班子名录

（按总裁或董事长任职时段排序）

第一届领导班子 （1999.09—2006.07）

何林祥	党委书记	（1999.09—2000.03）
尚福林	党委书记	（2000.03—2003.09）
杨明生	党委书记	（2003.09—2006.07）
汪兴益	总裁、党委副书记	（1999.09—2006.07）
尉士武	副总裁、党委委员	（1999.09—2000.12）
傅春生	副总裁、党委委员	（1999.09—2006.04）
李占臣	总裁助理、党委委员	（1999.09—2000.07）
	副总裁、党委委员	（2000.07—2006.07）
张晓松	副总裁、党委委员	（2002.04—2006.07）
秦惠众	党委委员、纪委书记	（2002.04—2006.07）
曲行轶	总裁助理、党委委员	（2002.04—2004.12）
	副总裁、党委委员	（2004.12—2006.07）
匡绪忠	总裁助理、党委委员	（2002.04—2004.12）
	副总裁、党委委员	（2004.12—2006.07）

第二届领导班子 （2006.07—2011.02）

杨明生	党委书记	（2006.07—2007.08）
赵东平	总裁、党委副书记	（2006.07—2011.02）
李占臣	副总裁、党委副书记	（2006.07—2010.07）
张晓松	副总裁、党委委员	（2006.07—2011.02）
秦惠众	党委委员、纪委书记	（2006.07—2011.02）

曲行轶	副总裁、党委委员	(2006.07—2011.02)
匡绪忠	副总裁、党委委员	(2006.07—2011.02)
周礼耀	副总裁、党委委员	(2006.07—2011.02)
薛 建	副总裁、党委委员	(2007.03—2011.02)
胡建忠	总裁助理、党委委员	(2011.01—2011.02)
孟晓东	总裁助理、党委委员	(2011.01—2011.02)

第三届领导班子 （2011.02—2013.09）

郑万春	总裁、党委副书记	(2011.02—2013.09)
赵东平	党委副书记	(2011.02—2012.05)
张晓松	副总裁、党委委员	(2011.02—2012.03)
	副总裁、党委副书记	(2012.03—2013.09)
秦惠众	党委委员、纪委书记	(2011.02—2013.09)
曲行轶	副总裁、党委委员	(2011.02—2013.09)
匡绪忠	副总裁、党委委员	(2011.02—2013.09)
周礼耀	副总裁、党委委员	(2011.02—2013.09)
薛 建	副总裁、党委委员	(2011.02—2012.09)
	党委委员	(2012.09—2013.09)
胡建忠	总裁助理、党委委员	(2011.02—2012.09)
	副总裁、党委委员	(2012.09—2013.09)
孟晓东	总裁助理、党委委员	(2011.02—2012.09)
	副总裁、党委委员	(2012.09—2013.09)

第四届领导班子 （2013.09—2016.12）

张晓松	总裁、党委副书记	(2013.11—2016.12)
沈晓明	党委书记	(2014.07—2016.12)
胡永康	党委副书记	(2016.09—2016.12)
秦惠众	党委委员、纪委书记	(2013.09—2016.12)
曲行轶	副总裁、党委委员	(2013.09—2015.09)
匡绪忠	副总裁、党委委员	(2013.09—2015.05)
周礼耀	副总裁、党委委员	(2013.09—2016.12)
薛 建	党委委员	(2013.09—2016.12)
胡建忠	副总裁、党委委员	(2013.09—2016.12)
孟晓东	副总裁、党委委员	(2013.09—2016.12)
邹立文	副总裁、党委委员	(2014.10—2016.12)
王 彤	总裁助理	(2015.07—2016.12)

第五届领导班子 （2016.12—2017.05）

张晓松	董事长、执行董事、总裁、党委副书记	(2016.12—2017.05)

沈晓明	副董事长、执行董事、党委书记	（2016.12—2017.05）
胡永康	监事长、党委副书记	（2016.12—2017.05）
秦惠众	党委委员、纪委书记	（2016.12—2017.05）
周礼耀	执行董事、副总裁、党委委员	（2016.12—2017.05）
薛　建	党委委员	（2016.12—2017.01）
胡建忠	副总裁、党委委员	（2016.12—2017.05）
孟晓东	副总裁、党委委员	（2016.12—2017.05）
邹立文	副总裁、党委委员	（2016.12—2017.05）
王　彤	总裁助理	（2016.12—2017.05）

第六届领导班子 （2017.05 至今）

沈晓明	董事长、执行董事、党委书记	（2017.05 至今）
周礼耀	执行董事、副总裁、党委委员（代行总裁职责）	（2017.05—2017.12）
	执行董事、总裁、党委副书记	（2017.12 至今）
胡永康	监事长、党委副书记	（2017.05 至今）
秦惠众	党委委员、纪委书记	（2017.05—2018.07）
胡建忠	副总裁、党委委员	（2017.05—2018.10）
孟晓东	副总裁、党委委员	（2017.05 至今）
胡小钢	党委委员、副总裁	（2018.11 至今）
邹立文	副总裁、党委委员	（2017.05 至今）
杜　胜	党委委员、纪委书记	（2018.07 至今）
杨国兵	总裁助理	（2018.11 至今）
王　彤	总裁助理	（2017.05 至今）

（二）总经理（级）领导干部名录

（1999.10—2019.06）

按姓氏笔画排序，相同姓名以籍贯区分，计 147 名

丁化美　万小兵　马学荣　马能泽　王　平　王　勇（山东）　王　海　王云明　王文兵
王仕轩　王代潮　王成建　王守仁　王良平　王夏敏　牛　莉　毛墨堂　孔庆龙　玉明威
申希国　史　剑　白　静　邢　珉　邢秀燕　朱红卫　刘　永（广西）　刘　芳　刘卫成
刘方成　刘世汉　刘国庆　刘学堂　刘钟声　刘洪新　刘烈东　齐银庚　许希民　许良军
阳金明　孙　刚　孙　波　严　正　杜　英　杜永杰　杨士忠　杨国柱　李　鹏（湖南）
李天应　李仁华　李文山　李玉林　李安平　李志军　李志彤　李俊海　李勇锋　李锦彰
时德义　佟铁成　余和研　谷云凯　汪国良　汪柏林　沈逸波　宋先元　宋德先　张　斌

张士学	张乐义	张记山	张亚山	张向东	张希荣	张范全	张明富	张和玉	陈 明
陈 炜	陈 敏	陈良生	陈明理	陈泽南	陈建新	陈鸿珊	陈锡达	范振斌	欧 鹏
欧阳农	易 诚	罗立刚	金志峰	周 强	周云贵	周正勇	周照良	孟 春	赵 宇
赵振江	赵家国	荣 炜	荣十庆	胡 韬	胡静波	饶才旺	贺晓初	袁 景	夏小蟾
夏永平	顾明华	钱宗宝	铁金山	倪复兴	徐沪江	徐雨云	高 焱	郭尔合	郭智君
陶永平	黄 虎	黄天雄	曹月良	曹志强	曹明泉	曹祥金	龚文宣	梁 哲	彭毛字
葛 冲	韩卫东	韩柏林	韩焕彬	喻 林	程中喜	程凤朝	傅春奎	鲁振宇	曾献青
曾德超	谢德寿	雷鸿章	裴 冶	阚惠民	谭 红	谭运财	谭建川	薛文晗	魏泽春

（三）副总经理（级）领导干部名录

（1999. 10—2019. 06）

按姓氏笔画排序，相同姓名以籍贯区分，计 260 名

于 宏	于致华	万洪春	习道海	王文才	王文胜	王世波	王立民	王志华	王 坚
王作民	王明芳	王宝明	王荣宽	王树芳	王修平	王保华	王美华	王 前	王泰庆
王恭杰	王鸿雁	王 辉	王 斌	王瑞瑶	王 滨	牛学良	牛彦军	毛 刚	乌斯满江
文显堂	石召奎	卢祎萍	叶忠书	叶 勤	田欣宇	白秀丽	宁选生	冯志强	冯晓亮
冯 群	巩海城	吕 佳	吕胜涛	吕福来	朱 进	朱丽华	朱学民	朱 烨	朱 颖
任 浩	刘卫红	刘向明	刘 克	刘 欣	刘宝星	刘宗平	刘建平	刘承进	刘剑宏
刘 莉	刘 健	刘 斌	刘新建	刘福松	刘 静	齐方卿	江早春	江明康	安仰东
安昊明	许天信	许卉武	许永清	孙义忠	孙乐威	孙永森	孙廷华	孙 冰	孙国珍
孙垂江	孙 敏	孙 康	花长春	苏文学	苏俊杰	杨丽华	杨启荣	杨宝宏	杨 春
杨贻蒋	杨家绪	杨家绪	杨 堃	杨 辉	李玉梅	李 龙	李西方	李庆义	李安华
李丽新	李时荣	李邑宁	李 林	李明海	李效田	李 康	李 强	李 鹏（黑龙江）	
李 瑾	肖莉敏	吴 树	吴映江	吴真子	吴新志	何振峰	何景福	何 翔	余国文
邹立英	沈小平	沈莉芳	沈普清	沈富荣	沈 筠	沈 毅	沈 蕾	宋红军	宋 岳
张天翼	张友杰	张 文	张文华	张文兵	张兰永	张启峰	张海波	张盛沛	张 辉
张富计	张翠兰	张 璞	陆生山	陆 逸	陆嘉康	陈 卫	陈 伟	陈自东	陈向阳
陈安华	陈克庆	陈英姝	陈昌龙	陈宝志	陈 亮	陈章任	陈 惠	邵 华	武哲岭
武 彪	林从涛	易映松	罗树才	罗 楠	岳安成	周长青	周达苏	周丽萍	周来望
周贤宇	周明生	周振宇	周 捷	周集平	郑世澜	郑 伟	郑剑秋	郑 洲	郑继荣
郑榕玲	宗 禹	孟雪峰	赵永军	赵建伟	赵盛华	郝玉杰	荆 珂	胡丽军	钟世松
段合明	段 薇	侯军帮	侯国强	姜 旭	姜宝军	姜德华	娄国海	费军鸣	胥左勋
骆 驰	袁德法	耿 虹	聂志凌	聂建川	桂 梵	夏 平	夏 华	顾 涛	倪体洲
徐永乐	徐启民	徐明前	徐建斌（陕西）		徐建斌（浙江）		徐晓军	徐 雷	徐冀新
徐 耀	高建武	高培生	郭小霞	郭玉东	勒晓阳	黄凤娟	黄存兰	黄庆旺	黄江东
黄福加	黄 蔚	曹进先	曹 维	戚积柏	龚 明	崔福成	梁 军	寇祯燕	董 云

韩明生　韩秋月　景　克　程国栋　傅正文　鲁　杰　曾　琦　谢作瑜　赖　杰　雷军辉
雷　钧　雷　晋　路普明　管春平　管康振　廖　亮　熊顺祥　熊惠荣　黎永清　黎　明
颜　军　魏　云　魏铁军

附 录 二 APPENDIX 2

银星闪烁

（一） 获得全国和金融系统重要荣誉表彰的集体

全国五一劳动奖状

大连办事处	2004 年
上海办事处	2006 年

全国金融系统五一劳动奖状

乌鲁木齐办事处	2001 年
大连办事处	2002 年
上海办事处	2003 年
广州办事处	2004 年
贵阳办事处	2006 年
深圳办事处	2007 年
哈尔滨办事处	2008 年
南宁办事处	2009 年
成都办事处	2011 年
上海办事处	2012 年
投资（投行）事业部	2013 年
长城金融租赁	2014 年
海口办事处	2016 年
安徽省分公司	2017 年
浙江省分公司	2018 年

全国金融系统五一巾帼标兵岗

重庆市分公司综合管理部	2017 年
长城国瑞证券债券销售交易部	2018 年

全国工人先锋号

沈阳办事处资产经营一部	2011 年
成都办事处市场拓展部	2012 年
上海办事处华夏资产包项目组	2013 年
海口办事处资产经营部	2016 年
安徽省分公司资产经营部	2018 年

全国模范职工之家

济南办事处工会	2015 年

全国金融系统模范职工之家

济南办事处工会	2003 年
石家庄办事处工会	2005 年
哈尔滨办事处工会	2011 年
济南办事处工会	2013 年
总部机关工会	2015 年
安徽省分公司工会	2017 年

全国金融系统思想政治工作先进单位

上海办事处	2010—2011 年度
石家庄办事处	2012—2013 年度
长沙办事处	2015—2016 年度
浙江省分公司	2016—2017 年度

中国银监会系统文明单位

成都办事处	2008—2009 年度
天津办事处	2012—2013 年度
海口办事处	2014—2015 年度
杭州办事处	2014—2015 年度
湖北省分公司	2016—2017 年度
湖南省分公司	2016—2017 年度

中国银监会系统先进基层党组织

上海办事处第二党支部	2011 年
哈尔滨办事处项目审核部党支部	2011 年
长城金融租赁第二党支部	2011 年
长城国富置业第二党支部	2016 年
法律事务部党支部	2016 年
上海办事处第一党支部	2016 年
乌鲁木齐办事处第一党支部	2016 年

中国银监会系统青年文明号

兰州办事处综合管理部	2006—2007 年度
沈阳办事处资产经营三部	2008—2009 年度
兰州办事处宁夏业务部	2008—2009 年度
沈阳办事处资产经营六部	2010—2011 年度
郑州办事处资产经营部	2012—2013 年度
国融投资并购重组处	2014—2015 年度
杭州办事处资产经营部	2014—2015 年度
德阳银行什邡支行	2014—2015 年度
广州办事处资产经营二部	2014—2015 年度
深圳办事处资产经营二部	2014—2015 年度
合规风险部风险管理信息系统项目组	
	2014—2015 年度

长城国瑞证券厦门莲前西路证券营业部	
	2014—2015 年度
资金营运事业部资金管理处	2014—2015 年度
深圳市分公司资产经营一部	2016—2017 年度
华西银行成都分行营业部	2016—2017 年度
江苏省分公司投资投行部	2016—2017 年度
湖北省分公司资产经营一部	2016—2017 年度
浙江省分公司并购重组部	2016—2017 年度
国融投资投资银行部	2016—2017 年度
上海市分公司资产经营三部	2016—2017 年度
金桥咨询债权估值部	2016—2017 年度

全国金融系统五四红旗团委

长沙办事处团委	2008—2009 年度
江西省分公司团委	2016 年度
德阳银行团委	2016 年度

中国银监会系统五四红旗团委 （团支部）

沈阳办事处团委	2010—2011 年度
呼和浩特办事处团委	2010—2011 年度
济南办事处团委	2012—2013 年度
长城金融租赁团委	2014—2015 年度
德阳银行团委	2014—2015 年度
上海市分公司团委	2016—2017 年度
华西银行高新科技支行团支部	2016—2017 年度

中央金融团工委青年文明号

成都办事处川东项目组	2002 年度

银行间本币市场最佳进步奖

德阳银行	2015 年度

（二） 获得全国和金融系统重要荣誉表彰的个人

全国五一劳动奖章

赵锡满	石家庄办事处	2002 年
铁金山	南京办事处	2006 年
赵家国	哈尔滨办事处	2006 年
申希国	济南办事处	2007 年
韩生佩	济南办事处	2009 年
陈宝志	西安办事处	2014 年
邹子仪	北京市分公司	2017 年

全国金融系统五一劳动奖章

李仁华	总部资产经营部	2000 年
赵锡满	石家庄办事处	2000 年
高培生	长沙办事处	2001 年
陈英姝	北京办事处	2002 年
姜 旭	哈尔滨办事处	2003 年
铁金山	南京办事处	2004 年
孙 波	广州办事处	2006 年
申希国	济南办事处	2006 年
宋先元	贵阳办事处	2007 年
李效田	总部资金财务部	2007 年
王世波	沈阳办事处	2008 年
荆 珂	济南办事处	2008 年
韩生佩	济南办事处	2009 年
夏永平	总部党群工作部	2009 年
董春明	哈尔滨办事处	2011 年
张启峰	沈阳办事处	2011 年
礼维国	哈尔滨办事处	2012 年
李生勇	乌鲁木齐办事处	2012 年
陈宝志	石家庄办事处	2013 年
安昊明	总部资产经营事业部	2014 年
邹子仪	北京办事处	2015 年
王 维	总部合规风险部	2015 年
李文浩	总部投资投行事业部	2016 年
钱宗宝	南京办事处	2016 年
孙垂江	长城国融投资	2017 年
邹 军	江西省分公司	2017 年
孙 冰	长城金融租赁	2018 年

全国金融系统五一巾帼标兵

白 静	兰州办事处	2011 年
刘怡平	德阳银行	2013 年
邹子仪	北京办事处	2015 年
刘小丽	长城华西银行	2017 年
由 宜	总部计划财务部	2019 年

全国金融系统思想政治工作标兵

申希国	总部办公室	2010—2011 年度

全国金融系统思想政治工作先进工作者

孙义忠	大连办事处	2012—2013 年度
胡 韬	总部后勤服务部	2014—2015 年度
阳金明	湖南省分公司	2016—2017 年度

全国金融系统知识型职工标兵

李效田	资金财务部	2007 年
张启峰	沈阳办事处	2011 年

全国金融系统职工创新能手

王 勇	济南办事处	2007 年

全国金融系统优秀共青团干部

李 勇	广州办事处	2015 年
刘 丹	辽宁省分公司	2016 年

全国金融系统优秀共青团员

孙 浩	合肥办事处	2013 年

温 涛	江西省分公司	2014—2015 年度

全国金融系统青年岗位能手

曾治华	江西省分公司	2016 年度
荣 起	湖南省分公司	2016 年度
孙 翔	江西省分公司	2017 年度

全国金融系统青年服务明星

潘晓斌	南宁办事处	2009 年
龙蜀娟	德阳银行	2015 年
刘 赟	浙江省分公司	2016 年
张 坤	吉林省分公司	2016 年
李枝瑞	江苏省分公司	2016 年
何 萍	天津市分公司	2017 年

中国银监会系统十大杰出青年

刘世汉	大连办事处	2004 年
申希国	济南办事处	2005 年
岳宪华	长城金融租赁	2013 年

中国银监会系统优秀党员

申希国	总部办公室	2011 年
张启峰	沈阳办事处	2011 年
孙 雁	贵阳办事处	2011 年
常继业	南京办事处	2011 年
张友杰	合肥办事处	2011 年
罗 辉	南昌办事处	2016 年
陈志东	广州办事处	2016 年
洪 涛	长春办事处	2016 年
罗 红	长城金融租赁	2016 年
牛学良	重庆办事处	2016 年
谢树青	长沙办事处	2016 年
赵 刚	海口办事处	2016 年

中国银监会系统优秀党务工作者

袁 景	总部党群工作部	2011 年
易 诚	成都办事处	2011 年
裴 冶	长春办事处	2011 年
饶才旺	重庆办事处	2011 年

陈 玮	总部党群工作部	2016 年
韩妍妍	长城金桥咨询	2016 年
李 伟	济南办事处	2016 年
沈 蕾	杭州办事处	2016 年

中国银监会系统优秀共青团干部

刘 剑	深圳办事处	2005 年
权莎莉	太原办事处	2005 年
夏 炜	济南办事处	2005 年
张松涛	郑州办事处	2005 年
孙 笏	昆明办事处	2005 年
高宣武	长春办事处	2010—2011 年度
王苏来	长沙办事处	2010—2011 年度
郑剑秋	呼和浩特办事处	2012—2013 年度
王 萍	长城国富置业	2012—2013 年度
曾治华	南昌办事处	2014—2015 年度
刘 丹	沈阳办事处	2014—2015 年度
李 勇	广州办事处	2014—2015 年度
韦 光	上海市分公司	2016—2017 年度
李玉峰	江苏省分公司	2016—2017 年度

中国银监会系统优秀共青团员

孟霄鹏	党群工作部	2005 年
王明晖	北京办事处	2006—2007 年度
陆亮亮	上海办事处	2008—2009 年度
孟 新	济南办事处	2010—2011 年度
李 娜	大连办事处	2010—2011 年度
孙 浩	合肥办事处	2012—2013 年度
王 建	上海办事处	2012—2013 年度
刘 斐	长城国融投资	2014—2015 年度
卢士杰	南京办事处	2014—2015 年度
孙文彬	北京国富置业	2014—2015 年度
龙 琪	长城华西银行	2016—2017 年度
温 涛	江西省分公司	2016—2017 年度

中国银监会系统青年岗位能手

徐建斌	西安办事处	2006—2007 年度
王旭彤	济南办事处	2008—2009 年度
陈海霞	广州办事处	2008—2009 年度
李 鹏	沈阳办事处	2010—2011 年度

尤　章	天津金交所	2010—2011 年度
吴美琪	哈尔滨办事处	2010—2011 年度
陆亮亮	上海办事处	2010—2011 年度
冯益国	济南办事处	2010—2011 年度
何剑波	福州办事处	2013 年
周　灿	成都办事处	2013 年
李文浩	长城国融投资	2015 年
王明晖	北京办事处	2015 年
刘　莉	总部资产经营部	2015 年
钟　萍	长沙办事处	2015 年
戴晓彬	长城国瑞证券	2015 年
荣　起	湖南省分公司	2016 年
何官柱	四川省分公司	2016 年
刘川渝	重庆市分公司	2016 年
唐　媛	长城华西银行	2016 年

余乔飞	总部资金营运事业部	2016 年
杨　光	辽宁省分公司	2017 年
张运东	湖南省分公司	2017 年
宋晓蓉	总部董事会办公室	2017 年
宗　斌	北京国富置业	2017 年
修　远	长城金融租赁	2017 年

中国银监会系统青年服务明星

何　萍	天津市分公司	2016 年度
刘　赟	浙江省分公司	2016 年度
侯　宁	吉林省分公司	2016 年度
何　萍	天津市分公司	2017 年度
梁　胜	长城国瑞证券	2017 年度
陈　甚	总部合规风险部	2017 年度

（三）公司系统历年"十佳项目经理""十佳标兵"及"十佳管理标兵"

2007 年度十佳项目经理

宋　彬　田欣宇　荆　珂　郝欣翔　王世波
潘晓斌　黄海涛　孙　康　张　健　德向东
张　俭

2008 年度十佳项目经理

刘谋超　刘建江　姜　玲　卢金泉　潘晓斌
王世波　荆　珂　陈昌龙　滕　波　孙　冰

2009 年度十佳项目经理

荆　珂　潘晓斌　谢英来　张阳普　陈安华
欧　鹏　王晓林　张启峰　郑榕玲　严洪涛

2010 年度十佳项目经理

董春明　张洪伟　孙永森　李生勇　高　云
王保华　王世波　朱　宁　张阳普　杨春辉

2011 年度十佳项目经理

礼维国　孙永森　沈　蕾　曹剑平　胡　辰
黄存兰　高　焱　梁　军　李　铮　岳宪华

2012 年度十佳项目经理

陈宝志　王立建　邱乐民　陈　伟　周明生
亢雪峰　张阳普　苏江荣　冯晓亮　沈　炜

2012 年度十佳管理标兵

吴　树　林从涛　李丽新　刘宝星　陈　嘉
王向东　黄　剑　陈　杰　徐筱安　袁　新

2013 年度十佳项目经理

安昊明　程学民　陈　伟　武　颖　罗　群
王保华　晏　飞　邹子仪　杨　春　刁海波

2013 年度十佳管理标兵

高建武　李保良　董亚玲　刘兴焕　程晓波
许卉武　张璞　陈锋　王斌　李爱国

2014 年度十佳标兵

闫东旭　娄国海　周明生　安昊明　黄强
刘莉　刘剑宏　郑雪琴　王庆兵　王斌

2015 年度十佳标兵

赵明　李文浩　王春富　张谦　谢树青
安昊明　李炜鑫　王斌　黄蔚　罗红

2016 年度十佳标兵

陈效良　孙垂江　王云　赵宝凤　赵刚
戴晓彬　刘小丽　张江　王宏坤　王艳军

2017 年度十佳标兵

刘继坤　张勇　赵小名　江菊琪　李亮
龙蜀娟　梁胜　魏来　赵国栋　韩妍妍

2018 年度十佳标兵

马俊华　董春明　严洪涛　冯益国　苏巧
杨益辉　陈茜　罗从　由宜　王元

后 记 EPILOGUE

圆梦长城

仿佛在转瞬之间，中国长城资产走过了二十年发展历程。

二十年，中国长城资产华丽转型，稳健发展，积淀了丰硕的物质基础和人文基础；不辱使命、追求卓越，为经济发展作出了不可磨灭的贡献。二十年，中国长城资产从蹒跚学步的孩子，长成为阳光健硕的青年，如一缕朝阳，意气风发，充满了自信和青春的活力。二十年，长城人风雨兼程，历尽艰辛坎坷，尝遍酸甜苦辣，形成了特色鲜明的长城企业文化。理应载入史册，铭记于后人。

《筑梦长城》是一部长城人的创业史、奋斗史、成长史，是一本生动的经典教材，是一幅波澜壮阔的历史画卷，记述了中国长城资产组建以来，探索进取、艰难转型和奋斗奉献的历程。值中华人民共和国成立七十周年、中国长城资产成立二十周年之际，《筑梦长城》作为献礼之作，具有里程碑意义。

历史是人类文明的轨迹，是优秀文化的传承。

二十年过去，绿了青山白了头，物是人非。史海钩沉，那些若干重大事件及其前因后果的亲历者、见证者，如今大多已解甲归田。江山代有人才出，一批批朝气蓬勃、充满青春气息、高素质的新长城人不断加入，接棒长城事业。二十年过去，中国长城资产先后经历了五届领导班子，各经营单位领导班子也换了几轮，当年的"老长城"不断淡出。他们是活的历史，是中国长城资产和全体长城人的宝贵精神财富。《筑梦长城》是长城文化的传承，算得上一项"抢救性工程"。

通过本书，对内让长城人尤其是新员工"认识长城、认同长城、奉献长城"；全面了解中国长城资产从中央政府决定组建、组建目的和过程、资产收购与处置、转型过渡，到全面商业化经营和股改、引战，以及主业回归等若干发展阶段的史实；为中国长城资产持续性发展，再创辉煌，提供对照、启示与借鉴。

通过本书，对外宣传长城人"不辱使命、追求卓越"的情怀，向重要客户、合作伙伴、监管部门和社会受众，充分展示可歌可泣的长城精神、厚重而优秀的长城文化。

正是基于上述命题，公司党委高度重视，思想统一，先后多次听取汇报，研究安排编写工作，定期召开编写工作会议，确定时间、内容、内外联系和编写进度，保证了编写工作顺利推进。作为编写委员会成员，现任领导集体和各成员都在百忙之中，多次审阅书稿，提出具体修改意见，阐述相关论点，题写文案。总部各部门、各分子公司及全体员工态度积极，全力配合。

汪兴益、赵东平、郑万春等历任主要领导，其他离任公司领导，如成书前离任不久的秦惠众、胡建忠等，都密切配合，接受访谈，提供资料，提出意见和要求。

《筑梦长城》凝结了全体长城人的集体智慧。

《筑梦长城》组织策划，严谨周密。

全书共设八篇30章，采用"篇、章、节、目"的结构，并以"副册"的方式，对所属十多家平台公司建设与成果进行了充分的展示。

全书遵循了"以时间为主线、重大事件为主体、事实为依据、增强可读性"的编写原则，贯彻了"突出集体创作、突出纪实文体、突出时代特征、突出鼓劲励志"的总体要求。

以时间为主线：全书起始于1999年中央政府酝酿设立金融资产管理公司、中国长城资产组建，按照大致时间顺序递延，串起重大事件。为了便于编写和阅读，部分时间和关联性事件有一定的交叉，以倒叙、插叙、补叙、平叙等文学手法，把握详略、前后勾稽衔接，交替推进。

以重大事件为主体：以反映中国长城资产的重大事件、重要活动、重要策略、重大事项、重大成果等为主要内容，记述发展过程中的"亮点"和重点。不求面面俱到，讲求重点突出。通过突出各个时期若干有代表性重大事件，以点带面、点面结合，正面反映中国长城资产二十年成长的概貌，以及长城人坚韧不拔的精神、付出的艰辛努力和取得的丰硕成果。

以事实为依据：实事求是反映历史，用事实说话，以翔实的事物、事件、事态等，作为全书的重要支撑。所用资料均为有组织、权威性地提供，凡例均有出处。力求数据准确、口径一致、记述客观。

增强可读性：作为长篇纪实体作品，既不同于"公司志""大事记"，也不是二十年的"工作总结"，不可能包罗万象。叙事为主，描写主要对象为一个个单位集体，穿插人物描写。尽量避免使用公文式语言，适当注入象征、描写等文学元素，使之形象、丰满、耐读。努力讲好长城人的故事，力求成为具有较高欣赏价值的纪实作品读物。

为了保证书稿记述的真实性、公正性和权威性，文中所涉及重大活动、重要事件、典型案例等，均从公司总部及以上机构文件档案、发布的资讯和现场访谈中，收集、摘录与整理。

文件档案资料包括四个方面：一是国务院、财政部、人民银行、金融工委、银保监会、农业银行、其他三家资产管理公司等重要文件资料；二是公司总部历年汇编文献、重要会议文件、重点档案资料、工作参考和简报刊载的经典案例及事迹；三是公司总部部门、办事处（分公司）、平台公司提供的相关资料；四是社会媒体公开发表的文献资料，查阅参考历年报刊、网络刊载的重大报道、人物通讯、纪实专访等。据不完全统计，文件档案资讯收集量达2000余万字。

为了获取鲜活的第一手材料，先后访谈了120余人次。包括：公司现任领导班子成员、公司历任领导班子成员、公司总部有关部门与相关经营单位主要负责人、参与重大事件和重要案例的相关当事人、与发展历程有关联的调出或退休领导和当事人。

在访谈中，尤其是已经离任的"老长城"，在回忆历史的时候，免不了感慨万千，泪湿衣襟，既对曾经作为一位长城人充满自豪，又对中国长城资产未来发展寄予厚望。

《筑梦长城》编写过程，研精毕智。

中国长城资产上下思想统一、组织策划周密、资料储备充足、创作团队精良等，为编写工作创造了必备条件。

2016年7月，中国长城资产研究决定，组织专门创作人员，编写公司改革发展史。历时近两年多时间，先后八易其稿，完成资料稿、毛坯稿、初稿、讨论稿（1~3）、征求意见稿，最后完成定稿。

编写人员加班加点，夜以继日，从编制《编写方案》《编写大纲》，到研究讨论完善方案与大纲，按照大纲收集整理资料，到拟订有针对性的访谈计划，到分工编写，逐篇逐章讨论，交叉开展访谈，到提交领导审阅、讨论、修改、补充，形成初稿，到组织小范围、封闭性修改讨论初稿，并广泛征求意见，直到书稿最后审定，付出了艰辛的努力。无论是《编写方案》《编写大纲》，还是逐篇逐章，都是数易其稿。

编写执笔人员都是长城人，熟知长城，热爱长城。龚文宣、鲁小平是金融系统内外知名作家，黄钰也有较强的专业和写作实力。在编写工作初期，李栋、陈益鹏等同志也参与了前期资料收集、编写方案和大纲的讨论等多项工作。

2017年10月，在南京对书稿组织了小范围、闭门式的修改讨论会，邀请了曹明泉、申希国、高建武三位业务精通、写作经验丰富的专家，历时十多天，分别对书稿进行了综合评价，对篇章设计、内容安排、重点环节等方面全面精心讨论，对此付出了辛勤的劳动。

2018年3月，公司组织各经营单位、总部各部门对《筑梦长城》书稿在系统内广泛征求意见。各单位高度重视，精心组织精干人员对书稿进行审阅，特别对涉及本单位的内容相关记述等，进行了核实确认、修正或补充。

为适应新形势、新变化和监管新要求，在不影响书稿总体结构的基础上，再次对书稿的内容进行了全面和较大幅度的修改和增删；由高建武、李定华、王元凯等同志，对书稿进行了两次认真审阅和全面梳理，力求客观、公正、公认。

在此基础上，于2019年3月举办书稿专家评审会，历时一周，组织内外部专家评审、把关。聘请的系统外专家为：鲁迅文学院资深研究员何镇邦、中国文化管理协会副主席孙德全、红旗出版社编辑部主任张佳彬、言实出版社编辑部主任史会美，同时邀请中国金融出版社资深编辑提前介入。评审专家对书稿进行了认真的审阅和讨论，对书稿给予了高度评价和肯定，重点从书稿的表现形式层面，如体例风格、行文规范和语言逻辑等，提出了很多十分专业的建议，取得了预期的效果。

在此，一并致以谢忱！

尤其需要说明的是，由于时间紧、任务重、情况复杂，书稿尚有不少不尽如人意和令人遗憾之处。书稿涉及中国长城资产二十年发展历程，不可能像工作总结那样面面俱到，锱铢必较。在重要案例、重大事件的选择上，既有所侧重，也适当兼顾各业务条线和各经营单位；在重大事件、重要案例的描述和表现上，根据其历史影响和重要性原则，做了必要的取舍，有的点到为止，有的全面铺开；对涉及的当事人，既体现集体领导和群众智慧，也展现班子集体作用和主要领导人决策推动作用；重大事件、案例有叙述，有细节描写，注意避免总结式的罗列。

"人事有代谢，往来成古今。江山留胜迹，我辈复登临。"

二十年，圆梦长城。而历史总在不断发生，中国长城资产的发展与辉煌也刚刚开始。《筑梦长城》堪称鸿篇巨制，纪实体风格在金融系统当属首创，在中国当代金融改革发展的史林中，必将成为浓墨重彩的一页。

《筑梦长城》编委会
2019 年 6 月